혁명 극장
2

A Place of Greater Safety

로베스피에르와 친구들

혁명극장
2

교양인
GYOYANGIN

| 일러두기 |

1. 이 책 본문 하단에 있는 주석과 각 부 앞에 들어간 간략한 혁명 연표는 독자들의 이
   해를 돕기 위해 한국어판에 새로 추가한 것이다. 본문 뒤에는 2권에 해당하는 프랑스
   혁명의 전체 흐름을 간략히 정리한 '프랑스 혁명 연표'와, 실존했던 소설의 주요 인물
   들을 소개하는 '주요 등장 인물'을 넣었다.

차 례

1권 차례

상젤리제 거리

포부르 생토노레

포부르
생토노레

로베스피에르의
거처

방돔광장
(피크 광장)

승마 연습장

생토노레 거리

루이 15세 광장
(혁명 광장)

틸르리 정원

센 강

루이 16세 다리
(건설 중)

루아얄 다리

샹드마르스

앵발리드
병원

포부르
생제르맹

세브르 거리

혁명기의 파리

포부르
생미셸

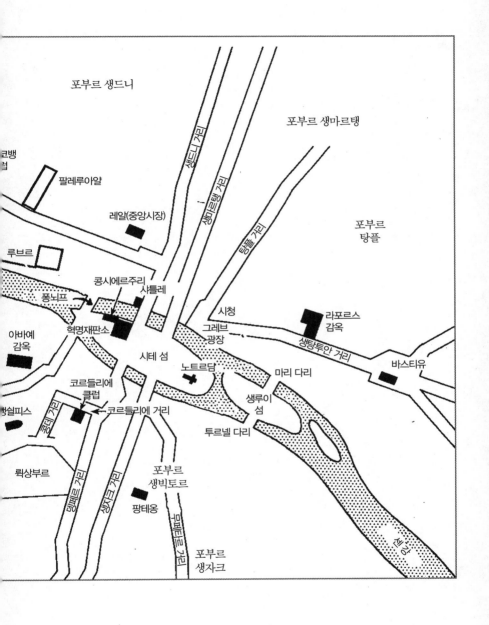

5부

혁명적 공포는 신속하고 준엄하고 굽히지 않는 정의에 다름 아니다. 공포는 특수한 원칙이라기보다는 조국의 가장 절박한 필요에 따라 시행되는 민주주의 일반 원칙의 한 가지 결과이다. …… 혁명 정부는 전제정에 맞서는 자유의 독재다.

__ 막시밀리앙 로베스피에르

한마디로, 이 통치 기간에 유명인의 자연사가 워낙 드물다 보니 이 일은 역사가들에 의해 사건으로 기록되어 후세에 전해졌다. 한 집정관 치하에 피소니우스라는 교황이 있었는데 그가 침대에서 죽은 것은 경이로움으로 여겨졌다고 기록자는 말한다.

__ 카미유 데물랭

1792년　9월 2일~6일 '9월 학살'. 투옥되어 있던 귀족과 선서 거부파 성직자 등 다수의
　　　　 반혁명 혐의자들이 군중에게 살해당함.
　　　　 9월 21일 국민공회, 군주제 폐지 의결.
　　　　 9월 22일 '프랑스 공화국' 선포.
1793년　1월 21일 루이 16세 처형.
　　　　 3월 10일 혁명재판소 창설.
　　　　 3월 방데 반혁명 반란. 국민공회의 징집법 시행과 함께 지방에서 왕당파 귀족
　　　　 과 농민 지도자들의 반란이 시작됨.
　　　　 4월 6일 국민공회, 공안위원회 창설.
　　　　 5월 31일~6월 2일 군중 봉기로 지롱드파 몰락.
　　　　 9월 국민공회, 공포 정치의 기반이 될 여러 법령 가결. 공포 정치 출현.
1794년　3월~4월 에베르파와 당통파 숙청.

| 주요 등장 인물 |

'브리소파' 혹은 '지롱드파'로 불리는 정치인들
장피에르 브리소(언론인)
장마리 롤랑, 마농 롤랑
피에르 베르니오(국민공회 대의원, 유명한 연설가)
제롬 페티옹
프랑수아 레오나르 뷔조
장바티스트 루베
샤를 바르바루(마르세유에서 온 변호사)

알베르틴 마라(장폴 마라의 누이)
시몬 에브라르(마라와 사실혼 관계인 아내)

드페르몽(대의원, 때때로 국민공회 의장)
장프랑수아 라크루아(대의원, 당통과 함께 1792년과 1793년에 벨기에에 다녀온 사람)

다비드(화가)

샤를로트 코르데(마라를 암살한 젊은 여성)

클로드 뒤팽(당통의 이웃인 루이즈 젤리에게 청혼한 젊은 관료)

수베르비엘 박사(로베스피에르의 주치의)

르노댕(바이올린 제작자, 폭력 성향이 있어 자코뱅 클럽에서 곧잘 몸싸움을 벌임)

케라베낭 신부

라가르드(변호사, 샤를로트 코르데와 마리 앙투아네트를 변호)

필리프 르바(좌파 대의원, 엘리자베트 뒤플레와 결혼)

바디에('이단 심문관'으로 알려진 인물, 보안위원회 소속)

동인도회사 사건 관련
샤보(대의원, 전 카푸친회 수도사)
쥘리앵(대의원, 전직 프로테스탄트 목사)
프롤리(에로 드 세셸의 비서, 오스트리아 스파이라는 혐의를 받음)
에마누엘 도브루스카, 지크문트 고틀리프(투기꾼 형제. 프랑스에서 알려진 이름은 '에마누엘 프라이'와 '유니우스 프라이')
구스만(소수파 정치인, 에스파냐 출생)
디드리크센(덴마크의 '사업가')
데스파냐크(투기꾼 성직자, 부정직한 군납업자)
바지르(대의원)
들로네(대의원)

드 사드(작가, 구체제 시기엔 후작이었음)

공안위원회
베르트랑 바레르
조르주 쿠통(로베스피에르의 친구)
로베르 랭데(노르망디에서 온 변호사, 당통의 친구)

에티엔 파니스(좌파 대의원, 당통의 친구)

당통파 재판 관련
에르망(아라스 출신, 혁명재판소 소장)
뒤마(혁명재판소 부소장)
푸키에탱빌(혁명재판소 검사)
플뢰리오(혁명재판소 부검사)
리앵동(혁명재판소 부검사)
'파브리시우스' 파리스(혁명재판소 서기)
라플로트(감옥의 정보원)

앙리 상송(사형 집행인)

1장

음모가들

(1792)

　"아버님!" 데물랭이 환호성을 지르며 클로드 뒤플레시를 찾았다.
"말이죠," 그는 장인에게 자신의 기쁨에 동참해 달라고 초대하는 중
이었다. "뭐든지 절대로 버리면 안 됩니다. 아무리 낡은 구닥다리 물
건이라도 쓸모가 있을 수 있거든요. 자, 시민 뒤플레시, 짧은 단문도
좋고 시도 좋고 웃기는 노래도 좋습니다. 부서를 어떻게 운영하는지
설명 좀 해주세요."

　"내 악몽은 끝이 없군." 클로드가 말했다.

　"아, 아직 저한테 부서를 맡긴 건 아니고요, 그런 일이 벌어지려
면 참극이 몇 번 더 일어나야 할 겁니다. 새로운 소식이 뭐냐 하면
당통이 법무장관 겸 국새경이 되었고 파브르하고 제가 당통의 비서
가 되었다는 겁니다."

　"그 배우하고 자네. 난 당통을 안 좋아하지만 당통이 안됐군."

　"당통은 임시 정부의 지도자니까 제가 대신 부서를 이끌어야 하

지요. 파브르는 신경도 안 쓸 거고. 그래, 아버지한테 편지로 알려야 겠다. 얼른 종이 좀. 아니, 가만, 집무실에서 써야겠다, 큰 책상 앞에 앉아서 관인을 찍어서 보내야겠어."

"클로드, 점잖지 못하게 왜 그래요? 축하한다고 해주세요." 아네트가 말했다.

클로드는 몸서리를 쳤다. "한 가지만 지적하겠네. 법무장관은 국새경을 겸한다네, 원래 한 사람이 하는 거야. 그리고 여태까지 비서는 언제나 한 명이었어. 언제나."

"쩨쩨하군요!" 데물랭이 말했다. "조르주자크는 그런 데 구애받지 않아요! 우린 방돔 광장으로 옮길 겁니다! 궁전에서 살 겁니다!"

"아버지, 너무 안 좋은 쪽으로만 받아들이지 마세요." 뤼실이 사정했다.

"그건 네가 모르는 소리다." 클로드가 딸에게 말했다. "카미유는 이제 올라섰어, 지배층이 된 거야. 혁명을 이루려는 사람은 누구든지 카미유에 맞서서 혁명을 해야 하는 거란다."

클로드는 바스티유가 무너지던 날보다도 더 혼란스러웠다. 클로드가 한 말을 곱씹는 데물랭도 혼란스럽기는 마찬가지였다. "아니죠, 전혀 그렇지 않습니다. 아직도 좋은 싸움을 많이 해야 하거든요. 브리소 일파도 있고."

"좋은 싸움을 좋아한다고?" 클로드가 말한다. 잠깐 그는 또 다른 세계를 상상해보았다. 카페에서 오가는 대화에 '내 사위가 장관 비서'라는 문구를 끼운다. 그렇지만 현실은 그가 헛살았다는 것이다. 삼십 년을 근면하게 살았지만 장관 비서하고는 한 번도 절친한 사이였던 적이 없었는데, 지금은 정신 나간 이 여자들과 그들이 선택한 인생 행로로 인해서 부득이 친밀해질 수밖에 없는 처지가 된 것이다. 하나같이 가관이군, 장관 비서한테 입맞춤을 하면서 수선을 피우는 꼴이라니. 저리 가서 장관 비서의 머리를 쓰다듬어 볼까나, 까짓 못할 것도 없지. 이 사람아, 장관 비서가 어떻게 앉는지 통 못 봤네그려. 신임 장관이 애국적 주제를 논하면서 교살범의 손가락으로 곱슬머리를 만지작거리는 동안 비서가 고개는 숙이고 있어야지 말이야. 높은 사람이 공무원들 앞에서 그래서 쓰겠는가? 클로드는 섣불리 그런 식의 애정 표현은 하지 않기로 초장에 가볍게 마음먹는다. 클로드는 사위를 노려봤다. '가관이네 — 그냥 폭력이나 휘두르시지?' 데물랭은 눈썹을 내리깔고 카펫을 응시하며 앉아 있었다. '무슨 생각을 하는 거냐? 대체 비서에 합당한 생각이긴 한 거냐?'

데물랭은 카펫을 보고 있었지만 머릿속으로 고향 기즈를 상상하고 있었다. 그가 마음속으로 쓰는 편지는 벌써 완성되어 있었다. 눈에 안 보이게 그는 아르메 광장을 두둥실 가로지른다. 좁고 하얀 집의 닫힌 앞문으로 스르르 녹아들어 간다. 그리고 아버지의 서재로 자기를 밀어 넣는다. 서재 책상 위에 《법률 백과》가 있다.

그렇지, 제6권이다. 파리에서 온 편지가 그 위에 놓여 있다. 누구의 글씨체인가? 바로 내 글씨체! 출판사들이 불평하는 글씨체, 아무도 흉내 내지 못할 내 글씨! 문이 열린다. 아버지가 들어온다. 아버지는 어떤가? 데물랭이 마지막으로 보았을 때 모습이다. 아버지는 호리호리하고 머리가 희끗하고 엄격하고 쌀쌀맞다.

아버지가 편지를 바라본다. 그런데 가만, 정지. 어떻게 편지가 거기 와 있지? 어떻게 《법률 백과》 위에 놓여 있지? 아냐, 이건 믿기 어려운 일이야. 편지가 도착하고 어머니나 클레망이나 누군가가 편지를 들고 올라가다가 그걸 열어보고 싶은 마음을 애써 누르는 그 모든 장면을 그려낸다면 모를까.

좋아, 다시 시작하자.

아버지 장니콜라가 계단을 오른다. 카미유는 (유령이 되어) 두둥실 그 뒤를 따른다. 장니콜라의 손에 편지가 들려 있다. 편지를 유심히 바라본다. 절반쯤 알아먹을 수 있는 낯익은 장남의 글씨체이다.

아버지는 편지를 읽고 싶어 할까? 아니, 별로다. 하지만 식구들이 모두 계단 밑에서 소리친다, 파리에서 무슨 소식이래요?

그는 편지를 펼친다. 조금 읽기가 힘들다. 하지만 아들이 전하려는 소식이 있는데 그깟 어려움은 일도 아니다.

이럴 수가, 이런 경사가! 내 아들하고 가장 친한 친구가 (사실은 가장 친한 친구 둘 중 하나지만) 장관 직에 오르다니! 내 아들은 그 비서가 되고! 이제부터 궁전에서 산다니!

장니콜라는 편지를 셔츠 앞에 꼭 댄다, 조끼에서 한 치만큼 위로, 그리고 왼쪽으로 움직여서 심장 위에. 우리가 그 녀석을 잘못 봤어! 녀석은 천재였던 거야! 당장 뛰어가서 모두에게 알려야지. 울화통이 치밀어 오르겠지, 얼굴이 새파랗게 질릴 거야, 부러워 죽으려 하겠지. 로즈플뢰르의 아버지는 원통해서 드러누울 거고. 지금쯤 장관 비서의 사모님이 됐을 거 아니냐 이 말이야.

그렇지만 이건 아니지. 카미유는 생각했다. 그럴 리가 없다. 아버지가 펜을 붙들고 부리나케 축하 편지를 쓸까? 밋밋한 회색 머리에 모자를 집어 쓰고 이웃 사람들을 붙잡아 세우러 달려 나갈까? 잘도 그러시겠다. 아버지는 편지를 빤히 쳐다보리라. 이건 아니지, 이건 아니지 하면서! 무슨 엄청난 짓을 했길래 내 아들이 이런 총애를 따낸 것일까 생각하리라. 자부심? 아버지는 자부심을 느끼지 않으리라. 그저 의심하고 꽤씸해하리라. 등 아래에 묵직한 통증을 느끼며 침대로 가리라.

"무슨 생각 해요?" 뤼실이 물었다.

"도저히 만족시킬 수가 없는 사람도 있다는 생각을 하던 중이었어."

여자들은 클로드는 거들떠보지도 않고 데물랭 주변으로 모여들었다.

"실패했다면 난 범죄자 취급을 당했겠지." 당통이 말했다.

일어나서 국민을 이끌라고 데물랭과 파브르가 그를 깨운 것이 열두 시간 전이었다. 방과 방이 나오고 다른 방으로 통하는 문과 문이 나오는 꿈에서 밖으로 끌려 나온 당통은 약간 횡설수설 고맙다면서 데물랭을 와락 움켜잡았다. 어쩌면 그건 아니었는지도 모른다. 한두 번쯤 사양하는 것이 적절했을지도 모른다. 운명 앞에서 보이는 겸손 같은 것? 아니, 물러서는 척하기엔 그는 너무 지쳐 있었다. 당통은 프랑스를 호령했고 그것은 자연스러운 일이었다.

강 건너편의 시급한 문제는 아직 숨이 붙어 있거나 끊어진 스위스 근위대 병사들을 처리하는 일이었다. 완전히 파괴된 궁전에서는 아직도 불길이 연기를 내고 있었다.

"국새를 관리한다고요?" 가브리엘은 일찍이 이렇게 말했다. "그래도 된다고 생각해요? 데물랭은 우리 안에 있는 흰 토끼 두 마리도 건사하지 못할 사람이라고요."

여기 당통의 아파트에 있는 우단 안락의자에는 로베스피에르가 새로 산 옷 상자에서 막 걸어 나온 사람처럼, 주름 하나 없이 아주 말끔히 앉아 있었다. 당통은 아무도 들이지 말라고 당부하고 — 내 대신들 말고는 — 이 요긴한 남자의 의견을 경청할 태세를 갖추었다.

"나를 도울 생각이 있겠지?"

"물론일세, 조르주자크."

로베스피에르는 아주 진지하고 세심하다. 다른 사람은 모두 평소와는 다르게 깨어났을 오늘 아침 그는 더할 나위 없이 그답다. "좋아." 당통이 말했다. "그럼 내각에서 자리를 맡아줄 텐가?"

"미안. 힘들겠는데."

"힘들다니? 난 자네가 필요한데. 하기야, 자코뱅 일도 봐야 하지, 새 코뮌에서도 자리를 맡아야지, 하지만 우리도 다 그렇 — " 신임 장관은 말을 끊고 큼지막한 두 주먹으로 굳히고 쥐어짜내는 듯한 몸짓을 보였다.

"공무원 조직을 이끌 수장이 필요하다면 프랑수아 로베르가 자네를 위해서 그 일을 썩 잘 해낼 거야."

"그렇겠지." 당통은 생각했다. 자네는 내가 자네를 관리로 만들고 싶어 할 줄 알았는가? 천만에. 난 자네를 보수는 두둑이 받지만 공식적으로 얽매이지 않는 자리에, 내 정치 고문으로, 내 제3의 눈으로, 내 제3의 귀로 들일 셈이었거든. 그런데 뭐가 문제란 말인가? 자네도 통치에는 무능하고 반대에만 능한 그런 사람 중 하나인가 보군. 그런 거야? 아니면 내 밑에서 일하고 싶지 않은 거야?

로베스피에르가 고개를 들었다. 자신의 상관이 되려는 사람을 그저 스치기만 하는 부드러운 눈. "봐주겠나?" 그는 웃었다.

"자네가 원한다면." 요즘 들어 당통은 부쩍 법정에 선 변호사의 어설프게 고상한 느린 말씨와 그에 따르는 표현들을 의식했고, 역시 갈고닦은 노력의 결과물이라고 할 수 있을 자신의 다른 목소리, 거리에 나섰을 때의 목소리를 의식했다. 로베스피에르는 목소리가 하나다. 좀 단조롭고 힘이 안 들어간 평범한 목소리 말고는 없다. 살아오면서 지금까지 한 번도 일부러 꾸밀 필요성을 못 느낀 사람이다. "이제 코뮌에서는 자네가 일을 주도하겠지?" 당통은 말투를 제안하는 듯 부드러운 톤으로 바꾸려고 노력했다. "파브르도 일원이니 자네가 그에게 지시를 내리는 것도 고려해보지."

로베스피에르는 재미있다는 듯한 표정을 지었다. "자네처럼 지시를 내리는 기질이 나한테 있는지 모르겠어."

"첫 번째 풀어야 할 문제는 카페 일가야. 자네 같으면 그 사람들을 어디에 두겠나?"

로베스피에르는 자기 손톱을 살폈다. "법무부 청사에 두고 감시하자는 제안이 있었는데."

"그래? 그럼 나더러는 다락방 아니면 빗자루 두는 벽장에서 공무를 수행하란 말인가?"

"자네가 싫어할 거라고 내가 말했지." 로베스피에르는 미심쩍게 생각했던 점이 확인되어서 흥미로운 모양이었다.

"오래된 탕플 탑에 가둬야겠지."

"코뮌도 같은 생각이야. 아이들한테는 좀 끔찍하겠지, 지금까지 전혀 다른 곳에서 살았으니." 당통은 생각했다. '막시밀리앙, 자네도 아이였던 적이 있었나?' "편하게 해줄 거라는 이야기는 들었어. 정원에서 걸어 다닐 수도 있을 거고. 아이들은 산책에 데리고 나갈 만한 강아지도 갖고 싶어 할 거 같지?"

"걔네들이 뭘 좋아할지 나한테 물어보지 마." 당통이 말했다. "내가 그런 걸 어떻게 아냐고. 아무튼 카페 일가보다 더 급박한 문제들이 있어. 파리를 전시 체제로 만들어야 해. 수색권과 징발권을 우리가 가져야 해. 아직도 무장하고 있는 왕정주의자들을 모조리 잡아들여야 하고. 감옥이 가득 찰 거야."

"불가피한 일이지. 지난주 이맘때 우리한테 반대했던 사람들을 우리가 이제 범죄자로 규정하는 거지? 어떤 식으로든 그들의 자리를 정해주긴 해야 하니까. 그 사람들이 피고라면 우린 재판을 받게 해줘야 하는데 좀 고민스럽군. 무슨 범죄를 저질렀는지 잘 모르겠어서 말이야." 로베스피에르가 말했다.

"상황을 따라오지 못하고 뒤처졌다는 게 범죄지." 당통이 말했다. "그리고 나도 일반 법정으로는 안 된다는 걸 모를 만큼 법학적으로 숙맥은 아니야. 내 생각엔 특별재판소가 좋겠는데. 자네가 판사를 맡겠나? 오늘 이따가 이 문제를 마저 이야기하자고. 그리고 지금 벌어지는 일을 지방에도 알려야 하는데, 좋은 생각 없나?"

"자코뱅이 발표하길 원하는 건 합의된—"

"시나리오?"

"표현이야 어찌 되었건 그렇지……. 벌어진 일을 사람들이 알 필요가 있어. 카미유가 문안을 작성할 거야. 클럽은 그걸 찍어서 전국에 뿌릴 거고."

"카미유는 여러 시나리오에 능하지." 당통이 말했다.

"그러고 나서 새로 치를 선거도 미리 생각해야 해. 지금으로서는 브리소파의 복귀를 어떻게 막을 수 있을지 모르겠어."

로베스피에르의 말투에 당통이 고개를 들었다. "그 사람들하고 같이 일할 수 없다고 생각하는 거로군?"

"그렇게 하려고 한다면 그건 범죄라는 생각이 들어서. 자, 당통, 그 사람들 정책이 어디로 흘러가는지를 봐야 돼. 그 사람들은 지방을 편들고 파리에 맞서지. 그 사람들은 연방주의자야. 나라를 잘게 쪼개고 싶은 거야. 그런 일이 벌어지면, 일이 그 사람들 뜻대로 풀리면, 프랑스 인민이 유럽 전체와 맞설 가능성이 있을까?"

"굉장히 낮겠지. 전혀 없지."

"그래. 그러니까 그 사람들 정책은 나라를 파괴하는 쪽으로 흘러가는 거야. 그 사람들은 반역자들이야. 적이 승리하도록 돕는다고. 어쩌면, 알 게 뭐야, 적에게 사주받았는지도 모르고."

당통은 손가락을 들어올렸다. "그만, 거기까지만 해. 그 사람들이 전쟁을 일으키고는 전쟁에서 지도록 손을 쓴다고 말하는 건가, 자네? 페티옹, 브리소, 베르니오가 오스트리아의 첩자라는 말을 내가 믿게 만들고 싶거든 제대로 된 증거, 법적 증거를 내 앞에 내놓아야 할걸." '그리고 그런 때가 와도, 난 자넬 안 믿을 거야.' 당통은 생각했다.

"최선을 다하겠네." 로베스피에르가 말했다. 책상 앞에서 자신과 씨름하는 성실한 학생. "그건 그렇고 공작은 어떻게 할 생각인가?"

"오를레앙이야 불쌍한 노인네지." 당통이 말했다. "그렇게 고생을 했으니 누리는 것도 좀 있어야지. 난 우리가 이번 선거에서 그가 의회에 들어갈 수 있게 파리 사람들을 부추겨야 한다고 생각해."

"국민공회." 로베스피에르가 바로잡았다. "꼭 그래야 한다면."

"그리고 마라가 있네."

"마라는 뭘 원하지?"

"아, 자기 자신을 위해서는 아무것도 요구하는 게 없어. 다만 마라는 우리가 좋은 관계를 유지해야 할 사람 같아서 말이야. 사람들 사이에 추종자가 어마어마하거든."

"그렇다고 봐야지." 로베스피에르가 말했다.

"코뮌에서 자네 우군이 되어줄 거야."

"국민공회에서도 마찬가지 아닐까? 사람들이 마라는 너무 극단적이라고 말할 거야, 카미유한테 그러듯이. 그렇지만 두 사람은 있어야 돼."

"극단적?" 당통이 말했다. "시대가 극단적이지. 군대가 극단적이고. 지금은 위기의 순간이야."

"그건 나도 그렇게 생각해. 신이 우리와 함께하신다는 데서 위안을 찾아야지."

당통은 속으로 이 기절초풍할 발언을 곱씹었다. 그리고 한참 만에 입을 열었다. "불행하게도, 신은 아직까지 우리한테 창검 하나 내주지 않았지."

로베스피에르는 고개를 돌렸다. 당통은 생각했다. 고슴도치하고 노는 거 같군. 코만 살짝 건드려도 바로 움츠러들어서 온통 가시하고 상대해야 하니까 말이야. "난 이 전쟁을 원하지 않았어." 로베스피에르가 말했다.

"불행하게도, 우린 전쟁을 하게 되었으니 이걸 남의 일로 치부할 수는 없어." 당통이 말했다.

"자넨 뒤무리에 장군을 믿나?"

"그를 못 믿을 이유가 없잖은가."

당통의 대답에 로베스피에르가 쓴웃음을 지었다. "그게 다는 아니잖아. 자기가 애국자라는 걸 우리한테 이해시킬 만한 행동을 한 적이 있던가?"

"그 사람은 군인이니까 그 당시의 정부에 충성했으려니 짐작해야지."

"그런 짐작은 근거가 없다는 게 밝혀졌지. 프랑스 군대가 1789년에 인민을 덮쳤을 때 말이야. 군대는 자기의 자연스러운 이익을 좇았어. 뒤무리에도 다른 멋쟁이 귀족 장교들도 모두 그 뒤를 따를 거야. 카미유 친구 디용은 어떨는지 모르겠군."

"난 장교들이 확실히 충성한다고는 말 안 했는데. 장교들이 다른 눈치를 보일 때까지는 정부는 그러려니 해야 한다는 거지. 다른 조건을 들이대면 군대라는 걸 거느리기가 불가능할 텐데."

"조언 하나 해도 될까?" 로베스피에르의 시선은 곧바로 당통의 얼굴에 꽂혔고 당통은 썩 듣기 좋은 조언은 아닐 거라는 생각이 들었다. "자넨 너무 '정부'처럼 말하기 시작했어. 자넨 혁명가야, 혁명이 자네를 만들었어, 그리고 혁명 속에서는 낡은 가정이 통하지 않아. 안정되고 평화로운 시기라면 국가가 그런 낡은 가정을 무시하고도 적들을 처리할 수 있겠지만 이런 시기에는 낡은 가정을 추려내고 낡은 가정하고 맞붙어서 그걸 무너뜨려야 해."

무너뜨리다니 어떻게? 당통은 자못 궁금했다. 이치를 따져서? 교화시켜서? 죽여서? 그렇지만 자넨 죽이는 거 못 하잖아, 막시밀리앙. 그런 거 못 견디잖아. 당통은 소리 내어 말했다. "외교로 전쟁 확산을 막을 거야. 내가 자리에 있는 동안은 잉글랜드가 끼어들지 않도록 내 힘을 다할 거고. 그렇지만 내가 자리를 떠나면 —"

"마라 같으면 무슨 말을 할지 알아? 이렇게 말하겠지, 도대체 왜 자네가 자리를 뜨는데?"

"난 국민공회에 자리 잡을 생각이야. 거기가 내 무대야. 난 거기에서 힘을 발휘할 거야. 설마 나를 책상에 묶어 두려는 건 아니겠지. 자네도 잘 알겠지만 대의원은 장관을 맡을 수 없어."

"들어봐." 로베스피에르가 호주머니에서 《사회계약론》을 슬그머니 꺼냈다.

"오호, 옛날이야기 들을 시간인가."

로베스피에르는 표시해 둔 곳을 폈다. "법의 완강함이 경우에 따라서는 법을 위험한 상황에 놓이게 만들고 위기에 처한 국가를 붕괴시키는 원인으로 작용할 수 있다. …… 위험이 너무 커서 법적 기구가 걸림돌이 되면 그때는 독재자가 임명되고 그 독재자가 법을 침묵시킨다." 그는 책을 덮고 캐묻듯이 눈을 치켜떴다.

"그건 사실의 진술인가, 아니면 처방인가?" 당통이 캐물었다.

로베스피에르는 잠자코 있었다.

"미안하지만 자네가 책에서 바로 읽어 나갔어도 난 별다른 감동이 없네. 아무리 루소 책이라고 해도."

"사람들이 자네한테 들이밀 논리니까 마음의 준비를 하라는 거야."

"그래서 표시를 해 둔 거군. 다음부터는 번거롭게 말 돌리지 말게. 알고 싶은 게 있으면 그냥 바로 물어봐."

"자네를 설득하려고 여기 온 게 아니야. 그 문제를 많이 생각했기 때문에 표시를 해 둔 거야."

당통은 로베스피에르를 물끄러미 바라보았다. "그래서 자네 결론은?"

"그야……." 로베스피에르는 머뭇거렸다. "그야 있을 수 있는 모든 상황을 고려해보고 싶은 거지. 우린 교조적이어서는 안 돼. 하지만 실용주의는 타락해서 원칙 부재로 가기 쉽지."

"독재자를 죽이잖아." 당통이 말했다. "결국에는."

"그렇지만 그런 일이 벌어지기 전에 그 사람이 나라를 구했다면? '한 사람이 인민을 위해 죽는 것이 유익하다.'"

"그만해. 난 순교자가 될 마음 없어. 자넨 있나?"

"어차피 다 가정이지. 하지만 자네하고 난, 당통……. 자네하고 난, 같지 않아." 그는 생각에 잠긴 목소리로 말했다.

"로베스피에르가 정말로 날 어떻게 생각하는지 궁금해." 당통이 데물랭에게 말했다.

"아, 아주 훌륭하다고 생각하지." 데물랭은 약간 불안하고 어지러운 가운데 애써 미소를 지었다. "더 칭찬할 수 없을 정도로 칭찬을 하더군."

"당통이 정말로 날 어떻게 보는지 알고 싶어서 말이야." 로베스피에르가 말했다.

"아, 정말 아낌없이 칭찬하던데." 데물랭의 미소는 약간 굳어 있었다. "당통은 자네를 아주 훌륭하다고 보거든."

삶은 달라질 것이다. 벌써 달라졌다고 생각했는가? 이제부터 달라질 것에 비하면 턱도 없다.

마음에 안 드는 것은 모조리 '귀족적'이라고 불릴 것이다. 이 용어는 음식에도 책에도 연극에도 화법에도 머리 모양에도, 매춘과 로마 가톨릭 교회처럼 유서 깊은 제도에도 갖다 붙일 수 있다.

'자유'가 1차 혁명의 표어였다면 '평등'은 2차 혁명의 표어다. 자기 주장이 덜한 '우애'는 적당한 곳에 끼워 넣으면 된다.

남자든 여자든 모든 사람은 이제 그저 '시민'이다. 루이 15세 광장은 혁명 광장이 될 것이고 그곳에는 과학적 참수 기계가 설치될 것이다. 그 기계는 저명한 공중보건 전문가 기요탱 박사의 이름을 기려서 '기요틴'으로 통할 것이다. 무슈르프랑스(왕세자) 거리는 리베르테(자유) 거리가 될 것이고, 크루아루즈(붉은 십자가) 광장은 보네루즈(붉은 모자) 광장이 될 것이다. 노트르담 성당은 탕플드라레종(이성 사원)이 될 것이고, 부르라렌(왕비 시)은 부르라레퓌블리크(공화국 시)가 될 것이다. 그리고 시간이 한참 흐르면 코르들리에 거리는 마라 거리가 될 것이다.

이혼이 아주 쉬워질 것이다.

한동안 아네트 뒤플레시는 여전히 뤽상부르 정원 안을 걸어 다닐 것이다. 그곳에는 대포 공장이 들어설 것이고 애국적 소음과 악취가 진동할 것이고 애국적 폐기물이 센 강으로 쏟아질 것이다.

'뤽상부르 구'는 로마 시대의 용사의 이름을 딴 '무키우스 스카이볼라 구'가 될 것이다. 로마인이 유행이었다. 스파르타인도 괜찮았다. 아테네인은 별로 인기가 없었다.

한때 국왕도 그런 조치를 내린 적이 있었지만 보마르셰의 〈피가로의 결혼〉 공연이 금지되는 지방 도시도 생겨날 것이다. 이제는 불법이 된 생활 방식을 묘사해서고 또 귀족 의상을 입어야 해서 그렇다.

노동으로 먹고사는 이들은 반바지가 아니라 긴바지를 입고 다닌다고 해서 스스로 '상퀼로트'라고 불렀다. 상퀼로트는 굵은 삼색 줄무늬가 새겨진 옥양목 조끼와 거친 모직으로 된 '카르마뇰'이라는 짧은 상의를 입었다. 상퀼로트의 머리에는 '자유모'로 불리는 붉은 모자가 얹혀 있었다. 왜 자유에 머리 장식이 필요하다고 생각했는지 수수께끼다.

가진 자와 힘 있는 자들은 그 우스꽝스러운 복장을 하지 않고도 정신적으로 상퀼로트로 받아들여지는 것이 지상 목표가 되었다. 그래도 프랑스의 실직한 미용사들이 기댈 사람은 로베스피에르를 비롯하여 몇 사람 말고는 없었다. 국민공회의 새 의원들은 너도나도 머리를 앞으로 빗어 내려서는 고대 영웅상처럼 이마께에서 일자로 잘랐다. 승마화를 어디서나, 심지어 하프 공연장에서도 신고들 다녔다. 신사들은 주중이고 주말이고 저녁을 마치고 언제라도 프로이센 적진으로 내달릴 기세였다.

멋으로 목에 매는 크라바트는 마치 목청을 보호하기라도 하겠다는 듯이 점점 커졌다. 공인 중에서는 국민공회와 공안위원회의 일원인 시민 앙투안 생쥐스트가 가장 큰 크라바트를 하고 다녔다. 1794년의 어둡고 오싹한 시기에는 하얀 맨목에다 두르는 가느다란 붉은색 리본이 여성용 크라바트로 외설스럽게 등장할 것이다.

정부는 경제를 통제하고 최고가격제를 시행할 것이다. 커피 폭동이 일어나고 설탕 폭동이 일어날 것이다. 한 달 동안은 장작이 씨가 마를 것이고 뒤이어 비누도 양초도 씨가 마를 것이다. 암시장은 흥청거리지만 목숨을 건 사업이 될 것이다. 사재기를 하고 밀매를 하는 사람은 사형 선고를 받을 것이다.

왕년의 귀족과 귀부인, 돌아온 망명자를 두고 뜬소문이 이어질 것이다. 부인은 삯바느질을 하고 본인은 구두닦이로 일하는 후작을 본 사람이 있었다. 어떤 공작은 지금은 유대인 은행가에게 넘어간 자기 집에 하인으로 채용되었다. 이런 소문들이 사실이라고 믿고 싶어 하는 사람도 있었다.

국민의회 시절에는 과민한 신사들이 칼자루에 손을 얹는 개탄스러운 일이 벌어졌다. 국민공회와 자코뱅 클럽에서는 주먹다짐과 칼부림이 예삿일이 될 것이다. 결투는 암살에 밀려날 것이다.

부자는, 다시 말해서 신흥 부자는, 구체제에서 누리고 싶어 했을 법한 호사를 누릴 수 있었다. 카미유 데뮬랭은 1793년의 어느 날 저녁 공적인 성격을 띤 자리에서 대화를 나누다가 말했다. "왜 사람들이 요즘 돈벌이가 안 된다고 불평하는지 모르겠군요. 난 아무 문제 없는데."

교회는 약탈당하고 조각상은 훼손당할 것이다. 성자상은 뭉툭한 손가락을 들어 잘려 나간 축복 기도를 올린다. 성모상을 구하고 싶으면 성모상 머리에 빨간 모자를 얹어서 성모를 자유의 여신으로 둔갑시키면 된다. 실제로 처녀들은 그런 식으로 자기 몸을 지킨다. 정치에 물든 이런 맹렬한 여성을 누가 원하겠는가 말이다.

거리 이름이 달라져서 사람들에게 길을 가르쳐주기가 불가능해질 것이다. 달력도 바뀔 것이다.* 1월은 없어질 것이고 귀족스러운 6월과도 작별을 고해야 할 것이다. 사람들은 "오늘이 진짜 며칠이냐?"고 서로 물어댈 것이다.

---

* 1793년 10월에 국민공회는 기존 그레고리우스력을 폐지하고 공화국이 수립된 1792년 9월 22일을 공화국 제1년 1월 1일로 하는 혁명력(공화력)을 선포한다. 자세한 내용은 이 책의 부록(579쪽) 참고.

1792, 1793, 1794. 자유, 평등, 우애가 아니면 죽음을.

당통이 법무부에서 처음 한 일은 고위 공무원들을 소집하는 것이었다. 그는 모인 사람들을 뜯어보았다. 흉터가 난 당통의 얼굴이 싱긋 웃었다. "여러분에게 조언을 하나 하자면, 조기 퇴직을 하는 게 좋을 겁니다."

"많이 많이 보고 싶을 거예요." 루이즈 젤리가 가브리엘에게 말했다. "방돔 광장으로 만나러 가도 되나요?"

"피크(창검) 광장." 가브리엘이 바로잡아주었다. 그리고 웃었다. 아주 가냘픈 웃음이었다. "그럼, 당연히 와야지. 그리고 우리도 금세 돌아올 거야. 조르주는 비상 사태라서 공직을 맡았지만 비상 사태가 끝나면—" 가브리엘은 말을 도로 삼켰다. 호언장담하다가 운명에 짓밟힐까 봐 두려웠다.

"무서울 게 뭐가 있어요." 루이즈는 가브리엘을 살짝 끌어안으며 말했다. "내 남편이 도시에 있는 동안은 적이 못 온다고 말하는 그런 자신 있는 눈빛을 보여야 돼요."

"루이즈는…… 용감하네."

"당통 아저씨가 그렇게 믿잖아요."

"그렇지만 한 사람 혼자서 그렇게 많은 일을 할 수 있을까?"

"한 사람 문제가 아니에요." 루이즈는 자리를 옮겼다. 가끔은 가브리엘 때문에 짜증을 참기가 어려웠다. "이건 최고의 지도자를 가진 많은 사람의 문제예요."

"네가 내 남편을 좋아하는 줄 몰랐는데."

루이즈는 눈을 동그랗게 떴다. "제가 언제 좋아한다고 말했어요? 아버지한테 해준 일은 고맙지만."

젤리 씨는 해군부에 새로 자리를 얻었다.

"그게 뭐 별일이라고." 가브리엘이 말했다. "조르주는 전에 같이 일하던 직원들한테 모두 자리를 마련해줬거든. 정말로 모든 사람한테. 심지어 우리가 싫어하는 콜로 데르부아한테까지도 말이야."

"그래서 제대로 고마워하던가요?" 아마 아니었겠지, 루이즈는 생각했다. "아저씨가 좋아하는 사람들, 아저씨가 안 좋아하는 사람들, 하나도 중요하지 않은 사람들한테까지 모두, 아니 아저씨는 마음만 먹으면 파리에 사는 모든 사람한테 일자리를 줄 수 있을 것 같아요. 아저씨가 시민 프레롱을 왜 메스로 보냈을까 궁금했거든요."

"아, 그건 거기 집행위원회에 일이 있어서였어. 거기 사람들이 혁명을 해 나가는 데에 도움이 필요한가 보지." 가브리엘은 불편해 보였다.

"메스면 국경인데요."

"그래."

"혹시 시민 뤼실 데물랭을 생각해서 그렇게 한 건 아닌지 궁금했어요. 프레롱은 언제나 그 여자 뒤를 졸졸 따라다녔잖아요. 슬픔이 가득한 눈으로 바라보면서, 찬사를 늘어놓으면서. 당통은 그걸 안 좋아했죠. 이제 프레롱이 떠났으니까 아저씬 편해지겠죠."

가브리엘에겐 애써 피하고 싶은 대화였다. 그녀는 생각했다. 이런 아이도 알아차리는구나, 열네 살 먹은 이런 아이도 그 일에 대해서 다 아는구나.

8월 10일의 봉기 소식이 군 사령부에 전해졌을 때 라파예트 장군은 병력을 이끌고 파리로 가서 임시 정부를 무너뜨리려 했다. 그를 지지할 각오가 되어 있는 장교는 얼마 되지 않았다. 8월 19일 라파예트는 세당 부근에서 국경선을 넘었고 곧 오스트리아 군대의 포로가 되었다.

법무부는 아침 식사를 같이 하면서 하루의 계획을 논의하기로 했다. 당통은 아내를 빼고 모두와 인사를 나누었다. 아내야 어차피 아침 전에도 본 사람이었다. 방을 따로 쓰면 좋을 때라고 두 사람 다 생각했지만 두 사람 다 차마 그 말을 먼저 입 밖에 내지 못했다. 그래서 보통 부부가 하는 방식을 따랐다.

뤼실은 오늘 아침 회색 옷을 입고 있었다. 비둘기 빛깔의 잿빛. 자극적이면서도 금욕적이라고 당통은 생각했다. 그리고 옆으로 몸을 숙여서 그 입에 거칠게 입맞춤을 하는 상상을 했다.

아무것도 당통의 식욕에 영향을 끼치지 못했다. 갑작스러운 욕정도, 국가적 비상 사태도, 공관 침대 커튼에 쌓인 역사적인 먼지도. 뤼실은 임신 전의 몸매를 되찾으려고 굶었다. "그러다 사라지겠어요, 아가씨." 당통이 말했다.

"자기 남편처럼 보이려고 애쓰는 거야." 파브르가 설명했다. "인정은 안 하겠지만 바로 자기만 아는 어떤 이유에서 저러는 거지."

데물랭은 작은 커피 잔을 홀짝거렸다. 뤼실은 남편이 편지 뜯는 것을 몰래 지켜보았다. 찔끔찔끔 잘라 나가는 종이 칼과 남편의 길고 우아한 손가락. "프랑수아하고 루이즈는 어디 있지?" 파브르가 물었다. "어디에 발이 묶여 있는 걸까. 참 특이한 사람들이지, 언제나 나란히 눈을 떠서 언제나 같이 일어났던 침대로 기어들거든."

"그만!" 당통이 말했다. "규칙을 정해야겠어. 아침 식전에는 음담 패설 안 하기로."

데물랭이 커피 잔을 내려놓았다. "자네한텐 식전일지 모르지만 우리 중에는 소문과 험담과 적의를 받아먹으면서 하루를 시작해야 만 직성이 풀리는 사람도 있지."

"이곳의 우아한 분위기가 조만간 우리한테 스며들기를 바랄 따름 입니다. 저분한테도." 당통이 파브르를 보면서 말했다. "코르들리에 에서 살 때는 집 밖으로 나와서 시시껄렁하고 너절한 얘기 한마디 할 때마다 박수가 쏟아졌지만 여긴 그런 데가 아니니까."

"난 너절하지 않은데." 파브르가 푸념했다. "카미유라면 몰라도. 그건 그렇고 카롤린 레미를 들여보내도 괜찮겠지?"

"아니." 당통이 말했다. "전혀 안 괜찮습니다."

"왜 안 돼? 에로는 신경 안 쓸 거야, 에로도 오라고 하지 뭐."

"그 사람이 신경 쓰든 안 쓰든 상관없습니다. 여길 매음굴로 만들 겠다는 겁니까?"

"맨정신으로 하는 소린가?" 파브르가 다그쳤다. 그리고 거들어 달라는 뜻으로 데물랭을 쳐다보았지만 그는 편지를 읽고 있었다.

"니콜하고 이혼하고 카롤린하고 결혼해요. 그럼 그 여자도 환영 입니다."

"그 여자하고 결혼을 해?" 파브르가 말했다. "확실히 제정신이 아니군."

"그렇게 생각할 수도 없는 일이라면 우리의 아내들이 있는 곳에 도 데려오면 안 되는 거지요."

"오, 그런 거로군." 파브르는 분개했다. 그럴 만도 했다. 지금 자기가 이런 말을 듣고 있다는 사실이 도저히 믿겨지지 않았다. 장관과 파브르의 동료인 다른 비서는 이번 여름에 카롤린을 얼마나 자주 만났던가. "자네한테 적용되는 법하고 나한테 적용되는 법이 다른 모양이지." 파브르가 말했다.

"무슨 소린지 모르겠군요. 내가 애인을 청사에 들이자는 제안이라도 한다는 겁니까?"

"그래." 파브르가 중얼거렸다.

데물랭은 너털웃음을 터뜨렸다.

"왜 모르십니까, 카롤린을 여기로 데려오면 한 시간 안에 다른 부서들과 의회가 알게 될 테고 그럼 우리가, 내가, 곤란해지고 심한 비난을 받게 될 겁니다. 달리 변명할 수도 없는 비난을 말입니다." 당통이 말했다.

"알았어." 파브르는 억울한 듯이 말했다. "화제를 바꾸세. 자네의 승진에 대해서 콩도르세가 오늘 신문에서 한 말을 듣고 싶은가?"

"매일 아침 브리소 일파의 넋두리로 우리를 교화하지 않으셨음 좋겠어요." 뤼실이 말했다. "하지만, 계속하세요."

파브르는 신문을 펼쳤다. "'수석 장관은 최근에 왕정을 주도적으로 무너뜨린 소요자들의 자신감을 지닌 사람이어야 했다. 그는 더없이 유리하고 영광스럽고 필요한 혁명의 가장 경멸스러운 장치들을 제어하기에 충분한 개인적 권위가 있는 사람이어야 했다.' 그게 우리라네, 카미유. '그는 또 맡은 자리의 품위를 떨어뜨리지 않고 그와 교섭을 하자는 청을 받고 온 의회 성원들의 품위를 떨어뜨리지 않을 만큼 설득력과 투지와 인격을 갖춘 사람이어야 했다. 당통만

이 이런 자질들을 갖추었다. 나는 그에게 표를 던졌고 나의 결정을 후회하지 않는다.'" 파브르가 가브리엘 쪽으로 몸을 기울였다. "자, 이렇습니다. 가슴 뭉클하지 않으세요?"

"중간에 거슬리는 대목이 있군요." 데물랭이 말했다.

"거들먹거리는 태도가 보이죠." 뤼실이 파브르한테서 신문을 받으려고 손을 뻗었다. "'그와 교섭을 하자는 청을 받고 온'이라니. 꼭 누군 우리 안에 갇혀 있고 자기들은 긴 꼬챙이를 가지고 쇠창살 사이로 안을 쿡쿡 찔러보는 듯한 느낌이 드네."

"콩도르세가 자기 결정을 후회하건 말건. 자기한테 애당초 무슨 대안이 있었다고. 브리소파의 의견이 뭐 그리 중요하다고." 데물랭이 말했다.

"국민공회가 구성되고 나면 중요하다는 걸 알게 될 거야." 당통이 말했다.

"난 자네의 그런 성격이 마음에 들어." 파브르가 말했다. "자네가 망다를 붙들고 시청에서 질질 끌고 가는 모습을 콩도르세가 보았다면 어땠을까?"

"그 얘긴 잊어버립시다." 당통이 말했다.

"아, 그 장면은 정말 멋있었다는 생각이 들어서 말이야."

데물랭은 편지들을 분류해서 조금씩 쌓았다. "기즈에서는 소식이 없군." 데물랭이 말했다.

"새 주소를 보고 주눅이 들었나 보지."

"내 말을 안 믿는 모양이야. 내가 또 교묘하게 거짓말을 한다고 생각하나 봐."

"신문도 안 보는 모양이지?"

"보기야 하지만 고맙게도 신문을 곧이곧대로 받아들이는 사람들이 아니라서. 이젠 내가 신문에도 쓰잖아. 아버지는 내가 교수형을 당할 거라고 생각하시지."

"사람 일은 모르는 거야." 당통이 익살스럽게 말했다.

"이 편지는 자네가 관심을 보일 만한데. 내 사촌 푸키에탱빌한테서 온 거야." 데물랭은 자기 친척의 유려한 필체에 눈길을 던졌다. "창피하군. 아부에다 비굴하기까지. 창피해. '친애하는 카미유', 창피해 정말. '애국 장관들의 발탁……. 나는 그분들의 명성이야 모두 알고 있지만 그분들에게 알려지는 행복은 누리지 못하고 있지―'"

"나한테는 알려졌는데." 당통이 말했다. "쓸모 있는 사람이야. 말도 잘 듣고."

"'나만의 착각인지도 모르지만 자네가 나의 관심사를 법무장관에게 전해서 나한테 자리를 구해준다면……. 알다시피 난 가장으로서 부양할 가족이 많지만 경제적 여유가 없지 않은가…….' 자." 데물랭은 편지를 당통 앞에 떨구었다. "나의 겸손하고 충직한 종 앙투안 푸키에탱빌의 관심사를 전하는 바네. 우리 집안에서 더없이 유능한 변호사로 통하는 사람이지. 괜찮으면 한번 써봐."

당통은 편지를 집어 들었다. 그리고 웃었다. "비굴하군! 보라고. 삼 년 전 봄 같았으면 그 사람이 자넬 거들떠보기라도 했을까?"

"그랬을 턱이 없지. 바스티유가 무너지기 전까지는 나하고 조금도 얽힐 일이 없었지."

"그래도 자네 사촌은 우리가 범죄자들을 심판하려고 세울 특별재판소에 도움이 될지도 몰라. 이건 나한테 맡겨주게, 내가 그 사람이 할 만한 일을 찾아볼 테니." 당통이 편지를 읽으면서 말했다.

"저것들은 뭐예요?" 뤼실이 다른 편지 다발을 가리켰다.

"아부하는 것들이지." 데물랭이 한 손을 휘저었다. "말도 마." 뤼실은 그 손에서 눈을 떼지 못했다. 거의 투명해 보이는 손이었다. "나도 전에 그런 편지를 미라보한테 보냈잖아. 미라보는 파일을 보관하더라고."

"봐도 되나?" 파브르가 물었다.

"나중에." 당통이 말했다. "로베스피에르도 이런 걸 받을까?"

"조금. 모리스 뒤플레가 걸러내지. 물론 그 집안은 뜨거운 상상력의 먹잇감이 되고. 세 딸에다 두 아들까지 모두. 모리스는 화가 단단히 났지. 나도 자주 거론되는 모양인데. 나한테 불평을 하더라고. 나더러 뭘 어쩌라는 건지."

"로베스피에르는 결혼을 해야 해." 파브르가 말했다.

"그래 봐야 도움이 안 되는 거 같은데." 당통은 놀리는 듯한 말투로 아내를 돌아보며 말했다. "오늘은 뭐 할 생각이야, 가브리엘?" 가브리엘은 대답하지 않았다. "당신처럼 살아가는 데 의욕이 넘치는 사람은 없잖아."

"우리 집이 그리워요." 가브리엘이 말했다. 그리고 식탁보를 내려다보았다. 남들 앞에서 사생활을 드러내기 싫었다.

"가서 돈이라도 쓰지 그래." 남편이 제안했다. "홀홀 털어버려. 의상실을 가든지 어디든지 가고 싶은 데를 가봐."

"난 임신 3개월이에요. 옷에는 관심이 없어요."

"조르주자크, 가브리엘한테 못되게 굴지 마세요." 뤼실이 부드럽게 말했다.

가브리엘이 고개를 휙 돌리더니 뤼실을 노려보았다. "바람둥이의 도움은 필요없어요." 그리고 식탁에서 일어섰다. "이만 실례해요."
그들은 가브리엘이 가는 것을 지켜보았다.

"잊어버려요." 당통이 말했다. "저 사람 제정신이 아니거든."

"가브리엘한테도 이 편지를 쓴 사람들 같은 기질이 있네." 파브르
가 말했다. "최악의 경우를 가정하고 만사를 보는 거지."

당통은 편지들을 파브르 쪽으로 밀었다. "못 말리는 호기심이나
채우시오. 대신 좀 가져가주시고."

파브르는 뤼실에게 과장되게 허리를 숙이고 선뜻 방을 떠났다.

"마음에 안 들걸." 당통이 말했다. "제아무리 파브르라 하더라도
저런 편지는 마음에 안 들 거야."

"막시밀리앙한테는 청혼이 들어와." 데물랭이 불쑥 말했다. "한
주일에 두세 번 꼴로. 막시밀리앙은 청혼서를 잘 봉해서 방에다 보
관하지. 알다시피 그 친구는 다 철해놓잖아."

"그건 자네 공상이지." 당통이 말했다.

"틀림없다니까. 매트리스 밑에다 둬요."

"어떻게 아는데?" 당통은 몰아세웠다.

사람들이 웃기 시작했다. "이 얘긴 퍼뜨리지 마세요." 데물랭이
말했다. "누가 발설했는지 막시밀리앙이 알 테니까."

가브리엘이 다시 나타나서 굳은 얼굴로 문가에 서 있었다. "회의
가 끝나면 남편하고 얘기 좀 하고 싶어요, 잠깐이면 돼요. 그이를
좀 내주시겠어요?"

그 말에 당통이 일어섰다. "오늘은 자네가 법무장관 하는 거야."
당통이 데물랭에게 말했다. "난 가브리엘 말마따나 '외무'를 처리할
테니."

"세상에, 내가 바람둥이에요?" 그들이 가버리자 뤼실이 말했다.

"그냥 던진 말이야. 지금 기분이 썩 안 좋고 심란하잖아."

"우린 도움이 안 되죠?"

"뭐 어쩌겠어."

그들의 손이 닿았다, 살짝. 그들은 놀이를 그만두지 않을 것이다.

동맹군은 프랑스 땅에 있었다. 당통이 의회에서 말했다. "파리는 안전합니다. 어느 정도로 안전한가 하면 제 젖먹이 아들과 노모를 파리로, 피크 광장에 있는 제 아파트로 데려왔습니다."

당통은 튈르리 정원에서 시민 롤랑을 만났다. 그들은 나무 사이를 거닐었다. 아롱지는 녹색 빛이 동료의 얼굴을 흔들었다. 시민 롤랑의 목소리가 흔들렸다. "아무래도 갈 때가 된 듯하오. 정부는 무슨 일이 있어도 함께 움직여야 하오. 우리가 루아르 강 너머로 움직인다면, 그땐 어쩌면, 파리를 빼앗기더라도—"

당통이 무섭게 공격했다. "달아나자는 말을 할 때는 조심하시지요. 사람들이 들을지 모르니까. 갈 테면 가십시오, 얼마든지. 싸울 배짱이 없으면 떠나세요. 하지만 난 아무 데도 안 갑니다. 여기 남아서 이끌 겁니다. 파리를 빼앗겨요? 그런 일은 절대 없을 겁니다. 우리가 먼저 불지를 거요."

두려움이 어떻게 퍼지는지 아는가? 두려움에는 작동 기제가 있으며 그 과정은 인간의 두뇌나 영혼의 일부라고 당통은 생각했다. 그리고 똑같은 과정, 똑같은 경로를 따라서 용기도 퍼질 수 있기를 당통은 바랐다. 당통은 중심에 설 것이고 용기는 당통으로부터 솟아나올 것이다.

당통의 노모 르코르댕 부인은 등이 높은 의자에 앉아서 법무부가 있는 궁전의 호사스러움을 살폈다. 그녀는 코를 훌쩍거렸다.

그들은 성벽 둘레에 참호를 파기 시작했다.

처음 몇 주 동안 마라는 법무부에 자주 들렀다. 그는 이런 만남을 위해 목욕을 한다는 발상을 비웃었고 약속을 잡는 것도 거부했다. 불안하고 뒤틀린 걸음걸이로 복도를 내달리면서 혐오스럽다는 듯이 '장관, 비서'를 방문 목적으로 또렷하게 내세웠고 자신을 가로막으려는 사람은 누구하고라도 몸싸움을 벌였다.

오늘 아침은 고위 관리 두 명이 비서 데물랭의 집무실 밖에서 뭔가 상의하고 있었다. 얼굴에 억울한 기색이 역력했고 목소리는 분개하는 투였다. 그들은 마라를 막아서지 않았다. 그 나물에 그 밥이로군, 그들은 표정으로 말했다.

집무실은 크고 멋진 방이었는데, 데물랭은 그 안에서 가장 눈에 띄지 않는 존재였다. 사방 벽에는 수지와 연기 빛깔이 밴 초상화들이 줄지어 걸려 있었다. 가발과 분 밑에서 장관의 근엄한 얼굴들은 모두 비슷했다. 그들은 한때 자기들이 앉았던 책상을 차지한 사람을 무표정하게 응시했다. 우리는 죽었으니 아무래도 좋다는 듯이. 데물랭을 내려다보는 것이 그들에게는 조금도 힘들지 않아 보였다.

"롱위가 무너졌네." 마라가 말했다.

"네, 들었습니다. 저기 지도가 있어요, 뭐가 어디에 있는지 제가 하나도 모르니까 주던데요."

"다음은 베르됭이고." 마라가 말했다. "이번 주 안으로." 그리고 데물랭 맞은편에 앉았다. "부하 직원들한테 무슨 문제 있나? 뭐라고 수군거리던데."

"여긴 숨이 막혀요. 다시 신문이나 만들면 좋겠어요."

마라는 지금은 통상적인 방법으로 신문을 내지 않았다. 자기 의견을 벽보에 적어서 도시 곳곳에 붙여놓았다. 그것은 섬세함과 면밀한 논증을 북돋는 방식이 아니었다. 그것은 동정심을 절약하게 해준다고 마라는 말했다. 마라는 데물랭을 살폈다. "자네하고 나는 총살당하겠지."

"저도 그런 생각이 듭니다."

"자넨 어떻게 할 거 같나? 무릎 꿇고 자비를 구할 건가?"

"그럴 거 같은데요." 데물랭은 현실적으로 말했다.

"그렇지만 자네의 인생은 가치가 있지. 동의할 사람은 많지 않겠지만 내 인생도 그렇고. 이 시점에서 우리는 혁명 앞에서 져야 할 책무가 있네. 브라운슈바이크가 총동원에 나섰어. 당통은 뭐라고 말하지? 상황은 절박하지만 희망이 없지는 않아. 당통은 바보가 아니고 난 당통이 품는 희망에는 근거가 있다고 생각하네. 하지만 카미유, 난 두렵네. 적들은 도시를 쑥밭으로 만들겠다고 말하거든. 사람들이 고통을 겪겠지. 어쩌면 지금까지 역사에서 한 번도 겪어보지 못한 그런 끔찍한 고통을. 왕정주의자들이 저지를 보복이 상상이 가나?"

데물랭은 고개를 흔들었다. 상상하고 싶지 않다는 의미였다.

"프로방스 백작과 아르투아 백작이 돌아올 거야. 앙투아네트도. 왕비는 자기 나라를 되찾겠지. 사제들도 돌아올 거고. 지금 요람에 있는 아이들이 부모들이 한 일 때문에 곤욕을 치르게 되겠지." 마라는 자코뱅 클럽의 재판정에서 말할 때처럼 눈을 부릅뜨고 웅크리면서 몸을 앞으로 기울였다. "도살장이 되겠지, 온 나라가 도살장이 될 거야."

데물랭은 팔꿈치를 책상 위에 얹고 마라를 지켜보았다. 마라가 자기 입에서 무슨 말이 나오기를 기대하는지 알 수가 없었다.

"적의 진격을 어떻게 막을 수 있을지 난 모르겠어." 마라가 말했다. "그건 당통하고 병사들한테 맡겨야지. 내 일은 이 도시, 그리고 그 안에 있는 반역자들, 우리 감옥을 채운 파괴분자들과 왕정주의자들이지. 이 감옥들은 튼튼하지 않아. 자네도 잘 알겠지만 우리는 수도원에 병원에 사람들을 가두었지만 공간이 부족하지. 그들을 확실하게 가둬 둘 방법이 없어."

"바스티유를 허물어뜨린 게 유감이네요, 아무래도."

"그자들이 부수고 나오면? 이건 내 공상이 아닐세. 투옥이라는 무기, 투옥이라는 발상이 먹혀들려면 피해자 쪽에서 어떤 승인이나 협조가 필요하지. 그런데 그런 협조가 거두어진다면? 우리 군대가 도시를 부녀자와 정치인에게 맡겨 두고 싸우러 나간 사이에 귀족들이 감옥에서 쏟아져 나와 은닉해 둔 무기를 찾아내서—"

"은닉해 둔 무기요? 그건 아니죠. 코뮌이 괜히 가택 수색을 한 게 아니잖습니까."

"모조리 적발했다고 장담할 수 있나?"

데물랭은 고개를 저었다. "그래서 저희가 어떻게 했으면 좋겠다는 건가요? 감옥에 가서 그자들을 전부 죽여요?"

"이제야 알아차렸군." 마라가 말했다. "영영 못 알아들을 줄 알았는데."

"피도 눈물도 없이 말인가요?"

"표현이야 아무래도 좋고."

"그리고 그 일을 알아서 조직하시겠다는 거지요?"

"아니, 자연스럽게 벌어질 거야. 적들에게 엄청난 공포와 적개심을 품고 있지 않은가 말이야 사람들이 —"

"자연스럽게라고요?" 데물랭이 말했다. "정말 그렇게 될까요." 데물랭은 생각에 잠겼다. 하지만 이 도시는 위기 일발의 상황이고 주민들은 격앙되어 있다. 우리는, 국가 제도들을 후려갈기고 광장에 흘러넘치는 방향을 잃은 무익한 증오의 바다 위에 떠 있다. 우리에겐 희생자가 있고 그 증오의 표적이 있고 내통할 준비가 되어 있는 반역자들이 있다. 그렇다, 시시각각 그럴 가능성이 높아지고 있었다.

"이 사람아, 이런 일이 어떻게 일어나는지 우린 다 알잖아." 마라가 말했다.

"벌써 왕정주의자들을 법정에 세우기 시작했는데요."

"우리한테 일 년이나 이 년이 있다고 생각하나? 우리한테 한 달이 있다고 생각해? 우리한테 일 주일이 있을까?"

"없습니다. 무슨 말인지 알겠습니다. 하지만 말이죠, 우린 이런 일을 하려고 작정한 게 아니잖아요. 어떻게 보더라도 그건 살인이죠."

"눈 가리고 아웅 하지 마. 위선자 같으니. 우리가 1789년에 한 게 뭐라고 생각하나? 살인이 자네를 만들었어. 살인이 뒷골목에 있던 자네를 지금 앉아 있는 자리에 앉혔어. 살인! 그게 뭔가? 그냥 단어야."

"당통한테 그 말을 전하죠."

"암. 그래야지."

"그렇지만 당통은 응하지 않을 겁니다."

"마음대로 하라 그래. 어차피 그렇게 될 테니까. 우리가 그 일을 최대한 통제하느냐 아니면 우리 통제를 벗어난 곳에서 걷잡을 수 없이 벌어지게 하느냐 둘 중 하나야. 당통은 주인이 되거나 노예가 되겠지. 뭐가 되려고 할까?"

"당통은 명성을 잃을 겁니다. 명예를요."

"카미유." 마라가 부드럽게 말했다. "명예라!" 그리고 고개를 흔들었다. "정말 딱하구먼."

데물랭은 의자에 털썩 앉아서 천장을 쳐다보고 방을 나란히 에워싼 얼굴들을 쳐다보았다. 장관들의 눈은 반질반질한 녹 밑으로 게슴츠레했고 흰자위는 세월에 절어 있었다. 그들도 아내와 자식이 있었을까? 그들도 감정이라는 걸 느꼈을까? 그들의 수놓은 조끼 안에서 늑골이 움직이고 심장이 뛰었을까? 초상화들은 데물랭을 빤히 쳐다보았을 뿐 아무런 내색을 하지 않았다. 공무원들은 문 앞에서 떠난 지 오래였다. 데물랭은 벽시계 소리를, 분침이 째깍째깍 움직이는 소리를 들었다. "인민에게는 명예가 없다." 마라가 말했다. "인민은 한 번도 명예를 누릴 만한 여유가 없었어. 명예는 사치야."

"다른 장관들이 그걸 막는다면요?"

"다른 장관들? 다른 장관들이 뭔데? 고자들이지."

"당통이 좋아하지 않을 겁니다."

"안 좋아해도 돼." 마라가 사납게 말했다. "당통도 필요한 걸 알아야 해. 그러는 게 당통에게도 편할 거라고 난 생각해. 필요한 게 뭔지는 어린애라도 알 수 있지. 좋아한다? 내가 그걸 좋아한다고 생각하나?" 데물랭은 대답하지 않았다. 마라는 잠시 생각에 잠겼다.

"뭐, 난 신경 안 써." 마라가 말했다. "난 조금도 신경 안 써."

국민공회 선거 준비 작업이 벌써 시작되었다. 인생은 앞으로 나아가는 듯하다. 내일 먹을 빵이 구워지고 있고 연극들은 리허설에 들어간다.

뤼실에게 아기가 돌아왔다. 그림이 그려진 천장 밑 가죽 장정을 두른 법률 서적들과 문서들 사이로 지금까지 아기가 한 번도 울어본 적이 없는 큼직한 방에서 아기 울음소리가 메아리쳤다.

9월 1일 베르됭이 무너졌다. 적은 이제 파리로 진군하기로 마음만 먹으면 이틀이면 올 수 있는 거리에 있었다.

로베스피에르는 줄곧 미라보를 생각하고 있다. 그 사람이 한 팔을 크게 휘저으면서 "미라보가 이걸 할 것이오." 또는 "미라보 백작이 대답할 것이오." 하고 늘 하던 말에 대해서 생각했다. 자기가 연출하는 연극에 나오는 등장인물처럼 스스로 자기에 대해서 말하던 미라보를 생각했다. 그는 이제 시선이 쏠리는 것을 의식했다. 로베스피에르는 연기한다. 어쩌면, 연기하지 않는다. 로베스피에르는 가만히 앉아서, 자기를 지켜보는 이들을 지켜본다.

로베스피에르는 8월 17일에 설치된 당통의 특별재판소에 판사로 앉기를 거부했다. 당통의 얼굴에 스쳐 지나가는 짜증을 그는 읽었다. "우리 친구는 아직도 사형제에 반대하시는가?" 하지만 당통 자신은 관대한 사람이었다. 시민 상송은 일이 거의 없었다. 국민방위대 장교가 처형되었지만 새로운 참수 기계를 썼고 왕실비 관리인도 똑같은 방식으로 처형되었다. 하지만 사형 판결이 집행되지 않은 귀족 언론인이 있었다. 데물랭은 당통의 지친 어깨 위에 슬며시 손을 얹고 언론인을 처형하는 것은 나쁜 선례라고 달래듯이 말했다. 당통은 웃었다. "좋을 대로 하게. 판결을 철회할 수는 없고 처형을 계속 연기하라고. 행방이 묘연해진 셈치면 되니까. 자네가 최선이라고 생각하는 대로 해, 내 직인은 자네가 가지고 있으니까."

다른 식으로 말하자면, 자의적이었다. 파브르 말마따나 그 남자의 목숨은 데물랭이 1789년에 그와 비방을 주고받다가 승리했음을 떠올리고 너그러운 마음이 일어나는 걸 느끼고 나서는 힘든 하루를 보낸 당통을 구워삶아 다시 그를 익살스럽게 만드는 데 성공하느냐의 여부에 달려 있었다. (파브르 말마따나 그것은 데물랭이 당통의 아내에게 값을 비싸게 부르고 팔아먹으면 좋을 비결이었다.) 파브르는 그 일로 뚱해 있었다. 로베스피에르 생각에 그것은 파브르에게 뜨거운 정의감이 있어서가 아니라 데물랭처럼 자기 뜻을 관철할 수단이 없기 때문이었다. 법이 이런 식으로 적용되고 남용되어서는 안 된다고 느끼는 것은 나 로베스피에르뿐이었나? 이렇게 생각하니 속이 메스껍고 머리가 위축되었다. 하지만 이런 느낌은 혁명이 일어나기 전의 흘러간 시절에서 온 것이다. 정의는 이제 정책을 섬기는 하인이었다. 다른 입장에 섰다간 살아남을 수가 없었다. 하지만 당통이 그 악마 마라처럼 목을 내놓으라며 소리 지르는 것을 들었다면 로베스피에르는 구역질이 났을 것이다. 아무튼 당통은 그럴 기운도 없었거니와 이런저런 감언에 약했는데 그런 감언은 데물랭을 통해서만 들어오는 것이 아니었다.

브리소. 베르니오. 뷔조. 콩도르세. 롤랑. 다시 롤랑과 브리소였다. 꿈속에서 그들은 웃으면서 로베스피에르를 그물로 잡으려고 기다린다. 그리고 당통은 나서지 않을 것이다…….

이들은 음모가들이다. 로베스피에르는 (합리적인 사람이기에) 스스로 묻는다. 왜 아무도 안 두려워하는데 나는 음모를 두려워하는가?

그리고 대답했다. '그래, 과거에 두려워했던 것을 두려워하지.' 그리고 이들은 내부의 음모가들이다. 울렁거리는 가슴, 지끈거리는 머리, 소화가 안 되는 배, 점점 밝은 햇살을 견디지 못하는 눈. 그것들 뒤편에는 음모의 주역이, 마음의 불가사의한 부분이 있다. 새벽 4시 반에 악몽이 그를 깨우면 날이 밝아 올 때까지 어설프게 잠을 흉내 내면서 대책 없이 누워 있을 뿐 달리 할 일이 없다.

이 안에 도사린 남자는 어쩌자고 음모를 따지는 것일까? 하룻밤 날리고 소설을 읽는 기분으로? 친구를 더 만들고 따돌림에서 좀 벗어나려고? 하지만 사람들은 말했다. 로베스피에르가 안경에 색을 넣은 거 봤어? 확실히 그것은 불길한 분위기를 풍긴다.

당통은 진홍색 외투를 입고 의회 앞에 서 있었다. 사람들은 환호했다. 우는 사람도 있었다. 모여든 구경꾼들에게서 나는 소리가 강 건너편에서도 들렸다.

쩌렁쩌렁 울리는 목소리는 지도자답게 거침이 없었다. 당통은 파브르가 가르쳐준 대로 숨을 쉬었다. 당통의 머리에서는 두 줄기 생각이 조용히 흐르고 있었다. 계획을 수립하고 군대를 투입하고 외교술을 동원한다. 장군들은 보름은 막아낼 수 있다. 그 다음에는 (그는 머릿속으로 말했다.), 그 다음에는 무언가 다르게 해보고, 그 다음에는 그들이 사겠다면 왕비를 판다, 아니면 내 어머니라도 판다. 아니면 항복한다. 아니면 내 손으로 내 목을 자른다.

두 번째 생각의 줄기는 연설을 통해 만들어지는 행동에 관한 것이다. 말이 나라를 구하다니! 말은 신화를 만드는 것처럼 보이며 사람들은 자기들이 믿는 신화를 위해 싸운다. 루이즈 젤리가 말했다. "사람들한테 어떻게 할지 방향을 잡아주세요. 어떤 태도를 취해야 할지 상황에 어떻게 맞서야 할지 사람들이 알면 쉬운 일이에요." 그 말이 맞다, 아이에게…… 상황은 단순하다. 열네 살 먹은 아이도 상황을 파악한다. 간단한 말이 필요하다. 쉽고 짧은. 당통은 몸을 곧추세우고 한 손을 청중을 향해 뻗는다. "용기를 냅시다!" 그는 말했다. "대담해집시다, 적을 무찌르기 위해 계속 용기를 내보는 겁니다! 그러면 프랑스는 구원받을 겁니다."

그 순간, 누군가는 이렇게 썼다. 그 흉측한 얼굴의 남자는 아름다웠노라고.

그러고 나서 당통은 자신을 신으로 만드는 의식에 참석한 로마 황제가 된 듯한 느낌이 들었다. 살아 있는 신들이 이제 거리로 걸어간다. 분신들이 대포를 장전하고 성화 속의 인물들이 운명에 쐐기를 박는다.

르장드르: "적군이 파리 성문 앞에 있었다. 당통이 와서 나라를 구했다."

몹시 늦은 시간이었다. 촛불에 비친 마라의 얼굴은 익사자처럼 창백했다. 파브르는 웃을 수 있는 일을 찾아냈다. 그는 옆구리에 브랜디 한 병을 끼고 있었다. 방에는 십여 명이 있었다. 그들은 서로 통성명을 하고 인사를 나누지 않았고 서로 눈이 마주치는 것도 피했다. 지금부터 일 년이 지나면 그들은 거기에 누가 있었고 누가 없었는지를 진술하지 못할 것이다. 일부러 평민 티가 나도록 옷을 입은 옛 지도자 한 사람이 열어젖힌 창 옆에 앉아 있었다. 모인 사람들이 그의 파이프 냄새를 좋아하지 않아서다.

"자의적이지 않을 겁니다." 코뮌에서 온 한 남자가 말한다. "여러 구에서 온 신뢰받는 애국자들이 있을 것이고 우린 그 사람들에게 명단을 다 줄 겁니다. 그럼 죄수를 한 사람씩 면담해서 죄 없는 사람 중에서 우리가 아직 풀어주지 않은 사람은 풀어주고 그렇지 않은 사람들에게는 형을 매길 겁니다. 어떻습니까?"

"괜찮다고 생각하네." 마라가 말한다. "매기는 형이 단 하나뿐이라면."

"이런 엉터리가 도대체 도움이 된다고 생각하시오?" 데물랭이 코뮌에서 온 남자에게 물었다. "차라리 밀고 들어가서 닥치는 대로 학살하는 게 낫다고 생각하지 않으시오?"

마라가 말했다. "어차피 나중에 가면 보나마나 그렇게 된다니까. 우린 외견상 형식을 갖추어야 하는 거고. 그렇지만 빨리, 시민들이여, 우린 빨리 움직여야 하오. 인민은 정의에 굶주렸고 목말랐도다."

"제발, 구호는 이제 그만." 데물랭이 말한다.

파이프를 문 상퀼로트가 입에서 파이프를 뺐다. "카미유, 당신은 이런 일에 별로 능하지 않구먼. 집에나 가는 게 어떻겠소?"

데물랭의 손가락이 책상 위에 있던 서류들을 찔렀다. "이건 내 일이오, 장관의 일이라고."

"답답한 분일세, 그냥 우리가 8월 10일에 벌인 일의 연장선이라고 생각하면 돼요. 그날 우린 뭔가를 했고 지금은 마무리를 짓는 겁니다. 공화국을 꾸려 나가는 데 필요한 행동을 하지 않으면서 공화국을 세운다는 게 무슨 의미가 있습니까?"

"귀에 못이 박히도록 얘기했건만." 마라가 조용히 말한다. "귀에 못이 박히도록 얘기했건만. 어리석은 친구 같으니."

책상 한복판에는 마치 상금처럼 법무부 직인이 놓여 있었다. 남자든 여자든 이것만 있으면 감옥에서 풀려난다. 감옥에서 벌어지는 일에 시민 롤랑도 내무장관으로서 발언권이 있는 것은 사실이다. 하지만 롤랑은 알지도 못하고 관심도 없다는 인상을 주었다. 관심이 있지만 잘 모르고, 알지만 관심이 없고, 관심이 있지만 거기에 대해서 과감히 뭔가를 하지 못했다. 하기야 롤랑이 대수인가? 한 번 더 급박한 결정을 내려야 한다면 심장마비에 걸릴 사람인데.

"명단으로 돌아가지요." 시민 에베르가 말한다.

명단은 아주 길었다. 감옥에는 이래저래 이천 명이 수용돼 있었다. 정확한 숫자는 파악하기가 어렵고 행방이 묘연한 사람도 많았다. 명단에서 삭제되는 사람은 오늘 밤 풀려나지만 나머지 사람은 요행을 바라면서 즉결 재판관 앞에 서야 할 것이다.

베라디에라는 사제의 차례가 왔다. "풀어주시오." 데물랭이 말했다.

"헌법 준수 서약을 거부한 고집불통 사제인데―"

"풀어주라니까." 데물랭이 힘주어 말했다. 그들은 어깨를 으쓱하면서 명령서에 직인을 찍었다. 데물랭은 어디로 튈지 예측 불가능한 인물이다. 데물랭에게 너무 좌절을 안기는 것은 좋지 않다. 그것도 그렇지만, 해당 인물이 정부 요원이거나 첩자일 가능성은 언제든지 있다. 당통은 자신의 석방자 명단을 휘갈겨서 파브르에게 주었다. 데물랭이 좀 보자고 했지만 파브르는 거절했다. 데물랭이 파브르가 그걸 변조했을지 모른다고 말하자 파브르는 사람을 어떻게 보느냐고 따졌다. 아무도 대답하지 않았다. 파브르는 데물랭이 풀어주라고 한 중년의 변호사는 데물랭이 썩 잘나가지는 않았던 1780년대 초반에 사귀었던 사람 중 하나라고 돌려서 말했다. 그러자 데물랭은 그럴지도 모르지만 그래도 필시 파브르처럼 두툼한 봉투를 받고 누군가의 목숨을 살리는 것보다야 낫다고 받아쳤다. "대단하시네요." 에베르가 말했다. "그럼 다음 명단으로 넘어갈까요?"

긴급 석방 지시를 하달하려고 전령들이 문밖에서 기다리고 있었다. 펜이 한 이름을 건너뛸 때 내일 아니면 모레 그 이름이 속했을 시체와 그 이름을 연결 짓기는 쉽지 않다. 방 안에는 악의는 없고 그저 사소한 다툼의 뒷맛과 피로가 있을 뿐이다. 데물랭은 파브르의 브랜디를 꽤나 많이 마셨다. 동이 터 오면서 침울한 동지애가 자리를 잡았다.

물론 누가 살인에 나서느냐의 문제는 전부터 있었지만 그 주인공은 명단을 가진 사람들도 분명 아니고 파이프를 문 상퀼로트도 아닐 것이다. 정육업자들을 대거 동원해서 건당 얼마씩을 주고 일을 맡기는 방안이 바람직해 보였다. 비웃음이나 섬뜩함이 아니라 건전함과 인간다움을 앞세우자는 의도였다.

귀족들이 계략을 꾸민다는 소문이 도시 전체를 공황 상태로 몰아넣자 불행하게도 마음이 앞서는 초보자들이 끼어들었다. 그들은 실력이 달렸고 정육업자들은 그들의 초라한 해부학 지식을 보면서 혀를 끌끌 찼다. 고문하고 훼손하려는 데 의도가 있다면 모를까.

한낮이었다. 파브르가 짜증을 내며 말했다. "이럴 거면 명단을 놓고서 밤을 꼬박 샐 이유가 없었지. 엉뚱한 사람들이 죽어 나가고 있다고 난 확신해."

데물랭은 마라가 한 말을 떠올렸다. 우리가 그걸 최대한 통제하느냐 아니면 우리 통제를 벗어난 곳에서 걷잡을 수 없이 벌어지게 하느냐. 차마 입에 담지 못할 소식이 시시각각 들어오면서 우리는 두 세계에서 모두 최악의 상황으로 빠져든 듯하다. 우리는 이제 죄의식으로부터 단 한순간도 자유롭지 못할 것이다. 우리는 이제 한때 우리가 누렸던 평판을 두 번 다시 되찾지 못할 것이다. 그렇지만 그 일은 전부, 아니 절반도 계획하거나 의도한 것이 아니었다. 우리는 그저 돌아섰고 손을 씻었고 명단을 작성하면서 사안을 처리했고 집에 가서 잠을 잤다. 그리고 그동안 인민은 한껏 심한 짓을 저지르며 (데물랭이 생각하기에) 영웅에서 하이에나로, 야만인으로, 식인종으로 둔갑했다.

적어도 초기에는 질서를 지키려는 시도가 있었고, 아무리 어처구니없을지언정 합법성을 꾸미려는 노력이 있었다. 빨간 모자를 쓴 한 무리의 상퀼로트들이 될 수 있는 대로 큼지막한 책상을 갖다 놓고 피의자를 앞에 앉혀놓았다. 바깥 마당에서는 집행자들이 단검과 도끼와 창검을 들고 기다렸다. 그들은 이유가 있어서 그랬건, 인정에 이끌려서 그랬건, 신원이 잘못 파악되었다는 사실이 막판에 알려져서 그랬건, 피의자의 절반은 풀어주었다. 신원 파악은 시간이 흐를수록 뒤죽박죽이 되었다. 사람들은 신분을 입증하는 서류를 잃어버렸다고, 도난당했다고 주장했다. 하지만 사람이 감옥에 갇혔을 때에는 필시 이유가 있지 않겠는가? 그리고 그 이유라는 것은 공익에 어긋나는 일을 한 게 아니었겠는가? 어떤 사람은 이런 말도 했다. "귀족들은 다 똑같아 보여, 난 그자들 얼굴이 분간이 안 돼."

어떤 이들은 피할 수 없는 상황임을 알았다. 어떤 이들은 기도할 시간이 있었다. 어떤 이들은 몸부림치면서 악을 쓰면서 숨이 넘어갈 때까지 싸우다가 죽어 갔다. 격분한 살인자 하나가 재판소로 쿵쿵 걸어 들어왔다. "머리 좀 쓰시오, 우리한테 숨 돌릴 시간은 줘야 하지 않겠냐고. 이대로는 못해." 그러자 재판관들은 태연히 죄수들에게 나가라고 손짓을 했다. "가시오, 당신은 자유야." 문밖에서 착실한 사내가 기다리고 있다가 그들을 쓰러뜨렸다. 자유는 그들과 거리가 멀다.*

오후도 중반으로 접어들었을 무렵, 젊은 언론인 프뤼돔이 당통의 회의가 끝나기를 기다리고 있었다. 그는 당통이 교도소 감독관의 항의를 비웃었다는 것도 몰랐고 당통이 롤랑의 개인 비서한테 욕설을 퍼부었다는 것도 몰랐다. 한 무리의 국민방위대 병사들이 그가 데물랭인 줄 알고 거의 죽일 뻔했던 1791년의 그날 이후로 프뤼돔은 자신에게 당통과 당통의 친구들에게 관심을 기울일 자격이 있다고 느꼈다.

당통이 약간 멍하게 그를 물끄러미 바라보았다. "죄수들이 학살당하고 있습니다." 프뤼돔이 말했다.

"귀찮아 죽겠네. 자기 앞가림은 자기가 해야지." 당통은 뚜벅뚜벅

---

* 1792년 9월 2일에 시작된 '9월 학살'을 그리고 있다. 당시 파리 인민은 반혁명 혐의자들이 혁명을 무너뜨리려는 외세의 음모에 가담하기 위해 감옥 안에서 반란을 일으키려 한다고 믿고 감옥에 수감되어 있던 혐의자들을 공격하여 살해했다. 9월 6일까지 닷새 동안 약 1천 명에서 1,400명이 희생당한 것으로 알려졌다.

가버렸다. 데뮬랭은 프뤼돔을 유심히 바라보았다. 프뤼돔의 희미한 흉터를 자기 얼굴로 옮겨 놓아보려고 했지만 이번에도 잘 안 되었다.

"괜찮아요." 데뮬랭은 죄책감으로 불안해 보였다. 그것은 더 큰 상황이 벌어진 탓이라기보다는 프뤼돔 때문이었다. 데뮬랭은 프뤼돔의 꽉 움켜쥔 손 하나를 자기 손으로 쓸어주었다. "다 잘 조직된 일입니다. 죄 없는 사람은 다치지 않을 거요. 구(區)에서 죄수를 보증하면 풀려납니다. 그건—"

"카미유." 당통이 멈춰서더니 돌아서서 호통을 쳤다. "제발 좀 빨리 오라니까."

당통은 데뮬랭을 한 대 치고 싶었다. 아니면 프뤼돔을. 당통의 공식 입장은 이 일에 대해서 난 아무것도 모른다는 것이었다.

마리 앙투아네트와 절친한 사이인 랑발 공작부인이 라포르스 감옥에서 살해당했다. 강간당했을 가능성도 있었다. 폭도들은 공작부인의 내장을 찢어발겨서 창검에 꽂았고 머리를 잘라내서 미용사한테 들고 갔다. 칼로 윽박지르는 바람에 미용사는 구역질을 하면서 공작부인의 예쁜 금발 머리를 돌돌 말고 치장했다. 그들은 다시 카페 일가가 갇혀 있는 탕플 탑으로 몰려갔다. 그리고 창검에 머리를 박아 얹고 높은 창밖에서 이리저리 흔들면서 "와서 친구한테 인사하셔야죠." 안에 있는 여자에게 권했다.

볼테르: "이성은 먼저 지도자들의 마음에 자리 잡아야 하고 이어서 서서히 밑으로 내려가서 마침내 인민을 다스려야 한다. 인민은

이성의 존재는 눈치채지 못하지만 자기네 지도자들의 절제를 알아
차리면서 지도자들을 흉내내기 시작한다."

　타인이 짓는 죄에 얽혀 드는 아홉 가지 방식:
　조언으로
　명령으로
　동의로
　부추김으로
　칭찬이나 아부로
　은폐로
　가담자로
　침묵으로
　악행의 변호로

　로베스피에르가 입을 열자 코뮌 감시위원회의 성원들은 펜을 내
려놓고 그를 뚫어지게 응시했다. 그들은 종이를 만지작거리지도 않
았고 코를 풀지도 않았고 눈을 산만하게 굴리지도 않았다. 기침이
나와도 참았다. 그들은 어깨를 쫙 펴고 진지한 표정을 지었다. 로베
스피에르는 그들의 관심을 기대했고 얻어냈다.
　"브라운슈바이크 공작을 프랑스 왕으로 삼으려는 음모가 있습니
다." 로베스피에르가 감시위원회 성원들에게 말했다. "믿기 어려워
보일지 모르지만," 그는 방 안을 둘러보았지만 아무도 믿기 어렵다
는 표정은 짓지 않았다. "동맹국 사령관에게는 그런 야심이 있고 프
랑스인들도 그것을 부추기고 있습니다." 그는 브리소를 지목했다.

전에 당통의 변호사 사무실에서 일했던 비요바렌이 바로 거들고 나섰다. 로베스피에르는 듣기 거북했다. 그는 비요바렌을 좋아하지 않았다. 그 남자는 자기한테 기막힌 능력이 있다고 주장했다. 눈만 쳐다보면 음모꾼을 가려낼 수 있다는 것이었다.

코뮌 관리들이 브리소와 롤랑의 긴급 체포 영장을 작성했다. 로베스피에르는 집으로 갔다.

마당을 지나가는데 엘레오노르 뒤플레가 그를 잡았다. "감옥에서 다 죽어 나가고 있다는 게 사실인가요?"

"모르겠소."

엘레오노르는 깜짝 놀라 말했다. "아셔야지요, 그 사람들은 당신한테 물어보지 않으면 아무것도 할 수 없으니까요."

로베스피에르는 한 손을 뻗어 엘레오노르를 자기 옆으로 끌어당겼다. 친밀감 때문이 아니라 그녀의 표정에 영향을 미치고 싶은 마음에서 그랬다. "설령 그게 사실이라 하더라도, 엘레오노르, 우리 코르넬리아 아가씨, 그것 때문에 울겠어요? 오스트리아 사람들 손에 죽어 나가고 농장에서 쫓겨나고 머리 위에서 지붕이 불에 타는 사람들을 생각한다면, 자, 어느 쪽 때문에 울겠어요?"

"물어보나 마나죠. 당신은 틀릴 수가 없어요."

"자, 어느 쪽 때문에 울겠소?" 그는 스스로 답변했다. "둘 다지."

당통은 검사 책상 위에 있는 서류들을 뒤적였다. 당통은 모든 사람의 일을 어느 정도는 알아 두기로 마음먹었다. 결국 모든 일이 그에게 되돌아왔다.

당통은 두 개의 영장을 보고 집어 올렸다가 다시 떨어뜨렸다. 브

리소. 롤랑. 그것들을 그냥 놓아두고 물끄러미 바라보았다. 마음이
서서히 움직이면서 첫아이가 죽었다는 소리를 들었던 그날 아침처
럼 머리부터 발끝까지 부들부들 떨리기 시작했다. 코뮌에 하루 종일
있었던 사람이 누구였나? 로베스피에르. 거기에서는 누구 말이 법
이었나? 그의 말과 로베스피에르의 말. 누가 이 영장들을 발부하게
만들었나? 로베스피에르. 물론 의사록을 요청해서 영장을 초래한
단어들을 하나하나 읽어보고 판단하고 책임을 매길 수는 있다. 그
러나 로베스피에르 없이 코뮌이 이런 일을 할 수 없었으리라는 것은
롤랑과 브리소가 체포되면 오늘 밤을 넘기지 못하리라는 사실보다
더 분명했다. 내가 움직여야 한다, 그는 스스로에게 말했다. 이 시점
에서 내가 움직여야 한다.

당통의 팔꿈치를 만진 것은 마농 롤랑의 친구인 금발의 연약한
소설가 루베였다. "당통, 로베스피에르가 브리소를 거론하면서 공
격했어요……." 루베가 말했다.

"그런가 보군." 당통은 영장들을 집어 들었다. 그리고 갑자기 사
나운 목소리로 루베를 몰아세웠다. "세상에, 자넨 어떻게 그렇게 멍
청할 수가 있지? 난 또 어떻고!" 당통은 서류들을 상대의 코 밑에다
들이밀었다. "제발, 어디 가서 처박혀 있어."

당통은 영장을 접어서 외투 안주머니에 밀어 넣었다. "자, 그럼.
날 때려눕히기 전엔 그 작은 친구가 이걸 돌려받지 못할 거야."

루베의 얼굴에서 혈색이 확 되살아났다. "이제 또 다른 전쟁이 벌
어지는 거군요. 우리가 로베스피에르를 죽이느냐 그 사람이 우리를
죽이느냐."

"나더러 구해 달라고 하지 말게. 독일 놈들도 있고, 나도 내 코가

석 자니까."

　페티옹은 당통이 했던 것과 똑같이 영장을 집어 들었다가 떨어
뜨렸다. "로베스피에르가 이걸 재가했다고?" 그는 계속 말했다. 허,
허, 그리고 다시 허. "당통, 그 사람은 아는 걸까요? 알 수 있을까
요? 그 사람들이 죽으리라는 걸?"

　"당연히 압니다." 당통은 앉아서 두 손에 머리를 얹었다. "내일이
면 정부는 사라질 겁니다. 그런 상태에서 그 친구가 뭘 해낼 수 있
다고 생각한 건지는 하늘이 알겠지요. 어제 마지막으로 본 뒤로 그
친구가 정신이 나간 건지 아니면 의도되고 계산된 건지 모르겠군요.
만약 후자라면 권력을 잡겠다는 얘긴데 그렇다면 1789년부터 우리
한테 줄곧 해 온 얘기가, 물론 명시적으로 한 말은 아니고 암묵적으
로 한 말이지만, 다 거짓말이라는 소리죠. 당신 생각엔 어느 쪽 같
소?"

　페티옹은 점점 공황 상태로 깊이 빠져들면서 혼잣말을 하는 것처
럼 보였다. "알지…… 그 친구가 우리들 대부분보다 낫지. 그래, 확
실히 낫지. 그렇지만 이제 중압감 탓에……." 페티옹은 말을 멈추었
다. 페티옹은 브리소 일파로 불렸다. 페티옹은 브리소에게 타고난
거부감이 있었지만 사람들은 페티옹에게 그런 딱지를 계속 붙였다.
8월 10일 이후로 브리소파는 묵인 아래 집권해 왔다. 그들이 당통을
정부로 끌어들인 모양새였지만 사실은 당통이 그들에게 자리를 되
돌려준 셈이었다. 당통은 한때는 루이 카페의 더 말랑말랑한 몸집이
차지했던 의자에 널브러져서 모든 내각 회의에서 자기 뜻을 관철시
켰다. "당통, 로베스피에르가 내 목숨도 원하나요?" 페티옹이 물었

다. 당통은 어깨를 으쓱했다. 당통도 몰랐다. 페티옹은 얼굴을 돌렸다. 자신이 한 생각에 부끄러움을 느끼는 듯했다. "오늘 아침 마농이 그랬거든, 로베스피에르하고 당통이 우리 모두에게 큰 칼을 겨누고 있다고."

"그래서 그 귀하신 부인께 뭐라고 하셨나요?"

"그래 봐야, 시민이여, 로베스피에르는 한낱 서기에 불과하네라고 말해주었지요."

당통은 자리에서 일어섰다. "난 그쪽 목에 칼을 겨누지 않습니다. 그렇게 전해주시오. 그렇지만 칼은 있지. 그리고 내 목이 칼 아래 놓이는 일은 없을 것이오."

"우리가 무슨 잘못을 했길래 이런 대접을 받는지 모르겠군요." 페티옹이 말했다.

"난 압니다. 내가 로베르피에르라도 눈에 보인단 뜻이오. 댁들은 워낙 오래전부터 자신들의 정치적 이익을 따져 온 탓에 도대체 무엇 때문에 권력을 잡고 싶어 했는지를 잊어버렸지. 난 당신들을 변호하지 않을 거요, 공적인 자리에서는. 데물랭은 몇 달째 나를 위해서 브리소에 대해서 파고 있소. 마라도 그렇고요, 자기 나름의 방식으로. 그리고 로베스피에르, 맞아요, 그 친구도 말했지. 우린 말하는 게 로베스피에르가 한 일의 전부라고 생각했소."

"로베스피에르는 당신이 그 사람 앞길을 막았다는 걸 알아야 합니다."

"그 친구는 독재자가 아니오."

페티옹의 서글서글한 얼굴은 아직도 충격으로 멍했다. "어설픈 행동의 결과에 말려들지 않도록 로베스피에르를 빼준 데 대해서 로

베스피에르가 당신에게 고맙게 여길 거라고 생각하시오? 분노의 시
간인가요?"

"분노? 그 친구는 분노의 시간 같은 건 한 번도 가진 적이 없소.
그 친구가 돌았나 보다 하고 내가 말한 건 실언이었소. 토굴에다 오
십 년을 가둬 두어도 그 친구는 돌지 않을 거요. 그 친구는 필요한
게 자기 머리 안에 다 있거든." 잠시 당통은 손을 뻗어 페티옹의 어
깨에 얹었다. "장담하지만 그 친구가 우리보다 오래 살 거요."

진홍색 외투를 두른 육중한 몸으로 당통이 집 안에 들어서자 당
통의 아내는 보기 좋게 배신당했다는 듯이 퉁퉁 부은 눈으로 당통
을 노려보았다. 그리고 당통이 뻗은 두 손을 뿌리치고 마치 자기 배
속에 있는 아이의 모습을 당통에게 숨기겠다는 듯이 팔짱을 껴서
몸을 가렸다.

"있지, 가브리엘." 당통이 말했다. "당신은 몰라. 내가 얼마나 많
은 사람을 구했는지."

"가까이 오지 말아요. 같은 방에 있는 것도 못 견디겠어."

당통은 종을 쳐서 하녀 한 사람을 불렀다. "잘 보살펴드려."

그길로 당통은 데물랭의 아파트로 들이닥쳤다. 뤼실 혼자 고양
이를 무릎에 올려놓고 가만히 앉아 있었다. 모든 것이 피크 광장에
와 있었다. 아기, 고양이, 피아노. "카미유를 찾는데―" 당통이 말
했다. "아니 아니, 괜찮아요." 당통은 뤼실의 의자 옆에 털썩 무릎을
꿇었다. 고양이는 두려운 듯 살짝 몸을 날려 맞은편 의자 팔걸이를
비웠다. 당통은 생각했다. 저 고양이가 로베스피에르한테는 가르랑
거리면서 다가갔지, 동물들은 참 아는 게 없구나.

뤼실이 고운 손을 내밀었다. 그리고 당통의 뺨을 만지고 이마를 쓰다듬었다. 워낙 부드럽게 만져서 거의 느낌이 없었다.

"뤼실." 당통이 말했다. "침대로 데려가고 싶소." 아, 이런 말을 하려던 게 아닌데.

뤼실은 고개를 저었다. "당신을 무서워하게 될 거예요, 조르주. 그리고 당신 침대란 거예요, 우리 침대란 거예요? 침대란 말 자체가 너무 겁이 나요. 당신은 왕관을 썼지만 우린 상대해야 할 가짜 도금 천사가 워낙 많아요. 우린 언제나 그 도금된 작은 주먹들하고 발들하고 부딪치잖아요."

"뤼실, 부탁하오. 당신이 필요해."

"아니요, 평상시하고 다른 모습 보이는 거 당신도 안 좋아한다고 생각해요. 당신은 정중하게 청하고 전 거절하고, 그래야 하는 거 아닌가요? 오늘은 날이 아니에요. 나중에 당신은 마음속에서 로베스피에르하고 전부 다 혼동할 거예요. 당신은 날 미워할 거고, 난 정말 그건 못 견딜 거예요."

"아니야, 그럴 리가 있나." 당통의 말투가 갑자기 달라졌다. "당신이 로베스피에르에 대해서 뭘 안다고."

"가만히 앉아서 듣기만 해도 얼마나 많은 걸 알게 되는지 놀랄 지경이에요."

"카미유는 그때 알았소. 로베스피에르가 무엇을 하려는지 틀림없이 알았을 거요."

다시 뤼실이 당통의 얼굴을 어루만졌다. 그 손길과 그 부드러운 목소리는 거의 숭고할 지경이었다. "그러지 말아요, 조르주. 안 그러는 게 좋아요."

"신경 안 쓰이오? 우리가 한 일이 신경 안 쓰이오?"

"신경 쓰이겠죠. 하지만 나도 그 일의 일부란 걸 알아요. 가브리엘은 견뎌내지 못하잖아요. 가브리엘은 당신이 당신 영혼과 자기 영혼을 망가뜨렸다고 생각해요. 하지만 난, 열두 살 아니면 열세 살 때 처음으로 카미유를 봤을 때 생각했어요. 아, 여기 지옥이 오는구나. 이제 와서 비명을 지르는 건 나한텐 좀 안 맞죠. 가브리엘은 멋진 청년 변호사와 결혼했어요. 난 아니었고."

"그런다고 내가 그 말을 곧이듣진 않소. 지금 이런 일을 당할 줄 미리 알았다고 당신이 말할 순 없겠지."

"알 수도 있죠. 알지 못하면서도."

당통은 뤼실의 손을, 손목을 잡았다. 꽉 쥐었다. "이대로 더 오래 갈 순 없소. 난 프레롱이 아니야, 난 디용이 아니라고. 난 당신이 가지고 노는 남자가 아니야. 난 당신이 나를 힘들게 하면서 즐기는 걸 용납하지 않겠소."

"그래서 어떻게 할 건데요?"

"당신을 가져야겠소."

"조르주, 날 협박하는 건가요?"

당통은 끄덕거렸다. "그런 거 같소." 생각에 잠겨 말했다. "그래야 할 거 같고." 그리고 일어섰다.

"후, 이건 내 인생에서 아주 새로운 장이네요." 뤼실은 감미롭고 자신 있는 미소를 지으며 당통을 올려다보았다. "하지만 당신은 정통적인 설득의 기술을 모두 소홀히 했어요. 당신이 할 수 있는 최대의 유혹이 이건가요? 당신이 하는 일이라곤 날 쏘아보면서 이따금씩 부여잡는 거밖에 없잖아요. 왜 괴로워하지 않죠? 왜 한숨을 쉬지 않죠? 왜 연시를 써주지 않죠?"

"그런 게 당신 애인들을 어디로 끌고 가는지 알아서지." 당통이 말했다. "젠장, 정말 웃기는 상황이군."

당통은 생각했다. 이 여잔 날 정말 원한다, 못된 계집. 뤼실은 생각했다. 이 사람 마음을 이제 돌려놨네.

당통은 서류를 집어 들고 자기 집으로 돌아갔다. 고양이가 다시 다가와서 뤼실의 무릎 위로 뛰어올랐다. 뤼실은 벽난로를 응시했다.

천사백 명쯤은 죽었다. 보통 전투에 비하면 약과다. 하지만 생각해보라. (뤼실은 생각한다.) 목숨이 있는 사람에게는 그것이 전부이며 우리가 가진 것은 목숨뿐이다.

국민공회 선거도 다른 때처럼 두 단계로 치러졌다. 구백 명의 제2단계 선거인들이 대회를 열어 자코뱅 클럽 강당으로 걸어가는 동안 그들은 거리에 새로 쌓인 시체 더미들을 지나왔다.

후보자가 과반수를 얻을 때까지 반복해서 투표가 치러졌다. 시간이 오래 걸렸다. 후보 한 명이 두 곳 이상에서 입후보할 수 있었다. 꼭 프랑스 국민일 필요는 없었다. 후보자의 면면이 워낙 다채로워서 선거인들은 어지러울 수도 있었지만 로베스피에르는 늘 지침을 준비해 두었다. 당통이 91퍼센트의 지지를 얻고 돌아왔을 때 로베스피에르는 그를 일단은 껴안았다. 껴안았다고 말하기 어렵다면 적어도 어깨를 살짝 두드려주었다고는 말할 수 있다. 로베스피에르는 페티옹과 직접 맞붙어서 이겼을 때, 또 부득이 나선 지방에서도 한 석을 얻었을 때 터져 나온 박수 갈채를 즐겼다. 파리 대의원들이 반브리소 연합으로 똘똘 뭉치는 것이 로베스피에르에게는 중요했다. 파리

선거인들이 자기 동생 오귀스탱을 복귀시켰을 때 그는 기쁘면서도 불안했다. 로베스피에르라는 그의 성이 과도한 영향력을 행사할까 봐 좀 걱정스럽긴 했지만, 오귀스탱도 아라스에서 혁명을 위해 열심히 일했으니 수도로 올라올 때도 되었다. 로베스피에르는 동생의 도움과 성원을 기대할 수 있으리라 생각했다. 로베스피에르는 핑핑 돌아가는 현실 앞에서 눈이 부시는 듯 미소를 지어냈다. 일이 분 동안은 그는 더 젊어 보였다.

언론인 에베르는 어떤 투표에서도 여섯 표 이상을 얻지 못했다. 또다시 로베스피에르의 표정이 여유를 찾은 듯했고 긴장했던 턱 근육이 풀렸다. 에베르는 마차를 소유한 것으로 알려졌지만 그를 추종하는 상퀼로트들이 있었다. 에베르 자신은 그를 가려주는 이미지만큼 훌륭하지는 않았다. 다행히 우리의 '뒤셴 영감'이 국민공회 의석에 앉아서 민주주의의 파이프를 뻐끔뻐끔 빠는 모습은 보지 않게 되었다.

하지만 모든 일이 순조로운 것은 아니었다. 잉글랜드의 과학자 프리스틀리가 마라에게 반기를 든 선거인단 덕분에 지지도가 올라가는 것처럼 보였다. 로베스피에르는 이렇게 조언했다. "지금 필요한 것은 비범한 인재도 아니고, 외국의 인재도 아닙니다. 우리에게 필요한 것은 혁명을 위해 지하실에서 숨어 지냈던 사람들입니다. 그리고," 그러면서 덧붙였다. "정육업자조차도 필요합니다."

그것은 빈말이 아니었다. 르장드르는 다음 날 무난히 당선되었다. 마라도 당선되었다.

로베스피에르가 아끼는 앙투안 생쥐스트는 드디어 파리로 진출할 것이며 오를레앙 공은 자신이 돈을 대주고 뒤를 봐주었던 사람들 옆에 앉을 것이다. 성씨를 물색하던 끝에 공작은 인민이 농 반으로 자신에게 붙여주었던 이름을 채택했다. 그는 이제 평등한 사람 '필리프 에갈리테'였다.

9월 8일의 우여곡절 한 토막: "브리소파의 우쭐대는 케르생이라는 어떤 지식인이 카미유가 1차 투표에서 통과하는 것을 막기에 충분한 표를 얻었는데. 이제 어쩐다?" 르장드르가 말했다.

"너무 언짢아하지 마시고." 당통이 달래듯이 말했다. "우리가 아는 우쭐대는 지식인보다 낫잖습니까?" 선거인들이 국사를 데물랭에게 넘기는 데에 저항하리라는 건 당통도 벌써 예상한 바였다. 그건 그렇고 케르생은 스스로 지식인이라고 주장했지만 브르타뉴 출신의 해군 장교였다. 지난번 의회에도 진출했다.

로베스피에르가 말했다. "시민 르장드르, 카미유의 당선을 막으려는 음모가 있다면 내가 박살내리다."

"그게 말이지……." 르장드르는 이의를 제기하려다가 말꼬리를 흐렸지만 편치 않아 보였다. 르장드르는 음모라고 말한 적이 없는데도 시민 로베스피에르는 곧장 민감하게 반응했다. "어쩌시려고?" 르장드르가 물었다.

"선거가 끝날 때까지 매일 한 시간씩 후보자들의 장점을 놓고 공개 토론을 벌이자고 제안하려고 합니다."

"아, 토론." 르장드르는 안도했다. 로베스피에르가 케르생에게 영장을 발부하는 안을 짜낼지도 모른다고 그는 잠시 생각했다. 지난주까지만 해도 자기가 상대하는 사람이 어떤 유형의 사람인지 알았지만 이번 주에는 알 수가 없었다. 사람을 다시 보게 되었다.

당통은 활짝 웃었다. "카미유의 장점을 목록으로 작성해서 죽 돌리는 게 좋겠군. 우린 자네처럼 창조적이지 않아서 말이야. '비범한 재능'이라는 제목 말고 카미유를 어떤 명분으로 내세울 수 있을지 잘 모르겠네."

"카미유가 뽑히기를 정말 원하는 건가?" 로베스피에르가 추궁했다.

"물론이지. 지루한 토론 시간에 말 상대라도 있어야지."

"그럼 거기 앉아서 웃고만 있을 게 아니지."

데물랭이 말했다. "사람 앞에 앉혀놓고 이게 뭐 하는 짓들이야."

다음 날 투표에서 시민 케르생은 1차에선 230표를 얻었는데도 희한하게 겨우 36표를 얻었다. 로베스피에르는 머쓱해했다. "당연히 사람들을 설득하려고 노력해야지. 그 이상도 그 이하도 아니야. 축하하네." 어떤 이유에서인지 로베스피에르의 머릿속으로 이미지 하나가 떠올랐다. 열두 살 아니면 열세 살 먹은 데물랭, 눈물을 펑펑 쏟던 불같고 변덕스러운 아이.

그동안 자원병들은 수천 명씩 노래를 부르며 전선으로 나아갔다. 그들은 총검 끝에 소시지와 빵 덩어리를 꽂았다. 여자들은 그들에게 입맞춤과 꽃다발을 안겼다. 징집관이 마을에 왔을 때 벌어지던 일을 기억하는가? 이제는 아무도 안 숨었다. 사람들은 초석으로 화약을 만들려고 지하실 벽을 박박 긁어댔다. 여자들은 녹여 쓰라고 결혼 반지를 재무부에 내놓았다. 물론 그들 중 상당수는 이혼을 허용하는 새 법의 덕을 볼 것이다.

"창검?" 데물랭이 물었다.

"창검." 파브르가 뚱하니 말했다.

"규정에 얽매이는 삼류 변호사처럼 보이고 싶지는 않지만 창검을 구입하는 것도 법무부 소관인가? 조르주자크는 우리한테 창검 청구서도 있다는 거 압니까?"

"왜 이래, 내가 장관을 쫓아다니면서 자질구레한 비용까지 다 결제받아야겠나?"

데물랭은 머리를 뒤로 쓸어 넘겼다. "이걸 다 합치면, 우린 지난 몇 주 동안 돈을 많이 썼어요. 이제 우리 모두 대의원이 됐으니 곧 새 장관이 올 거고 그 사람들이 돈이 어디로 갔느냐고 추궁할 생각을 하니 걱정이 되네요. 왜냐하면 정말이지, 난 전혀 모르거든요. 당신도 모르죠?"

"골치 아픈 내용은 무조건 '비밀 자금'이라고 적어 두라고. 그럼 아무도 묻지 않아. 물을 수가 없지. 비밀이니까. 너무 걱정하지 말게. 국새를 잃어버리지 않는 한 아무 일 없어. 안 잃어버렸지?" 파브르가 말했다.

"네. 오늘 아침에 어디서 본 건 분명하니까."

"좋아. 어디 보자, 우리도 좀 받아낼까? 마농 롤랑이 자기 부서에서 찍을 신문 명목으로 받게 될 돈은 어떤가?"

"아, 그랬죠. 조르주가 나한테 부탁하면 깔끔하게 편집해줄 거라고 그 여자한테 말했죠."

"그랬지, 나도 거기 있었지. 그 여자 말이 아마 자기 남편이 자넬 만나보고 괜찮을지 결정할 거라던데. 우리 장관은 발을 쿵쿵 구르면서 고래고래 소리를 지르기 시작하고."

그들은 웃었다. "자, 그럼." 데물랭이 말했다. "재무부 허가증입니다……." 데물랭의 손이 책상 위에서 움직였다. "장인이 이걸 가르쳐주더라고요……. 당통의 서명이 있으면 그 사람들은 절대로 묻지를 않는다고."

"알아." 파브르가 말했다.

"왜 직인을 안 찍었냐고요? 마라한테 빌려줬어요. 돌려받아야 하는데."

"우리 왕비 마마는 요즘 들어서 좀 달라진 거 같은가?" 파브르가 말했다.

"제가 어떻게 알겠어요? 난 동석도 못 하는 몸인데."

"그래 맞아, 못 하지. 저기, 뭐냐 하면 말이지……. 발걸음이 분명히 가벼워졌어, 볼에도 분명히 화색이 돌고. 이게 뭘 의미하느냐?"

"사랑에 빠졌군요."

파브르는 이제 마흔 줄에 들어섰다. 파브르는 말쑥하고 창백하며 몸에 군살이 없었다. 배우의 눈이고 배우의 손이었다. 밤늦게 자신의 과거사를 이것저것 두서 없이 풀어놓았다. 그 사연을 들으니 왜 그가 어떤 일에도 위축되지 않는지 이해가 갔다. 한번은 나무르에서 장교 친구들의 도움으로 카티슈라는 열다섯 살 난 소녀와 사랑의 도피 행각을 벌였다. 소녀의 아버지로부터 소녀의 순결을 지켜주려고 그랬다는 것이 파브르의 설명이었다. 어쩌면 그가 갖는 편이 나았을지 모른다. 그러나 그들은 붙잡혔다. 카티슈는 아무하고나 결혼해야 했고 파브르에게는 교수형이 떨어졌다. 그런데 어떻게 목숨을 건지고 여기까지 왔을까? 세월이 많이 흘렀고 그동안 워낙 우여곡절이 많아서 파브르는 통 기억할 수가 없었다. 데물랭이 말했다.

"조르주자크, 자네하고 나는 온실 속에서 자랐네."

"수도승처럼." 장관이 동의했다.

"나도 잘 몰라." 파브르는 겸손하게 말했다.

커다란 손으로 등과 책상 표면을 탕탕 치면서 모든 타협안들과 시도되고 검증된 모든 방법들과 점잖게 일을 처리하는 모든 법안들의 모가지를 비틀면서 관청들을 쿵쿵 누비고 다니는 장관의 뒤를 파브르는 따라다녔다. 권력은 당통에게 어울렸다. 오래된 외투처럼 당통에게 잘 맞았다. 누군가가 논쟁을 하려고 들면 당통의 작은 눈에는 불이 번쩍 켜졌다. 파브르는 당통이 제일 좋아하는 노골적인 방식으로 당통의 자아를 먹여 살렸다. 그들은 같이 있으면 편안했다. 함께 술을 마시고 부서 사이의 은밀한 거래를 논의했다. 동이 트면 당통은 유럽 지도 앞에 어느새 혼자 있었다.

당통은 파브르는 한계가 있고 자기 시간을 잡아먹는다며 투덜거렸다. 그렇지만 같이 있을 때 신경을 곤두세우지 않아도 됐다. 장관은 파브르에게 익숙했고 파브르는 필요할 때는 언제나 곁에 있었다.

오늘 아침 장관은 주먹에 턱을 괴고 생각에 잠겨 있었다. "강도는 안 해봤나요?"

파브르는 놀란 눈으로 힐끔 보았다.

"안 해보셨군." 당통이 명랑하게 말했다. "좀도둑질이 취미인 걸로 아는데. 그 얘긴 나중에 합시다. 아니야, 좀 도와주세요. 왕실 보석을 훔치고 싶거든요. 좀 앉읍시다."

"글쎄, 당통, 설명을 좀 해줘야겠는데?"

"당신은 들을 자격이 있지요. 하지만 조건을 달거나 뒤로 빼기는 없깁니다. 상상력을 발휘해보는 겁니다. 나처럼요. 자, 브라운슈바이크 공작을 보세요."

"브라운슈바이크─"

"자코뱅 식의 공격은 내 앞에서는 하지 말아주세요. 익히 들었으니까. 사실은 뭐냐 하면 인간으로서 브라운슈바이크는 우리한테 꼭 냉담한 것만은 아니라는 겁니다. 7월 선언*은 그 사람이 한 게 아니라 오스트리아하고 프로이센이 서명하라고 해서 한 겁니다. 생각해보자고요. 그 사람은 지성인입니다. 미래를 생각할 줄 아는 사람이지요. 부르봉 왕가를 위해 허비할 눈물 따위는 없는 사람입니다. 아주 부자이기도 하지요. 뛰어난 군인이기도 합니다. 그렇지만 동맹군에게 그 사람은, 뭐겠어요? 용병이죠."

"그 사람은 야심이 뭔데?"

"프랑스는 공화정을 맞아들일 준비가 안 되어 있다는 걸 나처럼 브라운슈바이크도 압니다. 인민은 루이나 그 형제들은 거부할지 몰라도 왕은 원합니다. 왜냐하면 그들이 이해하는 것이 왕들이니까요. 조만간 이 나라는 왕 아니면 왕처럼 군림하는 독재자한테 넘어갈 겁니다. 내가 틀렸다는 생각이 들면 로베스피에르한테 물어보세요. 우리가 헌법을 만들고 나서 그 헌법을 지탱하는 완충 역할을 해줄 나이 지긋하고 합리적인 왕을 찾아 유럽을 뒤지고 다녔으면 좋았을 법도 해요. 브라운슈바이크 같으면 표현을 달리 하겠지요. 하지만 그 사람이 그런 역할을 하고 싶어 한다는 건 분명합니다."

"로베스피에르가 그런 뜻을 비쳤지."(파브르는 생각했다. '그리고 자넨 말도 안 되는 소리로 받아들였지.') "그렇지만 7월에 그 선언을 한 마당에—"

"브라운슈바이크가 모처럼의 기회를 망친 거죠. 브라운슈바이크

---

* 1792년 7월 25일에 대프랑스 동맹군의 브라운슈바이크 장군이 루이 16세가 사소한 모욕이라도 당하면 파리를 궤멸하겠다고 위협하는 선언을 발표한 것을 가리킨다.

라는 이름을 우리는 이제 욕설로 쓰니까. 동맹군이 왜 그 사람 이름을 성명에 박아 넣게 했을까? 그 사람이 필요했던 게지요. 여기서 지탄받는 사람으로 만들려던 겁니다. 그래야 그 사람의 야심을 박살낼 수 있고 꼼짝없이 자기들 편에서 움직이도록 만들 수 있으니까."

"그리고 그렇게 됐지. 그런데 이제 와서 어떻게?"

"상황은 돌이킬 수 없는 게 아니거든요. 브라운슈바이크를 혹시 매수할 수 있지 않을까 궁리를 좀 했습니다. 그래서 협상을 해보라고 뒤무리에 장군한테 요청했지요."

파브르는 숨을 들이쉬었다. "우리 목숨이 걸린 일인데 무모하군. 이제 우린 뒤무리에의 손안에 있는 거야."

"그럴 수도 있겠지만 중요한 건 그게 아니죠. 중요한 건 나와 장군 사이에 끝맺지 못한 일이 아니라 프랑스가 얻을 결과지요. 왜냐하면, 브라운슈바이크를 매수할 수 있을 거 같거든요."

"하기야, 그자도 인간이니까. 그자는 로베스피에르도 아니고 신문에서 덕 있는 롤랑으로 불리는 내무장관에도 못 미치는 사람이니까."

"농담하지 마세요." 당통이 말했다. 그러더니 갑자기 활짝 웃었다. "무슨 소린지 알겠습니다. 우리 진영에 성자가 몇 명 있지 않느냐 이 소리군요. 그 성자들이 죽으면 프랑스 국민은 그들의 거룩한 유해를 방패막이로 삼으면서 싸우러 진군할 수 있겠지요. 어차피 대포도 좀 부족하고 하니."

"브라운슈바이크는 뭘 원하는데? 얼마나 바라는데?"

"조건이 특별합니다. 다이아몬드를 달라는군요. 그자가 그걸 수집한다는 거 알고 있었습니까? 다이아몬드가 어떤 욕망을 불러일으키는지는 우리가 잘 알지요. 카페 왕실의 그 여자가 우리한테 훌륭한 귀감을 보여주었잖아요."

"그래도 난 도무지 믿기지가 않아서—"

당통은 몸짓으로 파브르의 말을 잘랐다. "우리가 왕실 보석을 훔치는 겁니다. 브라운슈바이크가 특별히 탐내는 걸 건네주고 나머지는 회수합니다. 훗날을 대비해서."

"그게 가능할까?"

당통은 노려보았다. "그게 가능하지 않다면 내가 발을 깊이 담갔을 거 같아요? 우리가 조금만 도와주면 전문가들한테는 절도 자체는 별로 어렵지 않을 거요. 경비 쪽에다 구멍을 좀 뚫어주고. 수사도 좀 부실하게 하고."

"그렇지만 그게 전부 다, 보석 경비와 사건 수사가 모두 롤랑의 소관에 들어가잖아."

"덕 있는 롤랑은 우리 계획을 받아들일 겁니다. 그런 이야기를 어지간히 듣고 나면, 그렇게 얽혀 들고 나서는 스스로를 배신하지 않고서는 우리를 배신하지 못할 겁니다. 그 선까지 그 사람을 내가 끌고 가야지요. 롤랑이 알고 싶어 하지 않는 것을 알도록 만들어야지요. 그건 나한테 맡겨주세요. 그렇지만 실제로 롤랑이 아는 건 극히 적을 겁니다. 누가 연루되고 누가 연루되지 않았는지를 짐작만 할 수 있도록 일의 전모를 적당히 숨기고 드러낼 테니까요. 일이 꼬이면 그땐 책임을 그쪽에 전가하면 되지요. 어차피 내무부 책임이라면서요."

"그렇지만 당통이 이걸 주동했다고 말할 텐데—"

"오래 살면 그럴 수도 있겠죠."

파브르는 당통을 빤히 쳐다보았다. "사람이 달라졌군."

"달라지긴, 늘 그랬지만 난 지저분한 애국자인데요. 내가 브라운슈바이크한테서 사들이는 건 한 번의 전투입니다. 잘 먹지도 못하는 불쌍한 맨발의 병사들이 싸워야 하는 한 번의 전투입니다. 그게 잘못인가요?"

"수단이……."

"수단은 내가 정할 테니까 따르면 되고, 목적을 논하면서 허비할 시간은 없습니다. 명분을 따지면서 위선적인 말이나 하고 싶진 않단 말입니다. 나라를 구하는 게 바로 우리의 명분입니다."

"뭘 위해서?" 파브르는 넋이 나간 표정이었다. "뭘 위해서 나라를 구하는데?"

당통의 얼굴이 어두워졌다. "오늘부터 딱 보름 뒤에 오스트리아 병사가 당신 목을 비틀면서 '살고 싶으냐?'라고 해도 '뭘 위해서?'라고 물을 겁니까?"

파브르는 고개를 돌렸다. "그래……." 그리고 뇌까렸다. "지금은 살아남고 봐야겠지. 그럼 브라운슈바이크는 전투에서 질 용의가 있는 건가? 자기 명성이 걸린 문제인데?"

"체면이 깎이지는 않는 선으로 할 겁니다. 그쪽도 알아서 할 거고 나도 알아서 할 거고. 자, 이제 절도 전문가들이 나서면 되죠. 벌써 접촉을 해 두었으니 나머지를 맡아주세요. 자기들이 누구를 위해서 일하는지 그자들이 알게 하면 안 됩니다. 그자들은 전부―" 당통은 한 손으로 목을 긋는 시늉을 했다. "없애버려도 됩니다. 그리고 롤랑이 경찰을 동원해서 별 의미 없는 수사를 웬만큼 진행하도록 놔두면 되는 거죠. 물론 이 사건은 아주 심각하게 받아들여지겠죠. 사형이 거론될 만큼."

"법정에서 떠드는 걸 무슨 수로 막지? 경찰이 누군가를 잡아들이도록 해야 하잖아."

"그러니까 범인들이 떠들어댈 게 아무것도 없도록 최대한 힘써주셔야죠. 이 음모의 각 단계 사이를, 각 음모가들 사이를 모호함이라는 담요로 덮어버려야 합니다. 명심하세요. 모호함 말입니다. 만약 누군가가 정부의 개입을 의심하기 시작한다면 꼬리는 롤랑한테로 이어져야 합니다. 그리고 이 일에 대해서 하나도 아는 사실이 없도록 각별히 신경 써야 할 사람이 둘 있어요. 하나는 롤랑 부인입니다. 그 여자는 현실 정치에 어둡고 수다쟁이예요. 문제는 롤랑이 아내한테 감추는 게 하나도 없어 보인다는 겁니다."

"또 한 사람은 카미유겠지." 파브르가 말했다. "왜냐하면 카미유는 로베스피에르한테 말할 거고 로베스피에르는 브라운슈바이크하고 대화했다는 이유로 우릴 반역자로 부를 테니까."

당통이 고개를 끄덕거렸다.

"카미유의 충성심을 쪼갤 수야 없지요. 누가 알겠어요? 카미유가 잘못된 선택을 할지도 모르니까요."

"그렇지만 두 사람 다 진상을 꽤나 알아차릴 법한 자리에 있는데."

"그런 위험은 감수하는 거지요. 자, 이제 난 전투를 하나 사들일 수 있고, 그렇게 해서 전세를 뒤집을 수 있기를 바랄 뿐입니다. 그렇지만 그 다음에는 공직에 있을 수 없겠지요. 그때부터 난 협박에 시달릴 겁니다, 브라운슈바이크한테, 아니 그보다는 아마—"

"뒤무리에 장군한테."

"그렇죠. 승산이 낮아서 좀 망설여지나 보군요. 생각해보세요. 지난 몇 주 동안 법무부에서 당신이 얼마를 횡령했는지는 모르지만 무시해도 좋을 액수는 아니겠죠. 난 당신의 야심이 합리적 차원에 머물러 있는 한은 그 야심에 찬물을 끼얹지 않을 생각입니다. 공직을 떠난 당통이 나한테 무슨 소용이 있겠냐고 생각하는 건가요? 하지만 보세요, 전쟁은 돈벌이가 돼요. 이제 당신은 권력에서 절대로 멀어지지 않을 겁니다. 내부 정보……. 당신의 가치는 내가 압니다."

파브르는 침을 꿀꺽 삼켰다. 그리고 고개를 돌렸다. 그의 눈은 초점을 잃은 듯했다. "자넨 모든 게 거짓말 위에 세워졌다는 생각을 한 번이라도 할 때가 있나? 또 그런 게 걸끄러울 때가 한 번이라도 있나?"

"그건 말하기 위험한 건데. 마음에 안 드네요."

"아니, 난 자네 쪽을 말한 게 아니라 물어본 거야……. 나 자신의 설명에 대해서……. 경험을 비교해볼 수 있을까 싶어서." 파브르는 힘없이 웃었다. 서로 안 지가 그토록 오래 되었지만 파브르가 난감해하고 당혹스러워하는 모습을 당통은 그때 처음으로 보았다. 평생을 천방지축 날뛰며 살아온 사람이. 파브르는 고개를 들었다. "아무것도 아니야." 그러고는 대수롭지 않게 말했다. "그냥 해본 소리야."

"생각하지 않고 말하면 곤란하죠. 이 일에 관해선 천 년이 지나도 아무도 진실을 알면 안 돼요. 프랑스 국민은 전투에서 이길 거다, 그거면 돼요. 당신의 침묵은 내 침묵이 치르는 대가고 우리 둘 중 누구도 침묵을 깨서는 안 됩니다. 우리 자신의 목숨을 구하기 위해서라고 해도."

2장

로베스피에르 죽이기

(1792)

"당신을 처음 본 순간 사랑에 빠졌습니다." 마농은 생각했다. '그 전부터가 아니고?' 자신을 행복하게 만들 수 있는 유일한 남자(이젠 그녀도 그 사실을 알았다.)에게 그녀가 보낸 편지와 글이 그 남자의 감정을 더 일찍 끌어낸 게 아니었나 싶어서였다.

성급하게 진행된 일은 아니었다. 둘이 떨어져 있을 때 둘 사이에서는 잉크의 강물이 흘러넘쳤다. 같이 있을 때, 다시 말해서 같은 도시 안에 있을 때 그들은 오붓하게 있을 때가 거의 없었다. 살롱에서 나누는 대화, 살롱에서 보내는 시간이 그들의 운명이었다. 그들은 사랑의 언어로 말하기 전에 입법가의 언어로 말했다. 지금도 뷔조는 말을 많이 하지 않았다. 그는 당혹스러워하고 갈팡질팡하고 괴로워하는 사람처럼 보였다. 그는 마농보다 젊었고 자기 감정에 마농보다 서툴렀다. 그는 아내가 있었다. 아내는 못생겼고 뷔조보다 연상이었다.

마농은 과감하게 나갔다. 머리를 두 손으로 감싼 채 앉아 있는 뷔조의 어깨 위에 손가락 끝을 얹었다. 그것은 위로의 손길이기도 하고 그녀의 손가락이 떨리는 것도 막아주었다.

비밀에 부쳐야 했다. 신문들은 마농의 연인들을 지목했다. 루베일 때가 많았다. 지금까지 마농의 대응은 공개적으로 조소하는 것이었다. "논쟁할 거리가 그렇게도 없답니까? 좀 더 수준 높게 웃길 수는 없대요?" (하지만 혼자 있을 때면 이런 촌극과 악평 때문에 마농은 거의 울음이 터질 지경이 되었다. '왜 내가 그 괴상한 왈가닥 계집 테루아뉴하고 똑같은 취급을 받아야 하지? 왜 카페 일가 여자들이 받았던 것과 똑같은 취급을 받아야 하지?' 그녀는 자문했다.) 신문들이야 그럭저럭 견뎌낼 수 있었지만 더 견디기 어려운 것은 법무부 주변에서 흘러나오는 요란한 입방아였다.

당통의 발언이 마농에게 전해졌다. 당통은 마농이 남편을 두고 벌써 오래전부터 육체적 차원에서는 아니더라도 온갖 도덕적 의미에서 바람을 피워 왔다고 주장했다. 하지만 그녀가 처한 상황을 당통이 어떻게 짐작이나 할 수 있을까? 정숙한 여자와 고결한 남자가 맺는 관계에서 얻을 수 있는 우아한 만족감을 그자가 어떻게 헤아리고 알아차릴 수 있을까? 우악스러운 육체적 맥락이 아니고서는 그 어떤 맥락에서도 당통을 떠올리기가 불가능했다. 마농은 당통의 아내를 본 적이 있었다. 장관이 되고 나서 당통은 부인을 승마 연습장으로 한 번 데려왔다. 부인은 남편이 대의원들에게 포효하는 모습을 방청석에 앉아서 들었다. 임신을 한 그 여자는 아기에게 먹일 암죽과 미음 말고는 머릿속에 아무 생각도 없을 그런 따분한 종류의 여자였다. 그렇지만 그래도 여자는 여자다. 마농은 소리 내어 물었다. "어떻게 견딜 수 있을까? 자기 몸 위에 엎어진 저 황소의 무지막지한 몸무게를 어떻게 견딜 수 있지?"

그것은 하도 구역질이 나는 바람에 갑자기 터져 나온 경솔한 발언이었다. 다음 날 아침 당연히 그 발언은 온 파리에서 재탕되었다. 그 일만 생각하면 마농은 얼굴이 벌게졌다.

시민 파브르 데글랑틴이 찾아왔다. 그는 다리를 꼬고 손끝을 모았다. "잘 지내시죠."

허물없이 친한 사이라는 이런 소름 끼치는 가정이 마농은 쾌씸했다. 정치권 언저리에서 살랑거리는 여자들과 어울리는 껄렁한 남자, 연극적 가식 속에서 살면서 자신이 안 듣는 곳에서 헐뜯어대는 인간. 그들은 마농을 감시하러 파브르를 보냈고 그는 돌아가서 시시콜콜 보고했다.

"시민 데물랭이 말하기를, 자신은 언제나 그런 의혹을 품었지만 당신이 한 그 유명한 말은 사실은 당신이 장관에게 단단히 사로잡혔다는 사실을 암시한다는군요." 파브르가 마농에게 말했다.

"어떻게 남의 감정 상태를 주제넘게 점치겠다는 건지 이해가 안 가는군요. 우린 한 번도 만난 적이 없는데."

"그러고 보니 그렇네요. 왜 안 만나는 겁니까?"

"만나봐야 서로에게 아무 할 말이 없을 테니까요."

마농은 승마 연습장에서, 자코뱅 클럽의 방청석에서 카미유 데물랭의 부인을 본 적이 있었다. 싹싹해 보이는 여자였다. 사람들은 그 여자가 당통한테도 친절하다고 말했다. 데물랭이 그걸 묵인한다, 아니면 그 이상이다, 사람들은 그런 말도 했다. 파브르는 여자가 머리를 약간 움찔하는 것을, 뭔가를 덮으려는 듯이 움찔하는 것을 알아차렸다. '그렇지만 이 여자의 마음은 그야말로 오물통 아닌가.' 그는 생각했다. '우리도, 우리 동료들이 침대에서 뭘 하는지 사람들 앞에서는 떠들지 않는데.'

마농은 자문했다. 내가 왜 이 남자를 참아야 하지? 당통하고 내가 소통해야 한다면 다른 중개인은 없을까? 보아하니 없었다. 아마 호쾌한 태도에서 풍기는 것과 달리 당통이 신뢰하는 사람이 많지 않은 모양이라고 마농은 생각했다.

파브르는 의아스럽다는 듯이 마농을 바라보았다. "당신만 손해죠." 파브르가 말했다. "당신이 받은 인상은 사실 틀렸습니다. 당신은 나보다 데물랭을 훨씬 좋아할 겁니다. 말이 난 김에 덧붙이자면 그는 선거에서 여자한테도 투표권을 주었어야 했다고 믿습니다."

마농은 고개를 흔들었다. "동의 못 해요. 대부분의 여자는 정치를 하나도 몰라요. 여자들은 이치를 따지지 않아요. (마농은 당통의 여자들을 생각한다.) 건설적인 사고란 게 아예 없어요. 남편들한테 휘둘리기만 할 거예요."

"아니면 애인들한테."

"당신 동네에서는 아마도 그렇겠지요."

"하신 말씀 데물랭한테 전해드리지요."

"안 그래도 됩니다. 그 사람하고는 직접적으로든 간접적으로든 논쟁을 벌이고 싶은 마음이 추호도 없답니다."

"당신이 자기를 전보다 더 안 좋게 본다는 걸 알면 그 친구 엄청 충격을 받을 겁니다."

"누굴 바보로 아는 거예요?" 마농이 쏘아붙였다.

파브르의 눈썹이 치켜세워졌다. 마농을 자극해서 폭발시켰을 때 그는 그런 표정을 지었다. 이틀이 멀다 하고 파브르는 마농을 관찰하면서 그녀의 기분을 거두어들였고 그녀의 표정을 모아들였다.

다시 마농의 비밀.

정직이 필요할 때가 있고 뷔조도 그걸 인정했다. "우린 둘 다 결혼한 몸이고……. 어찌 되었든 당신이……. 그 어떤 일이든 그 서약에 먹칠하는 것은 불가능하다고 봐요."

"하지만 옳다는 느낌이 이렇게 강한데요. 내 본능은 내가 틀릴 리 없다고 말하고 있어요." 마농은 울부짖었다.

"본능?" 뷔조가 고개를 들었다. "마농, 그건 의심스럽네요. 우리에게 행복해질 절대적 권리란 건 없습니다. 혹은 행복의 본질이 무엇인지에 대해서 찬찬히 생각해볼 필요가 있다고 말해도 좋겠지요. 남을 희생하면서 즐거움을 누릴 권리가 우리에겐 없습니다." 그 흔들림 없는 손가락들은 뷔조의 어깨 위에 여전히 놓여 있었지만 마농의 얼굴은 그의 말을 납득하지 못하는 듯했다. 마농의 얼굴에 탐욕이 비쳤다. "마농?" 뷔조가 말했다. "키케로를 읽어봤어요? 의무에 대한 글?"

키케로를 읽어봤냐고? 내 의무를 아느냐고? "그래요……." 신음이 새어 나왔다. "그 정도는 읽었죠. 책임을 헤아려야 한다는 거, 다른 사람을 희생해서는 아무도 행복할 수 없다는 거, 나도 알아요. 내 머릿속에서 이런 생각을 벌써 다 거쳤으리라는 생각이 안 들어요?"

"아." 뷔조는 겸연쩍어했다. "제가 당신을 과소평가했네요."

"그거 알아요, 내 잘못이 있다면—" 마농은 예의 바른 응대를 예상하며 살짝 말을 끊었다. "내 잘못이 있다면, 그건 내가 단도직입으로 말한다는 거예요. 난 위선을 참을 수가 없어요. 솔직함에서 벗어나는 이 예의 바름을 참을 수가 없다고요. 난 롤랑한테 말해야 돼요."

"롤랑한테 말해요? 뭘?"

적절한 질문이었다. 당통과 친구들이 뭔가 일어나고 있다고 생각하는 의미에서 둘 사이에서는 아무 일도 일어나지 않았다. (마농은 뤼실 데물랭의 작은 가슴이 당통의 손가락 사이에서 으스러지는 모습을 상상했다.) 단지 뷔조가 느닷없이 선언했고 마농이 느닷없이 답변했을 뿐. 하지만 그 뒤로 뷔조는 마농에게 거의 손을 대지도 않았고 손도 잡지 않았다.

마농은 고개를 떨군 채 말했다. "보세요, 이건 육체의 영역을 훨씬 넘어서는 거죠. 당신 말대로. 그런 의미에서는 우리한텐 아무 일도 일어날 수 없어요. 그리고 물론 난 롤랑을 도와야 돼요. 지금은 위기의 시간이고 난 그 사람 아내고 그 사람을 버릴 수 없어요. 그렇지만, 그 사람이 진실을 모르고 의심하면서 살아가게 둘 수는 없어요. 이건 내 성격이고 당신이 이해해야 돼요."

뷔조는 고개를 들었다. 그리고 찡그렸다. "하지만 마농, 당신은 남편한테 할 말이 아무것도 없어요. 아무 일도 없었으니까. 우린 그저 우리 감정을 얘기했을 뿐이니까요."

"그래요, 우린 그걸 얘기했죠! 롤랑은 나한테 자기 감정을 얘기한 적이 한 번도 없답니다. 하지만 난 그 사람 감정을 존중해요, 그 사람한테 감정이 있다는 걸 난 알거든요. 당연히 있는 거고, 누구한테나 있는 거고. 난 롤랑한테 말해야 돼요. 진실은 이렇다, 내가 사랑한다고 여기는 남자를 만났다, 우리 상황은 이러저러하다, 난 그 사람 이름을 안 밝히겠다, 아무 일도 없었다, 아무 일도 없을 거다, 난 당신의 충실한 아내로 남을 거다. 롤랑은 이해할 거예요, 그리고 내 마음이 영영 다른 데로 갔다는 걸 알게 될 거예요."

뷔조는 눈을 내리깔았다. "확고부동하군요. 당신 같은 여자가 이 세상에 또 있을까요."

'있을 리가 없지요.' 마농은 생각했다. "난 롤랑을 배신할 수 없어요. 롤랑을 떠날 수 없어요. 내 몸이 기쁨을 바라게 되어 있다고 당신은 생각할지 몰라요. 하지만 기쁨이 제일 중요한 건 아니죠." 그렇지만, 마농은 뷔조의 손을 생각했다. 그렇게 우아하고 자기 관리를 잘하는 남자 치고는 다소 억센 그 손을. 마농의 가슴은 데물랭의 여자의 가슴과 같지 않다. 그것은 아이를 먹여본 가슴, 책임감 있는 가슴이다.

뷔조가 말했다. "남편한테 말하는 게 잘하는 거라고 생각하세요? 그게 (하느님 도와주소서.) 의미가 있다고 생각하세요?"

뷔조는 자기가 일을 잘못 처리했다는 느낌이 들었다. 하지만 그는 이 문제에서는 경험이 전혀 없었다. 그리고 그가 돈 때문에 결혼한 아내는 연상이었고 못생겼다.

"그래, 그래, 거봐!" 파브르가 말했다. "분명히 누가 있다니까! 그래 봐야 그들도 별 수 없는 인간이라는 사실을 깨달았을 때의 이 기쁨이란!"

"루베가 아니야?"

"아니. 아마도 바르바루?"

"세상에. 평판이 나쁜 사람인데. 매력이야 분명하지만. 좀—" 데물랭이 한숨을 쉬었다. "좀 야단스럽고 현란하지 않나, 롤랑 부인한테는?"

"덕 있는 롤랑이 어떻게 받아들이시려나 모르겠네."

"그 나이에, 별로 예쁘지도 않은 여자가." 데물랭은 혐오스럽다는 듯이 말했다.

"어디 아파요?" 마농이 남편에게 물었다. 목소리에서 날카로움을 없애기는 쉽지 않았다. 남편은 의자에 쑤셔 박혀 있었고 힘겹게 눈을 돌려 아내 얼굴을 바라보는 표정에는 분명히 육체적 고통이 담겨 있었다.

"어쩌지." 남편이 안쓰럽다는 생각은 들어도 미안하다는 말은 나오지 않았다. 마농은 더는 사과할 필요성을 못 느꼈다. 망신스러운 행동을 할 필요가 없도록, 꾸밀 필요가 없도록, 속임수로 여겨질 수 있는 그 어떤 짓도 할 필요가 없도록 자신은 그에게 상황을 제시할 뿐이었다.

마농은 남편이 말하기를 기다렸다. 남편이 말을 안 하자 마농이 말했다. "내가 왜 그 사람 이름을 안 밝히는지 이해해주세요."

남편이 끄덕였다.

"우리가 하는 일에 문제가 생기면 안 되잖아요. 걸림돌이. 아무리 우리가 합리적인 사람이라 해도," 마농은 잠시 기다렸다. "나는 내 감정에 굴레를 씌울 수 있는 그런 여자가 아니에요. 그렇지만 처신은 똑 부러지게 할 거예요."

드디어 침묵이 깨졌다.

"마농. 외도라는 어떻게 지내, 우리 딸은?"

마농은 뜬금없는 말에 놀랐고 화가 났다. "잘 있다는 거 알면서.

보살핌을 잘받고 있다는 거 알잖아요."

"알지만 왜 그 아이를 여기에 한 번도 안 데려오는 거지?"

"공관은 아이가 있을 만한 데가 못 돼요."

"당통은 피크 광장에 아이들을 데리고 있던데."

"그 아이들은 아기니까 유모한테 맡길 수가 있죠. 외도라는 달라요. 내가 신경을 써야 하는데 지금은 그럴 겨를이 없어요. 그 아이는 예쁘지도 않고 내세울 것도 없잖아요. 내가 그 아이하고 뭘 하겠어요?"

"이제 겨우 열두 살이오, 여보."

마농은 남편을 내려다보았다. 힘줄이 불거진 손을 쥐었다 폈다 하는 것이 보였다. 그리고 남편이 울기 시작한 것을, 눈물이 소리 없이 뺨에서 주르르 흘러내리는 것을 보았다. 남편은 우는 모습을 보이고 싶지 않을 거라고 마농은 생각했다. 당혹스러운 슬픔을 느끼면서 마농은 문을 살며시 닫고 방에서 나갔다. 남편이 몸져누워서 마농의 환자가 되고 그녀가 남편의 간호사가 되었을 때 그랬던 것처럼.

롤랑은 아내의 빠른 발소리가 사라질 때까지 귀를 기울였다. 그리고 마침내 참았던 소리를 냈다. 자기에게는 자연스럽게 느껴졌던, 말소리만큼이나 자연스러워 보였던 소리를 냈다. 그것은 비좁은 가슴통에서 새어 나오는 숨죽인 동물의 서러운 울음소리였다. 울음소리는 하염없이 이어졌다. 말소리와 달리 그 소리는 어디에도 닿지 않았고 딱히 목적지도 없었다. 그것은 자신을 위한 울음이었고 외도라를 위한 울음이었고 마농이 거추장스럽게 여긴 모든 사람을 위한 울음이었다.

엘레오노르는 이 모든 일이 끝나면 로베스피에르는 나하고 결혼할 거라고 전부터 생각했다. 어머니에게도 그런 뜻을 비쳤다. "내 생각도 그렇단다." 뒤플레 부인은 느긋하게 말했다.

며칠 뒤 아버지가 그녀를 따로 불렀다. 그는 생각이 복잡한지 어색한 몸짓으로 숱이 점점 줄어드는 머리카락을 뒤로 쓸어 넘겼다. "그 사람은 대단한 애국자야." 아버지가 말했다. 그것이 그를 걱정스럽게 만드는 듯했다. "내가 보기엔 그 사람이 너를 아주 좋아하는 것 같은데. 사사로운 일에서는 아주 내성적인 사람이잖냐. 그렇다고 해서 그가 달라졌으면 한다는 소리는 아니고. 대단한 애국자야."

"그래요." 엘레오노르는 짜증이 났다. 아버지가 그런 식으로 추어올리지 않아도 자신은 로베스피에르를 무척 자랑스러워하는데 아버진 그걸 모른단 말인가?

"그 사람이 우리하고 여기에서 함께 사는 건 대단한 영광이니까 당연히 우리는 할 도리를 다해야 한다. 아버지가 보기엔 넌 사실은 이미 결혼한 것으로 보이는구나."

"아. 무슨 뜻인지 알겠어요."

"너만 믿을 테니까……. 그 사람이 좀 더 편하게 생활하게 만들 수 있는 일이라면 뭐든지 하려무나."

"아버지, 제 말 못 들으셨어요? 말했잖아요, 무슨 뜻인지 알겠다고."

드디어 엘레오노르가 머리를 풀었다. 떡 벌어진 어깨 뒤로 머리를 허리까지 늘어뜨렸다. 작은 가슴을 덮었던 머리를 옆으로 밀어내고 거울 쪽으로 몸을 당겨서 찬찬히 뜯어보았다. 어리석은 일인지도 모른다, 이 못난 얼굴로……. 뤼실 데물랭이 어제 아기를 보여주러 왔다. 그들은 데물랭 부부를 둘러싸고 법석을 떨었고 뤼실은 아기를 빅투아르에게 맡기고 혼자 앉아 있었다. 얼음에 닿은 겨울 꽃처럼 의자 팔걸이 위로 한 손을 늘어뜨린 채. 로베스피에르가 들어왔을 때 뤼실은 고개를 돌려서 웃었고 그의 얼굴에도 갑자기 화색이 돌았다. 그가 뤼실에게 느낀 것은 동지애라고 불러야겠지만 그가 나한테 느끼는 감정은, 오, 이 세상에 정의란 게 있다면 동지애 이상이어야 마땅하다고 엘레오노르는 생각했다.

엘레오노르는 밋밋한 배와 엉덩이를 손으로 쓰다듬었다. 그리고 자기의 보드라운 살결에서 기쁨을 느끼기 시작했다. 그리고 로베스피에르의 손이 느낄 것을 느꼈다. 하지만 거울에서 돌아섰을 때 자신의 각지고 딱딱한 몸매가 언뜻 눈에 들어왔고 침대로 살며시 들어가서 그의 베개 위에 자기 머리를 얹었을 때에는 실망의 앙금만이 남아 있었다. 누워서 로베스피에르를 기다리면서 그녀의 온몸은 앞으로 벌어질 일을 예상하면서 딱딱하게 굳었다.

엘레오노르는 그가 계단을 올라오는 소리를 들었고 얼굴을 문 쪽으로 돌렸다. 그리고 아주 찰나였지만—아, 하느님 그럴 수도 있는 건가요.—개가 뛰어들어와 그녀를 덮쳐서 헐떡거리고 이죽거리고 끙끙거리고 홀짝거리고 (엎드린 자세로) 그녀의 깨끗하고 잘 빗어진 머리를 주둥이로 몇 움큼 잡아채는 끔찍한 장면을 상상했다.

그러나 문 손잡이가 돌아갔지만 아무것도, 아무도, 들어오지 않았다. 로베스피에르는 방 문턱에서 머뭇거렸고 돌아서서 계단을 다시 내려갈 것처럼 보였다. 그러다가 결심을 하고 안으로 들어섰다. 눈과 눈이 만났다. 그는 서류 더미를 두 손에 되는 대로 들고 있었다. 팔을 뻗어 서류를 내려놓는 동안에도 그의 눈은 엘레오노르의 얼굴에 머물러 있었고 서류 몇 장이 펄럭거리며 바닥에 떨어졌다.

"문은 닫으세요." 엘레오노르가 말했다. 그 말만 하면 더는 말을 안 해도 완벽하게 의사 전달이 되리라 기대했다. 그러나 입을 여는 순간 그 말은 그저 외풍 때문에 불편해진 사람의 입에서 나오는 사무적인 제안처럼 들렸다.

"엘레오노르, 후회하지 않겠어?"

조바심과 자괴감이 로베스피에르의 얼굴을 스쳤다. 엘레오노르는 아예 작정을 한 듯했다. 그는 그녀의 두 손을 들어 손가락 끝에 입을 맞추었다. 로베스피에르는 우리가 이래서는 안 된다고 아주 분명하게 말하고 싶었지만 흩어진 서류들을 모으려고 허리를 숙였을 때 그의 얼굴이 갑자기 벌게지면서 여자에게 일어나서 가 달라고 말하기가 아예 불가능함을 깨달았다.

로베스피에르가 돌아섰을 때 엘레오노르는 앉아 있었다. "뭐라 그럴 사람 아무도 없어요. 우릴 이해해요. 우린 어린애가 아니에요. 식구들도 우릴 힘들게 하지 않을 거예요."

'우리 때문에 식구들이 힘들잖아.' 로베스피에르는 생각했다. 그가 침대에 앉아서 엘레오노르의 가슴을 어루만지자 그의 손바닥 안에서 그녀의 가슴이 단단해지는 것이 느껴졌다. 로베스피에르의 얼굴에는 엘레오노르를 걱정하는 마음이 그대로 떠올라 있었다.

"괜찮아요. 정말이에요."

지금까지 아무도 엘레오노르에게 입을 맞추지 않았다. 로베스피에르는 아주 부드러운 손길로 그녀를 만졌지만 그래도 그녀는 놀란 모양이었다. 로베스피에르는 부드럽고 이상하고 낯선 살을 만졌다.

베르사유에 처음 왔을 때 만나던 아가씨가 있었지만 그 여자는 어떤 의미에서도 좋은 아가씨가 아니어서 멀어지기도 더 쉬웠고 그 뒤로는 아무것도 안 하는 게 더 쉬웠다. 금욕은 쉽지만 어설픈 금욕은 굉장히 어렵다. 여자들은 비밀을 지킬 줄 모르고 신문들은 소문에 목이 말랐다. 엘레오노르는 늦춰지는 것을 기대하지도 원하지도 않는 듯했다. 자신의 몸을 상대의 몸에 밀착시켰지만 고통을 예견하다 보니 뻣뻣했다. 피가 흐르기 시작할지도 모른다는 걸 그녀가 알까? 욕지기가 확 치밀어 올랐다.

"엘레오노르, 눈을 감아." 로베스피에르가 속삭였다. "긴장을 풀어야 돼, 느낌이 있을 때까지 일 분이라도—" 좋아졌네, 그는 하마터면 그렇게 말할 뻔했다. 병상이라도 되는 것처럼. 그는 여자의 머리카락을 만지고 다시 입을 맞추었다. 엘레오노르는 그를 만지지 않았다. 만진다는 생각은 해본 적도 없었다. 그는 여자의 다리를 밀어서 조금 벌렸다. "무서워하지 않으면 좋겠다."

"괜찮아요."

하지만 아니었다. 그가 도저히 불러낼 수 없는 폭력성을 구사한다면 모를까 그녀의 마르고 굳은 몸으로 밀고 들어갈 수가 없었다. 일이 분 뒤에 로베스피에르는 팔꿈치로 몸을 받치고 엘레오노르를 내려다보았다. "서두르려고 하지 마." 그는 한 손을 그녀의 엉덩이 밑으로 밀어 넣었다. 그는 털어놓고 싶은 마음이 굴뚝 같았다. '엘레오노르, 나도 이런 데 서툴러서 너한테 숙달된 사람처럼 설명을 못 하겠다.' 그녀는 로베스피에르와 맞댄 몸을 동그랗게 구부렸다. 인생에서 바라는 게 있으면 열심히 노력하라고, 이를 악물고 절대로 포기하지 말라고 누군가가 그녀에게 말한 적이 있다……. 가엾은 엘레오노르, 가엾은 여자들. 그녀는 소리를 내지 않았다. 그는 그녀의 얼굴을 보지 않아도 되게끔, 그래서 그녀가 아파하는지 알지 않아도 되게끔, 그녀의 얼굴을 두 어깨로 끌어안았다. 그리고 몸을 조금 움직여서 — 그렇다고 그 동작이 쉬웠다는 소리는 아니지만 — 자세를 좀 더 편하게 잡았다. 로베스피에르는 다시 생각했다. 너무 오랜만이다, 하려면 자주 하든가 아니면 아예 안 하는 편이 낫다. 그래서, 물론, 그것은 빨리 끝났다. 그는 엘레오노르의 목에다 가느다랗게 숨소리를 파묻었다. 그는 그녀를 놓아주었고 그녀의 머리는 다시 베개 위로 떨구어졌다.

"아팠어?"

"괜찮아요."

로베스피에르는 옆으로 돌아누워 두 눈을 감았다. 엘레오노르는 아마 이런 생각을 하고 있을 거다. '이거였구나, 이거였어, 이걸 가지고 그렇게 난리들을 피운 거였구나.' 그녀는 당연히 그런 생각을 하고 있을 거다. 로베스피에르가 이겨내기 힘들었던 것은 자신이 느낀 실망감이었고 목구멍에서 느껴지는 쓰라림과 껄끄러움이었다. 엉뚱한 교훈을 얻었다고 그는 생각했다. 내가 거부해 온 쾌락이 쾌락이 아닌 것으로 드러날 때 사람은 이중으로 망가진다. 환상을 잃게 될 뿐 아니라 허무를 느끼기 때문이다. 물론 베르사유 아가씨하고는 훨씬 좋았지만 이제 그 상황으로 돌아갈 수는 없었고 가벼운 만남 앞에서 그의 영혼이 느끼는 혐오감을 씻어낼 수도 없었다. 너무 빨리 돼서 미안하다, 별로 좋지 않았던 모양인데, 엘레오노르한테 이렇게 말해야 할까? 하지만 그게 무슨 소용이란 말인가, 그녀는 비교의 기준이 없으니 그저 "괜찮아요." 하고는 말 텐데.

"이제 일어날래요." 엘레오노르가 말했다.

로베스피에르는 한 팔로 그녀를 안았다. "더 있어." 그리고 가슴에 입을 맞추었다.

"알았어요. 그럴게요."

로베스피에르는 대충 살펴보았다. 피는 없었다. 적어도 그가 보기에는 그랬다. 어쩌면 이 여자는 사실은 이것이 전부가 아님을, 연습으로 더 좋아질 수 있음을 아는지도 모른다고 그는 생각했다. 어떤 사람들에게는 이것이 너무도 중요한 삶의 일부임을 그녀도 알 테니까 말이다.

그제서야 엘레오노르는 마침내 긴장을 풀었다. 그녀는 웃었다. 해냈다는 웃음이었다. 그녀가 무슨 생각을 하는지 누가 짐작할 수 있을까? "이 침대가 별로 안 크네요."

"안 크지만—" 그 지경이 되면 그녀에게 그냥 말해야 하리라. 엘레오노르한테, 코르넬리아한테 말해야 하리라, 당신의 몸을 너그럽게 그냥 내주는 것은 정말 고맙지만 당신 가족들이 모두 나서서 가구 옮기는 일을 거들어준다 하더라도 당신과 밤을 같이 보내고 싶은 마음은 없노라고. 로베스피에르는 다시 눈을 감았다. 집을 떠날 때 모리스한테 어떻게 둘러대야 할지를, 보나마나 눈물을 글썽거릴 뒤플레 부인을 어떻게 감당할지를 생각하려고 애썼다. 그러다가 죄도 없이 혼란스러워할 엘레오노르의 머리에 쏟아질 원망과 여자의 양심에 생각이 미쳤다. 게다가 그는 다른 구역의 냉랭하고 썰렁한 방들로 옮겨 가고 싶지 않았다. 또 그렇게 이사를 나가서 자코뱅 클럽에서 모리스 뒤플레를 만나면 인사를 하고 가족의 안부를 묻는 일조차 껄끄럽게 느껴질 것 같았다. 그렇게 지내고 싶지는 않았다.

한편으로 그는 이런 일이 다시 일어나리란 걸 너무나 잘 알았다. 엘레오노르가 계단을 올라와서 로베스피에르를 기다릴 때가 되었다고 마음먹으면 그는 처음과 마찬가지로 그녀를 내보낼 수 없을 것이다. 그녀는 얼마나 자주 로베스피에르의 방으로 올라가는 게 좋을지 조언이 필요할 텐데, 엘레오노르가 누구에게 할 얘기 못 할 얘기를 하는지 궁금했다. 무시무시한 가능성이 그의 머릿속에서 우당탕 쏟아지는 가운데 그는 엘레오노르가 만나는 여자 친구들의 범위를 헤아려보려고 애썼다. 그녀가 당통 부인을 잘 모른다는 사실이 다행이었다.

다음 며칠 동안 로베스피에르는 죄책감으로 몸이 편치 않았다. 두 번째로 그의 방에 왔을 때 엘레오노르는 덜 어려워했고 덜 긴장했지만 쾌감을 느끼는 조짐은 조금도 보이지 않았다. 그녀가 임신이라도 하면 서둘러 결혼해야 하리라는 생각이 덜컥 들었다. 로베스피에르는 생각했다. 국민공회가 열리고 새로운 사람들이 집에 오면, 어쩌면 누군가가 그녀를 좋아할 수도 있을 것이고 그럼 난 아무런 언질이나 속박 없이 너그럽게 그녀를 놓아주리라.
하지만 로베스피에르의 마음속에서는 그런 일이 일어날 리 없음을 알았다. 아무도 엘레오노르를 좋아하지 않을 것이다. 엘레오노르의 가족들은 다른 사람들이 그녀를 좋아하도록 내버려 두지 않을 것이다. 그는 생각했다. 이제 결혼한 사람들은 이혼할 수 있다. 하지만 우리는 둘 중 하나가 죽어야만 풀려날 수 있다.

법무부에서 데물랭은 책상 앞에 앉아 있었다. 잡다한 상념이 그의 머리를 스치고 지나갔다. 미라보를 보러 가기 전에 사촌 드 비프빌의 아파트에서 보냈던 밤이 떠올랐다. 그날 그곳에 바르나브가 들렀다. 바르나브는 데물랭이 비중 있는 인물이라도 되는 듯이 말을 걸어왔다. 데물랭은 개인적으로 바르나브를 좋아했다. 지금 바르나브는 왕실과 음모를 꾸민 혐의로 감옥에 갇혀 있다. 그것은 물론 도저히 부인하기 어려운 혐의였다. 데물랭은 한숨을 쉬었다. 그리고 마르세유의 자코뱅 사람들을 독려하려고 쓰던 격문의 여백에다 망망대해에 떠 있는 작은 배들을 그려 넣었다.

이제 국민공회 사람들이 파리로 모여들고 있었다. 오귀스탱 로베스피에르, 그리고 앙투안 생쥐스트…… 생쥐스트에 대해서는 인내심이 필요하다. 앞뒤가 안 맞는 이 욱하는 적개심을 자제해야 한다.

"그 친구는 머릿속에서 끔찍한 생각을 키우는 느낌이 들어." 데물랭이 당통에게 말했다.

당통은 결속에 정신이 팔려 있었다. "애쓰라고 애써." 당통은 피곤한 변호사의 목소리로 말했다. "평화를 유지할 수 있도록. 막시밀리앙을 늘 실망시켜서야 되겠어? 자네의 경솔함을 없애는 게 그 친구를 위하는 길이야."

"생쥐스트는 경솔해 보이지 않나 보군."

"그런 쪽하고는 거리가 멀어 보이던데."

"그래서 자네가 모두한테 사랑받는 거로군."

"사랑받는다고." 당통이 웃었다.

"난 그 친구가 불안해. 그 차갑고 의뭉스러운 웃음이."

"상냥해 보이려고 애쓰는지도 모르지."

"에로가 질투하겠군. 여자들 관심이 다른 사람한테로 갈까 봐."

"에로는 걱정 안 해도 돼. 생쥐스트는 여자들한테 관심 없거든."

"성(聖) 막시밀리앙에 대해서도 그렇게 말하더니 지금은 그에게 사랑스러운 코르넬리아가 생겼잖아. 안 그래?"

"난 몰라."

"난 알아."

롤랑 부인의 이른바 간통과 이곳 피크 광장의 불륜 관계 말고도 지금은 이렇게 로베스피에르를 놓고 사람들이 수군거렸다. '할 일들이 그렇게도 없는지.' 데물랭은 생각했다.

어쩌면 당통은 곧 공직을 떠날지 모른다. 당통 자신에게는 만족스러운 일이었다. 그렇지만 롤랑의 지지자들은 롤랑이 국민공회에 뽑혔음에도 그가 내무장관으로 계속 있도록 보나마나 손을 쓸 것이었다. 왕실 보석이 도난당하는 사건이 벌어진 다음에도 그 곰팡내 나는 늙은 관료는 잘나갔다. 롤랑이 공직에 남아 있다면 당통이 안 남을 이유가 뭐란 말인가? 나라에 훨씬 더 필요한 사람인데.

데물랭은 생각했다. '나는 여기 오래 있고 싶지 않다, 클로드처럼 될 테니까. 국민공회에서도 별로 연설하고픈 마음이 없다. 내 말을 알아듣지 못할 테니까.' 데물랭은 속으로 말했다. '그렇지만, 이건 내가 원하고 말고의 문제가 아니다.'

당통이 공직을 떠나고 싶어 한다는 사실이 데물랭을 더 심란하게 만들었다. 지금까지도 당통은 파리를 영원히 떠난다는 꿈을, 망상을 버리지 않고 있었다. 밤늦은 시각에 데물랭은 당통이 노란 촛불 아래서 아르시에 있는 자기 부동산과 경계석 하나하나와 수로와 통행권이 적힌 증서들을 혼자서 골똘히 들여다보는 모습을 본 적이 있었다. 당통이 고개를 들었을 때 데물랭은 그의 눈에서 아늑한 건물과 들판과 낮은 숲과 개울이 펼쳐진 풍경을 보았다.

"어." 당통이 깜짝 놀라며 말했다. "난 또 드디어 암살자가 왔구나 했지." 당통은 증서들 위에 손을 얹었다. "프로이센 놈들이 여기 올 수도 있잖아."

데물랭은 파브르가 요즘 들어서 자꾸 말을 돌린다고 생각했다. 그렇다고 데물랭이 무조건 솔직하게 말하는 걸 좋아한 것은 아니었다. 만약 파브르가 돈과 혁명가의 명예 사이에서 선택을 해야 한다면……. 아니, 파브르는 선택을 거부하고 정신 없이 두 가지 모두를 요구할 것이다.

"왕실 보석이 사라진 사실에 대해 우린 어떤 해석을 내놓아야 할까?" 데물랭이 당통에게 물었다.

'우리가 어떻게 생각해야 하냐는 거야, 아니면 우리가 어떻게 말해야 하냐는 거야?' 데물랭은 당통이 모호함을 곱씹는 모습을 지켜보았다.

"롤랑이 부주의한 탓이라고 말해야 한다고 생각하지."

"맞아, 경비에 더 신경을 썼어야지. 그 다음 날 파브르가 시민 마농 롤랑하고 있었어. 10시 반에 가서 오후 1시에 돌아왔거든. 파브르가 그 여자를 비난해 왔다고 생각하나?"

"그걸 내가 어떻게 아나?"

데물랭은 재미있다는 듯이 당통을 옆으로 쳐다보았다. "파브르가 떠난 다음에 마농 롤랑은 바로 남편한테 가서 왕실 보석을 훔친 사람이 방금 다녀갔다고 말했지."

"그걸 자네가 어떻게 아나?"

"어쩌면 내가 지어내는 건지도 모르지. 자넨 내가 지어낸 이야기라고 생각해?"

"그럴 수도 있고." 당통은 못마땅한 듯이 말했다.

"뒤무리에를 믿지 마."

"안 믿어. 로베스피에르도 그러더군. 그 친구가 그 이야기 하는 거 지겨워."

"로베스피에르는 절대로 틀리지 않아."

"어쩌면 내가 직접 전선에 가야 할 거야. 만날 사람이 몇 있고. 바로잡을 일도 몇 가지 있으니까."

그러니까, 당통이 이런 목가적 분위기에 젖었던 것은 실은 일종의 두려움 때문이었나. 이런 단어를 당통에게 갖다 붙인다는 게 좀 낯설었지만 당통에게도 약한 구석이 있었다는 사실을 누가 알았으랴. 당통은 뒤무리에한테 약점이 있었고 역시 약속 이행을 원하는 부르봉 지지자들한테도 약점이 있었다. "걱정 안 해도 돼. 당통 씨가 우릴 보살펴줄 거니까."

데물랭은 마치 누군가가 방 안에 함께 있기라도 한 듯 불안스럽게 머리를 뒤로 쓸어 넘기면서 그런 생각을 얼른 털어버렸다. 1790년 어느 추운 봄날 들었던 로베스피에르의 목소리가 귓가에 맴돌았다. "한 사람한테 일단 애정을 주면 이성은 창문 밖으로 날아가버리지. 미라보 백작을 봐. 가능한 한 객관적으로, 잠시만이라도 말이야. 그 사람이 살아가는 방식, 그 사람이 하는 말, 그 사람이 하는 행동을 보면 난 대뜸 경각심이 들지. 그러다가 생각을 조금 하면 그 사람이 자기 과시에 완전히 넘어간 걸 깨닫게 되지. 이렇게 분명하게 보이는 사실인데 자넨 왜 이런 결론을 못 내릴까? 다른 점에서는 자넨 감정에 지지 않아. 그 감정이 자네가 추구하는 더 큰 목표와 부딪힐

때 말이야. 가령 자넨 남들 앞에서 말하기를 두려워하지만 그래도 사람들 앞에서 말을 하잖아. 그러니까, 마찬가지로 감정한테 냉정하게 굴어야 돼."

어느 날 그 끈질기고 가차 없는 목소리가 당통은 청렴함이 부족하다고 주장한다면 데물랭은 적절한 답변을 내놓을 것이었다. 논리적이지는 않지만 논리가 감히 얼쩡거리지도 못할 만큼 소름 끼치게 무서운 답변이었다. 그것은 당통의 애국심을 의심하는 것은 혁명 전체를 의심하는 것이라는 답변이었다. 나무는 그 열매로 알 수 있다. 8월 10일을 만든 것은 당통이었다. 먼저 그는 코르들리에 공화국을 만들었고 이어서 프랑스 공화국을 만들었다. 당통이 애국자가 아니라면 우리는 나랏일을 등한시한 범죄자가 된다. 당통이 애국자가 아니라면 우리도 애국자가 아니다. 당통이 애국자가 아니라면 1789년 5월부터 시작해서 모든 것을 다시 해야 한다.

이것은 로베스피에르조차 피곤하게 만드는 생각이었다.

발미에서 승전보가 날아왔을 때 파리는 안도와 기쁨으로 들썩거렸지만 시간이 조금 지난 뒤 몇몇 사람들은 왜 프랑스 군대가 여세를 몰아 브라운슈바이크를 추격해서 퇴로를 박살내지 않았는지 의아해하기 시작했다. 9월 20일, 발미에서 승리한 바로 그날, 국민공회는 튈르리 궁에서 첫 회의를 열고 사무국을 선출했다. 이틀 뒤 국민공회는 프랑스 공화국을 공식 선포했다. 혁명 전쟁에서 거둔 첫 승리와 공화정 선포. 더없이 상서로운 조짐이었다. 얼마 안 가서 프랑스 땅 위에 적들이 발을 못 붙이게 될 것이다. 적어도 외세는 쫓겨나리라. 장군들은 마인츠, 보름스, 프랑크푸르트로 적들을 밀어붙일 것이고, 벨기에는 점령당할 것이며, 잉글랜드와 네덜란드와 에스파냐는 전쟁에 뛰어들 것이다. 그들은 패배할 것이며 배신과 음모와 뜨뜻미지근한 태도는 호된 대가를 치른다.

　당장은 국민공회에서 가장 눈길을 끄는 것은 당통의 목소리였다. 그의 목소리는 매일매일 모든 질문에서 들렸지만 그 도도한 위력은 들을 때마다 사람을 놀라게 만들었다. 장관이 앉는 자리를 마다하고 당통은 파리의 나머지 대의원들과 지방의 더 강경한 대의원들과 함께 의사당 왼편 높은 자리에 앉았다. 이 자리들과 거기에 앉은 사람들은 산악파로 불릴 것이다. 지롱드파, 또는 브리소파는—뭐라고 부르든 간에—의사당 오른편에 앉을 것이고, 그들과 산악파 사이에는 평원파 또는 늪지파라고 불리는 중간에서 흔들리는 사람들이 앉았다.* 이제 분열은 가시화되었고 더 심각해져서 신중을 기하거나 자제력을 보일 이유가 없었다. 뷔조는 통풍이 안 되는 후덥지근한 의사당 안에다 폭정의 도시이자 거머리의 도시, 공동묘지인 파리에 대해 마농 롤랑이 품은 의혹을 날마다 쏟아냈다. 이따금 마농은 방청석에 앉아 뷔조를 지켜보면서 딱딱하게 사무적으로 박수를 쳤다. 사람들 앞에서 그들은 깍듯이 남남으로 행동했다. 둘이 있을 때에는 덜 남남처럼 굴었지만 그렇다고 덜 깍듯하게 군 것도 아니었다. 루베는 호주머니 안에 자신이 '로베스피에르 죽이기'라고 부

---

* 산악파는 국민공회의 좌파로서 로베스피에르, 당통, 마라, 생쥐스트가 중심이 되었다. 국민공회에서 우파인 지롱드파에 맞서 인민과 연대한 급진 혁명을 주장했다. 지롱드파는 온건 공화파로서 입법의회에서는 왕당파와 특권층에 맞서 좌파로서 공화정을 주장했고 이어 개원한 국민공회에서는 우파로서 산악파와 대결했다. 지롱드 도(道) 출신 의원들이 중심 역할을 한 데서 지롱드파라는 이름이 붙었으며, 브리소, 롤랑, 콩도르세 등등이 중심이었다. 국민공회의 중도파였던 평원파는 기본적으로 성실한 공화주의자들이었으나 부르주아지와 경제적 자유를 옹호하는 입장에서 인민을 두려워했다.

르는 연설문을 넣고 다니면서 때를 노렸다.

9월, 10월, 11월 상황의 핵심은 브리소파의 권력 장악 시도였다. 지방에서 데려온 일만 육천 명에 이르는 그들의 사병들이 거리에서 서명을 받으면서 그들이 삼두파라고 부른 미래의 독재자 세 사람 마라, 당통, 로베스피에르의 피를 요구했다. 육군장관은 거리에서 정면 충돌이 빚어지기 전에 군대를 전선으로 이동시켰지만 국민공회에 그어진 전선은 그의 관할이 아니었다.

마라는 유혈 사태를 예감하면서 혼자 구부정히 앉아 있었다. 그가 일어나서 연설을 하면 브리소파는 의사당을 서둘러 나가거나 온통 혐오감에 사로잡힌 채 그 자리에 앉아서 자기들끼리 숙덕거렸다. 하지만 시간이 지날수록 앉아서 듣는 사람이 많아졌다. 마라가 하는 말이 그들의 관심과 일맥상통해서였다. 마라는 한 팔을 구부정하니 앞에 둔 채 연단에 몸을 기대고 머리는 짧고 다부진 목 뒤로 젖히고 말 한마디를 할 때마다 먼저 자신이 갈고닦은 악마 같은 비릿한 웃음을 흘리면서 연설을 했다. 그는 몸이 아팠지만 아무도 병명을 몰랐다.

로베스피에르는 마라를 만났지만 당연히 지나가면서 마주치는 정도였다. 오래전부터 마라를 알았지만 더 가까이 교제하려고 들지는 않았다. 누구든 마라하고 말을 하면 그의 잘못을 뒤집어쓸 위험이 있었고 마라가 쓴 글을 받아 적었다거나 마라의 야심을 부추겼다는 비난을 받을 수도 있었다. 그렇지만 누구를 고르고 말고 할 때가 아니었다. 지금은 우리 편을 한 명이라도 더 만들어내야 할 때였다. 이런 관점에서 보자면 회의는 애국파가 얼마나 분열되어 있는지만을 여실히 보여주었다는 점에서 그리 성공적이라고 말하기는 어려웠다. 로베스피에르의 젊고 탄탄한 몸은 잘 지은 옷 안에서 고양이처럼 단정하게 긴장감을 유지하고 있었다. 그의 감정들은, 아니 그가 얼굴에 걸치려면 걸칠 수도 있는 감정들은, 9월 학살의 희생자들과 함께 묻혔다. 마라는 더러운 손수건으로 머리를 싸매고 쿨럭거리면서 탁자 맞은편 로베스피에르를 향해 눈을 씰룩거렸다. 당장이라도 숨이 넘어갈 사람처럼 열을 올리면서 지저분한 주먹을 들었다 내렸다 했다. 답답함에 마라의 피부가 벌겋게 상기되고 얼룩덜룩해졌다. "로베스피에르, 자넨 날 이해 못 해."

로베스피에르는 머리를 한쪽으로 약간 기울인 채 무표정하게 그를 지켜보았다. "그럴 수도 있겠죠."

10월 10일. 8월 봉기가 있은 지 두 달. 로베스피에르가 보기에 (그는 매일 밤 그곳에서 연설했는데) 자코뱅 클럽은 스스로를 '숙청'했다. 브리소와 그의 동료들은 내몰렸다. 그들은 애국주의 진영으로부터 오물로 내동댕이쳐졌다.

10월 29일. 국민공회에서 롤랑이 연단에 섰다. 롤랑의 지지자들은 박수를 치며 환호했지만 노인은 의무와 습관이라는 줄에 따라서 사지를 놀리는 핏기 없는 꼭두각시 인형 같았다. 롤랑은 로베스피에르가 9월 학살이 재연되기를 바란다고 주장했다. 로베스피에르라는 이름에 지롱드파는 탄식을 하고 비명을 질렀다.

로베스피에르는 산악파에 있던 자기 자리에서 일어났다. 그리고 연단으로 향했다. 작은 머리는 전투 의지를 암시하듯 약간 수그린 상태였다. 국민공회 의장이었던 지롱드파의 고데가 로베스피에르의 연설을 막으려고 했다. 아우성 너머로 당통의 목소리가 들렸다. "말하게 하시오. 그리고 저 연설이 끝나면 나도 연설하겠소. 여기서 몇 가지 바로잡을 일이 있습니다."

베르니오: (당통을 응시하면서) 난 이걸 우려했습니다. 저들의 동맹을. 두려워하던 일이었는데.

고데: (옆에서) 당통은 요리할 수 있죠.

베르니오: 어느 선까지는.

고데: 돈이 바닥나기 전까지는 가능하겠죠.

베르니오: 그렇게 간단한 문제는 아니오. 잘 모르는가 본데 그렇게 간단한 문제가 아닙니다.

고데: 로베스피에르가 연단을 차지했네요.

베르니오: 역시나로군. (그는 눈을 감는다. 창백하고 무거운 얼굴이 귀 기울여 듣느라 찡그려진다.) 저자는 연설을 못해.

고데: 보시기엔 그런가 보죠.

베르니오: 무미건조하지요.

고데: 인민은 개의치 않고 좋아합니다. 저 사람 스타일을.

베르니오: 그렇구나, 인민. 인민.

로베스피에르는 이례적으로 화가 났다. 방종한 여자를 아내로 둔 이 노망난 늙은이가 당통 부서의 회계에 대해 끝없이 집요하게 중얼대는 것은 아무리 적이라고 해도 도를 넘은 모욕이었다. 그것도 그렇지만 각다귀처럼 물어뜯는 비아냥과 뒤에서 구시렁거리는 소리와 거리에서 두서없이 들렸다가 멀어지는 '9월'의 외침도 언짢았다. 당통도 그 소리를 들었다. 표정에 나타날 때가 있었다.

의사당을 가득 채운 낮은 웅성거림 위로 솟아오른 로베스피에르의 목소리에는 경멸이 뚝뚝 묻어났다. "여러분 중에 면전에서 감히 나를 비난할 사람은 없습니다."

지롱드파가 자신들의 비겁함을 성찰하는 듯 정적이, 잠시 침묵이 감돌았다.

"난 당신을 고발합니다."

'로베스피에르 죽이기' 원고를 외투 속에서 더듬더듬 찾으면서 루베가 앞으로 걸어 나왔다. "아, 외설 작가로군." 필리프 에갈리테가 말했다. 공작의 목소리가 산악파의 꼭대기에서 굴러 내렸다. 누군가가 키득거렸다. 그리고 다시 침묵이 차 올랐다.

로베스피에르가 옆으로 물러서면서 루베에게 연단을 내주었다. 그는 주저하면서도 참을성 있게 미소를 지었고 파리 대의원들을 흘끗 올려다보더니 루베가 바로 보이는 곳에 앉아서 루베의 연설이 시작되기를 기다렸다.

"나는 가장 훌륭한 애국자들을 줄기차게 비방하는 당신을 고발합니다. 소문이 곧 치명타가 되었던 때, 9월 첫째 주에 그 비방을 퍼뜨린 것을 고발합니다. 당신이 나라의 대표들을 비하하고 배척한 것을 고발합니다." 루베는 말을 끊었다. 산악파가 그에게 고함을 지르고 악을 써대는 바람에 연설을 계속하기가 어려웠다. 로베스피에르가 고개를 돌려 대의원들을 올려다보자 소음은 수그러들고 가늘어지고 희미해지더니 다시 침묵이 찾아 들었다.

그 침묵 속에서 루베는 연설을 재개했다. 하지만 그의 목소리는 고함이 난무하는 싸움에 맞추어져 있었기에 이제 음색이 영 이상했고 자신의 목소리를 들으면서 — 잘못된 목소리를 들으면서, 이건 좀 아닌데 하고 스스로에게 말하면서 — 루베의 목소리는 조금 흔들렸다. 몸을 단단히 지탱하려고 연단에 두 손을 얹었지만 손바닥이 땀으로 미끌거려서 움켜잡을 수가 없었다.

루베가 노리는 사냥감이 다시 루베 쪽으로 고개를 돌려 그를 보았다. 그러나 빛이 번쩍 얼굴을 스치는 바람에 엷게 색이 들어간 안경알 뒤에서 그는 눈이 없었다. 그는 아무 표정을 짓지 않은 듯했다. 루베는 뛰어내리기라도 할 듯이 몸을 앞으로 쑥 내밀었다. "난 당신 스스로를 우상 숭배의 대상으로 삼은 것에 대해서, 사람들이 당신이 있는 자리에서 당신을 나라를 구할 수 있는 유일한 사람으로 지목하도록 허용한 것에 대해서, 그리고 그것을 당신 입으로 말한 것에 대해서 당신을 고발합니다. 나는 당신이 최고 권력을 목표로 삼고 있음을 고발합니다."

루베가 연설을 마친 것이든 아니면 그저 연설을 멈춘 것이든 진실이 무엇이든 간에 산악파는 아까보다 갑절은 되는 큰 소리로 다시 고함을 지르기 시작했다. 루베는 당통이 주먹으로 문제를 해결할 듯한 기세로 자리에서 총알처럼 튀어나와서 의사당을 내달려 앞으로 돌진하는 것을 보았다. 그리고 당통의 친구들이 뒤따르는 것도, 파브르가 연극배우 같은 몸짓으로 참으라고 당통을 붙들어 세우는 것도 보았다. 루베는 연단에서 내려왔다. 어깨가 처져 있었다. 진이 빠질 대로 빠졌다고나 할까, 어깨가 구부정했다. 로베스피에르는 튀어 오르듯 가볍게 일어섰다. 그리고 다시 연단에 섰지만 사람들을 더 잡아놓을 뜻은 없어 보였다. 냉정하고 차분한 목소리로 그는 자신을 변호할 수 있도록 시간을 좀 달라고 의회에 요청했다. 당통 같으면 연단으로 뛰어올라서 사람들을 공포로 몰아넣으면서 그 자리에서 사안을 찢어발겼을 테지만 그건 로베스피에르의 방식이 아니었다. 그는 당통에게 머리를 숙였다. 거의 허리를 숙였다고 보아도 좋았다. 그리고 의사당을 떠났다. 한 무리의 산악파들이 로베스피에르를 에워쌌다. 동생 오귀스탱은 그의 팔을 붙들면서 지롱드파가 형을 죽일 거라고 말했다.

"시껍했네." 르장드르가 말했다. "누가 이런 걸 예상했겠어. 난 못 했어."

당통은 몹시 창백했다. 얼굴 흉터가 두드러졌다. "저들이 날 건드리는 겁니다."

"자네를 건드리는 거라고?"

"그래요, 나를. 저들이 로베스피에르를 치는 건 날 치는 거고 저들이 로베스피에르하고 붙으면 나하고도 붙어야 합니다. 그렇게 전하세요. 브리소한테도."

산악파 사람들은 나중에 베르니오에게 말했다. "난 브리소가 아니에요." 베르니오가 말했다. "난 브리소파가 아닙니다. 적어도 난 그렇게 생각해요. 저들은 빈민에게 주는 하사품처럼 브리소파라는 단어를 휘둘러대지요. 그렇지만 우리가 당통한테 매정했던 건 사실입니다. 법무부에서 당통이 누리는 권력에 분개했고 당통의 친구들한테도 함부로 굴었으니까. 자기 아내가 인신공격적인 말을 하고 다니도록 방치한 사람도 우리 중에는 있고. 당통한테 회계 장부를 보자고 다그쳤으니 당연히 언짢았겠죠. 한마디로 얘기해서 우린 이마를 땅에 대고 넙죽 엎드리지 못했어요. 하지만 그렇다고 해서 당통이 우리한테 앙심을 품을 줄은 몰랐습니다. 위험할 정도로 순진했던 거죠." 그는 두 손을 벌렸다. "그렇지만 분명히 당통하고 로베스피에르는 개인적으로는 서로 반감이 있어요. 그게 중요하냐고?

암, 중요할 겁니다, 결국에 가서는."

그리고 루베가 있었다. 그에게는 대단한 순간이었다. 그는 그 순간을 겁에 질려 식은땀을 흘리며 맞이했고 평등공의 찬사를 괴로운 기억으로 달고 나왔다. 어차피 그는 별 볼 일 없는 경량급의 소설가 루베, 작은 호랑이의 연습용 사냥감에 불과했다. 이제 로베스피에르에게 맹렬한 반감을 품은 루베의 친구들은 루베를 말리지 않은 것을 껄끄럽게 생각할 것이다. 로베스피에르가 연단에서 물러서는 모습을, 로베스피에르가 자리에 앉는 모습을, 침묵을 요청하는 모습을 평원파에게 똑똑히 보여주었으니 말이다. 그건 독재자의 모습이 아니었다. 그러나 한번 해볼 테면 해보라는 그 사람의 감미로운 미소에 속이 거북해지면서 자신이 연단에서 시작하기도 전에 끝났음을 아는 사람은 아마 자신뿐일 거라고 루베는 생각했다.

"우린 그이를 아들처럼 여긴답니다." 뒤플레 부인이 말했다.

"하지만 사실로 치자면 엄연히 제 오빠죠. 그러니까 죄송하지만 부인하고 따님들이 오빠에 대해 가지고 있다고 상상하는 권리보다 제 권리가 앞선다는 거예요." 샤를로트 로베스피에르가 말했다.

아이를 여럿 길러본 뒤플레 부인은 아가씨들을 이해할 만큼은 안다고 말할 수 있었다. 못 말리도록 수줍음이 많은 빅투아르도 이해했고, 진지하고 서투른 엘레오노르도 이해했고, 귀염둥이 바베트도 이해했다. 샤를로트 로베스피에르도 이해했다. 다만 어떻게 상대해야 할지 난감했다.

동생 오귀스탱이 파리로 올 거라고 말하면서 로베스피에르는 누이동생 문제로 조언을 청해 왔다. 적어도 뒤플레 부인은 조언을 청한다고 생각했다. 그는 누이에 대해서 말하기를 힘들어하는 듯했다.

"그래, 동생은 어떤 사람이에요?" 당연히 뒤플레 부인은 궁금해했다. 로베스피에르는 가족 이야기를 통 안 했다. "오빠처럼 조용한가? 어떤 사람일지 모르겠네."

"별로 그렇지 않습니다." 그는 걱정스러운 얼굴로 말했다.

모리스 뒤플레는 집에 다 들일 수 있다고 우겼다. 한 번도 사람이 든 적 없는, 가구가 없는 빈 방이 두 개 있는 것도 사실이었다. "남동생하고 누이동생을 모르는 사람들한테 보내란 말인가?" 모리스가 말했다. "안 돼, 한 식구처럼 같이 지내야지."

그날이 왔다. 그들이 도착했다. 오귀스탱은 첫인상을 좋게 남겼다. '상냥하고 똑똑한 젊은이네.' 뒤플레 부인은 생각했다. 오귀스탱은 형을 빨리 보고 싶은 빛이 역력했다. 부인은 로베스피에르의 누이일 법한 얼굴이 귀엽게 생긴 가냘픈 어린 아가씨를 안아주려고 두 팔을 크게 벌렸다. 하지만 샤를로트의 차갑고 대등한 시선이 부인을 비수처럼 찔렀다. 부인은 팔을 떨구었다.

"방으로 바로 올라갈게요." 샤를로트가 말했다. "저희가 좀 피곤해서요."

방으로 안내하는 나이 든 여인의 볼이 벌겋게 달아올랐다. 자존심을 내세우는 것도 아니고 까다롭게 굴자는 것도 아니었지만 그녀는 딸들과 남편의 일꾼들로부터 공손하게 대우받는 데 익숙했다. 샤를로트는 심부름꾼을 부리는 사람의 말투로 대했다.

부인은 문턱에서 돌아섰다. "하나같이 평범하답니다. 워낙 평범한 집이라서요."

"그렇네요." 샤를로트가 말했다.

바닥은 반질반질했고 커튼은 새로 갈았고 막내 바베트가 꽃병에 꽃을 준비해 두었다. 뒤플레 부인은 샤를로트가 먼저 안으로 들어가도록 뒤로 물러섰다. "조금이라도 불편한 게 있으면 주저 말고 얘기해요."

제발 꺼져주는 게 날 불편하지 않게 하는 거라고 샤를로트의 얼굴이 말하고 있었다.

모리스 뒤플레는 파이프를 채우고 담배 향내에 몸을 맡겼다. 시민 로베스피에르가 집에 있거나 곧 귀가하기로 되어 있을 때에 그는 로베스피에르의 애국적 허파를 고려해서 절대로 담배를 피우지 않았다. 그러나 오귀스탱은 신경 쓰지 않았다.

뒤플레는 한참 만에 입을 열었다. "물론, 자네 누이지. 그러니 뭐라 그럴 수는 없고."

"뭐라 그러고 싶으면 그러셔도 됩니다." 오귀스탱이 말했다. "아무래도 샤를로트 누나가 어떤 사람인지 제가 설명을 드려야 할 거 같네요. 형은 할 리가 없으니까요. 형은 너무 착해요. 사람들을 좋지 않게 여기는 건 언제나 피하려 드니까요."

"그래?" 뒤플레는 살짝 놀랐지만 형제끼리는 당연히 더 모를 수 있겠다 싶었다. 시민 로베스피에르는 숨김없고 정의롭고 공평하지만 자비심은 그의 장점이 아니었다.

"전 어머니를 전혀 기억 못 합니다." 오귀스탱이 말했다. "형은 기억하지만 한 번도 어머니 얘기를 안 한 거 같아요."

"어머니께서 돌아가셨다고? 어머니께서 돌아가신 줄은 까맣게 몰랐네."

오귀스탱이 깜짝 놀랐다. "형이 우리 가족 얘기를 전혀 안 했다고 요?" 그리고 고개를 설레설레 저었다. "심하네."

"우린 불화가 있나 보다 했지. 심각한 불화가. 캐묻고 싶지 않았 거든."

"어머니는 제가 한 살 때 돌아가셨어요. 아버지는 집을 나갔고요. 아버지가 죽었는지 살았는지도 모릅니다. 글쎄요, 지금은 살아 있다 면 형에 대해서 들어봤겠지요."

"그렇겠지, 아버님이 문명 세계 어딘가에 계시다면, 문맹이 아니 시라면 그럴 거야."

"아버진 글을 읽을 줄 아세요." 오귀스탱은 고지식했다. "아버지 가 무슨 생각을 할지 궁금합니다. 우린 외할아버지가 키웠고 누이들 은 고모들이 키웠어요. 우리가 파리에 올 때까지는요. 샤를로트 누 나는 물론 떠날 수가 없었습니다. 그러다 앙리에트 누나가 죽었어 요. 네, 누이가 하나 더 있었는데 앙리에트하고 막시밀리앙은 만나 면 죽이 잘 맞았고 샤를로트는 아마 조금 질투를 했지 싶어요. 아이 일 때부터 집에서 살림하면서 우릴 뒷바라지했거든요. 그래서 늙었 어요. 아직 서른도 안 됐는데. 그래도 아직 결혼은 할 수 있겠죠."

뒤플레는 파이프를 빨았다. "왜 결혼을 안 하는 건가?"

"어떤 사람한테 실망을 해서요. 선생님도 아는 사람입니다. 사실 은, 근처에 사니까요. 푸셰 대의원이라고. 기억나세요? 눈썹이 없고 얼굴이 푸르스름하지요."

"실망이 컸던 모양이군."

"누나도 실은 그 사람을 아주 좋아하지는 않았지만 좋아한다고 억지로 생각했어요. 왜 그런 사람 있잖아요, 매사에 시큰둥한 성격을 타고난 사람. 그리고 그런 성격을 살면서 겪은 불행 탓으로 돌리는 사람. 저도 세 번 약혼을 했다니까요. 생각해보면 아가씨들이 샤를로트를 가족으로 맞아들일 자신이 없었나 봅니다. 샤를로트는 우리를 자기 인생의 의미로 만들었어요. 다른 여자들이 얼쩡거리는 걸 바라지 않아요. 자기 말고는 어느 누구도 우리를 위해서 뭔가를 해주면 안 됩니다."

"음. 그래서 형이 아직 결혼을 안 한 건가?"

"글쎄요. 기회는 많았지요. 여자들이 형을 좋아해요. 그렇긴 하지만…… 어쩌면 형은 결혼 같은 거 할 사람이 아니죠."

"그런 얘기 동네방네 떠들고 다니지는 말게." 뒤플레가 말했다. "형은 결혼 같은 거 할 사람이 아니라는 얘기 말일세."

"형은 대부분의 가정이 결국은 우리 집처럼 될까 봐 두려워하는지도 모릅니다. 표면적인 차원에서가 아니라…… 좀 더 깊은 차원에서 말이지요. 우리 같은 집이 생겨나지 못하도록 막는 법이 있어야 해요."

"형이 무슨 생각을 하는지 우리끼리 추측하는 건 더 안하는 게 좋겠군. 우리한테 알리고 싶으면 그가 밝히겠지. 부모를 잃는 아이들은 많아. 우린 자네가 이제 우릴 가족으로 여겼으면 좋겠네."

"맞습니다, 부모를 잃는 아이는 많지요. 하지만 우리 아버지 문제는요, 우리가 아버지를 잃었는지 안 잃었는지 모른다는 겁니다. 아버지가 어딘가에 살아 있고 어쩌면 여기 파리에 살면서 신문에서 형에 대해서 읽는다고 생각하면 기분이 정말 묘해요. 어느 날 갑자기 아버지가 나타난다면? 그럴지도 모르죠. 국민공회에 와서 방청석에 앉아서 우릴 지켜볼지도 모르죠. 거리에서 지나쳐도 전 아버지를 못 알아볼 겁니다. 어렸을 때는 아버지가 돌아올 거라는 희망을 품곤 했어요……. 그러면서도 아버지가 돌아오면 무슨 일이 벌어질까 무서웠어요. 할아버지는 기분이 안 좋을 때는 아버지 얘기를 많이 했습니다. '네 아비는 고주망태가 되어 죽었다고 생각해라' 뭐 그런 식의 얘기였죠. 그리고 사람들은 언제나 우릴 지켜보면서 조짐을 찾으려고 했어요. 지금 아라스에 있는 사람들, 형이 걸어온 길을 좋아하지 않는 사람들은 이렇게 말합니다, '아비는 주정뱅이에 바람둥이, 어미도 거기에서 거기.' 그 사람들은 이거보다 더 심한 말을 하지요."

"오귀스탱, 그런 건 다 훌훌 털어버리게. 자넨 파리에 있고 새 출발을 할 기회가 있다고. 형이 우리 큰애하고 결혼을 했으면 싶네만. 아이들을 쑥쑥 낳아줄 거야." 오귀스탱은 입을 다무는 것으로 반대 의사를 비쳤다. 다시 뒤플레가 말했다. "지금은 형이 친구도 많지."

"그렇게 생각하세요? 여기 온 지 얼마 되지는 않았지만 형이 주로 일 때문에 사람들하고 어울리는 거 같은 느낌을 받는데요. 형을 우러러보는 사람이 많기야 하죠. 하지만 친구라고는 해도 당통 같은 사람들은 형을 지지하지 않아요."

"물론 스타일이야 다르지. 형은 데물랭 부부가 있잖아. 자네도 알다시피 카미유 아이의 대부가 형이잖아."

"카미유라면야. 그래도……. 형이 안쓰러워요. 형은 겉보기하고는 판이하게 다릅니다."

"난 의무감이 있어." 샤를로트가 말했다. "보니까 그건 흔한 게 아니더라고."

"나도 알아, 샤를로트." 오빠는 누이에게 언제나 최대한 점잖게 말했다. "네 생각에 내가 해야만 하는데 안 하는 게 뭐니?"

"여기서 살면 안 돼."

"왜?" 왜 안 되는지를 보여주는 떳떳하지 못한 이유가 있음을 로베스피에르는 알았다. 아마 동생도 안다고 그는 생각했다.

"오빠 중요한 사람이야. 대단한 사람이야. 그걸 아는 것처럼 처신해야 한다고. 겉모습이 중요해. 진짜 중요해. 당통은 그런 처신을 잘하지. 보여주는 게 있어. 사람들은 그걸 좋아해. 여기 온 지 얼마 되진 않았지만 그 정도는 알겠던데. 당통은—"

"샤를로트, 당통은 돈을 너무 많이 써. 그게 어디서 나오는지는 아무도 모르고." 로베스피에르는 목소리를 통해 동생이 화제를 바꿔야 함을 내비쳤다.

"당통한테는 스타일이 있어." 동생은 물러서지 않았다. "내각이 모일 때 튈르리 궁전에서 당통은 거리낌 없이 왕이 앉았던 의자에 앉는다더라."

"물론 손톱만큼도 비우지 않고 의자를 꽉 채우겠지." 로베스피에르는 아무렇지도 않은 듯이 말했다. "왕의 탁자라는 게 있다면 당통은 그 위에 자기 발이라도 올려놓을 사람이야. 그런 식의 행동을 할 수 있는 기질이 더 강한 사람이 있는 거야. 그리고 그것 때문에 적수도 생기는 거고."

"적수 만드는 걸 오빠가 언제부터 걱정했는데? 아무리 기억을 곱씹어도 오빠 그런 데 신경도 안 쓰던 사람이야. 다락방에서 산다고 해서 사람들이 오빠한테 더 호감을 품을 거 같아?"

"왜 실제보다 훨씬 안 좋게 말하는지 모르겠구나. 난 정말로 편해. 내가 원하는 건 여기 다 있어."

"내가 보살피면 오빠 훨씬 잘 지낼 거야."

"샤를로트, 넌 항상 우릴 보살폈는데 조금이라도 쉴 수 없니?"

"다른 여자 집에서?"

"집은 어차피 다 누군가의 소유물이고 집에는 대개 여자들이 있잖아."

"오붓하게 살 수 있잖아. 우리끼리 깔끔하고 편리한 아파트에서."

그러면 몇 가지 문제가 해결되겠다고 로베스피에르는 생각했다. 반론을 기대하면서 오빠의 얼굴을 바라보는 동생의 얼굴이 어두워졌다. 그는 동의하려고 입을 열었다.

"그리고 또 한 가지 있어." 누이가 말했다.

그는 입을 열려다 말았다. "그게 뭔데?"

"여자들. 오빠, 난 오귀스탱이 여자들 때문에 망가지는 걸 봤거든."

알았구나, 얘가. 그랬나? "어떻게 망가졌는데?"

"내가 아니었으면 망가졌을 거라는 소리야. 그리고 그 형편없는 늙은 여자는 그 여자애들을 오빠 침대에 넣는 거 말고는 다른 인생 목표가 없어. 그 여자가 성공했는지 아닌지는 오빠의 양심에 맡기겠어. 못된 꼬맹이 엘리자베트는 남자들을 쳐다보는 게 꼭, 난 차마 말을 못 할 지경이야. 걔한테 무슨 일이 생기면 그건 남자들 탓이 아닐 거야."

"샤를로트, 무슨 생각을 하는 거야? 바베트는 아직 아이인데. 그 애를 나쁘게 말하는 사람은 내가 알기로 한 명도 없었다."

"이젠 있잖아. 내가 아파트 알아볼까? 어떻게 생각해?"

"아니. 지금 이대로 지내자. 난 너하고 살 자신이 없어. 넌 하나도 나아지지 않았구나." 그리고 여전히 제정신이 아니구나, 로베스피에르는 생각했다.

11월 5일. 사람들은 국민공회 방청석 자리를 얻으려고 밤새도록 줄을 섰다. 로베스피에르가 10월 29일에 루베가 퍼부은 비난과 의혹에 답하기 위해 연단에 올랐다. 만일 로베스피에르의 얼굴에서 개인적인 위기감을 보기를 기대했다면, 그런 사람들은 실망할 것이다. 이 거리들, 이 비방들은 이제 참으로 낯익다. 아라스는 한 이십 년 전에 떠나온 듯하다. 삼부회에서도 사람들은 유독 그만 지목해 공격하지 않았던가? 이제는 천성이 되었다고 그는 생각한다.

로베스피에르는 9월 학살에 대한 책임을 조심스럽게 부정하지만 그렇다고 해서 살해극을 비난하지도 않는다는 점이 두드러졌다. 그리고 그는 살인이라는 단어도 자제하면서 롤랑과 뷔조를 살려준다. 마치 신경 쓸 가치도 없는 사람이라는 듯이. 8월 10일의 일은 불법이었다고 그는 말한다. 하지만 바스티유 함락도 불법이었다. 혁명에서 우린 그걸 어떻게 받아들여야 할까? 혁명의 본질은 법을 깨는 것이다. 우리는 평화의 판사들이 아니라 새로운 세계의 입법자들이다.

"음." 데물랭이 산악파 높은 자리에서 말했다. "이건 윤리적 입장이 아니라 변명이군."

데물랭은 거의 자기 자신에게 말하듯 조용히 말했다. 그는 동료들이 자기한테 들이대는 폭력에 놀랐다.

"로베스피에르는 정치판에 있어, 현실 정치판에." 당통이 말했다. "윤리적 입장 운운해서 뭐 하자는 거야?"

"난 일반 범죄와 정치 범죄라는 이 발상이 싫어. 우리 적수들도 그걸 내세워서 우릴 죽일 수 있다고, 우리가 그걸로 그들을 죽일 수 있는 것하고 똑같이. 그런 발상이 왜 좋은지 모르겠다는 거야. 범죄는 모두 똑같다는 걸 우린 인정해야 돼."

"아니죠." 생쥐스트가 말했다. "가로등 검사가 그런 말씀을 하시다니."

"내가 가로등 검사였을 때 난 말했어. 자, 폭력을 좀 휘두릅시다, 우리 차례니까. 나는 세계의 입법자라고 말하면서 변명한 적이 한번도 없었어." 데물랭이 말했다.

"로베스피에르는 변명하는 게 아닙니다." 생쥐스트가 말했다. "필연은 변명이나 정당화를 요구하지 않습니다."

데물랭은 생쥐스트와 맞붙었다. "그건 어디서 읽은 거냐? 이 밥통아! 어설픈 교훈 딱지를 뒤에다 붙여서 아이들한테 읽히면 딱 좋을 소리를 정치랍시고 누구 앞에서 떠들어. 뭔 뜻인지도 모르고 막 떠들지? 그냥 무슨 말이든 해야 할 거 같으니까 하는 거지?"

데물랭은 생쥐스트의 창백한 피부 위로 노여움이 번지는 것을 지켜보았다. "누구 편이야, 자네?" 파브르가 그의 귀에 대고 화가 난 듯 낮은 소리로 말했다.

여기서 그만둬, 넌 모두를 적으로 만들고 있어. 데물랭이 자신에게 말했다. "누구 편이냐고? 그게 바로 우리가 브리소파한테 하는 말인데, 정파의 이익이 당신들의 판단을 망치고 있다고. 아닌가?"

"세상에. 당신은 이제 우리한테 골칫거리입니다." 생쥐스트가 쏘아붙였다. 데물랭은 다른 사람들 입에서 나온 말보다도 자기 입에서 나온 말이 더 무서웠다. 그는 이제 곧 자기도 튈르리 정원의 시커

먼 가지들과 무표정한 얼굴들 사이에 있게 될지도 모른다는 생각을 하면서 자리에서 일어섰다. 점잖은 미소를 가볍게 지으면서 한 손을 뻗어 그를 만류한 것은 필리프 에갈리테였다. "지금 가야겠나?" 에 갈리테는 마치 파티가 일찍 끝나기라도 하는 것처럼 말했다. "가지 말게. 로베스피에르가 연설하는 도중에 나가면 안 되지."

점잖은 거동과는 달리 에갈리테는 팔을 뻗어 데물랭을 잡아당기 더니 자기 옆자리에 앉혔다. "가만히 앉아 있게." 에갈리테가 말했 다. "지금 가면 사람들이 자네 행동을 멋대로 해석할 거야."

"생쥐스트는 절 미워합니다." 데물랭이 말했다.

"아주 싹싹한 친구가 아닌 건 분명하네만 자네만 미움받는다고 생각하면 안 돼. 나도 그 친구 명단에 올라 있어, 내 느낌엔."

"명단이요?"

"그런 명단이 있을 것처럼 보이지 않나? 그런 유형으로 보이는 데."

"라클로의 명단이 있었죠." 데물랭이 말했다. "후, 다시 1789년이 면 좋겠다는 생각이 가끔 듭니다. 라클로가 그립네요."

"나도 그래. 정말 그래."

에로 드 세셸은 의장석에 있었다. 그는 산악파 동료들을 힐끔 올 려다보고는 나중에 설명해 달라는 뜻으로 한 눈을 찡긋했다. 동료 들은 저 위에서 자기들끼리 한바탕 회의를 하는 듯했고 이제 데물랭 은 에갈리테와 옥신각신하고 있었다. 로베스피에르는 어느새 결론 에 도달했다. 그는 적들이 아무 할 말이 없게, 아무 데도 갈 수 없게 만들어놓았다. 데물랭은 연설 끝부분을 아쉬워할 것이다. 데물랭은 박수갈채를 듣지 못할 것이다. 에갈리테가 데물랭을 놓아준 모양이었다. 데물랭은 문으로 향했다. 에로는 아주 오래전 그들이 서로 소개를 받기 전에 데물랭이 법정에서 뛰어나오던 모습을 떠올렸다. 높이 쳐든 턱에 경멸과 기쁨이 뒤섞여 있던 표정. 1792년 겨울은 아직 끝나지 않았다. 데물랭은 이제 경멸과 두려움이 뒤섞인 표정을 짓고 있었다.

아네트는 집에 없었다. 그냥 나오려고 했는데 장인 클로드가 목소리를 듣고 나왔다. "자넨가? 언짢아 보이는군. 아니, 피하려 하지 말게, 할 말이 있으니까."

장인도 언짢아 보였다. 관료의 때가 묻어나는 조심스러운 동요. 방 여기저기에는 지롱드 계열의 신문 두어 부가 펼쳐져 있었다. "정말이지, 요즘 공직자들은 말이 너무 심하군! 너무 천박해! 당통이 꼭 그런 얘길 했어야 했나? 젊은 대의원 필리포가 국민공회에서 당통의 법무부 잔류를 요청한다, 합리적이야. 당통은 거절한다, 합리적이야. 그러고 나서 당통이 덧붙이기를, 만일 국민공회가 롤랑의 공직 잔류를 원한다면 먼저 부인한테 물어보는 게 좋다는 거야. 그렇게 많은 사람 앞에서 개인적인 문제를 읊어대니 자연히 그쪽에서도 똑같이 인신공격을 퍼부을 수밖에 없지. 이제는 저쪽에서 뤼실하고 당통을 떠들어대잖나."

"새삼스러운 게 아닙니다."

"자넨 왜 그냥 떠들게 놔두는 건가? 이게 사실인가?"

"장모님하고 테레 추기경의 일이 있은 뒤로 신문에는 면역력이 생기신 줄 알았는데요."

"정말 터무니없는 날조였는데 사람들은 그런 걸 믿지. 그 얘기가 자네에 대해서 뜻하는 바를 자네가 어찌 받아들일지 모르겠군."

"그게 뭡니까?"

"당통은 자기 하고 싶은 대로 하고 자넨 당통한테 맞서지 못한다는 거지 뭐겠는가."

"맞서지 못한다······." 데물랭이 중얼거렸다.

"당통 말고도 거론하는 남자들이 더 있더라고. 뤼실에 대해서 이런 얘기 하는 게 싫군. 자네가 그 아이더러 좀······."

"뤼실은 본인은 관심도 없으면서 이상한 소문이 돌면 거기에 맞장구를 쳐주는 걸 즐깁니다."

"왜? 사실이 아닌데 왜 그런 소문이 돌도록 빌미를 주는 거야? 자네가 그 아이를 소홀히 하는 모양이로군."

"그건 아니고요. 저흰 충분히 즐기면서 살고 있습니다. 정말로요. 아버님, 제발 저한테 뭐라 그러지 마세요. 저도 오늘 정말 힘들었습니다. 로베스피에르가 연설할 때 ―"

그때 머리 하나가 문 사이로 나타났다. 요즘 하인들은 참 거침이 없었다. "시민 로베스피에르가 왔습니다."

아델과의 약혼이 우습게 끝나버린 뒤로 로베스피에르는 이 집에 자주 들르지 않았다. 그렇지만 그는 환영을 받았다. 클로드는 여전히 그를 좋게 생각했다. 클로드는 황급히 나가 손님을 맞았다. 존대법을 완전히 깔아뭉갠 하인은 몸을 숙이더니 문을 쾅 닫고 나갔다. "로베스피에르, 반갑네. 카미유하고 다시 말이 통하게 좀 도와주지 않겠나?" 클로드가 말했다.

"장인 어른께서는 추문 공포에 홀려 있으셔."

"저 사람은 마귀에 홀려 있다네." 클로드가 덤덤히 말했다.

"어디 보자." 로베스피에르가 말했다. 그는 뜻밖에도 대단히 기분이 좋았다. 키득키득 튀어나오는 웃음을 거의 참아야 할 만큼 붕 떠있었다. "욕정의 마왕?"

"욕정의 마왕도 처음엔 천사로 시작했지." 데물랭이 말했다.

"자네도 그랬지. 자, 좀 알자. 무슨 일이 있었길래 내가 연설하는 동안 빠져나갔는지."

"아무 일 아니야. 자네가 한 말을 내가 좀 오해해서 뭐라고 한마디 했더니 다들 나한테 달려들어서 말이야."

"그랬다며. 다들 굉장히 미안해하고 있어."

"생쥐스트는 아니겠지."

"응. 헌데, 생쥐스트는 자기 관점이 워낙 확고해서 아주 작은 동요도 허용하지 못해."

"허용? 어이가 없어서, 난 그 친구 허용 같은 거 필요 없어. 나더러 골칫거리라더군. 혁명이 일어난 다음에 기어들어 온 자가 무슨 권리로 남한테 골칫거리라는 거야?"

"나한테 소리치지 말게. 그 사람한테는 자기 의견을 밝힐 권리가 있다고 보는데."

"나한테는 없고?"

"아무도 자네 권리를 빼앗지 않았어. 그걸 행사했다고 자네한테 소리를 질렀을 뿐이지. 카미유가 병적으로 민감하네요." 로베스피에르가 클로드에게 짐짓 쾌활하게 말했다.

"정작 민감해야 할 문제는 따로 있는데 말일세." 그러면서 클로드는 턱으로 신문들을 가리켰다. 로베스피에르는 혼란스러운 모양이었다. 그는 안경을 벗었다. 그의 눈이 붉게 충혈되어 있었다. 클로드는 그의 참을성과 침착함에 놀랐고, 그가 이런 일을 모두 이제서야 알아차렸다는 데 놀랐다.

"이런 소문을 억누르는 노력이 당연히 필요합니다." 로베스피에르가 말했다. "아, 억누른다는 건 좀 그렇네요. 그 안에 일말의 진실이 들어 있다는 소리처럼 들리니까. 모두들 조심스럽게 행동해야겠지요."

"우리가 지은 죄악이 관심을 끌지 않도록." 데물랭이 말했다.

"제가 카미유를 데리고 나가야겠습니다." 로베스피에르가 클로드에게 말했다. "신문 때문에 마음의 평화를 망치지 마세요."

"망칠 마음의 평화라도 나한테 있나 어디?" 그는 두 사람을 배웅하려고 일어섰다. "이번 주말에 부르라렌에 올 텐가?"

"공화국이니까 이제부턴 부르라레퓌블리크라니까요." 데물랭이 말했다. "애국자는 주말 같은 거 없습니다."

"마음만 먹으면 주말이야 있는 거지." 로베스피에르가 말했다.

"자네가 와주었으면 좋겠네만. 어려울 테지."

"지금은 제가 아주 바쁩니다. 루베를 상대하느라 시간을 낭비했어요."

데물랭은 생각했다. '오고 싶어도 쉽지 않을걸, 엘레오노르와 엘레오노르의 보호자로 그 어머니를 동반하지 않고선 말이야. 게다가 어머니의 보호자로 샤를로트를 동반해야 할 테고, 바베트도 안 데려가면 악을 쓸 테니까 빼놓을 수 없고, 빅투아르 혼자 집에 두는 건 공평하지 않으니까 빅투아르도 데려가야 할 거고.'

"제가 갈까요?" 데물랭이 장인에게 물었다.

"그러게. 뤼실은 바람 좀 쐬면 좋고 자네도 논쟁 좀 그만하면 좋겠고."

"저하고 말싸움 하시자는 건가요?"

클로드는 엷은 웃음을 지었다.

"이제 뭐 하는데?" 데물랭이 물었다.

"잠시 걷자, 그러면서 누가 우리를 알아보는지 보자고. 내 생각엔 자네 장인이 자네를 거의 좋아하는 것 같아."

"그렇게 생각해?"

"자네한테 점점 익숙해지시는 거야. 그 연배가 되면 뭔가 불평할 거리가 있는 걸 좋아하게 마련이지. 그렇지만 내 생각에는—"

"사람들이 자네를 알아보는지 왜 알고 싶어?"

"그냥 드는 생각이야. 내가 객기를 부린다고 사람들이 말하더라고. 내가 객기를 부린다고 생각하나?"

"아니, 나 같으면 그런 말은 안 쓰겠는데."

"내 눈에는 내가 무명인처럼 보이거든."

"무명인?" 데물랭은 생각했다. 이것은 충격적인 소심함이 폭발하듯 드러나려는 전조였다. 로베스피에르는 한 번도 명예를 받아들인 적이 없었다. 그의 겸손함은 그대로 두었다간 걷잡을 수 없는 쪽으로 나아갔다.

"자네가 연설을 하는 동안 나 때문에 집중을 못 했다면 미안해."

"그건 아무것도 아니야. 루베는 박살 났어. 앞으로는 날 함부로 공격하지 않겠지. 나한테는 국민공회가 있으니까." 로베스피에르는 손을 오므렸다. "아름다운."

"굉장히 피곤해 보인다."

"생각해보니까 그런 거 같기도 하네. 걱정 마. 해낸 게 있으니까. 자넨, 아주 좋아 보여. 혁명이 아직도 입맛에 많이 맞는 사람처럼 보여."

"브리소 일파가 말하는 것처럼 내가 문란한 생활을 하는 모양이지. 그게 내 체질에 맞아."

한 사내가 그들의 얼굴을 들여다보려고 걸음을 늦추었다. 사내는 찡그렸다. "사람들이 자넬 알아봤으면 좋겠나?" 데물랭이 물었다.

"아니. 하지만 조용히 사적인 이야기를 하고 싶었어. 어디를 가도 엿듣지 않는 곳이 거의 없는 거 같아."

생기가 빠져나가고 있었다. 로베스피에르는 이제 수척해 보일 때가 많았고 그의 입은 불안스럽게 일자로 다물어졌다.

"정말 그렇게 생각해? 자네가 하는 말을 사람들이 언제나 듣는다고?"

"그렇다니까." (로베스피에르는 생각했다. 샤를로트하고 같이 살아봐, 이해가 갈 테니.) "카미유, 브리소 계열의 신문들을 자네가 좀 더 심각하게 받아들였으면 좋겠어. 우린 그자들이 악의로 저런다는 걸 알아. 하지만 자네는 그자들이 지어내야 하는 수고를 덜어주고 있어. 특히 시민 가브리엘 당통과 관련해선 더 좋지 않아. 어딘가 편치 않아 보이더군. 남편은 통 집에 붙어 있을 때가 없고 자네하고 둘이서 여자들을 데리고 여기저기 돌아다니잖아."

"난 자코뱅 통신위원회에서 저녁 시간 대부분을 보내. 그리고 가브리엘은 편치 않은 게 아니야, 임신했을 뿐이야."

"알아, 하지만 이번 주 초에 내가 얘기해보니까 안 좋아 보이더군. 가브리엘하고 당통은 같이 모습을 보일 때가 없어. 부부 동반으로 초대를 받을 때가 없다고."

"두 사람이 다투거든."

"뭐 때문에?"

"정치."

"그런 여자라는 생각은 안 들던데."

"추상적인 논쟁이 아니야. 이제 우리가 인생을 어떻게 살아가느
냐 하는 문제지."

"자네한테 설교할 마음은 없지만 카미유―"

"설교하고 있잖아."

"좋아 그럼 설교하지. 도박을 끊어. 당통도 끊게 하고. 집에서 보
내는 시간을 늘리고. 부인 행실에도 신경을 써. 애인을 두고 싶으면
조심성이 있는 여자로 고르고. 좀 눈치껏 하라고."

"애인 같은 거 필요 없는데."

"그럼 더 잘된 거고. 자네가 살아가는 방식은 어떤 면에서는 우리
의 이상에 피해를 주는 거야."

"그만해. 난 그런 이상을 위해서 나선 적 없으니까."

"들어보라고―"

"자네야말로 들어봐. 그렇게 오래 서로를 알고 지내면서 자넨 언
제나 내가 말썽에 휘말리는 일이 없게 하려고 애썼지. 하지만 나한
테 잘난 척할 정도로 어리석지는 않았어. 몇 달 전 같았으면 자넨
우리의 이상에 피해를 끼친다는 말 따위는 하지 않았겠지. 자넨 못
본 척했을 거야. 자넨 자네한테 안 맞는 일은 무시하는 데 도가 텄
거든. 그런데 이제는 그걸 문제로 만들고 싶어 하네. 아니면, 누구
때문에 그러는지 난 알지. 생쥐스트."

"생쥐스트가 뭐길래 그리 집착하나?"

"가만히 앉아서 당하느니 이젠 그 녀석하고 싸워야겠어. 나더러 골칫덩이라더군. 날 제거하려니까 저런 말이 나오는 거지."

"제거?"

"그래, 날 제거하고 망가뜨려서 기즈로 보내려는 거지. 거기서라면 내가 더듬거리며 내뱉는 말 때문에 그 녀석의 심장이 적개심으로 갈가리 찢겨 나가는 일은 없을 테니까."

그들은 한동안 걸음을 멈추고 서로 얼굴을 들여다보았다. "자네의 개인적인 다툼에 대해서 내가 할 수 있는 일은 거의 없는 것 같군. 그렇지 않나?"

"생쥐스트의 편을 안 드는 일은 할 수 있지."

"편들고 싶은 마음은 없어. 그럴 필요도 없고. 난 인간적으로도 정치적으로도 자네 두 사람을 높이 평가해. 거리가 이제 좀 초라해 보이지 않아?"

"그렇네. 어디로 가는 거지?"

"와서 내 여동생 좀 만나보겠나?"

"엘레오노르가 집에 있을까?"

"그럼 배우러 갔을 거야. 자넬 안 좋아하는 거 나도 알아."

"그 여자하고 결혼할 거야?"

"잘 모르겠어. 어떻게 알겠나. 엘레오노르는 내가 하는 일과 내 친구들을 질투해."

"그 여자하고 결혼해야 하는 거 아니야?"

"결국에 가서는, 어쩌면."

"또 ─, 아니야, 됐어."

꿩장히 자주, 데물랭은 아들이 태어나던 날 아침 바베트하고 있었던 일을 로베스피에르한테 말하기 직전까지 갔다. 로베스피에르는 그애를 워낙 좋아했고 웬만한 사람들하고 있을 때보다 그애하고 있을 때 훨씬 편안해했으므로 로베스피에르가 그애한테 두었던 신뢰를 몰아내는 것은 잔인해 보였다. 그리고 없는 말을 하는 사람으로 여겨지는 것도 끔찍한 일이었다. 데물랭은 없는 말을 하는 사람으로 여겨질 가능성이 높았다. 게다가, 말해진 것과 행해진 것을 정확히 다시 옮기자면 자신의 해석을 덧붙일 수밖에 없고 자신의 해석은 다른 사람들의 판단 대상이 될 수밖에 없다. 결국 말해진 것과 행해진 것을 옮긴다는 것은 불가능했다. 그래서 뒤플레 집에서 데물랭은 엘레오노르를 빼놓고는 모두에게 공손하게 굴었고 아주 조심했다. 그래도 그 사건은 그의 마음을 괴롭혔다. 한번은 당통한테 털어놓기 시작했다가 주제를 돌리고 말았다. 당통은 없는 이야기를 꾸며내지 말라고 했을 것이고 망상에서 벗어나라며 놀려댔을 것이다.

옆에서는 로베스피에르의 목소리가 이어졌다. "……그리고 난 모름지기 사람이 바라야 할 것은 영웅의 지위가 아니라 개인성을 희미하게 만드는 것, 말하자면 스스로를 역사에서 지워내는 것이라야 한다는 생각이 들어. 인류의 기록은 전부 왜곡된 거야. 나쁜 정부들이 자기들 입맛에 맞게 날조한 거고 왕들과 폭군들이 자기들을 미화하려고 지어낸 거야. 위인들이 역사를 만든다는 이런 발상은 인민의 관점에서 역사를 바라보면 말도 안 되는 엉터리야. 진짜 영웅은 폭군한테 맞선 사람들이고 폭정의 본질은 폭정에 맞서는 사람들을 죽이는 것만이 아니라 거기에 맞선 사람들을 기록에서 씻어내고 말살해서 저항이 불가능한 것처럼 보이게 만드는 데에도 있는 거야."

행인 하나가 머뭇거리면서 그들을 쳐다보았다. "혹시, 선한 시민 로베스피에르가 아니십니까?" 행인이 물었다.

로베스피에르는 행인을 쳐다보지 않았다. "내가 영웅들에 대해서 하는 말이 이해가 가나? 영웅을 위한 자리는 없어. 폭군에 맞서는 것은 잊혀짐을 뜻해. 난 그 잊혀짐을 받아들일 거야. 내 이름은 지면에서 사라질 거야."

"실례합니다만." 애국자 사내는 끈질겼다.

눈들이 사내한테 잠깐 머물렀다. "네, 제가 로베스피에르입니다." 로베스피에르는 한 손을 시민 데물랭의 팔 위에 얹었다. "카미유, 역사는 허구야."

로베스피에르: 그때 사정을 자넨 이해하지 못해. 학교에서 처음 이 년 동안은 딱히 비참하지는 않았고 어떤 면에서는 행복했지만 난 사람들한테서 차단되었고 독방에 혼자 밀폐되어 있었거든. 그때 카미유가 왔어. 내가 감상에 젖는다고 생각하나?

생쥐스트: 제 생각에 그렇습니다.

로베스피에르: 그때 일을 자넨 이해 못 해.

생쥐스트: 왜 그렇게 과거에 집착하시나요? 왜 미래를 안 보십니까?

로베스피에르: 과거를 잊고 싶어 하는 사람이 많지만 그럴 수가 없어. 과거를 머릿속에서 완전히 내몰 수는 없다고. 자넨 나보다 젊으니까 자연히 미래를 생각하지. 자네한테는 과거가 없으니까.

생쥐스트: 어느 정도는요.

로베스피에르: 혁명이 일어나기 전에 자네는 학생이었고 인생을

준비하고 있었어. 자넨 그것 말고는 하는 일이 없었지. 자넨 전문 혁명가야. 완전히 새로운 부류지.

생쥐스트: 저도 그렇게 생각했죠.

로베스피에르: 카미유가 왔을 때를 설명하자면, 난 가끔 사람들하고 잘 지내기가 어려워. 사람들은 나한테 쉽게 끌리지 않아. 카미유가 나한테 왜 신경을 썼는지는 모르지만 난 기분이 좋았어. 카미유는 자석같이 사람들을 끌어당기지. 그때도 지금하고 똑같았어. 열살 때 카미유한테는 검은 광채 같은 게 있었다고.

생쥐스트: 공상 같은데요.

로베스피에르: 그래서 내가 지내기가 편했어. 카미유는 가족이 자기한테 신경 쓰지 않는다고 항상 불만이었지. 내가 보기엔 안 그렇던데. 그리고 자기를 좋아하는 사람이 그렇게 많은데 그게 뭐 그리 중요하냐 말이야.

생쥐스트: 그러니까 말씀하시는 게, 과거에 맺은 인연이 있기 때문에 그 사람이 하는 건 전부 옳다는 건가요?

로베스피에르: 아니. 내 말은 카미유가 굉장히 복잡한 사람이고 카미유가 어떤 일에 연루되든 간에 우리가 아주 가깝다는 사실은 변함이 없다는 거야. 카미유는 똑똑하잖아. 아주 괜찮은 언론인이기도 하고.

생쥐스트: 언론인의 가치에 대해서 전 회의적입니다.

로베스피에르: 자넨 그냥 카미유가 싫은 거로군.

3장
루이의 운명
(1792~1793)

당통은 외교 문제와 대사들 때문에 골치가 아프다고 생각했다. 얼마 전부터 매일같이 하루 중 얼마 동안은 가만히 지도를 응시하면서 마음속에서 유럽 대륙을 곰곰이 생각해보았다. 투르크, 스웨덴, 잉글랜드, 베네치아······. 잉글랜드는 참전을 막아야 한다. 중립을 간청하고 빌자. 잉글랜드 함대의 참전도 막아야 한다. 그렇지만 잉글랜드 첩자들이 사방에 널려 있고 사보타주와 화폐 위조설도 나돈다. 물론, 로베스피에르가 옳다. 잉글랜드는 기본적으로 적대적이다. 하지만 그런 전쟁에 말려든다면 과연 우리가 일평생 전쟁에서 헤어날 수 있을까? 물론 우리가 천수를 누릴 것이라 기대하는 것은 아니라고 당통은 씁쓸하게 생각했다.

공직을 떠난 뒤로는 이제 당통이 직접 챙기지 않아도 되는 문제들도 있었다. 그렇지만 빨리 왕을 재판정에 세우라는 압력이나 브리소파의 아둔함과 분열은 그가 외면하기 어려운 사안들이었다. '로베스피에르 죽이기' 연설을 듣고 난 다음에도 당통은 브리소파의 선의를 아직도 절반은 신뢰했다. 당통은 싸움판으로 끌려 들어가기 싫었지만 브리소파는 그의 선택지를 모두 날려버렸다.

곧, 어쩌면 일 년 안에 당통은 파리를 벗어나기를 바란다. 자기기만인지도 모르지만 다른 사람들 손에 다 맡기고 싶다. 프로이센 군대를 몰아냈으니 고향에 있는 집들과 농장들은 안전하다. 그리고 아이들. 앙투안은 튼튼히 자라고 있고 만족에 겨운 토실토실한 아기 프랑수아조르주는 죽지 않을 거다. 그리고 아이가 또 생겼다. 아르시라면 가브리엘은 당통을 더 잘 이해하게 되리라. 그가 무슨 짓을 했건 두 사람 의견이 얼마나 다르건 그는 아내에 대한 책임을 잊은 적이 없다고 생각한다. 시골에서 두 사람은 다시 평범한 사람이 되리라.

당통이 이렇게 소박한 미래를 상상하는 것은 술을 너무 많이 마셨을 때다. 애석하게도 이럴 때는 데물랭하고 같이 있을 때가 많았고 데물랭은 꿈 깨라면서 그를 울적하게 만들거나 '내가 어쩌다 권력에 덫에 빠져들었나' 하고 분노하게 만들었다. 다른 때에도 이런 미래를 믿는지는 불분명하다. 당통은 어쩌다 자기가 뤼실을 쫓아다니게 되었는지 이해가 안 된다. 하지만 계속 쫓아다닌다.

"난 궁전이 싫어. 집이 좋아." 가브리엘은 그렇게 말했다. 그런 식의 느낌은 일반화된 듯했다. 데물랭은 직원들하고 헤어지게 되어서 즐거웠고 직원들은 데물랭하고 헤어지게 되어서 즐거웠다. 당통 말로는 이제 우리는 다른 걱정거리를 실컷 찾아내도 된다. 뤼실은 이런 일반적인 감정에 완전히 동의하지는 않는다. 뤼실은 중앙 계단을 휩쓸며 내려가는 것을 즐겼고 권력을 눈에 보이게 행사하는 것도 즐겼다.

뤼실에게 집으로 돌아와서 좋은 것 하나는 가브리엘과 같이 있어야 하는 부담, 루이즈 로베르와 같이 있어야 하는 부담에서 벗어나게 된 점이다. 몇 주째 루이즈는 소설가의 상상력을 그들의 삼각 관계에다 들이밀었다. 소설가들의 상상력이란! "저 봐—" 루이즈가 말한다. "당통이 자기 있는 자리에서 자기 아내를 황송하게도 막 다룰 때 데물랭이 짓는 쾌감과 흥미의 표정을! 여기서 나가는 대로 아예 셋이서 한집에서 같이 살지 그래? 그렇게 되지 않을까?"

"그리고 난 아침을 먹으러 그 집에 가도 될까?" 파브르가 말했다.

"지긋지긋해요. 당신들이 연출하는 이 드라마 말이에요. 남자가 제일 친한 친구의 부인과 사랑에 빠진다, 이 얼마나 비극적인가, 인간으로 산다는 건 얼마나 끔찍한 일인가. 비극? 허구한 날 얼굴에서 웃음이 가실 날이 없으면서." 루이즈가 말했다.

하긴 그랬다. 그들은 웃음이 가실 날이 없었고 거기에는 당통도 포함되었다. 루이즈가 한바탕 퍼부어댔을 때 다행히 가브리엘은 그 자리에 없었다. 가브리엘은 전에는 뤼실에게 다정했지만 지금은 그렇게 뚱할 수가 없다. 가브리엘은 이번 임신으로 살이 많이 쪄서 느릿느릿 움직이면서 숨을 잘 못 쉬겠다고, 이 도시가 답답하다고 말한다. 다행히 가브리엘의 부모가 얼마 전에 퐁트네 집을 팔고 세브르로 이사를 와서 녹지대에 있는 집을 두 채 샀다. 한 채에는 그들이 살 예정이고 또 한 채에는 딸과 사위가 원하면 쓰게 할 생각이었다. 샤르팡티에 부부는 한 번도 돈에 쪼들린 적이 없지만 그 돈은 조르주자크가 댔을 가능성이 높다. 당통은 자기가 요즘 돈을 얼마나 많이 쓰는지 사람들이 아는 것을 싫어한다.

뤼실은 생각했다. '그러니까, 가브리엘은 탈출할 가능성이 있구나.' 하지만 코르들리에 거리에 있는 아파트에서 가브리엘은 여전히 임산부의 자세를 의식하면서 말없이 가만히 앉아 있었다. 어떨 때 그녀가 울면 루이즈 젤리가 쪼르르 계단으로 내려와서 같이 훌쩍거리기도 했다. 가브리엘은 자기 결혼 때문에, 자기 영혼 때문에, 자기 왕 때문에 우는 거였고 루이즈는 아마도 망가진 인형이나 거리에서 마차에 치인 고양이 때문에 울지 않았나 싶다. 뤼실은 생각한다. 견딜 수가 없다, 남자들하고 있을 때가 더 편하다.

프레롱은 메스에서 임무를 마치고 무사히 집으로 돌아왔다. 그가 신문에 쓰는 글을 읽으면 이 '토끼' 씨가 한때는 신사였음을 도저히 알기 어려우리라. 언론인의 피가 몸 안에 있기에 프레롱은 글을 잘 썼지만 그의 견해는 점점 과격해졌다. 마치 시합에라도 나선 것처럼, 그래서 기를 쓰고 이기고 싶어 하는 사람처럼. 어떨 때는 프레롱이 쓴 글인지 마라가 쓴 글인지 구분이 안 갈 때도 있었다. 프레롱이 전에 없이 난폭해지긴 했어도 뤼실의 다른 애인들은 프레롱을 하나도 겁낼 게 없는 사람으로 여겼다. 그렇지만 뤼실은 진지하게 프레롱에게 이렇게 물어본 적이 있었다. "내가 혹시라도 당신이 필요할 때는 언제나 거기 있어줄래요?" 프레롱은 영원토록 거기 있겠다는 식으로 응답했다. 문제는 이 주가 가고 저 주가 와도 그는 집안의 오랜 친구라는 지위를 변함 없이 유지했다는 점이었다. 그래서 주말이면 프레롱은 부르라레퓌블리크에 있는 농장으로 나들이를 올 수 있었다. 거기서 그는 뤼실을 졸졸 따라다니면서 그녀를 독차지할 수 있는 기회를 노렸다. 가엾은 토끼. 가능성은 제로였다.

어떨 때는 프레롱 부인 같은 여자, 에로 드 세셸 부인 같은 여자가 있다는 사실도 기억하기가 어려웠다.

에로 드 세셸은 자코뱅 모임이 있는 저녁에 찾아왔다. 그는 자코뱅 사람들을 따분한 자들, 더럽게 따분한 사람들이라고 불렀다. 사실 에로는 정치에 빠졌지만 뤼실이 정치에 빠졌다고 여기지는 않았기에 호의를 품고 접근하기 시작했다. 그는 이렇게 말하곤 했다. "저 사람들이 논의하는 건 경제를 어떻게 통제할 것이냐, 빵 값이 어떻네 양초 값이 어떻네 하면서 항상 죽는 소리를 하는 이 어처구니없는 상퀼로트 무리를 어떻게 입 다물게 할 것이냐입니다. 에베르는 상퀼로트를 비웃어야 할지 받아들여야 할지 갈피를 못 잡아요."

"에베르는 잘나가는데요." 뤼실이 상냥하게 말하면 에로는 "네, 코뮌에서는 에베르와 쇼메트의 존재감이 대단하죠." 하고 받아넘겼지만 그 다음에는 이번에도 자기가 바보처럼 헛다리를 짚었음을 깨닫고 더는 말을 잇지 못했다.

에로는 당통의 친구였고 산악파와 함께 앉았지만 귀족의 습성은 하나도 뜯어고치지를 못했다. "당신은 단순히 말이나 거동만이 아니라 사고 방식 전체가 굉장히 귀족적이에요." 뤼실은 그렇게 말했다.

"그건 아닙니다. 정말 아닙니다. 아주 현대적입니다. 아주 공화주의적이고요."

"당신이 나를 대하는 태도만 보아도 그래요. 혁명 이전 같았으면 당신이 내 쪽을 힐끔 바라보기만 해도 내가 더없이 흠모하는 듯한 기색을 보이면서 좋아했을 거라는 생각을 당신은 지금도 마음속에서 지울 수가 없는 거죠. 내가 그러지 않았더라도 부모님이 그러라고 등을 떠밀었겠죠. 게다가 그건 지어낸 게 아니었을 것이고요. 그 당시 여자들은 그렇게 생각했죠."

"그게 사실이라면, 물론 사실이죠. 그게 오늘 우리 상황에 어떤 영향을 미칠까요?"(에로는 여자는 안 바뀐다고 생각한다.) "당신한테 특권을 행사하려는 게 아닙니다. 그저 당신이 인생에서 기쁨을 좀 얻기를 바랄 뿐이지요." 에로가 말했다.

뤼실은 가슴 위로 자기 손을 마주잡았다. "오, 이타심이었군요!"

"뤼실. 남편이 당신한테 한 가장 못된 짓이 당신을 냉소적으로 만든 겁니다."

"난 항상 냉소적이었어요."

"그럴 리가 있습니까. 카미유는 사람들을 조종하려 들어요."

"아, 나도 그런데."

"그 사람은 자기는 악의가 없는 사람이라는 생각을 사람들한테 주입하려고 애쓰지요. 그래서 등에 칼을 맞은 사람은 더 충격을 받고요. 생쥐스트는 나도 무조건 우러러보는 사람은 아니지만—"

"아, 주제를 바꾸죠. 난 생쥐스트를 안 좋아해요."

"이유가 있을까요?"

"그 사람 정치관이 마음에 안 들어요. 또 나를 무섭게 만들어요."

"생쥐스트의 정치관은 로베스피에르의 것이고, 그건 결국 당신 남편과 당통의 정치관이잖아요."

"그건 두고봐야겠죠. 생쥐스트는 자기 머릿속에 들어 있는 계획에 따라서 사람들 형편을 끌어올리는 데에 주안점을 두는 모양이지만, 솔직히 말해서 그게 뭔지 우리한테 정확히 설명을 잘 못해요. 그런데, 카미유하고 조르주자크가 사람들 형편을 끌어올리려고 노력하지 않았다고 욕하면 안 돼요. 사실은 그 반대거든요. 대부분의 시간을 거기에 쏟아부었답니다."

에로는 생각에 잠긴 표정이었다. "당신은 아둔함과는 거리가 멀군요."

"아둔했죠 전에는. 하지만 지성도 전염된답니다."

"문제는 카미유가 생쥐스트한테 자꾸 적개심을 품는다는 겁니다."

"그야 그렇죠. 그것도 모든 면에서요. 우리는 어쩌면 실용주의에 물들었을지 몰라요. 하지만 인격과 인격이 크게 부딪쳐야만 우리의 원칙이 무엇이었는가를 상기하게 되는 측면도 있어요."

"휴. 오늘 밤은 유혹을 할 계획이었는데. 옆길로 샌 것 같습니다."

"자코뱅 클럽에 가셨으면 좋았을 텐데." 뤼실은 방긋 웃어 보였다. 에로는 낙심한 표정이었다.

디용 장군은 파리에 있을 때면 어김없이 뤼실을 찾아왔다. 키가 훤칠하고 머리는 밤처럼 단단하고 갈수록 젊어 보이는 요령을 아는 그 사람을 보는 일은 즐거웠다. 물론 발미에서 거둔 승리의 영향이 컸다. 남자를 살려내는 데에는 승리만 한 것이 없다. 디용은 전쟁 이야기는 절대로 꺼내지 않았다. 디용은 국민공회가 열리는 오후 시간에 찾아왔다. 디용의 접근법은 워낙 흥미로워서 전략으로 승격하기에 부족함이 없었다. 뤼실은 깊은 인상을 받은 나머지 데물랭하고도 이야기를 해보았는데 데물랭도 그의 접근법이 기가 막힌 우회 전술이라는 데 동의했다. 토끼는 데물랭의 외도를 애절한 눈빛으로 슬쩍슬쩍 비쳤고 에로 드 세셸은 당신은 틀림없이 불행할 텐데 내가 그걸 바꿔놓겠다며 기염을 토했지만 장군은 그냥 앉아서 마르티니크

생활에 대해서, 혁명 이전 궁정 생활의 말도 안 되는 어리석음에 대해서만 이야기했다. 정확히 뤼실과 나이가 같은 작은딸은 불빛이 환한 곳에 절대 서 있지 말라는 충고를 받았는데 그것은 작은딸의 눈부신 얼굴 빛이 시들어 가는 왕비를 심술궂어 보이게 만든다는 이유에서였다. 디용은 프랑스와 아일랜드 피가 섞인 유명한 자기 집안의 믿기 어려운 역사도 들려주었다. 재혼한 아내 로르의 기벽을 비롯해서 그동안 알고 지냈던 예쁘고 얼빠진 애인들의 기벽도 들려주었다. 서인도제도에 사는 동물들도, 그 열기와 푸른 바다도, 바다로 굴러떨어지는 녹음이 만발한 산자락도, 봉오리를 터뜨렸다가 썩는 꽃도 이야기했고 토바고 총독으로서 자기가 감내해야 했던 얼간이 같은 의식도 이야기했다. 요컨대 그는 돈이든 뭐든 한 번도 아쉬워서 걱정을 한 적이 없었고 굉장히 잘생기고 세련되고 적응력까지 뛰어난 뼈대 있는 명문가의 일원에게 인생이 얼마나 즐거운 것이었는지를 말해주었다.

그러고 나서는 뤼실이 결혼한 남자가 얼마나 특별한 젊은이인지를 강조했다. 디용은 데물랭이 쓴 글을 놀랄 만큼 길게 인용했는데 어느 정도 정확했다. 그리고 데물랭처럼 섬세한 사람은 범죄만 아니라면, 아니 너무 심한 범죄만 아니라면 그저 하고 싶은 대로 하게끔 내버려 두어야 한다고, 다른 사람도 아니고 뤼실에게 강조했다.

그러고는 어쩌다 한 번씩 뤼실에게 팔을 두르고 입맞춤을 하려고 하면서 어여쁜 당신과 제대로 사랑을 나누고 싶다고 말했다. 뤼실이 안 된다고 하면 디용은 믿기 어렵다는 표정을 지으면서 왜 인생을 더 즐기지 않느냐고 물었다. "데물랭이 싫어할까 봐 그러는 건 물론 아니겠죠?"

그들이 몰랐던 것은, 이 신사들이 이해하지 못했던 것은, 사실은 뤼실에 관한 모든 것이었다. 그들은 뤼실이 스스로 고안한 절묘한 고문에 대해서, 그녀의 하루하루 한 주 한 주를 아슬아슬하게 지탱해주던 그 고문에 대해서 몰랐다. 아주 냉정하게 뤼실이 자기 자신에게 던진 질문은 이랬다. 데물랭한테 무슨 일이 생기면 어쩌지? 만약에, 누군가가 데물랭을 암살한다면? (그녀가 자객이라면 그런 유혹을 느낄 만도 하지 않겠는가.) 물론 뤼실은 전부터 이런 질문을 던져왔다. 1789년 이후로 그녀는 이런 질문을 떨칠 수가 없었지만 지금은 데물랭한테 덜 집착하는 게 아니라 더 집착하고 있었다. 그녀는 그 사태에 아무런 대비가 안 되어 있었다. 흔히 사랑을 하게 되면 처음 일 년은 미칠 듯이 좋아하다가 그 다음에는 감정이 식는다고 한다. 사람은 사랑에 빠지고 또 빠져서 사랑 때문에 몹시 아프고 영혼이 병들어서 나날이 정수가 빠져나가는 것처럼 고갈되어버릴 수도 있다고, 자기한테 귀띔이라도 해준 사람은 하나도 없었다. 데물랭이 여기 없다면, 그가 이곳에 영원히 없다면, 자신 앞에 놓인 것은 살아도 살아 있는 게 아닌 삶일 것이요 의무감 때문에 질질 끌려가지만 병고와 혹한 속에서 비틀비틀 죽음으로 치닫는 삶이리라. 데물랭한테 무슨 일이 생기면 난 자살하고 말리라고 뤼실은 생각했다. 아예 공언해야겠다, 그래야 땅에 묻어주기라도 할 거 아닌가. 아기는 할머니가 보살펴주겠지.

　물론 뤼실은 이 고문 작업에 대해서 말하지 않았다. 사람들은 그녀가 어리석다고 생각하리라. 요사이 데물랭은 거의 자기의 약점을 강점으로 엮어 나갔다. 르장드르는 국민공회에서 말을 더 많이 하지 않는다고 그를 타박했다. "그런데 사람들이 다 당신 같은 폐활량을 가진 건 아니랍니다." 당신은 덜렁거리고 무신경하고 제 멋에 겨워 살지요. 데물랭의 웃음은 그렇게 말했다. 산악파 동료들은 마라가 질러대는 고함의 의미를 데물랭의 해석에 기대어 파악했다. 마라하고 잘 지내는 사람은 데물랭하고 프레롱뿐이었다. (마라한테는 새로운 적수가 생겼는데 그는 상퀼로트를 소리 높여 대변하는 자크 루라는 전직 신부였다.)

"당신은 두 세기를 앞서 사는군요." 데물랭이 마라에게 말했다. 나날이 얼굴이 납빛으로 변해 가고 파충류를 닮아 가는 마라도 눈을 찡긋거린다. 아마 잘했다는 뜻이리라.

이제 데물랭이 원한 것은 브리소파가 없는 국민공회였고 왕과 왕비의 재판이었다. 1792년 겨울로 접어들면서 그는 눈이 밝게 빛났고 열의도 생겼다. 데물랭이 집에 있을 때 뤼실은 행복했다. 남편 흉내도 낼 수 있었다. 뤼실의 흉내는 (엄마와 언니도 동의하지만) 이제 완벽에 가까웠다. 데물랭이 집에 없을 때에는 뤼실은 창가에 앉아서 데물랭이 오기를 기다렸다. 뤼실은 아주 지겹다는 투로 모두에게 데물랭에 대해서 말했다.

적어도 올해는 아무도 동맹군을 두려워하지 않았다. 곰팡이가 핀 빵과 종이로 밑창을 댄 군화 같은 문제를 관장해야 하고 정부 은행권에 침을 뱉으면서 금을 달라고 손을 내미는 농민들을 지켜보아야 하는 병참 장교들만 빼놓고는. 공화국은 뤼실의 아이보다 어렸다. 아직 말랑말랑한 뤼실의 아이는 흑요석 같은 동그란 눈으로 세상을 보았고 덮어놓고 웃었다. 로베스피에르는 대자가 잘 있는지 보러 왔고 아이 할머니의 나이 든 친구들도 오후에 찾아와서 자기들 손가락을 아이한테 만져보게 하면서 별로 의미도 없는 자기 자식들의 아기였을 때 이야기를 들려주었다. 데물랭은 아이를 안고 다니면서 속삭였다. 아빠가 널 절대로 힘들게 살지 않도록 해주겠노라고, 아무리 변덕을 부려도 다 받아주겠노라고, 넌 보나마나 똑똑한 아이일 테니까 입에 담기도 싫은 끔찍한 학교로 멀리 갈 필요도 없을 거라고. 아이 할머니는 작은 일에도 법석을 떨었고 아이한테 고양이와 하늘과 나무들을 보여주었다. 하지만 뤼실은, 엄마가 이런 생각을 한다는 건 부끄러운 일임을 알았지만, 아기의 마음에 몸을 들여놓고 싶지 않았다. 그녀는 잠시 살다가 떠나야 할 세입자였다.

마라가 사는 집에 가려면 두 가게 사이로 난 좁은 통로를 지나서 한구석에 우물이 있는 작은 마당을 가로질러야 한다. 오른편에는 쇠난간이 있는 돌계단이 있다. 이제 이층으로 올라간다.

문을 두드리고 난 다음 마라의 여자 한 사람한테 조사를 받아야 한다. 두 여자가 나설 때도 있다. 제법 시간이 걸린다. 어린 시절에 어떻게 자랐는지 상상이 잘 안 가는 알베르틴이라는 누이는 드세고 굶주렸고 몸집이 작았다. 시몬 에브라르는 얼굴이 갸름하고 머리는 갈색이며 의젓하고 너그러운 입을 가진 차분한 여자다. 오늘 그들은 방문객을 의심하지 않았다. 입장이 허용되었다. ‘인민의 벗’은 응접실에 앉아 있었다.

“나한테 달려오는 품새가 참 마음에 드는군.” 이 말은 그걸 조금도 마음에 들어 하지 않는다는 뜻이었다.

“달려오지 않았습니다.” 데물랭이 말했다. “슬렁슬렁 왔습니다.”

마라는 편안한 모습이었다. 법적으로 아내인 시몬이 커피 주전자를 그들 앞에 놓았다. 커피는 쓰고 시커멨다. “브리소파의 범죄를 논하는 문제라면 여기 좀 있어도 돼요. 양초가 필요하면 말씀하세요." 그녀가 말했다.

"자네 혼자서 결정하고 온 건가, 아니면 누가 보내서 온 건가?" 마라가 물었다.

"손님이 찾아오는 걸 싫어하는 걸로 다들 알겠네요."

"당통이든 로베스피에르든 누가 보내서 온 건지 알고 싶어서 그래."

"두 사람 다 브리소를 다루면서 당신의 도움을 환영할 겁니다."

"브리소는 역겹지." 아무개는 역겹다, 마라는 언제나 그렇게 말했다. 아무개는 실제로 마라를 역겹게 만들었고 또 그전에도 그랬다. "마치 자기가 혁명을 이끄는 것처럼, 자기가 주도해서 혁명이 일어나는 것처럼 군다고, 언제나. 경찰을 피해 다니느라 나라 여기저기를 숱하게 돌아다녔다는 이유 하나만으로 자기가 외교 문제 전문가인 것처럼 굴지. 그런 식으로 따지자면 나야말로 전문가지."

"모든 방향에서 브리소를 공격해야 합니다." 데물랭이 말했다. "혁명 전에 어떻게 살았는지, 철학이 뭔지, 어울리는 사람들이 누군지, 1789년 5월부터 지난 9월까지 애국파 진영이 위기에 놓였을 때마다 그가 어떻게 처신했는지 —"

"내가 쓴《노예의 사슬》영어판을 낼 때 날 속였어. 출판사들하고 짜고 해적판을 내는 바람에 난 한 푼도 못 받았어."

데물랭은 고개를 들었다. "세상에, 우리가 그걸로 그자를 공격하면 안 될까요?"

"그리고 미국에 다녀온 뒤로는 —"

"그래요, 압니다. 개인적으로 참기 힘든 사람이죠. 하지만 중요한 건 그게 아니고."

"나한텐 그게 중요해. 난 당할 만큼 당했어."

"혁명 전에는 경찰 첩자였잖아요."

"그래, 그랬지." 마라가 말했다.

"시론에 저하고 같이 이름을 올리시죠."

"싫네."

"한 번만 협조해주시죠."

"거위나 떼 지어 다니는 거지." 마라가 꼭 집어 말했다.

"좋습니다, 그럼 저 혼자 하지요. 저는 다만 당신을 정말로 망가
뜨릴 수 있는 게 브리소한테 있는지 알고 싶습니다."

"나는 가장 높은 원칙에 따라서 인생을 살아온 사람이야."

"당신에 대해서 아무것도 아는 게 없다는 말씀이군요."

"날 자극해서 좋을 게 없는데." 마라가 말했다. 평범하면서도 유
익한 조언이었다.

"하던 얘기 계속 하시죠." 데물랭이 말했다. "혁명 전에 그 사람이
했던 행동을 들이미는 것도 가능하지요, 미래의 동지가 될 사람들을
일부러 배신했다든가 군주정을 옹호하는 발언을 했다든가, 이건 신
문을 오려 둔 게 있으니까 입증이 가능합니다. 그리고 1789년 7월에
우유부단하게 왔다 갔다 했다든가—"

"가령?"

"글쎄요, 항상 불안한 모습으로 다녔으니까 망설이던 모습을 틀
림없이 누군가는 기억할 겁니다. 그리고 라파예트하고도 얽힌 적이
있고 카페 일가가 시도했던 도주에서도 역할을 맡았고 나중에 카페
여자하고 오스트리아 황제하고 은밀히 연락을 주고받은 적이 있습

니다."

"좋아, 좋아." 마라가 말했다. "아직까지는 아주 좋아."

"8월 10일 혁명을 훼방놓으려 했다든가 감옥에서 벌어진 살인에 애국파들이 관여했다고 근거 없는 비난을 했다든가 하는 일도 있었습니다. 또 연방주의자들의 파괴적 정책을 옹호하기도 했습니다. 초기에 가령 미라보라든가 오를레앙 같은 귀족들하고 붙어 지낸 적도 있고요."

"자네는 사람들 기억이 오래 못 간다는 걸 가슴 뭉클하도록 신봉하는구먼. 자네의 지적은 근거가 있다고 말하고 싶네. 그런데 미라보는 죽었다고 해도 오를레앙은 아직도 국민공회에서 우리 옆에 앉아 있잖나."

"전 내년 봄까지 멀리 내다본 겁니다. 로베스피에르는 오를레앙의 입장이 오래가지 못한다고 봅니다. 그가 인민에게 어느 정도 기여한 것은 인정하지만 부르봉 왕족은 프랑스 밖으로 내모는 것이 낫다는 거지요. 로베스피에르는 오를레앙이 가족을 몽땅 데리고 잉글랜드로 가기를 바랄 겁니다. 우리가 연금을 줄 수도 있다는 거지요."

"뭐라, 오를레앙한테 우리가 연금을 준다고? 기발하군!" 마라가 말했다. "내년 봄 예상은 자네가 맞아. 브리소파한테 육 개월 더 밧줄에 매달릴 수 있게 두라고. 그 다음엔 툭 끊어질 테니." 마라는 만족한 얼굴이었다.

"왕의 재판을 지연하고 방해한 혐의로 브리소, 롤랑, 베르니오를 모조리 고발할 수 있으면 좋겠습니다. 왕을 살려 두는 쪽에 표를 던진 죄를 물어도 좋겠지요. 역시 멀리 내다보고 하는 소리지만요."

"지연이나 방해 같은 걸 하고 싶어 하는 사람은 그 사람들 말고도 당연히 더 있을 거야. 이 루이 카페 문제에서 말이야."

"사형 언도를 내리는 데 로베스피에르가 두려움을 이겨낼 수 있도록 우리가 도울 수 있다고 봅니다."

"그렇지. 하지만 로베스피에르를 두고 하는 말이 아니야. 당통이 그 시기에 자리를 비우는 걸 자네도 알게 될 거라고 생각하는데. 벨기에에서 뒤무리에 장군이 벌이는 활동이 당통을 불러내는 것도 얼마든지 가능하다고 난 생각하거든."

"구체적으로 무슨 활동인데요?"

"벨기에는 조만간 분명히 위기가 닥칠 거야. 우리 군대는 그 나라를 해방시키는 건가 아니면 그 나라를 합병하는 건가, 아니면 둘 다를 하는 건가? 뒤무리에 장군은 누구를 위해서 정복하는 건가? 공화정? 아니면 이제는 사라진 군주정? 아니면 자기 자신을 위해서? 누군가 가서 상황을 해결해야 할 텐데 그런 일은 누구도 범접하지 못할 권위가 몸에서 배어 나오는 사람이 맡아야 하지. 로베스피에르가 문서 작업을 접고 군대와 함께 진창에서 허우적거리는 모습은 상상이 안 가. 고차원적인 사기, 노략질, 군악대, 점령지의 여자들, 이런 건 당통한테 훨씬 잘 어울리지."

마라는 이 모든 이야기를 숨을 쌕쌕거리면서 느릿느릿 또박또박 말했기 때문에 한결 으스스하게 들렸다. "그렇게 전하겠습니다." 데물랭이 말했다.

"그렇게 하라고. 브리소로 말하자면, 어떤 측면에서 보면 그 친구는 분명히 혁명에 맞서는 음모에 줄곧 관여했지. 그렇지만 브리소 패거리는 만만치가 않아요. 공직에서 몰아내려면 뚝심이 필요할 거야."

마라가 하는 말의 흐름에 익숙해지다 보니 데물랭은 고개를 들었다. "그러니까 말씀하시는 게, 공직에서 그자들을 몰아내자는 거로군요? 그보다 더 심한 건 전혀 아니고요?"

"이제 현실에 슬슬 눈뜨기 시작한 줄로 알았는데 아니었나." 마라가 말했다. "아님 자네의 메스꺼운 두 주인이 그런 걸 좀 바라는 건가? 로베스피에르는 9월에는 위기를 맞아서 뭘 해야 하는지 알았는데 그 뒤로는, 허, 아주 신사가 됐어."

데물랭은 머리를 한 손에 얹은 채 앉아 있었다. 그리고 손가락으로 곱슬곱슬한 머리카락을 꼬았다. "저는 브리소를 안 지가 오래됩니다."

"우리는 태어난 순간부터 악을 알지." 마라가 말했다. "그렇다고 해서 우리가 악을 용인할 순 없지."

"그건 말로만 그러는 거고요."

"그래. 쥐뿔도 없으면서 입만 살았지."

"마음에 안 들어요. 왕들은 언제나 적수들을 죽이는데 우리한테는 적수들하고 논리로 겨루라고 하니."

"전선에서는 실수를 저지르면 죽지. 그런데 왜 정치인들은 더 점잖게 대접받아야 하지? 전쟁은 그 사람들이 벌였는데. 정치인 한 사람 한 사람은 열 번씩 죽어도 싸. 우리가 저들을 재판에 회부하는 건 반역을 저질렀기 때문이고 반역은 죽음으로 처벌해야 마땅하지."

"그렇죠." 데물랭은 먼지 쌓인 책상 위에 손가락으로 무늬를 그리기 시작하다가 정신을 차리고 그만두었다.

마라가 웃었다. "카미유, 폐결핵 치료법을 알려 달라면서 귀족들이 우리 집으로 몰려들었던 시절도 있었지. 그 사람들이 타고 온 마차들이 길과 길을 막기도 하고. 나도 근사한 마차가 있었지. 내 옷은 티 없이 말쑥했고 나는 온화하고 너그럽고 점잖은 사람으로 통했다네."

"그러셨겠죠." 데물랭이 말했다.

"자넨 어린 학생이었을 때니 아무것도 몰라."

"폐결핵을 고치셨나요?"

"가끔은. 믿음이 충분할 때는 그랬지. 그런데, 코르들리에 클럽을 시작한 사람들이 지금도 거기에 가나?"

"가끔이요. 다른 사람들이 운영합니다. 그건 문제가 안 되고요."

"상퀼로트가 접수했군."

"그런 셈이죠."

"자네들이 더 높은 곳에서 활동하는 동안 말이야."

"무슨 말인지는 알겠습니다. 하지만 거리 모임은 여전히 우리가 주도합니다. 우린 책상 물림 혁명가가 아닙니다. 꼭 누추하게 살아야만―"

"됐네." 마라가 말했다. "내 말은 상퀼로트한테 신경이 쓰인다는 거야."

"자크 루 신부 말인데요. '붉은 자크'라, 본명은 아닌 거죠?"

"아니지. 내 이름을 놓고도 좀도둑을 뜻하는 말에서 유래했느니 하면서 말이 많던데, 자네도 마라가 내 본명이 아니라고 생각하나?"

"그게 중요한가요?"

"아니. 하지만 루 같은 바보들이 사람들의 마음을 돌리거든. 혁명의 정화를 궁리해야 할 판국에 식료품점을 털라고 부추기고 있으니."

"억압당하는 가난한 사람들의 선봉장이 되겠다고 나서려는 사람은 언제나 있는 법이죠." 데물랭이 말했다. "그래 봐야 뭐가 달라지는지는 몰라도. 없는 사람들 사정은 안 달라집니다. 달라질 수 있다고 생각하는 사람들을 후세가 우러러볼 뿐이지요."

"그렇다니까. 그들이 깨닫지 못하고 그들이 받아들이지 못하는 것은 이 혁명에서도 그렇고 어느 혁명에서든 가난한 사람들은 짐승처럼 떼지어 이리저리 내몰린다는 사실이야. 우리가 상퀼로트를 기다렸다면 1789년에 어떻게 됐겠나? 우리는 카페에서 혁명을 만들었고 그걸 거리로 갖고 나왔어. 루는 이제 와서 그걸 시궁창으로 걷어차려는 거야. 루도 그렇고 그 모든 폭도들도 그렇고 하나같이 동맹군의 하수인이야."

"짚이는 데가 있다는 뜻이신가요?"

"사악해서 적을 이롭게 하는 것과 멍청해서 적을 이롭게 하는 것은 무슨 차이가 있을까? 그자들은 적을 이롭게 하고 있어. 안에서 혁명을 파괴하고 있어."

"에베르까지도 그자들을 질타하기 시작합니다. 사람들이 그자들을 격앙파라고 부르던데요. 극단적 혁명주의자라고."

마라가 바닥에다 침을 뱉자 데물랭이 살짝 피했다.

"그자들은 극단적 혁명주의자가 아니야. 혁명주의자라고 볼 수가 없어. 그자들은 복고주의자야. 그자들이 생각하는 좋은 세상은 하늘에 있는 신이 매일같이 빵을 던져주는 거야. 그런데도 에베르 같은 바보는 그걸 몰라. 자네만큼이나 나도 뒤셴 영감에 대해서는 애정이 없어."

"에베르가 어쩌면 브리소파 아닐까요."

마라는 떫은 미소를 지었다. "카미유, 너무 앞질러 가는군. 에베르가 자넬 비방하긴 했어, 그래, 때가 오면 자넨 에베르 머리를 갖게 될 거야. 그렇지만 그 전에 다른 사람들 머리가 떨어질 거야. 여자들 말대로 일단 크리스마스는 넘기고 보자고, 그런 다음에 이 혁명을 제자리로 돌려놓기 위해서 우리가 뭘 할 수 있는지를 지켜보자고. 우리의 상전들께서 우리가 얼마나 유용한 자산인지를 아는가 모르겠군. 자네한테는 상큼한 미소가 있고 나한테는 예리한 칼이 있지."

'뒤셴 영감' 에베르가 보는 롤랑 부부:

며칠 전 상퀼로트 대표단 대여섯 명이 늙은 야바위꾼 롤랑의 집에 갔다. 불행하게도 그들은 저녁 식사가 막 나올 때 도착했다. 우리 상퀼로트들은 복도를 지나서 덕 있는 롤랑의 곁방에 이르렀다. 그들은 하인들로 꽉 찬 방을 뚫고 갈 수가 없었다. "조심 조심, 비켜요 비켜, 덕 있는 롤랑이 드실 주요리가 나갑니다." 스무 명의 요리사가 최고급 고기 스튜를 들고 소리쳤다. 덕 있는 롤랑의 전채 요리를 든 이도 있고 덕 있는 롤랑의 구이 요리를 든 이도 있고 덕 있는 롤랑의 곁들임 요리를 든 이도 있다. "어떻게 오셨소?" 덕 있는 롤랑의 하인이 대표단에게 물었다.

"덕 있는 롤랑과 이야기를 하고 싶소."

하인은 덕 있는 롤랑에게 말을 전하러 가고 덕 있는 롤랑은 냅킨을 팔에 걸치고 음식을 입에 한가득 문 채 부은 얼굴로 나왔다. "공화국이 필시 위험에 빠진 모양이로군." 그가 말했다. "내가 이렇게 식탁을 떠야 할 판이니." …… 얼굴이 꾸깃꾸깃한 루베는 퀭한 눈으로 덕 있는 롤랑의 아내에게 음탕한 눈길을 던지고 있었다. 대표단 가운데 한 사람이 촛불 없이 식기실을 통과하려다가 덕 있는 롤랑의 후식을 엎었다. 후식이 날아갔다는 소식에 덕 있는 롤랑의 아내는 격분해서 자기 가발을 찢어발겼다.

"에베르가 갈수록 멍청해지는군요." 뤼실이 말했다. "조르주자크 한테 차려주었던 그 맛 없는 순무가 생각나!" 그러면서 신문을 데물랭한테 건넸다. "상퀼로트들이 이걸 믿을까요?"

"믿고말고. 그 사람들은 다 믿어. 에베르가 마차를 굴린다는 것도 모르고 말이야. 그 사람들은 에베르를 진짜 뒤셴 영감이라고 생각해."

"그 사람들을 깨우쳐줄 사람이 없는 거예요?"

"에베르하고 나는 같은 편으로 취급받아. 동지로." 데물랭은 고개를 흔들었다. 오후에 마라하고 나눈 이야기는 하지 않았다. 데물랭은 대개는 자기 머릿속에서 벌어지는 일을 아내가 아는 것을 원하지 않았다.

"정 가야겠나?" 모리스 뒤플레가 물었다.

"도리가 없네요. 샤를로트는 제 동생이고, 그 아이는 우리 집이 있어야 한다고 느끼니."

"여기가 자네 집인데."

"샤를로트는 그걸 이해하지 못합니다."

"두고 봐요, 다시 돌아올 테니." 뒤플레 부인이 말했다.

지롱드파 콩도르세가 보는 로베스피에르:

로베스피에르를 따르는 여자가 왜 그렇게 많은지 사람들은 궁금해한다. 그건 프랑스 혁명이 종교고 로베스피에르는 사제라서 그렇다. 그의 권력이 모두 여자들 쪽에 있음은 분명하다. 로베스피에르는 설교하고 검열한다. 그는 맹물로 살아가며 그의 몸은 요구하는 바가 없다. 그의 소임은 오직 하나, 말하기다. 그래서 거의 줄곧 말을 한다. 수하들을 끌어모을 수 있을 때에는 자코뱅 클럽에서 장광설을 늘어놓지만 권위가 실추될 것 같으면 조용히 입을 다문다. 거의 성자에 버금가도록 청빈하게 산다는 평판을 스스로 심어놓았다. 여자들과 약자들이 그를 따르며 그는 그들의 찬탄과 경의를 담담히 받아들인다.

로베스피에르: 우린 이제 두 번의 혁명을 겪었어. 1789년하고 지난 8월. 내가 보기엔 사람들 생활이 크게 달라진 것 같지는 않군.

당통: 롤랑, 브리소, 베르니오는 귀족이야.

로베스피에르: 그건 ―

당통: 그 말의 새로운 의미에서 말이야. 혁명은 의미론의 큰 전쟁터야.

로베스피에르: 혁명이 한 번 더 필요할지도 모르겠어.

당통: 우유부단하게 굴지 않기 위해서.

로베스피에르: 그렇지.

당통: 그런데 널리 알려진, 살생을 주저하는 자네의 관점은 어쩌고……?

로베스피에르: (별로 기대하지 않는 목소리로) 폭력을 휘두르지 않

고서는 전면적인 변화가 불가능한 건가?

당통: 난 안 된다고 보지.

로베스피에르: 죄 없는 사람들이 고통을 당할 거야. 하기야 죄 없는 사람은 없을지도 몰라. 혀에서 굴러 떨어지는 상투어에 불과할 수도 있고.

당통: 이 음모가들은 다 어떻게 하냐고?

로베스피에르: 그자들이 바로 고통을 당해야 할 자들이지.

당통: 음모가를 어떻게 가려내나?

로베스피에르: 법정에 세워야지.

당통: 음모가인 건 아는데 기소를 하기에 충분한 증거가 없다면 어쩌지? 만일 자네가 애국자로서 누가 음모가인지 그냥 알기만 한다면 어떻게 되는 거지?

로베스피에르: 법정에서 입증할 수 있어야겠지.

당통: 입증 못 한다면? 제일 강력한 증거라도 쓰지 못할지도 모르거든. 국가 기밀일 수도 있으니까.

로베스피에르: 그런 경우라면 풀어줘야겠지. 불행한 일이겠지만.

당통: 그럴 거야. 그렇겠지? 그런데 만약 오스트리아군이 문밖에 있다면? 사법 절차를 존중하는 마음에서 도시를 저들에게 넘겨줘야 한다면 어떨까?

로베스피에르: 아무래도…… 아무래도 자네가 법정 증거의 기준을 수정해야 할 거 같네. 아니면 음모의 정의를 확대하든가.

당통: 그래야겠지?

로베스피에르: 최악을 피하려고 차악을 택하는 경우일까? 난 보통은 이렇게 단순하고 쉽고 유치한 발상에 넘어가지 않지만 프랑스

국민을 상대로 꾸민 음모가 성공하는 날에는 그것이 학살극으로 이어지리란 걸 아니까.

당통: 사법을 왜곡하는 것은 그 자체로 아주 커다란 악이지. 바로잡을 여지를 남기지 않으니까.

로베스피에르: 이봐, 당통. 난 모르겠어. 난 이론가가 아니야.

당통: 나도 알아. 자넨 실천가지. 내 등 뒤에서 자네가 준비하는 음흉하고 자잘한 살육에 대해 난 다 알아.

로베스피에르: 천 명의 죽음은 묵과하면서 왜 정치인 두 명 앞에서는 멈칫하나?

당통: 왜냐하면 내가 그 사람들을 아니까 그렇겠지, 롤랑하고 브리소를. 그 천 명은 내가 모르는 사람들이야. 내 상상력은 그 정도밖에 안 되거든.

로베스피에르: 재판정에서 규명을 하지 못하면 피의자들을 재판 없이 잡아 두는 방법도 있겠지.

당통: 정말 그럴 수 있는 거야? 자네 같은 이상주의자들이 최고의 독재자를 만들지.

로베스피에르: 이런 이야기를 나누는 게 좀 늦었다는 생각이 드는군. 진작 폭력을 받아들였어야 했는데, 다른 것도 그렇고. 작년에 이 문제를 논의했어야 했는데.

며칠 뒤 로베스피에르는 모리스 뒤플레 집으로 돌아왔다. 사흘 내내 잠을 못 자서 머리는 지끈거리고 큼지막한 손이 내장을 쥐어짜는 듯한 통증에 시달리고 있었다. 백묵처럼 하얀 얼굴로 덜덜 떨면서 그는 자기 초상화로 가득 찬 작은 방 안에 뒤플레 부인과 함께 앉았다. 그는 어떤 초상화하고도 별로 닮지 않았다. 다시는 건강한 모습을 되찾을 수 없을 것만 같았다.

"하나같이 떠날 때 그대로예요." 부인이 말했다. "수베르비엘 박사를 부르러 보냈어요. 그렇지 않아도 스트레스가 심한데 집에서라도 편하게 있어야지." 부인은 로베스피에르의 손을 자기 손으로 감싸 꼭 쥐었다. "우린 가족을 잃은 기분이었어. 엘레오노르는 통 먹지도 않고 아무리 애를 써도 두세 마디밖에는 하지 않았답니다. 이제 두 번 다시 멀리 가지 말아요."

샤를로트가 왔지만 오빠가 수면 물약을 먹고 자리에 들었으니 제발 소리를 낮추어 달라는 소리를 들었다. 오빠가 방문객을 맞을 만큼 좋아지면 알려주겠노라고 가족들은 말했다.

1792년 11월의 마지막 날, 세브르. 가브리엘은 등불을 켜놓았다. 두 사람만 있었다. 아이들은 외할머니한테 가 있었고 야단법석은 코르들리에 거리에 두고 왔다. "벨기에로 가는 거예요?" 오늘 밤 남편이 나타난 이유였다. 이 소식을 알리고 떠나려고.

"베스테르만 기억하지? 베스테르만 장군."

"네. 날강도라고 파브르가 말하는 사람. 8월 10일에 당신이 집에 데려왔잖아요."

"파브르가 왜 그런 말을 했는지 모르겠네. 아무튼 베스테르만이 어떤 사람이었던 간에 지금은 중요한 사람이야. 뒤무리에의 전령으로 전선에서 직접 왔어. 그것만 봐도 얼마나 급박한지 알 수 있지."

"정부 연락관을 통했어도 그 정도로 빠르지 않았을까? 승진을 해서 뒤꿈치에 날개라도 달렸나요?"

"상황의 심각성을 우리한테 일깨우려고 직접 온 거야. 자리를 비울 수만 있었다면 뒤무리에가 몸소 왔을 테지."

"그럼 베스테르만은 자리를 비워도 되는 사람이라는 뜻이네요."

"카미유하고 얘기하는 기분이네." 당통은 입맛을 다셨다.

"그래요? 당신이 카미유를 닮아 가는 건 몰라요? 당신을 처음 알았을 때만 해도 당신은 그렇게 손을 휘젓거나 하지 않았어요. 애완견을 기르면 얼마 안 가 애완견을 닮게 된다더군요. 꼭 그 짝이에요."

가브리엘은 자리에서 일어나 창가로 가서 파삭파삭한 서리에 덮인 잔디를 내려다보았다. 11월의 작은 달이 마음을 못 잡고 떠도는 얼굴을 그녀에게 보여주었다. "8월, 9월, 10월, 11월이, 평생처럼 여겨져요."

"새집이 마음에 들어? 여기가 편안해?"

"그럼요. 여기서 이렇게 혼자서 지내야 할 줄은 몰랐지만."

"파리로 돌아오고 싶은 마음이 있어? 아파트가 더 따뜻해. 오늘 밤 같이 갑시다."

가브리엘은 고개를 저었다. "난 여기가 좋아요. 부모님도 계시고. 그래도 당신이 보고 싶을 거예요." 그녀는 남편을 올려다보았다.

"미안해. 어쩔 수가 없어."

방구석으로 어둠이 모이고 있었다. 불길이 살아났다. 흉터가 난 그의 어두운 얼굴 위로 그림자들이 솟아오르고 곤두박질쳤다. 당통은 조심스레 두 손을 가만히 두었다가 왼 주먹을 오른손 손바닥에 두었다. 그리고 다시 몸을 온기 쪽으로 수그렸다. 팔꿈치가 무릎에 닿았다.

"뒤무리에한테 어려움이 있다는 걸 우린 오래전부터 알았어. 그는 보급품을 받지 못했고, 잉글랜드 쪽에서 위폐를 온 나라에 잔뜩 풀어놓았지. 뒤무리에는 육군부하고도 알력이 있어. 파리에서 안전 하게 지내는 사람들이 전쟁터에서 자기가 하는 일을 꼬치꼬치 캐묻 는 게 달가울 리 없지. 뒤무리에는 현 상황을 지탱하고 있지만 국민 공회가 기대하는 건 그게 아니야. 국민공회는 혁명이 확산되기를 원 해. 복잡한 상황이야, 가브리엘." 그는 장작 하나를 더 불에 얹으려 고 팔을 뻗었다. "너도밤나무가 잘 타네." 떨기나무숲에서 부엉이가 울었다. 창 아래에서 경비견이 으르렁거렸다. "브룬하고 다르군. 브 룬은 지키기만 하지 짖지는 않는데."

"그러니까 긴급 상황인 거예요? 뒤무리에는 누군가 와서 현장에 서 자기의 고충을 봐 달라는 거예요?"

"위원회 중에서 두 사람이 벌써 출발했어. 라크루아 대의원하고 나는 내일 떠나고."

"라크루아가 누구죠?"

"그 사람은…… 음…… 변호사야."

"성 말고 이름은?"

"장프랑수아."

"나이는?"

"몰라. 마흔?"

"결혼했어요?"

"전혀 몰라."

"어떻게 생겼는데?"

당통은 잠시 생각했다. "그저 그렇지. 가는 길에 자기가 살아온 이 야기를 해주지 않을까. 얘기해주면 돌아와서 당신한테도 말해줄게."

가브리엘은 자리에 앉았더니 뺨이 열기에 달아오를까 봐 의자를 살짝 돌렸다. 얼굴을 반쯤 그늘에 두고서 그녀가 말했다. "얼마나 있을 거예요?"

"글쎄. 일 주일 정도 걸릴지도 몰라. 시간 낭비하는 건 절대 아니야, 루이 재판도 걸려 있고."

"죽이는 데 정말 그렇게 목을 매는 거예요?"

"내가 그래 보이나?"

"잘 모르겠어요." 가브리엘이 지친 목소리로 말했다. "분명한 건 벨기에도 그렇고 뒤무리에 장군도 그렇고 다 그렇지만 이것도 내가 아는 것보다 훨씬 복잡하겠죠. 그래도 당신처럼 영향력 있는 사람이 편을 들어주지 않으면 결국 왕이 죽게 되리란 건 나도 알아요. 국민공회 전체가 왕을 재판한다지만 내가 알기로 당신은 국민공회를 좌우할 수 있어요. 난 당신 힘을 알아요."

"그렇지만 그 힘을 행사하면 결과가 어떻게 되는지 당신은 몰라. 이 얘기는 그만합시다. 한 시간밖에 안 남았거든."

"로베스피에르는 좀 괜찮아요?"

"그 친구는, 오늘 국민공회에서 연설은 했어."

"지금은 뒤플레 집에서 지내죠?"

"응." 당통은 의자에 깊숙이 앉았다. "그 집 식구들이 샤를로트가 접근하는 것을 막고 있어. 듣자니까 샤를로트가 잼을 들려서 하인을 보냈는데 뒤플레 부인이 들이지 않았다는 거야. 그러고는 로베스피에르가 독살당하는 걸 원하지 않는다는 쪽지를 샤를로트한테 보냈대."

"샤를로트, 가엾기도 해라." 가브리엘은 약간의 웃음을 머금었다.

당통의 얼굴에 안도의 빛이 나타났다. 아내는 소소한 가정사로 돌아갔다. 그런 모습이 당통은 좋았다.

"이제 겨우 두 달이에요. 어쩌면 한 주일인지도 모르고." 가브리엘은 아기가 태어날 때까지 남은 시간을 말했다. 그녀는 의자를 뒤로 하고 방을 가로지르더니 무거운 커튼을 당겨서 밤을 가렸다. "그래도 새해는 같이 맞이할 수 있는 거죠?"

"최선을 다하겠소."

남편이 떠난 뒤 가브리엘은 쿠션에 머리를 기대고 깜빡 졸았다. 시계는 새벽을 향해 똑딱거리고 불씨는 바스락거렸다. 밖에서는 부엉이가 차가운 공기를 가르며 날개를 퍼덕거렸고 수풀에서는 작은 짐승들이 울어댔다. 그녀는 다시 아이가 된 꿈을 꾸었다. 아침이었고 해가 났다. 그러다가 뒤쫓는 소리가 그녀의 꿈속으로 들어왔고 그녀는 사냥꾼이 되었다가 다시 사냥감이 되기를 되풀이했다.

12월에 로베스피에르가 국민공회에서:

해야 할 재판은 여기 없습니다. 루이는 피고가 아니고 여러분은 재판관이 아닙니다. …… 재판을 받을 수 있다면 루이는 석방될 수도 있고 어쩌면 루이는 무죄일지도 모릅니다. 하지만 루이가 석방된다면, 루이가 무죄로 추정될 수 있다면, 혁명은 어떻게 됩니까? …… 여러분이 해야 할 일은 한 사람에게 죄가 있고 없고를 선언하는 것이 아니라 공공의 안녕을 위한 조치를 취하는 것이고 신의 섭리에 따르는 행위를 수행하는 것입니다. 조국이 살려면 루이가 죽어야 합니다.

4장

협박 편지

(1793)

코르들리에 거리 1월 13일. "자네 생각엔 어떤가? 피트 씨가 우리 한테 돈을 좀 보내올까? 해도 바뀌었으니 말이야." 파브르가 물었다.

"피트는 안부 인사 말고는 보내오는 게 없죠." 데물랭이 말했다.

"윌리엄 오거스터스 마일스가 있을 때가 참 좋았는데 말이야."

"제 생각엔 잉글랜드하고 곧 전쟁이 날 것 같아요."

"그런 얘기 할 때는 그런 얼굴을 하면 안 되지, 카미유. 애국심으로 불타야지 이 사람아."

"아무리 봐도 어떻게 해야 이길 수 있는지 모르겠어요. 영국 국민이 들고 일어서기 전에는 말이죠. 하지만 그 사람들은 프랑스인 덕분에 해방되기보다는 차라리 동족한테 억압당하는 쪽을 좋아할지도 모르죠. 그리고 사실 지금은—" 데물랭은 최근 국민공회에서 내린 결정을 생각했다. "우리 정책이 영토 합병인 거 같기도 해요. 적어도 벨기에의 경우는 당통이 합병을 승인했으니까. 하지만 제가 보기엔 유럽은 늘 그래 왔죠. 잉글랜드를 합병한다고 한번 상상을 해 봅시다. 국민공회를 따분하게 만들었던 사람들은 뉴캐슬온타인 같은 잉글랜드 촌구석에 특별위원으로 파견되겠죠."

"자넨 따분하게 만든 적은 없으니 안전하겠군. 내가 그렇게 공들여 가르쳤건만 입을 통 열지 않으니."

"사부아를 떼어오는 문제를 놓고 토론이 벌어졌을 때 저도 한마디 했습니다. 공화국은 왕처럼 영토를 움켜쥐어서는 안 된다고 했지요. 아무도 들은 척하지 않았지만. 파브르, 우리가 루이를 처형할지 말지 피트가 정말 관심이 있을 거라고 생각하는 겁니까?"

"개인적으로? 당연히 아니지. 루이한테 신경 쓸 사람은 아무도 없지. 그렇지만 군주의 머리를 자르는 건 나쁜 선례라고 생각하는 건 사실이지."

"정작 그런 선례는 잉글랜드 사람들이 남겼잖아요."

"지금은 그런 기억을 지우려고 애쓰고 있지. 그리고 우리가 먼저 선전포고를 하지 않으면 그쪽에서 선전포고를 할 거야."

"조르주자크가 오판한 거라고 생각하는 건가요? 루이의 목숨을 담보로 삼아서 루이를 살려 두면 잉글랜드를 중립으로 묶어 둘 수 있다는 게 그 친구 생각이었잖아요."

"영국 정부는 루이 목숨에 관심이 없겠지. 영국이 관심 있는 건 상업이고 무역이고 돈이지."

"당통이 내일 돌아올 겁니다." 데물랭이 말했다.

"돌아오라고 국민공회가 사람을 보냈으니 기분이 상했겠지. 한 주일만 더 있었으면 루이 카페 재판은 끝났을 테고 당통은 이쪽이든 저쪽이든 얽혀 들지 않아도 됐을 테니까. 거기다가 재미까지 보고 있었으니 말이야. 부인 귀에까지 얘기가 들어가서 좀 그렇지만. 그런 소문이 안 들리는 세브르에 그냥 있었어야 하는 건데."

"당신이 얘기를 흘리지는 않았을 거라 생각합니다."

"두 사람 사이를 더 힘들게 해서 내가 무슨 득을 볼 게 있다고?"

"평소 못된 성격만으로도 그러고도 남죠."

"난 절대 상처를 주지는 않아. 상처는 바로 이런 거지." 그는 데물랭의 책상에서 종이 한 장을 들어올렸다. "자네 글은 읽을 수가 없지만 전체적인 흐름은 브리소가 스스로 목을 매야 한다는 거잖아."

"그야. 양심이 살아 있다면."

"양심이라. 자네 내 배 나온 거 보이지. 내가 얼마나 마음이 편하면 이러겠냐고."

"안 그런 것 같은데요. 손바닥에서 땀이 나잖아. 이 사람 저 사람 눈치나 살피고. 꼭 처음 금괴를 넘기는 위조범 같군요."

파브르는 뚫어져라 데물랭을 보았다. "그게 무슨 소리야?" 데물랭은 어깨를 으쓱했다. "자, 자." 파브르는 데물랭을 빤히 보았다. "무슨 뜻인지 말해." 침묵이 흘렀다. "그럼, 별 생각 없이 말한 거지?" 파브르가 물었다.

"또—" 뤼실이 들어오면서 말했다. "쓸데없는 얘기 하고 있었군요." 뤼실은 방금 온 편지들을 들고 있었다.

"이분이 굉장히 찔리는 게 있나 봐."

"어제 오늘 얘기가 아니죠. 카미유가 나한테 조롱을 퍼붓는 게. 이 친구는 내가 당통의 정치 참모는커녕 당통의 개가 될 자격도 없다고 생각하거든요."

"아니에요, 그게 아니라니까요. (뤼실을 보며) 파브르가 뭔가 숨기는 게 있어."

"숨기는 게 어디 하나뿐일까요." 뤼실이 말했다. "그리고 숨길 건 숨기는 게 당연히 좋답니다. 당신 아버지한테서 온 편지예요. 이건 안 열어봤어요."

"당연히 그래야겠지."

"그리고 이건 당신 사촌 로즈플뢰르한테서 온 거. 이건 봤어요."

"뤼실이 제 사촌을 질투한답니다. 한때 결혼하려고 했거든요."

"참 독특하네, 그렇게 멀리 떨어져 있는 여자를 질투하다니." 파브르가 말했다.

"아버지가 하는 이야기는 짐작할 수 있을 테고." 데물랭은 편지를 읽고 있었다.

"그래요, 짐작이 가." 뤼실이 말했다. "루이를 죽이자는 쪽에 표를 던지지 말고 기권해라. 루이에 대해 워낙 자주 반대 의견을 내놓았으니까 이 문제에 대해서는 이미 의견을 공표한 셈이다. 그러니 루이에 대해서 예단을 한 셈이고 논객이라면 몰라도 배심원이 될 자격은 없는 셈이다. 그러니 아무쪼록 끼어들지 말아라. 그게 너를 지키는 길이다."

"반혁명이 일어난다면 말이지. 맞아, 당신이 생각한 그대로야. 아버진 그럼 내가 국왕 시해범으로 몰리지 않을 거라는 소리지."

"노인네가 별스럽기는." 파브르가 말했다. "정말이지 자네 가족은 하나같이 독특해."

"푸키에탱빌도 별나던가요?"

"아니. 아, 그 친구를 잊어버렸네. 점점 중요 인물이 돼 가고 있어. 자기를 쓸모 있게 만들 줄 아는 친구야. 분명히 곧 높은 자리에 오를 거야."

"고마워할 줄 아는 사람이라면요." 뤼실의 목소리에 가시가 돋쳐 있었다. "이 사람 집안사람들은 여기 이 건달한테 굽히는 게 죽기보다 싫은가 봐요."

"로즈플뢰르는 날 받아주었지. 그 집 어머니도 언제나 내 편이었고. 그 집 아버지는 좀……."

"역사는 반복되지." 파브르가 말했다.

"당신 아버지가 몸을 사리는 걸 보면서 우리가 얼마나 웃는지 그분은 상상도 못 할 거예요." 뤼실이 말했다. "내일 당통이 벨기에에서 돌아오면 다음 날 루이를 단죄하는 표를 던지겠지요. 증거는 조금도 듣지 못한 상태에서. 당신 아버지는 뭐라고 말할까?"

"경악하시겠지." 말은 그렇게 했지만 데물랭도 그런 쪽으로는 처음 생각이 들었다. "나 같아도 그럴 거 같고. 솔직히 나도 그래. 그렇지만 로베스피에르가 한 말이 있잖아. 이건 흔히들 말하는 재판이 아니라고. 이건 우리가 취해야 하는 조치라고."

"공공의 안녕을 위해서." 뤼실이 말했다. 이것은 얼마 전부터 세상에 선보인 표현이었다. 지난 몇 주 동안 모두 이 말을 입에 달고 다녔다. "공공의 안녕. 그런데 무슨 조치를 취하더라도 더 안전하다는 느낌은 이상하게 조금도 안 들어요. 왜 그런지 모르겠어요."

상가, 1월 14일. 가브리엘은 당통이 자신이 집에 없는 동안 수북이 쌓인 편지를 다 추릴 때까지 가만히 앉아서 기다리고 있었다. 당통이 그 커다란 몸으로 문간을 가득 채우면서 훌쩍 나타나는 바람에 가브리엘은 깜짝 놀랐다.

"이게 언제 왔지?" 당통은 아내에게 편지를 쑥 내밀었다.

앙투안이 양탄자 위에서 놀이를 하다가 고개를 들었다. "아빠가 걱정해." 아이가 엄마한테 알렸다.

"모르겠어요." 가브리엘은 남편의 관자놀이에서 쿵쾅거리는 맥박을 외면했다. 그녀는 잠시 모르는 사람처럼 남편을 보았다. 그 거대한 몸에 담긴 폭력이 두려웠다.

"기억이 안 난다고?" 그는 편지를 아내의 코앞에 들이밀었다. 나더러 읽으라는 걸까?

"12월 11일. 한 달도 넘었네요, 조르주."

"언제 왔어?"

"미안해요, 모르겠어요. 누군가 저를 중상한 거예요. 무슨 일인가요, 내가 무슨 일을 한 건가요?" 가브리엘이 힘없이 말했다.

당통은 주먹 안에서 편지를 구겼다. "당신하고는 아무 상관 없는 일이야. 미치겠다, 미치겠어."

가브리엘은 앙투안이 걱정이 되어 살짝 아이에게 눈짓을 보냈다. 아이는 엄마의 치마를 잡아당기면서 속삭였다. "화났어?"

가브리엘은 손가락을 자기 입술에 가져갔다.

"국민공회 의장이 누구지?"

가브리엘은 생각해내려고 애썼다. 보름마다 의장이 갈렸다. "모르겠어요. 미안해요."

"내 친구들은 어디 있는 거야? 내가 필요할 땐 왜 안 보이는 거야? 로베스피에르한테는 보고가 들어갈 거 아냐, 손가락만 한번 까딱하면 뭐든지 알아낼 수 있는 거 아니냐고."

"말도 안 되는 소리." 데물랭의 목소리였다. 그들은 데물랭이 들어오는 소리를 못 들었다. "내가 승마 연습장에 있어야 한다는 건 아는데." 데물랭이 말했다. "루이에 대해 하는 연설들을 영 들어줄 수가 없어서. 나중에 같이 가자고. 너 왜―" 그때 앙투안이 장난감 병졸들을 밟고 바닥에서 쏜살같이 튀어 올랐다. 아이는 터져 나오려는 울음으로 얼굴이 굳은 채 데물랭한테 달려갔다. 데물랭은 아이를 안아 올렸다. "무슨 일이야, 조르주? 한 시간 전에는 괜찮았잖아."

가브리엘의 입술이 벌어졌다. 그녀는 두 사람 얼굴을 번갈아 보았다. "아, 거기 먼저 갔군요. 나한테 오기 전에 뤼실한테 갔어."

"집어치워." 당통이 포악스럽게 말했다. 아이가 얼굴이 벌게지더니 울음보를 터뜨렸다. 아이 아버지는 고함치듯 카트린을 불렀다. 카트린이 안절부절못하면서 왔다. "애를 데려가." 카트린은 아이를 달래면서 아이의 고사리 같은 손가락을 데물랭의 머리에서 떼어냈다. "집에 오고 싶기도 하겠다. 한 달 만에 돌아오니 애들은 다른 남자한테 달라붙고."

카트린이 아이를 데려갔다. 가브리엘은 공황 상태에 빠진 당통의 고함이 들리지 않게 귀를 막고 싶었지만 몸을 움직였다간 눈에 띌까 봐 겁이 났다. 분노가 당통의 땀구멍에서 흘러나오는 것만 같았다. 그는 데물랭을 잡더니 가브리엘 옆에 있던 소파로 내리눌렀다. "자." 그러면서 편지를 그녀의 무릎 위로 던졌다. "베르트랑 드 몰빌한테서 왔어. 장관을 지냈고 지금은 런던에서 호의호식하는 자 말이야. 같이 읽어봐. 둘이서 내 고통을 좀 느껴보라고."

가브리엘은 구겨진 편지를 무릎 위에서 잘 폈고 서투르게 만지작거리다 편지를 바닥에 떨어뜨렸다. 가브리엘은 편지를 다시 집어서 근시인 데물랭에게 보여주었다. 가브리엘이 첫 문장에서 헤매는 동안 데물랭은 벌써 편지의 핵심을 파악하고는 고개를 돌렸다. 그리고 가늘고 섬세한 두 손을 이마로 가져가 마치 코앞에 재앙이 닥치기라도 한 것처럼 머리를 받쳤다. "아주 좋았어." 가브리엘의 남편이 말했다. 가브리엘은 사색이 된 데물랭의 얼굴에서 천천히 시선을 돌려 다시 편지로 눈을 가져갔다.

작고한 몽모랭 씨가 지난해 6월 말 무렵 나에게 맡긴 한 다발의 서류들(외국으로 오면서 서류도 가져왔습니다.) 중에서 영국 외무성 비밀기금에서 귀하에게 여러 번에 걸쳐 지급한 돈의 액수와 지급 날짜, 돈을 받은 정황, 접촉한 인사들의 이름까지 고스란히 명기된 문서를 발견했다는 사실을 귀하에게 더는 숨길 필요가 없다고 생각합니다……

"그래 맞아." 당통이 말했다. "난 당신이 생각하는 그런 사람이야, 맞아."

가브리엘은 눈으로 편지를 따라 내려갔다. "'나는 당신의 필적이 담긴 쪽지를 갖고 있습니다……. 국민공회 의장 앞으로 내가 보낸 편지에 두 문서가 모두 첨부되었음을 당신에게 경고하는 바입니다…….' 이 사람이 원하는 게 뭐죠?" 가브리엘이 속삭였다.

"읽어봐." 당통이 말했다. "편지하고 서류 두 통을 여기 파리에 있는 자기 친구한테 보냈고 그걸 다시 국민공회 의장한테 보낸다는 거잖아, 내가 왕을 구하지 않으면."

가브리엘의 눈이 위협과 단어들을 스쳐 지나갔다. "왕한테 돈을 두둑이 받은 사람에 걸맞게 왕 문제에서 처신을 제대로 하지 않으면……. 하지만 귀하에겐 얼마든지 이 문제를 처리할 역량이 있고, 일을 제대로 매듭지어주면 섭섭하지 않게 해드릴 것입니다."

"협박 편지입니다." 데물랭이 잘라 말했다. "몽모랭은 루이의 외무대신이었어요. 왕이 달아나려고 시도한 다음 우리가 공직에서 몰아냈고요. 줄곧 루이의 핵심 참모로 있었습니다. 9월에 감옥에서 살해당했죠. 드 몰빌이라는 이 남자는 루이의 해군대신이었습니다."

"어떻게 할 거예요?" 가브리엘이 위로라도 하려는 듯이 당통에게 한 손을 내밀었지만 그녀의 얼굴에는 당황한 표정뿐이었다.

당통은 가브리엘한테서 떨어졌다. "다 죽였어야 하는 건데. 기회가 있었을 때 모조리 끝장을 냈어야 하는 건데."

옆방에서는 아직도 앙투안이 울고 있었다. "난 전부터 항상 이렇게 생각했어요." 가브리엘이 말했다. "당신 가슴은 이 혁명에 없다고. 당신은 왕의 사람이라고 말이에요." 당통은 돌아서서 가브리엘의 얼굴에 대고 웃었다. "그분에 대한 믿음을 버리지 마세요. 당신은 그분의 돈을 받고 그 돈으로 살았고 그 돈으로 땅을 샀어요. 제발 믿음을 버리지 마세요. 그게 도리란 거 당신도 알잖아요, 만약 당신이 안 그러면—" 가브리엘은 어떻게 마무리를 지어야 할지 몰랐다. 어떤 일이 일어날지 상상이 안 갔다. 공개적으로 망신을 당하는 걸까? 아니면 더 심할까? 재판정에 세울까? "그분을 꼭 구해야 돼요. 그 길밖에 없어요."

"그 사람들이 정말로 나한테 보답을 할 거라고 믿는 거요? 정말 그렇게 생각해? 어린애도 그렇게는 생각 안 하겠다. 그 사람들 말이 맞아, 난 루이를 구할 수 있지. 하지만 내가 루이를 구하면 그 사람들은 증거를 거두어들였다가는 거듭 날 협박하면서 자기들 꼭두각

시로 써먹을 거야. 내가 쓸모가 없어지고 내 영향력이 사라지면 그
때는 문서를 폭로하겠지. 앙심 때문에라도 그렇게 할 거고 혼란을
부채질하기 위해서라도 그렇게 할 거야."

"서류를 돌려 달라고 하지 그래." 데물랭이 말했다. "그걸 흥정
조건에 집어넣으라고. 그리고 돈까지도. 자넨 이런 일을 하고도 무
사할 거라고 생각한 사람인데 못 할 일이 뭐가 있나? 액수만 맞는
다면."

당통은 돌아섰다. "무슨 뜻인지 똑바로 얘기해봐."

"루이를 구하고 애국파 사이에서 자네의 신용을 지키고 잉글랜드
쪽에서 돈을 더 뜯어낼 수 있는 길이 있다면 자넨 충분히 그렇게 할
거란 말이야."

안 하면 바보지, 이렇게 태연하게 말할 수 있었을 때도 있었다.
'이 친구는 항상 위악적으로 나온단 말이야.' 데물랭은 그런 생각을
하며 미소를 지었으리라. 하지만 지금 데물랭은 당통이 어찌할 바를
모르고 평상심을 잃은 채 얼굴에서 점점 곤혹스러운 빛이 번지는 것
을 보았다. 당통이 갑자기 움직였다. 가브리엘이 자리에서 벌떡 일
어섰다. 그리고 얼굴에 주먹을 맞고 쓰러져 소파에 널브러졌다. "세
상에." 데물랭이 말했다. "참 용감하군 그래."

당통은 식식거리며 두 손으로 얼굴을 잠시 가렸다. 눈을 깜박거
리며 수치와 분노의 눈물을 떨구었다. 소한테 받친 이후로 당통은
거의 운 적이 없었다. 그때야 어린아이라서 오줌을 못 참듯이 울음
도 못 참았다. 당통은 손을 얼굴에서 치웠다. 아내는 눈물이 말라붙
은 눈으로 그를 바라보고 있었다. 그는 아내 옆에 쭈그리고 앉았다.
"죽을 죄를 졌소."

가브리엘은 자기 입술을 조심스럽게 만져보았다. "그릇을 치지 그랬어요." 그녀가 말했다. "사람을 치지 말고. 우린 당사자도 아니고 그저 여기 있었던 것뿐이었어요." 가브리엘은 손을 얼굴에 두지 않으려고, 그래서 남편이 아내를 얼마나 다치게 했는지 보게 하려고 주먹을 움켜쥐었다.

"내가 못난 놈이야. 용서해주오. 당신한테 그러려던 게 아니야."

"카미유를 쳐서 쓰러뜨렸다고 해도 당신을 더 좋게 생각할 수 있을 것 같진 않아요."

당통은 아내 옆에서 일어섰다. "카미유, 언젠가 내 손에 죽을 줄 알아." 그렇게만 말했다. "아니지, 이리 와. 자넨 괜찮아, 자넬 보호해줄 임산부가 있으니까. 죄수들이 죽은 9월에 자넨 날 곤경에 빠뜨렸어. 자네가 다 조직되어 있다고 말했어. 프뤼돔하고 그 자리에 있던 사람들이 다 들을 수 있게. 다 조직되어 있으니까 걱정 안 해도 된다고. 내가 거기에 대해서 전혀 모른다고 말하던 시기에. 그 더러운 일은 필요했지만 적어도 나라는 사람의 영혼은 그 일과 무관한 것으로 처신할 줄은 알았거든. 자넨, 무고한 사람들을 죽여놓고서는 공명심에 우쭐했을 텐데 말이지. 그러니 지금 마치 자기가 도덕적으로 더 우월한 것처럼 날 그렇게 내려다보지 말라고. 자넨 알고 있었어. 처음부터 다 알고 있었잖아."

"알았지." 데뮬랭이 말했다. "하지만 이렇게 자네가 덜미가 잡히리라곤 생각도 못했지." 그는 웃으며 뒤로 물러섰다. 가브리엘이 그를 가만히 보았다.

"카미유, 이 일은 심각하게 받아들이는 게 좋겠어요." 가브리엘이 말했다.

"얼굴을 씻어, 가브리엘." 당통이 말했다. "맞아, 심각하게 받아들여야지. 만약 이 문서가 공개되면 내 앞날은 몇 푼의 가치도 없어질 거고 자네 인생도 마찬가질 테니까."

"난 이게 허풍일 거 같다는 생각이 들어." 데물랭이 말했다. "자네의 필적이 들어간 쪽지가 어떻게 그자 손에 들어갔겠어."

"그런 쪽지가 있는 건 사실이야."

"그땐 자네 어리석었군. 그런데 말이지, 드 몰빌이 그 문서들을 언젠가 보았을 수야 있겠지. 그런데 몽모랭이 그런 걸 과연 넘기겠냐고. 드 몰빌은 안전한 곳에 두기 위해서였다고 하지만 배를 타고 해협을 건너는 게 뭐 그리 안전하냐고? 더구나 망명자의 가방 속에 처박혀서. 몽모랭이 뭣하러 런던으로 보냈겠어? 거기에서 그 문서는 자기한테 필요 없는 건데. 다시 이리로 부쳐야만 쓸모가 있는데. 그리고 몽모랭은 자기가 죽게 되리란 것도 몰랐잖아."

"그럴지도 모르지. 일리가 있어. 그렇지만 드 몰빌의 주장은 날 망가뜨릴 수 있어. 정황이 들어맞는다면. 구체적이라면 말이야. 그 자들은 벌써 오래전부터 내가 피트를 위해 일한다는 소리를 해 왔거든. 사실은 지금 이 순간, 그자들은 내가 국민공회에 나타나기만 기다리고 있는지 몰라."

"마음을 가라앉혀. 만일 이게 허풍이고, 문서가 없다면, 드 몰빌이 무슨 소리를 하더라도 설득력이 크게 줄어든다고. 자네로선 그렇게 되기를 바라는 수밖에 없지. 그런데 가만있자, 그 사람이 말하는 국민공회 의장은 누구지? 요즘 의장은 베르니오거든."

당통은 돌아섰다. "빌어먹을."

"그래. 그를 미처 구워삶지도 못했고 겁을 주지도 못했겠지. 어떻게 그렇게 태만할 수가 있지?"

"이제 가는 게 좋겠어요." 가브리엘이 말했다. "가서 왕을 위해 말하는 게 좋겠어요."

"그 사람들한테 무릎을 꿇으라고?" 당통이 말했다. "차라리 죽고 말지. 지금 이 단계에서 나서면 내가 매수되었다고 떠들어댈 거야. 문서가 공개됐을 때와 똑같은 반응이 나올 거야. 어느 쪽이 되었든 내가 등을 보이자마자 애국자의 단검이 내 어깻죽지에 꽂히겠지. 저 친구한테 물어봐." 당통은 고함을 쳤다. "저 친구도 단검을 꽂을 친구니까."

가브리엘은 터무니없는 질문을 눈에 담고서 고개를 데물랭 쪽으로 돌렸다.

"그들은 틀림없이 나한테 좀 거들어 달라고 부탁할 거야. 나도 어차피 자네하고 운명을 같이하고 싶지는 않을 거 같고."

"로베스피에르한테나 가보라고." 당통이 말했다.

"아니, 자네하고 같이 있을 거야, 조르주자크. 자네가 어떻게 하나 보고 싶어."

"가보라고. 어서 로베스피에르한테 달려가서 다 말하지 그래? 그 친구가 보살펴줄 테니까 자넨 걱정 없겠지. 아니면 그 친구의 우선 순위에서 자네가 밀려났을까 봐 걱정이 되나? 무슨 걱정이야. 자네 한텐 언제든지 달려가서 품에 안길 사람을 찾아내는 재주가 있잖 아. 그게 바로 자네란 사람이지."

가브리엘이 자리에서 일어섰다. "당신은 친구를 이런 식으로 사귀 나요?" 남편에게 한 번도 이런 식으로 말해본 적이 없었다. "당신은 친구가 옆에 없다고 불평하지만 막상 친구들이 오면 함부로 대하고 모욕하죠. 당신은 자기 인생을 망치려는 사람 같아. 이 드 몰빌이라는 사내하고 작당을 해서 자기 인생을 망치려는 사람 같다고."

"잠깐." 데물랭이 나섰다. "내 말을 들어요, 가브리엘. 두 사람 다 좀 들어봐. 살인이라도 벌어지기 전에 말이야. 난 냉철하게 이성적으로 말하는 사람하고는 거리가 머니까 그런 쪽으로 내 능력을 시험하지는 말라고." 그는 당통에게 돌아섰다. "베르니오에게 문서가 있으면 자넨 끝장이야. 그런데 베르니오가 그렇게 오래 기다릴 이유가 있을까? 오늘이 자네가 토론에 끼어들 수 있는 마지막 날이야. 시간이 얼마 안 남았어. 베르니오는 사흘째 의장을 맡고 있어. 왜 진작에 반응을 보이지 않았는지 이상하잖아. 베르니오에게 서류가 있는지 그 이전 의장에게 있는지, 그것만이라도 따져봐야지. 편지 날짜가 어떻게 되지?"

"12월 11일."

"드페르몽이 의장이었어."

"그자는—"

"버러지."

"온건파야, 가브리엘." 당통이 말했다. "그렇지만 분명히 내 친구는 아니지. 벌써 사 주가 지났는데 그가 무슨 말을 하거나 어떤 행동을 한 걸까……?"

"나도 모르겠어. 사람들이 자네를 얼마나 두려워하는지 자넨 잘 모르는군. 그 사람 집에 가서 좀 더 겁을 줘보면 어떨까? 그자한테 문서가 있다면 자네에겐 득이 되는 거지. 문서가 없어도 자넨 손해 볼 게 없는 거고."

"베르니오한테 있다면—"

"그럼 괜히 드페르몽을 윽박질렀다고 해도 그건 별로 중요하지 않아. 그땐 아무것도 중요하지 않아. 그 상황은 생각하지 마. 그리고 기다리지 마. 드페르몽은 심약한 사람일지도 몰라. 그런데 지금까지 발설을 안 했다고 해서 영원히 입을 다물 거라는 뜻은 아니지. 표결이 시작되기를 기다리는지도 몰라."

파브르는 마지막 단어들을 못 들었다. "다녀왔구나, 당통. 여기서 무슨 일이 있었나?"

파브르가 곧바로 느낀 것은 기어이 다툼이 일어나고야 말았구나 하는 것이었다. 당통이 파리에 왔고 오자마자 바로 데물랭의 아파트로 직행했다는 소식은 이미 들은 터였다. 어쩌다 이 지경이 되었는지 자초지종은 따져봐야겠지만 방 안 분위기는 험악했다. 가브리엘이 깔고 앉아 있었으므로 파브르는 드 몰빌의 편지를 보지 못했다. "저런, 얼굴이." 파브르가 가브리엘의 얼굴을 보고 말했다.

"제가 걸리적거렸거든요."

"늘 그랬는걸." 파브르는 마치 자기한테 말하듯이 말했다. "당통, 누구라도 자네 표정을 보면 자네가 가해자라곤 생각 못 할 거야. 죄책감하곤 거리가 먼 얼굴이네."

"파브르, 대체 무슨 소리를 하는 겁니까?" 당통이 말했다.

"죄책감?" 데물랭이 말했다. "천만에. 결백의 극치랍니다."

"자네가 그렇게 생각한다니 반갑군." 파브르가 말했다.

"편지가 있거든요—" 가브리엘이 입을 열었다.

"조용히 해요." 데물랭이 말했다. "그러다 또 다쳐요. 이번에는 당신을 겨냥해서 주먹을 휘두를 거라고요."

"무슨 편지?" 파브르가 물었다.

"아니에요." 데물랭이 말했다. "편지 같은 건 없었어요. 그렇길 바라야지 않겠냐고. 조르주, 자네도 알다시피 요는 편지 심부름꾼이 똑똑한 사람이었느냐에 달려 있지. 사람들은 대부분 똑똑하지 않잖아?"

"사람 헷갈리게 하지 말라고." 파브르가 툴툴거렸다.

당통은 아내에게 입맞춤을 하려고 허리를 숙였다. "아직 살아날 길이 있을 거요."

"그렇게 생각해요?" 가브리엘은 고개를 돌렸다. "여전히 죽을 길로 가면서."

당통은 아내를 잠깐 뚫어져라 보다가 허리를 폈다. 그리고 데물랭 쪽으로 돌아서서 한 손을 데물랭의 머리카락 속에 집어넣고는 머리를 잡아당겼다. "나한테 사과 같은 건 기대하지 마라." 그리고 파브르에게 말했다. "파브르, 드페르몽이라는 소심하고 잘 안 알려진 대의원 알아요? 그 사람 좀 찾아낼 수 있을까? 앞으로 한 시간 뒤에 당통이 집으로 찾아가겠다고 해줘요. 이유 불문하고 거기 반드시 있어야 한다고. 당통이 직접 얼굴을 봐야겠다고 말이죠. 그 점을 강조해야 해요. 어서. 꾸물거리지 말고."

"그게 다야? 다른 메시지는 없고?"

"서두르라니까."

파브르는 문간에서 돌아서서 데물랭을 보면서 고개를 갸우뚱했다. 부지런히 길을 걸으면서 속으로 말했다. '사람 바보로 만들면 가만있을 줄 알고, 어디 두고 보자고.'

당통은 서재로 들어가서 문을 쾅 닫았다. 나중에 그들은 당통이 이 방 저 방으로 돌아다니는 소리를 들었다.

"어떻게 하려는 걸까요?" 가브리엘이 물었다.

"다른 사람들 같으면 문제가 복잡하면 해결 방법도 복잡해지지만 조르주는 보통 해결책이 비교적 간단하고 신속하게 나옵니다. 사람들이 당통을 무서워한다는 얘기를 제가 괜히 한 게 아닙니다. 시청에서 망다의 멱살을 잡고 질질 끌고 다니던 8월*을 기억하고 있어요. 다음에 무슨 짓을 할지 모르니까 무섭죠. 다 사실입니다. 잉글랜드에서 돈 받고 왕실에서 돈 받는다는 그런 얘기 전부."

"알아요. 나도 그렇게 숙맥은 아니에요. 조르주는 항상 날 그렇게 취급하지만. 저 사람은 내가 아무것도 모른다고 생각해요. 우리가 결혼했을 때 저이는 돈 많은 애인이 있었고 아이도 하나 있었어요. 저 사람은 내가 모르는 줄 알아요. 그래서 처음에 우리가 가난했던 거예요. 변호사 개업증도 애인의 새 남자한테서 샀어요. 그거 아셨어요? 그래요, 당연히 알겠지, 내가 왜 이런 걸 다 얘기하는지 모르겠네."

가브리엘은 두 팔을 들더니 머리에 핀을 다시 꽂기 시작했다. 기계적으로 하는 동작이었지만 손놀림은 서툴렀고 손가락은 부어오른 것처럼 보였다. 당통한테 맞아서 그런 건 아니었지만 얼굴도 부은 것처럼 보였고 눈은 생기를 잃고 그늘져 보였다. "그동안 나 때문에 짜증이 났거든요, 내가 고결한 척 군다고. 당신한테도 짜증이 난 거죠. 그래서 우리한테 화를 낸 거고, 우리를 괴롭히는 거예요. 우린 다 알면서 내색을 안 했으니까. 난 성자가 아니에요. 카미유, 난 그 돈이 어디서 오는지 다 알면서도 좀 더 편하게 살고 싶어서

---

* 왕정 폐지로 이어진 1792년 8월 10일의 봉기(8월 봉기)를 말한다. 당시 파리 국민방위대 사령관을 맡고 있던 왕당파 망다 후작은 봉기가 일어난 날 체포되어 죽음을 당했다.

그냥 받아들였어요. 처음 아이를 가지면 무슨 일이 벌어지는지는 신경이 안 쓰이고 그저 아이 생각만 하게 되지요."

"그러니까 사실은 왕에게 신경을 쓰는 게 아니라는 말인가요?"

"쓰기야 하죠, 하지만 지난 한 해 동안은 좋은 게 좋은 거라는 식으로 너무 물러섰고 양보했어요. 안 그랬으면 조르주는 나하고 이혼했을 거라는 생각이 들어요."

"아닙니다. 절대로 그러지 않았을 겁니다. 그 친구는 좀 구식이라서요."

"그렇긴 하지만, 잘 아시잖아요, 그 사람은 습관보다 열정에 더 잘 휘둘리는 사람이라는 거. 이 문제는 뤼실이 겉보기처럼 실제로도 순종적인 사람인지에 달렸을 거예요. 하지만 그래도 뤼실은 절대로 당신을 안 떠날 거예요." 가브리엘은 하인을 부르려고 돌아서서 종을 울렸다. "저 사람이 성을 내면서 편지를 들고 왔을 때 내가 무슨 짓을 했나 싶었어요. 누가 익명으로 투서라도 썼나, 누가 나를 비방했나 싶더라고요."

"당신에 대한 모욕이네요." 데물랭의 입에서 저절로 그런 말이 나왔다.

마리가 커다란 아마포 앞치마를 두르고서 핼쑥한 얼굴로 부엌에서 왔다. "카트린은 아이를 데리고 젤리 부인 댁으로 올라갔어요." 묻지도 않았는데 마리가 말했다.

"마리, 지하실에서 뭐라도 한 병 갖다 줘. 뭐가 좋을까. 카미유, 뭐로 하실래요? 아무거나, 마리." 가브리엘은 한숨을 쉬었다. "하인들도 점점 익숙해져요. 진작에 당신한테 이런 얘기를 했으면 좋았을 것을."

"나는 우리가 비슷한 어려움 속에 있다는 걸 당신이 인정하기를 두려워했다고 생각합니다."

"참, 그리고 난 남편하고 당신이 사랑한다는 것도 오래전부터 알았어요. 기가 막힌다는 표정 짓지 마세요. 이제는 솔직해지세요. 당신이 저 사람한테 느끼는 감정을 달리 어떻게 표현할 수 있겠어요? 하지만 나는 더는 남편을 사랑하지 않아요. 오늘은 제가 오래전부터 만나기를 기다려 온 사람을 만난 날이에요. 난 저런 사람하고 꼭 결혼해야 할 만큼 나약한 사람이 아니라는 생각을 전부터 해 왔어요. 하지만 그런 생각이 이제 다 무슨 소용이겠어요?"

당통이 나타나 그들 앞에 섰다. 손에는 모자를 들고 망토가 달린 외투는 팔에 걸치고 있었다. 수염을 깎고 검은 양복에 아주 수수한 백색 모슬린 소재의 크라바트를 매고 있었다.

"같이 갈까?" 데뮬랭이 말했다.

"웃기지 마. 여기서 기다려."

당통은 뚜벅뚜벅 걸어나갔다. "어쩌려는 걸까요?" 가브리엘이 속삭였다. 그들 사이에 음모가 자리잡은 듯했다. 가브리엘은 손바닥으로 잔을 감싸고 가만히 상념에 잠긴 얼굴로 술을 깊숙이 들이켰다. 그리고 오 분이 지난 다음에 팔을 뻗어 데뮬랭의 손을 자기 손으로 감쌌다.

"우리는 드페르몽한테 편지가 있으려니 생각하고 또 그러기를 바라야겠죠. 드페르몽이 그걸 갖고 한 달 동안 덜덜 떨면서 루이의 재판이 시작되기를 기다렸을 거라고 가정해야겠죠. 드페르몽은 아마 이런 생각을 할 겁니다. '이 편지를 내가 진지하게 받아들여서 국민공회에서 읽어 나가면 산악파가 나한테 덤빌 거다. 라크루아 대의원

은 벨기에에 다녀온 뒤로 당통하고 급속히 가까워졌고 평원파에 영
향력이 있다.' 드페르몽은 자기가 만족시킬 수 있는 사람은 브리소
하고 롤랑하고 그 패거리뿐이란 걸 알 겁니다. 그리고 혼자서 말하
겠지요. '당통이 죄인 같지 않게 대담하게 이리로 온다, 그리고 날조
이고 모략이라고 말한다.' 드페르몽은 당통 말을 믿고 싶을 겁니다.
당통의 속을 긁었다간 목숨이 위태로울 거라고 겁먹는 놈들이려니
해야겠지요. 파브르한테 전하라고 한 말 들으셨죠. '당통이 직접 얼
굴을 봐야겠다.' 드페르몽은 당통을 기다리면서 생각할 겁니다. '어
쩌면 좋지? 어쩌면 좋지?' 그리고 죄책감을 느끼기 시작할 겁니다.
단순히 편지가 자기한테 배달되었다는 이유로 말이죠. 조르주자크
는 그자를 압도할 겁니다."

어둠이 깔렸다. 그들은 가만히 앉아 있었다. 두 사람의 손가락들
이 얽혔다. 가브리엘은 남편이 사람들을 압도하는 모습을 떠올렸다.
1789년 이후로 남편의 비만은 도를 넘어섰다. 가브리엘은 데물랭의
정성껏 가꿔진 손톱 가장자리를 자신의 손가락 끝으로 쓰다듬었다.
데물랭의 맥박을 느낄 수 있었다. 작은 동물의 맥박 같았다.

"조르주는 이제 겁먹지 않아요."

"그렇죠. 하지만 전 온순한 편에 속하는 사람이라서요."

"온순해요? 카미유, 엄살 부리지 마세요. 당신이 온순하면 뱀도
온순하겠어요."

데물랭이 웃으면서 고개를 돌리더니 말했다. "전에 이런 생각을
많이 했습니다. 조르주는 별로 복잡한 사람이 아니라고요. 그런데
실제로는 아주 복잡하고 아주 섬세한 사람이더군요. 단순한 건 그
친구의 욕망이에요. 권력, 돈, 땅."

"여자들." 가브리엘이 말했다.

"아까 왜 당통이 죽을 길로 간다고 말한 거죠?"

"무슨 뜻으로 한 소린지 저도 잘 모르겠어요. 그렇지만 그 사람이 불같이 화를 내고 비웃고 모욕적으로 나올 때에는 아주 분명히 보였어요. 그이가 자기 자신을 어떻게 생각하는지. '사람들은 나를 부패했다고 말할지 모르지만 난 체제를 갖고 놀 뿐이다, 난 여전히 내 뜻대로 가고 있고 아무것도 날 못 건드린다.' 그이는 그렇게 생각해요. 그런데 그게 아니거든요. 그이는 자기가 뭘 원했는지 잊어버렸어요. 수단이 목적이 되어버렸어요. 자기 눈에는 안 보이겠지만 그 사람은 속속들이 썩었어요." 가브리엘은 끈끈하고 붉은 포도주가 담긴 잔을 돌리면서 바르르 치를 떨었다. "아, 인생과 자유와 행복을 추구하는 마음으로."

당통이 집에 왔다. 카트린은 한 발 앞서 들어와서 가지 달린 은제 촛대에 있는 키가 큰 밀랍 양초들을 밝혔다. 감미로운 노란 빛의 덩어리들이 방 안으로 퍼졌다. 당통의 거대한 그림자가 벽에서 뻗어나갔다. 당통은 벽난로 앞에 한쪽 무릎을 꿇고 앉으면서 주머니에서 서류를 꺼냈다.

"보이나?" 당통이 말했다. "허풍이야. 자네가 옳았어. 어찌나 김이 새는지."

"자네가 여기서 벌인 난동을 본 뒤로는 최후의 심판도 시들할 지경이야." 데물랭이 말했다.

"타이밍이 아주 딱 맞았어. 자네 말대로 드페르몽한테 편지가 있더라고. 하지만 내 필적이 담긴 편지는 그 안에 없었고 영수증도 없었어. 이거밖에 없었어." 당통은 서류를 불빛 쪽으로 가져갔다. "드 몰빌이 나를 헐뜯는 이 휴지 쪼가리뿐이더라고. 문구 하나하나를 어떻게 해서든 고약하게 들리도록 만들어서 문서가 있다고 주장하지만 사실은 증거가 없어. 내가 노발대발하면서 드페르몽을 몰아붙였지. '망명 귀족한테 온 편지가 당신에게 있다는 거지? 저자들이 날 어떻게 비방하는지 봤지?' 그랬더니 드페르몽이 말하더군. '당신 말이 맞소, 시민. 말도 안 되는 소리지요.'"

　데물랭은 불길이 종이를 삼키는 모습을 지켜보았다. 데물랭은 생각했다. '당통은 나한테 편지 읽을 기회도 주지 않는구나, 드 몰빌이 또 무슨 이야기를 했을까? 가브리엘은 우리가 다 안다고 생각하지만 조르주자크를 따라가는 일은 만만치가 않다.' "편지는 누가 가져왔다던가?"

　"그 버러지는 모르더라고. 수위도 모르는 얼굴이었대."

　"베르니오 같았으면 그렇게 쉽지 않았겠지. 아예 불가능했을 거야. 그리고 그 문서들은 아마 어딘가에 있을 거야. 어쩌면 아직 여기 파리에 있을지 몰라."

　"아무려면 어때." 당통이 말했다. "내가 거기에 대해 할 수 있는 일은 많지 않으니까. 그렇지만 한 가지는 말해 두지. 드 몰빌이 그 딱한 편지에 서명을 했을 때 그자는 루이의 사형 집행 영장에 서명한 셈이야. 이제 나는 루이 카페를 위해서 손가락 하나 까딱하지 않을 테니까."

　가브리엘이 고개를 떨구었다. "당신이 졌어." 남편이 아내에게 말했다. 당통은 아내의 목덜미를 살짝 건드렸다. "가서 쉬어요. 이제 좀 누워야. 카미유하고 나는 한 병 더 마실 거야. 오늘은 시간 낭비에 헛고생했네."

내일은 모두들 아무 일도 없던 것처럼 굴 것이다. 그러나 당통은 불안하게 방 안을 돌아다녔다. 편지를 열어보고 충격을 받은 이후로 당통의 혈색은 아직 원래대로 돌아오지 못했다. 이제야 자제력이 되돌아와서 근육과 신경으로 스며드는 듯했다. 당통은 두 번 다시 자제력을 확신하지 못할 것이다. 그는 이제 내리막길을 걸을 것이다. 당통도 그것을 알았다.

5장

국왕 처형

(1793)

왕의 재판이 끝났다. 시로 들어가는 출입문들이 닫혔다. 국민공회는 누구도 죄 없이 통치할 수는 없다는 결정을 내렸다. 태어났다는 이유만으로 루이에게 사형 언도를 할 수 있는가? 생쥐스트는 '그것이 상황이 요구하는 논리'라고 차분하게 말했다.

1월 21일 오전 5시. 방돔 광장에 있는 한 집에서는 불이란 불은 죄다 환하게 밝혔다. 공화국이 내놓을 수 있는 최고의 외과의사를 부르러 사람을 보냈다. 순교자가 어떻게 생겼는지 볼 수 있도록, 죽음이 이목구비를 지워 가고 불멸성이 이목구비를 더 나은 틀 안에 담아내는 순간순간을 지켜볼 수 있도록 화가 다비드도 부르러 사람을 보냈다. 그는 공화국 최초의 순교자다. 순교자의 귀에 수런거리는 목소리들이 들린다. 가까운 곳에서 들리는 반쯤 낯익은 목소리도 있었고 아련히 멀어져 가는 목소리도 있었다. 순교자의 감각은 희미해지고 옆방에서는 그의 장례식을 준비 중이다. 그는 전에는 귀족이었고 지금은 대의원인 미셸 르펠르티에다. 그를 위해 할 수 있는 일은 아무것도 없다. 적어도 지금 이 세상에서는.

다비드가 연필을 꺼냈다. 르펠르티에는 추남이지만 어쩔 도리가 없다. 이목구비는 벌써 매끄러워지고 있다. 무덤으로 실려 가는 그리스도의 팔처럼 앙상한 팔 하나가 축 늘어져 있었다. 몸에서 잘라 낸 옷은 피가 묻어 검고 뻣뻣하다. 다비드는 셔츠를 손봤다. 그는 침대 위에서 죽어 가는 형상에다 마음속에서 다시 옷을 입혔다.

전날 저녁 르펠르티에는 평등 공원(요즘은 팔레루아얄을 이렇게 부른다.) 안에 있는 푀리에 식당에서 식사를 하고 있었다. 한 남자가 그에게 다가왔다. 모르는 사람이었지만 루이 카페의 사형에 찬성 표를 던진 확고한 공화주의적 신념을 치하하려는 마음에서였는지 르펠르티에에게 아주 친근한 태도를 보였다. 남자에게 상냥하게 대했지만 여러 날을 꼬박 밤샘 회의를 하느라 지쳐 있던 대의원은 의자에 등을 깊숙이 파묻었다. 낯선 사람은 외투에서 푸줏간에서 쓰는 칼을 꺼내더니 대의원의 상반신에 찔러 넣었다. 갈빗대 밑 오른쪽 옆구리였다.

르펠르티에는 형제의 집으로 실려갔다. 창자가 찢어졌고 주먹 하나는 들어가고도 남을 상처에서 나온 피가 수행원들에게 콸콸 쏟아졌다. "추워." 르펠르티에가 속삭였다. "추워." 사람들은 이불을 더 덮어주었다. "추워."

오전 5시. 로베스피에르는 생토노레 거리에 있는 자기 방에서 잠들어 있었다. 문에는 자물쇠가 채워졌고 빗장도 이중으로 걸어 두었다. 밖에는 브룬이 주둥이를 약간 벌린 채 엎드려 있었다. 브룬의 커다란 앞발은 꿈길을 걷듯 좋았던 시절을 그리며 움찔거렸다.

오전 5시. 카미유 데물랭은 전에 루이르그랑에서 그랬던 것처럼 맑은 정신으로 침대에서 미끄러져 나왔다. 당통은 롤랑의 장관직 사임을 촉구하는 연설을 하고 싶어 한다. 뤼실이 돌아눕더니 뭐라고 중얼거리면서 데물랭에게 한 손을 뻗었다. 데물랭은 이불을 잘 덮어주었다. 그리고 가만히 속삭였다. "다시 자요." 당통은 그 연설 원고를 쓰지 않을 것이다. 당통은 주먹으로 원고들을 구겨버리고 즉석에서 연설을 할 것이다. 그런데도 데물랭이 연설문을 준비하는 것은 해야 해서가 아니라 연습을 하기 위해서, 그리고 동이 틀 때까지 시간을 때우기 위해서다.

추위는 그의 가무잡잡한 얇은 피부에 칼처럼 날카로웠다. 데물랭은 소리 없이 움직이면서 방을 가로질러 얼음장 같은 물을 얼굴에 끼얹었다. 그가 소리를 내면 자네트가 일어나서 불을 켜고 그의 폐가 약해서 안 된다면서―그는 폐가 약하지 않다.―먹지도 못할 음식을 들이밀 것이다. 데물랭은 먼저 집으로 보낼 편지를 썼다. "국왕 살해자, 아들 올림." 그런 다음 연설문을 쓰려고 새 종이들을 준비했다. 뤼실의 고양이가 머뭇머뭇 데물랭의 펜에 앞발을 갖다 댄다. 미심쩍은 눈빛이다. 데물랭은 활처럼 굽은 고양이의 등을 쓸어내리면서 동쪽 교외로 마지못해 밝아오는 새벽을 지켜보았다. 강한 외풍에 양초가 꺼질 듯 가물거렸다. 데물랭은 불현듯 좋지 않은 예감에 휩싸여 휙 뒤를 돌아보았다. 가구의 검은 윤곽과 벽에 새겨진 조각뿐, 그 말고는 아무도 없었다. 데물랭의 차가운 손가락들이 고양이처럼 살그머니 책상 서랍 속의 작은 권총 자루를 어루만졌다. 살을 에는 비가 거리의 진창으로 쏟아졌다.

오전 7시 30분. 작은 방의 난로 옆에 쭈그려 앉은 사제와 전 왕 루이. "저 높은 곳에는 청렴결백한 심판자가 계신다. 저기 국민방위대가 모여드는 소리가 들리는가. 내가 사촌 오를레앙한테 무슨 짓을 했다고 그자가 날 이런 식으로 박해한단 말인가. 난 뭐든지 견뎌낼 수 있다. 이 사람들은 내가 자해라도 할까 봐 어디 단도와 독약이 없나 사방을 뒤진다. 지금 정신이 없으니 잠시만 기다려 주게. 마지막 축복 기도를 부탁하네, 그리고 나를 끝까지 응원하는 것이 하느님을 기쁘게 하는 일이 되도록 빌어주게. 내 시종 클레리에게 내 시계와 옷을 넘겨주게나."

오전 10시 30분. 사형 집행인 상송의 조수들이 들고 있던 외투가 낚아채져서 갈기갈기 찢겨 나간다. 혁명 광장에서 따뜻한 파이와 생강 과자가 팔린다. 사람들이 단두대 주변으로 모여든다. 피에 흠뻑 젖은 넝마들.

순교자 르펠르티에는 안치된다.

목이 잘린 국왕 루이에게는 생석회가 뿌려진다.

2월 첫 주가 끝나 갈 무렵, 프랑스는 잉글랜드, 네덜란드, 에스파냐와 전쟁에 돌입했다. 국민공회는 압제에 맞서 일어나고 싶어 하는 사람 누구에게나 군사 지원을 해주마 약속했다. 재정위원회 캉봉은 이렇게 말했다. "적진으로 깊숙이 뚫고 들어갈수록 전비 부담이 파괴적으로 솟구친다."

후방에서는 식량난이 극심해지고 물가가 치솟았다. 파리에서 코뮌은 지롱드파 각료들과 싸우는 한편 각 구의 급진파들을 달래려 애썼다. 코뮌이 빵 값을 삼 수로 묶자 롤랑 장관은 공급을 그렇게 무책임하게 쓰는 데 대해 불평을 멈추지 않았다. 국민공회에서는 산악파의 목소리가 높아도 아직은 소수에 불과했다.

파리 48개 구 대표들이 국민공회에서:
"빵이 있어야 합니다. 빵이 없는 곳에는 법도 없고 자유도 없고 공화국도 없기 때문입니다."

리옹에서, 오를레앙에서, 베르사유에서, 랑부예에서, 에탕프에서, 방돔에서, 쿠르빌에서, 그리고 이곳 파리에서 폭동이 일어났다.

내무부 공무원인 뒤타르가 지롱드파에 대해서:
"그들은 부자와 상인과 재산가로 이루어진 귀족을 만들고 싶어 한다. 선택권이 있다면 나는 구체제를 원할 것이다. 구체제에서 귀족과 사제는 덕이 조금 있었지만 이자들은 하나도 없다. 이 탐욕스럽고 저열한 사람들의 발목을 잡아 둘 필요가 있다고 자코뱅은 말한다. 구체제에서는 귀족과 사제가 이자들이 넘어서지 못할 장벽이 되어주었다. 하지만 신체제에서는 이들의 야심에 한도가 없다. 이자들은 인민을 굶겨 죽일 것이다. 이자들의 앞길에 제동을 걸어야 하며 그렇게 할 수 있는 유일한 방법은 군중을 불러내는 것이다."

카미유 데믈랭이 롤랑 장관에 대해서:
"당신에게 인민은 반란에 필요한 수단에 불과하다. 혁명을 낳는 데 기여했으니 이제 인민은 먼지로 돌아가 잊혀야 한다. 인민은 자기들보다 현명하며 자기들을 통치하는 수고를 기꺼이 짊어지려는 사람들의 지배를 얌전히 받아들여야 한다. 당신의 모든 처신은 이런 범죄적 원칙에서 차별화된다."

로베스피에르가 지롱드파에 대해서:
"그들은 자기들이 신사이며 혁명의 적자라고 생각한다. 우리는 인간 쓰레기일 뿐이다."

2월 10일. 아침 일찌감치 루이즈 젤리는 앙투안을 빅토르 삼촌 집으로 데리고 갔다. 데물랭 부부의 아이와 막 돌이 지난 프랑수아조르주 두 아기는 유모가 보살필 것이다. 그날은 다들 정신이 없을 텐데 아기들이 배를 곯지 않도록 유모가 애를 쓸 것이다.

루이즈는 다시 재빨리 상가로 돌아왔다. 앙젤리크 샤르팡티에가 지휘하고 있었다. 젤리 부인이 딸에게 말했다. "루이즈, 오늘 밤에 여기 있으면 안 되는 거 명심하렴."

앙젤리크도 루이즈를 타일렀다. "아가, 그렇게 부루퉁한 표정 지으면 미워 보인단다."

다음에 도착한 사람은 뤼실 데물랭이었다. '어떤 일이 있어도 저 여자는 매력을 잃지 않는구나.' 이렇게 생각하니 루이즈는 심술이 났다. 뤼실은 검은 모직 치마에 우아한 반코트 차림이었고 머리는 삼색 리본으로 묶고 있었다. "이런." 뤼실은 의자에 털썩 앉더니 두 다리를 쭉 뻗어 긴 승마화의 앞코를 여봐란듯이 과시하면서 말했다. "정말 지긋지긋한 게 바로 애 낳는 일이에요."

"뤼실은 그럴 수만 있다면 남한테 돈을 주고 대신 애를 낳아 달라고 할 거야."

"당연하죠." 뤼실이 말했다. "정말이지 지금 이대로는 안 되고 뭔가 더 나은 방법이 있어야 해요."

여자들은 루이즈가 대화에 끼어들지 못하도록 루이즈에게 줄 일거리를 찾는 것처럼 보였다. 루이즈는 가브리엘이 자기더러 '정말 귀엽고 꽤 도움이 된다'고 말하는 소리를 들었다. 루이즈의 뺨이 달아올랐다. 자기 이름이 남들 입에 오르내려서 그렇다.

얼마 뒤 뤼실이 가보겠다고 하면서 젤리 부인 쪽으로 돌아섰다. "제가 조금이라도 필요하면 30초 안에 달려올 수 있는 거 아시죠." 뤼실의 검은 눈은 정말 컸다. "제가 보기엔 가브리엘이 평소 모습이 아니에요. 무섭대요. 조르주자크가 옆에 있으면 좋겠대요."

"어쩔 수 없지." 젤리 부인이 퉁명스럽게 말했다. "그분은 벨기에에서 미뤄서는 안 되는 할 일이 있는 모양이니까."

"그래도 전 부르세요." 뤼실이 말했다.

젤리 부인은 무뚝뚝하게 고개를 끄덕였다. 젤리 부인의 눈에 가브리엘은 핍박받는 착하고 경건한 소녀였고 뤼실은 창녀에 지나지 않았다.

가브리엘은 쉬고 싶다고 말했다. 루이즈는 비좁고 볼품없는 자기네 집으로 다시 터벅터벅 올라갔다. 오후 중반이었는데 벌써 땅거미가 졌다. 루이즈는 앉아서 클로드 뒤팽에 대해서 생각했다. 클로드가 자기를 얼마나 진지하게 생각하는지, 자기가 이제 곧 그의 아내가 될지도 모른다는 사실을 뤼실이 알아도 자기를 쬐그만 멍청이 취급할까, 감히?

루이즈의 어머니는 너그러운 얼굴로 미소를 보였다. 하지만 속으로는 승리의 기쁨에 차 있었다. 이 얼마나 좋은 결혼 상대인가! 다음 번 생일이 지나면 그때 그 이야기를 한번 시작해보자고 어머니는 말했다. 열다섯이면 너무 어리다. 귀족만이 열다섯에 결혼한다.

클로드 뒤팽도 아직 스물넷이었지만 그는 (아버지 말로는 이미) 센 도(道)의 사무국장이다. 루이즈는 그게 왜 가슴 벅찬 일인지 실감하기 어려웠다. 하지만 뒤팽은 잘생기기도 했다.

보름 전 루이즈는 가브리엘한테 뒤팽을 데리고 갔다. 루이즈는 뒤팽이 아주 교양 있고 편안하게 처신하는 사람이라고 생각했다. 또 가브리엘이 다른 사람을 주눅 들게 만들 사람도 아니었다. 루이즈 는 가브리엘의 눈빛에서 찬성의 뜻을 읽었다. 내일 가브리엘과 둘이서 편하고 솔직하게 클로드 뒤팽에 대해 평하면서 이야기를 나눌 수 있을 거라고 생각하니 좋으면서도 닭살이 돋았다. 가브리엘이 정말로 그가 마음에 들었다면, 그래 보이긴 했지만 그 남자한테 끌렸다면, 어쩌면 루이즈의 부모한테 한마디 해줄 수도 있을 것이다. 그러면 부모님은 그래, 우리 딸이 나이에 비해서는 벌써 성숙했지, 어쩌면 열다섯이 아주 어린 건 아니지, 왜 기다려, 그렇지 않아도 인생은 너무 짧은데, 이렇게 나올지도 모른다.

그런데 모든 일이 점잖게 조용하게 멋지게 흘러가고 있을 때 시민 당통 일행이 쏟아져 들어왔다. 소개가 오갔다. "아, 그 젖먹이 신동." 파브르가 말했다. "요람에서부터 기적을 행하셨다는 그 고명하신 햇병아리 행정관. 어떻게 생기셨나 한번 봅시다그려."

그러고는 무대 관람용 안경을 눈에 대고 뒤팽을 뜯어보았다.

시민 에로 드 세셸은 뒤팽을 멀거니 바라보았다. 뒤팽이 무엇을 하는 사람이고 어떤 사람인지 통 감이 안 잡히는 모양이었다. "오, 가브리엘. 잘 있었어요?" 에로는 그렇게 말하면서 집주인 가브리엘 에게 가볍게 입을 맞추었다. 그리고 자리에 앉아서 시민 당통의 최고급 코냑을 들이키면서 자기가 당연히 잘 알았던 루이 카페에 관한 일화들을 느릿느릿 큰 소리로 신나게 들려주었다. 이것도 안 좋았지만 시민 데물랭은 한 술 더 떴다. "클로드 뒤펭, 오래전부터 자네를 만나고 싶었네." 데물랭은 한숨을 쉬었다. "내가 이 순간을 위해서 살았거든." 하고는 소파 한구석에 몸을 웅크리고서 머리를 가브리엘의 어깨 위에 놓고서 클로드 뒤펭의 얼굴을 빤히 쳐다보면서 간헐적으로 한숨을 줄곧 내쉬었다.

시민 당통은 센 도의 업무를 놓고 뒤펭을 매섭게 추궁했다. 그렇다고 루이즈는 당통을 비난할 생각은 없었다. 그것이 당통이 일하는 방식이었다. 클로드 뒤펭은 씩씩했다. 그의 답변은 훌륭했고 당당했다고 루이즈는 생각했다. 다만 뒤펭이 정곡을 찌르는 말을 할 때마다 시민 데물랭은 눈을 감고서 너무나 벅차다는 듯이 바르르 떨었다. "저렇게 어린 나이에 저렇게 완벽하게 관료적일 수가." 파브르는 중얼거렸다. 루이즈는 만약 가브리엘이 자기 생각을 조금이라도 한다면 시민 데물랭더러 머리를 내 어깨에서 치우고 그만 좀 빈정거리라고 한마디 던질지도 모른다고 생각하고 또 생각했다. 그러나 가브리엘은 웃고 떠드느라 여념이 없었다. 배신의 팔을 시민 데물랭에게 두른 가브리엘은 구역질 나도록 다정해 보였다.

그들이 방으로 들어오자마자 뒤펭이 움츠러드는 것 같았음을 루이즈는 부정할 수 없었다. 뒤펭은 그냥 평범해 보였다. 시민 당통은 질문의 답을 얻어내자 뒤펭에게 관심을 끊었다. 그 뒤로 뒤펭은 단어 하나를 대화에 끼워 넣는 데에도 어려움을 겪었다. 루이즈는 갈 때가 되었다고 판단했다. 그리고 일어섰다. 뒤펭도 일어섰다. "그렇게 빨리 가면 못쓰지!" 파브르가 외쳤다. "카미유의 작은 가슴이 찢어지겠네!"

시민 당통이 루이즈의 눈에 들어왔다. 루이즈는 사람을 불안하게 만드는 그 얼굴을 올려다보지 않을 수 없었다. 당통은 딱히 웃지 않았다.

루이즈는 이 곤혹스러운 심경을 어리석게도 어머니한테 털어놓았다. "그 사람이…… 내가 딱 바라는 사람인지 잘 모르겠어요. 내 심정이 이해가 돼요?"

"아니, 이해 안 돼." 어머니가 말했다. "지난주에는 시집가고 싶다고 무릎을 꿇고 애걸복걸하더니 이번 주에는 아래층에서 못된 무리 옆에 서니까 그 사람이 별 볼 일 없다고 하는 거니? 널 집에 묶어 두었어야 하는 건데, 그 사람들하고 절대로 섞이지 않게 해야 했어."

순간 루이즈의 아버지가 아내에게 자신이 밥벌이를 하는 것은 시민 당통 덕분임을 재빨리 일깨워주었다.

그리고 지금은 아래층(루이즈는 이삼 분이 멀다 하고 위아래 층을 오르락내리락했다.)에서 수베르비엘 박사가 와서 가브리엘을 보고 있었고 산파도 와 있었다. 앙젤리크 샤르팡티에는 문가에서 루이즈를 잡아 세우더니 쉬 하고 내몰았다. "아가, 여기 있고 싶다고 생각하는지 모르지만 그러는 거 아니거든. 내 말 좀 들어줄래?" 이 단계에서 샤르팡티에 부인은 아주 침착해 보였다. "모든 게 시간에 맞게 잘되고 있단다. 이젠 가서 자야지. 아침이면 예쁜 아기가 태어나서 같이 놀 수 있을 거야."

다시 위층에 올라온 루이즈는 화가 나고 억울했다. '가브리엘은 내 친구야. 나야말로 진정한 친구, 제일 친한 친구야. 열다섯인 걸 나더러 어떡하라고. 난 가브리엘 옆에 있어야 돼. 가브리엘은 내가 옆에 있길 원해. 시민 당통은 오늘 밤 어디에 있는지, 누구하고 있는지 알 수 없어. 난 사람들이 생각하는 것처럼 공상이나 하는 애가 아니라고.' 루이즈는 생각했다.

오후 10시. 어머니가 문틈으로 머리를 들이밀었다. "루이즈, 내려오련? 당통 부인이 널 보자고 한다." 어머니의 얼굴은 이건 좋은 생각이 아니라고 말하는 듯했다.

내 말이 맞았잖아! 루이즈는 서두르다가 그만 넘어졌다. "무슨 일 있어요?"

"몰라." 어머니가 말했다. "준비됐어?"

"물론이죠."

"미리 말해 두는데 당통 부인이 안 좋아. 출산이 순탄하지 않았어. 잘은 모르겠는데 경련인지 복통 같은 게 있어서. 생각대로 잘 안 돼."

루이즈는 어머니보다 앞에서 달려갔다. 두 사람은 방에서 나오던 산파를 만났다. "이 아이를 들여보내시려는 건 아니죠?" 여자가 말했다. "부인, 전 책임 못 집니다."

"지난주에 내가 말했다니까요." 루이즈는 애가 타서 말했다. "내가 같이 있을 거라고 했다니까요. 무슨 일이 생기면 아이들을 내가 보살피겠다고 했다니까요."

"보살펴? 너 제정신이니 지금? 지키지도 못할 약속이나 하고." 어머니는 손을 들어서 루이즈의 머리를 가볍게 쳤다.

자정에 루이즈는 다시 위층으로 갔다. 가브리엘이 이젠 올라가라고 했다. 루이즈는 옷을 반만 걸치고 침대 위에 드러누웠다. 눈꺼풀 뒤로 눈을 꾹 감은 여자들의 심각한 얼굴이 나타났다. 뤼실도 그 자리에 있었다. 뤼실은 더는 농담 같은 것을 던지지 않았다. 뤼실은 아직도 승마화를 신고 바닥에 앉아 있었다. 가브리엘의 손이 뤼실의 손안에 떨구어져 있었다.

루이즈는 잤다. 나중에 그녀는 생각했다. '하느님 용서해주세요, 난 세상 모르고 잤어. 어젯밤 일어났던 일이 내 마음속에서 깨끗이 지워졌어. 내 꿈은 대수롭지 않았지만 즐거웠고 나중에 떠올릴 만한 건 하나도 없었어.' 아침의 첫 마차 소리에 루이즈는 깨어났다. 2월 11일이었다. 건물은 아주 조용했다. 루이즈는 일어나서 세수를 하고 옷에다 몸을 욱여넣었다. 부모님 방으로 통하는 문을 살짝 열고 안을 들여다보았더니 아버지는 코를 골고 있었고 어머니 쪽 자리는 누웠던 흔적이 없었다. 루이즈는 오래되어 밍밍한 물을 잔에서 절반쯤 마시고 땋았던 머리를 재빨리 풀고 빗으로 빗었다. 그리고 아래층으로 내려갔다. 층계참에서 샤르팡티에 부인을 만났다. "부인 —"

앙젤리크 샤르팡티에는 어깨를 곧추세운 채 망토를 둘렀고 시선을 아래로 두었다. 그리고 루이즈를 밀치면서 지나갔다. 루이즈를 아예 못 본 것처럼 보였다. 앙젤리크의 얼굴은 게슴츠레했고 주름이 졌고 격앙되어 있었다. 그러더니 계단 머리에서 걸음을 멈추었다. 그리고 돌아보았다. 앙젤리크는 아무 말도 하지 않았다. 그러나 곧 뭔가 말해야 한다고 느낀 모양이었다. "잃었단다. 떠났어, 내 아기가. 내 공주님이 떠났어." 앙젤리크는 밖으로, 빗속으로 걸어 나갔다.

집 안은 불을 때지 않았다. 한구석에 있는 의자에 보모가 앉아서 뤼실 데물랭의 아기를 가슴에 끌어안고 있었다. 루이즈를 보더니 고개를 들고는 보호하듯이 아기의 얼굴을 손으로 가렸다. "어서 가."

보모는 루이즈한테 말한 뒤에야 전에 루이즈를 본 적이 있음을 알아차린 모양이었다. "위층에서 왔니?" 보모가 물었다. "몰랐니? 5시였어. 그 가엾은 부인은 나한테 항상 잘해주셨는데. 예수님, 그분을 편하게 해주세요."

"아기는요?" 루이즈는 등골이 서늘해졌다. "왜냐하면 내가 보살피겠다고 했거든요."

"사내애야. 확실치는 않지만 아무래도 오래 못 살 거 같아. 옆집에 사는 내 친구가 맡을 거야. 샤르팡티에 부인이 그래도 좋다고 하셨어."

"할 수 없죠." 루이즈가 말했다. "애기가 되어 있다면. 프랑수아 조르주는 어디 있어요?"

"데물랭 부인하고 있어."

"내가 가서 데려올래요."

"한두 시간은 괜찮아, 맡겨 놔도."

안 돼, 루이즈는 생각했다. 약속했거든. 아기들은 도덕적 유대의 대상이 아니라 자신이 채워줄 수 없는 조급한 요구를 쏟아내는 연약한 존재임을 루이즈는 곧 깨닫게 될 것이다.

"당통 부인의 남편이 곧 오실 거야." 여자가 말했다. "그분이 와서 무슨 일을 해야 하고 누굴 어디로 보내야 할지 말씀해주실 거야. 넌 그 작은 머리로 걱정할 필요 없단다."

"모르시는 말씀 마세요." 루이즈가 말했다. "내가 아이들을 보살펴야 한다고 부인이 말씀하셨다고요. 약속은 지켜야 해요."

연락이 닿는 데에는 시간이 걸렸다. 당통이 집에 나타난 것은 닷새가 지난 2월 16일이었다. 아내는 묻혔지만 아내의 자취를 말끔히 정리할 시간은 없었다. 그런 것도 있었지만 사람들은 당통을 회피해서는 안 된다는 것을 마치 알고 있었다는 듯이, 당통이 느낄 노여움과 죄책감과 비통함의 폭력성을 충분히 예상하기라도 했듯이, 당통이 와서 지시를 내릴 때까지 기다렸다.

가브리엘의 옷들은 고문의 피해자들처럼 옷장 안에 축 늘어져 매달려 있었다. 구체제에서 여자들은 산 채로 화형당했고 남자들은 바퀴에 묶여 뼈가 으스러졌다. 가브리엘보다 그들의 고통이 더 컸을까? 당통은 알 수 없었다. 아무도 당통에게 말해주려고 하지 않았다. 아무도 당통에게 자세한 이야기를 들려주지 않았다. 이 죽음의 집에서 서랍과 장은 가벼운 꽃향기를 뱉어냈다. 그릇장은 가지런했다. 알고 보니 가브리엘은 그릇들의 목록을 적어놓았다. 죽기 이틀 전 가브리엘은 잔을 떨어뜨렸다. 세브르에서는 막 새로운 찻잔을 디자인하고 있었다. 모카커피를 홀짝거리다가 상송의 황금빛 손에 들린 피가 뚝뚝 떨어지는 루이 카페의 머리에 가슴이 먹먹해질 수도 있다.

가브리엘이 죽은 침대 밑에서 하녀가 가브리엘의 손수건을 찾아냈다. 안 보이던 반지는 당통 자신의 책상에서 발견되었다. 가브리엘이 삼 주 전에 주문했던 옷감을 들고 소매업자가 나타났다. 마무리되지 않은 작업, 미완의 구상이 있었음을 알리는 증거가 매일 나타났다. 당통은 가브리엘이 읽은 데까지 책갈피를 꽂아놓은 소설책을 발견했다.

그러고는 끝이었다.

6장
데물랭의 펜
(1793)

아기는 아직 살아 있었지만 당통은 보고 싶지 않았다. 자신이 없는 동안에 이루어진 역할 분담에 대해 당통은 가타부타 말이 없었다. 애도의 편지가 책상 위에 수북이 쌓였다. 편지를 열면서 당통은 편지를 쓴 사람 하나하나가 예의 바른 위선자라고 생각했다. 그들은 당통이 아내에게 한 짓을 다 안다. 그런데도 마치 모르는 것처럼 군다. 그들은 내 관심을 끌려고, 자기들 이름을 내 마음속에 박아놓으려고 편지를 쓴 것이다.

로베스피에르의 편지는 길고 감상적이었다. 누가 로베스피에르 아니랄까 봐 개인적인 얘기에서 정치적인 얘기로 흘러갔다가 누가 로베스피에르 아니랄까 봐서 다시 개인적인 얘기로 돌아왔다. 그는 '나는 그 어느 때보다 자네의 친구이며 죽을 때까지 자네의 친구로 남을 것'이라고 편지에서 말했다. '이 순간부터 자네와 나는 하나'라고도 말했다. 지금 자기의 처지를 고려하더라도 당통은 이것은 과장이라고 생각했다. 당통은 그 혼란스러운 어조에 놀랐다.

데물랭은 당통에게 편지를 쓰지 않았다. 머리를 숙이고 말없이 앉아서 당통이 과거에 대해서 말하고 눈물을 흘리며 데물랭이 저지른 이런저런 직무 유기를 질타하도록 내버려 두었다. 데물랭은 왜 자기가 맹공을 당하는지, 왜 자기의 일생과 인격이 갑자기 도마에 오르는지 알 수 없었지만 자기한테 소리를 지르는 것이 당통에게는 좋게 작용하는 듯했다. 당통은 그러다가 제풀에 지쳐 갔다. 그리고 마침내 잠이 들었다. 당통은 내가 과연 잠을 다시 잘 수 있을까 모르겠다는 생각을 했다. 가브리엘은 벽 색깔이 붉은 서재에도 출몰하고 한때 그의 직원들이 일하던 팔각형의 식당에도 출몰하는 것 같았다. 또 따로 놓인 두 사람의 침대 사이에 난 작은 공간에도 출몰했다. 그녀가 살아 있었을 때 두 침대 사이는 달이 갈수록 거리가 벌어졌다.

당통은 시원시원한 글씨체로 가끔씩 적어 내려간 아내의 일기도 찾아냈다. 당통은 빠짐없이 읽었다. 그의 과거 행적이 눈앞에 적나라하게 펼쳐졌다. 혹시라도 누가 읽을세라 당통은 일기를 불태웠다. 한 장 한 장 불 위에 얹으면서 종이가 오그라들어 재가 되는 것을 지켜보았다. 루이즈는 아파트 한구석에 앉아 있었다. 눈은 퉁퉁 부었고 얼굴은 푸석푸석하고 흐릿했다. 당통은 루이즈를 내보내지 않았다. 루이즈를 거의 알아차리지 못한 듯했다. 3월 3일 당통은 다시 벨기에로 떠났다.

3월은 거의 재앙이었다. 네덜란드에서는 물자가 고갈된 군대가 참패했다. 방데에서는 반란이 내전으로 번졌다. 파리에서는 군중이 상점을 털고 지롱드파의 인쇄기를 박살냈다. 에베르는 모든 각료들과 모든 장군들의 목을 요구했다.

3월 8일 당통은 국민공회 연단에 올랐다. 애국파는 당통이 불쑥 나타났을 때의 충격을 결코 잊지 못했다. 며칠씩 밤에 잠을 자지 못하고 여행을 다니느라 지쳐서 누렇게 뜨고 긴장과 고통으로 핼쑥해진 그 얼굴도 잊지 못했다. 배신과 굴욕에 대해서 말할 때 당통은 몹시 착잡한지 가끔씩 목소리가 잠겼다. 한번은 말을 끊고서 사람들의 시선을 잠깐 의식하면서 청중을 바라보더니 뺨에 난 흉터를 만졌다. 군대에서 그는 악의와 무능과 태만을 보았다. 대규모 증원군을 당장 보내야 한다. 유럽의 해방을 위한 비용은 프랑스의 부자들이 대야 한다. 오늘 새로운 징세안을 표결에 부쳐 내일부터 걷어야 한다. 음모자들로부터 공화국을 지키려면 새로운 법정으로서 혁명재판소를 만들어야 한다. 여기서는 항소가 허용되지 않을 것이다.

강당에서 누군가가 소리를 질렀다. "누가 죄수들을 죽였는가?" 국민공회가 발칵 뒤집혔다. "9월 학살의 주모자"라는 구호가 벽을 쩌렁쩌렁 뒤흔들었다. 산악파 대의원들이 일제히 일어섰다. 의장은 질서를 외쳤다. 의장이 치는 종이 요란하게 울렸다. 당통은 얼굴을 방청석으로 돌린 채 서 있었다. 그는 두 주먹을 꽉 쥐었다. 소음이 한풀 꺾이자 당통은 다시 목소리를 높였다. "9월에 그런 재판소가 있었더라면 그 사건들 때문에 너무도 자주 너무도 야만적으로 비난을 받은 사람들의 평판에 단 한 방울의 피도 묻지 않았을 것입니다. 하지만 나는 평판이나 명성에는 신경 쓰지 않습니다. 나를 흡혈귀라고 부르고 싶으면 얼마든지 부르십시오. 유럽이 자유로워질 수만 있다면 인류의 적들의 피를 얼마든지 마시겠습니다."

지롱드파에서 누가 외쳤다. "꼭 왕처럼 말하는군."

당통은 턱을 쳐들었다. "당신은 꼭 겁쟁이처럼 말하는군."

당통은 네 시간 가까이 연설했다. 밖에서는 당통의 이름을 외치면서 군중이 모여들고 있었다. 대의원들은 끼리끼리 모여 서서 박수 갈채를 보냈다. 롤랑도, 심지어 브리소도 자리에서 일어섰다. 그들은 달아나고 싶었다. 파브르는 잔뜩 신이 나서 외쳐댔다. "최고야, 완전무결한 공연이었어." 산악파가 당통에게 몰려들었다. 지지자들은 분주하게 당통을 둘러쌌다. 박수가 당통의 귀에서 울렸다. 빽빽하게 모여선 사람들 틈새를 마치 결혼 피로연에 나타난 좀벌레처럼 요리조리 뚫고서 마라 박사가 소매를 쥐어뜯으며 다가왔다. 당통은 충혈된 마라의 눈을 내려다보았다.

"때가 온 거다, 당통."

"무슨 때요?" 당통이 감정을 담지 않고 물었다.

"독재. 전권이 당신한테 있다."

당통은 돌아섰다. 바로 그 순간 자석에 이끌린 것 같은 경의의 물결이 대의원들을 갈라놓았다. 로베스피에르가 걸어오고 있었다. '귀국할 때마다 자네는 매번 더 커져 있군.' 당통은 생각했다. 로베스피에르의 긴장된 얼굴은 팽팽했다. 턱 양옆으로 근육에 주름이 잡힌 것이 더 늙어 보였다. 그러나 말을 할 때는 머뭇거리듯 점잖게 저음으로 말했다. "자넬 만나고 싶었지만 방해하고 싶지 않았어. 난 해야 할 말을 생각해내는 재주가 썩 뛰어난 편은 아니야. 그리고 우린 서로 말이 필요 없을 정도로 잘 통하는 사이였던 적이 한 번도 없었지. 그건 내 잘못이었던 같아. 지금은 후회하네만."

당통은 로베스피에르의 어깨에 손을 얹었다. "고마워, 자넨 좋은 친구야."

"내가 편지를 썼는데 그런 편지들은 쓰나 마나란 생각은 나도 했거든. 그렇지만 날 믿어도 된다는 사실을 자네가 알았으면 하네."

"믿을게."

"우리 사이엔 경쟁 따위는 없어. 우린 정책 면에서 차이가 없어."

그러자 당통이 말했다. "이것 봐. 사람들이 나한테 환호하는 소리를 들어봐. 몇 주 전만 하더라도 내가 법무부 회계 장부를 안 내놓는다고 내 얼굴에 침을 뱉던 사람들이지."

파브르가 사람들을 밀치면서 왔다. 벌써 반응을 수집하고 있었다. "지롱드파는 혁명재판소 문제를 놓고 갈라질 거야. 브리소는 자넬 지지하고 베르니오도 그래. 롤랑 일파는 반대하고."

"그자들은 공화주의를 버린 거지." 당통이 말했다. "그저 나를 망가뜨리는 데에만 정신이 팔린 자들이야."

대의원들은 몸싸움을 하며 당통 주변으로 몰려와 그를 에워쌌다. 파브르는 마치 자기가 칭찬을 받기라도 하는 것처럼 좌우로 허리를 숙였다. 배우 콜로 데르부아가 외쳤다. "브라보, 당통, 브라보!" 그의 메스꺼운 얼굴은 감정이 벅차올라 상기되었다. 로베스피에르는 어느새 보이지 않았다. 그래도 박수는 계속되었다. 밖에서는 군중이 당통을 외쳐댔다. 당통은 가만히 서서 손으로 얼굴을 쓸어내렸다. 데물랭이 사람들을 뚫고 왔다. 당통은 친구의 어깨를 팔로 휘감았다. "카미유, 오늘은 그냥 집에 가자."

루이즈는 귀를 곤두세웠다. 당통이 파리로 돌아왔다는 소리를 듣자마자 루이즈는 아래층으로 내려가서 마리와 카트린에게 일을 시켰다. 아이들은 외할아버지 집에 있었는데 어쩌면 당통이 아직 아이들을 안 보는 것이 좋을지도 모른다는 생각이 들었다. 당통이 몇 시에 집에 돌아오더라도 루이즈는 저녁이 준비되어 있도록 할 것이다. 그가 하인들 말고 아무도 없는 텅 빈 집으로 귀가하도록 해서는 안된다. 루이즈의 어머니는 다섯 번이나 딸을 데리러 왔다.

"그 소도둑하고 왜 얽히려는 거냐. 네가 왜 의무감을 느끼는 거냐고."

"소도둑처럼 생겼을지는 몰라도 가브리엘이 나한테 바라는 걸 난 알아. 아저씨가 편하도록 구석구석 신경을 써주기를 바랄 거예요."

루이즈는 가브리엘의 유령을 방해하기라도 하듯 가브리엘의 의자에 앉았다. 여기에서 가브리엘은 정부들이 무너지는 것을 보았다고 루이즈는 생각했다. 여기에서 왕좌가 흔들리고 넘어지는 것을 가브리엘은 보았다. 가브리엘의 행동은 소탈하고 꾸밈이 없었다. 가브리엘의 습관은 다소곳한 주부의 습관이었다. 가브리엘은 피에 굶주린 사내들과 함께 살았다.

시계가 자정을 알렸다. "오늘은 집에 안 오실 거야." 카트린이 말했다. "넌 자러 안 가도 우린 자러 가야겠다. 모르긴 몰라도 옆에 친구분 집에 계실 거야. 오늘 밤은 집에 안 오실 거야."

다음 날 아침 6시에 시민 당통은 옷을 갈아입으러 조용히 들어왔다. 얼굴이 창백한 아이가 가브리엘의 의자에 아무렇게나 쓰러져 자는 모습을 보고 당통은 깜짝 놀랐다. 당통은 두 팔로 아이를 안고 소파로 옮겼다. 그리고 담요를 덮어주었다. 아이는 깨지 않았다. 당통은 필요한 것을 챙겨서 집을 나섰다.

뤼실은 일어나서 옷을 입고 커피를 준비하고 있었다. 데물랭은 당통이 그날 국민공회에서 할 연설의 골자를 쓰고 있었다. "조용히 일만 하는 분위기네." 당통이 말했다. "보기 좋은데." 당통은 뤼실의 허리에 팔을 두르고 목덜미에 입을 맞추었다.

"자네가 다시 일상으로 돌아와서 기분이 좋아." 데물랭이 말했다.

"그거 알아? 그 꼬마가 날 기다리고 있더군. 젤리 씨 딸 말이야. 의자에서 잠이 들었더라고."

"정말?" 뤼실과 남편은 눈을 서로 찡긋거렸다. 그들은 요즘은 말을 할 필요가 없다. 다른 수단으로 완벽하게 소통할 수 있었다.

3월 10일. 날이 몹시 추워서 숨쉬기마저 고통스러운 그런 날씨였다. 루이즈의 아버지는 루이즈가 아직 어리긴 하지만 일 년 안에 식을 올려도 좋다고 생각한다고 클로드 뒤팽에게 말했다. 그러면서 여기 지내기가 쉽지 않다면서 뒤팽에게 (비밀이라도 말하듯이) 털어놓았다. "우린 그애가 다른 분위기를 접했으면 좋겠네. 그 아이는 또래 아이들보다 너무 많은 걸 보고 듣거든. 친구를 잃어서 물론 굉장히 충격을 받았지. 결혼 준비를 하면 좀 벗어날 수 있겠지."

루이즈는 뒤팽에게 말했다. "정말 미안하지만 당신하고 결혼할 수 없어요. 어쨌든 지금은 안 돼요. 일 년만 기다려줄래요? 죽은 친구하고 약속을 했거든요. 아이들을 보살펴주겠다고. 당신 아내가 되면 다른 해야 할 일들이 생길 테고 다른 거리로 이사 가서 살아야 하잖아요. 제 생각에는 시민 당통은 사람이 사람인 만큼 곧 새 부인을 구할 거예요. 아이들한테 새엄마가 생기면 저도 기쁜 마음으로 여길 떠나겠지만 그때까진 힘들어요."

뒤팽은 기가 막힌 표정이었다. 이야기가 다 되었다고 생각했는데. "이해할 수가 없군요. 가브리엘 당통은 분별 있는 여성이라고 생각했는데. 어떻게 그런 약속을 하게 할 수 있죠?"

"어쩌다 그렇게 됐는지 저도 모르겠어요." 루이즈가 말했다. "그렇지만 약속은 약속이잖아요."

뒤팽은 끄덕였다. "좋아요. 내가 당신을 이해했다고 말할 수도 없고 이런 결정을 좋아한다고 말할 수도 없지만 당신이 기다리라면 기다릴 거요. 약속은 약속이니까, 아무리 불행해도. 그렇지만 나한테 한 가지만 약속해주면 좋겠어요. 될 수 있으면 조르주 당통하고 가까이 있지 말아요."

루이즈는 한바탕 벌어질 소란에 대비해 단단히 마음을 먹었다. 클로드 뒤팽이 떠난 뒤 그녀의 어머니는 울음을 터뜨렸고 아버지는 관련된 모두에게 정말 몹시 미안하다는 표정으로 엄숙하게 앉아 있었다. 어머니는 "이런 바보야." 하면서 루이즈의 어깨를 붙들고 흔들어댔다. 그러면서 "솔직히 말해서 약속 같은 거 없었잖아, 바른대로 말해, 뱉어내, 어떤 놈한테 푹 빠진 거잖아." 하며 몰아세웠다. "누구야? 가만, 그 언론인이지?" "이름 말해도 돼요, 그런다고 악마를 불러내는 것도 아니잖아요." 루이즈는 가브리엘이 소파에 앉아서 웃으면서 뒤팽에게 말을 걸고 가브리엘의 따뜻하고 통통한 살아 있는 손이 데물랭의 어깨를 어루만지는 굉장히 고통스러운 환영을 갑작스레 보았다. 뜨거운 눈물이 루이즈의 볼을 타고 흘러내렸다. 이 헤픈 년 같으니, 어머니가 말했다. 그러고는 루이즈의 얼굴을 찰싹 갈겼다.

한 달 동안 두 번째로 벌어진 일이었다. 여기 위층도, 저 아래층처럼 돌아간다고 어머니는 생각했다.

"또 벨기에에 가는 건가요?" 루이즈가 당통에게 물었다.

"이번이 마지막일 거야. 요즘은 국민공회에서 내가 필요하거든."

"아이들은 집에 오는 건가요?"

"응. 하인들이 보살필 거야."

"하인들한테 맡기지 않을 거예요."

"네가 너무 애썼어. 하녀 노릇 안 해도 된다. 나가서 재미있게 지내야지."

양갓집의 열다섯 살 먹은 여자아이가 뭘 하면 재미있게 지낼 수 있을까, 당통은 좀 궁금해졌다.

"아이들이 저한테 익숙해졌어요. 저도 아이들을 돌보는 게 좋아요. 거기 가 있는 동안 무슨 일을 하는지 설명해줄 수 있어요?"

"뒤무리에 장군을 만나러 갈 거다."

"왜 자꾸 그 사람을 만나러 가야 하는데요?"

"그게, 좀 복잡해. 그 사람이 요즘 하는 일 중에서 썩 혁명적이지 않아 보이는 게 있거든. 가령 벨기에 전역에서 자코뱅 클럽이 생겨나는데 장군이 이걸 폐쇄하고 있어. 국민공회는 이유를 알고 싶어 하지. 국민공회는 장군이 애국자가 아니면 체포해야 한다고 생각해."

"애국자가 아니라고요? 그럼 뭐죠? 오스트리아 편? 아님 왕 편?"

"왕은 없는데."

"있어요. 감옥에 갇혀 있어요. 이젠 왕세자가 왕이잖아요."

"아니. 그 아이는 아무것도 아니야. 그저 평범한 사내아이일 뿐이야."

"그게 사실이면 왜 가둬 두는 건데요?"

"꼬치꼬치 따지고 들기는! 세상이 어떻게 돌아가는지 아니? 신문은 읽니?"

"네."

"그럼 프랑스 국민이 왕 없이 살기로 결정한 것도 알겠네."

"아니요, 파리가 그렇게 결정했어요. 그건 아주 다르죠. 그래서 내전이 벌어지는 거지요."

"하지만 프랑스 전역에서 온 대의원들이 왕정 종식을 표결로 처리했단다."

"그래도 국민투표에 부치지는 않았잖아요. 감히 그렇게 못했지요."

당통은 불편해 보였다. "부모님께서 그렇게 생각하시나?"

"어머니도 그렇게 생각하고 저도 그렇게 생각해요. 아버진 의견이 없고요. 의견을 갖고 싶어도 위험해서 가질 수가 없어요."

"너 아주 조심해야 한다. 부모님이 분명히 왕정주의자인데 요즘 왕정주의자로 사는 건 안전하지가 않아. 너도 말조심해야 한다."

"자기 말하고 싶은 대로 말하면 안 되는 건가요? 인권선언에 들어 있는 줄 알았는데요? 표현의 자유 말이에요."

"네 생각을 표현할 수야 있지. 하지만 우린 전쟁을 하는 중이잖니. 그래서 반역적이거나 선동적인 의견은 곤란하단다. 무슨 말인지 이해하겠니?"

루이즈는 고개를 끄덕였다.

"내가 누군지 기억해야 한다."

"시민 당통은 기억 안 하려야 안 할 수가 없지요."

"이리 와. 내가 설명해줄게."

"싫어요."

"왜 싫어?"

"부모님이 아저씨하고 둘이서만 있으면 안 된다고 했어요."

"둘이서만 있잖아. 왜 그래, 내가 널 꼬마 자코뱅으로 만들기라도 할까 봐서 그러시는 거냐?"

"아니요. 그분들이 걱정하는 건 정치가 아니에요. 제 순결이에요."

당통은 씩 웃었다. "부모님이 날 그렇게 생각하신다고?"

"그분들은 아저씨가 자신이 원하는 걸 꼭 차지하는 버릇이 있다고 생각해요."

"여자애하고 둘이서만 있게 하면 안 될 사람이라고 생각하신다는 거니?"

"네, 그렇게 생각해요."

"가서 부모님한테 말씀드렸으면 좋겠다. 난 살아오면서 한 번도 여자한테 일부러 관심을 둔 적이 없었다는 걸. 엎어지면 코 닿을 거리에서 무지 예쁜 여자가 아무리 노골적으로 도발을 해도 말이야. 어머니한테 말씀드리면 무슨 소린지 알 거야. 그런데 나만 딱 찍어낸 거야? 카미유 조심하란 소린 안 하고? 거짓말이 아니라, 빈집에 네가 카미유하고 같이 있으면 카미유는 네 꽃봉오리를 꺾는 걸 자기의 당연한 의무라고 생각할 거야. 애국자로서 당연한 의무라고 말이야."

"꽃봉오리를 꺾는다고요? 무슨 말이 그래! 그리고 전 그 사람은 자기 장모하고 그렇고 그런 사이로 알았어요."

"그런 얘기는 도대체 다 어디서 들은 거냐?" 순간 루이즈가 한 말이 갑작스럽게 당통의 분노를 건드렸다. 그의 분노는 단 한 번도 표면 아래로 깊이 가라앉은 적이 없었다. "솔직히 말해서 네 부모가 날 그렇게 못되게 생각한다는 게 혐오스럽다. 한 달 전에 아내를 잃은 사람인데, 내가 괴물이라도 된다는 거냐?"

딱 그렇게 생각하거든요, 루이즈는 속으로 말했다. "그럼 여자를 포기하신 거예요?"

"영원히는 아니겠지만 지금은 그렇다."

"그게 도리에 맞는 길이라고 생각하시는 거예요?"

"죽은 아내를 예우하는 마음을 보여준다고 생각한다."

"살아 있을 때 그렇게 했으면 더 큰 예우가 됐을 텐데요."

"이런 얘기는 그만 하자."

"계속해야 한다고 생각하는데요. 벨기에에서 돌아온 다음에 다시 이야기해요."

당통은 대의원 라크루아를 동반하고 3월 17일 파리를 떠났다. 이제 그들은 서로를 꽤 잘 알았다. 가브리엘이 알고 싶어 하던 모든 것을 이제는 말해줄 수도 있었으리라.

3월 19일 당통은 브뤼셀에 있었다. 하지만 뒤무리에를 찾아냈을 무렵이면 뒤무리에는 네르빈덴 전투에서 패한 다음이었다. 뒤무리에는 후위에서 적의 공세를 막아내느라 정신이 없었다. "루뱅에서 봅시다." 뒤무리에가 말했다.

"국민공회란 게 별거요?" 뒤무리에는 같은 날 밤 힐난조로 물었다. "삼백 명의 머저리를 이백 명의 악당이 이끄는 모임이지."

"최소한의 예의는 지켜주면 좋겠소." 당통이 말했다.

장군은 당통을 빤히 쳐다보았다. 잠시 그는 자신이 차고 있던 칼에다 침을 뱉은 사람 앞에 선 로마의 장수가 된 듯한 기분이었다.

"장군의 처신에 대해서, 장군이 자코뱅 클럽을 폐쇄한 조치에 대해서, 국민공회 대표단에 협조하기를 거부한 일에 대해서 국민공회 앞으로 적어도 해명 서한은 보내야 한다는 뜻이오. 아, 그리고 패전에 대해서도 해명을 해야겠죠."

"기가 막히는군." 뒤무리에가 말했다. "삼만 명을 보내준다고 하지 않았소. 국민공회야말로 나한테 편지를 써야 하오. 왜 병력 충원이 안 되었는지를 해명해야지!"

"장군을 체포하려는 움직임이 있다는 거 아십니까? 공안위원회에 싸움꾼들이 있어요. 르바 대의원이 장군을 성토했는데 듣자니까 그 젊은 친구를 로베스피에르가 높이 평가한다더군요. 다비드도 있고."

"위원회?" 장군이 말했다. "해볼 테면 해보라지! 내 군대가 한복판에 있는데? 다비드가 뭘 하겠다는 건데? 붓으로 날 치기라도 하려나?"

"경솔하게 반응할 일이 아닙니다, 장군. 혁명재판소가 있다는 걸 생각하세요. 난 실패와 반역은 큰 차이가 없다고 생각하는 사람입니다. 헌데 장군은 프랑스에 막 패배를 안긴 사람이죠. 내 앞에서 말 조심하는 게 좋을 겁니다. 난 장군의 태도를 판단해서 국민공회와 국방위원회에 보고하려고 여기에 온 거니까."

장군은 소스라쳤다. "하지만 당통, 우린 친구 아니었던가? 우린 지금까지 같이 일했잖아. 이거야 원, 내가 알던 사람이 아니야. 왜 그러는 거요?"

"글쎄요. 여자를 너무 멀리해서 그런가."

장군은 고개를 들어 당통의 얼굴을 보았다. 아무것도 읽히지 않았다. 장군은 다시 고개를 돌리며 뇌까렸다. "위원회들이라."

"위원회가 효과적입니다, 장군. 우린 그 점을 차차 깨닫고 있지요. 성원들이 합심해서 열심히 일한다면 엄청난 성과를 낼 수 있습니다. 조만간 위원회들이 혁명을 이끌 겁니다. 장관들은 벌써부터 위원회들의 감독을 받지요. 요즘은 장관도 별거 아닙니다."

"그래, 뭐라더라 듣자 하니 장관들이 국민공회에 출석하지도 못했다던가."

"일시적인 억류였을 뿐입니다. 토론에 끼어드는 걸 막으려고 군중이 각료들을 외무부에다 밀어 넣었습니다. 육군부 장관은 용감무쌍하게도 담을 넘어 도주했다는 가슴 뿌듯하실 소식도 아울러 전해드립니다."

"농담할 일이 아니오." 장군이 말했다. "무법천지가 따로 없군."

"필요한 조치들을 통과시키고 싶었을 따름입니다." 당통이 말했다.

뒤무리에는 의자에 털썩 주저앉았다. 그리고 꽉 움켜쥔 주먹으로 이마를 괴었다. "빌어먹을. 난 이제 글렀어. 내 나이면 은퇴를 생각해야 하는데. 말 좀 해보시오, 당통. 파리는 어떻소? 내 열성적인 친구들은 다 어떻게 지내는가? 마라는?"

"의사 선생이야 그대로지요. 좀 더 누래지고 좀 더 오그라들었다고 할까. 요즘은 통증을 가라앉히느라 특수 목욕을 한다지요."

"목욕이라는 걸 한다니 장족의 발전이네." 장군이 뇌까렸다. "그냥 목욕도 아니고 말이야."

"어떨 때는 특수 목욕을 하느라 집에 묶여 있지요. 성미는 여전하고요."

"카미유는 아직도 마라하고 말을 나누나?"

"물론이지요. 연락할 줄이 있어야 하니까. 사람들 사이에서 떨치는 영향력에서는 마라에 필적할 사람이 없습니다. 에베르는 언젠가 자기도 그런 힘을 지닐 수 있으리라 꿈꾸지만 사람들은 바보가 아니지요."

"그리고 젊은 시민 로베스피에르는?"

"나이 들어 보이지요. 하도 고생을 해서."

"그 얼빠진 것 같은 아가씨하고는 아직 결혼 안 했고?"

"네. 그렇지만 잠은 같이 잡니다."

"이젠 그러는군." 장군은 놀란 표정을 지었다. "발전한 게로군. 그래도 그 사람이 마음만 먹었으면 누릴 수 있었을 호시절을 생각하면…… 비극이야, 당통, 비극이야. 위원회에는 들어가지 않았을 테고."

"안 들어갔지요. 계속 선출되긴 했지만 스스로 워낙 고사를 해서."

"이상하군. 안 그렇소? 정치를 할 사람이 아닌데. 난 그 사람처럼 권력을 꺼리는 사람을 본 적이 없소."

"그에겐 권력이 넘칩니다. 비공식적 차원의 권력을 선호할 뿐이지."

"나한테는 불가해한 사람이오. 당신한테도 불가해한 사람일 테고. 하여간 그 문제는 접어 두기로 하고. 아리따운 마농은 어떻게 지내시는가?"

"아직도 사랑에 빠져 있다고 합니다. 사랑에 빠진 여자는 좀 부드럽잖아요. 그 여자가 국민공회에 있는 자기 친구들을 위해서 쓴 연설을 한번 들으셔야 하는데."

"당신 아기는 살아났소?"

"아니요."

"저런." 장군은 고개를 들었다. "들어보시오, 당통. 당신에게 하고 싶은 말이 있소. 하지만 당신도 답례가 있어야겠지."

"나도 장군을 사랑합니다."

"이젠 그쪽에서 농담을 하자는 건가. 들어보시오. 정신 똑바로 차리고. 롤랑이 나한테 편지를 보냈소. 군대를 돌려서 파리로 밀고 오라는 요청이었소. 치안을 회복하라는 거지. 그리고 그 사람 말로는 특정 당파를 박살 내라는 거요. 자코뱅을 말하는 거겠지. 로베스피에르를 박살 내라는 소리고. 당신도."

"그랬군요. 편지는 있습니까?"

"있지. 그렇지만 당신한테 줄 마음은 없소. 롤랑을 혁명재판소 앞으로 끌어내라고 이 얘기를 한 건 아니거든. 당신이 내 너그러움에 빚지고 있다는 걸 보여주고 싶었소."

"한번 해볼까 싶기도 하던가요?"

"허허, 브르타뉴에 있는 당신 친구들은 어떻소?"

"무슨 말씀이신지."

"이거 왜 이러시나, 당통. 똑똑한 사람이 시간 낭비하면 못쓰지. 브르타뉴에 있는 망명 반란 세력하고 줄이 닿잖소. 그 사람들이 이길 가능성에 대비해서 그쪽하고도 선을 대고 있잖소. 의회에서는 지롱드파 의원 중에도 친구들이 있고. 군대에, 모든 부서에 당신들 사람을 심어 두었고 유럽의 모든 왕실한테서 돈을 받고 있잖소." 뒤무리에는 손등에 턱을 괸 채 당통을 올려다보았다. "지난 삼 년 동안 유럽에서 구워진 먹음직스러운 빵에는 모두 당신의 손가락이 닿았지. 올해 나이가 어떻게 되시나?"

"서른셋입니다."

"세상에. 역시 혁명은 젊은 사람에게 어울려."

"장군, 왜 이런 얘기들을 하는 겁니까?"

"파리로 돌아가서 내가 이끌고 갈 군대를 맞이할 준비를 하라는 거지. 군주제를 받아들일 준비를 하라는 거요. 물론 헌법을 철저히 준수하는 입헌군주제겠지만. 어린 왕세자가 왕위에 앉고 오를레앙이 섭정을 할 거요. 그게 프랑스에 가장 좋은 길이고 나한테도 당신한테도 가장 나은 길이오."

"싫습니다."

"그럼 어쩌겠다는 거요?"

"돌아가서 롤랑을 기소하고, 더 중요하게는 브리소도 기소할 겁니다. 그자들을 국민공회에서 쫓아낼 겁니다. 로베스피에르하고 내가 가진 역량과 영향력을 총동원해서 평화를 타결해야지요. 하지만 유럽이 평화에 응하지 않는다면, 장담하건대 온 국민을 무장시킬 생각입니다."

"정말인가? 지롱드파를 국민공회에서 몰아낼 수 있다고 정말 믿는 건가?"

"물론이지요. 몇 주가 아니라 몇 달은 걸리겠지요. 그렇지만 필요한 자원이 나한테 있습니다. 여건도 무르익었고."

"피곤하지 않소?"

"지금은 언제나 피곤하지요. 이 바닥에 발을 들여놓은 이후로 줄

"구들이 반란을 일으켰습니다."

"두려운가요?"

석들을 둘러보며 호통을 쳤다. 필리프 에갈리테는 동료들이 양쪽에서 모두 자기한테서 멀어졌음을 알아차렸다. 마치 그가 마라이기라도 한 듯. 그리고 이제 당통이 단상에서 내려오자 마라가 절뚝거리며 앞으로 나아갔다.

마라는 당통과 가볍게 스쳤다. 두 사람의 눈이 살짝 마주쳤다. 마라는 당장이라도 뽑아서 쏠 듯한 기세로 허리에 찬 권총에 손을 대고 있었다. 몸을 좌우로 왔다 갔다 하더니 한 팔을 연단 가장자리에 얹고는 청중을 살폈다. 필리프 에갈리테는 어쩌면 두 번 다시 살아서 저런 모습을 못 볼지도 모른다고 생각했다.

마라는 머리를 뒤로 기울였다. 그리고 장내를 돌아보았다. 그러고는 한참을 굉장히 뜸을 들이더니 껄껄 웃었다.

"저 사람만 보면 등골이 서늘해져요." 르바 대의원이 로베스피에르에게 소곤거렸다. "묘지에서 뭐하고 마주치는 느낌이랄까."

"쉿." 로베스피에르가 말했다. "들어봅시다."

마라는 팔을 들더니 목에 감고 있던 붉은 손수건을 한 번 잡아당겼다. 농담이 끝났다는 신호였다. 마라는 무서울 정도로 여유 있게 팔을 다시 뻗었다. 말을 할 때 마라의 목소리는 차분했고 무심했다. 마라의 제안은 간단했다. 국민공회가 대의원들의 면책 특권을 폐지하여 서로를 재판에 회부할 수 있게 하자는 것이었다. 우파와 좌파는 서로를 노려보았고 각각의 대의원들은 기요탱 박사의 단두대로 가는 앙숙들의 모습을 머릿속에서 그렸다. 몇 발짝 떨어져 앉았던 산악파의 두 대의원은 몸을 돌려 서로를 마주보았다가 화들짝 놀라서 다시 고개를 돌렸다. 아무도 에갈리테의 얼굴을 응시하지 않았다. 마라의 발의는 모든 진영에서 지지를 받았다.

시민 당통과 데물랭은 함께 국민공회를 떠났다. 밖에 모여 있던 군중이 박수갈채를 보냈다. 그들은 걸어서 집으로 향했다. 투명하고 쌀쌀한 4월 저녁이었다. "여기 말고 다른 데에 있었으면 좋겠다." 당통이 말했다.

"필리프 에갈리테를 어쩐다지? 그냥 마라한테 던져줄 수는 없잖아."

"그 사람이 당분간 지내기에 괜찮을 만한 지방 요새를 찾아볼 수도 있겠지. 파리에서 마음대로 지내는 것보다는 감옥에서 지내는 편이 더 안전할 거야."

그들은 이제 자기들 구역, 코르들리에 공화국 안에 있었다. 거리는 조용했다. 국민공회에서 벌어졌던 일들에 관한 소식이, 국민공회에서 통과된 무시무시한 법령의 소식이 곧 새어 나올 것이다. 다른 어딘가에서는 대의원들이 얻어맞고 접질린 몸을 이끌고 절뚝거리며 집으로 향하고 있었다. 오늘 오후는 어쩌면 모두 살짝 미쳤던 것일까? 시민 당통은 싸움을 하다가 온 사람 같은 분위기를 풍겼지만 당통이야 워낙 그럴 때가 많은 사람이었다.

그들은 상가 바깥에서 걸음을 멈추었다. "어때, 피라도 한잔 할까? 아니면 붉은 포도주라도?"

그들은 들어가서 포도주를 마시기로 하고 자정이 넘도록 앉아 있었다. 데물랭은 쓰려고 마음먹었던 시론의 핵심 골자를 휘갈겼다. 그렇지만 핵심 골자만으로는 충분하지 않았다. 단어 하나하나가 작은 비수라야 했다. 그 비수들을 날카롭게 벼리는 데에는 아직 몇 주가 더 걸릴 것이다.

마농 롤랑은 라르프 거리의 낡고 비좁은 아파트로 돌아와 있었다. "안녕하세요? 아침 문안 드립니다." 파브르 데글랑틴이 말했다.

"우린 당신을 초대한 적 없습니다."

"없죠." 파브르는 의자에 앉아서 다리를 꼬았다. "시민 롤랑은 집에 안 계시나요?"

"잠깐 산책하러 나갔어요. 건강 때문에."

"건강이 어떠신데요?" 파브르가 캐물었다.

"좋지 않네요. 여름이 너무 덥지 않았으면 좋겠는데."

"아." 파브르가 말했다. "병약한 사람한테는 날이 따뜻해도 문제, 날이 추워도 문제, 하나같이 문제잖아요. 우리도 많이 떨었습니다. 시민 롤랑의 장관 사임서가 부인 손에 들려 있는 것을 보고 누군가가 당통한테 말했거든요, 시민 롤랑이 편찮은 모양이라고요. 그랬더니 당통이 그런 걱정 안 해도 된다고 하더군요."

"남편한테 무슨 전할 말이라도 있으신가 보군요."

"아니요. 딱히 시민 롤랑한테 할 얘기가 있어서 온 건 아니고요, 그냥 매력적인 부인과 단 몇 분이라도 같이 있고 싶어서요. 아, 시민 뷔조를 여기서 보게 되니 덤으로 기쁘군요. 같이 계실 때가 많잖아요. 그런데 조심하셔야지, 안 그러면 의심받습니다." 파브르는 킥킥거리며 계속 말했다. "무슨 꿍꿍이가 있는 모양이라고 말이죠. 그래도 젊은 남자와 나이 든 여자의 우정은 아름다울 수 있다고 전 생각합니다. 시민 데물랭이 항상 그렇게 말하지요."

"용건을 빨리 말하지 않으면 내쫓는 수가 있습니다." 뷔조가 말했다.

"정말?" 파브르가 말했다. "우리 사이가 그 정도로 험악해졌는지는 미처 몰랐네. 우선 앉아요, 시민 뷔조. 그렇게 우격다짐으로 나오지 않아도 돼요."

"자코뱅 클럽의 의장으로서 마라는 특정 대의원들을 배제하라고 요구하는 청원을 국민공회에 제출했습니다. 한 사람은 당신이 여기서 보는 시민 뷔조지요. 또 한 사람은 내 남편이고요. 그 사람들은 우리를 재판소 앞에 세우려고 합니다. 아흔여섯 명이 여기에 서명했어요. 왜 그렇게 우릴 못 잡아먹어서 안달인가요?" 마농이 말했다.

"천만에, 그럴 리가 있나요." 파브르가 말했다. "마라 친구들이 서명한 거지요. 마라한테 친구가 아흔여섯 명이나 된다는 사실에 솔직히 나도 놀랐지만요. 당통은 서명하지 않았습니다. 로베스피에르도 안 했고요."

"카미유 데물랭은 했지요."

"카미유는 아무도 못 말려요."

"로베스피에르와 당통은 단순히 마라가 제안했다고 해서 서명하지는 않을 거예요." 마농이 말했다. "당신들은 대책 없이 분열되어 있어요. 당신들은 우리한테 겁을 줄 수 있다고 생각하지요. 그렇지만 우릴 국민공회에서 내쫓지 못할 거예요. 당신들은 그럴 만한 세력도 힘도 없어요."

파브르는 안경 너머로 두 사람을 응시했다. "제 외투가 마음에 드십니까?" 파브르가 물었다. "잉글랜드에서 새로 유행하는 스타일입니다."

"당신들은 절대로 아무것도 이루지 못하고 아무도 대변하지 못할 겁니다. 당통하고 로베스피에르는 에베르가 관심을 빼앗아 갈까 봐 무서워하고 에베르하고 마라는 자크 루 같은 거리의 선동가들을 무서워하죠. 당신은 당신대로 인기를 잃을까 봐, 더는 혁명의 선봉에 나서지 못할까 봐 두려워하고 있지요. 그래서 점잖게 품위를 지키려는 최소한의 시늉조차 집어던졌고요. 자코뱅들은 방청석의 눈치만 살피고 있지요. 그렇지만 알아 두세요, 당신들이 영합한 파리의 너절한 무지렁이들이 프랑스는 아니라는걸."

"어디서 그런 단호함이 나오는지 놀라울 뿐입니다." 파브르가 말했다.

"국민공회에는 프랑스 방방곡곡에서 온 점잖은 사람들이 많은데 당신네 파리 대의원들은 그 사람들한테 겁을 주지 못할 거예요. 면책을 없앤 이 재판소는 당신만 쓰라고 있는 게 아닙니다. 우리도 우리대로 생각이 있습니다. 마라에 대해서."

"그러시군요." 파브르가 말했다. "아시겠지만 어떻게 보면 이 모든 일이 당연히 불필요했던 겁니다. 부인이 당통한테 웬만큼이라도 예의를 지켰더라면, 당통하고는 동침할 마음이 없다는 그 불행한 발언을 하지 않았더라면 말이죠. 당통은 거래를 할 줄 아는 사람이고 결코 피에 굶주린 사람이 아니니까요. 다만 요즘은 개인적 불행도 있고 해서 전보다는 날카로워졌지요."

"우린 거래 같은 거 바라지 않아요." 마농은 격분했다. "지난 9월 학살을 조직한 사람들하고는 거래 안 합니다."

"아주 유감스러운 일이죠." 파브르가 생각에 잠긴 얼굴로 말했다. "지금까지는 아시는 대로 많으면 많은 대로 적으면 적은 대로 타협을 하고 절충을 했죠. 부인하지 않겠습니다만 그 과정에서 돈도 약간 챙기면서 지내 왔거든요. 그런데 지금은 일이 아주 심각해지네요."

"진작에 이렇게 됐어야죠." 마농이 말했다.

"그 찬사를 어느 분께 전해드리면 좋을까요?" 파브르는 자리에서 일어섰다.

"안 전하셔도 돼요."

"시민 브리소는 자주 보십니까?"

"시민 브리소는 자기 나름대로 혁명을 생각하고 있고 베르니오도 마찬가지예요. 그 사람들은 그 사람들 나름대로 지지자들이 있고 우리도 우리 친구들이 있는데 그 사람들과 우리를 싸잡아 묶는 건 말도 안 되고 부당해요."

"그래도 안 그럴 수가 없거든요. 당신들이 어울리고 정보를 나누고 아무리 우연일망정 똑같이 투표하면 다른 사람들한테는 똑같은 당파로 보이거든요. 배심원들한테도 그렇게 보일 겁니다."

"그런 식으로 따지면 당신도 마라와 하나로 묶이지요." 뷔조가 말했다. "조금 성급하시네요, 시민 파브르. 재판에 회부하려면 근거가 있어야 하잖습니까."

"과신은 금물인데." 파브르가 중얼거렸다.

계단에서 파브르는 롤랑을 만났다. 롤랑은 당통 부서의 회계 감사를 요구하는 청원서를 여덟 번째인가 아홉 번째인가 작성하러 가는 길이었다. 롤랑한테서는 노인 냄새와 약내가 났다. 롤랑은 파브르와 눈을 마주치지 않았다. 롤랑의 눈은 생기가 없었고 불만에 차 있었다. "당신네 재판소는 실수요." 롤랑은 다짜고짜 말했다. "우린 공포의 시대로 들어서고 있소."

브리소는 읽고 쓰고 동분서주하고 생각을 추스르고 호의를 뿌려

댄다. 발의를 하고 위원회에서 연설을 하고 메모를 적어 내려간다. 브리소는 패거리들과 분파들과 수하들과 식객들과 함께 있다. 비서들과 전령들과 심부름꾼들과 인쇄업자들과 박수부대와 함께 있다. 브리소는 장군들과 장관들과 있다.

도대체 브리소는 누구인가? 제빵사의 아들.

브리소: 시인, 사업가, 조지 워싱턴의 고문.

브리소파는 누구인가? 좋은 질문이다. 우리가 사람들을 (가령 특히 음모를 꾸민) 죄인으로 지목하면서 재판을 나누어 진행하기를 거부한다면 그 사람들은 당장 한통속으로 보이고 똘똘 뭉친 것으로 보인다. 우리가 너는 브리소파다, 너는 지롱드파다 하고 부르는 데 불만이 있다면 그렇지 않음을 증명하라. 따로따로 취급받을 권리가 있음을 증명하라.

브리소파는 얼마나 되는가? 유명인은 열 명. 별 볼 일 없는 사람은 육칠십 명. 가령 라보 생테티엔을 보자.

국민공회에서 브리소파를 숙청하려고 사람들이 브리소파가 무엇이냐고 묻는다면 나는 브리소파의 완벽한 표본을 보존하기 위해서 이 남자의 피부를 박제해서 실물을 자연사박물관에 온전히 보관할 것을 발의합니다. 그리고 이런 이유로 그의 참수형에 반대합니다.

브리소: 그의 기고가들, 그의 웅변가들, 그의 의사록들, 그의 메모들, 그의 해결사들, 그의 하수인들.

브리소: 그의 방식들, 그의 수단들, 목적에 동원하는 그의 수단들, 그의 상황들, 그의 책략들, 그의 결례들, 그의 명언들, 그의 과

거, 그의 현재, 끝이 없는 그의 세계.

　　나는 국민공회의 우파 특히 그 지도자들이 거의 다 왕실의 가담자
요 뒤무리에의 공모자임을, 그들이 피트, 오를레앙, 프로이센 첩자들
의 하수인임을, 그들이 프랑스를 이삼십 개의 연방 공화국으로 나누
고 싶어 함을, 그래서 공화국은 존재하지 못할 것임을 사실로써 입증
하는 바이다. 나는 브리소가 프랑스 공화국을 상대로 꾸민 음모보다
더 무게 있고 신빙성 높은 숱한 가능성들로 분명하게 입증된 음모의
사례를 역사가 제시하지 못함을 강조하는 바이다.
　　— 카미유 데물랭의 시론, 〈혁명 비사〉

7장

혁명가의 죄

(1793)

튈르리 궁전의 왕비 계단 꼭대기에는 좌담실이 죽 이어져 있다. 이곳은 서기, 비서, 전령, 장교, 납품업자, 코뮌 관리, 법원 관리들로 매일 붐빈다. 박차가 달린 장화를 신은 정부 문서 전령들은 죽 이어진 공간의 마지막 방에서 공문서를 기다렸다. 아래를 보면 바깥에는 대포가 있고 병사들이 줄지어 있다. 끝에 있는 방은 마지막 왕 루이가 한때 개인 집무실로 썼다. 지금은 아무나 들어가지 못한다.

그 방은 지금은 공안위원회 사무실이다. 공안위원회는 각료협의회를 감독하고 각료협의회의 결정을 앞당기기 위해 존재한다. 이즈음 사람들은 공안위원회를 당통 위원회로 부르기 시작했다. 사람들은 당통이 녹색 벽지가 발린 녹색 성소에서 녹색 보가 깔린 거대한 원탁에 팔꿈치를 괴고서 무슨 일을 할까 궁금하게 여긴다. 당통의 눈에는 방 안을 온통 채운 색깔이 부정적이고 불안하게 느껴졌다. 머리 위에서는 크리스털 샹들리에가 반짝거렸다. 거울이 박힌 벽들은 당통의 황소 같은 목과 흉터 있는 얼굴을 비추었다. 가끔 당통은 창밖 정원을 내려다보았다. 지금은 혁명 광장이라고 불리는 루이 15세 광장에서는 기요틴이 가동 중이다. 이 방에서 평화 교섭을 하면서 당통은 상송이 생계를 꾸려 가는 소리를 들을 수 있다고 상상했다. 기계의 부속품들이 삐거덕 움직이다가 칼날이 쿵 떨어지는 소리를 듣는다고 상상했다. 지금은 육군 장교들이 죽어 간다. 적어도 장교쯤 되면 제대로 죽는 법을 알아야 한다.

4월에는 처형이 일곱 건 있었다. 그 숫자는 급작스럽지 않게 늘어날 것이다. 구(區) 위원회들은 체포하라고 아우성을 쳐댈 것이다. 저놈은 미적지근한 애국자라고, 귀족 동조자라고, 암시장 장사꾼이라고, 사제라고 앞다퉈 비난을 해댈 것이다. 가택 수색, 식량 지급, 징집, 여권, 고발. 구 위원회의 관할은 어디까지인지, 또 코뮌의 조정은 어느 지점에서 시작되는지 알기 어려웠다. 경찰이 팔레루아얄을 차단하고 모든 여자를 한데 몰아넣은 날도 있었다. 경찰은 여자들의 신분증을 거두어들였다. 한 시간 동안 여자들은 삼삼오오 모여서서 포획자들에게 야유를 퍼부었다. 여자들의 얼굴은 굳어 있었고 표정은 절망적이었다. 그러고 나서 여자들은 신분증을 돌려받았고 가도 좋다는 소리를 들었다. 과격파 피에르 쇼메트가 일으킨 작은 공포였다.

이 방에서 당통은 오스트리아 군대와 프로이센 군대를, 잉글랜드 군대와 스웨덴 군대를, 러시아 군대와 투르크 군대, 포부르 생탕투안 주민의 봉기를, 리옹, 마르세유, 방데, 의회 방청객을, 자코뱅 클럽의 마라와 코르들리에 거리의 에베르를, 코뮌과 구 위원회들과 혁명재판소와 언론을 감시해야 한다. 가끔은 죽은 아내도 생각한다.

아내 없는 여름은 상상할 수 없었다. 당통은 몹시 피곤했다. 당통은 자코뱅과도, 위원회의 저녁 회의와도 거리를 두기 시작했다. 당통은 명성이 내리막길로 접어들게 내버려 두었다. 어떤 사람들은 당통이 손을 놓고 있다고 말한다. 당통이 엄두를 못 낸다고 말하는 사람들도 있다. 로베스피에르가 찾아올 때도 있다. 그럴 때 로베스피에르는 공황에 빠진 듯했고 천식으로 숨소리가 거칠었다. 어쩔 줄 몰라 하면서 그는 격식을 갖춰 잘 차려입은 옷의 깃과 소매를 잡아당겼다. 뤼실에 따르면, 로베스피에르는 점점 자기 얼굴을 그린 캐리커처를 닮아 갔다. 당통이 집에 있을 때는 작은 루이즈가 뒤를 졸졸 쫓아다니지만 집 밖에 나가면 당통은 거의 데물랭 부부와 함께 있었다. 데물랭이 전에 당통 집에 붙어 살았던 것처럼 당통도 사실상 카미유 부부하고 같이 산다.

당통은 이제 당연한 일인 양 버릇처럼 뤼실을 쫓아다녔다. 그리고 자신이 집에서 편하게 지내는 데 필요한 성실하고 바쁘게 움직이고 단순한 여자들하고 뤼실이 얼마나 다른지를 실감하기 시작했다. 한번은 하루 동안 루소를 숙독하고 나서 뤼실이 수도를 벗어나 전원으로 낙향해서 살겠노라고 선언했다. 그러고는 아기와 함께 마차를 타고 시골로 가서 아기 할머니한테서 벗어날 수 있게 된 기쁨에 소리를 질렀다. 시골에서 뤼실은 아이의 교육 계획을 짰다. 뤼실은 머리를 치렁치렁 뒤로 늘어뜨리고 커다란 밀짚 모자를 쓰고 자연에 다가가는 수단으로 텃밭에서 어설프게 잡초를 좀 뽑곤 했다. 그리고 오후에는 사과나무에 매단 정원 그네에 앉아서 시를 읽었고 9시에는 잠자리에 들었다.

이틀이 지났다. 이제 뤼실은 로베스피에르의 대자가 빽빽거리고 울면 돌아버릴 지경이 되었다. 싱싱한 달걀을 구해 오라거나 샐러드를 구해 오라고 두서없이 시키고는 음악 레슨을 빼먹게 될까 봐 혹시나 남편이 자기를 떠났을까 봐 걱정하면서 코르들리에 거리로 부리나케 돌아왔다. 꼴이 그게 뭐예요, 그동안 뭘 먹은 거야, 누구하고 잔 거야? 뤼실은 남편에게 화를 내곤 했다. 그러고는 한 주일 동안 연일 파티를 열고 밤을 지샜다. 아기는 할머니에게 보냈고 유모가 그 뒤를 따랐다.

기분이 다른 날이면 뤼실은 일찌감치 파란 침대의자에 자리를 잡았다. 워낙 백일몽에 깊이 빠져 있어 아무도 감히 건드리지 못하고 아무도 감히 말을 걸지 못한다. 어떤 날은 몽상에서 깨어나 이렇게 말했다. 조르주자크, 가끔 이런 생각이 드는 거 있죠, 혁명은 완전히 내 환상의 산물인지도 모른다고. 진짜라고 믿기에는 너무 거짓말 같아요. 그리고 카미유도 내가 그냥 꾸며낸 것인지도 모른다는 생각, 내 본성 깊은 곳에서 불러낸 허깨비, 내 불만을 풀어주는 유령 같은 내 분신인지도 모른다는 생각이 들어요.

당통은 그 말을 곱씹었다. 그리고 자신의 피조물들도 곱씹었다. 죽은 두 아이, 자신의 매정함 때문에 죽은(그는 이렇게 믿었다.) 여자. 그리고 실패한 평화안을 곱씹고 지금의 혁명재판소를 곱씹었다.

혁명재판소는 시테 섬의 옛 고등법원 건물에 설치되었다. 사형수를 가둬 두던 콩시에르주리와 인접한 고딕 양식의 홀에 재판정이 설치되었는데 바닥에는 대리석이 깔려 있었다. 재판소장은 온건파인 몽타네였지만 여차하면 갈아 치울 것이다. 가을이 되면 뒤마 부소장이 위용을 드러낼 것이다. 얼굴이 붉고 머리카락도 붉은 뒤마는 술이 덜 깨어 부축을 받으며 자리에 앉을 때도 있었다. 뒤마는 장전된

권총 두 자루를 책상 앞에 놓고 재판을 이끌었다. 센 거리에 있는 그의 집은 요새 같았다.

혁명재판소는 국민공회가 뽑은 배심원과 검증된 애국자로 이루어졌다. 로베스피에르의 주치의인 수베르비엘도 일원이었다. 수베르비엘은 재판정과 병원과 자신에게 가장 중요한 개인 환자 사이를 정신없이 오갔다. 모리스 뒤플레도 배심원이었다. 뒤플레는 그 일이 마음에 들지 않아 집에서는 통 이야기를 안 했다. 바이올린을 만드는 시민 르노댕도 배심원이었는데 어느 날 저녁 자코뱅 클럽에서 갑자기 폭력이 불거진 것은 이 사람 탓이었다. 요즘은 가슴을 철렁하게 만드는 이런 이유 없는 충돌이 다반사로 일어난다. 시민 르노댕은 시민 데물랭에게 맞서다가 논리로 따지기를 포기하고 달려들어 그를 주먹으로 때려눕혔다. 수위들에게 제지당하여 완력으로 끌려나가면서도 르노댕의 목소리는 격분한 방청석의 고함을 뚫고 여전히 들렸다. "다음번에는 네 놈을 죽일 거야. 다음번에는 네 놈을 죽일 거야."

검사는 몸이 날래고 가무잡잡하며 도덕적 자세를 견지하는 앙투안 푸키에탱빌이 맡았다. 사촌 데물랭과 달리 요란한 애국자는 아니었지만 일은 훨씬 더 열심히 한다.

재판소는 종종 무죄 선고도 했다. 적어도 초기 단계에는 그랬다. 마라만 하더라도 그렇다. 마라가 지롱드파한테 고발을 당했을 때 시민 푸키에탱빌은 형식적으로 일을 대했고 법정은 거리에서 온 마라 지지자들로 가득 찼다. 재판소는 사건을 기각했다. 군중은 노래를 부르고 구호를 외치면서 피고를 무등 태우고 국민공회로 갔다가 다시 거리를 지나 자코뱅 클럽으로 갔다. 그리고 싱글거리는 작은 선동가를 의장석에 앉혔다.

5월에 국민공회는 승마 연습장에서 튈르리 궁전의 극장으로 옮겼다. 극장은 국민공회를 위해 개조되었다. 보조개가 있는 분홍빛 큐피드나 곡선으로 처리된 진홍색 특별석이나 분이나 향수, 비단 옷 스치는 소리가 들어설 자리는 없다. 새로 꾸며진 공간은 온통 직선이고 직각이다. 석고 왕관을 쓴 석고상, 석고로 만든 월계수와 석고 참나무. 연설자를 위한 연단은 직사각형이고 뒤편에는 어마어마하게 큰 삼색기가 거의 수평으로 걸려 있었다. 그 옆에는 순교자 르펠르티에의 흉상이 있었다. 대의원들은 반원형으로 층층이 배치된 자리에 앉는다. 책상도 없고 작은 탁자도 없어서 대의원들은 글을 적을 데가 없었다. 의장에게는 작은 종이 있었고 잉크병과 펜꽂이, 큼지막한 의사록이 있었다. 이 물건들은 나중에 파리 근교에서 쏟아져 들어온 삼천 명의 폭도들이 국민공회로 밀고 들어와 의장석을 아래쪽에서 에워쌀 때 아주 유용하게 쓰인다. 깊이 뚫린 창으로 햇빛이 가까스로 미끄러져 들어오는 바람에 겨울 오후만 되면 벌써 어둑해져서 적대 진영의 얼굴들이 어렴풋이 흐릿하게 보였다. 등불이 켜지면 소름이 끼친다. 지하 묘지의 반대 진영으로부터 보이지 않는 입에서 쏟아지는 비난이 날아든다. 더 어둠침침한 방청석에서도 야유와 고함이 쏟아진다.

이 새로운 공간에서 정파들은 원래 위치대로 다시 전열을 가다듬었다. 정육업자 르장드르는 한 브리소파 대의원에게 호통을 쳤다. "네놈을 도축해주마!" 그 대의원이 말했다. "먼저 내가 황소임을 밝히는 법령이나 통과시키지." 어느 날은 브리소파 한 사람이 연단으로 오르는 계단 아홉 개를 오르다가 익숙하지 않아 발을 헛디뎠다.

'단두대에 올라가는 거 같다'고 그는 투덜거렸다. 신이 난 좌파는 예행 연습하는 셈 치라며 소리를 질러댔다. 한 대의원은 피로해서 손으로 머리를 싸맸다가 로베스피에르가 자기를 쳐다보는 것을 알아차리고는 서둘러 손을 빼면서 말했다. "내가 무슨 딴 생각이라도 하는 줄 알 거 아냐."

시간이 지나면서 어떤 대의원들과 고위 공직자들은 수염도 안 깎고 외투도 안 입고 크라바트도 안 매고 나타날 것이다. 혹은 기온이 올라가면 이 점잖은 남자의 표식들을 던져버릴 것이다. 그들은, 뒷마당에서 한바탕 세수를 하는 것으로 아침을 시작해서 거리 모퉁이에 있는 주점에 들러 독주를 한 모금 들이켜고 열 시간짜리 육체 노동을 하러 가는 사람들을 흉내 낼 것이다. 그렇지만 시민 로베스피에르는 이런 사람들에게는 살아 숨 쉬는 회초리다. 로베스피에르는 단정한 신사화와 황록색 줄무늬 외투를 여전히 애용했다. 혁명 초년에 입었던 외투와 똑같은 옷일 수 있을까? 로베스피에르는 외투에 돈을 낭비하지 않는다. 시민 당통이 굵은 목을 스치는 풀 먹인 아마포 셔츠를 찢어버리는 동안 시민 생쥐스트의 크라바트는 자꾸만 높아지고 빳빳해지고 화려해졌다. 해적처럼 한쪽 귀에 귀걸이를 달았지만 생쥐스트는 해적처럼 보이기보다는 살짝 정신이 나간 금융업자처럼 보였다.

구(區) 위원회들은 버려진 교회에서 모였다. 벽에는 공화국 구호가 검은 칠로 휘갈겨 쓰였다. 이 위원회들로부터 시민증을 발급받는데 시민증에는 주소, 직장, 나이, 인상착의가 기재된다. 시민증 사본은 시청으로 보내진다.

여자 행상인들은 물건이 담긴 커다란 아마포 자루를 들고 집집마다 다녔다. 자루 안에 든 싱싱한 달걀과 버터가 특히 인기였다. 벌목장에서 일하는 남자들은 돈을 더 달라며 항상 파업을 벌였다. 땔감 가격이 1789년의 갑절로 뛰었다. 카페 푸아의 뒷골목 같은 데에서는 한밤중에 비싼 돈을 주고 집에서 기른 날짐승 같은 것을 손에 넣을 수 있다.

한 아이가 빵을 들고 시장을 지나가고 있었다. 삼색기를 모자에 박은 여자 하나가 아이를 밀어 넘어뜨리고 빵을 이리저리 조각내어 던져버리더니 자기 손에 아무것도 없으면 남들 손에도 아무것도 없어야 한다고 말했다. 시장에 있던 여성 시민들이 그런 행동은 어리석다고 지적하자 여자는 욕을 퍼부으면서 너희는 전부 귀족이고 머지않아 서른 살 넘은 여자는 모두 참수될 거라고 악을 썼다.

로베스피에르는 베개 네 개에 기댄 채 앉아 있었다. 이제는 몸이 회복 중이라서 다시 젊어 보였다. 붉은빛이 감도는 갈색 곱슬머리는 분을 바르지 않은 상태였다. 침대 위는 온통 종이로 뒤덮여 있었다. 방에서는 오렌지 껍질 냄새가 은은하게 났다.

"수베르비엘 박사가 오렌지는 절대 먹으면 안 된다더군. 그렇지만 다른 건 먹을 수가 없네. 박사는 내가 감귤류에 워낙 중독되어서 자기는 책임을 못 지겠다는 거야. 참, 마라가 나한테 쪽지를 보냈는데. 코르넬리아, 미안하지만 차가운 물 좀 더 갖다 주겠어? 아주 차가운 걸로."

"물론이죠." 코르넬리아, 그러니까 엘레오노르가 주전자를 집어 들고 바삐 나갔다.

"척척이네." 데물랭이 말했다.

"그래. 하지만 내가 하고 싶은 일을 하기가 점점 어려워진다는 생각을 안 할 수가 없어. 여자는 성가신 존재에 불과하다고 내가 항상 말했지."

"그랬지만 그땐 자네 경험이 거의 없어서 현실을 몰랐잖아."

"의자 들고 이리 와봐. 목소리를 크게 못 내겠어. 새 강당에서 우리가 뭘 할지 모르겠네. 극장이었다는데 더 나을 것도 없는 거 같고. 조르주자크하고 르장드르 말고는 목소리가 제대로 안 들릴 거야. 베르사유도 한심했는데 그 다음에는 승마 연습장, 그리고 지금은 여기. 사 년 동안 내내 인후염에 시달렸어."

"그런 소리 말아. 난 오늘 밤 자코뱅에서 연설해야 한다고."

브리소를 비판하는 데물랭의 소책자는 이미 인쇄되었고 오늘 밤 자코뱅 클럽에서는 이것을 더 찍어서 배포할 것인지를 두고 표결을 진행할 것이다. 그렇지만 사람들은 데물랭을 만나서 이야기를 듣고 싶어 했다. 로베스피에르는 이해했다. 사람은 얼굴을 직접 보고 이야기를 들어야 한다. "한가하게 아플 때가 아닌데." 로베스피에르가 말했다. "브리소는 어때? 요즘 얼굴을 자주 보이던가?"

"아니."

"베르니오는?"

"아니."

"잠잠한 걸로 봐서 무슨 꿍꿍이가 있는가 보군."

"아래층에서 자네 여동생 샤를로트 목소리가 들리네. 오늘은 왜 이렇게 잘 들리는 거야?"

"모리스가 작업을 중단시켰어. 내가 두통을 앓는다고 생각하거든. 어쨌든 잘된 거야. 엘레오노르는 샤를로트가 못 올라오도록 아래층에 남아 있어야 할 거야."

"샤를로트가 가엾네."

"그래. 하지만 엘레오노르도 불쌍해. 생각이 나서 하는 말인데 엘레오노르한테 너무 함부로 굴지 말라고 당통한테 말 좀 전해줄 수 없을까. 못생긴 얼굴이라는 건 나도 알지만 모든 아가씨들은 자기를 본 적이 없는 사람들한테 그런 사실을 숨길 권리가 있거든. 당통은 사람들한테 계속 떠들고 다녀. 엘레오노르 얘기 좀 그만하라고 전해줘."

"그런 말은 나 말고 다른 사람을 통해서 전해."

"그래, 좀 들어보자." 로베스피에르가 짜증스럽다는 듯이 말했다. "그 친구는 왜 나한테 안 오는 거지? 당통 말이야. 공안위원회가 돌아가게 만들어야 한다고 내가 그러더라고 해. 위원회 사람들은 다 애국자니까 당통이 그 사람들을 동원해야 해. 이제 우리가 살아날 유일한 길은 강력한 중앙 권력이야. 장관들은 껍데기고 국민공회는 모래알이야. 위원회밖에 없어."

"조용히 말해." 데물랭이 말했다. "목도 생각해야지."

"지롱드파는 지방을 자꾸 들쑤셔서 우리가 국정 운영을 못 하게 만들려고 하지. 위원회가 잘 감시해야 해. 위원회의 동의 없이는 장관들은 어떤 일도 해서는 안 된다고 전해. 그리고 당통은 매일 모든 도(道)에서 서면 보고를 받아야 해. 표정이 왜 그래? 좋은 생각 아닌가?"

"연설을 하고 싶은데 못 하니까 답답한 심정은 알겠어. 하지만 자넨 푹 쉬어야 하잖아. 물론 위원회에 그런 권력이 있는 건 아무 문제 없다고 봐, 당통이 주도하는 한. 그렇지만 위원회는 선출제잖아."

"당통이 맡고 싶다면 선출되는 데는 문제가 없잖아. 그런데 당통은 어때? 잘 지내는 거야?"

"고심 중이지."

"재혼하려는 모양이구나."

모리스 뒤플레가 문을 열었다. "여기 물." 뒤플레가 소근거렸다. "미안하네. 엘레오노르가, 아니 코르넬리아가 밑에서 자네 누이동생을 접대하고 있네. 만나기 부담스럽지? 그래, 그럴 줄 알았어. 머리는 좀 어떤가?"

"두통 같은 거 없습니다." 로베스피에르가 큰 소리로 말했다.

"쉿. 아직 두 발로 일어서지도 못하면서." 뒤플레가 데물랭을 보면서 말했다. "오늘 밤 자네가 하는 연설을 저 친구가 못 듣는 게 유감이네. 난 갈 거야." 데물랭은 두 손으로 얼굴을 가렸다. 뒤플레는 데물랭의 어깨를 툭툭 치고는 살금살금 걸어나갔다. 그리고 문을 나서기 전에 한마디 덧붙였다. "저 친구 웃기지 말게."

"이건 말도 안 돼." 로베스피에르는 말하고는 약간 웃기 시작했다.

"아까 마라 얘기 했지? 쪽지를 보냈다고?"

"응. 마라도 지금 아파서 외출을 못 한다는군. 안 테루아뉴라는 아가씨 얘기 들었나?"

"그 여자가 뭘 했는데?"

"튈르리 정원에서 연설을 하던 중에 몰려든 여자들한테서 공격을 받았다는 거야. 방청석에서 온 거친 여자들. 이유는 자기만 알겠지만 테루아뉴는 브리소 일파에 붙었지. 브리소가 기뻐할 거 같지는 않은데 말이야. 테루아뉴가 청중을 잘못 만난 거지. 그 여자들은 사교계 상류 여성이 자기 영역을 침범한다고 생각했는지도 모르지. 마라가 그 앞으로 지나간 모양이야."

"그래서 가세했나?"

"테루아뉴를 살려줬지. 밀고 들어가서 여자들한테 제동을 걸었지. 의사 선생한테도 그런 기사도 정신이 있었다니 놀라워. 마라가 보기엔 그대로 두면 죽일 기세였다는 거야."

"죽게 내버려 뒀어야지." 데물랭이 말했다. "내가 잠시 허튼소리 하더라도 용서해줘. 이 문제에서만큼은 도저히 차분해질 수가 없어. 8월 10일에 그 여자가 한 짓은 도저히 용서할 수가 없어."

"루이 쉴로 말이구나. 그 친구를 오래 알고 지낸 건 사실이지만 그 친구는 결국 다른 쪽을 선택했잖아." 로베스피에르는 다시 베개에 머리를 기댔다. "그 여자도 마찬가지고."

"말하는 게 정말 냉담하군."

"우리한테도 일어날 수 있는 일이야. 우리가 우리의 판단과 양심을 따르고 그것이 일정한 방향으로 우리를 이끈다면 우린 그 결과를 감수해야 하지. 브리소도 결국 나름의 선의를 따르는지 모른다고."

"그러면 내가 방금 쓴 시론은 어떻게 되지. 브리소는 공화국을 무너뜨리려는 음모라고 썼는데."

"자넨 그렇게 자기 자신을 설득한 거지. 오늘 밤에도 자코뱅들을 그렇게 설득할 거고. 분명히 브리소파는 권력을 잡았을 때 어리석었고 잘못을 저질렀고 범죄와 다를 바 없는 직무 유기를 범했어. 그러니까 정계에서 몰아내야지."

"그런데 자넨 9월에는 그자들을 죽이고 싶어 했잖아. 그런 쪽으로 일을 계획했잖아."

"그 사람들이 더 해악을 끼치기 전에 없애버리는 게 최선이라고 생각했지. 그렇게 해서 구할 수 있는 목숨들도 생각했고……." 로베스피에르가 다리를 움직이자 종이들이 바닥으로 스르르 미끄러져 떨어졌다. "충동적인 판단은 아니었어. 그리고 당통은―" 로베스피에르는 약간 웃었다. "그때 이후로 날 경계하지. 날 어디로 튈지 모르는 야수라고 생각하는 모양이야. 우리의 열쇠를 손에 쥔."

"그런데도 자넨 브리소가 의도는 좋을지도 모른다고 말하지."

"카미유, 우린 의도가 아니라 결과로 판단하는 거야. 자네가 오늘 밤 브리소를 규탄하면서 거론할 죄를 브리소가 저지르지 않았을 가능성이 높을지도 몰라. 하지만 난 자네를 막지 않을 거야. 그 사람들이 국민공회를 떠나길 바라니까. 그런데 난, 이런 얘기는 그만 하면 좋겠어. 해악은 이미 끼친 거고 그 사람들을 박해한다고 해서 과거를 되돌릴 수 있는 것도 아니지. 그렇지만 인민은 그런 식으로 생각하지 않아. 인민에게 그런 생각을 기대하긴 어려워."

"그 사람들을 살려주겠군. 자네가 그럴 수만 있다면."

"아니. 혁명을 하다 보면 살아 있는 게 곧 범죄인 시기가 있어. 목을 요구받으면 알아서 목을 내놓을 줄 알아야 해. 어쩌면 나도 그렇게 될 거야. 때가 오면 난 뿌리치지 않을 거야."

데물랭은 뚜벅뚜벅 걸어가서 등을 돌린 채 모리스 뒤플레가 짠 선반들의 결을 손으로 가만히 쓸었다. 선반들 위로 벽에 뒤플레가 새긴 이상한 상징이 있었다. 발톱을 쫙 펼친 멋진 거대한 독수리였다. 로마인들이 좋아했을 법한 독수리였다.

"영웅은 영웅이구나." 데물랭이 천천히 말했다. "잠옷을 입었어도. 정책은 이성의 종복이야. 인간의 이성을 자기 모순으로 몰아넣어서, 이성이 윤리의 이름으로 금지된 것을 정책의 이름으로 권하게 만드는 것은 일종의 신성 모독이라고 봐."

"말은 그렇게 하지만 자넨 물들었잖아." 로베스피에르는 피곤한 듯이 말했다.

"어디에, 돈에?"

"아니. 돈 말고도 물드는 방법은 많아. 자넨 우정에 쉽게 물들잖아. 자넨 애착이 너무…… 너무 심해. 증오도 너무 갑작스럽고 너무 강하고."

"미라보를 말하는군. 그 얘긴 언제쯤 가야 자네 입에서 사라질까. 미라보가 날 이용한 거 나도 알아. 알고 보니까 자기도 믿지 않는 정서를 퍼뜨리려고 날 이용했지. 그런데 지금 보니까 자네도 똑같아. 자네가 나더러 말하게 하는 걸 자넨 한마디도 안 믿거든. 참 받아들이기가 어려워, 난."

"어떤 면에서는—" 로베스피에르는 참을성 있게 말했다. "쉴로라든가 테루아뉴보다 위로 솟아오르고 싶으면 우린 우리가 개인적으로 믿는 것이라든가 희망하는 것이라든가 하는 덫을 피해야 해. 우리 자신을 이미 오래전부터 움직여 온 운명의 도구일 뿐이라고 봐야 해. 우리가 아예 태어나지 않았더라도 혁명은 일어났을 거야."

"나는 그렇게 생각하지 않아." 데물랭이 말했다. "그런 논리를 받아들인다면 우주 안에서 내 자리가 흔들리거든." 데물랭이 바닥에 떨어진 종이들을 줍기 시작했다. "엘레오노르를, 아니 코르넬리아를 정말로 짜증스럽게 만들고 싶거든 종이를 계속 바닥에다 던지고 다시 갖다 달라고 해, 아기처럼. 뤼실은 그런 낌새가 보이면 바로 피해

버리거든."

"고마워. 해볼게." 순간 로베스피에르의 입에서 경련에 가까운 기침이 터져 나왔다.

"생쥐스트는 자넬 보러 왔나?"

"아니. 병은 못 참는 성미라서."

로베스피에르의 눈 밑에 진한 자주색 반점들이 생겼다. 데물랭은 문득 죽기 몇 달 전의 누이가 떠올랐다. 그는 서둘러 그 기억을 밀어내고 뿌리쳤다.

"자네들은, 자네하고 당통은 괜찮겠구나. 난 자코뱅 클럽에 가서 두 시간 동안 더듬더듬 떠들어야 해. 아마도 그럼 광분한 바이올린 제작자한테 시달려서 다시 기진맥진할 테고 별의별 상인들한테 다시 짓밟힐 테지. 당통은 저녁마다 새 애인의 몸을 더듬고 자네는 그리 높지 않은 미열 속에서 여기 누워 있는 동안 말이야. 자네가 운명의 도구고 대신 나설 누군가가 있다면 왜 휴가를 떠나지 않는 건가?"

"글쎄, 그래도 우리 개개인의 운명이 좀 신경 쓰이니까. 내가 휴가를 떠나면 브리소, 롤랑, 베르니오가 내 머리를 자르려고 계획을 짜기 시작할 테지."

"개의치 않는다며. 대범하게 받아들일 거라고 했잖아."

"그래. 하지만 먼저 하고 싶은 일이 있거든. 해야 할 일을 못 하고 휴가를 떠나면 찜찜하지 않겠어?"

"성자들은 휴가가 없다." 데물랭이 말했다. "우리가 운명의 도구라지만 아무도 그렇게 하지 않을 거고 우린 성자니까 신의 은총으로 가득 찬 거룩한 소명의 대행자니까 나서야 한다는 생각이 난 더 마음에 들어."

샤를로트도 집을 나서는 길이었다. 데물랭은 샤를로트가 저런 대접을 받는 건 좀 심하다고 생각했다. 두 사람은 생토노레 거리에 서 있었고 샤를로트는 눈물을 흘렸다. 눈물이 고양이처럼 앙증 맞은 얼굴을 따라 흘러내렸다. "내 심정을 안다면 오빠가 날 이렇게 대하진 않을 거예요." 샤를로트가 말했다. "그 무지막지한 여자들 때문에 오빤 우리가 도저히 알아볼 수 없는 사람이 되었어요. 그 사람들이 오빨 거들먹거리는 사람으로 만들었고 항상 자기 생각만 하고 자기가 훌륭하다고 생각하는 사람으로 만들었어요. 그래요, 오빤 훌륭한 사람이지만 그런 건 말 안 해도 돼요. 오빤 상식을 모르고 분수를 몰라요."

데물랭은 샤를로트를 코르들리에 거리로 데려다주었다. 뤼실의 어머니 아네트가 거기에 있었다. 아네트는 샤를로트를 지그시 바라보았고 어려운 사정을 들어주었다. 요즘 아네트는 조언을 해줄 수 있지만 절대로 하지 않는 그런 사람처럼 보였다.

그날 저녁에는 자코뱅 클럽에 미리 잡아놓은 방청석 자리로 모두 오고 있었다. "승리의 날이 될 거야." 뤼실이 말했다. 오후가 저물면서 데물랭은 자루에 갇힌 고양이처럼 마음속에서 허둥지둥하기 시작했다.

무엇이 두려웠던 것일까? 르노댕 같은 인간 몇이 덤벼도 상대할 수 있다. 그건 문제가 아니다. 데물랭이 질색하는 건 큰일이 닥치고 있다는 소름 끼치는 느낌이었다. 1분 1초가 째깍째깍 사라지고 그 시간이 다가올 때의 느낌. 서류들이 추려지고 법정으로 뚜벅뚜벅 걸어 나갈 때, 그가 자리를 뜨자마자 감지되는 쏟아지는 적개심과 술렁거림. 클로드 뒤플레시는 전에 이렇게 말했다. "이제는 자네가 기득권 세력이야." 하지만 그건 사실이 아니다. 중도파와 우파 대의원 대다수는 그가 국민공회를 떠나야 한다고 생각하고 과격한 견해와 폭력 옹호를 이유로 삼아 그를 몰아내야 한다고 생각한다. 데물랭이 말을 하려고 일어나면 그들은 '가로등 검사'라느니 '9월 학살의 주모자'라느니 하면서 고함을 질렀다. 어떤 날은 그런 소리를 들으면 신이 나고 으쓱해졌다. 하지만 어떤 날은 그런 말을 들으면 식은땀이 났다. 오늘이 어떤 날이 될지 어떻게 미리 알 수 있단 말인가.

지롱드파가 마라를 기소한 날(4월 13일)은 기분이 안 좋은 날이었다. 그들은 지지자들로 자리를 이미 가득 채워놓았다. 산악파를 올려다보니 놀랍게도 많은 대의원이 자리를 비운 상태였다. 미치광이에다 그악스럽고 혐오스러운 마라를 위해 누가 발언할 것인가? 데물랭 말고는 없었다. 마라를 법정에 세우고 네놈도 같이 세우겠다고 지롱드파는 악을 썼다. 연출된 고함이 터져 나오는 것으로 보아 그들도 데물랭이 마라를 변호하러 나설 줄 예상하고 있었음에 틀림없었다. '흡혈귀'라는 단골 구호도 더 크게 외쳤다. 우리가 끌어내리기 전에 연단에서 내려오라고 그들은 소리를 질렀다. 혁명이 네 해째로 접어들었지만 데물랭은 경찰이 포위망을 좁혀 왔던 팔레루아얄에서만큼이나 여전히 위협을 받고 있었다.

그날 데물랭은 버틸 수 있을 때까지 버텼지만 의장은 무력했다. 자기로서는 할 수 있는 일이 아무것도 없다는 뜻을 손짓으로 나타냈다. 대의원들은 마라를 극도로 혐오하고 두려워했는데 이제는 그런 감정을 데물랭에게 쏟아부었다. 회의장에 올 때 대의원들이 무장을 하고 온다는 것을 데물랭은 알고 있었다. 그것은 언제나 명심해야 하는 사실이었다. 당통 같으면 그들을 마주보고 제압했을 것이고 그들이 내뱉었던 조롱과 야유를 다시 목구멍 속으로 집어넣을 수밖에 없도록 만들었을 테지만, 데물랭에게는 그런 능력이 없었다. 데물랭은 연설을 멈추고는 악쓰는 대의원들을 지그시 바라보는 것으로 만족했다. 그리고 의장에게 살짝 고개를 숙이고는 머리를 뒤로 쓸어 넘기면서 혼잣말을 했다. "마라 박사, 저 사람들에게 먼저 피 맛을 보여주셔야겠군요."

데물랭이 비틀거리며 산악파 진영으로 되돌아왔을 때 거기에는 당통도 없었고 로베스피에르도 없었다. 두 사람은 이 문제에 연루되기를 바라지 않았다. 마라를 두려워하고 혐오하던 프랑수아 로베르는 고개를 돌렸다. 데물랭은 그를 힐끗 보고는 못마땅한 듯이 한쪽 눈썹을 추켜세우며 입술을 깨물었다. 앙투안 생쥐스트는 억지웃음을 지었다. "억지로 웃으려니까 힘들지?" 데물랭은 그때 그렇게 쏘아붙였다. 데물랭은 적대적인 공기를 덜 마시고 싶어서, 밖으로 나가고 싶어서 미칠 것만 같았다. 하지만 그가 바로 나갔더라면 우파는 한 번 더 승리를 거두었다며 쾌재를 불렀을 것이다. 마라의 핵심 지지자를 침묵하게 만들었을 뿐 아니라 회의장 밖으로 몰아냈다고 떠들어댔을 것이다.

조금 시간을 두었다가 데물랭은 튈르리 정원으로 나갔다. 퀴퀴하고 답답한 회의장에서 보낸 사 년. 논쟁과 공포 속에서 보낸 사 년. 당통은 혁명을 돈이 되는 것으로 여기지만 이제 혁명은 에누리 없이 값을 치르라고 요구하고 있었다. 데물랭의 동료들은 대부분 알코올에 중독되었고 일부는 마약에 중독되었다. 갑자기 희한한 병에 걸린 사람도 있고 대낮에 업무를 보다가 채신머리 없게 느닷없이 울음을 터뜨리는 사람들도 있었다. 마라는 불면증이고 데물랭의 사촌이며 검사인 푸키에탱빌은 밤마다 죽은 사람들이 거리에서 자기를 뒤쫓는 꿈을 꾼다고 데물랭에게 털어놓았다. 데물랭은 다른 사람들하고 비교하면 썩 잘 견뎌내는 편이다. 하지만 오늘처럼 곤혹스러운 일에는 속수무책이었다.

두 남자가 자기를 뒤따르고 있음을 데물랭이 알아차린 것은 이 무렵이었다. 데물랭은 결심을 굳히고 그들 쪽으로 돌아섰다. 그들은 국민공회를 지키던 병사들이었다. 병사들이 세 걸음 앞까지 다가왔다. 데물랭은 손을 가슴으로 가져갔다. 그리고 자기 목소리가 너무 작고 단조로운 데에 스스로 깜짝 놀랐다. "날 체포하러 온 거로군 역시. 국민공회에서 방금 의결을 한 모양이지."

"아닙니다, 시민, 그렇지 않습니다. 체포하러 왔다면 우리 둘만 오지는 않았지요. 여기서 혼자 걸어가시는 걸 보고 때가 때인지라 훌륭한 시민 르펠르티에가 맞아 죽은 것이 생각나서 걱정이 되었을 뿐입니다."

"그랬군요. 그렇지만 당신들이 할 수 있는 일은 별로 없습니다. 용감하게 내 길을 가로막고 싶다면 모르겠지만." 데물랭이 긴장을 풀면서 말했다.

"누군가를 잡을 수도 있죠." 병사가 말했다. "암살자 말입니다. 우린 이 음모꾼들을 늘 살피거든요, 시민 로베스피에르가 우리한테 말한 대로. 그래서 —" 그는 해야 할 말이 떠오르지 않는지 머뭇거리다가 동료를 쳐다보았다. "아, 그래 — 시민 대의원을 더 안전한 곳까지 호위해드려도 될까요?"

"그런 곳은 무덤뿐인데." 데물랭이 말했다. "무덤."

"다 좋은데, 외투 주머니에 있는 권총에서 손 좀 치워주시겠습니까? 불안해서 말입니다." 다른 병사가 말했다.

순간적으로 기묘한 절망감을 느꼈던 그날은 그가 기억하고 싶지 않은 날이었다. 오늘 밤 자코뱅에서 데물랭은 주로 친구들 사이에 있을 것이다. 당통이 올 테니까 데물랭은 늘 하던 대로 당통 옆자리에 앉을 것이다. 불안감을 말이나 농담으로 날려버릴 수 없음을 잘 알기에 당통은 의도적으로 무표정하게 침묵을 지킬 것이다. 때가 오면 데물랭은 연단으로 천천히 걸어갈 것이다. 애국자들이 자신을 껴안으려고 자리에서 벗어난다는 것을 알기 때문이다. 그리고 상퀼로트들이 모여 있는 방청석의 어두운 자리에서는 갈채와 투박한 격려의 고성이 터져 나올 것이다. 그리고 침묵이 흐를 것이다. 연설을 시작하면서 데물랭은 말을 더듬는 버릇을 제어하려고, 단어들을 피하고 뽑아낸 뒤 다른 단어들을 그 자리에 밀어 넣으려고 궁리한다. 이 일은 워낙 엉망진창이라서 누가 무슨 말을 하는지 아무도 모른다고 그는 생각할 것이다. 베르사유에서도 아무도 몰랐다. 지금도 아무도 모른다. 우리가 죽고 나서 몇 년이 지나면 사람들은 우리가 한 말을 듣는 데에 점점 피곤함을 느끼면서 "그게 뭐가 중요한데?" 하고 말할 것이다. 우리는 우리의 허약한 폐와 언어 장애와 다른 용도로 마련되었던 우리의 방을 가지고 침묵하는 역사 속에 우리의 자리를 마련해놓았다.

상가.

젤리: 저희를 가엾게 여겨주십시오, 선생님.

당통: 가엾게? 뭐가 가엾다는 거요? 댁들에게는 행운이 굴러들어

온 거라고 생각했는데.

젤리: 하나뿐인 아이입니다.

젤리 부인: 이 사람이 자기 부인을 죽인 것처럼 이제 우리 아이를 죽이려고 해요.

젤리: 조용히 해.

당통: 아, 말하게 해요. 다 털어놓게 하세요.

젤리: 저흰 왜 선생님이 그 아이를 원하는지 모르겠습니다.

당통: 어떤 감정이 생겨서요.

젤리 부인: 그 아이를 사랑한다고 말하는 정도의 예의는 보여줄 수도 있지 않나요.

당통: 그건 몇 년 살아가면서 알게 되는 거 같은데요.

젤리: 더 나은 사람이 많습니다.

당통: 그건 제가 결정할 일 아닌가요.

젤리: 열다섯 살입니다.

당통: 난 서른셋이고요. 그런 결혼은 매일 성사되고 있습니다.

젤리: 더 나이가 드신 줄 알았는데요.

당통: 루이즈는 내 겉모습하고 결혼하는 게 아닙니다.

젤리: 경험 있는 과부가 괜찮을 텐데요.

당통: 무슨 경험을 말하는 겁니까? 저한테 무지막지한 성욕이 있다고 생각하는 모양인데 그건 제가 퍼뜨리는 신화일 뿐입니다. 전 아주 정상입니다. 정말로.

젤리 부인: 부탁입니다.

당통: 아무래도 이 여자분을 밖으로 보내드려야 할 거 같네요.

젤리: 가정을 이끌어 가는 경험이라는 뜻이었습니다.

당통: 아이들이 루이즈를 좋아합니다. 루이즈도 그렇고요. 직접 물어보세요. 그리고 난 중년 여자는 싫습니다. 아이를 더 낳고 싶습니다. 루이즈는 살림을 할 줄 압니다. 죽은 아내가 가르쳐줬거든요.

젤리: 연회도 있을 테고 중요한 손님들도 있을 텐데요. 그 아이는 그런 거 하나도 모를 겁니다.

당통: 내가 결정하면 그 사람들은 군소리 안 합니다.

젤리 부인: 당신처럼 오만불손한 사람은 처음 보네요.

당통: 그렇게 제 친구들이 걱정되시면 언제든지 내려와서 도움을 주세요. 자신이 있거든 말입니다. 루이즈는 자기만 원한다면 하인들을 한 부대는 부릴 수 있습니다. 우린 더 큰 데로 이사 갈 수도 있습니다. 그게 여러모로 좋겠지요. 지금은 그냥 살던 데라서 여기서 살고 있지만. 저는 부자입니다. 루이즈는 말만 하면 원하는 걸 가질 수 있어요. 루이즈 아이들도 전처가 낳은 아이들과 똑같이 유산을 물려받을 겁니다.

젤리: 그 아이는 사고파는 물건이 아닙니다.

당통: 원한다면 끝내주는 개인 예배당도 가질 수 있고 개인 사제도 둘 수 있습니다. 헌법에 충실한 사제이기만 하다면요.

루이즈: 세속 예식으로는 결혼하지 않을 거예요. 지금 말씀드리는 게 좋을 거 같네요.

당통: 다시 말해주겠어?

루이즈: 시청에서 하는 그 말도 안 되는 짓은 기꺼이 감수하겠다는 거예요. 그렇지만 국가에 대한 충성 서약을 하지 않은 진짜 신부님의 입회 아래 진짜 결혼식을 올려야 해요.

당통: 왜?

루이즈: 안 그러면 제대로 된 결혼이 아니니까요. 우린 죄인으로 살아야 할 거고 우리 아이들도 사생아 취급을 받을 거예요.

당통: 어리석긴. 하느님이 혁명가라는 거 몰라?

루이즈: 제대로 된 사제라야 돼요.

당통: 지금 무슨 소리 하는 건지 알고나 하는 거야?

루이즈: 아님 없던 일로 하는 거예요.

당통: 다시 생각해보지 그래.

루이즈: 당신이 올바른 일을 하도록 만들려는 거예요.

당통: 고맙긴 한데, 앞으로 나하고 같이 살려면 내가 하라는 대로 하는 거야. 지금부터 시작할 수도 있는 거고.

루이즈: 그게 유일한 조건이에요.

당통: 루이즈, 난 조건을 제시받는 데 익숙하지 않아.

루이즈: 지금부터 익혀 나가면 되죠.

마라를 상대로 편 공세가 실패한 뒤 지롱드파 대의원들은 '12인 위원회'라는 새로운 위원회를 꾸렸다. 그리고 자신들이 보기에 국민공회의 권위를 흔드는 사람들을 조사하기 시작했다. 이 위원회가 에베르를 체포했다. 구(區)들과 파리 코뮌의 압력으로 에베르는 풀려났다. 5월 29일 파리 33구의 대표들은 '무기한 회기'에 돌입했다. 위기감이 묻어나는 기가 막힌 작명이었다! 5월 31일 오전 3시, 경종들이 울린다. 성문들이 닫힌다.

로베스피에르: "나는 인민에게 국민공회에 맞서 시위를 벌이고 타락한 의원들을 몰아낼 것을 요청합니다……. 인민의 권리를 수호하는 사명을 인민으로부터 받은 사람으로서 나는 누구든지 나를

방해하거나 내가 말을 하지 못하게 하는 사람은 나의 억압자로 여길 것입니다. 그리고 나는 내 입을 막으려는 의장과 모든 의원들에게 맞설 것임을 선언합니다. …… 반역자들을 내 손으로 응징할 것을 선언하며, 모든 음모자를 나의 적으로 간주하고 그렇게 다룰 것을 약속합니다."

지롱드파이며 국민공회 의장인 이스나르: "국민의 대표자들에게 어떤 공격이라도 가해질 경우 파리는 초토화되어야 한다고 전 프랑스의 이름으로 여러분에게 선언하는 바입니다. 사람들은 파리가 과연 존재한 적이 있었는지를 확인하려고 센 강 양안을 찾아다니게 될 것입니다."

"요 며칠간 사람들이 집에서 잠을 못 자고 있습니다." 뷔조가 말했다. "안전하지가 않아서요. 지금 떠나는 거 생각해보셨나요?"

"아뇨." 마농이 말했다. "그런 생각 안 했어요."

"아이가 있잖아요."

마농은 머리를 다시 쿠션에 기대면서 뷔조가 알아차리도록 보드랍고 하얀 목을 쭉 뻗었다. "그건 내 행동에 영향을 끼칠 수 없어요."

"대부분의 여자한테는 영향을 주죠."

"난 대부분의 여자가 아니에요. 알잖아요. 나라고 감정이 없겠어요? 그건 아니죠. 하지만 지금은 내 감정보다 중요한 게 걸려 있어요. 난 파리를 안 떠납니다."

"그들이 반란을 일으켰습니다."

"두려운가요?"

"부끄럽습니다. 이 지경이 되었다는 게. 그렇게 일하고 희망을 이어 온 결과가 이렇다는 게."

나른했던 순간은 사라졌다. 마농이 일어섰다. 얼굴이 환했다. "포기하지 말아요! 왜 그런 식으로 말해요? 우린 국민공회에서 과반수를 차지해요. 숫자에서 밀리는데 로베스피에르가 뭘 할 수 있겠어요?"

"로베스피에르를 과소평가해선 안 됩니다."

"샹드마르스 학살 때 내가 그런 사람한테 우리 집에 와서 피신하라고 했으니! 난 로베스피에르를 높이 샀어요. 논리적이고 이성적이고 품위 있는 모든 것의 보루라고 생각했어요."

"그 사람에게 빠져서 잘못 판단한 사람이 한둘이 아니죠. 로베스피에르는 자기가 상처를 준 친구들을 절대로 용서하지 않고 자기가 그 친구들한테서 받은 친절도 절대로 용서하지 않습니다. 또 자기한테 없는 재능을 지닌 친구들도 절대로 용서하지 않아요. 잘못 선택한 겁니다. 당통한테 손을 내밀었어야 했는데."

"그 악당은 구역질 나요."

"그냥 해본 소립니다."

"당통이 무슨 생각을 하는지 말해볼까요? 여러분은 하나같이 모르는 거 같아요. 당통의 눈에는 당신도, 내 남편도 브리소도 모두 유순하고 한물간 지식인일 뿐이에요. 당통이 생각하는 남자는 배짱 좋은 냉소주의자, 아첨꾼, 육식동물, 파괴가 좋아서 파괴를 하는 사람들이에요. 그래서 여러분을 경멸하는 거라고요."

"아니죠, 그렇지 않습니다. 당통은 협상하자고 했어요. 휴전을 제의했지요. 우리가 거절한 겁니다."

"말은 그렇게 하지만 당신도 당통하고 협상하는 게 불가능하다는 걸 알잖아요. 당통은 조건을 제시하고는 상대가 무조건 따라오기를 기대하죠. 결국 언제나 자기 뜻을 관철하죠."

"그 말이 맞을지도 모르지요. 그러니까 할 일이 별로 없는 거잖아요. 그리고 우린 아무것도 남은 게 없고요."

"아무것도 없어서 좋은 건, 당통이 빼앗을 게 없다는 거지요."

국민공회 밖에 무장 시위대가 모여들었다. 안에서는 각 구 대표들이 내쫓기를 원하는 대의원들의 명단을 들고 있었다. 그래도 과반수의 대의원은 타격을 받지 않을 것이다. 로베스피에르는 그의 손에서 한 번 떨어진 종이처럼 새하앴다. 그는 혁명재판소를 지지해 달라고 거듭 요청했고 문장과 문장 사이에 일부러 뜸을 들였다. 베르니오가 소리를 질렀다. "그만 끝내!" 로베스피에르의 머리가 홱 돌아갔다. "그래, 당신부터 끝내주지."

이틀 뒤 국민공회는 엄청난 군중에 둘러싸였다. 대부분이 무장을 했는데, 얼추 팔만 명은 되어 보였다. 총검과 대포로 무장한 국민방위대가 앞에 섰다. 그들의 요구는 스물아홉 명의 대의원을 추방하라는 것이었다. 뷔조, 베르니오, 페티옹, 루베도 포함되었다. 국민방위대와 상퀼로트는 대의원들이 동의할 때까지 그들을 감금할 것처럼 보였다. 그날의 의장이었던 에로 드 세셸이 대의원 몇을 거느리고 밖으로 나왔다. 이런 제스처가 상호 적대감을 누그러뜨리리라는 희망에서였다. 포수들은 대포를 지켰다. 그들의 지휘관은 말을 탄 채로 아래쪽을 노려보며 국민공회 의장에게 열변을 토했다. "에로, 당신이 애국자로 여겨진다는 사실도 분명히 알아야겠지만 인민이 물러서지 않으리란 사실도 분명히 알아야 합니다."

에로 드 세셸은 미소를 지었다. 건성으로 짓는 미소였다. 그와 그의 동료들은 공화국 헌법에 마지막 손질을 하고 있었다. 이 문건은 프랑스에 영원히 자유를 안겨줄 것이다. 그리고 지금 여기서 에로는 말한다. "상황을 완전히 장악했습니다."라고. 그의 목소리는 들릴락 말락 했다. 에로는 긴 행렬 앞으로 지나가면서 군중에게 포위당해 있던 동료들을 데리고 회의장 안으로 다시 들어갔다. 다수의 선량한 상퀼로트가 이제는 자리에 앉아서 산악파 대의원들과 덕담을 주고받고 있었다. 산악파 대의원들은 이제 사태가 어떻게 돌아가는지를 정확히 알았고 굳이 소란을 피울 필요도 없었다.

휠체어를 탄 성자 쿠통 대의원이 발언권을 얻었다. "시민 여러분, 국민공회의 모든 성원은 이제 자신의 자유를 확신해야 합니다. 여러분은 인민에게로 나아갔습니다. 자기들이 뽑은 대표를 위협할 줄 모르는 선량하고 너그러운 인민, 하지만 자기들을 노예로 만들려는 음모자들에게 분노하는 인민을 여러분은 사방에서 만났습니다. 이제 여러분이 스스로 자유롭게 숙고할 수 있음을 깨달은 만큼 나는 고발당한 의원들에 대한 처벌령을 발의합니다."

로베스피에르는 두 손으로 머리를 감쌌다. 성자가 방금 뿜어낸 믿기 힘든 궤변 앞에서 어쩌면 그는 웃고 있었을까? 아니면 다시 몸이 안 좋아진 것일까? 아무도 감히 묻지 못했다. 한번 병치레를 할 때마다 그는 희한하게도 강해지는 것 같았다.

마농 롤랑은 검은 숄을 머리에 두르고 의장의 대기실에 하루 종일 머물렀다. 베르니오가 수시로 흉보를 가지고 왔다. 마농은 국민공회에서 연설할 원고를 써놓았고 그것을 큰 소리로 읽고 싶었지만 문이 열릴 때마다 귀가 멍멍해질 정도의 소음이 쏟아져 들어와 마농을 휩쓸었다. 베르니오가 말했다. "상황이 어떤지 아시겠지요. 지금의 소란이 계속되는 한 아무도 대의원들에게 연설하지 못합니다. 여자라서 좀 더 예우는 받을지 모르지만 솔직히 ―" 베르니오는 고개를 설레설레 저었다.

마농은 기다렸다. 베르니오가 다시 들어와서 말했다. "한 시간 반 뒤에는 가능할지도 모르지만 확약은 못합니다. 그리고 어떤 대접을 받을지도 장담 못 하고요."

한 시간 반? 집을 비운 지가 이미 너무 오래되었다. 남편이 어디에 있는지도 몰랐다. 그래도 하루 종일 기다렸으니 좀 더 기다려서 해내고 말리라. "난 두렵지 않아요, 베르니오. 당신이 말하지 못하는 걸 어쩌면 내가 말할 수 있을지도 몰라요. 친구들한테 미리 귀띔하세요. 나를 응원할 준비를 하라고."

"대부분 여기 없습니다."

마농은 넋이 나간 얼굴로 베르니오를 쳐다보았다. "그럼 어디에?"

베르니오는 어깨를 으쓱 했다. "우리 친구들은 기백은 있는데 기운이 없나 봅니다."

마농은 밖으로 나와 마차를 타고 루베의 집으로 갔다. 루베는 없었다. 다시 마차를 타고 집으로 향했다. 거리가 혼잡해서 마차는 보행 속도로 움직였다. 마농은 마부에게 세우라고 소리쳤다. 그러고는 내려서 삯을 치렀다. 마농은 빠르게 걷기 시작했다. 검은 천이 얼굴을 휘감았다. 연인을 만나려고 달려가면서 죄책감을 느끼는 소설속 여인처럼 헉헉거리며 발길을 재촉했다.

집으로 들어가는 입구에서 수위가 마농의 팔을 잡았다. "바깥 분께서는 문을 잠그고 뒤에 사는 주인 집으로 가셨습니다." 마농은 문을 두드렸다. "롤랑 씨는 벌써 가셨습니다." 주인 집에서는 그렇게 말했다. "어디로요?" "이 길을 가다가 어느 집에 계실 겁니다. 부인, 숨 좀 돌리시지요. 바깥 분께서는 안전하십니다. 포도주 한 잔 하세요."

마농은 텅 빈 벽난로 앞에 앉았다. 여름이었고 밤은 맑고 고요하고 따뜻했다. 그들은 포도주를 갖다 주었다. "센데요, 좀." 마농이 말했다. "물을 좀 마셔야겠어요." 그녀는 머리가 어질어질했다.

롤랑은 옆집에 없었다. 하지만 마농은 한 집 더 건너에서 남편을 찾았다. 롤랑은 이리저리 서성거리고 있었다. 마농은 놀랐다. 뼈만 앙상한 남편이 장신을 의자에 포개고 기침만 쿨럭쿨럭 해대고 있을 줄 알았다. "마농." 롤랑이 말했다. "우린 가야 돼. 친구들이 있고 계획도 있소. 이 더러운 도시를 오늘 밤 떠납시다."

마농은 앉았다. 위에 크림을 얹은 초콜릿을 한 잔 내왔다. "이런 걸 다 먹네요." 마농이 말했다. 깊은 초콜릿 맛이 마농의 메마른 목을 달래주었다. 말들이 말라붙었던 그 목을.

"알아듣겠소?" 롤랑이 말했다. "잘못된 영웅심은 아무 의미가 없소. 앉아서 상황을 견디는 것도 아무 의미가 없어요. 나중에 혹시 다시 공직에 앉을 때를 대비해서라도 지금은 나를 살리는 쪽으로 움직여야겠어. 나라를 위해서 무슨 일이라도 하려면 자신을 지켜야 하오. 알아듣겠소?"

"알아들어요. 그래도 난 오늘 밤 국민공회로 돌아갈 거예요."

"하지만 마농, 당신과 아이의 안전을 생각해서ㅡ"

마농은 잔을 내려놓았다. "참 이상하죠. 늦지 않았는데 늦은 것 같은 기분이 들어." 두 사람의 인생이 두 사람한테서 흘러가버리고 있었다. 그들은 마치 빈집의 세입자 같았다. 짐꾼들이 이삿짐을 내어가고 나면 남은 것은 맨마루와 금이 간 버려진 그릇 조각과 먼지 뿐이다. 그들은 마치 벽시계가 댕댕 위협하고 종업원은 헛기침을 하는 식당에 마지막으로 남은 손님들 같았다. 이제는 대화를 마무리 짓고 나누어서 셈을 치르고 차가운 거리로 나서야 한다. 마농은 사뿐히 일어서서 방을 가로질러 롤랑에게 갔다. 롤랑은 가만히 서 있었다. 발돋움을 하면서 마농은 남편의 뺨에 입을 맞추었다. 입술에 뺨 밑의 뼈가 느껴졌다.

"당신 나 배신했소?" 롤랑이 물었다. "배신했소?"

마농은 손가락 하나를 잠깐 남편의 입술에 살짝 갖다 댔다. 그리고 자기 뺨을 남편의 뺨에 대고 남편의 병든 폐에서 나는 희미한 악취를 약간 맡았다. "절대로 안 했어요." 마농은 말했다. "몸조리 잘해요. 독주는 피하고 다 익히지 않은 고기도 피하세요. 깨끗한 데서 가져온 게 아니면 우유는 손대지 마세요. 흰 생선 익힌 건 조금 드셔도 돼요. 마음이 불안해지면 쥐오줌풀 우린 물을 마시세요. 가슴하고 목은 항상 따뜻하게 하고 비가 올 때는 나가지 마세요. 밤에 자기 전에 따뜻한 물을 마시고요. 편지 써요."

마농은 살며시 문을 닫고 나왔다. 마농은 두 번 다시 남편을 보지 못할 것이다.

8장

마라 암살

(1793)

"내 생각엔 우리 의지가 좀 뭐랄까, 약했어." 당통이 말했다. "가택 연금은 그리 효과적이지 않다는 게 드러났어. 앞으로는 그 점을 명심해야 해. 마농 롤랑은 우리 손안에 있지만 지금 시골의 아늑한 은신처로 가고 있는 그 여자 남편하고 뷔조 같은 사람들을 잡아 두었어야 하는 건데 말이야."

"망명이지." 로베스피에르가 말했다. "도망이고. 도망자라는 상황이 편할 거 같지는 않아. 아무튼 그 사람들은 떠났으니까."

"말썽을 일으키겠지."

"지방의 말썽꾼들은 대부분 왕당파 쪽이지." 로베스피에르는 기침을 하기 시작했다. "쯧." 그는 손수건으로 입술을 닦아냈다. "지롱드파 도주자들은 대부분 국왕 살해자들이야. 그래도 틀림없이 기를 쓰고 일을 벌이려고 들겠지."

당통은 당혹스러웠다. 로베스피에르하고 말할 때에는 올바른 이야기를 하려고 노력했다. 그런데 요즘 같은 때는 무엇이 옳은 것일까? 강경파에게 말을 건네면 온건파가 어느새 눈살을 찌푸린다. 이상주의자에게 말을 하다 보면 밝고 쾌활한 직업 정치인과 한자리에 있게 되었음을 깨닫는다. 수단을 거론하면 어느새 목적을 따져야 한다는 소리가 들리고 목적을 거론하면 수단을 따져야 한다는 소리가 들린다. 어떤 가정을 하면 그 가정이 뒤집힌다. 어제의 확신이 오늘 박살 난다. 미라보가 로베스피에르더러 뭐라고 불평했더라? "그 친구는 자기가 하는 말을 다 믿더군." 아무래도 로베스피에르 안에는 모든 모순이 해소되어버리는 어떤 깊은 층이 있는 모양이었다.

브리소는 고향인 샤르트르로 가는 길이었다. 거기서 다시 남쪽으로 내려갔다. 페티옹과 바르바루는 노르망디 지방의 캉으로 향했다.

"지금 살고 계신 이 다락방은……." 당통이 사제에게 말했다. 놀라서 기가 막혔다. 당통이 경험한 바로는 사제들은 다 편하게 살려고 했다.

"이제 겨울도 지났고 그렇게 나쁘지 않습니다. 그래도 감옥보다는 낫지요." 사제가 말했다.

"아, 감옥에 계셨군요." 당통의 말에 사제는 대답하지 않았다. 다시 당통이 말했다. "그런데 신부님, 왜 은행원이나 어엿한 상인처럼 차려입으셨는지 궁금합니다만. 상퀼로트여야 하는 거 아닌가요?"

"제가 가는 곳에서는 이렇게 입어야 덜 의심받습니다."

"중간계급을 사목하시나요?"

"꼭 그렇지는 않습니다."

"그 사람들이 구체제에 집착한다는 건가요? 뜻밖입니다."

"노동자들은 누가 대변하건 권력 기관을 굉장히 두려워합니다, 당통 씨. 그리고 언제나 생계를 꾸리느라 쫓겨 살지요."

"그래서 정신적으로 타락한다는 뜻입니까?"

"사제하고 정치를 논하려고 온 건 아니시겠죠. 제 직분을 아시잖습니까. 카이사르의 것을 카이사르에게 돌릴 뿐이고 나머지 것은 상관하지 않습니다."

"하지만 당신은 나를 카이사르로 여기지 않지요. 안 그런가요? 카이사르를 뽑고 고를 수는 있어도 정치를 넘어선다고 주장할 수는 없는 겁니다."

"교회의 딸과 결혼하기 전에 사제 앞에서 고해를 하려고 오신 걸로 아는데요. 논쟁은 제발 그만 두세요, 이런 문제에서는 당신은 이길 수도 없고 질 수도 없으니까요. 당신에겐 이런 일이 생소하리라는 건 저도 압니다."

"성함을 여쭈어도 될까요?"

"케라베낭 신부입니다. 한때 생쉴피스 성당에 몸담았죠. 시작해도 좋을까요?"

"이걸 해본 지가 반평생은 지났을 겁니다. 기억이 가물가물하네요."

"그래도 아직 젊으신데."

"그야 그렇죠. 하지만 그동안 하도 겪은 일이 많아서요."

"어린 시절에는 매일 밤 양심을 되돌아보라는 가르침을 받았을 겁니다. 그런 습관은 그만두셨나요?"

"사람은 잠을 자야 하니까요."

사제는 서글픈 미소를 지었다. "어쩌면 제가 도와드릴 수 있겠지요. 당신은 교회의 아들입니다. 제 생각엔 당신은 이단과 어울린 적은 없을 겁니다. 좀 해이하기는 했겠지만 가톨릭 교회만이 구원에 이르는 유일한 교회임을 인정하는 거죠?"

"구원이라는 게 있다면 그렇겠죠. 달리 구원에 이를 수 있는 길이 안 보이니."

"하느님을 믿으십니까?"

당통은 생각에 잠겼다. "네. 하지만……. 거기엔 단서들이 좀 붙습니다."

"충고드립니다만 한마디로만 답하시면 됩니다. 단서를 덧붙이는 건 우리 몫이 아닙니다. 당신 자신의 신앙과 가톨릭 교인으로서 지는 책무, 그것들을 행했습니까 아니면 소홀히 했습니까?"

"거부했습니다."

"그렇지만 당신이 돌보는 사람들에게는 영적 행복을 제공하셨지요?"

"아이들은 세례를 받았습니다."

"좋습니다." 사제는 쉽게 고무되는 것 같았다. 사제는 고개를 들었다. 당통은 사제의 강렬한 눈빛이 놀라웠다.

"직무 유기 영역으로 한번 넘어가볼까요? 살인?"

"그런 건 저지르지 않았습니다."

"자신 있게 단언할 수 있습니까?"

"이건 교회의 성사 맞죠? 국민공회에서 벌이는 논쟁이 아니라."

"알겠습니다." 사제가 말했다. "육체의 죄악은?"

"네, 대부분이 그거죠. 왜 있잖습니까. 간음."

"몇 번입니까?"

"저는 상사병 걸린 계집애처럼 일기를 쓰는 사람이 아닙니다, 신부님."

"잘못했다고 생각합니까?"

"죄냐고요? 네."

"하느님의 뜻을 거슬렀기 때문에?"

"아내가 죽었기 때문입니다."

"방금 말씀하신 것은 불완전한 참회입니다. 처벌과 고통을 두려워하는 인간의 마음에서 나오는 거니까요. 하느님을 사랑하는 마음에서 나오는 완전한 참회가 아닙니다. 교회가 요구하는 건 오직 완전한 참회 하나입니다."

"이론은 저도 압니다, 신부님."

"다시는 죄를 저지르지 않겠다고 굳게 결심했습니까?"

"두 번째 아내한테는 충실할 생각입니다."

"그럼 이제부터 질투, 또 분노, 교만 같은 문제로……."

"아, 칠죄종. 저는 일곱 가지 죄악에 전부 해당합니다. 아니, 나태는 빼고. 그 대신에 과로를 넣어주십시오. 제가 조금만 나태했어도 다른 방면으로 그렇게 죄를 짓지 않았을 겁니다."

"그리고 중상은—"

"그건 정치인의 밑천입니다, 신부님."

"다시 옛날로 돌아가서 어렸을 때 성령을 거스르는 두 가지 죄를 배웠지요. 추정과 절망이라는."

"요즘은 절망 쪽으로 기웁니다."

"속세의 일을 말씀드리는 게 아닙니다. 영적인 절망을 말하는 겁니다. 구원에 대한 절망."

"아니, 거기에 대해서는 절망하지 않습니다. 누가 알겠습니까? 하느님의 자비로움은 알다가도 모를 것이니까요. 제가 속으로 하는 말입니다."

"당신은 오늘 스스로 이곳에 왔습니다. 스스로 이 길에 발을 들여 놓으신 겁니다."

"이 길 끝에는 무엇이 있습니까?"

"이 길 끝에는 십자가에 못 박히신 그리스도의 얼굴이 있습니다."

당통은 몸서리를 쳤다. "그래서 신부님, 저의 죄를 사해주실 겁니까?"

사제는 머리를 숙였다.

"저는 회개 같은 거하고 거리가 먼 사람입니다."

"하느님은 기꺼이 너그러움을 베푸십니다."

사제는 한 손을 들었다. 그리고 허공에서 십자가를 그으면서 기도문을 읊조렸다. "이제 시작입니다, 당통 씨." 이어서 사제는 이렇게 말했다. "말씀드린 대로 저는 감옥에 있었습니다. 운이 좋아서 빠져나올 수 있었지요. 지난 9월에요."

"그동안 어디에서 지내셨습니까?"

"그건 모르셔도 됩니다. 다만 당신이 저를 필요로 하는 곳에 있으리라는 것만 알면 됩니다."

"어젯밤 자코뱅 클럽에서 ─"

"궁금하지 않아, 카미유."

"다들 당통은 어디 있느냐고 말하더군. 또 *빠졌다고!*"

"위원회 일로 바빠."

"음. 가끔은 그렇겠지. 자주는 아니겠고."

"자넨 위원회를 인정하지 않는 줄 알았는데."

"자네만큼은 인정하지."

"그래서?"

"지금처럼 하면 자넨 재선되지 못할 거야."

"자네가 이러니까 떠오르는 사람이 있군. 처음 결혼했을 때 자넨 오붓한 시간을 보내고 싶어 했지? 그런데 로베스피에르가 계속 찾아가서 잔소리를 하고 괴롭히고 공적 책임에 대해서 훈계를 늘어놓았지? 자, 이제 다른 사람은 몰라도 자넨 알아차려야 하는데. 나 젤리 씨네 딸하고 결혼할 생각이야."

"세상에!"

"나흘 안에 결혼 약정서에 서명할 생각이야. 한번 좀 훑어봐주겠나? 내가 워낙 들뜨기 잘하고 덜렁거리는 성격이라 단어들 순서를 엉뚱하게 넣었을지도 모르거든. 한번 실수하면 손해가 이만저만 크지 않잖아."

"왜, 약정서에 특이한 내용이라도 있나?"

"내 재산을 루이즈한테 넘기려고. 전부 다. 내가 살아 있는 동안은 내가 관리하지만."

긴 침묵이 흘렀다. 당통이 정적을 깨뜨렸다. "사람 일은 모르는 거니까. 내가 사고를 당할 수도 있고. 국가의 손에 말이야. 내 목이 잘리면 내 땅도 잃지 말란 법이 없거든. 그런데 자네 지금 왜 화를 내려고 하는 거지?"

"다른 변호사한테 부탁해." 데물랭이 당통에게 소리를 질렀다. "난 자네의 쇠락과 몰락에 동참할 마음이 없으니까."

데물랭은 문을 쾅 닫고 나갔다.

루이즈는 윗집에서 내려와서 심각한 얼굴로 당통의 얼굴을 올려다보았다. 그리고 어린애 같은 손을 당통의 손안에 놓았다. "카미유는 어디 갔어요?"

"아, 로베스피에르 보러 갔을 테지. 말다툼을 하면 언제나 로베스피에르한테 가니까."

어쩌면 카미유가 다시 돌아오지 않는 날이 올 거라고 루이즈는 생각했다. 하지만 그 말을 입 밖에 내지는 않았다. 남편이 될 사람은 여러모로 상처받기 쉬운 사람임을 루이즈는 알았다. "두 사람은 서로 잘 알잖아요."

"지겹도록 잘 알지. 그래서 우리 아가씨한테 한 가지 말하고 싶은데, 정치하고는 전혀 관계가 없고, 그냥 딱 하나만 구체적으로 경고를 할게. 나중에 카미유하고 방 안에 단 둘이 있는 모습이 내 눈에 띄면 내 손에 죽을 줄 알아."

"당신이 카미유하고 나하고 둘이 있는 모습을 보는 날이 있다면 그때는 카미유나 나 둘 중에 하나는 이미 이 세상 사람이 아닐 거예요."

"자네의 행복을 진심으로 바라네, 당통." 로베스피에르가 말했다. "카미유 말로는 자네가 단단히 미쳤다고 하던데 뭐 자네 마음이야 자네가 잘 알겠지. 이런 말 해서 미안한데 자네한테 말하고 싶은 건 딱 하나야. 지난 두 달 동안 자네가 자신이 맡은 공적 책무에 대해서 보인 태도는 공화국이 기대하는 수준에는 전혀 미치지 못했다는 것."

"자네는 어떻고? 병치레가 점점 잦아지잖아."

"그건 나도 어쩔 수가 없어."

"나도 어쩔 수 없이 결혼하는 거야. 여자가 있어야 하니까."

"자네 사정은 이해해." 로베스피에르가 중얼거렸다. "하지만 그게 그렇게 시간이 많이 드는 일인가? 혼자 해결하고 일로 돌아갈 순 없는 건가?"

"혼자서 해결하라? 허, 날 그 정도로 낮게 봤다 이거군. 난 가정이 있어야 한단 뜻이었어. 아내가 있고, 아이들이 옆에 있고, 집안일이 순조롭게 돌아가는 거. 적어도 자네만큼은 이해할 거라고 생각했는데."

"그런 거였어? 그 생각은 미처 못 했네. 미혼이다 보니 그런 쪽으로 경험이 있어야 말이지."

"생각하기 나름이지. 난 자네가 가정 생활을 중시한다고 생각했어. 내가 받은 인상은 그랬다고. 아무튼 자네가 이해하고 말고를 떠나서 나는 내가 하는 모든 일이 공공 재산이라는 그 발상에 화가 나."

"화를 낼 필요는 없어."

"가끔은 그냥 짐을 싸 들고 내일이라도 이 도시를 떠나서 내가 속하는 곳으로 돌아가 내 땅을 일구자는 생각을 하기도 해."

"감상적이군." 로베스피에르가 말했다. "그럴 수 있지. 정 그래야 한다면 그래야 하는 거지. 자네가 우리하고 같이 있으면 좋겠지만 어느 누구도 필수 불가결한 존재는 아니야. 가기 전에 나는 만나고 갈 거지? 술이나 다른 마실 거라도 간단히 한잔할 수 있을 거야."

로베스피에르는 놀란 얼굴로 자기를 쳐다보는 당통을 돌아보고 싶은 유혹을 이겨냈다. 이렇게 거창하고 얼빠지고 무례한 인간을 고통스럽게 만드는 일이 이토록 재미있을 수 있다니 싶었다. 데물랭이

십 년 동안 그런 장난을 쳐 온 것이 이해가 갔다.

데물랭은 두 손으로 머리를 베고 로베스피에르의 침대에 누워서 천장을 올려다보았다. 로베스피에르는 책상 앞에 앉아 있었다. "좀 특이한 거래 같군." 로베스피에르가 말했다.

"그러게 말이야. 당통이 결혼할 수 있었던 여자는 수십 명은 되지. 지금 신붓감은 별로 예쁘지도 않고 지참금을 가져오는 것도 아니야. 당통은 여자한테 푹 빠져서 분별력을 잃었어. 처가 쪽은 왕당파에다가 종교에 광적으로 휘둘리고."

"아, 미안. 난 우리가 아까 하던 얘기, 뒤무리에 건을 말한 거였어. 그렇지만, 계속해."

"아, 그게 ─ 그 여자애가 당통 머리에 별의별 생각을 다 집어넣는 거야."

"그렇게 어린 여자애가 당통의 머리에 생각을 집어넣다니 상상이 안 가는군."

"지금 당통은 흔들리기 쉬운 상태야."

"왕당파 사상에?"

"꼭 그런 건 아니지만 물러졌어. 앙투아네트를 재판에 넘기고 싶지 않다는 말도 나한테 했어. 물론 내거는 명분이야 있지. 그 여자가 우리한테 남은 마지막 카드다, 유럽에 있는 그 여자의 친척들이 그 여자가 살아 있어야만 평화안에 귀를 기울일 거다 하면서."

"그 여자 친척들은 그 여자한테 눈곱만큼도 관심이 없어. 앙투아네트를 법정에 세우지 못하면 혁명재판소는 웃음거리가 되는 거야. 그 여자는 우리 군사 계획을 오스트리아에 넘겼어. 반역자라고."

"그리고 당통은 이런 말도 했어. 브리소파는 이제 국민공회 밖으로 나갔는데 쫓아다닐 이유가 뭐냐고. 물론 자네도 그런 말을 했지만."

"우리끼리 있는 자리에서만 말했지, 카미유. 분명히 해 두는데 그건 개인적인 견해였지 국민에게 한 건의는 아니었어."

"난 공적으로 밝히는 견해와 사적으로 밝히는 견해가 같아. 내 방식대로 한다면 그 사람들은 모두 법정에 서야 해."

"마라도 같은 생각일 거고." 로베스피에르는 서류를 뒤적였다. "당통의 평화 공세는 딱히 효과가 없어 보이지?"

"응. 러시아하고 에스파냐에서 당통이 사백만을 날렸어. 조만간 액수를 묻지 않고 평화에 매달릴 거야. 당통한테 그런 측면이 엄연히 있거든. 사람들은 모르지만."

"마일스라는 잉글랜드 남자, 당통이 아직도 만나나?"

"왜?"

"그냥 궁금해서."

"지금에서야 궁금하다고? 둘이서 가끔 저녁을 같이 하는 것 같아."

로베스피에르는 루소의 소책자를 뽑아 들었다. 그리고 엄지손가락으로 그저 책장만 넘기면서 무심히 책을 들추기 시작했다. "정말로 솔직하게 말해줬으면 하는데, 카미유, 자네가 보기에 조르주자크가 군납과 관련해서 정말 양심적으로 처신했다고 생각하나?"

"내가 무슨 말을 하겠어? 당통이 어떻게 돈을 조달하는지 자네도 잘 알잖아."

"배당, 뒷돈. 그래, 우리가 당통의 모든 잘못과 결함을 받아들여야겠지. 그런데 내가 그런 생각을 말하면 생쥐스트가 뭐라고 말할지 잘 상상이 안 가. 모르긴 몰라도 내가 부패를 방조했다고 말할 것 같아. 사실 그것도 부패는 부패니까……. 그래서 말인데 자네가 보기엔 우리가 당통을 살려낼 수 있다고 생각하나? 자잘한 문제만 좀 드러내서?"

"아니." 데물랭은 로베스피에르 옆으로 와서 한 손으로 머리를 괴고 로베스피에르를 바라보았다. "자잘한 문제는 굵직한 문제로 이어지기 마련이야, 그게 뭐든 간에. 당통은 어려운 처지로 몰아넣기에는 너무 중요한 존재야."

"나도 당통의 가치에 금이 가는 걸 보긴 싫어. 이 결혼 약정도 좀 걱정스럽네. 결국 그게 무슨 얘기겠어, 어느 시점에 가면 당통 자신도 재판에 회부되지 않을까 두려워하고 있단 소리잖아."

"자네도 거의 비슷한 말을 했는데. 어느 시점에 가면 자네가 혁명에 걸림돌이 되는 사태가 불가항력적으로 생길 수 있다고. 그걸 받아들일 준비가 되어 있다고 했지."

"아, 정신적으로는 준비가 되어 있지. 내 말은 우리 모두가 좀 겸손해서 나쁠 건 없다는 뜻이었어. 하지만 난 앞으로 닥칠 일을 예단하는 사람은 아니야. 우리가 해야 할 일은 최선을 다해서 당통이 위험한 일에 얽히지 않도록 빼내는 거야."

"당장은 이혼할 가능성이 없어 보이는데."

로베스피에르가 미소를 지으며 물었다. "오늘은 두 사람이 어디 있나?"

"세브르에서 가브리엘의 부모님과 같이 있어. 친한 사람들은 다 불러놓고 그렇게 오붓할 수가 없지. 그리고 아담한 집도 한 채 마련했다네. 둘이서 살기 딱 좋은 집이라는데 어디에 있는지 우린 아무도 몰라."

"그럼 그 소리를 왜 했는데?"

"당통이 한 게 아니야. 루이즈가 얘기해준 거야." 데물랭은 자리에서 일어섰다. "가야겠다. 저녁 약속이 있거든. 마일스 씨 말고."

"그럼 누구?"

"자네는 모르는 사람이야. 아주 좋은 시간을 보낼 거라는 뜻이지. 에베르가 내는 저급한 신문에서 다 읽을 수 있을 거야. 지금 이 시각에도 보나마나 메뉴를 짜고 있겠지."

"신경 안 쓰이나?"

"에베르? 아니. 자기의 옹졸함에 짓눌려 망가지는 모습을 보는 게 얼마나 재미있는데."

"아니, 내 말은 자네가 어제 국민공회에서 연설할 때 어떤 바보가 '당신은 귀족들하고 밥을 먹잖아.' 하고 소리를 질렀잖아. 그것 자체로는 아무것도 아니지만 그래도—"

"그 사람들은 지적인 사람은 다 귀족이라고 부르잖아. 취향이 고상한 사람은 무조건."

"이 사람들이, 이 퇴물들이 자네한테 관심을 두는 건 오로지 자네의 권력 때문이야."

"그야 그렇지. 그래도 아르튀르 디용은 아니야. 그 사람은 날 좋아해. 어쨌거나 1789년 이후로 사람들이 내 권력 때문에 나한테 관심을 보이는 건 사실이지. 1789년 이전에는 아무도 나한테 관심을 보이지 않았으니까."

"중요한 사람은 전부 관심을 보였지." 진지한 순간. 청록빛이 감도는 로베스피에르의 눈이 잠시 데물랭에게 머물렀다. "자넨 언제나 내 가슴속에 있었어."

데물랭이 웃었다. 감상벽은 아무래도 이 시대의 유행이다. 그래도 당통이 내지르는 고함보다는 마음이 한결 진정된다는 생각이 들었다. 로베스피에르는 대수롭지 않은 말이었다는 듯이 손사래를 치며 심각한 분위기를 떨쳤다. 그러나 데물랭이 가고 나서 그는 홀로 앉아서 생각에 잠겼다. 로베스피에르의 머릿속에 덕이라는 단어가, 용기와 정직과 선의를 뜻하는 덕이라는 단어가 불쑥 떠올랐다. 카미유가 이 단어들을 이해할까? 아주 잘 이해한다 싶을 때도 있다. 그보다 더 덕이 뛰어난 사람은 없다. 문제는 카미유가 자신을 모든 규칙에서 예외로 생각한다는 점이다. 오늘도 자기가 내뱉고 나서 후회할 일을 내내 털어놓았다. 물론 그가 말을 안 한다고 내가 꼭 못 알아차린다는 법은 없다. 하지만 카미유가 말을 안 했더라면 난 당통의 결혼 약정을 까맣게 몰랐을 것이다. 당통은 뭔가를 단단히 걱정하고 있음에 틀림없다. 그런 남자는 소소한 일로 걱정하지 않는다. 그런 남자는 자기가 걱정한다는 사실을 드러내지 않는다. 그런 남자는 뭔가 커다란 죄책감에 마음이 짓눌리거나 위협이나 공포가 엄청나게 쌓였을 때만 위험을 느낀다.

당연히 죄책감이 들 것이다. 당통은 그 착한 여자의 믿음을 짓밟았다. 자기의 세 아들을 낳은 여자였다. 가브리엘이 죽었을 때 나는 당통이 충격에서 영영 헤어나오지 못할 거라고 믿었기에 당통에게 편지를 보내 위로했다. 나는 마음을 열고 모든 의혹과 의심을 한쪽으로 제쳐놓았다. "자네와 나는 하나라네." 내 감상벽이 지나쳤음을 나도 인정한다. 펜이 가는 대로 쓰는 게 아니었는데 그때는 감정이 너무 격했다. 당통은 틀림없이 편지를 읽고 웃었겠지. 이 친구가 왜 이러는 건가 생각했겠지. (비웃는 사람들한테 틀림없이 큰 소리로 말했 겠지.) '어떻게 감히 나하고 하나라고 주장하는 거야? 어떻게 로베스 피에르가, 눈에 안 띄는 곳에서만 사랑을 나누고 그마저도 부정하 는 미혼남 주제에 내 감정을 아는 척한단 말인가?'

이제 로베스피에르는 책상에 손을 얹고 당통은 애국자라고 혼잣 말을 했다. 더 필요한 건 아무것도 없었다. 당통의 행실이 내 눈에 거슬리는 것은 중요하지 않다. 당통은 애국자다.

로베스피에르는 책상에서 일어나 서랍을 열고 수첩을 하나 꺼냈 다. 그가 쓰는 작은 수첩 중 하나인데 새것이었다. 로베스피에르는 첫 장을 펴고 자리에 앉아서 펜을 잉크에 적시고 당통이라고 썼다. 뭔가를 덧붙일 수 있었으면 덧붙이고 싶었다. 이건 내 개인 수첩이 니까 읽지 말라든지. 사람을 많이 안다고 주장하지는 못하지만 이거 하나만큼은 안다. 그런 당부를 하면 사람들은 코를 더 벌름거리면 서 여기저기 뒤지고 침을 꿀꺽 삼키면서 수첩을 읽어 나간다는 사실 을. 로베스피에르는 미간을 찡그렸다. 그러니 읽게 내버려 두자. 아 니면 이 수첩을 항상 갖고 다닐까? 별로 내키지는 않았지만 로베스 피에르는 데물랭하고 나눈 대화 중에서 기억나는 것을 적었다.

막시밀리앙 로베스피에르:

우리는 프랑스에서 도덕이 이기주의를, 정직이 체면을, 원칙이 관 행을, 의무가 관례를, 이성의 지배가 관습의 독재를, 악덕에 대한 멸 시가 불행에 대한 멸시를, 자부심이 무례함을, 관대함이 허영을, 명예 에 대한 사랑이 돈에 대한 사랑을, 어떤 사람인가가 어디에 속해 있 는가를, 공로가 음모를, 타고난 재능이 범용한 재주를, 진실이 화려

함을, 행복의 매력이 쾌락의 권태를, 인간의 위대함이 위인의 옹졸함을, 관대하고 강력하고 행복한 인민이 좀스럽고 경박하고 비참한 인민을 대신하기를 바란다. 다시 말해 공화국의 그 모든 덕과 모든 기적이 군주정의 모든 악덕과 조롱거리들을 대신하기를 원한다.

카미유 데물랭:
지금까지는 과거의 입법자들로 미루어보건대 공화정에 필요한 기초는 덕인 줄로만 알았는데 자코뱅 클럽의 영원한 위업은 악덕 위에 공화정을 세웠다는 사실이다.

6월 내내 방데 지방에서 재앙이 잇따랐다. 반군들은 시기를 달리하면서 앙제, 소뮈르, 시농을 차지했다. 영국 해군이 지원을 하려고 해안에서 기다리고 있던 낭트에서는 하마터면 반군이 이길 뻔했다. 당통이 이끄는 위원회는 전쟁에서 이기지도 못했고 평화를 약속하지도 못했다. 가을이 되어도 재앙과 패배의 소식에서 벗어나지 못한다면 상퀼로트들이 자기들 손으로 법을 집행하겠다고 나서면서 정부와 선출된 지도자들을 몰아세울 것이다. 회의록은 공개되지 않았지만 공안위원회 내부의 분위기는 (당통이 있건 없건 간에) 적어도 그랬다. 검사 직위를 상징하는 까만 삼각모 밑에서 나날이 수척해지는 시민 푸키에탱빌은 책상 위에 수북이 쌓인 서류 더미를 들여다보면서 주의 분산 작전을 짠다. 그의 헬쑥하고 허기에 찬 얼굴은 공화국의 처지와 비슷했다.

주의를 딴 데로 돌릴 필요가 있다면 장군을 한 명 체포하면 어떨까? 아르튀르 디용은 유명한 대의원들과 친하고 북부 전선 총사령관 물망에 오르는 사람이다. 발미 전투에서 실력을 보여주었고 그 뒤로도 대여섯 번 작전을 지휘했다. 국민공회에서 디용은 자유주의자였고 지금은 공화주의자다. 그렇다면 군사 기밀을 적에게 넘긴 혐의로 7월 1일에 그를 감옥에 집어넣는 것은 지극히 타당한 수순이 아닐까?

아네트 뒤플레시와 데물랭은 걷기가, 매일 오래 걷기가 클로드 뒤플레시의 건강에 필요하다는 음모극을 꾸몄다. 클로드의 주치의도 가벼운 운동은 조금도 해로울 것이 없으며 국민공회에서 가장 고약한 인물이 장모하고 좋은 시간을 갖겠다는데 굳이 방해할 필요가 있겠는가 하는 생각에서 음모에 가세했다.

아네트는 사실은 일반적으로 알려진 것보다는 덜 재미있게 살고 있었다. 매일 아침 그녀는 지방 신문을 살피면서 시간을 보냈다. 아네트는 신문들을 훑어보고 기사를 오려내고 발췌했다. 그리고 사위 옆에 앉아서 사위한테 온 편지들을 같이 뜯었다. 그리고 무슨 일을 해야 하고 무엇을 보내야 하고 무엇을 말해야 할지, 그녀가 답장해야 할지 아니면 사위가 답장해야 할지, 아니면 거실 벽난로에다 바로 편지를 집어넣어야 할지를 편지들 위에다가 휘갈겼다. 내가 사위의 비서 노릇을 하게 될 줄 누가 알았을까, 아네트는 그렇게 말하곤 했다. 우리가 같이 잠도 자지 않으면서 다른 식구들을 악착같이 속여야 했던 것이 이제 벌써 거의 십 년 전이다. 그들은 정확한 날짜를 기억하려고 애썼다. 프레롱이 데물랭을 데리고 아네트의 응접실에 나타난 것이 아마 1784년 어느 때였으리라. 아네트는 그때만 하더라도 부지런히 적어 두는 버릇이 없었다.

날짜가 기억나면 파티라도 해야겠다고 그들은 생각했다. 파티를 하는데 평계는 무슨 평계! 아네트가 말했다. 그들은 지난 십 년을 생각하면서 잠시 침묵에 빠져들었다. 그러고는 다시 코뭔 이야기로 돌아갔다.

그리고 여기 뤼실이 말없이 불쑥 나타났다. "깜짝이야!" 뤼실의 어머니가 말했다. "은밀히 에베르 얘기를 하고 있는데 이렇게 들어오는 법이 어디 있어."

뤼실은 웃지 않았다. 그리고 말하기 시작했다. 처음에 데물랭은 디용이 죽었다고, 전사했다고 뤼실이 말하는 줄 알았다. 데물랭은 머릿속이 하얗게 지워졌다. 그는 벽난로 옆 책상에 조용히 앉아 장작의 결을 바라보았다. 일이 분이 지나서야 데물랭은 소식을 알아들었다. 디용이 여기 감옥에 있다, 우린 이제 어떻게 할 것인가?

아침에 맛보았던 삶의 환희가 아네트의 몸 밖으로 스르르 빠져나가는 듯했다. "복잡하군." 아네트가 말했다. 그리고 곧바로 생각했다. 끝이 어떻게 될지 모르겠다. 배후가 누구일까? 그 망할 위원회 중 하나인가? 다들 경찰위원회라고 부르는 보안위원회인가? 정말 아르튀르 디용을 겨냥하는 건가 아니면 데물랭을 겨냥하는 건가?

뤼실이 말했다. "당신이 그 사람을 빼내야 해요. 그 사람이 유죄 선고를 받으면," 뤼실이 유죄 판결의 의미를 알고 있음이 그녀의 얼굴에 그대로 드러났다. "사람들은 당신을 지목하면서 디용을 열심히 밀어줬다고 말할 거예요. 실제로도 그랬고 지금도 그렇고."

"유죄 판결?" 데물랭은 이제 일어선 상태였다. "재판도 없을 텐데 유죄 판결은 무슨. 사촌의 목을 내가 부러뜨리고 말 거야."

"그만둬요, 그러지 마." 아네트가 말했다. "말을 가려서 해야지.

다시 앉아서 생각을 차분히 가라앉혀봐."

희망이 없었다. 데뮬랭은 화가 단단히 났다. 그리고 그것은 차갑게 계산된 정치인의 분노가 아니라 "감히 누구한테 이러는 거야?" 하는 식의 진짜 분노였다. "다시 평판이 떨어지겠구나." 아네트가 딸에게 소곤거렸다. 분노는 국민공회로 향할 것이다. 하지만 그 전에 마라의 집에 먼저 닿을 것이다.

요리사가 데뮬랭을 안으로 들였다. 마라가 왜 요리사를 고용했지? 만찬을 열 것도 아니고. 어쩌면 이 '요리사'란 직책은 더 정력적이고 혁명적인 모종의 소일거리를 감추고 있는지도 모른다. "신문지에 걸려 넘어지지 않도록 조심하세요." 여자가 말했다. 어둡고 추레한 통로에 신문들이 더미더미 쌓여 있었다. 주의를 준 뒤에 여자는 고용주들과 다시 합류했다. 그들은 죽은 사람의 영혼과 소통하려는 강령회 모임에 나온 사람들처럼 반원형으로 앉아 있었다. 왜 좀 치우고 살지 않을까? 데뮬랭은 짜증이 났다. 하지만 마라의 여자들은 집안일에 어둡다. 시몬 에브라르가 있었고 자매지간인 카트린도 있었다. 마라의 누이인 알베르틴은 가족을 보러 스위스로 갔다고 했다. 마라한테 가족이 있다고? 어머니, 아버지, 뭐 그런 가족이 있다는 소린가? 남들하고 비슷하다고 요리사는 말했다. 참으로 희한하게도 데뮬랭은 마라에게도 시초가 있다는 생각을 한 번도 해본 적이 없었다. 칼리오스트로처럼 나이가 몇천 살은 먹었으려니 싶었다. "좀 뵐 수 있을까요?"

"상태가 안 좋으세요." 카트린이 말했다. "특수 목욕을 하고 계세요."

"급한 일로 꼭 좀 봐야겠는데요."

크고 아름다운 갈색 눈의 시몬이 말했다. "디용 건인가요?" 그녀가 일어섰다. "그럼 저랑 같이 가요. 그 얘기를 듣더니 웃더라고요."

마라는 후끈거리는 작은 방 안에서 덮개가 있는 욕조 안에 폭 들어가 있었다. 어깨에 수건을 둘렀고 머리도 천으로 감싼 상태였다. 진한 약내가 났다. 얼굴은 퉁퉁 불어 있었는데 평소의 누리끼리한 빛깔 밑으로 더 심한 푸르스름한 빛깔이 비쳤다. 책상 대용으로 쓰라고 판자를 욕조에 걸쳐놓았다.

시몬은 밀짚으로 엮은 의자를 툭 치면서 가리켰다.

마라는 교정을 보고 있다가 고개를 들었다. "그 의자는 앉으라는 걸세, 카미유. 위에 올라서서 연설하라는 게 아니라."

데물랭이 의자에 앉았다. 그는 마라와 눈을 마주치지 않으려고 애썼다. "그래, 미학적이지 않은가?" 마라가 말했다. "한 편의 예술품이지. 난 전시장에 있는 거라고. 쿵쿵대면서 들어오는 사람들 숫자만 봐도 내가 전시품이 아닌가 싶다니까."

"웃을 거리를 찾아내셨으니 다행입니다. 제가 당신 처지라면 그리 신나지 않을 텐데 말이지요."

"아, 디용. 그 주제로는 오 분만 시간을 주도록 하겠네. 디용은 귀족 출신이므로 마땅히 참수되어—"

"출신은 어쩔 수 없는 겁니다."

"자네에게는 어쩔 수 없는 결함들이 좀 있는데 언제까지 그걸 용인할 순 없다네. 디용이 자네 부인의 애인이라는 점을 고려하면 자네가 그 사람을 위해서 뭔가 하려고 들면 자네의 비뚤어진 기질만 드러나게 될 뿐이야. 위원회에서 그렇게 한 바에는 군소리하지 말고 잘되기나 빌어줘." 마라는 주먹을 쥐고 필기대를 쾅 내리쳤다. "어이쿠, 이러다 망가지겠군."

"디용이 이 어처구니없는 혐의로 재판정에 서게 되면, 지은 죄는 하나도 없지만 재판정에 가게 된다면, 사형 선고를 받을까 봐 불안해서요. 그럴 수 있다고 생각하세요?"

"있지. 그 사람은 적이 많으니까, 아주 강한 적들이. 뭘 기대했나? 혁명재판소는 정치 도구야."

"재판소는 폭민 정치를 없애려고 세운 겁니다."

"그건 당통 주장이지. 재판소는 그걸 뛰어넘을 거야. 보기 드문 싸움이 지금 벌어지는 거거든." 마라는 고개를 들었다. "자네 말이지, 만약 자네가 귀족 출신들의 안위에 신경을 쓴다면 자네한테 고약한 일이 생길 거야."

"그럼 당신은요?" 데물랭은 냉정하게 물었다. "더 심한 일을 당하나요? 죽나요?"

마라는 욕조 옆을 톡톡 두드렸다. "아니…… 이런 식으로…… 질질 끄는 거지."

국민공회에서 벌어진 한 장면. 당통의 친구 데물랭과 당통의 친구 라크루아가 가두 집회에서 하듯이 의석들을 사이에 두고 서로에게 고함을 질렀다. 당통의 친구 데물랭은 당통 위원회를 공격했다. 연단에 선 데물랭은 양쪽에서 협공을 당했다. 산악파 쪽에서는 비요바렌 대의원이 언성을 높였다. "수치스러운 일입니다. 저 사람을 제지해야 합니다. 저 사람은 자기 이름에 먹칠을 하고 있습니다."

또 한 번의 퇴장. 이제는 익숙해졌다. 파브르가 뒤를 따랐다. "글로 쓰라고."

"그래야죠." 디용이 감옥에서 데물랭에게 보내온 편지는 이미 공개되었다. 데물랭은 편지를 대의원들 앞에서 읽었다. 디용은 자신은 조국에 좋지 않은 일은 한 번도 한 적이 없다고 말했다. "시론을 써야지." 데물랭이 말했다. "제목은 뭐로 할까요?"

"그냥 '아르튀르 디용에게 쓰는 편지'라고 해. 사람들은 남의 편지 읽기를 좋아하거든." 파브르는 국민공회 회의장 쪽을 보면서 고개를 끄덕였다. "쓰는 김에 묵은 빚도 좀 갚고. 선거 운동도 좀 하고."

'내가 지금 뭐 하는 거지, 뭐 하는 거냐고.' 파브르는 생각했다. 디용 일에 휘말리는 것만은 어떻게 해서든 피해야 할 처지였다.

"제가 제 이름에 먹칠을 한다고 비요바렌이 말한 게 무슨 뜻이지요? 내가 무슨 거물이라도 되나?"

데물랭은 답을 알았다. 그는 거물이 맞았다. 그가 곧 혁명이다. 이제 사람들은 혁명을 혁명 자체로부터 보호해야 한다고 생각하는 모양이었다.

나이 든 대의원 한 명이 심각한 얼굴로 다가와서 데물랭의 살기등등한 표정을 무시하고 그를 잡아끌더니 어디 가서 커피나 한잔하자고 했다. 디용을 잘 아시오? 남자가 물었다. 네, 아주 잘 압니다. 그럼, 이건 당신을 언짢게 하려는 게 아니라 당신이 알아야 하기 때문에 하는 말인데, 디용과 당신 아내에 대해서도 아시오? 데물랭이 고개를 끄덕였다. 데물랭은 머릿속에서 문단을 써 나가고 있었다. 대의원이 말했다. 당신은 이런 대접을 받아서는 안 되오, 당신은 더 나은 대접을 받아야 하오. 진부한 이야기지만 아무래도 당신이 공무에 매달리다 보니 부인이 무료해져서 변심을 했나 보구려. 당신은 디용처럼 멋을 안 부리니까.

세상은 이렇게 따뜻하다. 이 참을성 있는 남자는 자기가 잘 몰랐던 상황으로 서툴게 발을 들여놓았다가 낯 뜨거운 소문의 끝자락을 붙들고 젊은이의 인생을 바로잡아주려고 비장하게 나섰다. 자신도 이십 년 전쯤 배신을 당했을까? 모를 일이다. 데물랭은 감동했다. 감사합니다. 그는 공손히 말했다. 카페를 나와 책상이 있는 집으로 향하면서 데물랭은 괴상한 액체가 혈관 속으로 흐르는 듯한 느낌을 받았다. 오래전 혁명에 처음 나섰을 때처럼 단어들이 힘차게 그의 혈관을 따라 마약처럼 움직이고 있었다. 그 다음 두어 주일 동안 데물랭은 제정신이 좀 아닐 것이다. 글을 쓰거나 소리 지르기 시합을 벌이지 않을 때에는 삶이 그의 몸에서 빠져나가는 것 같았다. 그는 자신이 소극적이라고 느꼈고 쭉정이 같고 유령 같은 기분이 들었다. 이상한 환상들이 그를 사로잡았다. 공적 토론의 언어가 돌연 격하게 방향을 틀었다.

데물랭은 이렇게 썼다. "르장드르 다음으로 국민공회 성원 중에서 자기 자신을 가장 높게 보는 사람은 생쥐스트다. 그의 거동을 보면 그가 자신의 머리를 혁명의 주춧돌로 느낀다는 사실을 알 수 있다. 그는 자신의 머리를 거룩한 성체처럼 모시고 다닌다."

생쥐스트는 누군가가 녹색 잉크로 밑줄을 쳐준 그 구절을 내려다보았다. 그의 얼굴에는 표정이 거의 없었다. 감상적인 로맨스 소설의 등장인물이 그러듯이 비웃지도 않았다. 생쥐스트는 다만 이렇게 말했다. "거룩한 성체처럼이라. 자신의 잘린 머리를 들고 걸어가면서 설교했다는 생 드니(성 디오니시우스)처럼 나도 그 사람이 자기 머리를 들고 가게끔 만들어주겠소."

"그거 괜찮군." 데물랭이 그 이야기를 전해 듣고 말했다. "우리 아들 오라스 수준에 딱 맞는 농담이야. 오라스가 자라면 누구보다는 똑똑해져야 할 텐데."

이어 그는 서가를 뒤졌다. "뤼실, 생쥐스트가 쓴 거지 같은 시 어디 있지? 스무 권짜리 서사시라던가 하는. 거기 '내가 신이라면'이라고 시작하는 연이 있었는데. 그 다음이 어떻게 이어지나 모르겠네, 분명히 놀려먹을 건수가 될 텐데 말이야."

그리고 갑자기 말을 멈추더니 앉았다기보다 의자로 털썩 무너졌다. "내가 뭘 하는 거지? 생쥐스트하고 난 같은 편이라야 하는데. 우린 자코뱅이고 공화주의잔데……."

"내가 찾아볼게요." 뤼실이 조용히 말했다.

"안 찾는 게 좋겠어."

왜냐하면 데물랭에게 환영이 보이기 시작했던 것이다. 자기의 잘린 머리를 손에 들고 몇십 킬로미터를 걸었다는 프랑스의 수호 성인 생 드니의 환영이었다. 데물랭은 자갈길 위로 더듬더듬 길을 찾았던 그레브 광장에서 그를 처음 보았다. 성자의 머리는 깔끔하게 잘려 있었다. 핏덩어리는 없었다. 그러나 그의 왼쪽 손목에서 거의 아무렇게나 대롱대롱 흔들리던 것은 데물랭의 머리였다. 데물랭은 자신이 로베스피에르와 밀담을 나누려고 뒤플레 집으로 슬그머니 들어가는 모습을 다시 보았다. 자코뱅 클럽으로 들어가려고 밖에서 기다리는 모습도 보았다. 위대한 세상으로 안내받기를 원하는, 지방에서 막 올라온 겸손한 애국자.

하루 이틀이 지나자 주도권을 쥐는 것만이 중요하다는 생각이 들었다. 생쥐스트를 죽이기란 퍽 쉬울 것이다. 그는 어느 때라도 일을 치르기 편한 장소에서 혼자 있는 생쥐스트를 볼 수 있었다. 권총을 쏘거나 아니면 (떠들썩해지는 것을 피하려면) 칼을 쓸 수도 있다. 생쥐스트의 우단 같은 눈에 고통이 차오르는 모습이 눈에 선했다.

그러자면 플롯이 필요할 것이다. 공화국을 상대로 한 생쥐스트의 음모를 흠잡을 데 없이 검증된 애국자의 본능으로 탐지했다는 플롯. '나는 혁명 그 자체다.' 그가 애국적 분노가 폭발하여 생쥐스트를 처치했다는 걸 누가 믿지 않겠는가? 데물랭은 성질을 죽이는 사람으로 알려져 있지 않았다. 곤란한 질문을 피하려면 품에 지니고 다니는 줄을 자신도 잘 몰랐을 정도로 작은 칼이라야 한다.

'정신 차려.' 데물랭이 자신에게 말했다. '나도 생쥐스트를 안 죽이겠지만 생쥐스트도 날 안 죽일 거다. 생쥐스트가 날 안 죽일 확률이 더 높을 거다.'

데물랭은 자기가 서기로 있는 전쟁위원회에 참석했다. 그리고 그곳에 있는 방에서 고향 집으로 보내는 분별 있고 정겨운 편지를 썼다. 뤼실이 샘이 나서 죽으려고 하니까 편지에서 로즈플뢰르 얘기는 그만하라고 아버지에게 부탁하는 내용이었다.

그렇지만 환상은 데물랭의 뇌 속으로 밀고 들어와서 아예 자리를 잡았고 그는 그것을 몰아낼 수가 없었다. 그는 르펠르티에의 옆구리에 났던 구멍을, 정육업자의 짐승 잡는 칼로 생긴 상처를, 르펠르티에가 온 밤을 끌며 죽어 가게 만들었던 상처를 생각했다. 관건은 속도일 것이다. 정확하고 효과적인 일격을 날려야 할 것이다. 생쥐스트는 그보다 훨씬 덩치가 크고 힘이 셌다. 데물랭에게는 오직 한 번의 기회밖에 오지 않을 것이다. 자코뱅에서 그 청년의 우렁찬 목소리를 들을 때 그는 속으로 웃을 것이다. 생쥐스트가 왼손을 허공에서 내려치는 동작을 보이며 연단에 있을 때 데물랭은 국민공회에서 자신이 벌일 일을 상상할 것이다.

7월 13일. "캉에서 온 사람이야." 당통이 말했다. "페티옹하고 바르바루가 벌써 몇 주째 거기에 있나 본데. 지롱드파의 음모야. 분명히 말해 두는데 이건 내가 벌인 일이 아니야."

데물랭이 말했다. "누군가가 거리에서 암살이다 하고 내지르는 소리가 들리더라고……. 그 소리를 들었을 때 불길한 생각이……. 순간적으로……. 아니, 아무것도 아니야, 됐어."

당통은 잠시 상대를 빤히 쳐다보았다. "어쨌든, 이걸로 지롱드파는 끝장이다. 살인마에 겁쟁이들이야. 그들이 여자를 보냈어."

좁은 길이 사람들로 가득 차 있었다. 무표정한 얼굴로 거의 침묵을 지켰지만 군중의 눈은 불이 환히 밝혀진 마라의 아파트 창문에 꽂혀 있었다. 자정에서 한 시간이 지났지만 이상하게 밝았고 아열대처럼 후덥지근했다. 데물랭은 쇠난간 계단 밑에서 지키고 서 있던 상퀼로트에게 비키라는 손짓을 했다. 사내는 바로 물러서지는 않았다.

"가까운 거리에서 본 적이 없어서 못 알아봤소." 사내가 말했다. 그는 데물랭을 이리저리 훑어보았다. "당통은 어떻게 받아들이오?"

"충격받았습니다."

"설마 그랬을 리가. 다음번에는 좀 그럴 듯한 답변을 준비하시오."

데물랭은 군중이 자기 이름을 외치는 데 익숙했다. 그러나 이 사람이 보이는 태도는 색다르고 좀 더 불쾌하면서 뭔가 익숙한 느낌이었다.

"당통하고 로베스피에르가 마라를 조용한 곳으로 보냈다고 말하는 사람도 있소." 사내가 말했다. "그런가 하면 왕정주의자가 했다고 말하는 사람도 있고, 브리소 짓이라고 말하는 사람도 있소."

"이제 알겠군." 데물랭이 말했다. "당신, 에베르 뒤를 졸졸 따라다니던 사람 맞지? 여기서 뭐 하는 거지?"

데물랭은 알아차렸다. 벌써 유산을 놓고 공방이 벌어진 것이다.

"아, 뒤셴 영감은 그 나름으로 생각이 있을 테고. 인민은 새로운 '벗'을 필요로 할 거요. 댁들은 절대로 아닐 거고—"

"혹시 자크 루?"

"당신은 너저분하고 막돼먹은 디용하고—"

데물랭은 그를 밀치고 안으로 들어갔다. 르장드르가 벌써 집 안에 있었다. 거드름이 묻어나는 불룩한 몸에다 삼색 어깨띠를 지저분하게 동여맨 채 지휘하고 있었다. 여자들의 비명이 아직도 창문을 흔들기라도 하듯 바닥이 그의 발밑에서 떨리는 것 같았다. 하지만 닫힌 문 너머에서 새어 나오는 낮은 흐느낌을 빼고는 이제는 모두 조용했다. '오늘 별로 먹지를 못했구나.' 데물랭은 속으로 혼잣말을 했다. 그래서인지 벽은 흐물흐물하고 공기는 뿌옇게 보였다.

암살자는 응접실에 앉아 있었다. 두 손은 단단히 묶여 있었고 그녀가 앉은 의자 뒤에는 총검을 든 남자 둘이 서 있었다. 여자 앞에는 꾀죄죄한 흰색 천이 덮인 작은 탁자가 있었고 그 위에는 암살자의 소지품이 있었다. 금시계, 골무, 하얀 실이 감긴 실패, 동전 몇 개였다. 여권, 출생증명서, 가장자리에 레이스가 달린 손수건, 부엌칼을 집어넣는 판지로 된 칼집도 있었다. 여자의 발치에 먼지 쌓인 양탄자 위에는 눈부신 녹색 리본이 달린 검은 모자가 놓여 있었다.

데물랭은 벽에 기대어 서서 여자를 지켜보았다. 여자는 빛의 모든 섬세한 변화를 받아들이면서 쉽게 붉어지고 멍이 남는 얇고 투명한 피부를 가지고 있었다. 우유로 만든 크림과 농장의 신선한 버터를 먹고 자라서 가슴이 잘 발달한 건강한 아가씨였다. 부활절이 끝난 다음 일요일에 리본 장식을 하고 꽃 내음을 풍기며 교회에서 미소로 화답할 그런 아가씨였다. 데물랭은 생각했다. 난 너를 잘 알아, 어렸을 때 널 본 기억이 난다. 공들여 머리를 했던 흔적이 묻어났다. 살인을 하러 나서기 전에 시골 처녀가 했을 법한 그런 헤어스타일.

"금방 벌게져요." 르장드르가 말했다. "아무것도 아닌 말에도 얼굴이 붉어지는군. 그런데 자기가 저지른 범죄에 대해서는 얼굴을 붉히지 않아, 곧 죽어도 붉어지지 않아. 내가 살아남은 건 감사하게도 하늘의 섭리인 모양이야. 이 여자가 오늘 아까 우리 집에도 왔거든. 자기는 아니라고 하지만 왔었어. 수상해서 식구들이 들여보내지 않았지만. 자신은 부인하지만 처음에 고른 건 나였어."

"축하합니다." 데물랭이 말했다. 처녀는 묶인 두 손이 아픈 모양이었다.

"전혀 얼굴을 붉히지 않아, 우리 위대한 애국자를 암살한 일을 두고는." 르장드르가 말했다.

"목적이 거기에 있었다면 이 여성이 굳이 그쪽을 먼저 찾아가서 시간 낭비할 이유가 없었을 텐데요."

시몬 에브라르는 시신을 놓아둔 방 바깥쪽 문가에 서 있었다. 눈물 자국이 난 얼굴로 제대로 몸을 가누지도 못하고 벽에 겨우 기대어 있었다. "피가 얼마나 많던지. 이 피를 바닥과 벽에서 어떻게 치우지?"

데물랭이 문을 열었을 때 시몬은 힘없이 그를 막으려는 몸짓을 했다. 데샹 박사가 어깨 너머로 힐끗 돌아보았다. 조수 한 사람이 데물랭이 오는 것을 막으려고 한 팔을 뻗고 다가왔다. "확실히 알아야 해서요." 데물랭이 작게 말했다. 데샹은 다시 고개를 돌렸다. "미안하게 됐습니다, 시민 데물랭. 못 알아보았습니다. 미리 말씀 드리는데 끔찍합니다. 지금 시신을 방부 처리 하는 중인데 이 더위에…… 너덧 시간이 지났으니 시신 상태가—" 의사는 두 손을 수건으로 닦았다. "아직 살아 있을 때부터 썩어 나가지 않았나 싶어요."

'저 사람은 내가 국민공회 이름으로 의전 문제 때문에 여기에 온 줄 아는구나.' 데물랭은 생각했다. 그는 내려다보았다. 데샹 박사가 데물랭의 팔꿈치를 잡았다. "즉사였습니다. 거의 순간적이었을 겁니다. 간신히 비명만 질렀을 겁니다. 아무것도 느낄 수 없었을 거예요. 칼이 여기로 들어간 겁니다." 의사는 상처를 가리켰다. "오른쪽 폐로 들어가서 동맥을 뚫고 심장을 찔렀죠. 고인의 입을 다물게 할 수가 없어서 혀를 잘라야 했습니다. 괜찮죠? 그래도 알아볼 만은 하지 않은가요 아직. 이제 나가주셔야겠습니다. 제일 강한 향을 구해서 피우고 있지만 보통 사람은 견디기 힘든 냄새지요."

밖으로 나오니 시몬은 아직도 벽에 기대어 있었다. 숨을 쉬는데 쉿소리가 났다. "이 여자한테 아편을 좀 주라고 했는데." 데샹이 언짢은 듯이 말했다. "나더러 어디에다 서명하라는 건 아니죠? 그래, 아닌 줄 알았어요. 공식 수행원을 데리고 온 거죠? 왜 이런 난리들인지 모르겠는데, 마라가 죽은 줄 다 알아요. 자코뱅 클럽에서 왔다는 어떤 사람은 내 조수들한테 토했지 뭡니까. 댁도 까딱하면 실신할 것 같은데 빨리 나갑시다. 부인인지 누군지는 몰라도 저 여자분한테 뭐 좀 해드리고요."

문이 찰칵 닫혔다. 시몬은 데물랭의 팔 안으로 무너졌다. 옆방에서는 퉁명스럽게 묻는 목소리들이 들렸다.

"난 마라의 아내였어요." 시몬이 힘없이 뇌까렸다. "그 사람은 교회에서도 결혼해주지 않았고 시청에서도 해주지 않았지만 모든 조물주에 대고 내가 자기 아내라고 맹세했어요."

'이건 뭐지?' 데물랭은 생각했다. '나더러 자기의 권리에 대해 조언을 해 달라는 건가?' "유족으로 인정받을 겁니다." 데물랭이 말했다. "요즘은 형식을 별로 따지지 않거든요. 인쇄기도 다음 호에 쓸 종이도 이제 전부 당신 겁니다. 잘 챙기세요. 장례식 비용은 나라에서 부담하겠지요."

데물랭은 바깥 거리로 나와서 마라 집의 창문을 되돌아보았다. 다비드와 조수들이 불빛을 받으며 부산하게 움직이는 그림자가 보였다. 비가 내리기 시작했다. 굵고 따뜻한 빗방울이었다. 멀리 어디에선가 천둥 소리도 들렸다. 어쩌면 베르사유 쪽인지 몰랐다. 군중은 어깨를 맞대고 서서 다음에 벌어질 일을 참을성 있게 기다리고 있었다.

다비드가 처리를 맡았다. 유해는 납관에 넣어 밀봉한 뒤에 루브르의 고대 전시관에서 가져온 자주색 반암으로 된 더 큰 석관 안에 집어넣기로 했다. 그렇지만 장례 행렬을 위해서는 고인을 삼색기로 싸서 (천은 독주에 푹 적셔서) 상여에 얹을 필요가 있었다. 시신의 두 팔 중에 상태가 나은 쪽에 월계관을 쥐어주었고 하얀 옷을 입은 소녀들이 삼나무 가지를 들고 상여를 둘러쌌다.

그 뒤로는 국민공회, 자코뱅 클럽, 군중이 따랐다. 행진은 오후 5시에 시작해서 횃불을 밝힌 채 자정에 끝났다. 마라는 고인이 생전에 선호했던 대로 지하에, 돌덩어리들이 튀어나와 있고 쇠로 철책이 쳐진 지하실 같은 무덤에 묻혔다.

별도로 방부 처리를 한 심장은 납골 단지 안에 두었다. 코르들리에 클럽의 애국자들은 세상이 끝나는 마지막 날까지 영원토록 자기네 구역에 두기 위해 단지를 가지고 갔다. '마라의 거룩한 심장' 앞에서 사람들은 오열했다.

인민의 적들에게 죽은

인민의 벗

마라가 여기 잠들다

1793년 7월 13일

장례식을 하는 동안 로베스피에르가 보인 태도를 두고 뭐라고 한 사람이 있었다. 그는 마치 시신을 쓰레기 처리장으로 운반하는 사람처럼 보였다고 목격자는 말했다.

9장

단두대의 앙투아네트

(1793)

7월 25일: 당통은 의자에 거구를 파묻고 머리를 뒤로 젖힌 채 껄껄 웃어댔다. 루이즈는 움찔했다. 루이즈는 언제나 가구가 망가질까 걱정했고 당통은 언제나 가구를 교체할 돈은 얼마든지 있다고 장담했다. "공안위원회하고 갈라서는 날—" 당통이 말했다. "난 절대로 보지 못할 줄로만 알았던 장면을 보고 말았지. 할 말을 잃은 파브르 데글랑틴의 모습을." 당통은 약간 취기가 올라 있었고 이따금씩 몸을 탁자 쪽으로 기울여 새 아내의 손을 부여잡았다. "그래, 아직도 말문이 막힌 거요?"

"아니." 파브르는 자신 없는 목소리로 말했다. "정말이지, 위원회에 생쥐스트하고 앉아 있는 건 누구한테도 권하고 싶지 않아. 그리고 맞아, 말한 대로 로베르 랭데가 뽑혔지만 그 사람은 확실한 애국자니까 믿어도 돼. 그리고 에로 드 세셸도 뽑혔지만 우리 친구니까……."

"어째 목소리가 석연치 않네. 보라고요, 난 당통이오. 이 사실을 단단히 머리에 박아 두라니까요. 위원회는 내가 필요할지 몰라도 난 위원회가 필요하지 않아. 자, 아무도 해주지 않으니까 나 혼자서라도 축배를 들어야겠다. 오늘 국민공회 의장으로 새로 선출된 이 몸을 위해서." 당통은 뤼실을 향해 잔을 들었다. "자, 축배를 들 일이 더 있어. 내 친구 베스테르만 장군이 방데에서 반란자들을 분쇄하기를 기원하면서."

지난번 패배 이후로 베스테르만을 다시 사령관으로 앉힐 수 있게 된 것이 당통에게는 다행스러운 일이라고 뤼실은 생각했다. 베스테르만도 활보를 할 수 있게 되었으니 그 자신에게도 다행이다. "마라의 거룩한 심장을 위하여." 당통이 말했다. 루이즈가 남편을 날카롭게 쳐다보았다. "미안, 일부러 험담을 하려는 건 아니고 그저 거리에서 뭘 모르는 가난한 무지렁이들이 내뱉는 소리를 읊어본 거야. 지롱드파는 왜 마라를 노린 거지? 어차피 산송장이나 진배없었는데. 만약 그 계집이 주장한 대로 자기 혼자 벌인 일이라면 내가 항상 하는 말이지만 여자는 정치 감각이 없다는 사실이 증명되는 셈 아니겠냐고. 노리려면 로베스피에르나 나를 노렸어야지."

"제발 그런 소리 좀 하지 말아요." 루이즈가 사정했다. 한편으로 루이즈는 식칼이 근육과 지방의 그 단단한 층들을 과연 베고 들어갈 수 있을까 상상하기 어려웠다. 당통은 탁자를 내려다보았다. "카미유, 자네가 흘리는 피 한 방울은 마라의 몸에 있는 피 전부와 맞먹는다네."

당통은 잔들을 다시 채웠다. 또 한 병 마시겠구나. 루이즈는 생각했다. 그리고 아마 바로 잠이 들겠지. "그리고 자유를 위해서." 당통이 말했다. "잔을 드시오, 장군."

"자유를 위해서." 디용 장군이 감개무량한 목소리로 말했다. "이게 말이 되는 소리인지는 모르겠지만 부디 우리가 자유를 오래 누릴 수 있기를."

7월 26일: 로베스피에르는 무릎 사이로 두 손을 꽉 거머쥐고 고개를 숙인 채 앉아 있었다. 고통의 표본이었다. "알아? 난 그런 데에는 발을 들여놓지 않겠다는 입장을 고수했어. 난 공직을 맡지 않는다는 입장이었어."

"알아." 데물랭이 말했다. 데물랭은 어젯밤부터 두통이 심했다. "상황은 변해."

"그런데 이제 보라고—" 로베스피에르는 얼마 전부터 얼굴에 미세한 경련이 일어나는 것이 신경 쓰였다. 하던 말을 가끔씩 멈추고 손으로 뺨을 눌렀다. "적이 사방에서 밀고 오는데……. 확고부동한 중앙의 권위가 있어야 하는 건 분명하고……. 전부터 난 위원회를 줄곧 옹호했고 위원회의 필요성을 줄곧 부르짖었어……."

"됐어. 변명 좀 그만하라니까. 자넨 선거에서 이긴 거지 범죄를 저지른 게 아니잖아."

"에베르나 자크 루처럼 프랑스가 강력한 정부를 거느리지 않기를 바라는 분파도 있잖아. 거리의 사람들이 자연스럽게 품는 불만에 편승해서 분란을 일으키려고 기를 쓰는 자들. 극단적 혁명이라고 부를 수밖에 없는 조치들, 점잖은 사람들의 눈살을 찌푸리게 만들기에 딱 좋은 무시무시한 조치들을 들고 나오는 자들. 그자들은 혁명에 먹칠을 해. 그들은 과도함으로 혁명을 죽이려고 해. 그래서 내가 그자들을 적의 하수인이라고 부르는 거야." 로베스피에르는 손을 다시 얼굴로 가져갔다. "당통이 조금만 관심을 보여주면 좋으련만."

"당통은 자네하고는 달라서 공안위원회를 별로 중요하게 여기지 않아."

"분명히 말해 두지만, 난 그 자리를 탐한 게 아니야. 시민 가스파랭이 병이 들어서 내가 어쩔 수 없이 떠맡은 거니까. 로베스피에르 위원회라고 부르지 않으면 좋겠어. 난 다수 중에서 한 명일 뿐이야……." 로베스피에르가 말했다.

가장 좋은 친구가 위원회를 떠난다. 다른 친구가 위원회에 들어온다. 데물랭은 로베스피에르가 예행 연습하는 연설의 실험적 청중이 되는 일에 익숙하다. 1789년 이후로 죽 그랬다. "자넨 언제나 내 가슴속에 있었어." 뒤플레의 집에서 그 말을 들었던 그 숨 막히고 가슴 떨렸던 순간 이후로 데물랭은 로베스피에르가 자기한테 더 많은 것을 요구한다는 느낌을 받았다. 로베스피에르는 함께 있으면 잠시라도 도저히 느긋하게 정신의 끈을 놓을 수가 없는 그런 사람이 되어 간다.

이틀 뒤 공안위원회는 체포 영장 발부 권한을 부여받았다.

점점 지지자가 늘어나는 자크 루는 자기가 새로 내는 신문의 새로운 주역은 '마라의 영혼'이라고 선언했다. 에베르는 만약 마라에게 후계자가 필요하고 귀족들에게 또 한 명의 희생양이 필요하다면 자기는 준비가 되어 있다고 자코뱅들에게 알렸다. "그 무능하고 평범한 자가? 주제를 알아야지." 로베스피에르는 말했다.

8월 8일 시몬 에브라르가 국민공회 변호사회에 나타나서 상퀼로트를 파멸로 이끄는 특정 인사들을 맹렬히 성토했다. 그러면서 자신의 견해는 순교자가 된 남편이 마지막 순간에 밝힌 견해였다고 덧붙였다. 능숙하고 자신감 넘치는 일장 연설이었다. 그녀는 시민 로베스피에르의 깨알 같고 들쭉날쭉한 필체를 읽어내느라고 가끔 말을 멈추고 메모를 유심히 들여다보았다.

일 주일 뒤 공안위원회에 한 명이 더 충원되었다. 로베스피에르가 아라스의 문학 모임에서 처음 만났던 공병 장교 라자르 카르노였다. "난 군인하고는 잘 맞는 편이 아니야." 로베스피에르는 말했다. "그 사람들은 개인적 야심으로 가득 차 있고 중요하게 여기는 게 나하고는 다른 것 같거든. 그래도 군인은 필요악이지. 카르노는 언제나—" 로베스피에르는 거리감이 느껴지는 말투로 덧붙였다. "자기가 무슨 말을 하는지 아는 것 같아."

그렇게 해서 카르노는 나중에 승리의 조직자로 알려지게 되고 로베스피에르는 카르노의 조직자로 알려지게 된다.

혁명재판소 소장이 (마라의 암살범 재판을 부실하게 진행했다는 죄목으로) 체포당하자 아라스 변호사회 출신으로서 최근에 파리에 진출한 시민 에르망이 후임자로 앉았다. 로베스피에르가 하는 말이 일리가 있음을 일찌감치 알아차린 유일한 사람이 에르망 아니었던가. "알죠, 그 사람을." 에르망이 뒤플레 부인에게 말했다. "제가 젊었을 때부터."

"지금은 젊지 않다고 생각하나요?" 부인이 물었다.

물러나는 소장은 재판소에서 실제로 재판이 벌어지는 동안 헌병들에게 끌려나갔다. 푸키에탱빌은 드라마를 좋아했다. 드라마는 그의 사촌 데물랭의 전유물이 아니었다.

내무장관이 물러났을 때 그 자리를 놓고 각축을 벌인 것은 에베르와 지금은 주목받는 변호사가 된 쥘 파레였다. 그리고 파레가 임용되었다. "그 이유를 모르는 사람도 있습니까." 에베르가 말했다. "그자는 당통의 사무장이었죠. 너무 거물이 되면 자기 손으로는 아무 일도 하지 않고 그냥 자기 수하를 앞세워서 대신 권력을 휘두르게 하지요. 데포르그도 전에 당통 사무실에서 일했는데 지금은 외무부에 있죠. 파레하고 당통은 도둑놈처럼 낯가죽이 두꺼워요. 꼭―" 에베르는 덧붙였다. "당통이 뒤무리에하고 어울렸을 때처럼."

"젖비린내 나는 애송이 같으니." 당통이 말했다. "자기 조무래기들을 육군부에 다 박아 넣고 신문 같지도 않은 자기 신문을 병사들한테 뿌리는 것만으로도 모자라단 말인가."

당통은 자코뱅 클럽에서 자기 생각을 분명히 밝혔다. 그리고 박수도 좀 받았다. 당통이 단상에서 물러나자 로베스피에르가 일어나서 연설했다. "그 누구에게도 당통을 조금이라도 비판할 권리는 없습니다. 당통을 깎아내리려는 사람은 먼저 열의, 저돌성, 애국심을 당통과 겨루어야 합니다."

더 많은 박수가 나왔다. 자리에서 일어서는 사람들도 있었다. 당통은 뿌듯했다. 그는 크라바트도 안 매고 수염도 제대로 안 깎고 의석에 퍼질러 앉아 고개를 숙였다. 로베스피에르도 뿌듯했다. 성호를 긋지 못하는 대신 소매를 가볍게 톡톡 치고서 자신의 숭배자들에게 목례를 하고 클럽 전체에 조심스럽게 미소를 보냈다. 그러고 나서는, 짐작건대 그 자리에 있었다는 이유만으로 시민 데물랭이 박수를 받았다. 데물랭이 좋아하는 것이 바로 이 갈채 아니던가. 데물랭은 다시 무대 중앙으로 돌아왔다. 데물랭은 혁명의 연인이었고 아무리 변덕을 부려도 응석을 받아주어야 하는 '무서운 아이'였다. 짐작건대 저기 의석 어딘가에는 그에게 기억에 남는 주먹 세례를 선사했던 바이올린 제작자 르노댕이 도사리고 있었다. 그러나 지금 당장은 어딘가에 숨어 있다가 나타나서 우악스럽게 데물랭을 껴안는 애국파들의 열정 말고는 위험한 것이 없었다. 어느새 데물랭의 몸이 두 번째로 모리스 뒤플레의 어깨에 짓눌렸다. 데물랭은 바베트 뒤플레한테서 아슬아슬하게 빠져나왔을 때를 떠올렸다.

"얼굴이 왜 그래, 무슨 걱정이라도 있나?" 당통이 물었다.

"자네들 사이의 화합을 지켜 나가는 게 걱정스러워서." 데물랭은 자기가 지켜 나가는 것을 작게 몸짓으로 보여주었다. 그것은 달걀 하나 크기만 했고 깨지기 쉬워 보였다.

8월 말에 징병제가 도입되었고, 오스트리아군의 공격에 무력하게 대응한 퀴스틴 장군(왕년의 퀴스틴 백작)은 외국과 공모했다는 혐의를 받아 기요틴에서 목이 잘렸다. 그 일은 다른 사람들을 고무시켰다. 26일에는 엘리자베트 뒤플레가 대의원 필리프 르바와 결혼했다. 미남은 분명히 아니었지만 르바는 좋은 공화주의자였고 상냥했고 성실했고 착실했다. "드디어!" 데물랭이 말했다. "안심이다!" 로베스피에르는 놀랐다. 결혼은 물론 수긍했다. "하지만 엘리자베트는 겨우 열일곱 살이잖아." 로베스피에르가 말했다.

빵 가게 밖에 늘어선 줄들은 점점 불안해졌다. 빵은 쌌지만 모자랐고 질이 낮았다. 몽타냐르의 대의원 샤보는 새 헌법에 관해서 로베스피에르에게 이의를 제기했다. 샤보는 그에게 서류를 흔들었다. "공화국은 빈곤을 없애지 못하고 있어요. 빵이 없는 사람에게 빵을 보장하지 못하고 있어요."

로베스피에르에게는 뼈 아픈 대목이었다. 그는 빵이 없는 사람에게 빵을 안겨주고 싶은 마음이 간절했다. 이 목표와 동떨어진 목표는 집어내서 자르고 쓸어내도 아쉬울 것이 없었다. 이 목표는 얼마든지 실현 가능하고 간단한 것 아닌가? 하지만 자잘한 걸림돌이 워낙 많아서 로베스피에르는 더 큰 문제를 건드릴 수가 없었다. "나도 그렇게 할 수 있으면 좋겠습니다. 가난한 사람이 더는 우리 옆에 없었으면 좋겠습니다. 하지만 우리는 가능한 한계 안에서 움직이는 겁니다."

"우리가 모든 권력을 위원회에 주었는데 그런 말을 하면 —"

"여러분은 위원회에 권력도 조금 주었지만 더 많은 문제를 주었고 우리가 도저히 대답할 수 없는 질문을 퍼붓습니다. 가령 여러분은 식량을 공급해야 할 징병 군대를 우리에게 주었습니다. 여러분은 위원회에 모든 것을 기대하면서 위원회의 권력을 질투합니다. 우리가 빵과 물고기의 기적을 이루어낸다 하더라도 여러분은 아마 우리가 직권을 남용했다고 말할 것입니다." 로베스피에르는 주변 사람들이 들을 수 있도록 목소리를 높였다. "빵이 없으면 잉글랜드의 봉쇄를 탓하십시오. 음모가들을 탓하십시오."

로베스피에르는 자리를 떴다. 그는 샤보를 좋아한 적이 없었다. 얼굴이 붉고 얼룩덜룩하고 부풀어오른 것이 꼭 칠면조처럼 생겼다고 다들 떠들어도 그는 샤보에게 편견을 품지 않으려고 노력했다. 샤보는 일찍이 카푸친 작은형제회의 수사였다. 그가 가난과 청빈의 서원에 복종했으리라고는 상상하기가 힘들다. 샤보와 대의원 쥘리앵은 불법 투기를 근절하기 위해 만들어진 위원회의 일원이었다. 로베스피에르는 도둑으로 도둑을 잡는다는 원칙으로 박아놓았으려니 짐작했다…… 불행하게도 쥘리앵은 당통의 친구였다. 로베스피에르는 데물랭의 좁은 두 손바닥 사이에 있던 그 달걀을 생각했다. 샤보가 결혼을 생각 중이라는 이야기가 들렸다. 신붓감은 유대인이었고 프라이라는 성을 가진 두 은행가의 누이였다. 그들은 스스로 합스부르크 치하에서 온 망명자들이라고 주장했다. 결혼하면 샤보는 부자가 될 것이다.

"자넨 원칙적으로 외국인을 싫어하잖아." 데물랭이 친구에게 말했다.

"유럽 전체를 상대로 전쟁을 벌이고 있으니까 나쁜 원칙 같지는 않은데. 파리에 있는 모든 잉글랜드 사람, 오스트리아 사람, 에스파냐 사람이 바라는 게 뭘까? 그 사람들은 다른 데 충성을 바치지. 그냥 사업을 하는 거라고 사람들은 말하지. 그런데 무슨 사업을 하지? 난 그런 의문이 들어. 그 사람들이 왜 여기에 남아서 무가치한 돈을 받고 상퀼로트의 지시를 따르는 거지? 이 도시에서는 세탁 일을 하는 여자들이 비누 값을 정하잖아."

"그럼 왜 있는 거라고 생각해?"

"스파이 노릇을 하는 거지. 방해 행위도 하고."

"자넨 재정 쪽은 모르지?"

"응. 전혀 몰라."

"상황이 악화될 때는 돈벌이 기회가 생기는 경우도 많아."

"캉봉이 우리 정부의 재정 전문가지. 그 사람이 나한테 설명을 해주어야 하는데. 한마디 해야겠다."

"결론은 벌써 내린 거군. 그렇다면 의심 가는 이 사람들을 잡아 가두는 데에도 동의하겠군."

"적국 사람이니까."

"그래, 이젠 그 말까지 하는구나. 그런데 거기에서 멈출까? 모든 억류법은 정의를 짓밟지."

"자네가 보지 못하는 게—"

"알아." 데물랭이 말했다. "국가 비상사태, 특단의 조치. 내가 적들에게 약하게 굴었다고는 자네도 말 못 할 거야. 난 주춤한 적이 없어. 그건 그렇고 브리소파 재판은 왜 미루는 거야? 아무튼 우리 자신이 독재자처럼 굴면 유럽의 독재자들하고 싸우는 게 무슨 의미가 있을까? 왜 이 난리를 쳐야 하는 거지?"

"카미유, 이건 독재가 아니야. 우리가 쥔 권력은 아예 사용할 필요가 없을지도 모르고 쓰더라도 몇 달 이상 가지 않을 거야. 이건 우리의 자기 보존을 위한 거고 한 나라로서 생존하기 위한 거야. 자넨 한 번도 주춤한 적이 없다고 하지만 난 주춤했어, 언제나 주춤했어. 내가 피에 굶주렸다고 생각하나? 자네는 내가 올바른 일을 할 걸로 믿어주리라 생각했는데."

"믿지, 그래 믿을 거야. 하지만 자네가 위원회를 장악한 건가 아니면 자넨 그 사람들의 얼굴마담에 불과한 건가?"

"내가 어떻게 그 사람들을 장악하나?" 로베스피에르는 두 손을 펴면서 난감해했다. "난 독재자가 아니야."

"펄쩍 뛰기는." 데물랭이 말했다. "자네가 장악하지 못하면 생쥐스트가 자네 코를 잡고 끌고 가는 건가? 내가 이런 말을 하는 건 자네가 돌아가는 일들을 확실히 장악해 달라는 거야. 그리고 이게 독재다 싶으면 자네한테 말하겠어. 나한테 그럴 권리는 있겠지."

혁명이 더 지독한 농축액으로 졸아들었다. 이제는 허드렛일을 하던 사람들이, 누군가의 마음을 잘 아는 옛날 친구들이 나랏일을 맡는다. 9월까지 혁명재판소는 기소된 260명 중에서 겨우 36명에게 유죄 판결을 내린다. 이 비율은 점차 달라질 것이다. 문제들이 늘어나지만 인력은 줄어든다. 어느 시점에 가면 생존자들은 오랫동안 서로를 알고 지낸 듯한 느낌에 젖는다.

데물랭은 지난 여름에 자신이 악수를 두었음을 깨닫는다. 아르튀르 디용을 공화국의 판결에 맡겼어야 했다. 디용을 구해내면서 데물랭은 자신의 위력을 과시했다. 그러나 아침이 점점 선선해져서 겨울을 날 땔감이 들어오고 창백한 황금빛 해가 공원의 마른 잎들을 해부하는 사이에 그는 고립감을 느끼게 되었다. 딱히 이렇다 할 목적 없이 데물랭은 서류 사이에다가 되는 대로 소감을 적어 두었다.

그리스의 탐험가 피테아스는 베르길리우스가 최북단의 땅이라고 불렀으며 그레이트브리튼에서 배로 엿새 걸리는 곳에 있는 툴레 섬에는 땅도 없고 바다도 없고 세 원소의 혼합물이라서 그 안으로는 걸어 들어갈 수도 없고 배를 타고 들어갈 수도 없다고 말했다. 자기 눈으로 직접 보았다면서 그렇게 말했다.

1793년 9월 2일, 전에는 '식물원 구'라고 불렸던 상퀼로트 구가 국

민공회에서 한 연설: "육체적 요구의 상한선을 넘어가는 재산은 근거가 없음을 아십니까? …… 사유 재산에 상한선을 두어야 합니다. …… 정해진 숫자의 쟁기로 갈 수 있는 넓이보다 넓은 땅을 소유하도록 해서는 안 됩니다. …… 두 개 이상의 점포나 공방을 시민이 소유하도록 허용해서는 안 됩니다. …… 근면한 노동자, 기술자, 농부는 근근이 먹고사는 데 꼭 필요한 것뿐만 아니라 행복을 더해주는 것도 마련할 수 있어야 합니다……."

앙투안 생쥐스트: "행복은 유럽에서 생겨난 새로운 관념입니다."

툴롱 사람들이 도시와 해군을 영국 사람들에게 넘겨주었다는 소식이 9월 2일 파리에 당도했다. 전무후무한 반역 행위였다. 프랑스는 프리깃 열여섯 척을 잃었고 보유한 예순다섯 척의 전함 중에서 스물여섯 척을 잃었다. 작년 이맘때 그곳 도랑에는 피가 흘렀다.

"보라고. 자네가 손을 쓰는 거야. 엉겁결에 당하지 말고." 당통이 말했다. 국민공회 회의장에서 들리는 소음은 둔탁한 아우성이었고 간간이 고함 소리가 소음을 끊었다. "꽉 붙드는 거야." 당통의 손가락들은 무언가를 휘감고 꽉 조였다. 목일까? "9월의 살인자로 난더없는 인기를 누렸지."

로베스피에르가 뭔가 말을 하기 시작했다.

"좀 크게 말해야 알아듣지." 당통이 말했다.

그들은 토론장에서부터 미로 같은 어두운 통로들로 이어진 먼지 쌓인 휑뎅그렁한 작은 방에 있었다. 그들끼리만 있었지만 하도 소란스럽고 군중이 코앞에서 압박하는 바람에 두 사람만 있다는 느낌이 안 들었다. 군중의 냄새까지 거의 맡을 수 있을 것 같았다. 데물랭과 파브르는 눈에 띄지 않게 눅눅한 저쪽 벽에 기대고 있었다. 1793년 9월 5일. 상퀼로트들은 자기들의 대표자들 사이에서 시위 내지 폭동을 일으키고 있었다.

"왜 문에 기대고 있냐고 했네, 당통."

"생쥐스트가 못 들어오게 하려고." 당통이 재빨리 말했다. 설명은 없었다. 로베스피에르가 입을 열었다. "이제 조용히 해줘." 당통이 말했다. "에베르와 쇼메트가 이번 일을 조직했어."

로베스피에르가 고개를 저었다.

"아, 그래." 당통이 말했다. "거기에도 일말의 진실이 있는지 모르지. 어쩌면 상퀼로트들이 스스로 조직했는지도 모르지. 그런 선례가 있어선 안 되지만 말이야. 그러니 우리가 선수를 쳐야 한다고. 저들의 요구 사항들을 하나로 묶어서 산악파의 선물로 내주는 거야. 통제 경제, 물가 억제, 좋아. 혐의자 체포, 좋아. 그리고 거기서 멈추는 거야. 사유 재산 간섭은 없는 거야. 사업가들이 통제 경제에 대해서 어떻게 생각할지는 나도 알지만, 파브르, 이건 비상사태예요. 우리가 양보를 해야 돼요. 그리고 내가 왜 당신한테 일일이 해명을 해야 하지요?"

"우리는 유럽 앞에 움직이는 목표물을 제시해야 돼." 로베스피에르가 조용히 말했다.

"뭐라고 했어?"

"아무것도." 로베스피에르는 일축했다. 긴장감이 높아지면서 참기가 어려워졌다.

"혐의자를 잡아 두는 안도 내놓았지. 카미유, 정의를 어떻게 내릴 지는 좀 기다려보자고. 그래, 핵심은 결국 그 얘기지만 그래도 법안 을 짜려면 서류가 필요해. 좀 조용히 해주겠나? 지금은 자네 말이 귀에 안 들어와."

"내 말을 듣고 있나?" 로베스피에르가 당통에게 소리를 질렀다. 당 통은 말을 멈추었다. 그리고 로베스피에르를 조심스레 바라보았다.

"알았어. 해봐."

"위원회 재선거가 내일로 잡혀 있어. 우린 콜로 데르부아하고 비 요바렌을 새로 넣고 싶어. 허구한 날 비판만 하고 우리한테는 워낙 말썽꾼들이지. 이 방법 말고는 그들을 입 다물게 할 방도가 없어. 그 래, 비겁한 방침이란 건 알아. 하지만 이제 우리가 등을 좀 꼿꼿하게 펼 때도 되지 않았나? 위원회는 자네가 복귀하길 원해."

"싫어."

"제발, 당통." 파브르가 말했다.

"필요한 지원은 내가 다 할게. 자네 권력이 확대되도록 내가 밀어 줄게. 국민공회에 요구만 해. 그럼 내가 다 처리해주지. 하지만 자네 옆에는 앉지 않겠어. 그 일을 하면 내가 녹초가 돼. 어휴, 그래도 모 르겠어? 난 위원회 체질이 아니야. 난 혼자서 일하는 게 좋아, 난 감 이 있고 그 감대로 움직이는 게 좋아. 자네는 그놈의 의제, 회의록, 절차 타령이지만 난 그게 혐오스러워."

"사람 정말 짜증스럽게 만드는군." 로베스피에르가 당통한테 소 리를 질렀다.

밖이 더 시끄러워졌다. 당통은 소리가 나는 쪽으로 고개를 끄덕 였다. "내가 처리해주지. 저기서 자네 목소리가 다시 들리도록 할 수 있는 유일한 사람이 아마 나일걸."

"난 자네가 원망스러워." 로베스피에르가 말했다. 그의 말은 묻혔다. "인민은 어디에서나 선해. 만약 인민이 툴롱에서 그랬던 것처럼 혁명을 방해한다면 우린 그들의 지도자를 비난해야 해." 로베스피에르가 소리를 질렀다.

"이번 경우는 어떻게 할 생각인가?" 당통이 물었다.

파브르가 벽에서 몸을 떼고 조금 앞으로 나왔다. "원칙을 밝히려는 거잖아." 파브르가 언성을 높였다. "피비린내 나는 설교를 할 때가 왔다고 생각하는 거야."

"얼마나 좋을까." 로베스피에르가 외쳤다. "덕이 좀 더 있었다면."

"좀 더 뭐?"

"덕. 조국애. 자기 희생. 시민 정신."

"유머 감각이 보통이 아닌데." 당통은 엄지를 들어 소음이 들리는 쪽을 가리켰다. "저놈들이 이해하는 유일한 덕은 내가 매일 밤 마누라한테 보여주는 그런 거야."

로베스피에르의 얼굴은 울먹거리는 아이처럼 일그러졌다. 그리고 당통을 따라 어두운 통로로 들어섰다.

"자넨 저 친구가 그런 말 괜히 했다 싶지?" 파브르가 캐물었다. 그리고 데물랭을 가만히 벽으로부터 끌어냈다.

막시밀리앙 로베스피에르의 개인 수첩: "당통은 덕의 관념을 비웃으면서 자기 부인하고 매일 밤 하는 것과 비교했다."

당통이 연설을 시작하자 시위대는 환호했다. 대의원들은 일어나서 박수를 쳤다. 잠시 기다린 뒤에야 연설을 이어갈 수 있었다. 충격과 만족이 번갈아 당통의 얼굴을 스치고 지나갔다. 이만하면 잘한 건가? 다시 한 번 당통은 호소하고 양보하고 통합하고 승인했다. 당통은 구세주였다. 다음 날 위원회에 재선된 뒤 로베스피에르는 당통의 집에 들렀다. 그는 굳은 얼굴로 의자 끝에 앉아서 다과에는 손도 대지 않았다. "자네의 의무를 직시하도록 충고하려고 왔네. 그 말이 자네한테 무슨 의미가 있는지는 모르겠지만."

당통은 기분이 좋아 보였다. "도망가지 마, 루이즈. 시민 로베스피에르를 코앞에서 본 적은 한 번도 없잖아."

"이런 조롱은 피곤해." 로베스피에르가 말했다. 화가 나서 말이 잘 나오지 않았다. 그와 동시에 왼쪽 눈썹에서도 경련이 일어나기 시작했다. 로베스피에르는 안경을 벗고 손가락으로 그곳을 눌렀다.

"자, 마음을 가라앉혀." 당통이 말했다. "평생 말을 더듬으면서 살아가는 카미유도 있잖아. 솔직히 카미유가 말 더듬는 게 좀 더 매력적이지만."

"국민공회가 자넬 제압할 수도 있어. 우리와 합치라고 명령을 내릴 수도 있어."

"그럼 위원회의 골칫거리가 되는 거지 뭐." 당통이 즐거운 듯이 말했다.

"더는 할 말이 없는 거야? 사람들이 재판하고 숙청하고 죽이라고 아우성인데. 자넨 발을 빼려고만 들지."

"내가 어떻게 하기를 바라는 거야? 공화국을 위해서 피를 흘리라고? 자넬 지원하겠다고 내가 말했잖아."

"자넨 국민공회의 우상이 되고 싶어 해. 일어나서 거창한 연설을 하고 명예로 자기 자신을 덮고 싶어 해. 그런데 솔직히 그게 전부는 아니잖아."

"자꾸 이러면 자네 몸만 상하는 거야."

"자넨 내가 생쥐스트한테 자꾸 도움을 청한다고 탓하지만 적어도 생쥐스트는 사욕을 공화국의 시금석으로 삼진 않아."

"내가 그랬다고 누가 말했지?"

"최소한 사람들 있는 자리에서는 나한테 예의를 지켜줬으면 좋겠어."

"앞으로는 애정을 적극적으로 보여줘야겠군." 당통은 다짐했다.

로베스피에르는 관용 마차의 문을 열어 두었다. 두 거한이 따라 타더니 옆에 앉았다. "경호원이라." 당통은 창가에서 바라보면서 말했다. "결국은 경호원을 옆에 달고 다녀야 하는 신세가 되었군. 공안위원회 안에 자기 개를 앉힌다는 의혹을 사더니. 사실 본인은 암살당하기를 차라리 더 바랄지도 모르지." 당통은 한 손을 루이즈에게 뻗었다. "그럼 스스로 만든 고달프고 비참한 인생의 정점에서 최후를 맞이하는 거니까."

시위가 있던 날 상퀼로트 지도자 자크 루가 체포당했다. 재판은 바로 시작되지 않았지만 마침내 재판소로 출두 명령이 떨어지자 그는 감방에서 자살한다. 체포되고 6개월이 지나서였다. 9월에 공포 기구가 정부 형태로 등장한다. 새 헌법은 전쟁이 끝날 때까지 유보된다. 9월 13일 당통은 모든 위원회를 쇄신하고 앞으로는 공안위원회가 모든 위원회의 성원을 임명하도록 하자는 안을 내놓았다. 당통과 로베스피에르가 산악파의 박수에 화답이라도 하듯 함께 서 있는 순간도 있었다. "괜찮아?" 당통이 로베스피에르에게 물으면 로베스피에르는 조용히 대답했다. "그래, 좋아."

법령은 통과되었다. 그 순간은 지나갔다. 이제 우리는 인사를 하고 무대 밖으로 걸어 나갈 수 있어야 한다고 당통은 생각했다. 피로가 기생식물처럼 그의 뼈 속에서 움트는 것 같았다.

다음 날 아침 당통은 좀처럼 베개에서 머리를 들 수 없었다. 어제 일이 조금도 기억나지 않았다. 그의 기억은 끌려나갔고 납 덩어리처럼 무겁고 쿵쾅거리는 통증이 그 자리를 채웠다. 몇 가지 사건들이 통증을 가로질러서 두둥실 흘러갔다. 그것들은 서로 연관성이 없었으며 몇 년 전의 일도 있었다. 날짜도 알 수 없었다. 가브리엘이 방 안으로 들어와서 그를 내려다보고 베개를 펴주는 모습을 보았다고 생각했다. 나중에야 가브리엘이 죽었음을 떠올렸다.

의사가 여러 명 왔다. 그들은 마치 자기들 목숨이 달려 있기라도 한 듯 입씨름을 벌였다. 앙젤리크가 도착하자 루이즈는 훌쩍거리면서 소파에 털썩 주저앉았다. 앙젤리크는 아이들을 외삼촌에게 보내고 루이즈에게는 따뜻한 우유를 먹였다. 그러고 나서 의사들을 보냈다. 수베르비엘은 남았다. "파리를 떠나야 합니다." 의사가 말했다. "이런 사람은 고향 공기를 마셔야 합니다. 어른이 되어서 지금까지 줄곧 체질에 안 맞게 살아왔습니다. 몸을 혹사하는 바람에 몸이 망가졌습니다."

"좋아질까요?" 루이즈가 물었다.

"그럼요. 그렇지만 이 도시를 떠나서 몸을 추슬러야 합니다. 국민공회에서 휴가를 주어야 합니다. 제가 한 말씀 드려도 될까요?"

"물론이죠."

"몸져누워 있는 동안은 아무하고도 환자의 일을 의논하지 마세요. 환자를 진정으로 걱정하는 사람은 아무도 없다고 생각하세요."

"알겠어요."

"논쟁도 하지 말고요. 부인은 자기 생각을 드러내기로 유명하지 않습니까. 그렇게 하면 환자한테 부담만 더 갑니다."

"전 제 양심이 가리키는 대로 말할 뿐이에요. 이 병도 섭리인지 모르지요. 혁명에서 손을 떼어야 해요."

"그렇게 간단하지 않아요. 바스티유가 무너졌을 때 부인은 열두 살이었습니다."

"가브리엘은 약했어요."

"난 그렇게 보지 않아요. 고인은 자기 영역을 지켰습니다."

"전 저이를 저 사람 자신한테서 구하고 싶어요."

"이상하군요." 의사가 말했다. "로베스피에르한테도 똑같은 야심이 있던데."

"로베스피에르를 아세요?"

"아주 잘 알지요."

"좋은 사람인가요?"

"정직하고 양심적이고 목숨들을 구하려고 애쓰지요."

"어떤 사람들의 목숨은 앗아 가지요."

"피치 못할 때가 있지요. 본인도 슬퍼합니다."

"그 사람이 제 남편을 좋아한다고 생각하세요?"

의사는 어깨를 으쓱했다. "그거야 모르죠. 기질이 판이하게 다르니까. 그게 중요한가요?"

'당연히 중요하죠.' 루이즈는 의사를 배웅하면서 중얼거렸다. 의사들이 루이즈가 잘 모르는 앙젤리크의 튼튼하고 단호한 며느리들로 물갈이되었다. 그들은 이층으로 올라가서 전에 루이즈가 쓰던 방에서 좀 자라고 루이즈를 닦달했다. 루이즈는 몰래 빠져나와서 계단에 앉았다. 가브리엘이 그녀의 영역으로 꼭 돌아올 것만 같은 기분이 들었다. 임신한 건 아니지? 엄마가 물었다. 루이즈는 엄마의 속마음을 읽을 수 있었다. 일이 정말 잘못되어서, 상태가 악화되어서 그가 죽으면 얼마나 빨리 딸을 빼낼 수 있을 것인가? 나한테 애가 없는 건 노력을 안 해서가 아니라고 루이즈는 말했다. 엄마는 치를 떨었다. 야만인 같으니, 엄마가 말했다.

경찰위원회의 다비드가 대의원 한 명과 함께 와서 공무로 당통을 봐야겠다고 주장했다. 앙젤리크는 그들을 돌려보냈다. 그들은 자기들의 권한에 대해서 딱딱거리면서 공손하지 않은 협박을 남기고 떠났고 앙젤리크는 이탈리아어로 뭐라고 험한 말을 했다. 저 사람들은 환자가 회복하려면 편히 지내야 한다는 생각은 안중에도 없는 모양이라고 앙젤리크는 말했다.

데물랭의 아파트에는 파브르 데글랑틴이 안절부절못하고 앉아 있었다. "가격을 묶는다면 임금도 묶어야지. 내가 알고 싶은 건 지금 첩보원의 공식 일일 수당이 얼만가 하는 거야. 사지가 멀쩡한 사람들이 이렇게나 많이 위원회 밑에서 첩보원 노릇을 하고 있어서야 우리가 무슨 수로 전쟁에서 이길 수 있겠냐고."

"파브르 당신도 감시당하고 있나요?"

"당연하지."

"로베스피에르한테 말했어요?"

파브르는 눈을 부라렸다. "어떻게 말해? 뭘 말해? 내 일은 워낙 복잡해. 나도 이해가 잘 안 가서 밤에도 잠을 못 이룬다니까. 괴로워서 미치겠어. 궁지로 몰리고 있어 난. 그 시건방진 계집애가 조르주를 만나게 해줄까?"

"아니요. 그것도 그렇지만 조르주가 왜 들어줘야 하지요? 당신이 로베스피에르한테 털어놓지 못하는 일에 왜 조르주가 신경을 써야 하나요?"

"이유가 있어."

"벌써 조르주의 이름을 끌고 들어갔단 말인가요?"

"아니. 조르주가 나한테 책임질 일이 있단 뜻이야."

"그 반대라야 한다고 생각했는데요. 난 당신이 미숙하게 주식 시장에 개입하는 바람에 빚어진 결과에 조르주가 말려들지 않게 그를 지켜주는 게 당신이 져야 할 책임 중 하나라고 생각했습니다."

"그렇게 간단하지가 않아. 그게 —"

"됐어요. 모르는 게 속 편해요."

"경찰 앞에서 그런 식으로 말하면 안 통하지."

그때 데물랭이 손가락을 입술에 댔다. 뤼실이 들어왔다. "다 들었어요." 뤼실이 말했다.

"이분이 사람 겁주네. 흥분해서 그래."

"서글픈 문구네요." 뤼실이 말했다.

파브르가 자리에서 벌떡 일어섰다. "자넨 날 괴롭히고 있어. 자네 손도 깨끗하진 않아. 맙소사." 파브르는 말하면서 손가락으로 자기 목을 그었다. "사람이 양다리를 걸치다간 이도저도 아니게 되지, 그렇게 되면 카미유, 아무도 자네를 돕지 않을 거야. 그냥 서서 웃기만 할걸."

"말씀이 점점 과감해지시네." 뤼실이 말했다.

"전부가(파브르는 두 손으로 모양을 만들었다가 팍 터뜨렸다.), 전부가 썩은 과일처럼 떨어져 나가고 있어." 갑자기 파브르는 제정신이 아니었다. "제발, 카미유. 로베스피에르한테 좋게 말해줘."

"그래요, 알았어." 데물랭은 서둘러 말했다. 그를 달래고 싶었고 뤼실 앞에서 부리는 추태를 막고 싶었다. "목소리 좀 낮추시고, 하인들이 듣겠어요. 로베스피에르한테 뭐라고 하면 돼요?"

"내 이름이 나오거든 내가 변함없는 애국자라고만 대화 중에 슬쩍 언급해줘." 파브르의 호흡이 거칠어졌다.

"자리에 앉아서 좀 진정하세요." 뤼실이 나섰다.

파브르는 심란한 얼굴로 주변을 둘러보더니 모자를 집었다. "가야겠습니다. 미안합니다. 나오지 마세요."

데물랭이 파브르에게 따라붙었다. "필리프—" 데물랭이 속삭였다. "로베스피에르는 잔챙이라고 불리는 무리부터 처리해야 하니까 미리 걱정할 필요는 없습니다. 잘 이겨내세요."

파브르의 입이 약간 벌어졌다. "왜 날 그렇게 부르는 거지? 왜 성이 아닌 이름으로 부르는 거지?"

데물랭이 웃었다. "살펴 가세요."

데물랭이 뤼실에게 돌아왔다. "뭐라고 속삭인 거예요?" 뤼실이 물었다.

"위로해줬지."

"제발 나한테 숨기지 좀 말아요. 그 사람이 무슨 짓을 했나요?"

"8월에, 동인도회사라고 들어봤지? 그래야지, 우리가 거기서 돈을 많이 벌었거든. 주가가 떨어졌다가 다시 오른 것도 기억하겠지. 단지 제때에 사서 제때에 팔았지만."

"아버지도 그 일에 대해 뭐라고 했어요. 당신이 거기서 아주 재미를 볼 거라고. 아버진 당신의 내부 정보를 어느 정도 평가하긴 하지만 자기 때에는 그런 사람들을 그저 날강도라고만 불렀다더군요. 자기 때에는 국민공회의 존엄하고 덕 있는 분들께서 서로를 그런 식으로 챙겨주려고 존재하지는 않았다고 하더라고요."

"그래, 그런 식으로 말할 줄 알았어. 어떻게 관리되었는지는 아시나?"

"아마도. 그렇지만 나한테 굳이 설명하지 않아도 돼요. 그냥 결과만 말해줘요."

"회사를 청산할 참이었어. 국민공회에서 처리 방안을 놓고 논의를 벌였지. 그런데 국민공회가 의도한 방향으로 정리가 안 된 모양이야. 나도 잘 모르지만."

"사실은 잘 아는 거죠?"

"세부 사항은 몰라. 파브르가 법을 어겼거나 어기려고 하는 모양이야. 우리가 처음에 거래할 때는 법을 어기지 않았지."

"그런데 그 사람은 당신하고 당통도 무사하지 않을 것처럼 말했잖아요."

"당통이 연루되었을 수도 있지. 당통 일을 조사하면 좋을 게 없다고 파브르가 말하는 거잖아."

"보나마나─" 뤼실은 적당한 표현을 떠올리느라 애를 썼다. "당통은 모면하지 않을까? 다른 사람 탓으로 돌리는 데 선수잖아요."

"파브르는 친구잖아. 전에 같이 일할 때 파브르가 웬만큼 합의된 한도를 넘어선다고 내가 당통한테 경고하려고 했더니 당통이 이러더라고. '파브르하고 난 친구고 많은 일을 함께 겪었어. 우린 서로를 잘 알아.'"

"그래서 조르주가 그 사람을 지켜줄까요?"

"나도 모르지. 두 사람이 나한테 그 일에 대해서 뭐든 얘기하는 것도 난 달갑지 않아. 그 얘길 들으면 난 또 로베스피에르한테 알려야 할 거 같은 부담을 느끼고 로베스피에르는 위원회에 알려야 할 거 같은 부담을 느끼거든."

"알려야 하지 않을까요. 로베스피에르한테 말해요. 당신이 휘말릴 위험성이 조금이라도 있으면 먼저 그걸 드러내는 쪽이 좋아요."

"그러면 위원회를 돕는 셈일 텐데. 난 위원회를 돕고 싶은 마음이 없어."

"탄탄한 정부를 세울 유일한 희망이 위원회에 있다면 위원회를 안 돕는 건 무책임하지 않아요?"

"난 탄탄한 정부를 혐오해."

"큰 재판들은 언제 시작될까요?"

"곧. 이제는 당통이 막아낼 수가 없을 거야. 병이 심해서. 로베스피에르도 혼자 힘으로는 막아낼 수 없을 거고."

"우린 아직도 재판을 반기는 거죠?"

"어떻게 안 반겨? 왕정주의자들하며, 브리소 패거리들하며……."

반혁명 혐의자 단속에 관한 법. 혐의자는 이런 사람이다. (왕의 압정, 브리소파의 압정 같은) 압정을 어떤 식으로든 도운 사람, 시민의 책무를 수행해 왔음을 보여주지 못하는 사람, 굶주리지 않지만 딱히 수입원이 없는 사람, 구(區)로부터 시민증 발급을 거부당한 사람, 국민공회나 그 대표자들에 의해 공직에서 밀려난 사람, 귀족 가문 출신이면서 지속적이고 남다른 혁명적 열정을 증명하지 못했거나 외국으로 망명한 사람.

이 법으로 프랑스 전역에서 이십만 명이 구금된 것으로 훗날 (시민 데물랭에 의해서) 확인될 것이다. 각 구 안의 감시위원회는 혐의자들의 명단을 작성해서 그들의 서류를 압수하고 그들을 안전한 장소에 구금한다. 수녀원, 비운 성, 빈 창고 같은 이 장소들은 '국민 건물'로 불릴 것이다. 콜로 데르부아는 더 좋은 생각이 있었다. 그는 지뢰를 묻은 집들로 혐의자들을 몰아넣고 지뢰를 터뜨리자고 제안한다.

공안위원회에 들어오고 나서 콜로는 더는 공안위원회를 비판하지 않았다. 콜로가 공안위원회 회의장으로 들어오면 시민 로베스피에르는 가급적 다른 문으로 나갔다.

국민공회의 포고령: "프랑스 정부는 평화가 도래할 때까지 혁명적이다……. 공포는 일상이다."

앙투안 생쥐스트: "혁명 과업에 소극적인 사람과 혁명을 위해 아무것도 하지 않는 사람은 누구라도 처벌해야 한다."

"그들이 달력을 바꿨다는 거지." 당통이 말했다. "병자한테 너무하네."

"맞아." 데물랭이 말했다. "이제 한 주일이 열흘이야. 더 깔끔하고 전쟁 수행에도 그만이지. 날짜는 이제 공화국을 기점으로 해서 흐르지. 그러니까 지금은 제2년 제1월이야. 그런데 파브르가 달 이름을 지어 달라는 요청을 받고 웃기는 시적 이름을 생각해낸 거야. 그래서 첫 달은 방데미에르(포도의 달)로 지을 작정이야. 그럼 오늘은—" 데물랭이 찡그렸다. "그래, 오늘은 방데미에르 19일이겠네."

"우리 집에서는 아직도 10월 10일이야."

"익혀 두는 게 좋을 거야. 우리도 공문에는 새로운 표기를 적어 넣어야 할 테니까."

"난 공문 쓸 계획은 없어."

당통은 침대 밖으로 나왔지만 말도 동작도 천천히 했다. 이따금 머리를 의자 등에 얹고 잠시 눈을 감았다.

"됭케르크 부근에서 벌어진 전투 소식 좀 알려줘." 당통이 말했다. "내가 세상을 떠나 있을 때는 공화국의 일대 승리로 찬사를 받았거든. 지금은 우샤르 장군이 체포되었다며."

"위원회와 육군부가 따져본 결과 장군이 적에게 더 큰 타격을 줄 수도 있었다는 결론이 내려졌어. 그래서 반역죄로 기소하는 거지."

"그 사람을 임명한 게 위원회잖아. 국민공회가 시끌시끌했겠네."

"그래, 로베스피에르가 가장 좋은 걸 차지했지."

"위원회가 체질에 맞나보네."

"받아들인 거지. 그리고 모든 일을 잘해."

"그 친구한테 맡겨야겠네. 이젠 나도 여행을 해도 된다니까. 며칠 짬이 나면 바로 아르시로 오겠나?"

"짬 날 틈이 없어."

"그 죽어 가는 소리 어디서 많이 듣던 소린데. 요즘 로베스피에르를 너무 자주 만나나 보군."

"자네 쥘리앵 대의원에 대해서 아나?"

"아니."

"루이즈가 아무 소리 안 하던가?"

"쥘리앵이 뭘 했건 그게 루이즈하고 무슨 상관이라는 건지 도통 모르겠네. 루이즈는 그런 사람이 있다는 사실도 모르는데."

"경찰이 쥘리앵 아파트를 덮쳤어. 서류를 압수했지."

당통이 눈을 떴다. "그래서?"

"샤보가 날 보자고 하더니 이러더라고. '알다시피 모조리 태워버렸어요.' 난 그게 자네 귀에 들어가라고 한 말이라고 생각했지."

당통이 몸을 앞쪽으로 숙이며 웅크렸다. 쨍그랑 하고 유리가 박살 날 때처럼 정신이 확 드는 모양이었다. "파브르는?"

"파브르는 지금 제정신이 아니야."

"파브르는 워낙 흥분 잘하는 성격이니까."

"나도 마찬가지지. 내가 어떻게 해야 하는 거지? 내 생각엔 파브르가 위조를 했어. 동인도회사를 정리할 때 회사가 이익을 보도록 몇 가지 서류를 변조한 것 같아. 이 서류들은 국민공회의 법령이었고 거기에 손을 댈 수 있는 대의원은 몇 안 될 거야. 샤보도 관여했고 그밖에도 대여섯 명쯤 될 거야. 누가 실제로 변조를 했는지는 자기들도 모를 테고. 쥘리앵은 샤보한테 떠넘기고 샤보는 쥘리앵한테 떠넘길 가능성이 있지. 서로 비밀을 아니까."

"파브르가 자네한테 털어놓은 건가?"

"그러려고 하는 걸 내가 못 하게 했어. 내가 알면 안 된다고 그랬어. 많이 생각해봤지만 나도 지금 자네한테 하는 말 이상은 아무것도 할 수가 없어. 경찰이 나름대로 결론을 내리려면 시간이 더 걸릴 거야. 증거를 수집하려면 시간이 더 걸릴 거고."

당통은 눈을 감았다. "곧 가을걷이가 끝나겠지. 한겨울에는 우린 추위만 피할 뿐 아무것도 할 수 있는 게 없어."

"자네가 알아야 할 것들이 더 있어."

"다 털어보자고."

"프랑수아 로베르가 힘들어. 그 부인이 뭐라 안 하던가?"

"그 여자도 중요한 일은 모를 테니까. 그 친구도 여기 얽혔나?"

"아니. 정말 쓸데없는 일이야. 암시장에서 거래를 했다는 혐의를 받고 있지. 럼주 여덟 통을. 자기 가게를 위해서."

"미치겠군." 당통은 의자 팔걸이를 내리쳤다. "역사를 만들라고 기회를 주었더니 그냥 잡화점이나 하겠다는 거군."

루이즈가 달려왔다. "절대 안정이 필요하다고 했잖아요!"

"주머니도 내가 알아서 채워주지. 들들 볶지도 않지. 감투를 씌워주고 자잘한 변덕은 눈감아주지. 내가 요구하는 건 그 사람들의 표고 어쩌다가 하는 연설뿐이야. 그런데도 좀도둑이 되고 싶으면 되라고 해, 난 끌어들이지 말고."

"럼주는 별거 아니지만 동인도회사는 다르지. 그래도 프랑수아 로베르는 우리 편이라고. 우리한테도 영향이 있어. 부인 좀 나가 계시라고 해주겠나."

"안정이 필요하다고 했잖아요." 루이즈가 대들 듯이 말했다.

"여기 있어도 돼, 루이즈. 난 편안해. 정말이야. 아주 편안해 지금."

"나한테 숨기려는 게 뭐예요?"

"아무것도 숨기는 거 없어요." 데물랭이 말했다. "그럴 가치도 없고."

"루이즈는 아직 어려서 잘 몰라. 이 사람들이 누군지도 몰라."

"프랑수아를 고발한 건 바로 우리 구, 코르들리에 사람들이야. 국민공회도 자네처럼 이건 별일 아니라고 생각해. 그래서 프랑수아의 면책특권 박탈을 거부했어. 안 그러면 처벌이 심각하지. 프랑수아하고 루이즈는 당분간 숨죽이고 지내면서 잊혀지려고 노력해야 할 거야."

"참 끝이 좋구나." 당통이 말했다. 표정이 침울했다. "바스티유가 무너지던 그때가 생각나. 가게 뒤에서는 〈국민의 전령〉이 찍혀 나오고 작은 루이즈가 귀티 나는 코를 높이 쳐들고 인쇄기에 대고 식식거리며 악을 쓰던 그 시절. 프랑수아는 참 좋은 친구였지. 내가 '가서 이거 이거 이거 해라, 구두에다 벽돌을 묶고 센 강으로 뛰어내려라' 해도 그 친구는 (당통은 감회에 젖었다.) '알겠습니다, 그런데 나간 김에 장이라도 봐올까요?' 하는 거 있지. 휴, 끝이 참 멋지군. 그 친구를 보거들랑 그 친구가 나를 안다는 사실을 잊었으면 고맙겠다고 전해주게."

"나도 안 봐." 데물랭이 말했다.

"우리 구에서 그랬다 이거지. 아, 자코뱅 클럽은 로베스피에르한테 맡겼어야 하는 건데. 그리고 난 우리 동네에 남았어야 했는데. 내 지구에서 권력을 지켰어야 했는데. 지금은 누가 잡고 있지? 에베르. 우리 코르들리에 원조들이 뭉쳤어야 했는데."

그들은 잠시 침묵을 지켰다. 우리 코르들리에 원조들……. 바스티유가 무너지고 사 년이 지났다. 사 년하고 삼 개월이 지났다. 그런데 이십 년은 된 듯하다. 당통은 언제나 눈썹을 찌푸리고 육중한 몸으로 여기 앉아 있다. 저 몸 안에서는 무슨 일이 벌어지고 있을까. 로베스피에르의 천식은 더 심해졌고 그의 옆머리는 누가 보아도 벗겨지고 있다. 에로 드 세셸의 생기 있던 얼굴에는 예전만큼 생기가 감돌지 않았으며 뤼실이 철퇴를 가한 이중 턱은 아랫볼이 늘어지는 실망스러운 중년을 예고하고 있다. 파브르는 숨을 쉬는 데 점점 어려움을 느끼고 데물랭으로 말할 것 같으면 두통이 점점 심해지고 가느다란 뼈에는 살이 통 붙지를 않는다. 데물랭은 이제 당통을 올려다본다. "자네, 백작으로 불리는 남자를 아나? 안다 모른다만 말해."

"알아. 정부 일로 노르망디 지역의 정보원으로 썼지. 왜?"

"그 사람이 여기 파리에 나타나서 이상한 소리를 하고 다녀서. 자네가 브리소파와 한통속이 되어서 요크 공을 왕위에 앉히려고 했다고."

"요크 공? 하느님 맙소사." 당통은 입맛이 쓰다는 듯이 말했다. "요크 공 같은 황당한 공상은 로베스피에르나 하는 줄 알았더니."

"로베스피에르도 아주 불안해."

당통이 천천히 고개를 들었다. "그 친구가 그 말을 믿는 거야?"

"아니, 당연히 아니지. 애국파를 깎아내리려는 음모라고 말했어. 그래도 아직 위원회에 에로가 있어서 다행이지. 에로가 백작을 잡아들이라고 했어, 더 일이 커지기 전에. 그래서 다비드가 자네를 찾아온 거야. 경찰위원회를 대표해서. 요식 행위로."

"그랬군. '안녕하십니까. 혹시 반역자인가요?' '당연히 아니지. 가서 그림이나 그려 이 친구야.' '그래야겠네요. 대충 그리다 말았거든요. 쾌차하세요!' 그런 요식 행위? 로베스피에르한테 기름을 부은 게 아닌가 모르겠네. 거대한 음모론들이 활개를 치는 게 아닌가 모르겠어."

"맞아. 우린 백작이 영국의 첩자라고 생각하거든. 결국 우린 우리 자신을 논리적으로 설득해야 해. 상상력을 펼쳐서 개연성을 따지는 거지. 어떻게 이 백작이라는 별 볼 일 없는 자가, 이 미천한 존재가 당통 같은 사람의 계획을 조금이라도 알 수가 있다는 건가. 로베스피에르와 나는 그걸 따지는 거지."

"이제 무슨 소린지 알겠네요." 루이즈가 경고하듯이 말했다. "뭔가 있으면 직접 물어보면 되잖아요."

"터무니없으니까 그러는 거지." 데물랭이 화를 냈다. "충성을 바쳐야 할 곳이 다른 곳에도 있어서 그렇다는 건데. 만약 이게 사실이라면 그 사람들이 이 친구를 죽일 거예요."

루이즈는 뒷걸음질을 쳤다. 부들부들 떨리는 손을 입으로 가져갔다. 데물랭은 루이즈가 왜 기겁을 하는지 바로 알아차렸다. 그녀는 당통이 죽기를 바라면서도 죽기를 바라지 않는 것이다.

"루이즈, 신경 쓰지 마." 당통이 말했다. "이제 가서 짐이나 싸라고." 당통의 목소리에 다시 피로가 찾아들었다. "가려서 들을 줄 알아야지. 이건 말도 안 되는 소리야. 로베스피에르 말대로 중상이야."

루이즈는 머뭇거렸다. "그래도 우린 아르시로 가는 거예요?"

"그럼. 간다고 기별까지 해 두었는데."

루이즈가 방에서 나갔다.

"가야겠다." 당통이 말했다. "건강부터 되찾아야지. 건강을 잃으면 모두 헛일이니까."

"그래, 당연히 가야지." 데물랭은 당통의 얼굴을 피했다. "자넨 큰 재판을 피하려는 거잖아."

"이리 와봐." 당통이 데물랭에게 손을 내밀었지만 데물랭은 보지 못한 척했다. "도시가 지겨워." 당통이 말했다. "사람들도 지겹고. 자네도 같이 가서 바람 좀 쐬지?" 그러면서 당통은 생각했다. '이 친구를 빼앗겼구나, 로베스피에르한테 빼앗겼어. 언제나 찬바람만 씽씽 부는 그 산소가 희박한 고지대로 빼앗겼구나.'

"편지할게." 데물랭이 말했다. 그리고 방을 가로질러서 당통의 광대뼈에 입술을 댔다. 그거라도 해야 할 것만 같았다.

그들은 아르시에 늦게 도착했다. 날이 추워졌다. 땅을 밟자마자 당통은 태양에서 기운이 빠져나갔고 흙이 여름의 온기를 잃었음을 느꼈다. 당통은 루이즈에게 팔을 뻗었다. "여기. 여기가 내가 태어난 곳이야."

루이즈는 여행용 망토를 바짝 여미면서 저택을 올려다보며 감탄했다. 강에는 우윳빛 어둠이 흘러내리고 있었다. "아니, 여기 말고." 당통이 말했다. "이 집에서 태어난 건 아니고. 근처에서. 이제 왔다." 당통이 아이들에게 말했다. "할머니 댁에 왔다. 기억나니?"

어리석은 질문이었다. 왜 그런지는 몰라도 당통은 언제나 자기 아이들이 실제보다 더 나이를 먹었다고 생각해서 아이들이 오래전 일을 기억하고 있으리라고 여겼다. 엄마가 죽었을 때 프랑수아조르주는 한 살이었지만 지금은 크고 억센 아이가 되어 새엄마한테 착 달라붙어서는 발꿈치로 새엄마의 여린 갈빗대를 마구 찼다. 너무 들떴다가 진이 빠져서 축 늘어진 앙투안은 난파선에서 구조된 아이처럼 아빠의 목에 매달려 있었다.

안 마들렌의 남편이 횃불을 높이 들었다. 겁나는 시누이들을 루이즈는 그때 처음으로 보았다. 시누이 하나가 계집아이처럼 뛰어오다가 자기 발에 걸려 넘어질 뻔했다. "조르주, 조르주, 내 동생 조르주!" 그녀는 동생에게 와락 안겼다. 당통이 팔로 누나를 얼싸안았다. 시누이는 눈에서 머리카락을 쓸어내더니 동생의 뺨에 입을 맞추고 떨어져 나와서 제일 가까이에 있던 아이를 번쩍 들어올린 다음 녀석의 상태를 살폈다. 황소의 발밑에서 동생을 빼냈던 안 마들렌이었다.

마리세실도 있었다. 몸담고 있던 수녀원이 문을 닫는 바람에 집에 와 있었다. 당연히 있어야 했다. 누이를 보살피겠노라고 당통이 말하지 않았던가? 마리세실은 여전히 수녀처럼 처신했다. 이제 입고 있지도 않은 수녀복의 소매 속으로 손을 포개 넣으려고 했다. 그리고 키가 크고 잘 웃고 얼굴이 둥글둥글하고 파리에 있는 엄마들보다 더 엄마 티가 나는 노처녀 피에레트가 있었다. 안 마들렌의 막둥이는 엄마 어깨에다 침을 질질 흘렸다. 시누이들은 루이즈를 에워싸고 루이즈를 꽉 껴안아보았다. 그리고 가브리엘의 풍만한 살집을 기대하기는 역시 무리라는 걸 깨달았다. "깜찍하기도 하지!" 시누이들은 말하면서 깔깔 웃었다. "왜 이렇게 어린 거야!"

누이들은 부엌으로 우르르 몰려갔다. "콩알만 한 게 오그라들었어! 책임에 짓눌려서! 가슴이 아예 없어!"

"뤼실 같은 여자를 데려올 거라고 생각하지 않았니? 그 눈이 까만 처자 말이야! 조르주가 눈이 까만 남편한테서 빼앗아 데려올 거라고 생각하지 않았어?"

"아니, 그 못된 한 쌍은 천생연분이야." 누이들은 배꼽을 잡으며 웃었다. 데물랭 부부의 방문은 그들이 살면서 맛본 절정의 순간 중 하나였다. 그들은 두 사람이 다시 와서 그때와 비슷한 대도시의 전율을 만들어주기를 못내 기다렸다.

누이들은 당통과 어머니 사이에서 연출될 장면을 연기하기 시작했다. "이제 마음이 놓이는구나." 마리세실이 쉰 목소리로 말했다. "죽기 전에 너를 다시 보니."

"죽어?" 안 마들렌이 말했다. "할망구가 왜 이러시나, 어머닌 절대로 안 죽어요. 나보다 더 오래 살 거야, 내 장담한다."

"이제 조르주자크 입에서 한바탕 욕이 나와야지!" 피에레트가 말했다. "욕이 끝내주잖아! 나쁜 친구를 사귀어서 그런가?"

저택 응접실에서는 르코르댕 부인의 파란 눈이 어둠 속에서 반짝이고 있었다. "벌써 어두워졌구나, 어서 들어와라. 내 옆에 앉아." 진찰하듯이 손가락으로 며느리의 허리를 눌렀다. '두 달이라! 그런데 아직 애가 없다! 죽은 이탈리아 아가씨는 조르주자크에게 도리를 다 했는데 이제 이 말라깽이 파리 여자가 들어왔구나.'

이 시험이 벌어지기를 두려워하기라도 했는지 누이들이 집 안쪽 어딘가 있다가 우르르 몰려나왔다. 그리고 당통을 둘러싸고 이것저것 음식을 먹어보라고 권하고 당통의 머리를 쓰다듬고 식구끼리만 통하는 농담을 했다. 실용적이지만 이상하고 촌스러운 옷차림에다 몸이 말랑말랑한 시골 여자들.

"당신이 먼저 드러내는 쪽이 좋을 거예요." 뤼실이 한 이 말을 듣지 못했지만 파브르도 같은 생각을 했다. 당통이 파리를 떠난 날 파브르는 아파트에 혼자 앉아서 지켜지지 않은 약속에 대해 화풀이하는 나쁜 아이처럼 악을 쓰면서 벽을 주먹으로 치고 망치로 부수고 싶은 욕망과 싸웠다. 파브르는 당통이 아르시로 떠나기 전에 보내온 정중하면서도 애매한 짤막한 쪽지를 다시 집어 들었다. 그리고 그것을 잘게 찢어서 조각조각 불살랐다.

갑론을박을 벌이는 피곤한 자코뱅 클럽 회의가 끝나고 나서 파브르는 회의장을 나서서 나란히 걸어가는 로베스피에르와 생쥐스트를 가로막았다. 생쥐스트는 저녁 회의에 열심히 나오지는 않았다. 말은 그렇게 하지 않았지만 별로 의미가 없다고 생각해서였다. 그리고 회의에 나오는 사람들은 입만 나불거리는 자들이라고 속으로 생각했다. 그는 다른 사람 입에서 나오는 의견에는 관심이 없었다. 며칠 있으면 그는 군대와 함께 알자스에 있을 것이다. 생쥐스트는 그날을 고대하고 있었다.

"시민들." 파브르가 손짓했다. "얘기 좀 합시다."

생쥐스트의 얼굴에 나났던 짜증이 깊어졌다. 로베스피에르는 멋진 새 달력을 떠올리고 쌀쌀한 미소를 보였다.

"부탁하네. 굉장히 중요한 문제거든. 따로 면담 좀 할 수 있겠나?"

"오래 걸리나요?" 로베스피에르가 정중하게 물었다.

"이거 보세요." 생쥐스트가 말했다. "우린 바쁩니다." 로베스피에르는 젊은 생쥐스트의 말투에 다시금 미소를 머금어야 했다. '막시밀리앙은 내 친구고 우린 너하고 안 놀아.' 로베스피에르는 파브르가 한 걸음 물러나서 관람용 안경으로 생쥐스트를 빤히 살피려니 예상했다. 하지만 그런 일은 벌어지지 않았다. 창백한 얼굴로 덤벙

거리면서 파브르는 다급하게 관심을 간청했다. 생쥐스트의 무례한 행동에 파브르는 당황했다. "위원회에 가야만 하겠군. 그쪽 소관이 니까."

"그럼 목소리 좀 낮춰요."

"음모가들이나 속삭이는 거지." 기회를 잡았다고 생각한 파브르 는 갑자기 평소의 우렁찬 목소리를 되찾았다. "조만간 공화국 전체 가 이 소식을 알아야 할 거야."

생쥐스트는 불쾌하다는 듯이 파브르를 쳐다보았다. "우린 무대 위에 서 있는 게 아니라고요."

로베스피에르는 조금 놀란 표정으로 생쥐스트를 힐끔 쳐다보았 다. "당신 말이 맞아요, 파브르. 그 소식이 공화국에 관련된 거라면 알려야 마땅하죠." 그러면서도 눈으로는 누가 들었는지를 재빨리 살폈다.

"공공의 안녕과 관련된 문제거든."

"그렇다면 그가 위원회로 와야겠군요."

"아니죠." 생쥐스트가 말했다. "오늘 밤 안건만 해도 꼬박 새벽까 지 붙어 있어야 돼요. 촌각을 다투지 않는 사안이 단 하나도 없습니 다. 뒤로 미룰 수 있는 게 하나도 없어요. 그리고 나는 말이죠, 시민 파브르, 내일 9시까지 출근해야 하는 사람입니다."

파브르는 생쥐스트를 무시하고 로베스피에르의 팔을 붙잡았다. "음모를 폭로해야겠어." 로베스피에르의 눈이 둥그래졌다. "물론 하 루아침에 닥치지는 않을 거야. 내일 우리가 열심히 움직이면 시간을 벌 수 있어. 젊은 시민 생쥐스트는 휴식이 필요할 거고. 우리 나이 든 애국자하고는 달라서 늦게까지 깨어 있는 데 익숙하지 않으니까."

그것은 실언이었다. 로베스피에르가 차갑게 그를 바라보았다. "내가 듣기로는 시민 파브르는 늦게까지 깨어 있는 시간의 대부분을 코뮌의 애국자들은 어디에 있는지도 모르는 도박장에서 연전연승하는 시민 데물랭과 평판이 의심스러운 여자들과 함께 보낸다더군요."

"제발." 파브르가 말했다. "진지하게 들어줘."

로베스피에르가 파브르를 주시했다. "음모가 복잡한가요?"

"파장은 엄청나지."

"좋습니다. 시민 생쥐스트하고 나는 내일 보안위원회 모임에서 만납니다."

"알아."

"괜찮을까요?"

"경찰위원회가 제일 좋지. 사안을 신속히 처리할 테니까."

"그런가요. 만날 곳은—"

"알아."

"좋아요. 안녕히 주무세요."

생쥐스트는 발을 동동 굴렀다. "이러고 있을 시간이 없습니다. 위원회가 기다리고 있어요."

"기다리지 않아야겠지." 로베스피에르가 말했다. "그냥 할 일을 해야겠지. 누가 오기를 기다려서는 안 돼. 꼭 없어서는 안 될 사람은 없어." 하지만 로베스피에르는 따라 나섰다.

"저 사람은 믿음이 안 가요." 생쥐스트가 말했다. "과장이 심하고 히스테리도 있고. 이 음모라는 것도 보나마나 상상력 과잉의 산물일 거예요."

"그래도 당통의 친구고 검증된 애국자야." 로베스피에르는 잘라 말했다. "훌륭한 시인이기도 하고." 로베스피에르는 걸으면서 생각에 잠겼다. "나는 그 사람이 하는 말을 믿는 경향이 있어. 얼굴이 아주 희고 안경도 없었거든."

하나같이 너무 그럴듯해 보였다. 손바닥을 책상 위에 엎어놓고 꼼짝도 하지 않고 굳은 얼굴로 로베스피에르는 조사를 벌였다. 처음에는 책상 모서리에 있었지만 지금은 파브르 바로 맞은편에 앉아 있었다. 위원들은 로베스피에르가 오자 어설픈 동작으로 의자를 뒤로 밀면서 얼른 자리를 내주었다. 그리고 이제는 침묵을 지키면서 로베스피에르가 펼치는 직관의 리듬을 쫓아가기에 바빴다. 로베스피에르는 파브르의 진술을 중단시키곤 했다. 그러고는 메모를 하고 펜을 닦아낸 뒤 옆에다 잘 두고서 책상 위에다 손가락을 쫙 펴고는 파브르를 힐끔 쳐다보아 다시 진술을 시작해야 함을 알렸다.

파브르는 의자에 축 늘어져 있었다. "이제 앞으로 한 달 안에 샤보가 여러분한테 와서 음모가 있다고 말하면 이 사람들의 이름을 누가 먼저 말했는지 기억해주십시오."

"당신이 그 사람을 신문하게 될 겁니다." 로베스피에르가 말했다.

파브르는 침을 삼켰다. "당신에게 환멸을 일으키는 주체가 된 점을 몹시 유감스럽게 생각합니다. 이 사람들 중 다수가 확고한 애국자라고 믿었겠지요?"

"내가요?" 로베스피에르는 조금은 쓸쓸한 미소를 지으면서 고개를 들었다. "이 외국인들의 이름은 이미 내 수첩 속에 있습니다. 원하면 누구에게든 보여드리겠습니다. 그들이 부패했고 위험하다는 사실은 익히 알고 있었지만 이제 당신은 체계적인 음모에 대해서, 피트로부터 받은 돈에 대해서 말합니다. 여러분은 내가 이 문제를 명확하게 보지 않는다고, 여러분 중에서 어느 누구보다도 명확하게 보지 못한다고 생각하는 것입니까? 경제 교란 행위, 자코뱅과 코르들리에에서 사람들이 부르짖는 극단적 정책, 기독교라는 종교를 모독하는 용서 못 할 공격은 선한 사람들을 뒤흔들어서 새로운 질서로부터 등을 돌리게 만드는 것들인데 이것들이 관련성이 없다고 내가 생각할 줄 아십니까?"

"아닙니다." 파브르가 말했다. "그 관련성을 당신이 알아차리고 있었음을 제가 충분히 깨닫지 못했습니다. 체포 명령을 내릴 건가요?"

"그렇게 하지는 않습니다." 로베스피에르는 반박이 없으리라 기대하면서 좌중을 둘러보았다. "그자들의 책략을 이제 속속들이 아는 이상 우리는 한두 주일 동안 그자들이 끙끙거리다가 제풀에 나가떨어지게 놔 둘 수 있는 여유가 있습니다." 로베스피에르는 다시 주위를 둘러보았다. "그런 식으로 해서 공모자를 모조리 적발할 것입니다. 우리는 혁명이 다시는 더럽혀지지 않도록 정화할 것입니다. 충분히 들으셨습니까?" 한두 사람이 당혹스럽고 심각한 얼굴로 고개를 끄덕였다. "나는 아직 충분하지 않지만 여러분의 시간을 더 빼앗을 수는 없겠지요." 로베스피에르는 일어나서 손가락 끝으로 툭툭 쳐서 서류들을 한데 모았다. "갑시다." 파브르한테 말했다.

"가요?" 파브르는 얼이 빠진 사람처럼 말했다.

로베스피에르는 머리를 움직여서 문 쪽을 가리켰다. 파브르는 일어나서 뒤를 따랐다. 로베스피에르는 지난번 봉기가 일어났던 날 그들이 차지했던 방처럼 가구가 거의 없는 작은 방으로 들어갔다.

"여기서 자주 일하나?"

"필요할 때는. 호젓한 데가 좋아서요. 먼지는 없으니까 앉아도 됩니다."

파브르는 로베스피에르에게 깨끗한 은신처를 마련해주느라 공공건물의 골방과 지하실을 박박 문질러 닦던 열쇠공과 창문닦이와 대걸레를 든 늙은 여자를 수도 없이 보았다. "문은 열어 둡시다." 로베스피에르가 말했다. "누가 엿듣지 못하게." 그리고 메모들을 책상 위에다 휙 던졌다. 저건 습득한 동작이라고, 데물랭한테서 배운 동작이라고 파브르는 생각했다. "불안해 보이는군요." 로베스피에르가 한마디 했다.

"더, 더 내가 말했으면 싶은 게 있나?"

"말하고 싶은 게 있으면 뭐든지." 로베스피에르는 싹싹하게 나왔다. "세부사항은 지금 정리하자고요. 프라이 형제의 본명이라든가."

"에마누엘 도브루스카. 지크문트 고틀리프."

"바꾼 이름들이라고 봐도 틀린 소리는 아니겠죠?"

"왜 사람들 앞에서 묻지 않았지?"

로베스피에르는 대답하지 않았다. "에로의 비서인 이 프롤리라는 사람을 자코뱅에서 보았죠. 오스트리아의 재상 카우니츠의 친아들이라고 말하는 사람들도 있던데. 사실인가요?"

"그래. 뭐, 그럴 가능성이 높지."

"에로는 별종입니다. 태생은 귀족인데 에베르한테서 한 번도 공격을 받지 않았지요." '에로', 파브르는 생각에 빠진다. 그의 마음은 과거로, 카페 푸아 시절로 흘러간다. 요즘은 자꾸 그런다. 그날, 카페 푸아에서 그가 최근작 〈아우구스타〉의 주인공이 이탈리아에서 죽어 가는 장면을 낭독하던 때, 십 년 전에 길거리에서 스케치를 해 주었던 소년이 커다란 몸을 검은 법복에 욱여넣은 우락부락한 남자가 되어 들어왔다. 소년은 길게 말을 빼는 상류층 억양을 익혔고 '흠 잡을 데 없는 용모에 견문이 넓고 궁정의 모든 부인이 사모'하는 에로 이야기를 했다. 그런 당통 옆에는 훗날 불륜을 꿈꾸는 뭇 여인들의 관심을 한몸에 받게 되는 양미간이 넓은 이 순진한 이기주의자가 있었다. 세월은 흐르지만…… 아무리 달라져도 알맹이는 그대로다.

"내 말 듣고 있어요?" 로베스피에르가 물었다.

"아, 그럼."

로베스피에르는 앞으로 몸을 숙인 채 두 손을 모아 깍지를 꼈다. 파브르는 1787년과 1788년의 저 깊숙한 곳에서 끌려 나와 땀을 흘리기 시작했다. 그는 로베스피에르가 말하는 것을 들었다. 그것은 등골이 서늘해지기에 충분했다. "에로가 한 번도 에베르한테 공격당한 적이 없다는 건 두 사람이 분명히 통하는 구석이 있어서라는 느낌이 듭니다. 에베르 일파는 단순히 빗나간 광신주의자가 아니라, 파브르, 당신이 지적하는 모든 외세와 내통하고 있어요. 그들의 과격한 연설과 행동은 공포와 혐오를 낳기 위해서지요. 그자들은 혁명을 한심하게 보이도록 하려는 거고 혁명의 신뢰성을 파괴하려는 겁니다."

"그래." 파브르는 시선을 돌렸다. "이해가 가네."

"이것과 밀접하게 관련된 게 훌륭한 애국자들에게 먹칠을 하려는 시도지요. 가령 당통을 비난한다든가."

"그렇고말고."

"그런 음모가들이 왜 당신한테 접근하는지 궁금하군요."

파브르는 고개를 가로저었다. 알다가도 모르겠다는 듯이, 시무룩하게. "그자들은 벌써 산악파 핵심부에서 성과를 냈어. 산악파를 들쑤시는 거지. 샤보, 쥘리앵…… 모두 신뢰받는 사람들을 말이야. 조사가 이루어지면 당연히 이 사람들은 내가 연루되었다고 주장할 거야."

"우리가 지시하고 싶은 건 —" 로베스피에르는 손가락 끝을 하나로 모았다. "당신이 지목한 사람들, 특히 경제 범죄를 저지른 것으로 보이는 사람들을 유심히 지켜봐 달라는 겁니다."

"그러지." 파브르가 말했다. "그런데…… 누구 지시라고?"

로베스피에르는 놀란 듯이 고개를 들었다. "위원회가 내리는 지시죠."

"당연하겠지. 자네가 모두를 대표해 말한다는 걸 내가 몰랐다니." 파브르는 앞으로 몸을 기울였다. "샤보가 무슨 말을 하더라도 넘어가지 말아 달라고 부탁하네. 샤보하고 그 친구들은 그럴 듯해 보이지만 말만 번지르르할 뿐이야."

"당신은 날 완전히 바보로 아는군요."

"미안하네."

"이제 가도 됩니다."

"고맙네. 날 믿어. 앞으로 한 달 안에 다 현실이 될 테니까."

로베스피에르는 하늘의 선택을 받은 독재자라면 누구라도 그러하듯이 물러가라고 무심결에 고압적으로 손을 내저었다. 문밖에서 파브르는 비단 손수건을 꺼내 얼굴의 땀을 닦았다. 교수형 언도를 받았던 1777년의 아침을 제외하고는 이렇게 불쾌한 아침을 맞이하기는 난생 처음이었지만 또 한편으로 생각해보면 걱정했던 것보다는 심하지 않았다. 로베스피에르는 마치 자신이 이미 도달한 결론을 그저 재확인하듯이 모든 제안을 선선히 받아들였다. 로베스피에르는 줄곧 '이 외세의 모략'이라는 말을 썼다. 정치에는 틀림없이 관심이 있었어도 로베스피에르는 동인도회사에는 거의 관심이 없었다. 말은 그렇게 했지만 과연 그것이 현실화될까? 물론이다. 보나마나 에베르가 난리를 피울 것이고 샤보는 속임수와 거짓말과 도둑질로 화답할 것이고 쇼메트는 사제들을 괴롭히고 교회들을 문 닫게 만들 것이다. 이제 그들의 입에서 나오는 한마디 한마디는 자승자박이 될 것이다. 로베스피에르는 따로따로 벌어지는 이 모든 가닥들이 음모로 얽혀 있다고 보는 것인데, 정말 그런 것인지 누가 또 알겠는가. 에로를 의심해야 하는 건 좀 안된 일이다. 에로에게 경고를 해줄 수도 있겠지만 그래 봐야 무슨 소용인가? 귀족 출신에게 삶은 어차피 위태로운 것이고 에로에게는 남은 시간이 얼마 없는지도 모른다.

핵심은 로베스피에르가 당통을 믿는다는 것이다. 난 당통의 사람이다. 그래서 어쩌면 난 의심받지 않는지도 모른다. 로베스피에르가 듣고 싶어 하는 말을 해줬으니까.

생쥐스트가 파브르를 보고 웃었다. '나를 거부하지 않는구나.' 파브르는 생각했다. 그러다가 생쥐스트의 눈에 나타난 표정을 알아차렸다. "로베스피에르는 안에 있습니까?"

"있지, 있어. 방금 만나고 나오는 길이야."

생쥐스트는 어깨로 밀면서 지나갔다. 파브르는 벽에 바짝 붙어서야 했다. "누가 엿들을지 모르니 문은 열어 두게." 파브르는 크게 말했지만 생쥐스트는 문을 쾅 닫고 들어갔다. 파브르는 콧노래를 부르기 시작했다. 요즘 〈몰타의 오렌지〉라는 새 희곡에 매달리고 있었는데 이걸 오페레타로 바꿔도 좋겠다는 생각이 불현듯 들었다.

방 안에서 로베스피에르가 고개를 들었다. "전선으로 떠날 준비를 하는 줄 알았는데."

"내일 갑니다."

"어떻게 생각하나?"

"파브르가 말하는 음모요? 이미 생각하고 계시던 것과 다 맞아떨어지잖아요. 파브르가 그걸 아나 모르겠습니다."

로베스피에르가 고개를 들었다. "그럼 자넨 믿지 않는다는 건가?"

"무슨 구실로라도 외국인들과 투기꾼들과 에베르 일파를 제거할 수야 있겠지요. 문제는 파브르도 자유롭지 못하다는 사실을 아셔야 한다는 겁니다."

"파브르를 불신한다는 거군."

생쥐스트는 웃음을 터뜨렸다. 살면서 이렇게 크게 웃어본 적이 없었다. "그 사람은 능구렁이입니다. 툴루즈 학술원에서 문학상을 받았다고 '데글랑틴'이라고 떠벌리고 다닌다는 거 아시죠?" 로베스피에르는 끄덕였다.

"그 사람이 상을 받았다고 주장하는 해에는 상이 수여된 일이 없습니다."

"그런가." 로베스피에르는 옆을 힐끔 쳐다보았다. 무언가를 알고 있는 듯한 묘한 시선이었다. "자네가 잘못 알았을 리는 없고?"

생쥐스트는 얼굴이 벌게졌다. "물론입니다. 조사해봤습니다. 기록을 확인했습니다."

"보나마나—" 로베스피에르가 부드럽게 말했다. "자기는 상을 받아야 마땅하다고 생각한 거겠지. 속임수가 있었다고 생각한 거지."

"그 사람의 인생 전부가 거짓말 위에 세워져 있습니다!"

"그보다는 자기 망상이 아닐까." 로베스피에르는 살짝 웃었다. "전에는 내가 다르게 말하기도 했지만 파브르는 위대한 시인은 아니야. 그저 평범하지. 이건 대수롭지 않은 문제야, 생쥐스트. 여기에 시간을 얼마나 허비했나?" 생쥐스트의 얼굴에서 만족감이 싹 사라졌다. "있잖아." 로베스피에르가 말을 이었다. "나도 그런 문학상, 툴루즈다 뭐다 그런 지방 문학상 말고 쟁쟁한 문학상을 받고 싶었을 거야."

"그렇지만 그런 상들은 구체제의 제도였습니다." 생쥐스트는 상처받은 듯한 목소리로 말했다. "이미 끝나고 정리된 겁니다. 혁명 전의 일입니다."

"그런 시절도 있었잖아."

"구체제의 관습과 외양에 너무 젖어 계신데요."

"그거 굉장히 심각한 비난인데." 로베스피에르가 말했다.

생쥐스트는 내가 물러나준다는 표정을 지었다. 로베스피에르는 의자에서 일어났다. 키가 생쥐스트보다 15센티미터쯤 작았다. "좀 더 철저하게 혁명적인 사람으로 나를 갈아치우고 싶은가?"

"그런 생각 없습니다, 결단코."

"갈아치우고 싶어 하는 거 같은데."

"잘못 아신 겁니다."

"자네가 날 갈아치우려고 하면 난 이 음모에서 자네의 역할을 찾을 거고 국민공회에서 자네의 머리를 요구할 걸세."

생쥐스트가 눈썹을 추켜세웠다. "말도 안 됩니다. 전 전장으로 싸우러 가겠습니다."

요란스럽게 방을 나서는 생쥐스트의 귀에 로베스피에르의 목소리가 와 닿았다. "파브르가 받았다는 상에 대해서 난 오래전부터 알고 있었어. 카미유한테 들었지. 우린 웃어넘겼다고. 그게 뭐 그리 중요한가? 뭐가 중요하고 안 중요하지를 그렇게 모르나? 균형 감각이라는 게 그렇게도 없나?"

막시밀리앙 로베스피에르: "지난 이 년 동안 반역과 유약함 탓에 십만 명이 살육당했다. 우리의 잘못은 반역자들에게 약하게 나갔다는 데 있다."

혁명재판소: "안 좋아 보이는군요." 데물랭이 말했다.

푸키에탱빌은 어깨를 으쓱 올렸다 내렸다. 그의 가무잡잡한 얼굴은 침울했다. "법정에서 열여덟 시간째 있는 거야. 어제는 아침 8시에 시작해서 밤 10시에 끝났고. 피곤하네."

"그러니 죄수는 어떨지 상상을 해봐요."

"그건 정말이지 상상이 안 가고." 검사는 솔직하게 말했다. "밤공기가 괜찮은가? 신선한 공기 좀 마셨으면 좋겠군."

푸키에탱빌은 극형에 처해질 카페 왕가의 그 여자를 재판하는 데에는 어느 면에서든 아무 감정이 없었지만 그 일이 어떤 사람들 마음속에 불러일으킬 의문에는 예민했다. 단두대는 죽음에 약간의 존엄을 허용했다. 시련은 죽음 전에 찾아왔다. 의사의 보살핌이 필요한 꾀죄죄한 죄수보다는 죄수들이 상태가 나았으면 좋겠다고 생각했다. 그는 사람을 시켜서 그 여자 죄수에게 물을 여러 잔 갖다주도록 했지만 아직까지 물은 필요 없었고 각성제도 필요 없었다. 지금은 자정이 넘은 시각이다. 이 시각에 퇴정하는 배심원들은 자신들의 평결 때문에 괴로워할 가능성이 높지 않았다.

"어제 에베르는ㅡ" 푸키에탱빌이 불쑥 말했다. "정말이지 심했어. 그자가 이 재판하고 무슨 상관이 있고 내가 그자를 왜 불러야 했는지는 나도 모를 일이지만. 난 내가 하는 일에 자긍심을 느껴. 하지만 난 가정이 있는 사람이야. 그런 종류의 말은 듣고 싶지 않아. 그 여자는 답변에 위엄이 있었어. 청중한테서 동정을 얻었다고."

에베르는 어제 그 죄수가 다른 죄 말고도 자기의 아홉 살 난 아들을 성적으로 학대했다고 주장했다. 아들을 침대로 데리고 들어가서 수음을 가르쳤다고 주장했다. 아들이 수음하는 장면을 간수가 목격하고 어디서 그런 행동을 배웠냐고 묻자 어린 녀석이 겁에 질려 황급히 엄마한테 배웠다고 하더라는 것이었다. 에베르는 아이가 자발적으로 진술서에 서명했다면서 서면 증거까지 제시했다. 그 예스럽고 불안한 아이의 글씨체를 보면서 시민 푸키에탱빌은 순간적으로 흔들렸다. "자식을 키우는 사람인데." 푸키에탱빌은 뇌까렸다. 시민 로베스피에르는 혼잣말을 하는 것에서 멈추지 않았다. "머저리 같은 에베르!" 로베스피에르는 격분했다. "그렇게 말도 안 되는 혐의를 들은 적이 있나? 두고 봐요. 그자가 그 여자를 살려내고 말 테니."

'시민 로베스피에르는 예전에 어떤 변호사였을까.' 푸키에탱빌은 궁금했다. '보나마나 눈물이 많은 변호사였을 거야.'

그가 다시 사촌 데물랭 쪽으로 돌아섰을 때 에르망 재판소장이 나타나더니 어둠을 뚫고 재판정을 가로질러 변호인들과 죄수석과 증인들이 서 있던 빈자리로, 지금은 촛불이 환히 밝힌 그 공간으로 들어왔다. 재판소장은 푸키에탱빌에게 따라오라는 뜻으로 손가락 하나를 치켜들었다.

"라가르드하고 얘기 나누고 있게." 푸키에탱빌이 말했다. "가엾은 친구야, 마라를 암살한 여자도 변호했거든. 다시 경력을 회복할 수 있을지 모르겠어."

라가르드가 고개를 들었다. "카미유, 여기서 뭐 하시오? 다른 데 갈 데가 없으면 모를까 나 같으면 이런 곳은 안 올 텐데." 그래도 라가르드는 데물랭을 보아 반가웠다. 의뢰인하고 이야기하는 데 지쳐 있었다. 의뢰인은 협조적이지 않았다.

"여기 말고 어딜 가겠습니까? 이날이 오기를 손꼽아 기다린 사람도 있습니다."

"그런가요. 내키거든 있으시구려."

"반역이 처벌받는 장면을 보는 건 누구한테나 마음 내키는 일이어야겠죠."

"예단하는군요. 아직 배심원이 남아 있는데."

"이번 재판에서 공화국이 질 가능성은 없습니다." 데물랭이 말했다. 라가르드는 웃었다. "저들이 당신에게 좋은 일은 다 주는 거 맞죠?"

"불가능한 변호를 파리에서 나보다 더 많이 경험해본 변호사는 없죠." 라가르드는 서른여덟 살이었다. 그는 주눅 들어 보이지 않으려고 애썼다. "자비를 청하는 거지요." 라가르드가 말했다. "그 이상 내가 뭘 할 수 있겠습니까? 그 여자는 자기 자신이었다는 이유로 기소를 당하고, 존재했다는 이유로 죄인으로 몰리는 건데. 그런 기소는 변호할 기회도 없어요. 설령 있다 하더라도, 공소장을 일요일 밤에 주고는 내일 아침 법정에 출두하라는 겁니다. 당신 사촌한테 사흘만 시간을 달라고 했어요. 안 된답디다. 피고의 남편이 재판받을 때만 하더라도 여유가 있었어요. 형장으로 갈 때 피고는 수레로 갈 겁니다."

"유개 마차는 조금 비민주적이었다는 느낌이 드는데요. 이건 사람들이 볼 권리가 있는 겁니다."

라가르드는 데물랭을 흘겨보았다. "당신네 진영에서 이 나라에 지독한 종자들을 키우고 있는 겁니다." 그렇지만 법률가의 법률가인 무표정한 푸키에탱빌도, 푸키에탱빌을 그 자리에 앉힌 성질이 불같고 높은 곳에 있는 그의 친척 데물랭도 라가르드는 이해할 수 있다고 생각했다. 심지어 그들은 아주 듬직해 보였다. 그것도 시대의 징후였다. 공화국의 일부 하수인들보다는 그들에게 호감이 갔다. 구더기처럼 누런 얼굴로 추잡한 소리를 늘어놓는 에베르보다는 나았다. 어제 재판이 벌어지는 동안 라가르드는 육체적으로 아픔을 느꼈다.

"누굴 염두에 두고 말하는 건지 알 만합니다." 데물랭이 말했다. "사람들 얼굴에서도 그런 표정이 많이들 나타나지요. 에베르가 육군부의 돈을 착복한 혐의가 있습니다. 내가 증거만 찾아내면 그 사람이 다음번 당신 고객이 될 겁니다."

푸키에탱빌이 서둘렀다. "배심원들이 돌아오는군. 미리 위로의 말을 전하네, 라가르드."

죄수는 부축을 받으며 재판정을 가로질러 자기 의자로 돌아갔다. 그녀는 한순간 어둠에 묻혔지만 다음 순간 빛이 그녀의 주름지고 초췌한 얼굴을 밝혔다.

"늙어 보이네." 데물랭이 말했다. "어디로 가는지 방향도 잘 모르는 것 같군. 시력이 저렇게 안 좋은 줄은 몰랐는데."

"내 탓은 아니라고." 검사가 말했다. "틀림없이 — " 그는 예언하듯이 덧붙였다. "내가 죽은 뒤에는 사람들이 내 탓을 하겠지만. 조용히 하세."

평결은 만장일치였다. 에르망은 앞으로 당겨 앉으면서 죄수에게 뭐든 할 말이 있느냐고 물었다. 프랑스의 왕비였던 여자는 고개를 저었다. 그녀의 손가락이 의자 팔걸이 위에서 불안하게 움직였다. 에르망은 사형 선고를 내렸다.

배심원들이 일어섰다. 간수들이 앞으로 나와서 죄수를 데리고 나갔다. 푸키에탱빌은 그녀가 가는 모습을 보지 않았다. 데물랭이 얼른 와서 서류 정리를 거들어주었다. "내일은 편할 거야." 푸키에탱빌이 말했다. "이걸 좀 들어주게. 검사니까 서기라도 한 명 있는 줄 알았겠지."

에르망은 데물랭에게 정중하게 고개를 숙였고 푸키에탱빌은 재판소장에게 인사를 했다. 데물랭의 눈은 발을 질질 끌며 가는 카페 왕가의 과부에게 박혀 있었다. "우리가 품었던 야망의 정상에 있는데 별거 아니네 정말. 우울한 여자의 머리를 자른다는 게."

"카미유, 그렇게 변덕이 죽 끓듯 해서야 쓰겠나. 저 오스트리아 여자한테 자네가 좋은 소리 하는 거는 한 번도 들은 적이 없는데. 공식적인 자리에서는 난 대개 품위를 지키지만 나도 숨 좀 쉬어야겠어. 로베스피에르한테 이르지 않을 거지?"

푸키에탱빌은 사람들 앞에서 같이 있을 때에는 사촌을 언제나 자랑스러워했다. 당통하고 사촌이 있을 때에는 특히 그랬다. 그는 두 사람이 공유하는 내밀한 암시와 농담과 곁눈질을 알아차렸고 당통의 우람한 팔이 사촌을 두르고 있거나 늦은 밤 공적 모임에서 사촌이 위험한 눈을 지그시 감고 당통의 어깨에 편안히 기대고 있는 모습을 자주 보았다. 로베스피에르는 물론 그렇지 않았다. 로베스피에르는 거의 아무하고도 몸이 닿지 않았다. 로베스피에르의 얼굴은 아득했고 초연했다. 그러나 데물랭은 그의 얼굴에 친근한 표정을 생생히 불러일으킬 수 있었다. 두 사람은 기억을 공유했고 어쩌면 둘만 아는 농담도 공유했다. 데물랭이 로베스피에르를 웃기는 모습을 보았다며 미심쩍은 말을 하는 사람도 있었다.

이제 그의 사촌은 고개를 흔들었다. "로베스피에르는 지금 잠들었을 거예요. 위원회가 아직도 끝나지 않았다면 모를까. 당신은 한 번도 재판에서 질 때가 없는 거 같군요."

"지면 큰일 나지." 푸키에탱빌은 사촌과 팔짱을 끼었고 두 사람은 바람이 매서운 새벽 거리로 나섰다. 경찰관이 거수 경례를 했다. "다음 번 거물은 브리소야. 우리가 지금까지 막아놓은 그 모든 자들. 내 기소의 근거는 자네가 쓴 〈비사〉와 도박장 재판 이후로 자네가 브리소에 대해서 쓴 기사야. 내용이 좋아. 자네만 괜찮다면 거기서 인용도 할 생각이지. 재판정에 와서 보람을 한번 느껴보라고."

바스티유가 무너진 직후의 날들, 데물랭의 사무실 책상 위에 쪼그리고 앉아 있던 브리소. 테루아뉴는 바람처럼 나타나서 브리소의 마른 뺨에 입을 맞추고. 데물랭은 생각에 빠져들었다. 브리소는 내 친구였다. 그러다 도박장 재판 사건이 벌어지고 우리는 반대편에 섰다. 브리소는 사사로운 감정을 품었고 난 비판을 참아낼 수가 없다. 데물랭은 자신의 그런 점을 잘 안다. 그는 달아오르지 않으면 주저

앉는다. 공격을 퍼붓지 않으면, 퍼붓지 않으면? "아무래도一" 데뮐 랭이 사촌에게 말한다. "난 공격이라면 모르는 게 없다고 생각하는데 방어에 관해서는 아는 게 없는 것 같아요."

"사람하고는." 검사가 말했다. 그는 사촌이 무슨 말을 하는 건지 도무지 이해가 안 갔지만 새삼스러운 일은 아니었다. 푸키에탱빌은 한 손을 뻗어 사촌의 머리를 쓰다듬듯 헝클어뜨렸다. 데뮐랭은 말벌에 닿기라도 한 듯 머리를 홱 잡아 뺐다. 푸키에탱빌은 그런 반응을 조용히 받아넘겼다. 그는 기분이 좋았다. 일이 다 끝나면 포도주 한 병을 마시자고 스스로 한 약속이 있었다. 큰 사건을 맡은 동안에는 술을 마시지 않으려고 노력했다. 그렇지만 잠은 잘 이루지 못할 것 같았다. 아니면 악몽이 다시 찾아올 것 같았다. 어쩌면 그가 시간을 거의 같이 못 보낸 사촌도 밤늦도록 이야기를 하고 싶어 할지 모른다. 지방에서 올라온 두 소년이 요즘 아주 잘하고 있다는 생각이 들었다.

다음 날 오전 11시가 지나서 앙리 상송은 준비를 하러 그녀의 감방으로 들어갔다. 앙리 상송은 그녀의 남편을 처형한 남자의 아들이었다. 그녀는 하얀 드레스에 가벼운 숄, 검은 스타킹에 굽이 높은 자줏빛 구두 차림이었다. 투옥되어 있는 동안 그녀가 잘 보관해 온 것들이었다. 사형 집행인은 그녀의 두 손을 뒤로 묶고 머리털을 잘랐다. 하녀에 따르면 재판관과 배심원을 대하기 전에 적절히 '고급스럽게 치장한' 머리였다. 그녀는 움직이지 않았고 상송은 쇠가 그녀의 목에 닿지 않도록 했다. 한때는 벌꿀 빛깔이었지만 지금은 부스스한 잿빛으로 변한 긴 머리채가 몇 초 만에 감방 바닥으로 떨어졌다. 그는 불에 태우려고 머리채를 주섬주섬 모았다.

　사형수를 태울 호송차가 앞마당에서 기다렸다. 한때는 목재를 나르는 데 썼지만 지금은 판자를 걸쳐서 좌석을 만든 평범한 수레였다. 수레를 보고 그녀는 평정을 잃었다. 무서워서 입을 벌리고 쳐다보았지만 소리 내어 울지는 않았다. 그녀는 집행인에게 잠시만 손을 풀어 달라고 청했다. 손을 풀어주자 벽 한구석에 쪼그려 앉아서 소변을 보았다. 집행인이 다시 손을 묶은 후 손수레에 태웠다. 잘려 나간 머리채와 무늬 없는 흰 삼각모 밑으로 그녀는 지친 눈을 들어 자신을 둘러싼 얼굴들 속에서 동정의 눈빛을 찾았다. 처형장으로 가는 데에는 한 시간이 걸렸다. 그녀는 아무 말도 하지 않았다. 계단을 올라갈 때 돈을 받고 일하는 무심한 손길들이 그녀를 부축했다. 그녀의 몸이 떨리기 시작했고 팔다리가 맥을 못 추었다. "미안해요." 그녀는 속삭였다. "이러려던 게 아니었는데." 10월 16일, 정오가 지나고 몇 분 뒤 그녀의 목이 떨어졌다. "뒤셴 영감이 경험한 모든 기쁨을 통틀어서 가장 큰 기쁨이로다."

10장

로베스피에르와 친구들

(1793)

군주는 둘 다 죽었다. 남자 폭군도 여자 폭군도. 이제는 내적으로 자유를 느낄 것이라 생각할지 모르지만 뤼실은 그런 것이 느껴지지 않았다. 뤼실은 왕비가 역사 속에 자리를 잡을 만한 가치가 있는지 알고 싶어서 데물랭에게 왕비의 마지막 순간을 자세히 캐물었지만 데물랭은 거기에 대해서 말하기가 내키지 않는 모양이었다. 결국 데물랭은 당신도 잘 알겠지만 처형장에 가고 싶은 마음이 조금도 들지 않았다고 말했다. 위선자라고 뤼실은 말했다. "가서 당신이한 행동의 결과를 봐야죠." 데물랭은 뤼실을 노려보면서 사람이 어떻게 죽는지는 나도 안다고 말했다. 그러고 나서 구체제에서 신사가 숙녀에게 하듯이 아주 유난스럽게 깍듯이 허리를 숙인 다음 모자를 집어 들고 밖으로 나갔다. 야유의 몸짓이었다. 데물랭은 뤼실하고 다투는 법이 거의 없었지만 십 분에서 며칠까지 이어지는 아리송한 부재로 복수를 했다.

이번에는 한 시간도 안 되어 돌아와서는 저녁에 파티를 열어도 되겠냐고 물었다. "참 일찍 알려주시네요." 자네트가 앙칼지게 말했다. 하지만 좋은 식료품은 돈이 있고 어디서 파는지만 알면 언제든지 쉽게 구할 수 있었다. 데뮬랭은 다시 사라졌다. 축하할 일이 무엇인지는 자네트가 장을 보러 갔다가 알아냈다. 와티니에서 벌어진 처절한 지구전에서 오스트리아를 물리쳤다는 소식이 그날 오후 국민공회로 날아들었다.

그래서 그날 밤 그들은 가장 최근에 거둔 승리와 승리를 이끈 장군들을 축하하면서 술을 마셨다. 그들은 방데의 반란자들과 리옹, 보르도의 반군을 상대로 거둔 성과도 이야기했다. "공화국이 쑥쑥 뻗어 나갈 거 같은데요." 뤼실이 에로한테 말했다.

"좋은 소식이지요." 하지만 에로는 찡그렸다. 그는 어딘가에 정신이 팔려 있었다. 생쥐스트 뒤를 이어 자기도 알자스에 보내 달라고 위원회에 요청했는데 조만간, 어쩌면 내일이라도 떠나기로 되어 있었다.

"왜 그러셨어요?" 뤼실이 에로에게 물었다. "안 계시면 우리가 심심한데. 위원회에 계실지도 모른다고 생각했는데, 오늘 밤 와주셔서 기뻐요."

"요즘은 제가 그 사람들한테 별로 도움이 안 됩니다. 저한테는 쉬쉬해요. 신문을 보고 아는 게 더 많습니다."

"그 사람들이 이제 당신을 안 믿는다고요?" 뤼실은 깜짝 놀랐다. "왜 그런가요?"

"카미유한테 물어보세요. 카미유는 '매수불능자'의 신뢰를 받고 있으니까." 몇 분 뒤 에로는 뤼실에게 인사를 하고 마지막으로 준비할 일이 남았다면서 자리에서 일어났다. 데물랭이 일어나서 에로의 뺨에 입을 맞추었다. "빨리 돌아오게. 우리 둘이 은근히 가시 돋친 말을 주고받는 일이 그리워질 거야."

"금방 돌아오지는 못할 거 같군." 에로의 목소리에는 긴장감이 서려 있었다. "적어도 전선에서는 쓸모 있는 일을 할 수 있고 적도 볼 수 있고 적이 누군지도 알 수 있거든. 파리는 점점 하이에나들의 소굴이 되어 가는 거 같아."

"이거 미안하네." 데물랭이 말했다. "내가 괜히 자네 시간을 빼앗았군. 뺨에다 입 맞춘 거 돌려주게."

"장담하는데 —" 누군가가 천천히 말했다. "두 사람이 형장으로 올라갈 때도 서로 먼저 오르겠다고 옥신각신할걸."

"우선권은 당연히 나한테 있지." 데물랭이 말했다. "형장이 어디에 있는지는 몰라도. 내 사촌이 처형 순서를 정하니까."

누군가가 기침을 콜록콜록 하면서 잔을 쾅 내려놓았다. 파브르가 얼굴이 붉어지더니 그들을 노려보았다. "재미없군. 취미 한번 고약하시네."

침묵이 감돌면서 에로가 작별 인사를 했다. 그가 떠난 뒤 대화는 파브르가 주도하는 억지스러운 유쾌함 속에서 재개되었다. 파티는 일찍 끝났다. 나중에 침대에 누워서 뤼실이 물었다. "무슨 일이지? 우리 파티는 실패를 모르는데."

"아, 그건 우리가 아는 문명이 막을 내렸기 때문이지." 데물랭이 말했다. 그러고는 피곤한 듯이 덧붙였다. "아마 조르주가 없어서 그럴 거야." 데물랭은 뤼실한테서 돌아누웠지만 뤼실은 남편이 밤중에 도시가 내는 소리에 귀 기울이고 있음을 알았다. 검은 눈들이 검은 어둠을 응시했다.

무언가 문제가 있다고 뤼실은 생각했다. 적어도 생쥐스트가 파리를 떠난 이후로 데물랭은 로베스피에르와 더 많이 함께 있었다. 로베스피에르라면 무엇이 잘못되었는지 알 것이고 그녀에게 말해줄 것이다.

다음 날 뤼실은 엘레오노르를 찾아갔다. 엘레오노르가 로베스피에르의 애인이라는 사실이 맞다면 그 사실은 그녀를 더 행복하게 만들지도 않았고 더 너그럽게 만들지도 않았다. 엘레오노르는 지체 없이 데물랭 이야기로 대화를 끌고 갔다.

"그분은—" 엘레오노르는 반감을 드러내며 말했다. "자기가 원하는 건 뭐든지 막시밀리앙이 하도록 만들 수 있어요. 그분 말고는 아무도 자기가 원하는 일을 막시밀리앙이 무조건 하도록 만들지 못해요. 막시밀리앙은 그냥 언제나 아주 공손하고 바빠요." 엘레오노르는 자신의 불편한 심정을 전달하려고 애쓰면서 앞으로 다가섰다. "아침에 일찍 일어나서 편지들을 처리해요. 국민공회에 가요. 튈르리에 가서 위원회 업무를 봐요. 그러고 나서 자코뱅 클럽에 가요. 밤 10시에 위원회 회의가 시작돼요. 그리고 새벽에 집에 와요."

"정말 무섭게 자신을 몰아붙이는군요. 뭘 기대하세요. 원래 그런 사람인데."

"나하고는 결혼 안 할 거예요. 지금의 위기만 끝나면 보자고 말은 하지만. 위기가 절대로 끝날 거 같지도 않고, 그렇겠죠?"

몇 주일 전에 뤼실은 어머니와 길을 가다 안 테루아뉴를 보았다. 모녀는 그녀를 얼른 알아보지 못했다. 테루아뉴는 이제 예쁘지 않았다. 말랐고 이빨 몇 개가 빠진 것처럼 얼굴이 움푹 들어가 있었다.

테루아뉴는 모녀를 지나쳤다. 눈이 실룩거렸지만 그녀는 말을 걸지 않았다. 뤼실은 딱하다고 생각했다. 테루아뉴는 시대의 희생자였다. "이제는 저 아가씨를 매력적이라고 생각할 사람은 아무도 없겠다." 아네트가 말했다. 뤼실은 웃었다. 뤼실의 생일이 본인 말로는 얼마 전에 사고 없이 지나갔다. 대부분의 남자들이 아직도 뤼실을 관심 있게 바라보았다.

뤼실은 이제 데물랭을 오후에도 볼 수 있었다. 요즘은 데물랭이 국민공회에 안 갈 때가 많았다. 다수의 산악파가 회의에 불참했다. 왕을 죽이는 데 반대했던 우파 대의원들은 정치적 책임을 내던지고 파리에서 달아났다. 브리소와 베르니오와 나머지 무리를 축출하는 데 반대하는 대의원들이 칠십 명 이상 서명했다. 그들은 이제 감옥에 있었는데 혁명재판소에 넘겨지지 않은 것은 오로지 로베스피에르의 중재 덕분이었다. 프랑수아 로베르는 망신당했고 필리프 에갈리테는 재판을 기다렸다. 콜로 데르부아는 리옹에서 반군을 응징하고 있었다. 당통은 시골 공기를 즐기고 있었다. 생쥐스트와 바베트의 남편 필리프 르바는 군대와 함께 있었다. 위원회 업무는 튈르리에서 로베스피에르가 부담할 때가 많았다. 데물랭과 파브르는 빈자리를 세는 데 점점 싫증이 났다. 두 사람이 아주 싫어하는 사람은 하나도 없었고 입 닥치라고 소리 지르고 싶은 사람도 없었다. 그리고 마라는 죽은 사람이었다.

저녁 파티가 있고 나서 며칠 뒤 테루아뉴가 코르들리에 거리에 나타났다. 옷은 몸 위에 그냥 걸쳐 있었다. 씻지도 않은 것 같았고 어쩐지 절박해 보였다. "카미유를 만나고 싶어요." 테루아뉴는 자기가 혼자 하는 말에 상대가 끼어들어서는 안 된다는 듯이 머리를 뒤로 당기고 말하는 버릇이 들어 있었다. 데물랭이 테루아뉴의 목소리를 들었다. 그는 아무것도 하지 않고 앉아서 아까부터 허공을 바라보고 있었다. "세상에, 상태가 더 나빠졌군. 여자의 매력으로 할 수 있는 게 이게 전부라면 차라리 과거가 더 나았네요." 데물랭이 말했다.

"매너가 여전히 절묘하시네요." 테루아뉴가 벽을 쳐다보면서 말했다. "저건 뭐죠? 판화? 여자의 머리가 곧 잘릴 거 같네요."

"메리 스튜어트입니다. 아내가 제일 좋아하는 역사적 인물이지요."

"별나네." 테루아뉴가 단조롭게 말했다.

"앉아요." 뤼실이 말했다. "원하는 거 있어요? 따뜻한 마실 거라도?" 불쌍해서 견딜 수가 없었다. 그녀를 먹이고 머리를 빗겨주고 데물랭에게 그런 식으로 말하지 말라고 할 누군가가 있어야 했다. "자리를 피해드릴까요?" 뤼실이 물었다.

"아니요, 됐어요. 있고 싶으면 있어도 돼요. 아님 가든가. 난 상관 안 해요."

불이 더 환한 곳으로 테루아뉴가 천천히 나오자 얼굴에 난 상처가 보였다. 몇 달 전에 길거리에서 한 무리의 여자들한테 얻어맞은 적이 있음을 뤼실은 알고 있었다. '얼마나 고생을 했을까, 하느님 굽어살피소서.' 뤼실은 목구멍이 아렸다.

"내가 하려는 건 오래 걸리지 않아요." 테루아뉴가 말했다. "내가 무슨 생각 하는지 알잖아요."

"난 당신이 뭘 하려는지 몰라요." 데물랭이 말했다.

"내 마음이 어디 가 있는지 알잖아요. 이번 주에 브리소 일파가 재판을 받아요. 나도 그중 하나예요." 테루아뉴의 목소리에는 격정이 없었다. "난 그 사람들이 대변하는 것하고 그 사람들이 하려던 것을 믿어요. 난 당신 정치도 로베스피에르 정치도 좋아하지 않아요."

"그건가? 그래서 온 건가?"

"당신이 지금 바로 구 위원회로 가서 날 지목했으면 좋겠어요. 같이 갈게요. 당신이 나에 대해서 하는 말 하나도 부인하지 않겠어요. 내가 방금 한 말 그대로 반복할게요."

안타까운 마음에 뤼실이 끼어들었다. "안, 도대체 왜 그래요?"

"죽고 싶다는 거야." 데물랭이 말했다. 그리고 웃었다.

"맞아요." 테루아뉴가 똑같이 생기 없는 목소리로 뇌까렸다. "그러고 싶어요."

뤼실이 테루아뉴 옆으로 갔다. 테루아뉴가 뤼실의 손길을 뿌리치자 데물랭이 테루아뉴를 노려보았다. 뤼실은 뒤로 물러나서 두 사람 얼굴을 번갈아 보았다.

"간단해요." 데물랭이 말했다. "길거리로 나가서 '전하, 만수무강하소서.' 하고 소리 질러봐요. 사람들이 바로 잡아들일 테니까."

테루아뉴는 뼈만 남은 손을 들어서 자기 눈썹을 만졌다. 살점이 갈라졌던 하얀 상처 자국이 있었다. "연설을 했어요. 그리고 이렇게 됐죠. 채찍으로 갈기더군요. 배를 차고 짓밟던데요. 그땐 이렇게 죽는구나 싶더라고요. 그렇게 죽는 건 비참하잖아요."

"강에서 해보든가." 데물랭이 말했다.

"날 고발해요. 지금 구 위원회로 갑시다. 그래야 후련하죠. 복수하고 싶잖아요."

"그러고 싶지. 진짜 복수하고 싶지, 그런데 왜 당신이 편하게 종말을 맞이하는 특권을 누리는데? 내가 아무리 브리소파를 싫어해도 당신 같은 버러지하고 그 사람들을 엮는 건 말도 안 돼. 테루아뉴, 당신도 루이 쉴로가 그랬던 것처럼 거리에서 죽을 수 있어. 어디에서든지 누구한테서든지 죽음을 얻어내라고. 오래 끌다가 가면 더 좋고."

테루아뉴의 표정은 변하지 않았다. 그리고 겸허하게 양탄자를 내려다보면서 말했다. "내가 빌게요."

"가버려." 데물랭이 말했다.

테루아뉴가 머리를 숙였다. 시선을 피하면서 어깨가 축 처져서 힘없이 느릿느릿 문 쪽으로 움직였다. 뤼실은 가지 말라고 소리를 질렀다. "목숨을 끊으려는 거야." 마치 그 점을 분명히 하려는 듯이 바보처럼 테루아뉴를 손가락으로 가리켰다.

"그런 거 아니야." 데물랭이 말했다.

"당신은 사악해." 뤼실이 뇌까렸다. "지옥이 있다면 당신은 그 속에서 불에 탈 거야." 문이 닫혔다. 뤼실이 방을 가로질러 데물랭에게 달려들었다. 빗속으로 엉금엉금 기어 나간 유령 같은 생명체에게 보상을 하는 차원에서라도 데물랭을 그냥 둘 수 없다고 생각했다. 데물랭은 무심한 표정으로 뤼실의 손목을 꽉 쥐고 옴짝달싹 못하게 만들었다. 뤼실은 온몸을 떨었고 굵은 눈물이 뺨을 타고 흘러내렸다. "미안해요." 뤼실이 말했다. "그 여자의 부탁을 당신이 못 들어준다는 건 알아, 말도 안 되지. 하지만 그 여자를 도와서 살고 싶게 만드는 길은 틀림없이 있어요. 사람은 누구나 살고 싶어 해야 돼."

"그렇지 않아. 매일같이 사람들이 거리에서 붙들려 가. 사람들은 순찰대가 오기를 기다리지. 그리고 왕세자를 단두대로 보내라, 로베스피에르를 단두대로 보내라 소리 지르지. 사람을 기다리는 죽음의 방식은 수두룩하다니까. 테루아뉴는 그저 하나를 고르기만 하면 돼."

뤼실은 데물랭의 손에서 빠져나와 침실로 뛰어 들어가서 문을 쾅 닫았다. 가슴이 들썩거리고 심장이 솟아서 목구멍에서 쿵쿵 뛰었다. 우리의 머리와 몸 안에 아무리 애타는 열정이 들어 있다 해도 언젠가 이 벽들은 갈라지고 언젠가 이 집은 주저앉을 것이다. 흙과 뼈와 잔디가 남을 것이고 그들은 우리가 남긴 일기를 읽고서 우리가 누구였는지 알게 될 것이다.

브뤼메르 9일(10월 30일), 혁명재판소: 브리소는 많이 늙어 보였다. 더 종잇장 같았고 더 구부정했고 관자놀이께의 머리칼은 더 뒤로 물러나 있었다. 드 실레리도 늙어 보였다. 도박에 대한 열정은 어디로 갔단 말인가? 이 재판의 결과를 놓고 내기를 걸지는 않을 것이다. 결과는 확실했다. 자기가 어쩌다가 브리소파가 되었는지 모르겠다는 생각만 가끔 들었다. 필리프 에갈리테 옆에 앉아 있어야 하는 건데. 재수 좋은 사내 에갈리테는 한 주일 더 살 수 있다.

드 실레리가 몸을 앞으로 기울였다. "브리소, 기억하나? 카미유가 결혼할 때 우리가 증인이었지."

"그랬죠." 브리소가 말했다. "그런데 로베스피에르도 증인이었잖아요."

항상 아무렇게나 입고 다니던 베르니오였지만 투옥과 재판에도 자신의 정신이 건재함을 보여주려는 듯 오늘 밤은 말쑥했다. 일부러 얼굴에 표정을 나타내지 않으려는 빛이 역력했다. 아무것도 내주지 않으리라는, 고문자들에게 절대로 만족을 안겨주지 않으리라는 다짐이었다. 베르니오는 궁금했다. 오늘 밤 뷔조는 어디에 있을까, 시민 롤랑은 어디에 있을까? 페티옹은 어디에 있을까? 살았을까 죽었을까?

시계가 10시 15분을 알렸다. 밖은 칠흑처럼 깜깜했고 비가 내렸다. 배심원이 돌아왔다. 그들은 금세 법정 관리들에게 둘러싸였다. 시민 푸키에탱빌이 사촌과 함께 대리석 바닥을 유유자적 가로질러 빛 속으로 들어왔다. 집에 가서 포도주를 한 병 따고 늦은 저녁을 먹으려면 스물두 번의 평결을 발표해야 했고 스물두 장의 사형 선고문을 읽어야 했다.

푸키에탱빌의 사촌 데물랭은 아주 창백했다. 목소리가 불안했고 신경이 곤두서 있었다. 엿새 동안 푸키에탱빌은 사촌의 주장, 연방주의자들의 음모와 왕정주의자들의 음모에 대한 사촌의 비난을 배심원 앞에서 인용했다. 이제는 유명해진 문구가 가끔씩 귀에 들리면 피고들은 한 사람이 되어 데물랭을 돌아보았다. 마치 미리 연습이라도 한 듯했다. 안 그러고는 저럴 수가 없다. 호송할 수레는 이미 준비해놓았다. 피고가 스물두 명이나 되면 이런 세부 사항까지 신경을 써야 한다.

흑백의 타일, 타오르는 촛불들, 여기저기 박혀 있는 삼색기들. 꼭 연극의 한 장면 아니면 화가의 붓에서 나온 그림 같다고 푸키에탱빌은 생각했다. 불빛이 사촌의 얼굴에 닿는다. 사촌이 자리에 앉는다. 배심원 대표가 일어선다. 서기가 서류 더미에서 한 묶음의 사형장을 추려낸다. 검사 뒤에서 누군가가 속삭인다. "카미유, 왜 그래?"

갑자기 피고들이 앉아 있던 자리에서 외마디 비명이 들렸다. 피고들이 벌떡 일어섰다. 간수들이 피고들 쪽으로 몰려들었고 법정 관리들은 서류를 내려놓고 허둥거렸다. 피고 중 하나인 샤를 발라제가 뒤로 스르르 나동그라졌다. 여자들이 비명을 질러대고 사람들은 무슨 일인지 보려고 모여들고 간수들은 방청객들을 막으려고 애썼다.

"이렇게 마감을 하다니." 한 배심원이 말했다.

베르니오는 무표정한 얼굴로 피고 중 하나인 르아르디 박사에게 몸짓을 했다. 르아르디는 쓰러진 사람 옆에 무릎을 꿇고 앉았다. 그리고 자루까지 피가 묻은 긴 단검을 들어올렸다. 검사는 그의 손에서 즉시 칼을 치웠다. "한마디 안 할 수가 없네." 푸키에탱빌이 투덜거렸다. "나한테 칼을 휘두를 수도 있었잖아."

브리소는 턱이 가슴에 오도록 고개를 푹 수그린 채 앉아 있었다. 이제 발라제의 피는 흑백 타일 위로 새빨갛게 흘러갔다. 한 자리가 치워졌다. 작은 송장처럼 보이는 발라제를 헌병 둘이 밖으로 들고 나갔다.

드라마는 아직 끝나지 않았다. 시민 데물랭은 법정 밖으로 나가려다가 졸도했다.

브뤼메르 17일(11월 7일): 시민 에갈리테로 알려진 필리프 오를레앙의 처형. 마지막 식사로 그는 두툼한 고기 두 토막과 꽤 많은 굴을 먹었고 보르도산 좋은 포도주를 한 병 가까이 마셨다. 단두대에 가려고 백색 누비 조끼와 무릎까지 오는 녹색 프록코트를 입고 노란 가죽구두를 신었다. 잉글랜드풍의 차림새였다. "자, 수고가 많네." 에갈리테가 상송에게 말했다. "빨리 끝날까?"

사형 집행인. 공포 정치가 시작된 뒤로 상송의 고정 비용이 껑충 뛰었다. 자기 돈으로 월급을 주는 사람이 일곱 명인 데다 조만간 수레를 하루에 열 대 넘게 빌릴 예정이다. 전에는 조수 둘과 수레 하나로 꾸려 나갔다. 급료가 많지 않다 보니 일하려는 사람이 별로 없다. 고객들을 묶는 밧줄도, 나중에 시신을 담아 갈 커다란 광주리도 집행인이 부담해야 한다. 처음에 그들은 단두대가 깔끔하고 깨끗할 것으로 생각했지만 하루에 스무 개, 어쩌면 서른 개의 머리가 잘려 나오면 양의 문제가 생긴다. 권력을 쥔 이들은 사람 하나의 목을 자르면 거기에서 얼마나 많은 피가 나오는지 알기나 할까? 피는 모든 것을 망치고 갉아먹고 특히 그의 옷을 더럽힌다. 저 아래에 있는 사람들은 못 알아차리지만 어떨 때는 무릎까지 튀기도 한다.

고된 일이다. 사형 집행 전에 먼저 자기 손으로 목숨을 끊으려던 사람이 오면, 독약을 써서든 피를 많이 흘려서든 정신을 못 차리기 때문에 난리도 아니다. 끌어다가 칼날 아래에 두려고 용을 쓰다 보면 허리가 끊어지는 것 같다. 얼마 전부터 시민 푸키에탱빌은 송장도 단두대에 올려야 한다고 우기지만 모두 그건 불필요하다고 생각한다. 불구자나 몸이 기형인 사람은 또 어떤가. 땀을 뻘뻘 흘리면서 죽어라 당겨야 널빤지에 묶을 수가 있는데 그러면 군중은 (어차피 그 사람들 눈에는 잘 안 보이니까) 지겨워하면서 야유를 하고 휘파람을 불어댄다. 그러는 동안에 줄이 길어지고 끝에 선 사람들은 짜증이 나서 소리를 지르거나 기절하기 시작한다. 모든 고객이 젊고 남자고 참을성이 있고 건강하다면 문제는 줄어들겠지만 이런 범주에 다 들어가는 사람은 놀랄 만큼 적다. 근처에 사는 시민들은 피를 빨아들이는 톱밥이 충분하지 않아서 역겨운 냄새가 난다고 불평한다. 기계 자체는 조용하고 효율적이고 안정적이지만 칼을 가는 사람에게는 물론 품삯을 주어야 한다.

상송은 작업을 최대한 효율적으로 하기 위해 속도를 높이려고 노력 중이다. 푸키에탱빌은 불평하면 안 된다. 브리소파만 하더라도 스물한 명에다가 시체 하나인데 정확히 36분 만에 끝냈다. 시간을 알려주는 사람을 쓸 여유는 없지만 혹시라도 누가 불평을 할까 봐 성격 좋은 구경꾼 한 사람에게 시계를 들고 서 있도록 해 두었다.

예전에는 집행인 하면 알아주었다. 우러러보았다. 사람들이 집행인에게 상소리를 하지 못하게 하는 법까지 특별히 만들었다. 숙련된 솜씨를 보려고 오는 단골 관객도 있었다. 집행인이 조금만 수고를 해도 고마워했다. 전에는 사람들이 처형장에 오고 싶어서 왔다. 하지만 전쟁 활동의 일환으로 뜨개질을 하는 늙은 여자들 중에는 돈을 받고 그 자리에 온 사람도 있다. 척 보면 안다. 그들은 빨리 이 자리를 떠나서 일당으로 한 잔 마시고 싶은 마음뿐이다. 그리고 의무로 참석해야 하는 국민방위대 사람들은 며칠이 지나면 역겨워한다.

한때는 집행인이 사형수들의 영혼을 위해 특별 기도를 하는 시간도 있었지만 지금은 그럴 수 없다. 이제 그들은 명단에 적힌 번호다. 전에는 죽음은 특별하다고 느꼈다. 고객마다 특별하고 개인적인 최후를 맞았다. 그들을 위해 집행인은 일찍 일어나서 기도를 하고 진홍색 옷을 입고 대리석처럼 매끄럽게 얼굴을 단장하고 외투에다 꽃도 한 송이 꽂았다. 그런데 지금은 사형수들이 송아지처럼 수레에 실려 온다. 사형수들은 입이 송아지 입처럼 축 처지고 눈에는 초점이 없으며, 사형 판결이 있고 나서 바로 죽음의 현장으로 끌려오는 그 신속함에 기가 질려 있었다. 사형 집행은 이제 예술이 아니라 도축장에서 하는 일에 가깝다.

"나는 옆방에서 들리는 웃음소리에 맞추어 이 단어들을 쓴다……."

마농은 그들이 감옥으로 끌고 온 첫날부터 글을 써 왔다. 명분과 신조와 자서전을 기록해야 했다. 조금 지나자 손목이 욱신거리고 추위에 손가락이 곱았다. 마농은 울고 싶었다. 쓰기를 멈추고 과거를 표현하는 방법에 대해서 생각하기보다는 과거 자체를 마음으로 곱씹을 때마다 마농은 자기 안에 있던 열망이 사라진 것을 느꼈다. "……우린 이제 아무것도 없다." 마농은 감옥 침대에 누워 당당해지려고 노력하면서 어둠을 응시했다.

남편이 붙잡혔다, 지방 어느 도시에 붙들려 있다, 부인과 함께 재판을 받으러 지금 파리로 오는 중이다, 마농은 이런 소식이 날아들기를 매일같이 기다렸다. 하지만 뷔조가 붙들렸다면? 어쩌면 사람들은 그녀에게 소식을 아예 전하지 않을 것이다. 분별 있는 행동을 한 값이었다. 훌륭한 처신의 대가였다. 두 사람은 워낙 조심했고 경우에 어긋나는 행동을 안 했으므로 아주 가까운 친구들이라 하더라도 뷔조가 마농에게 개인적 감정을 품고 있다고는 꿈에도 생각하지 않을 것이다.

마농의 감방은 썰렁하고 추웠지만 깨끗했다. 식사가 들어왔지만 마농은 굶어 죽기로 결심했다. 조금씩 먹는 양을 줄여 나갔고 결국 감옥에서 병원으로 쓰는 방으로 보내졌다. 그리고 브리소가 재판을 받는 자리에서 진술할 기회가 있으리라는 가능성이 마농에게 제시되었다. 그러려면 강해져야 한다. 마농은 다시 먹기 시작했다.

어쩌면 처음부터 속임수였을까? 마농은 알 수 없었다. 브리소가 재판을 받는 동안 마농은 혁명재판소로 불려갔고 간수의 감시 아래

옆방에 갇혀 있었다. 하지만 마농은 피고인들도 판사도 (보나마나겠지만) 배심원도 결코 보지 못했다. 간수 하나가 샤를 발라제의 자살 소식을 알려주었다. 죽음은 또 다른 죽음을 낳는다. 마라를 찔러 죽인 침착하고 피부가 고운 아가씨를 두고 베르니오가 뭐라고 했던가? "그 여자는 우리를 죽였지만 어떻게 죽어야 하는지도 가르쳐주었다."

그들은 마농의 재판을 미루었다. 롤랑을 붙잡아서 두 사람을 나란히 세우고 싶어서였는지도 모른다. 물론 자비를 청할 수도 있겠지만 그녀의 목숨은 그녀가 살아온 모든 이유를 희생해도 좋을 만큼의 가치는 없었다. 게다가 얻어낼 자비도 없었다. 당통한테? 로베스피에르한테? 카미유 데물랭은 브리소의 재판정에서 그답지 않은 모습을 조금 보여주었다. 데물랭은 "이 사람들은 내 친구고 내 글이 이 사람들을 죽였"노라고 울부짖었고 수십 명이 그 말을 들었다고 간수가 전했다. 그렇지만 보나마나 데물랭은 그 후회를 후회했을 것이고 자코뱅 사람들이 그를 얼른 끌고 나갔을 것이다.

혁명재판소 옆에 있는 콩시에르주리, 사형수들이 잠시 머무는 그곳으로 옮겨지던 날 마농은 딸과 남편을 영영 보지 못할 것임을 깨달았다. 감방들은 혁명재판소 법정 밑에 있었다. 이것은 마지막 단계였고 설령 롤랑이 붙잡혔다 하더라도 롤랑이 파리에 도착한 무렵이면 마농은 죽어 있을 것이다. 마농은 11월 8일 혁명재판소에 출두했다. 사기꾼 파브르 데글랑틴의 계산으로는 브뤼메르 18일이었다. 마농은 하얀 드레스를 입었다. 풀어 내린 적갈색 머리칼이 오후의 마지막 햇살을 모아 들였다. 푸키에탱빌은 효율적이었다. 마농은 그날 저녁 수레에 실렸다. 매서운 바람이 마농의 볼을 붉게 물들였고 마농은 얇은 옷 안에서 떨었다. 날이 어두워지고 있었지만 하늘을 등진 기계를, 그 칼날의 불길한 형체를 보았다.

목격자: "로베스피에르는 앞으로 천천히 나왔다……. 쓰고 있는 안경은 아마 핼쑥한 얼굴의 경련을 가리는 데에 요긴했을 것이다. 그의 연설 방식은 느리고 절도가 있었다. 구사하는 어구들이 어찌나 긴지 그가 말을 끊고 안경을 고쳐 쓸 때마다 이제는 할 말이 없구나 싶으면 청중을 방 구석구석 이 잡듯이 천천히 한번 살피고 나서는 이미 터무니없이 길었던 문장들에다가 몇 마디를 덧붙였다."

요즘은 로베스피에르가 뒤에서 나타나면 사람들은 죄책감에 소스라치듯 벌떡 일어나곤 했다. 그가 자주 느꼈던 두려움이 사람들에게 저절로 옮겨간 듯했다. 몸집이 커서 발소리가 크게 나는 것도 아니고, 그는 어떻게 하면 자기가 있음을 미리 알릴 수 있을까 고민스러웠다. 기침이라도 할까, 가구라도 두드릴까. 사람들은 로베스피에르가 자기들 눈에 안 보여도 그가 벌써 자기들 옆에 와서 자기들이 하는 말을 듣고 있다고 생각했다. 로베스피에르도 사람들의 이런 생각을 알았다. 그리고 그들이 느끼는 모든 자기 회의와 설익은 반역의 생각들이 그들 피부 표면까지 들끓어 오르고 있음도 알았다.

회의에서 로베스피에르는 조용히 앉아 있을 때가 많았다. 자기 생각을 사람들에게 강요하고 싶지 않아서였다. 하지만 발언을 하지 않으면 사람들은 그가 자기들을 지켜보면서 이것저것 적는다고 생각한다는 사실을 로베스피에르는 알았다. 그리고 그것은 사실이었다. 그는 굉장히 많은 것을 적었다. 가끔 로베스피에르가 자기 의견을 내놓으면 카르노는 아무렇지도 않은 듯이 반박했다. 로베르 랭데는 의심스럽다는 듯이 아주 심각한 표정을 지었다. 로베스피에르는 쏘아붙여서 카르노가 입을 다물게 만들었다. 전부터 알고 지냈다고 해서 자기한테 무슨 특권이라도 있다고 생각하는 건가? 그의 동료들은 서로 힐끔힐끔 쳐다보았다. 카르노의 서류철에서 몇 장을 뽑아들 때도 있었다. 장병들이 이질에 걸렸다, 군화가 없다, 여물이 모자라서 말들이 죽어 간다는 지휘관들의 불평이 담긴 보고서였다. 로베스피에르는 재빨리 읽고 나서 보고서들을 탁자 위에 펼쳐놓았다. 마치 패를 까는 도박꾼처럼 그의 눈은 카르노의 눈을 빤히 쳐다보았다. 당신이 그 자리에 임명된 것이 최선의 결과를 낳고 있다고 생각하는지 궁금하오, 그는 그렇게 말했을 것이다. 카르노는 아랫입술을 깨물었다.

동료들이 말할 때 로베스피에르는 앉아서 엄지와 검지로 좁은 턱을 괸 채 얼굴을 천장 쪽으로 지그시 기울였다. 매일매일 정치판에서 일어나는 일에 대해서, 언론의 잘잘못에 대해서, 국민공회를 요리해서 다수의 지지를 얻어내는 것에 대해서 그들이 새삼스럽게 해줄 수 있는 말은 하나도 없었다. 그는 개성이 넘치는 아이들의 그늘에서 고생하던 학창 시절을 떠올렸다. 가족들의 성화에 시달리고 지역 판사들에게 무시당하고 정치적 견해가 다르다고 지역 변호사회 저녁 모임에서 제명당했던 아라스 시절을 떠올렸다.

그는 당통하고는 다르다. 그는 집에 돌아가고 싶지 않았다. 한밤중의 가로등 밑으로 비 오는 거리를 걷는 이곳이 집이다. 하지만 사람들이 이야기하는 동안 그는 잠깐 잠깐 딴 데에 가 있다. 그는 그 푸르스름한 들판과 조용한 소도시의 광장과 가을 바람에 나란히 흔들리던 포플러 나무들을 생각한다.

브뤼메르 20일(11월 10일): 전에는 노트르담으로 알려졌던 공공건물에서 '이성의 축제'가 열린다. 종교적 장식물이라고 사람들이 즐겨 부르는 것은 건물에서 벗겨냈고 두꺼운 판지로 건물 복판에 그리스 신전을 세웠다. 이성의 여신을 맡은 오페라 여가수가 옥좌에 앉자 군중은 〈가자, 가자(Ça Ira)〉를 연창한다.

에베르파의 압력에 파리 주교가 국민공회 앞에 나타나 자신의 전투적 무신론을 밝혔다. 한때 개신교 목사였던 대의원 쥘리앵도 이번 기회에 똑같은 소신을 밝혔다.

대의원 클로츠(급진파 외국인)도 선언했다. "신앙인은 비참한 짐승입니다. 길러지다가 장사꾼과 정육업자의 혜택을 위해 털이 깎이고 구워지는 동물과 비슷합니다."

로베스피에르는 국민공회에서 집으로 돌아왔다. 그의 입술은 파리했고 눈은 노여움으로 서늘했다. '누가 고생 좀 하겠구나.' 엘레오노르는 생각했다.

"신이 없다면, 최고 존재가 없다면, 평생을 고생하면서 없이 살아가는 인민은 무슨 생각을 해야 한단 말인가? 이 무신론자들은 자기들이 가난을 없앨 수 있다고 생각하는 건가? 공화국을 지상낙원으로 만들 수 있다고 생각하는 건가?" 로베스피에르가 말했다.

엘레오노르는 로베스피에르한테서 돌아섰다. 그 편이 입맞춤의 희망을 품는 것보다 낫다는 것을 엘레오노르는 알고 있었다. "생쥐스트는 그렇게 생각하던데요."

"우린 사람들한테 빵을 보장할 수 없어. 정의도 보장하지 못해. 그런데 희망까지 빼앗는다고?"

"듣고 보니 정책들의 결함을 채워주니까 신을 원하는 거지 다른 이유는 없는 거 같네요."

로베스피에르가 엘레오노르를 빤히 보았다. "어쩌면 —" 그는 천천히 말했다. "어쩌면 그 말이 맞아. 하지만 생쥐스트는 바라기만 하면 뭐든지 이뤄진다고 생각해. 한 사람 한 사람이 자기를 바꾸어 더 나은 사람이 되고 더 많은 덕을 쌓고 그렇게 개인들이 변하고 사회가 달라진다는 거야. 하지만 여기엔 시간이 걸려. 얼마나? 한 세대? 엘레오노르, 문제는 세부 사항에 발목이 잡히다 보면 이걸 놓친다는 거야. 하루 종일 군대에 공급할 군화 걱정만 하고 매일같이 난 뭔가에 실패하고 있다는 생각이 들고, 그러다 보면 엄청난 실패를 했다는 생각이 고개를 드는 거야."

엘레오노르는 로베스피에르의 팔에 손을 얹었다. "실패한 거 아니에요. 이 세상에서 지금까지 유일하게 성공한 거예요."

로베스피에르가 고개를 저었다. "나도 그렇게 보고 싶지만 이젠 그렇게 확실하게 말할 수가 없어. 때로는 내가 방향 감각을 잃었다는 느낌이 들어. 당통은 이해하지, 이럴 때 어떻게 말해야 하는지 아니까. 당통은 이렇게 말해. 망친 것도 좀 있고 성공한 것도 좀 있고, 정치란 게 그런 거라고."

"냉소적이네요." 엘레오노르가 말했다.

"아니, 하나의 관점이지. 그 친구가 세상을 바라보는 방식이지. 이를테면 당신에게 지침으로 삼는 일반 원칙이 있어도 벌어지는 상황 하나하나에 자기 나름대로 최선을 다해야 하지. 그런데 생쥐스트는 생각이 달라. 그 친구는 특정한 상황 하나하나에서 자기 원칙을 구현할 기회를 붙잡아야 한다는 입장이야. 그 친구한테는 모든 것이 더 큰 주장을 펼치기 위한 기회로 다가오지."

"그럼 당신은 어느 편인가요?"

"나야 그저 —" 로베스피에르는 두 손을 뻗었다. "허우적거리는 거지. 오직 여기, 이 주제에서는, 난 내 위치를 알아. 이런 옹졸함은 안 갖겠다, 이런 편협성은 안 갖겠다, 소박한 사람들이 평생토록 품어 온 믿음을 믿음이 뭔지도 모르는 먹물들이 짓밟게 해서는 안 되겠다 이런 거. 그자들은 사제들을 맹신자라고 하지만 미사를 올리지 못하게 하려는 그자들이야말로 맹신자들이지."

엘레오노르는 생각했다. '당신은 그걸 못 가질 거예요, 혁명재판소 말이에요, 그 사람들이 물러서지 않는다면.' 엘레오노르는 신을 믿는 쪽은 아니었다. 적어도 자비로운 신을 믿는 쪽은 아니었다.

방으로 올라와서 로베스피에르는 당통에게 편지를 썼다. 다시 한번 읽어보고 세부 사항을 손보다가 전부 다 고치고 줄을 죽죽 긋고 표현을 순화하고 논지를 강조했다. 그렇지만 마음에 들지 않아서 편지를 찢어버렸다. 아주 조각조각 잘게 찢었다. 화가 나야 집중이 잘 되어서였다. 그리고 다시 썼다. 로베스피에르는 당통의 도움을 받고 싶지만 시혜는 바라지 않는다, 우군이 필요하지만 지배받고 싶지는 않다고 말하고 싶었다.

두 번째 초고도 불만스러웠다. 데물랭한테 써 달란 생각을 왜 못 했을까? 데물랭은 논지를 명쾌하게 전달한다. 오늘만 해도 그랬다. "우린 행진과 묵주와 성물은 필요하지 않지만 사정이 몹시 안 좋을 때에는 위로의 전망이 정말로 필요합니다. 사정이 더 안 좋을 때에는 언젠가 우리를 마침내 용서해줄 누군가가 존재한다는 생각이 정말로 필요합니다."

로베스피에르는 머리를 숙이고 앉아 있었다. 웃어야 한다. 베라디에 신부님이 뭐라고 말하겠나. 무슨 말을 하고 무슨 짓을 했건 결국 두 명의 착한 가톨릭 소년인가. 벌써 여러 해째 미사를 듣지 않았고 데물랭이 성경에 나오는 십계명을 모조리 어기지 않은 한 주일은 낭비일 뿐이라고 여긴들 어떠랴. 정말 이상한 일이다. 처음 떠났던 곳으로 어느새 되돌아오다니. 하긴, 떠나지 않았는지도 모른다. 로베스피에르는 데물랭이 미사 때 플루타르코스의 《영웅전》을 들고 왔다고 프로야르 신부에게 머리를 맞았던 일을 떠올렸다. "한창 가슴을 졸이는 중이었는데……." 데물랭은 그렇게 말했다. 그 시절에는 플루타르코스를 읽으며 가슴을 졸였다. 사제들로부터 달아난 뒤로 데물랭이 탕아가 된 것도 무리는 아니었다. 사제들은 우리에게 인간을 넘어선 무언가를 바랐다. 그리고 나는 그들이 바라는 사람이 되려고 분투했지만 그때는 내가 그런다는 걸 나도 몰랐다. 그렇지만 완전히 다른 교리를 따르며 살아간다는 생각은 했다.

로베스피에르의 가벼운 마음은 오래가지 않았다. 그는 세 번째 초고 작성에 돌입했다. 당통한테는 어떻게 편지를 써야 하는 거지? 그는 당통에 관해 적어놓은 수첩을 꺼내서 읽어보았다. 다 읽은 다음에도 아는 것은 많아지지 않았고 훨씬 우울해졌다.

장마리 롤랑은 루앙에 숨어 있었다. 아내가 처형당했다는 소식을 접한 그날 11월 10일에 그는 숨어 있던 집을 떠나 시외로 한 5킬로미터쯤 걸어갔다. 속에 칼이 든 지팡이를 손에 들고 있었다. 인적이 끊기고 사과나무 과수원이 나오자 더 가지 않고 사과나무 아래에 앉았다. 이곳이었다. 더 가봐야 의미가 없다.

땅은 쇠처럼 단단했고 나무줄기는 손을 대기만 해도 차가웠다.

겨울이 공기를 채웠다. 그는 실험에 들어갔다. 처음 자기 피를 보고는 경악했고 속이 메슥거렸다. 하지만 여기가 그곳이었다.

시신은 얼마 뒤에 지나가던 사람에게 발견되었다. 처음에는 노인 하나가 잠들어 있는 줄로 알았다고 행인은 진술했다. 죽은 지 몇 시간이나 지났는지, 또 날렵한 칼날에 찔린 다음에 죽기까지 얼마나 오래 걸렸는지도 전혀 알 수가 없었다.

11월 11일 폭우가 쏟아지는 가운데 바이 시장이 처형당했다. 여론에 따라 이번에는 1791년 라파예트가 군중에게 발포했던 샹드마르스에 단두대가 설치되었다.

"후작이 당신을 찾아왔어요." 뤼실이 말했다. 데물랭은 아우구스티누스의 《신국론》을 읽다가 얼굴을 들더니 고개를 흔들어 눈을 가렸던 머리카락을 뒤로 넘겼다. "그럴 리가."

"그럼 왕년의 후작이라고 할까."

"점잖아 보이나?"

"아주. 됐죠? 그럼 난 자리를 피할게요."

갑자기 그리고 몇 년 만에 뤼실은 정치가 매력적으로 느껴지지 않았다. 베르니오가 죽으면서 한 말이 머리에서 계속 맴돌았다. "혁명이 자기 자식을 잡아먹는다." 이것은 뤼실이 살아오면서 절절히 접했던 구호와 경구의 하나가 되어 간다. (아버지의 권위는 아무것도 아닌 거냐? 요즘 왜 돈을 못 번다고 난리들인지 모르겠네, 난 아무 문제 없는데. 이 사람들은 내 친구고 내 글이 이 사람들을 죽였습니다.) 이 문구들은 밤마다 뤼실의 꿈에 나타났으며, 대화를 나눌 때에도 자기도 모르게 입술까지 올라오면서 지난 5년 동안 공통 언어가 되었다. (다 조직적으로 움직이니까 무고한 사람은 다치지 않을 거다. 엄격한 정부는 질색이다. 걱정할 거 하나도 없다, 당통 씨가 우릴 챙겨줄 테니.) 뤼실은 이제 국민공회 방청석에 앉아서 루이즈 로베르와 군것질을 하면서 토론을 지켜보지 않는다. 혁명재판소에 가서 데물랭의 사촌이 희생자들을 추궁하는 모습을 본 적이 있지만 한 번으로 족했다.

"내 정체를 두고 약간 혼선이 있었소." 드 사드가 데물랭에게 말했다. "피크 구 관리로서 신분증을 보냈어야 하는데. 내가 이렇게 정신이 없구려. 그랬다가는 수상한 사람으로 찍히기 딱 좋은데 말이지." 그는 작고 보드라운 손 하나를 뻗어서 데물랭의 책을 집어 들었다. "종교서를 읽으시나. 세상에. 설마 이것 때문에……?"

"기절했냐고요? 천만에요. 그저 심심풀이입니다. 요즘 교부들에 대한 책을 쓰고 있어서요."

"뭐, 자기 하고 싶은 거 하면서 살아야지." 드 사드가 말했다. "우리 작가들은 서로를 돌봐줘야 하는 거 아니겠소."

드 사드는 이제 오십 대 초반이었다. 몸집은 작고 통통한 편이었으며 희끗희끗한 금발이 뒤로 벗겨졌고 눈은 옅은 파란색이었다. 살이 좀 붙었지만 여전히 우아하게 움직였다. 검은 옷차림에 누가 공포 정치가 아니랄까 봐 긴장한 표정에서는 단호함이 느껴졌고 현란한 삼색 리본으로 묶은 신문철을 들고 있었다. "도색화인가요?" 데물랭이 신문철을 가리키면서 물었다.

"이거야 원." 드 사드가 놀란 듯이 말했다. "나보다 도덕적으로 우위에 있다고 생각하시나 보네, 가로등 검사께서."

"대부분의 사람들보다야 제가 도덕적으로 우월하지요. 모르는 이론이 없고 양심이란 게 뭔지도 아니까. 부족한 거라고는 처신 말고는 없죠. 성 아우구스티누스 책 좀 돌려주시겠습니까?"

드 사드는 탁자를 찾아내서는 책을 거기에 엎어놓았다. "당신은 날 곤혹스럽게 만드는구려." 후작이 말했다. 데물랭은 기분이 좋아 보였다. "당신이 느낀다는 후회에 대해서 나한테 말하고 싶은 게 있지 않을까 생각했소." 후작은 말하면서 의자에 앉았다.

데물랭은 잠시 생각에 잠겼다. "아니요. 말씀드릴 게 없는데요. 후회하시는 게 있으면 물론 저한테 말씀하셔도 됩니다만."

"바스티유는 양날의 검 아니겠소. 바스티유의 함락을 봅시다. 그 사건으로 당신은 유명해졌소. 그 점 축하드리오. 사악한 자들이 얼마나 잘나가고 어설프게 사악한 자들도 얼마나 대접받는지를 바스티유가 보여주지요. 동시에 인류는 그 일을 통해 앞으로 성큼 나갔지, 인류가 누구든 간에. 나로 말할 것 같으면 난 말썽이 시작되기 전에 밖으로 옮겨졌소. 워낙 서두르느라 새로 쓴 소설 원고를 두고 나왔지. 부활절이 시작되기 전 마지막 금요일에 감옥에서 11년 만에 나왔는데 원고를 찾을 길이 없소. 괜히 하는 말이 아니라 나한텐 큰 타격이오." 드 사드가 말했다.

"소설이 뭐였는데요?"

"소돔의 120일"

"세상에, 4년이 넘었는데 다시 정리할 시간이 없었어요?" 데물랭이 물었다.

"보통 120일하고는 다르지." 후작이 말했다. "이렇게 누그러진 시대에는 재현하기가 어려운 상상력의 위업이니까."

"그럼 시민께서는 뭐 때문에 오신 겁니까? 소설 이야기를 하려고 오신 건 아닐 테지요."

후작이 한숨을 쉬었다. "내 의견을 알리고 싶어서 왔소. 시대에 대해서 말이오. 브리소 재판 때 벌어진 일은 마음에 들었소. 그 강건한 사람들의 품속에서 당신이 정신을 되찾는 모습을 상상해보구려. 그래, 지금은 어떻게 생각하시오? 브리소 일파를 죽이지 않을 수 있었다고 생각하시오?"

"전에는 그렇게 생각하지 않았지만 지금은 그렇게 생각합니다. 네, 방법이 있었을 거라고 생각합니다."

"마라가 죽은 다음에도?"

"그 여자 혼자서 그 일을 했을 가능성도 있긴 있다고 봅니다. 그 여자도 직접 그렇게 주장했고요. 하지만 아무도 그 말에 귀 기울이지 않았지요. 브리소의 재판은 며칠을 끌었습니다. 발언할 기회도 주고, 증인들도 부르게 했지요. 신문에도 다 보도되었습니다. 그걸 막은 게 에베르의 압력이었고 안 그랬으면 우린 아직도 논쟁을 하고 있었을지 모르죠."

"그렇지." 드 사드가 말했다.

"하지만 앞으로 피고들은 그런 권리를 누리지 못할 겁니다. 이 조치는 효율적이지도 공화주의적인 것으로도 보이지 않아요. 재판을 짧게 끊었을 때의 결과가 걱정됩니다. 안 죽여도 되는 사람이 죽어 나가고 있다는 생각이 듭니다. 그래도 계속 죽어 나가겠지만."

"그리고 판결도 계속되겠지." 드 사드가 말했다. "법정에서 내리는 판결도. 난 결투도 복수도 치정 범죄도 인정한다고. 그런데 이 공포 기구는 아무런 열정 없이 굴러가고 있소."

"미안합니다만, 무슨 말씀을 하시는 건지 확실히 모르겠습니다."

"당신이 처음에 쓴 글들은 동정심에 전혀 끌리지 않았고 상투어

가 조금도 없었지. 그래서 당신한테 희망을 걸었다고. 그런데 이제
는 슬슬 뒷걸음질 치는 거야. 뉘우치고. 아닌가? 내가 말이지, 9월에
우리 구 위원회 위원장이었어. 이번 9월 말고 우리가 죄수들을 죽였
던 그 9월 말이야. 피가 흐르는 방식, 그 속도와 그 모든 것이 주는
공포에는 순수하고 혁명적이고 너무도 잘 어울리는 뭔가가 있었지.
그런데 지금은 배심원 평결이 있고 목 자르기가 있고 수레가 있을
뿐이야. 죽기 전에는 변호사끼리 논쟁을 벌이고. 본능이 죽음을 찾
아가야 돼. 따지고 그런 건 곤란해."

"왜 이런 헛소리를 나한테 늘어놓는 겁니까."

"당신은, 적어도 당신의 지금 정신의 틀로는 법적 절차만 받아들
일 수 있다는 얘기 같거든. 재판이 공정하면 더 받아들일 수 있고 증
인이 압력을 받거나 재판이 짧아지면 덜 받아들여지고. 하지만 나는
어느 쪽이든 받아들일 수가 없다는 거지. 그들이 논쟁을 할수록 더
안 좋다는 거요. 더 계속할 수가 없군." 잠시 침묵이 흘렀다. "뭐 쓰
는 게 있소?" 후작은 물었다. "신학서 말고 말이야." '역시 안 통하
는군.' 그의 수줍어 보이는 파르스름한 눈은 덫에 걸릴 각오를 하는
늙은 토끼의 눈이었다.

데물랭이 머뭇거렸다. "쓸까 생각 중입니다. 얻을 수 있는 후원의
규모도 좀 봐야 하고요. 어렵습니다. 이런저런 음모가 있고 그런 음
모가 우리 생명을 갉아먹고 있어요. 우린 절친한 친구한테도 터놓
고 얘기를 못 하고 아내도 부모도 자식도 믿지 못합니다. 연극처럼
들리세요? 티베리우스 황제가 철권을 휘두르던 로마 시대와 비슷
합니다."

"난 잘 모르겠군." 드 사드가 말했다. "당신이 그렇다고 하면 그

런가 보지. 나도 로마에 가봤잖소. 콜로세움 주변에다 작은 예배당들을 잔뜩 세웠던데 그게 로마를 망치더라고. 교황도 봤지. 저속함의 화신. 그래도 티베리우스가 더 했겠지만." 그는 고개를 들었다. "내가 한 말에 대해서 어쩔 거요?"

"교황에 대해서요?"

"공포 정치에 대해서."

"저 같으면 아무한테도 말 안 했을 겁니다."

"그런데 난 말했소. 구 모임에서 공포 정치를 중단해야 한다고 말했다고. 조만간 날 체포하러 오겠지. 그럼 어떻게 되는지 보자고. 이보시오, 시민 데물랭. 내가 못 견디는 건 죽음이 아니야. 판결이야, 법정의 판결."

당통은 11월 12일에 돌아왔다. 로베스피에르, 파브르, 데물랭한테 받은 편지들이 주머니 안에 있었다. 로베스피에르는 약간 히스테리 증세가 보였고 파브르는 눈물을 글썽였고 데물랭은 그냥 이상하기만 했다. 당통은 그들을 작게 접어서 부적으로 달고 다니고 싶은 유혹을 뿌리쳤다.

그들은 아파트에 다시 둥지를 틀었다. 루이즈는 원망조로 당통을 올려다보았다. "밖으로 돌아다닐 생각하죠?"

"매일은 아니고. 시민 로베스피에르가 놀 때 좀 같이 있어 달라고 해서."

"그동안 줄곧 파리 생각만 했잖아요. 돌아오고 싶은 마음이 굴뚝같았잖아요."

"날 좀 봐." 당통은 루이즈의 손을 잡았다. "나도 내가 바보란 거 알아. 여기 있으면 아르시에 있고 싶고, 아르시에 있으면 여기 있고 싶고. 하지만 이거 하나는 알아줘, 혁명은 내가 마음먹으면 떠날 수 있는 장난이 아니란 거." 당통의 목소리는 아주 진지했다. 손을 루이즈의 허리에 얹고 자기 쪽으로 당겼다. 정말 사랑스러웠다. "아르시에서는 이런 얘기는 피하고 단순한 것들에 대해서만 얘기했지. 하지만 이건 장난이 아니고 그렇다고 해서 나 자신의 이익이나 만족을 위해서만 벌이는 그런 일도 아니야." 루이즈가 하려는 말을 막으려는 듯 당통의 손가락이 루이즈의 입에 아주 살며시 닿았다. "그래, 장난이던 때도 있었지. 하지만 지금은 심사숙고해야 한다고. 이 나라에 무슨 일이 생길지 심사숙고해야 해. 그리고 우리한테도."

"그러니까 지금까지 해 온 게 그거예요? 심사숙고?"

"그래."

"지금 로베스피에르를 만나러 가요?"

"바로는 아니야." 당통이 턱을 들었다. 그는 다시 현세적이고 쾌활한 성격으로 돌아갔다. 당통은 루이즈한테서 떨어졌다. "만나기 전에 사정을 잘 숙지해 둘 필요가 있거든. 로베스피에르는 상황 파악에 어두운 사람은 가만두지를 않아."

"그래서 부담스러워요?"

"별로." 당통은 명랑하게 말했다. 그리고 아내에게 입을 맞추었다. 그들은 이제 전보다 잘 지냈다. 당통 위주의 방식으로. 그렇지만 당통은 루이즈가 자기를 무서워한다고 느꼈고 마음이 좀 아팠다. "내가 돌아왔는데 조금도 기쁘지 않아?"

"기쁜 거 같아요. 우리 거리로 왔으니까. 당신 어머니와는 같이 못 살겠어요. 우리도 집이 있어야겠어요."

"그래, 구합시다."

"지금부터 바로 알아볼래요? 우리 파리에 오래 있을 거 아니잖아요."

당통은 대답하지 않았다. "늦지 않을 거야."

목적지까지 걸어가면서 1분 동안 당통은 누군가가 알아보고 말을 걸어오기 전에 부지런히 걸음을 옮겨서 대여섯 명의 사람만 만나고 등도 몇 번만 치는 데에 성공했다. 그렇지만 밤이 되면 당통이 돌아왔다는 소식이 도시 전체에 퍼질 것이다. 데물랭의 아파트가 있는 건물로 막 들어서려는데 뭔가 새로운 것이 느껴졌다. 당통의 눈길을 잡아 끄는 불청객 같은 사소한 점이 있었다. 당통은 뒤로 물러나서 건물을 올려다보았다. 그의 머리 바로 위에 있는 돌에 '마라 거리'라고 새겨져 있었다.

순간 당통은 왔던 길을 되돌아가서 계단을 오른 다음 하인들에게 짐을 풀지 않아도 된다고, 내일 아침 아르시로 돌아간다고 소리치고 싶은 충동을 느꼈다. 당통은 머리 위에 있는 불이 환한 창문들을 올려다보았다. 저기 올라가면 나는 두 번 다시 자유로워지지 못할 거라고 생각했다. 저기 올라가면 나는 로베스피에르와 엮이고 에베르를 끝장내는 데에 동조하고 어쩌면 로베스피에르와 같이 통치를 하게 된다. 파브르를 궁지에서 살려내는 낚시질에도 가담하는 셈인데 도대체 그게 어떻게 가능할지는 하느님만 안다. 난 또다시 암살 위협을 받게 되고 피 튀기는 싸움과 고발에 다시 나서야 한다.

당통의 얼굴이 굳어졌다. 그들이 거리 이름을 바꿨다는 이유만으로 이렇게 길거리에 서서 지난 오 년 동안 자신의 삶에 의문을 제기할 수는 없다. 그것 때문에 미래가 달라지도록 내버려 둘 수는 없다.

안 될 말이었다. 당통은 처음으로 분명히 깨달았다. 집어치우는 것도, 아르시로 돌아가서 농사를 짓는 것도 환상임을. 나는 루이즈한테 줄곧 거짓말을 한 셈이다. 한 번 들어온 이상 다시는 나갈 수 없다.

"어머나." 뤼실이 말했다. "안 그래도 당신 찾으러 갈 생각이었는데."

뤼실의 입술이 당통의 뺨을 물들였다. 당통은 데물랭과 로베스피에르에 대해서 뤼실에게 자세히 질문할 생각이었지만 그냥 이런 말이 나와버렸다. "당신 정말 아름다워. 깜빡 잊고 있었어."

"다섯 주 만에?"

"어떻게 진짜로 잊을 수가 있겠소." 당통은 두 팔로 뤼실을 안았다. "고맙기도 하시지, 이 몸이 왕림하기를 목놓아 기다렸다니. 아르시에 한번 다녀갔으면 좋았을 텐데."

"루이즈도 안 좋아했을 거고 당신 어머니도 안 좋아했을걸요."

"그러면 두 사람이 하나라도 통하는 점이 있었을 텐데."

"그렇구나. 그렇게 안 좋아요?"

"말도 마요. 루이즈는 너무 어리고 너무 도시 사람인 데다 몸도 너무 말랐고. 그쪽은 어때요?"

"휴, 복잡해요." 뤼실은 빠져나오려고 했지만 당통은 뤼실의 허리를 감은 두 팔에 더 힘을 주면서 몸을 바짝 붙였다. '정말 강한 여자야. 투지가 넘치잖아.' 당통이 보기에 이 여자는 아무것도 두려워하지 않는 듯했다.

"다시 아이를 가진 건 아니오?"

뤼실은 고개를 저었다. "다행이죠." 그렇게 덧붙였다.

"내가 아들 하나 안겨드릴까?"

뤼실은 눈을 동그랗게 떴다. "멋진 부인을 보살펴야 할 분이 무슨 말이에요."

"난 살면서 한 여자 이상도 감당할 수 있는 사람이거든."

"나를 포기한 줄로 알았는데요."

"절대 아닙니다. 명예를 걸고 말씀드립니다."

"그렇지만 떠나기 전에는 포기했잖아요."

'이제는 기운을 되찾았거든.' 당통은 생각했다. "남의 마음을 바꾸려는 건 역시 소용이 없어. 누군가를 사랑하는 마음을 개심시킬 순 없소."

"당신은 날 사랑하지 않아요. 날 갖고 싶을 뿐이죠. 그리고 나중에 사랑에 대해 말하는 거죠."

"다른 사람들처럼 당신을 갖지도 않고 사랑에 대해서 말하는 것보다야 낫지."

"그래요." 뤼실은 당통의 어깨에 이마를 묻었다. "내가 어리석었죠?"

"대단히 어리석지. 당신 처지는 돌이킬 수가 없어. 우리 마누라들한테는 당신의 좋은 점이 절대로 눈에 들어오지 않아요. 한 번만 솔직해져서 나하고 침대에 들어갑시다."

"그러려고 온 거예요?"

"원래는 그게 아니었지만—"

"다행이네요. 당신 말에 따를 마음도 없지만 방금 전에 카미유가 돌아와서 우리 침대에 몸을 던지곤 무섭도록 골똘히 생각에 잠겨 있어요."

당통은 뤼실의 머리 위에 입을 맞추었다. "날 좀 봐요." 30분 전에
도 아내에게 똑같은 요청을 했음을 당통은 떠올렸다. "어디가 잘못
됐는지 말해봐요."

"다 잘못됐어요."

"내가 다 고쳐드리지."

"꼭이요."

데물랭은 머리를 팔에다 묻은 채 누워 있었다. "뤼시?" 데물랭이
고개를 들지 않고 말했다. 당통은 옆에 앉아서 데물랭의 머리를 쓰
다듬었다. "아, 조르주."

"놀라지 않았어?"

"이젠 어떤 일에도 놀라지 않아." 데물랭이 힘없이 말했다. "계속
해줘, 한 달 만에 처음으로 기분 좋은 일이 나한테 생겼네."

"그럼 처음부터 들어보자."

"편지 받았어?"

"말이 좀 안 되던데."

"안 되지. 안 될 거야. 이젠 좀 파악이 되네."

데물랭은 돌아눕더니 일어나 앉았다. 당통은 깜짝 놀랐다. 지난
오 년 동안 그럴싸하게 무르익은 것이 다섯 주 만에 허물어졌다. 데
물랭의 눈으로 당통을 바라보는 사람은 1788년의 겁에 질린 초라한
소년이었다.

"오를레앙이 죽었어."

"공작? 그래, 알아."

"샤를알렉시도 죽었어. 발라제는 내 앞에서 자결했고."

"들었어. 연락이 왔더라. 그런데 그 얘기는 나중으로 미루자고. 샤보하고 그 주변 사람들 얘기 좀 해봐."

"샤보하고 두 친구가 국민공회에서 쫓겨났어. 지금은 구속 상태고. 대의원 쥘리앵은 도망갔지. 바디에는 대질하는 중이고."

"그자가, 지금?" 보안위원회의 우두머리는 혐의자 색출에서 보여준 끔찍한 효율성으로 평판을 얻었다. 사람들 사이에서 그는 '이단 심문관'으로 불렸다. 나이는 예순 가량이었고 얼굴은 길고 노랬고 손도 길고 노랗고 손마디가 불거졌다. "어떤 걸 물어?" 당통이 물었다.

"자네에 대해서. 파브르하고 자네 친구 라크루아에 대해서."

파브르의 침울한 짧은 고백이 당통의 주머니 안에 있었다. 파브르가 저지른 짓이었다. 자신이 어떤 짓을 저질렀는지 파브르는 깨닫지 못하는 듯하다. 그렇다, 그가 공문서를 자기 손으로 수정했고 그 수정된 내용이 공문서의 일부로 인쇄되었다. 그런데 누군가가 그 내용을 또다시 수정한 것이다. 생각만 해도 피곤한 일이다. 내릴 수 있는 결론은 파브르가 위조자라는 것이다. 더 정교한 범죄도 있지만 이것은 흔한 형사 사건이다. 로베스피에르는 무슨 일이 벌어지고 있는지 알아차리지 못한 눈치다.

당통은 다시 데물랭 쪽으로 관심을 돌렸다. "바디에는 분명 조르주 자네에 대해서 굉장한 걸 알아냈다고 생각해. 난 파브르를 피하느라 시간깨나 허비했지. 경찰위원회는 샤보를 잡아들였어. 물론 샤보는 음모가 있다고 주장하지. 음모의 뿌리를 캐느라고 거기에 발을 들여놓았다고 말하면서. 아무도 그걸 믿지 않아. 파브르가 그 문제를 조사해서 보고서를 작성하는 임무를 맡았어."

"동인도회사에 대해서? 파브르가?" 갈수록 태산이라고 당통은 생각했다.

"그래, 그리고 이 사건의 정치적 파장에 대해서도. 로베스피에르는 주식 시장의 부당 거래에는 관심이 없고 그 뒤에 누가 있고 지시가 어디에서 왔느냐에 관심이 있지."

"그런데 샤보는 왜 파브르를 바로 고발하지 않았지? 왜 처음부터 파브르하고 자기가 이 일에 관여했다고 말하지 않았지?"

"그렇게 해서 얻는 게 뭔데? 그럼 둘 다 피고석에 있겠지. 샤보가 입을 다문 건 파브르가 고마움을 느끼면 보고서에서 자기를 빼주지 않을까 싶어서였어. 또 한 번 거래가 있었던 거지."

"샤보는 파브르가 정말 계속 안 걸려들 거라고 생각하나?"

"자네가 힘을 써서 안 잡혀가게 해줄 거라고 기대하는 거지."

"돌겠군." 당통이 말했다.

"아무튼 지금은 더 안 좋아. 샤보가 파브르를 고발하고 있거든. 딱 하나 다행스러운 건 샤보가 하는 말은 아무도 안 믿는다는 거지. 바디에가 나한테도 물어봤어."

"자네한테까지? 눈에 뵈는 게 없구먼."

"뭐 정식 취조하고는 거리가 멀었고. 같은 애국자끼리 물어보는 정도. 이러더라고, 당신이 수상한 짓을 했다고 생각하는 사람은 아무도 없지만 혹시 아주 조금이라도 찔리는 일을 한 적은 없습니까, 시민? 내가 자기한테 다 털어놓으면 기분이 훨씬 좋아지리라는 거였어."

"그래서 뭐라고 했는데?"

"별 얘기 안 했어. 눈을 동그랗게 뜨고 말했지. 내가 찔려요? 그날 내가 말을 엄청 더듬었어. 대화 중간에 막시밀리앙 이름을 막 집어넣었지. 바디에는 막시밀리앙의 심기를 거스를까 봐 무서워하거든. 나한테 압박을 가하면 내 입에서 안 좋은 소리가 나오리란 걸 아는 거지."

"잘했군." 당통이 굳은 얼굴로 말했다. 당통은 자기에게 닥친 어려움을 알아차렸다. 그것은 단순히 그가 파브르에게 무엇을 해주었느냐의 문제가 아니라 데물랭의 양심이 걸린 더 큰 문제였다.

"나는 로베스피에르한테 거짓말을 하고 있어." 데물랭이 말했다. "대놓고 하는 거짓말은 아니지만. 이러기는 싫은데 말이야. 내 기반이 약하니까 다음 행동을 하고 싶어도 못하겠어."

"무슨 행동?"

"더 안 좋은 소식이 있거든. 작년에 벨기에 자네와 같이 공무 수행을 하러 갔을 때 라크루아가 돈을 착복했다는 이야기를 에베르가 제기했어. 증거도 있다고 주장하면서. 에베르는 라크루아와 르장드르를 노르망디 전선에서 소환하자는 청원도 자코뱅을 설득해서 국민공회에 냈어."

"르장드르는 뭘 했는데?"

"자네 친구잖아. 난 로베스피에르한테 가서 공포 정치를 끝내야 한다고 말했어."

"그랬더니?"

"전적으로 동감한대. 당연하지, 자기도 죽이는 게 혐오스럽다더군. 나한테 그런 생각이 들기 훨씬 전부터 자기는 그런 생각을 했대……. 그래서 내가 그랬지, 에베르가 너무 막강하다. 육군부와 코뮌에 확고한 발판이 있다, 자기가 내는 신문을 병사들한테 돌린다, 에베르는 공포 정치 종식에 동의하지 않을 거다. 그랬더니 자존심이

상했나 봐. 자기가 그걸 중단하고 싶으면 먼저 에베르의 머리를 잘라서라도 중단시킬 거라고 하더라고. 그래서 내가 말했지. 좋다, 스물네 시간 동안 거기에 대해서 생각해본 다음에 어떻게 접근할지 방침을 정하자. 그 길로 난 집으로 돌아와서 에베르를 비판하는 시론을 썼어."

"아직도 정신을 못 차렸군."

"뭐라고?"

"지롱드파 건으로 애통해했잖아. 지롱드파의 몰락에 자네가 일조한 걸로."

"하지만 에베르는 다르잖아." 데물랭은 이해할 수 없다는 듯이 말했다. "자, 사람 헷갈리게 하지 마. 에베르는 공포 정치를 끝내는 데 걸림돌이야. 에베르를 죽이면 우린 이제 아무도 안 죽여도 되지. 어쨌거나 로베스피에르는 그 스물네 시간 동안 시간을 끌기 시작했어. 얼굴에 심하게 경련이 일어나고 결단을 못 내리는 거야. 내가 찾아갔더니 이러더라. '에베르는 힘이 막강하고 바른 소리를 할 때도 있어. 에베르를 우리 통제 아래 둘 수만 있다면 아주 유용하거든.'" 당통은 생각했다. '겉 다르고 속 다른 인간, 무슨 일을 꾸미는 거지?' "'타협책을 찾는 게 좋을 거 같다.' 로베스피에르가 그러더라. 이제 불필요한 유혈극은 바람직하지 않다며. 생쥐스트가 다 그리워지더라니까. 나는 생쥐스트 같았으면 결행할 거라고 정말로 생각했거든, 그리고—" 데물랭이 짜증스럽다는 듯한 몸짓을 보였다. "생쥐스트는 로베스피에르가 행동으로 옮기도록 몰아갔을 테고."

"행동?" 당통이 말했다. "그 친구는 행동하지 않아. 행동에 관해서는 아무 생각이 없어. 불필요한 유혈극, 안 돼. 폭력, 개탄스러운

지고. 너무 고상하신 분이라서 난 맥이 빠져. 달걀 하나 못 삶을 위인이야."

"제발." 데물랭이 말했다. "그러지 마."

"그래서 그 친구가 어쩌자는 건데?"

"로베스피에르는 한 가지 의견으로 못박아놓을 수가 없어. 가서 만나봐. 무슨 말을 하는지 들어봐. 논쟁하지 말고."

'이건 사람들이 바로 나한테 하던 소리 아니던가.' 당통은 생각했다. 당통은 데물랭을 두 팔로 끌어당겼다. 데물랭의 몸은 어두운 그림자와 뾰족한 각으로 이루어진 듯 낯설고 위태로워 보였다. 데물랭은 당통의 어깨에 머리를 묻었다. 그리고 말했다. "정말이지 넌 무섭고 냉소적인 사람이구나."

잠시 두 사람은 입을 열지 않았다. 이윽고 데물랭이 몸을 빼고 고개를 들어 당통을 보았다. 그리고 당통의 어깨 위에 두 손을 가볍게 얹었다. "자네가 막시밀리앙한테 느끼는 경멸감을 막시밀리앙도 자네한테 느낀다는 생각 한 번이라도 해본 적 있나?"

"그 친구가 날 경멸해?"

"그런 감정에 아주 쉽게 빠져들어."

"아니, 그런 생각은 못 했어."

"이 세상이 전부 자네 입맛대로 굴러가는 건 아니야. 그리고 자네 입맛에 맞지 않는 사람들은 자연스럽게 자네한테 우월감을 느낀다니까. 로베스피에르는 자네를 품으려고 노력을 많이 해. 깐깐하기는 해도 관대한 친구야. 어쩌면 그 반대인지도 모르고."

"그 친구 성격 분석하는 것도 피곤하다." 당통이 말했다. "우리 목숨이 거기에 달리기라도 한 것처럼 말이야."

당통은 원래 집으로 돌아가서 루이즈하고 한 시간 동안 같이 있을 작정이었다. 그는 상가 모퉁이에 서 있었다. 요즘은 루이즈한테 말하는 데에 익숙해져서 그날 있었던 모든 일과 말해졌던 것을 전부 다시 들려주고 루이즈의 논평을 기다렸다. 가브리엘에게라면 결코 말하지 않았을 것들을 이야기했다. 루이즈는 개입하지도 않고 아는 것도 부족하다는 사실 때문에 당통에게 가치 있는 사람이 되었다. 그러나 지금은 할 말이 하나도 없었다. 당통은 말로 표현하기 어려운 묵직함을 느꼈다. 시계를 보았다. '매수불능자'가 이 시각에 집에 있을까 싶었지만 그래도 가능성은 있었다. 걸어서 강을 건너는 동안 할 말을 생각해낼 수 있다. 당통은 불이 켜진 자기 집 창문을 올려다보았다. 그리고 복수하듯 밤거리로 걸어 나갔다.

가로등에 불이 켜지고 있었다. 좁은 골목길, 집과 집 사이를 이은 밧줄에 아슬아슬하게 매달린 가로등도 있었고 쇠 받침대에 걸린 가로등도 있었다. 혁명이 일어나기 전보다 가로등이 더 많아졌다. 음모가들에 맞서고 위조꾼들에 맞서고 브라운슈바이크 같은 어두운 밤의 세력에 맞서는 등불. 1789년에 그들이 귀족을 매달았을 때 그 귀족은 "이런다고 등불이 앞으로 더 밝아질 거 같은가?" 하고 물었다. 그리고 루이 쉴로는 자기가 살아 있음에 놀라면서 "가로등을 지나갈 때마다 나를 노리고 가로등이 뻗어 오는 것만 같다."라고 말했다.

시골 아이처럼 생긴 사내 녀석 둘이 콧물을 흘리면서 씩씩하게 옆으로 지나갔다. 아이들은 도시 사람들한테 토끼를 파는 듯했다. 들판에서 덫을 놓아 잡은 피 묻은 짐승들을 막대에 매단 채 걸어가고 있었다. 당통은 누군가가 토끼를 빼앗을 것이라고 생각했다. 그러면 아이들은 돈도, 막대기에 매단 토끼도 못 건진다. 지나가면서 본 털북숭이 동물 사체들은 왜소해 보였다. 흐느적거리는 뼈에 살도 몇 점 붙어 있지 않아 보였다. 두 아낙네가 두 주먹을 허리에 대고 말다툼을 하고 있었다. 강에는 누렇고 지저분한 잿빛의 혼탁한 물이 흘렀다. 그것은 결핵의 발병처럼 겨울에 슬금슬금 정체를 드러냈다. 사람들은 도시와 밤으로부터 벗어나려고 발걸음을 서둘렀다.

마차는 새것이었다. 게다가 고급스럽기까지 해서 더 눈길이 갔다. 어둠 속에서도 새로 바른 칠의 산뜻한 광택이 보였다. 둥그스름하고 창백한 얼굴을 얼핏 보았다 싶었을 때 마부가 마구를 당기는 둔중한 소음과 함께 당통 옆에 붙어 섰다. 그 위로 마차 주인의 새된 소리가 들렸다. "당통 맞소?"

당통은 마지못해 멈췄다. 말들이 차갑고 축축한 어스름 속으로 젖은 숨을 내쉬었다. "에베르 맞소?"

에베르가 머리를 쑥 내밀었다. "그렇구먼. 덩치로 알아봤지. 날도 어두워지는데 뭘 하는 거요, 민주주의자의 차림새로 걸으면서? 위험한데."

"내 몸 하나 간수 못 할 거 같소?"

"물론 하겠지만, 무장 강도들이 설치는 거 모르시나. 모셔다 드릴까?"

"왔던 길로 되돌아가도 괜찮으시다면."

"괜찮지요. 문제 없소."

"좋습니다." 당통이 마부에게 말했다. "로베스피에르 집을 아는가?"

"언제 돌아오신 거요?" 당통은 에베르의 목소리가 미세하게 떨리는 것을 듣고 뿌듯했다.

"두 시간 전에."

"가족은? 다 잘 지내시고?"

"당신 정말 밥맛없는 사람이니까 안 그런 척해봐야 소용 없어요." 당통이 고급스러운 맞은편 좌석에 앉으면서 말했다.

"알겠소이다." 에베르는 불안스럽게 킬킬거렸다. "내가 최근에 한 연설들에 대해서 들어봤는지 모르겠소."

"내 친구들을 공격한 거."

"그렇게 말하면 안 되지." 에베르가 나무라듯이 말했다. "어차피 그 사람들한테 한 점 부끄러움이 없다면, 자기들이 훌륭한 애국자임을 보여줄 기회를 내가 드릴 뿐이니까."

"그건 이미 보여줬는데."

"우리 중에서 어느 누구도 처신을 조사받는 걸 두려워해서는 안 되지 않겠습니까. 요는 내가 당신 자신을 비판하는 것으로 여겨서는 곤란하다는 거요."

"퍽도 곤란하겠군."

"사실은 생각해봤소. 우리끼리 전략적 동맹을 맺는—"

"차라리 스펀지하고 전략적 동맹을 맺는 게 마음이 놓이겠소."

"한번 생각해봐요." 에베르는 성내지 않고 말했다. "그건 그렇고 카미유 상태가 안 좋은가요? 그렇게 기절을 하다니."

"걱정하더라고 전해드리지."

"하필이면 그 순간에 그럴 게 뭐냐고. 브리소를 쓰러뜨리는 데에 가담한 걸 카미유가 후회한다고 사람들이 말하는 것도 당연하지. 마라가 항상 심약해서 탈이라고 말했지요. 과거에 보여줬던 처신하고도 그렇게 어긋날 수가 없고. 1789년. 린치. 음. 다 왔군. 자 그럼 뭐라고 해야 할까, 이번 달에 시민 로베스피에르는 미끌미끌한 물고기라오. 다루기가 어려워요. 조심하시오."

"태워줘서 고맙소."

당통은 마차에서 가볍게 내렸다. 에베르의 하얀 얼굴이 옆에 나타났다. "카미유를 잘 설득해보시오. 좀 쉬라고." 에베르가 말했다.

"그럴 거요. 당신 장례식이 있는 날이면." 당통이 말했다.

능글능글한 미소가 얼어붙었다. "선전 포고요?"

당통은 어깨를 으쓱 올렸다 내렸다. "마음대로 해석해요." 그러곤 마부한테 소리 질렀다. "출발." 거리에 서서 당통은 뒤셴 영감의 뒤에다 대고 욕을 한바탕 퍼붓고 싶었고 쫓아가서 그의 얼굴을 한 방 갈기고 싶었다. 전쟁은 여기서 시작된다.

"막냇동생은 결혼 생활이 마음에 든답니까?" 당통이 엘레오노르에게 물었다.

엘레오노르의 얼굴이 험악하게 붉어졌다. "괜찮겠지요. 필리프르바는 거물이 아니니까."

요 못된 암컷이 가엾게도 낙심했구나. 당통은 생각했다. "나 혼자 올라갈 수 있습니다."

문을 두드렸지만 응답이 없었다. 당통은 문을 밀고 들어가서 로베스피에르의 적의에 찬 눈길 속으로 바로 걸어 들어갔다. 로베스피에르는 펜과 잉크와 작은 공책이 놓인 책상 앞에 앉아 있었다.

"여기 없는 척하는 거야?"

"당통." 로베스피에르가 자리에서 일어섰다. 얼굴이 약간 붉어졌다. "미안. 코르넬리아인 줄 알고."

"숙녀를 그렇게 대하면 안 되지! 편히 앉아. 쓰고 있던 게 뭔가? 다른 사람한테 보내는 연애편지?"

"아니, 사실은— 아냐, 됐어." 로베스피에르는 작은 공책을 덮었다. 그리고 조바심을 내면서 기도라도 하듯이 두 손을 모으고 책상 앞에 앉았다. "일 주일 전에 자네가 여기 있었으면 좋았을 텐데. 샤보가 날 보러 왔어. 그런데, 자넨 샤보를 어떻게 생각했나?"

당통은 과거 시제에 주목했다. "머리에는 자유의 모자를 얹었지만 그 밑에 있는 뇌는 아주 부실하고 얼굴이 항상 벌건 얼뜨기라고 생각하지."

"그 친구가 한 이 결혼 말이야……. 프라이 형제가 내일 구속돼. 샤보가 결혼이라는 덫에 걸렸어."

"지참금이겠지." 당통이 말했다.

"그러게 말이야. 그 형제라는 자들은 백만장자야. 그리고 샤보는 그런 데에 약해서 넘어갔고. 안 그럴 수가 없지. 금식과 기도에 오죽 찌들었어야 말이지."

당통은 로베스피에르를 가만히 바라보았다. 부드러워지는 건가? 어쩌면.

"아가씨가 불쌍하지, 그 유대인 아가씨."

"그래, 하지만—" 당통이 말했다. "그 형제의 누이가 아니라고 사람들이 그러던데. 빈의 사창가에서 데려온 여자라는 거야."

"온갖 소리를 다 해대는 사람들이잖아. 한 가지는 나도 알지. 샤보의 하녀가 샤보 아이를 낳았다는 거. 샤보한테 버림받고 나서. 지난 9월에 자코뱅들 앞에서 사생아의 권리에 대해서 가슴 뭉클하게 연설했던 게 바로 그자이지."

로베스피에르를 가장 격분하게 만드는 게 뭔지는 죽어도 알 수가 없다고 당통은 생각했다. 반역인가 횡령인가 아니면 섹스인가. "아무튼, 샤보가 자넬 보러 왔다고 했지."

"그래." 로베스피에르는 인간은 참 재미있는 동물이라는 듯이 고개를 설레설레 저었다. "십만 프랑이 들었다는 봉투를 들고 왔더라고."

"세어보지 그랬어."

"내가 알기로는 그건 휴지였어. 평소처럼 모략가들에 대해서 말하더라고. 그래서 내가 물었지. '문서로 된 증거가 있습니까?' 그랬더니 이러더군. '없습니다만—'" 로베스피에르는 너털웃음을 터뜨렸다. "'그것은 모두 눈에 안 보이는 잉크로 적혀 있습니다.' 하더니 이러더라. '이 돈은 공안위원회를 매수하라고 저한테 들어온 돈인데 여기로 가져오는 게 최선이라고 생각했습니다. 안전 통행권을 손에 넣을 수 있을까요? 저는 나라 밖으로 가는 게 좋겠다고 생각합니다.'"

로베스피에르는 당통을 올려다보았다. "가련하지 않나? 다음 날 아침 8시에 그 친구를 체포했지. 지금은 뤽상부르에 있어. 우리가 펜과 잉크를 소지하도록 허용하는 불찰을 저지르는 바람에 지금은 매일같이 자기를 변호하는 글을 끝도 없이 써대서는 경찰위원회로 보내고 있지. 자네 이름도 많이 튀어나와서 염려스러워."

"눈에 안 보이는 잉크로 적힌 건 아니고?" 당통이 물었다. "말이 나왔으니 말인데—" 당통은 주머니에서 로베스피에르의 편지를 꺼내서는 둘 사이의 책상 위에다 떨어뜨렸다. "그런데 이 친구야, 에베르를 없앤다는 게 무슨 소리야?"

"아, 카미유하고 만나서 그 이야기를 하다가 내가 좀 당황했지."

"그래. 그렇다고 하길래 내가 이렇게 온 거지."

"내가 자네 휴식을 망친 건가? 미안. 그래도 많이 좋아졌는데?"

"아주 건강해졌지. 다 덤비라고 해. 어디에서 싸우는지만 알아내면 돼."

"그게 —" 로베스피에르가 헛기침을 했다. "새해가 되면 형세가 우리한테 상당히 유리해질 거라고 생각해. 툴롱을 우리가 되찾는다면 말이야. 그리고 여기 파리에서도 이 반종교 광신도들을 없애면. 자네 친구 파브르는 이른바 기업인들에 관한 일을 잘하고 있어. 내일은 자코뱅 클럽에서 네 명의 축출안을 관철시킬 작정이야."

"누구?"

"에로를 위해서 일해 온 프롤리라는 오스트리아인. 그리고 에베르의 친구 세 명. 이자들을 클럽 밖으로 몰아내서 무력화시키려고. 다른 사람들에게 경고를 보내는 의미도 있고."

"요즘은 클럽에서 축출되는 게 체포의 서막 아니던가. 그런데도 카미유는 자네가 공포 정치를 끝내려 한다더군."

"꼭 그렇다는 건 아니고, 두어 달 지나면 좀 고삐를 늦출 수도 있을 거야. 하지만 아직은 쓸어내야 할 외세의 첩자가 많아."

"그건 그렇다 치고, 정상적인 사법 절차로 돌아가서 새 헌법을 도입할 생각인가?"

"우린 여전히 전쟁 중이야, 그게 문제지. 전쟁도 보통 전쟁이 아니지. 국민공회가 한 말이 있잖아. '프랑스 정부는 평화가 올 때까지는 혁명적이다.'"

"'공포가 일상의 질서다.'"

"그건 좀 틀린 말 같은데. 국민이 덜덜 떨고 있을 거라고 생각할 지 모르지만 그렇지 않아. 극장도 평상시처럼 열고."

"애국 연극을 상연하잖아. 졸리던데 난, 애국 연극이."

"전에 극장에서 내놓던 것보다는 건전하지."

"자네가 어떻게 알아? 극장에 생전 안 가면서."

로베스피에르가 눈을 깜박거렸다. "그건, 논리적으로 그래야 마 땅해 보인다는 거지. 내가 다 감독할 수는 없지. 극장에 갈 시간은 없어. 자, 하던 얘기를 마저 하지. 개인적으로는 이제까지 벌어진 일 이 마음에 들지 않지만 정치적으로는 필요한 일이었다는 걸 인정해 야 한다는 사실을 자네도 이해해야 해. 카미유가 여기 있다면 또 카미유한테 깨졌겠지만, 카미유는 이론가고 난 위원회 안에서 일들 을 하나하나 처리하면서 최대한 나 자신과 타협을 해야 하는 입장 이야. 내가 보기로는…… 외부적으로는 우리 상황은 훨씬 좋아졌 지만 내부적으로는 우린 아직도 비상 상황이야. 아직도 방데에는 반군들이 있고 수도는 음모꾼들로 꽉 차 있지. 혁명은 그날그날 안 전하지 않아."

"도대체 자네가 정말로 원하는 게 뭔지 알고 있나?"

로베스피에르는 무기력하게 당통을 올려다보았다. "아니."

"생각해낼 순 없나?"

"뭐가 최선인지를 모르겠어. 비장의 해법이라고 주장하는 사람 들한테 내가 둘러싸인 형국인데 대부분은 더 많은 살인을 포함하고 있어. 우리가 브리소를 파멸시키기 전보다 지금은 분파가 더 많아졌 어. 난 그 사람들이 서로를 파괴하지 않도록 떼어놓으려고 노력하 고 있지."

"자네가 처형을 중단하고 싶다면 국민공회에서 얼마나 지지를 얻어낼 수 있겠나?"

"로베르 랭데는 확실하고, 아마 쿠통하고 생탕드레 정도. 바레르도 어쩌면. 바레르가 무슨 생각을 하는지는 통 모르겠어." 로베스피에르는 손가락으로 꼽았다. "콜로와 비요바렌은 온건책에는 무조건 반대할 거야."

"맙소사." 당통은 생각에 잠겨 말했다. "시민 비요바렌, 그 우락부락한 거구의 위원. 1786년과 1787년에 그 친구가 내 사무실에 오면 내가 진술서 초안 작성하는 일감을 줬지. 심신이 망가지지 않도록."

"그래. 그는 절대로 자넬 용서하지 않을 거야."

"에로 드 세셸은 어때?" 당통이 말했다. "그 사람은 까맣게 잊었나 보네."

"아니, 잊지 않았어." 로베스피에르는 눈길을 피했다. "에로가 이제 우리의 신임을 못 받는다는 건 자네도 알 텐데. 자네도 에로와 관계를 끊을 거라고 믿어도 되겠지?"

당통은 생각했다. 그냥 넘어가자, 그냥 넘어가자. "생쥐스트는?"

로베스피에르는 머뭇거렸다. "온건책은 나약하다고 보겠지."

"자네가 그 친구한테 영향을 끼치기 힘들까?"

"어쩌면. 스트라스부르에서 맹활약 중이야. 점점 더 자기 노선이 맞다고 생각할 거야. 사람이 군대와 같이 움직이면 파리에서 그깟 목숨 몇 개는 중요하지 않아 보여. 나머지 사람들은 아마 대오로 끌어들일 수 있을 테지."

"그럼 콜로하고 비요바렌을 제거해."

"힘들어. 에베르파가 모두 그 둘을 지지하거든."

"그럼 에베르를 없애버려."

"그럼 공포 정치로 돌아가는 거네." 로베스피에르가 고개를 들었다. "당통, 자넨 여기서 자네 위치를 밝히지 않았어. 자기 의견이 있어야 돼."

당통이 웃었다. "자네가 날 좀 더 안다면 그렇게 자신 있게 말하지는 못할 텐데. 나는 때를 기다릴 거야. 자네도 그러길 권하네."

"자네가 사람들 앞에 나타나는 순간 공격당하리란 건 알고 있겠지. 자네의 벨기에 활동에 대해서 에베르가 몇 가지 흘린 게 있어. 자네의 병도 수상쩍게들 보고 있는 게 걱정스러워. 불법으로 챙긴 돈을 들고 스위스로 이주했다는 말도 돌았지."

"그럼 연대가 좀 필요하겠네."

"그래. 물론 기회가 있을 때마다 난 자넬 변호할 거야. 카미유더러 뭐 좀 쓰라고 하지? 잠시라도 홀홀 털어버리게 말이야. 카미유에게 재판에서 거리를 좀 두라고 내가 말했어. 아주 감성적이지 그 친구?"

"꼭 놀라기라도 한 것처럼 말하네. 카미유를 지난주에 처음 만나기라도 한 것처럼."

"감정의 수준이 언제나 나한테는 놀랍게 다가와서 말이야. 카미유의 감정은 누를 수가 없어 보여. 자연 재해처럼."

"유용할 수도 있고, 성가실 수도 있지."

"냉소적으로 들리는군, 당통."

"그래? 그럼 그런가 보지."

"그럼 카미유가 자네한테 품는 애정에 대해서도 냉소적인가?"

"아니, 고맙게 여기는 쪽이지. 난 나한테 오는 건 받아들이니까."

"그동안 지켜본 바로는 자넨 확실히 그런 면이 있어." 로베스피에르는 흥미를 보이면서 말했다.

"자네 혼자 생각인가?"

"아니, 카미유하고 나."

"둘이서 나를 논한다?"

"우린 누구나 논해. 뭐든지. 하지만 자네도 알잖아. 우리보다 가까운 사람은 없잖아."

"자네의 질타는 접수하지. 카미유하고 우리가 맺은 우정은 둘 다 수준이 높아. 아, 카미유가 맺은 우정이 모두 같기를!"

"어떻게 그럴 수가 있겠어 솔직히."

"못 알아듣는 척하면서 좋아하는군."

로베스피에르는 손으로 턱을 괴었다. "맞아. 그건 카미유와 맺은 우정을 지키기 위해서 내가 많은 걸 양보해야 했기 때문에 그래. 내 인생의 다른 것도 다 비슷해. 난 이렇게 외치면서 하루하루를 보내지. '나한테 말하지마.', '잘못한 거 있거든 내가 방으로 들어가기 전에 좀 숨겨.'"

"자네의 그런 면을 자네가 알고 있는 줄은 몰랐네."

"당연히 알지. 난 위선자는 아니지만 다른 사람들 속에 위선을 키우지."

"키우고말고. 로베스피에르는 거짓말 안 하고 속이지 않고 훔치지 않고 술에 취하지도 않고 오입질도 안 한다. 지나칠 정도로. 향락주의자도 아니고 기회주의자도 아니고 약속을 짓밟는 사람도 아니고." 당통은 빙긋 웃었다. "그런데 이렇게 선량하면 뭐하는데? 사람들이 본받을 생각을 안 하잖아. 그 대신 사람들은 자네 눈을 천으로 덮으려고 들지."

"사람들은?" 로베스피에르는 조용히 반복했다. "'우리는'이라고 하지 그래, 당통." 로베스피에르는 미소를 지었다.

막시밀리앙 로베스피에르의 개인 수첩:

우리의 목표는 무엇인가?

인민의 이익을 위해 헌법을 활용하는 것.

누가 우리에게 반대하겠는가?

부유층과 부패한 자들.

그들은 어떤 방법을 동원할 것인가?

비방과 위선.

그런 수단을 부추기는 요인은 무엇인가?

보통 사람들의 무지.

그들은 언제 각성할까?

먹을 것이 충분하고 부자와 정부가 국민을 속이려고 음흉한 혀와 펜을 매수하는 일을 중단할 때. 그들의 이익이 국민의 이익과 합치할 때.

언제 그렇게 될까?

그런 날은 결코 오지 않는다.

파브르: 그래서 앞으로 어쩔 건가?

당통: 당신이 모욕당하지 않게 해야죠. 내 얼굴에 침 뱉는 거니까.

파브르: 계획이 뭔데. 계획이 있어야지.

당통: 계획이야 있지만, 당통한테 계획이 있다고 동네방네 떠들고 다닐 필요는 없죠. 난 국민공회에서 우파와 화해할 생각이에요. 로베스피에르는 우리가 뭉쳐야지 쪼개져서는 안 된다고 말하는데 맞는 말이지. 애국자끼리 서로를 괴롭히면 안 됩니다.

파브르: 자네가 자기네 동료들 머리를 잘랐는데 그 사람들이 자네를 용서할까?

당통: 카미유가 관용을 앞세우면서 언론 공세를 펼칠 거예요. 결국 내가 바라는 건 교섭을 통한 평화고 통제 경제의 종식과 입헌 정부의 회복입니다. 이건 큰 사업이고 분열된 나라에서는 할 수가 없는 일이기 때문에 위원회를 더 강화해야 돼요. 로베스피에르는 놔두고 콜로, 비요바렌, 생쥐스트는 없애고.

파브르: 이젠 잘못을 인정하네? 지난 여름에 자네가 위원회에서 순순히 물러나는 게 아니었어.

당통: 맞아요, 당신 말을 들었어야 했지. 하여간 먼저 잘못을 인정하고 나서 그걸 수습하자는 겁니다. 에베르를 아무 재능 없는 삼류 작가로 취급한 것부터가 우리 모두의 불찰이었죠. 우리가 실수를 깨닫고 보니 에베르는 이미 하층민은 물론이고 장관과 장군까지 돈으로 포섭했고. 에베르를 끝장내려면 용기도 필요하고 운도 따라야 해요.

파브르: 그러고 나서 공포 정치를 중단한다고?

당통: 맞아요. 너무 멀리 나갔으니까.

파브르: 그건 동감이야. 바디에의 뜨거운 숨이 내 목에 닿지 않았으면.

당통: 당신은 그게 전부군요?

파브르: 왜 이래 이 사람아. 그럼 자네한텐 뭔데? 부드러운 쪽으로 돌아서려는 게 아니잖아. 말랑말랑해지려는 게 아니잖아.

당통: 그게 아니라고요? 그럴 텐데. 아무튼 난 사익과 국익이 일치하도록 노력하고 있어요.

파브르: 나라를 다시 다스리고 싶은 마음이 있나, 조르주자크?

당통: 모르겠어요. 내가 원하는 게 뭔지 아직 마음을 못 정해서.

파브르: 허, 빨리 결정하는 게 좋을 거야. 맞붙을 사람이 한둘이라야 말이지. 위험한 일이거든. 정신 바짝 차려야 돼. 깜빡 졸았다간 우리 모두 지옥으로 가는 거야. 모르겠다, 자넨 이게 별로 즐겁지 않은 모양이네. 예전의 자네가 아닌 거 같아.

당통: 로베스피에르 때문에 혼란스러워서. 그 친구가 항상 양다리를 걸치고 있다는 느낌이 들어서.

파브르: 음……. 카미유한테 늘 다정하고.

당통: 그래, 나도 그 생각 했어요……. 카미유가 조금이라도 곤경에 빠지면, 아니 지금보다 더 큰 곤경에 빠지면, 로베스피에르는 일어나서 카미유를 변호하겠지. 그럼 자기 입장을 밝히는 셈이 되는 거고.

파브르: 상당히 괜찮은 생각이군.

당통: 카미유가 무슨 짓을 하느냐는 중요하지 않아요. 로베스피에르는 언제나 카미유를 위해 일을 수습하러 나설 겁니다.

파브르: 믿어볼 만하네.

파브르 데글랑틴: 자신의 이름에 거짓말이 섞여 들어가면 사람은 당연히 자기의 현실을 끊임없이 재확인하려 들고 자존감의 원천을

계속해서 찾으려 들 것이다.

동인도회사 문제가 불거졌을 때 나는 멀찍이 거리를 두면서 내 몸값을 올렸다. 그리고 값이 적당하다 싶을 때 범죄를 저질렀다. 하지만 그게 무슨 대단한 범죄라고! 기다려 달라. 잠깐만 이해를, 선의를 베풀어주면 좋겠다. 오로지 돈 때문만은 아니었다.

당신은 실력자군요, 파브르. 나는 그 사람들이 나한테 그렇게 말했으면 싶었다. 내가 그들을 보호해주는 대가로 그 사람들이 얼마나 값을 치르려고 하는지 보고 싶었다. 그들이 사들인 것은 나의 재정적 감각이 아니었다. 카미유는 뇌가 있어야 할 자리에 분장용 화장품과 낡은 연출 대본이 내 머리를 가득 채웠다고 말한 적이 있지만 나는 진부한 연극 줄거리와 인생이 너무나 비슷해서 언제나 깜짝 놀란다. 그들이 나한테 원한 것은 나의 영향력이었고 당통의 가까운 친구로서 누리는 지위였다. 간접적으로 그들은 당통까지 사들인다고 생각했다고 나는 확신한다. 하기야 그 사업에 관여한 내 동료들은 그 전에 당통하고도 관계가 있었으니까. 동인도회사 문제가 따로 동떨어져서 일어난 사건이라고 생각하지 않았으면 좋겠다. 위조는 사기 행각의 논리적 연장이었고 통화 투기나 군수품 부정 조달에서 한 발짝 더 내디딘 것에 불과했다. 그 한 발짝이 불법 행위에 가담한 것이었다. 이런 시대에는 나 같은 사람은 어떤 법이 되었건 법에 저촉되는 행위를 하는 것은 좋지 않지만 말이다. 이제 머저리 시인은 이쪽 편에 있고, 소년 시절의 모험 속에서 짝패가 된 당통과 '매수불능자'가 저쪽 편에서 우쭐대고 있다.

아무래도 여기서 좋은 결과가 나올 것 같지는 않다. 혹시 놓치셨는지도 모르겠지만 당통하고 내가 사리사욕에서 손을 뗀 시점도 있었다. 시점이라고 내가 말할 때 그것은 정확하게 결정이 내려지는 몇 초의 순간을 뜻한다. 물론 그 다음에는 다르게 행동했다거나 더 낫게 행동했다고 말하는 것은 아니다. 발미에서 어떻게 이길까 궁리를 하면서 우리는 이 매수극은 절대로 발설하지 말자고, 죽는 한이 있더라도 발설하지 말자고 했다.

우리가 하지 않기로 한 무언가가 있음을 서로 인정한 그 순간부터 우리는 이른 아침 토사물 속에 널브러진 술꾼처럼 파멸로 치닫기 시작했다. 당통이 쥐고 있는 확신에는 그 낙관적인 이중 거래라는 비용이 들어 있고, 매번 그는 자신의 신뢰를 걸고 피를 흘린다. 발미에서 공화국 쪽으로 흐름이 바뀌었다. 그 뒤로 프랑스인은 유럽에서 고개를 들 수 있었다.

자, 당통은 자기 친구들을 절대로 버리지 않으리라. 신파조로 들린다면 사과한다. 좀 더 이해가 빠르게 다른 식으로 표현하자면 내가 지난 몇 년 동안 걸어온 모든 오솔길은 결국 숲 한복판으로 통하고 거기에는 당통이 있다. 에베르가 벨기에 임무에 대해서 라크루아에게 퍼부은 모든 비난은 당통에게도 해당한다. 에베르는 그걸 안다. 바디에는 나의 비리를 밝혀낼 것이다. 그는 당통의 비리도 밝혀내고 싶어 한다. 왜? 적절하지 않다고 생각하는 모양이다. 바디에는 도덕론자다. 난 푸키에탱빌도 마찬가지라고 생각한다. 참으로 유감스러운 경향이다. 우리가 감수했던 위험은 하느님이 안다. 당통이 한 모든 일은 하느님이 안다. 하느님이 알고 카미유가 안다. 하느님이 카미유의 입을 막아주시겠지.

내가 비난에서 벗어나려고 음모극들을 고발하기 시작했을 때 로베스피에르가 내 말을 빠짐없이 귀담아들으리라는 걸 내가 어찌 알았겠는가? 로베스피에르는 애국주의의 한가운데 있는 음모를 찾고 있었다. 하느님이 도우셨는지 내가 그걸 제공한 것이다. 음모의 존재를 가정하고 말 한마디 행동 하나하나가 음모를 입증하는 것으로 보이면 어떨 때는 당연히 이런 생각마저 든다. 로베스피에르가 맞고 내가 바보라면 어떻게 하지? 내 생각대로 팔레루아얄에 있는 한 카페에서 꾸며낸 사기극이 아니라 실은 잉글랜드 정부가 꾸민 거대한 음모라면 어떻게 되는 거지?

관두자, 그것까진 생각하지 않으련다. 미쳐버릴 거 같다.

한편으로는 그들이 와서 나를 잡아가기를 바라는 마음도 든다. 말이 되는 소리인지 모르겠지만 이 문제를 더욱 복잡하게 만드는 쪽으로 행동하지 못하게 나를 막는 유일한 길은 내가 잡혀 들어가는 것뿐이다. 그 생각만 하면 머리가 지끈거린다. 너무 우울해진다. 이런 기다림이 나는 불안하다. 추적이 중단된 것이 불안하다. 일평생을 나는 끊임없이 움직인다는 신조로 살았다. 어쩌면 이것은 바디에의 수법인지도 모른다. 아니면 저들은 무언가 더 나쁜 것을 들고 나올 수 있을 때까지 기다리는 것인지도 모른다. 당통이 나를 변호하러 나설 때까지 기다리는 것인지도 모른다.

이대로 가다간 〈몰타의 오렌지〉를 영영 끝내지 못할 것 같아서 걱정스럽다. 좋은 희곡이다. 썩 훌륭한 시도 좀 들어 있고. 지금까지 난 한 번도 연극으로 빛을 보지 못했는데 어쩌면 이게 큰 성공을 거둘지도 모른다.

당통은 요 며칠 나라를 뒤흔들려고 궁리하는 사람보다는 털이 빠진 박제된 곰에 더 가까워 보인다. 처형 때문에 많이 흔들리는 것 같다. 몇 시간을 그저 생각하면서 보낸다. 뭘 하느냐고 물어보면 생각

중이라고 말한다.

그리고 카미유. 저들은 절대 카미유를 부패 혐의로 몰아가지 않을 것이다. 그런 시도조차 하지 않을 것이다. 토끼 씨에 따르면 카미유는 자기가 벌인 사기를 자세히 설명하면서 장인하고 자기들 농장에서 오후 나절을 오붓하게 보내고 있다. 모두가 빈틈없이 합법적이며 표면화되지 않았다. 장인과 사위는 오직 이 점에서만 통한다.

그리고 나는 다시 자학에 빠져 여기 있다. 카미유가 터무니없이 예민해져서 괴로워하는 모습을 보면 나는 카미유를 붙잡고 흔들면서 나도 괴롭다고 말하고 싶은 것이 솔직한 심정이다. 카미유를 그렇게 만든 게 드 사드라는 사실을 알면 로베스피에르는 머리를 쥐어뜯으면서 속이 뒤집어질 것이다. 당통이 어서 전격적으로 행동에 나선다면 모르겠지만 내가 감히 뭘 기대할 처지는 아니다.

당통이 확 뒤집어엎을 생각이 있다 하더라도 나는 때가 무르익기 전에는 당통에게 나서 달라고 요청하지 않을 생각이다. 내 목숨을 살리는 것이 당통에게 득이 된다 하더라도 그건 어쩌다 운이 좋아서 그렇게 되는 것이라고 여겨야 한다. 그러니 그건 필리프 파브르의 옆에다 내려놓으시라. 난 원래 겸손한 사람이다.

지난 이삼 주간 기분이 좋지 않았다. 올 겨울은 겨울답지 않을 것이란다. 그랬으면 좋겠다. 기침이 심하다. 수베르비엘 박사를 찾아가볼까 생각했지만 내가 박사의 판정을 듣고 싶어 한다는 확신이 안 든다. 물론 그가 내리는 의학적 판정 말이다. 수베르비엘 박사는 혁명재판소의 배심원인데 그 판정은 나의 의지와 무관하다.

식욕이 전혀 없고 가슴이 욱신거린다. 하기야, 조금 지나면 그것도 중요하지 않을지 모르지.

당통이 국민공회에서 생계가 막막한 사제들에게 국가 연금을 지급해야 한다고 역설하면서:

생계 수단이 없는 사제가 무엇을 하리라고 예상하십니까? 죽거나 방데 반군에 가담하거나 여러분과 불구대천의 원수가 되겠지요…….
정치적 주장을 이성과 상식의 주장으로 누그러뜨려야 합니다…….
불관용이 있어서도 박해가 있어서도 안 됩니다. (박수)

당통: 쇼메트를 침몰시켰어. 쇼메트의 이성 숭배를 그자의 목구멍에다 쑤셔 박을 거야. 이 반종교 가장무도회는 끝장내야 해. 날마다 우리는 국민공회에서 자신들의 영혼을 마치 세탁물 쥐어짜듯이 짜내고 믿음을 포기하는 성직자들의 음울한 행렬에 귀를 기울여야 하지. 그건 장엄 미사만큼이나 오래 걸려. 한계란 게 있는 법이고, 난 그들에게 이제 한계에 다다랐다는 걸 알려줄 거야.

데물랭: 자네가 없는 동안 어떤 상퀼로트들이 해골 하나를 들고 와서는 그게 성자 생 드니의 유골이라는 거야. 그러면서 미신을 믿던 시절의 소름 끼치는 유물은 필요 없다는 거야. 내가 갖고 싶더라니까. 생쥐스트한테 보여주고 싶어서.

당통: 천치들.

루이즈: 시민 로베스피에르는 신앙인이 아닌 줄로 알았는데요.

당통: 아니지, 당신 기준으로는. 하지만 그 친구는 탄압도 바라지 않고 무신론이 정책으로 끌어올려지는 것도 바라지 않아. 그래도 혁명을 추진하는 것보다 그 친구가 훨씬 더 좋아하는 게 하나 있지. 그건 바로 교황이 되는 거야.

데물랭: 그건 너무 저질인데. 그의 목표는 더 높아.

당통: 성자 막시밀리앙?

데물랭: 그 친구는 이제 하느님에 대해서는 절대로 말하지 않고 최고 존재에 대해서 말하지. 그게 누군지 난 알 거 같아.

당통: 막시밀리앙?

데물랭: 맞았어.

당통: 사람들을 보고 비웃었다간 곤란해질 수 있어. 정부 책임자들을 비웃는 사람들은 혐의자라고 생쥐스트가 말하잖아.

데물랭: 생쥐스트를 비웃는 사람들의 운명은 어떻게 되는 거지? 단두대도 너무 점잖은 건가.

바디에(의 당통에 대한 생각): "나머지는 다 쓸어버리더라도 그 배불뚝이 아구는 끝까지 둬야지."

당통(의 바디에에 대한 생각): "바디에? 그놈의 뇌를 삼키고 두개골을 요강으로 쓰고 싶다."

로베스피에르가 자코뱅 클럽에서: 알아듣기 어렵게 말이 자주 끊기는 나지막한 연설은 이제 숙달이 되어 최면에 가까운 효과까지 낸다.

"당통, 사람들은 당신의…… 부패한 전리품을 싣고서 당신이…… 스위스로 이주했다고, 떠났다고 비난합니다. 당신이…… 섭정 자리를 보장받고…… 루이 17세를 옹위하려는 음모를 주도했다고 말하는 사람들까지 있습니다……. 나는…… 당통의 정치적 견해를 죽 지켜보았습니다……. 우리는 생각이 다를 때도 있기에 때로는 적의를 품고…… 당통을 유심히 지켜보았습니다. 실제로 당통은…… 뒤무리에를 진작 의심하지 못했고…… 브리소와 그 공범들에게…… 단호한 모습을 보여주지 못했습니다. 하지만 우리가 항상…… 의견이 일치하지는 않는다고 해서…… 그 사람이 나라를 배신했다는 결론을 내려야 합니까? 내가 아는 한 그 사람은 나라를 위해 열성적으로 일했습니다. 당통이 여기서 심판받는다면…… 나 역시 심판받는 것입니다. 당통에 대해서 조금이라도 할 말이 있는 사람은 나오도록 하십시오……. 지금 앞으로 나오십시오. 우리보다…… 더…… 애국적인 사람이 있거든 일어서도록 하십시오."

"몇 분만 시간을 내주시면 좋겠습니다." 푸키에탱빌이 말했다. 허비할 시간이 별로 없다는 기색이 행동에서 분명히 느껴지기는 했다. "아시다시피 우린 남이 아니지요."

"그런가요?" 뤼실이 말했다.

'이게 웬 복인가. 우리 집안에는 너무나 과분한 여자다.' 푸키에탱빌은 생각했다. "앉아도 될까요?" 푸키에탱빌이 말했다. "유감스러운 일로—"

"무슨 일이 있었나요?" 뤼실이 그렇게 말하면서 사랑스러운 손을 자기 목에 놓는 모습을 푸키에탱빌은 즐겁게 지켜보았다.

"아니, 별일은 아닙니다. 걱정하시는 그런 의미로는 아무 일도 일어나지 않았습니다."

내가 무슨 걱정을 하는지 당신이 어떻게 알지? 뤼실은 생각했다. 그리고 검사 맞은편에 앉았다. "말씀해보실까요?"

"바르나브라는 이름 기억하세요? 국민의회 대의원이었죠. 그동안 감옥에 있었고요. 오늘 참수했습니다. 앙투아네트하고 비밀 거래를 했거든요."

"네. 알아요. 불쌍한 호랑이."

"이 반역자에게 당신 남편이 품었던 애정을 알고 계십니까?"

뤼실은 고개를 획 들었다. "법정에서처럼 말씀하시는 건 삼가주세요. 전 피고인이 아닙니다."

푸키에탱빌은 억울하다는 몸짓을 했다. "겁을 주려던 건 아닙니다."

"행동은 다르시네요."

"불쾌했다면 미안합니다. 하지만 바르나브가 반역자라는 건 입증된 사실입니다."

"제가 무슨 말을 하겠어요? 반역은 배신이니까, 그에 앞서 신뢰와 수용의 선행 단계가 있었을 테지요. 그런데 바르나브는 공화주의자인 척 군 적은 한 번도 없었어요. 카미유는 그 사람을 존경했어요. 서로 그랬던 거 같고요."

"우리 사촌을 존경하는 사람이 참 드물었나 봅니다."

"그래요, 그건 사실이에요."

"그렇게 재주가 많은데도?"

"사람들이 문필가를 존경하나요 어디. 문필가 없어도 얼마든지 살 수 있다고 생각하잖아요. 돈 없이 살 수 있다고 생각하는 것처럼."

"정치 칼럼을 쓰는 언론인이 글 때문에 많은 걸 희생하기를 사람들이 기대하는 건 아니라고 생각합니다. 진실성만 빼놓고. 그것도 사소한 거지만."

"그렇지 않은 것 같은데요. 이런 얘기는 한 번도 해본 적이 없네요."

"아마 사소한 게 아닐지도 모르지만 그런 걸 논할 시간은 없습니다." 푸키에탱빌은 혁명이 따지기 좋아하는 여자들로 갑자기 바글

거린다고 생각했다. 살결이 하얀 이 미녀는 남편의 말버릇을 그대로 구사한다. 구부정한 엘레오노르 뒤플레 얘기도 들리고 당통의 어린 신부 얘기도 들린다. 화약을 지고 불 가장자리로 뛰어드는 바보들이라고 그는 생각했다. '당신 목을 지키는 길은 논쟁에서 발을 빼는 거야. 여자라는 핑계로 빠지기도 좋잖아.'

"결과야 어찌 되든 간에 당신 남편은 말 한마디 없이 바르나브를 사지로 보낼 수는 없다고 생각한 모양입니다. 바르나브가 호송차에 막 올라타려는데 콩시에르주리에 왔더군요. 난 좀 떨어져 있었고 의식적으로 그러려고 했지요. 하지만 당신 남편이 눈에 띄게 괴로워하면서 이 반역자가 제대로 처벌받는 것을 유감스러워하는 모습을 안 보려야 보지 않을 수가 없었습니다."

"시민 푸키에탱빌, 좋았던 시절에 알았던 사람의 죽음 앞에서 괴로움이나 유감을 나타내서는 안 되는 건가요? 그걸 금지하는 법이라도 있나요?"

푸키에탱빌은 따지는 듯한 눈으로 뤼실을 바라보았다. "둘이서 껴안는 걸 보았습니다. 안 볼 수가 없었어요. 물론 난 거기에 어떤 해석도 가하지 않았습니다. 사람들 손을 묶으라고 단단히 일러 두려고 합니다. 어떻게 그걸 빼먹을 수가 있는지 이해가 안 갑니다. 용납되어서는 안 되는 문제입니다 정말. 이미지의 문제거든요. 반역자에게 그런 식으로 우애를 표하는 걸 보면 사람들은 해석을 안 할 수가 없거든요."

"당신은 심장이 없나요?" 뤼실이 목소리를 낮게 깔면서 물었다.

"난 내 일을 할 뿐입니다." 그는 재빨리 말했다. "이제 나의 사촌 동생한테 그가 한 행동이 아주 위험했다고 전해주세요. 무엇 때문에 그렇게 잘못된 감정을 품는지는 몰라도 이런 식으로 지나친 감상주의를 드러내서는 곤란합니다."

"왜 연민을 숨겨야 하죠?"

"친구들을 해치니까요. 친구들이 자기들 정책을 바꾸고 싶으면 알아서 자기들 입으로 밝히겠지요."

"머지않아 아마 그런 소리를 듣게 될걸요." 뤼실은 생각했다. '이 소리는 하지 말았어야 했다. 하지만 이 사람 때문에 화가 난다. 이 사람의 긴 얼굴과 위선이 화가 난다. 자기가 실직할지 모른다는 걱정만 하는 사람.'

푸키에탱빌은 어두운 미소를 지었다. "그 사람들이 한목소리로 말한다면 그거 참 놀랄 일인데요. 공포 정치를 조금이라도 누그러뜨리면 위원회는 쪼개질 겁니다. 예산도 군대도 식량 공급도 위원회가 버텨주니까 돌아가는 겁니다."

"위원회 구성도 바뀔 수 있어요."

"그래요? 당통 구상인가요?"

"지금 정보를 캐내는 건가요?"

푸키에탱빌은 고개를 흔들었다. "난 누구의 하수인도 아닙니다. 법의 하수인입니다. 모든 음모는 내 손을 거칩니다. 지금 위원회의 단합은 음모에 맞서려는 데서 나옵니다. 음모의 존재를 믿는 정책이 달라지면 무슨 일이 벌어질지 궁금하네요. 그리고 지금 일부 위원들은 제도로서 위원회에 당연히 아주 애착을 느끼고 있습니다. 위원회가 존재하는 중요한 이유는 물론 전쟁이지요. 그런데 당통이 평화를 바란다고 사람들은 말합니다."

"로베스피에르도 바라지요. 전부터 늘 그랬어요."

"그런데 두 사람이 같이 움직일 수 있을까요? 로베스피에르는 라크루아와 파브르의 희생을 요구하겠지요. 당통은 생쥐스트하고 손잡으려 하지 않을 테고요. 일이 그렇게 되는 겁니다. 서로를 칭찬하는 거야 아주 좋죠. 칭찬을 넘어서 무대로 나설 때 무슨 일이 벌어질지 한번 지켜보자고요."

"앞날을 암울하게 보시네요." 뤼실이 가볍게 말했다.

"내가 보는 앞날은 모두 암울합니다." 푸키에탱빌이 말했다. "내가 하는 일의 성격이 그래서 그런지도 모르지요."

"그이한테 조언을 한마디 하신다면요? 그이가 조언을 구했다고 가정하고요."

두 사람 다 웃었다. 그럴 가능성이 없음을 그들 나름대로 잘 알아서였다. 푸키에탱빌은 잠시 생각에 잠겼다. "로베스피에르처럼만 하라고 조언하겠습니다. 더도 말고 덜도 말고."

말이 끊겼다. 뤼실은 심란했다. 푸키에탱빌은 처음으로 어떤 가능성을 그녀의 머리에 심어 넣었다. 스스로 놀라면서 뤼실은 물었다. "로베스피에르가 살아남을 거 같으세요?"

"너무 좋은 사람이라서 살아남기 어려울 거 같다는 뜻입니까?" 푸키에탱빌이 일어섰다. "난 예측은 안 합니다. 한 사람을 혐의자로 만드는 것으로 족합니다." 그리고 삼촌이 어린 조카에게 하듯이 뤼실의 뺨에 입을 맞추었다. "자신이 살아남는 데 집중하세요. 난 그렇게 삽니다."

당통(국민공회에서): 우리는 반역자를 처벌해야 하지만 실수와 범죄는 구분해야 합니다. 인민의 의지는 공포 정치가 일상의 질서가 되어야 한다는 것이지만 공포 정치는 공화국의 진짜 적들을, 오직 그들만을 겨누어야 합니다. 혁명적 열정이 부족했다는 허물밖에 없는 사람을 범죄자로 취급해서는 안 됩니다.

파요 대의원: 의도한 것은 아니라고 확신합니다만 당통은 제 귀에 거슬리는 표현들을 좀 썼습니다. 인민이 마음을 굳게 먹어야 할 시기에 당통은 인민에게 자비를 보여 달라고 청합니다.

산악파들: 그런 적 없다! 그런 적 없어!

의장: 조용하시오!

당통: 나는 그 단어를 쓰지 않았습니다. 나는 범죄자들에게 관대함을 보여 달라고 하지 않았습니다. 나는 그들에게 본때를 보이라고 요청합니다. 나는 혐의자들을 규탄합니다!

전직 카푸친회 수사였던 샤보는 뤽상부르에 있었는데 나라의 처지에도 마음이 짓눌리지 않았다. 자신의 어린 신부가 보고 싶은 것은 사실이었다. 그러나 사람은 자고 마시고 먹어야 한다. 11월 17일 그는 빵, 수프, 고기 네 덩이, 닭 한 마리, 배 하나, 약간의 포도를 먹었다. 18일에는 빵과 수프, 삶은 쇠고기, 종달새 여섯 마리를 먹었다. 19일에는 종달새 말고 꿩을 시켰다. 12월 7일에도 꿩을 또 시켰다. 다음 날에는 버섯과 함께 요리한 닭을 먹었다.

그는 시를 썼고 시민 베나르에게 작은 초상화를 그리게 했다.

11장

친구인가, 적인가

(1793~1794)

또 한 권의 일기가 끝났다. 빨간 공책 중 하나가 아니라 중요하지 않은 작은 갈색 공책 중 하나였다. 처음에 쓴 것들은 정말 낯 뜨거운 내용이 많았다. 그래서 마음에 안 드는 곳을 뜯어내서 불에 태우고 나니 공책들이 너덜너덜했다.

요즘 뤼실이 자신의 공식 일기라고 생각하는 것에 적는 내용은 갈색 공책에 들어가던 내용과는 판이하게 달랐다. 공식 일기의 논조는 갈수록 무난해졌고 사람을 자극하거나 오도하기에 좋은 인상적이거나 사색적인 대목이 어쩌다가 들어갔다. 사적인 일기에는 어두운 생각을 세심하게 적어 두었다. 받아들이기 어려운 생각을 깨알 같은 필체로 적어 넣었다. 공책 하나를 다 쓰면 뤼실은 통 안에 넣고 밀봉한 다음 한 일 년이나 지나서 공책을 한 권 더 넣을 때가 되어서야 통을 개봉했다.

안개가 긴 어느 쌀쌀한 날, 거리를 오가는 발소리가 잦아들고 큰 건물들이 멀리서 어른거렸다. 그날 뤼실은 생쉴피스 성당을 찾아가서 자기가 삼 년 전에 결혼을 한 중앙 제단으로 갔다. 벽에는 "이곳은 국가 건물임: 자유, 평등, 우애가 아니면 죽음을"이라는 글귀가 붉게 칠해져 있었다. 성모는 머리 없는 아이를 팔에 안고 있었고 성모의 얼굴은 형체를 알아보기 어렵게 망가져 있었다.

카미유를 만나지 않았으면 난 어쩌면 평범한 삶을 살았을지도 모른다고 뤼실은 생각했다. 아무도 나의 환상에 바람을 넣지 않았을 것이다. 아무도 나한테 생각하는 법을 가르치지 않았을 것이다. 열한 살 때만 하더라도 평범하게 살 모든 가능성이 내 앞으로 뻗어 있었다. 열두 살 때 카미유가 우리 집에 왔고 나는 처음부터 그 사람한테 반했다.

뤼실은 자기 입장에서 인생을 다시 쓴다. 뤼실은 그것을 믿는다.

데물랭은 아파트에서 침침한 불빛 아래 일하고 있었다. 그는 술로 살았고 밤에는 세 시간만 잤다. "그러다 눈 버리겠네." 뤼실이 입버릇처럼 말했다.

"벌써 버렸어." 데물랭이 펜을 내려놓았다. "보라고, 신문이야."

"기어이 하는 거군요."

"연속 평론이라고 부르는 게 나을지도 모르겠어, 필자가 나뿐이니까. 인쇄는 드센이 맡아줄 거야. 여기 이 창간호에서 난 영국 정부 얘기만 해. 로베스피에르가 얼마 전에 당통을 칭찬하는 연설을 했는데 그 연장선에서 난 누구든지 당통을 비판하는 사람은 영국의 피트 총리한테 먹은 돈의 영수증을 사람들 앞에서 공표하는 거라고 지적할 거야." 데물랭이 말을 멈추고 마지막 구절을 적어 넣었다. "논란을 제대로 불러일으키지는 않겠지만 당통을 비방하는 자들에게는 또 한 번 좌절을 안겨줄 거야. 그리고 법정에서 관용을 호소하고 혐의자들 중에서 일부를 석방하는 쪽으로 힘을 보탤 거야."

"정말 그래도 되는 거예요?"

"당연하지, 당통하고 로베스피에르가 날 밀어주면. 그렇게 생각하지 않아?"

뤼실은 두 손을 모았다. "두 사람이 의기투합한다면." 뤼실이 말했다. 푸키에탱빌이 왔었다는 얘기는 하지 않았다.

"의기투합하지." 데물랭이 조용히 말했다. "단지 로베스피에르가 신중한데 그 친구를 좀 밀어붙일 필요가 있어."

"바르나브 사건에 대해서 로베스피에르가 당신한테 뭐라고 했어요?"

"'바르나브 사건'이란 건 없어. 내가 가서 작별 인사를 한 거야. 난 바르나브를 처형해서는 안 된다고 생각했어. 그리고 그 친구한테 그렇게 말했어." 그게 푸키에탱빌이 듣지 못한 소리였구나. 뤼실은 생각했다. "내가 면죄부를 주었다고 해서 그 친구한테 크게 도움이 된 건 아니지만 그 친구를 그 자리로 끌어오는 데 내가 맡았던 역할에 대해서 용서를 받았으니 나한테는 좋았지."

"막시밀리앙은 뭐라고 했어요?"

"이해한다고 생각했어. 그 친구가 관여할 문제는 아니었잖아. 난 베르사유에 살던 내 사촌 드 비프빌의 아파트에서 바르나브를 만났어. 말도 거의 안 나누었는데 바르나브는 나중에 꼭 다시 만날 사람이나 되는 것처럼 날 유심히 보더라고. 그날 밤 미라보한테 가기로 결심했지." 데물랭은 눈을 감았다. "주문한 인쇄 부수는 5만 부야."

오후에 루이즈가 왔다. 스스로 인정하지 않았지만 루이즈는 외로웠다. 집에 있으면 어쩔 수 없이 어머니 젤리 부인과 같이 지내야 했는데 루이즈는 그것이 싫었다. 아이들은 며칠째 앙젤리크 샤르팡티에의 집에 가 있었다. 할 일이 없고 특히 남편이 집을 비우면 루이즈는 계단을 날쌔게 오르락내리락하던 수줍은 소녀로 돌아갔다. 루이즈가 할 일이 없어 힘들어할 때 당통이 준 답은 "가서 돈을 좀 써보라"는 것이었다. 하지만 루이즈는 딱히 바라는 것이 없었고 아파트에 조금이라도 변화를 주기가 망설여졌다. 루이즈는 자신의 안목을 믿지 않았다. 게다가 남편은 가브리엘이 해놓은 대로 두는 쪽을 더 좋아하리라는 생각도 들었다.

일 년 전, 아니 십팔 개월 전에 가브리엘은 지독한 험담이 오고 가는 오후의 살롱에 당통의 아내 자격으로 끌려가서는, 요즘 나온 책이란 책은 다 읽고 남편이 바람 피우는 얘기를 권태롭게 주고받던 서른 명에서 서른다섯 명 정도 되는 제 잘난 맛에 사는 장관 부인들과 파리 대의원 부인들 사이에서 뻣뻣하게 앉아 있었을 것이다. 하지만 그런 일은 가브리엘의 취향이 아니었다. 그런 말싸움은 집에 찾아온 손님들 사이에서 보는 것만으로도 충분했다. 가브리엘은 입을 꾹 다물고 있거나 아니면 너무 솔직했다. 여자들끼리 하는 말이 너무 별 볼 일 없어 보여서 가브리엘은 그 말에 자기만 모르는 이중의 의미가 틀림없이 들어 있으리라고 확신했다. 가브리엘은 그 놀이에 끼는 수밖에 없었다. 가브리엘의 지위를 헤아려서 여자들은 사교 모임에서 지켜야 할 규칙이 적힌 책 한 권을 휙 던져주었지만 가브리엘이 그 책을 충분히 소화할 여유는 주지 않았다.

그래서 정말 이렇게 될 줄은 꿈에도 몰랐지만, 엎어지면 코 닿을 데 있는 아파트가 제일 편했다. 요즘 뤼실은 가까운 친구 몇 명과 가족에게 충실했다. 한심한 말이나 주고받는 사교 모임은 귀찮다고 뤼실은 말했다. 루이즈는 뤼실의 응접실에 매일같이 앉아서 언뜻언 뜻 흘러나오는 힌트를 가지고 얼마 전의 과거를 재현하려고 노력했 다. 뤼실은 개인적인 질문은 절대로 하지 않았지만 루이즈는 개인적 인 질문 말고는 할 줄 아는 질문이 없었다. 두 사람은 가브리엘 이 야기도 가끔씩 했다. 마치 그녀가 아직 살아 있는 듯이 부드럽게, 자 연스럽게.

오늘 루이즈가 말했다. "많이 우울해 보이시네요."

"이걸 마저 써야 하거든." 뤼실이 말했다. "다 쓰고 나서 같이 유 쾌하게 놀아보자고."

루이즈는 잠시 아기하고 놀았다. 인형 같은 그 아이가 당통의 아 이일 가능성은 눈곱만큼도 없었다. 자기가 정치인의 자식이라는 것 을 알기라도 하는지 아이는 이제 말을 많이 했지만 대부분은 알아 듣지 못할 말이었다. 아이가 낮잠을 자러 가자 루이즈는 기타를 집 어 들고 살짝 기타 줄을 퉁겨보았다. 그리고 인상을 썼다. "난 할 줄 아는 게 아무것도 없어요." 루이즈는 뤼실에게 이렇게 말했다.

"기타를 칠 때는 집중해야 돼, 쉬운 곡으로. 하기야 나도 설교할 자격은 없지, 통 연습을 안 하니까."

"그러게요, 요즘은 연습을 전혀 안 하시네요. 전에는 오후에 전시 회도 가고 음악회도 가고 그랬는데 지금은 앉아서 읽고 쓰기만 하 세요. 누구한테 쓰는 거예요?"

"이 사람 저 사람. 집안끼리 오래전부터 아는 사이라서 시민 프레 롱하고 서신 왕래가 많지."

루이즈는 귀를 쫑긋했다. "그 사람 많이 좋아하죠?"

뤼실은 기분이 좋아 보였다. "멀리 가 있으면 더 그렇지."

"만약 데물랭 씨가 죽으면 그 사람하고 결혼할 거예요?"

"유부남인데."

"이혼하겠지요. 아니면 부인이 죽을지도 모르고."

"그런 일이 전부 한꺼번에 일어나는 건 너무 심한 우연인데. 왜 온통 죽는 이야기를 하는 거지?"

"병도 수백 가지나 돼요. 사람 일은 몰라요."

"나도 전에는 그런 생각을 했어. 처음 결혼했을 때는 하나같이 무섭더라."

"그래도 계속 과부로 살진 않을 거잖아요."

"아니, 혼자 살 거야."

"데물랭 씨도 그걸 바라진 않을 텐데요, 분명히?"

"왜 그 사람이 그걸 바라지 않을 거라고 생각하는지 모르겠네. 얼마나 자기중심적인 사람인데."

"그쪽이 죽으면 그 사람은 재혼할 거예요."

"한 주일도 못 가서 그러겠지." 뤼실도 동의했다. "우리 아버지도 죽었다면. 루이즈가 믿는 세상은 사람들이 쌍으로 죽어 나가니까 그런 일도 얼마든지 가능한 일이겠지."

"결혼해도 좋을 정도로 웬만큼 좋아하는 다른 남자들도 틀림없이 있겠네요."

"그런 남자는 없어. 조르주 말고는."

루이즈가 너무 파고든다 싶을 때 뤼실은 그렇게 대화를 끝냈다. 뤼실은 그들이 서 있는 자리를 그렇게 단칼에 매정하게 일깨워주었다. 뤼실도 마음은 편치 않았지만 말을 마구 해대는 사람이 있다는 것을 알고 있었다. 루이즈는 파르스름한 불빛 아래서 이 엉망진창이 된 상황을 응시하면서 자기한테 너무 어려운 곡들을 시도했다. 데물랭은 일을 하고 있었다. 아파트에서 들리는 소리는 불협화음과 맞지 않은 음정뿐이었다.

4시에 데물랭이 신문을 한 뭉치 들고 왔다. 그리고 난로 앞 바닥에 앉았다. 뤼실은 신문을 추려서 읽어 나갔다. 그리고 얼마 후에 고개를 들었다. "아주 좋아요." 수줍게 말했다. "당신이 지금까지 쓴 글 중에서 최고가 될 거 같아요."

"루이즈도 읽고 싶어?" 데물랭이 물었다. "남편에 대해서 좋게 말하는데."

"저도 정치에 관심을 두고 싶은데 그 사람이 내가 그러는 걸 좋아하지 않아요."

"아마 알면서 관심을 보인다면 당통도 개의치 않겠지. 당통이 듣기 싫어하는 건 아가씨의 어리석고 천박한 편견이거든요." 데물랭이 짜증스럽다는 듯이 말했다.

"카미유, 루이즈는 아직 어리잖아요. 어린데 어떻게 알아요." 뤼실이 부드럽게 말했다.

5시에 로베스피에르가 왔다. "잘 지냈어요, 당통 부인?" 그는 마치 루이즈가 다 큰 어른이나 되는 것처럼 그렇게 말했다. 로베스피에르는 뤼실의 볼에 입을 맞추고 데물랭의 머리를 쓰다듬었다. 아기가 나오자 로베스피에르가 아기를 번쩍 들면서 말했다. "우리 대자는 어떻게 지내시나?"

"물어보지 마." 데물랭이 말했다. "네케르처럼 다섯 시간은 떠들 테니까. 네케르처럼 하나도 못 알아먹을 소리로."

"글쎄." 로베스피에르는 사내아이를 어깨에 바싹 붙였다. "내 눈에는 은행가처럼 보이지 않는데. 파리 변호사회의 귀염둥이가 될까?"

"시인." 데물랭이 답을 주었다. "시골에서 살고, 대체로 아주 여유 있게 지내는 시인."

"아마도." 로베스피에르가 말했다. "따분하고 늙은 대부가 이 아이를 과연 반듯하고 곧게 이끌 수 있을지 회의가 드는데." 그러고는 아이를 아빠에게 넘겼다. 그리고 다시 일로 돌아와서 난로 옆 의자에 허리를 바로 세우고 앉았다. "교정쇄가 준비되면 드센한테 그걸 나한테 바로 보내라고 해줘. 원고로도 보겠지만 자네 글씨를 알아보느라 씨름하는 게 힘들어서."

"그럼 교정쇄로 봐, 아니면 시간이 너무 걸리니까. 내 표기법 때문에 끙끙거리지 말고."

"아, 카미유 데글랑틴." 로베스피에르가 놀리듯이 말했다. "표기법에는 아무도 신경 쓰지 않아요, 내용에만 신경을 쓰지."

"왜 자네가 문학상을 한 번도 못 탔는지 알 만하다."

"나는 자네가 이 신문의 심장이고 영혼이라고 생각했어. 열정이 있는 거 맞지?"

"물론 열정이 있지. 문장 부호에 대해서도 말이야."

"두 번째 호는 언제 나오나?"

"닷새마다 냈으면 하는데. 12월 5일, 10일, 15일, 그리고 크리스마스 전에 한 번, 이런 식으로. 과업이 끝날 때까지."

로베스피에르가 잠시 머뭇거렸다. "나한테 다 보여줄 거지? 내가 말하지 않은 것을 내가 한 것으로 돌린다든가 나의 의견이 아닌 것을 나한테 떠넘기지 않았으면 싶어서 말이야."

"내가 그럴 거 같아?"

"그럴 거 같고, 또 그러고 있거든. 아들 좀 보라고, 자넬 쳐다보잖아. 저 녀석은 자네가 어떤 사람인지 알아. 제호는 뭐로 하려고?"

"'원조 코르들리에'가 어떨까 싶은데. 조르주자크가 쓰던 말인데. '우리 원조 코르들리에는' 하면서."

"그래, 마음에 드는군." 로베스피에르는 여자들 쪽으로 고개를 돌렸다. "보니까, 에베르파 같은 신진 코르들리에가 함부로 기어오르지 못하겠네. 신진 코르들리에는 아무것도 대변하지 않고 아무것도 변호하지 않아. 다른 사람들이 하는 것을 그저 반대하고 비난하면서 망가뜨리려 할 뿐이지. 원조 코르들리에들은 자기들이 원하는 혁명이 어떤 건지를 알았고 그것을 얻어내려고 위험을 무릅썼어. 그때는 그렇게 영웅적이라고 생각 못 했는데 지금 생각해보면 영웅적이었어."

"사람들이 당신을 '아라스의 촛불'이라고 부른 게 그 시절이었나요, 시민 로베스피에르?"

"그 시절이라!" 로베스피에르가 말했다. "꼭 루이 14세 때라도 되었던 것처럼 말하네요. 남편이 얘기해줬을 텐데요?"

"아, 네. 전 저 혼자서는 아무것도 몰라요."

데물랭과 아내는 눈짓을 주고받았다. 지금 입을 막을까, 아님 나중에?

"맞아요." 로베스피에르가 말했다. "미라보를 '프로방스의 횃불'이라고 부르면서 날 그렇게 부른 거지." 로베스피에르가 덤덤하게 말했다. "결국 네 주제 파악을 하라는 소리였지."

"그래요. 그렇게 설명하더라고요. 그런데 왜 그 시대가 영웅적이었다고 생각하시나요?"

"영웅들이 전부 이 세상을 크게 뒤흔든 사람인 이유가 뭐라고 생각해요?"

"그런 생각은 안 해봤어요. 제 생각엔, 어쩌면 책 때문이 아닐까요."

"누가 독서 지도를 좀 해줘야겠군요."

"이런, 루이즈는 결혼한 여자야. 배움과는 거리가 멀지." 데물랭이 말했다.

"그 일을 떠올리기가 싫으신 모양이네요." 루이즈가 말했다. "죄송해요. 나쁜 뜻은 없었어요."

로베스피에르는 웃으며 고개를 설레설레 저었다. 그리고 루이즈한테서 돌아섰다. 이 여자애한테 쏠 시간이 없었다. "카미유, 내가 하는 말 기억해. 신중하게 하라고. 혁명재판소의 힘을 우리가 빼앗으면 안 돼. 만일 우리가 그렇게 하고 전세가 불리해지면 다시 그 9월처럼 될 거야. 인민이 직접 법을 집행할 때 어떻게 되는지 똑똑히 봤잖아, 괴로운 일이야. 정부는 강해야 해, 머뭇거려서는 안 돼. 안 그러면 전선에 있는 애국자들이 어떻게 생각하겠어? 강한 군대는 강한 정부가 뒷받침해주어야 가능해. 우린 단합을 목표로 삼아야 돼. 왕좌는 무력으로 뒤집을 수 있지만 공화국은 신중함으로써만 지킬 수 있다고."

데물랭은 옷을 입지 않은 연설의 골격이 드러나는 것을 알아차리고 고개를 끄덕였다. 그리고 로베스피에르를 비웃은 데 대해서, 로베스피에르가 신이 되고 싶어 한다고 말했던 것에 대해서 죄책감을 느꼈다. 로베스피에르는 신이 아니었다. 신이 이렇게 연약할 수는 없다.

로베스피에르가 떠났다. 데물랭이 말했다. "개 주둥이에 물린 달걀이 된 심정이야." 그리고 루이즈를 올려다보며 말했다. "이제 충분히 혼났지? 아직도 부족하면 집에 가서 남편한테 혼 좀 내 달라고 해."

"난 다 옛날 일이라고 생각했는데." 루이즈가 말했다.

"잊혀지지가 않아. 그런 일은."

몇 분 뒤에 당통이 왔다. "아, 원조 코르들리에가 오셨군요." 뤼실이 말했다.

"여기 있었군." 당통이 아내에게 말했다. "간발의 차이로 우리 친구를 놓친 건가?"

"다 알면서 뭘 그러나." 데물랭이 말했다. "그 친구가 갈 때까지 문 앞에 숨어서 기다렸으면서."

"우린 떨어져 있을 때 손발이 더 잘 맞아서 말이야." 당통은 의자에 털썩 앉아서 두 다리를 쭉 뻗고 데물랭을 바라보았다. 그리고 "뭐가 걱정이야?" 하고 불쑥 물었다.

"아……. 나한테 계속 신중하게 나가라고 해서, 마치 꼭, 내가 자기가 하지 않을 일을 해서는 안 되는 것처럼, 그러면서도 자기가 하려는 게 뭔지 나한테 말은 안 해주더군."

데물랭은 아직도 바닥에 앉아 있었고 뤼실은 이제 그 옆에 무릎을 꿇고 앉아 있었다. 두 사람은 동그랗게 뜬 눈을 당통한테서 잠시도 떼지 않으면서 당통을 띄워주었고 둘 사이에서는 아기가 놀고 있었다. 정말이지, 이 둘은 누군가가 크레용과 종이를 들고 나타나기를 항상 기다리는 것 같다고 루이즈는 두 사람을 얄미워하면서 생각했다. 애인을 줄줄이 달고 다니는 여자가…… 어쩜 저렇게 남편하고 죽이 맞아서 연기를 잘하는지 구역질이 나. 데물랭의 입에서는 이런 말이 나오고 있었다. "막시밀리앙은 검증되지 않은 견해로 압박당하는 것을 좋아하지 않아. 그렇지만 살다 보면 위험을 무릅써야 할 때도 있어. 내가 그 위험을 처음으로 떠맡는다 해도 난 괜찮아. 이 정도면 영웅 정신이 있는 거 아닌가, 루이즈?"

루이즈가 날카롭게 말했다. "영웅은 그쪽의 천직이잖아요."

그래서 모두가 웃었다, 데물랭을 보며.

12월 5일: "원조 코르들리에에게." 파브르는 안경을 추켜올렸다. 그의 얼굴은 퀭하고 벌겋다. "2호도 1호처럼 성공하기를."

"고맙습니다." 데물랭은 정말로 겸손해 보였다. 적어도 고개를 숙이고 눈을 내리깐 행동은 속으로 느끼는 고마움을 밖으로 드러낸 표시였다. "이렇게 성공할 줄은 나도 미처 몰랐어요. 이게 나오기를 사람들이 기다리기라도 한 것처럼……. 사람들 반응이 너무 뜨거워서 어안이 벙벙해요."

항상 임무 수행에 바쁜 수수께끼의 대의원 중 하나이며, 데물랭도 지난주까지 거의 몰랐던 대의원 필리포가 몸을 앞으로 숙이더니 데물랭의 손을 쓰다듬었다. "훌륭하니까 그런 거 아니겠소! 그게 말이죠, 나도 시론을 썼는데요, 내가 본 걸 당신도 보았더라면 훨씬 내용이 좋아졌을지도 모릅니다. 당신은—대의원은 자신의 품격 있는 크라바트를 만졌다.—가슴을 움직일 수 있지만 난 그저 양심에 호소할 뿐이지요. 내가 본 건 도살이었거든요." 거친 말을 쉽게 내뱉지 않는 사람이었다. 그는 산악파가 아니라 평원파 쪽에 앉았고 여태까지는 자기 의견을 조심스럽게 다듬었다.

"오, 도살." 파브르가 말했다. "우리 소년은 그걸 견딜 수가 없죠. 변론 원고 속에 숨긴 브리소파의 단도 한 자루면 충분하죠. 잔인한 건 못 참거든요, 애석하게도. 기절하죠, 아쉽게도. 워낙 곱게 자라서요."

놀라울 뿐이다, 파브르의 회복력은. 데물랭도 마찬가지다. 데물랭의 일부분은 납덩이처럼 무겁지만 나머지 부분은 한판 붙을 준비가 되어 있다. 데물랭은 자기 역량을 최대한 발휘해서 사람들을 치 떨리는 분노로 몰아가거나 분별을 잃고 실신 상태로 감상주의에 오래도록 빠져들게 만든다. 데물랭은 마음이 가볍고 아주 젊어진 느낌이다. 화가 위베르 로베르는 불행하게도 폐허의 정경을 그리는 데 일가견이 있지만 요즘은 항상 데물랭의 뒤를 졸졸 쫓아다닌다. 화가 보즈는 언제나 데물랭을 뚫어져라 쳐다보고, 가끔은 데물랭을 찾아가서 예술가의 무정한 손으로 그의 머리카락을 이리저리 흐트러놓았다. 기분이 더 안 좋으면 그는 생각한다. 불멸의 존재가 될 준비가 되어 있다고.

중요한 것은 제약이 사라졌다는 것이다. 이제 우리는 혁명은 무자비하게 전진하지 않는다고 말한다. 혁명 정치와 혁명 언어는 점점 고약해지고 단순해진다. 하지만 혁명은 언제나 유연하고 섬세하고 우아하다. 미라보는 "자유는 시체들의 매트리스 위에서 그 짓을 하고 싶어 하는 계집"이라고 말했다. 데물랭은 이 말이 맞다는 것을 알지만 독자에게 더 점잖게 제시하는 길을 찾아낼 생각이다.

데물랭은 이제 자기 자신이 될 수 있다. 다시 말해서 에베르로부터 한없이 멀어질 수 있다. 거리의 언어에 양보할 필요도 없고 악을 쓸 필요도 없고 자신을 마라의 후예로 꾸밀 필요도 없다. 그러면서도 데물랭은 자기 팔에 안겼던 시몬 에브라르의 통통한 몸과 마라를 죽인 여자의 차림새를 생각했다. 마라도 잊고 마라가 젖어 있던 칙칙한 괴로움도 잊자. 나는 아주 소박하고 밝고 말 한마디 한마디가 부드럽고 투명에 가까운 새로운 이상의 풍토를 만들어낼 것이다. 파리의 공기는 말라붙은 피 같다. 나는 (로베스피에르의 허락과 승인 아래) 우리가 얼음과 비단과 포도주를 들이마신다는 느낌이 들도록 만들 것이다.

"그건 그렇고 드 사드가 체포당했다는 거 아셨소?" 대의원 필리포가 물었다.

"필리포 대의원이, 필리포 대의원이 —" 로베스피에르가 말했다. "시찰에서 돌아오더니 전쟁 수행 상황을 공격합니다. 방데 지역의 지휘관들은," 로베스피에르는 필리포의 작은 인쇄물을 펼쳤다. "에베르한테 매수된 지휘관들이므로 마땅히 의심의 대상이 됩니다. 당통의 친구인 베스테르만 빼고. 불행하게도 —" 그는 펜으로 손을 뻗었다. "필리포 대의원은 거기서 멈추지 않습니다." 로베스피에르는 머리를 숙이고 특정한 구절에 밑줄을 긋기 시작했다. "전쟁 책임은 궁극적으로 위원회에 있다면서 위원회에 화살을 겨눕니다. 사람들이 사리사욕을 채우지만 않았어도 전쟁이 훨씬 일찍 끝났을 거라고 말하는 것 같습니다."

"필리포는 당통, 데물랭과 성향이 많이 비슷합니다." 위원이 말했다. "그저 그렇다는 겁니다."

"카미유가 흥미를 보일 만한 주제지요." 로베스피에르가 말했다.

"이걸 믿습니까? 난 잘 모르겠습니다."

"위원회 동료의 선의에 의문을 제기하시는 건가요?"

"그렇습니다." 로베스피에르가 말했다. "그렇지만 위원회가 제 기능을 하도록 지켜줄 필요성이 있다는 논리도 상당히 설득력이 있죠. 우리 친구 콜로가 리옹에서 저지른 일에 대한 이야기도 계속 들어오고. 콜로는 반군을 응징하라는 지시를 주민을 학살하라는 뜻으로 받아들였다고 말하더군요."

"그러더라고요."

로베스피에르는 손끝을 모았다. "콜로는 배우잖아요, 연극 연출자잖아요. 전에는 지진이나 연쇄 살인을 공연하면서 만족해야 했겠지요. 지금은 꿈을 실현할 수 있어요. 혁명이 일어나고 사 년……. 어디를 보아도 똑같은 탐욕과 옹졸함과 이기주의가 있고 타인의 고통에 대한 똑같은 무관심이 있고 피에 굶주린 똑같은 잔혹함이 있지요. 난 정말 사람들의 속을 헤아릴 수가 없어요." 로베스피에르는 손으로 이마를 괴었다. 그의 동료는 놀란 눈빛으로 로베스피에르를 바라보았다. "그건 그렇고, 당통은 뭘 하고 있을까? 당통이 필리포 대의원을 부추길 수도 있을까요?"

"당장 유리하다 싶으면 그렇게 하겠지요. 위원회가 필리포의 입을 막아야 합니다."

"그럴 필요 없습니다." 로베스피에르는 펜으로 인쇄물을 쿡쿡 찔렀다. "필리포가 에베르를 공격하는 걸 보셨죠? 에베르가 우리 대신 그 일을 해줄 겁니다. 한 번이라도 에베르한테 쓸모 있을 기회를 줍시다."

"그런데 데물랭더러는 〈원조 코르들리에〉 2호에서 에베르를 공격하도록 허락하셨죠." 위원이 말했다. "아, 둘 다 중도와는 상극이군요. 현명하십니다."

국민공회 법령:
집행위원회, 장관들, 장군들, 모든 입헌 기구는 공안위원회의 감독을 받는다.

카미유: 왜 내가 3호에 갈채가 쏟아질 거라고 기대해야 하는지 모르겠다. 누구라도 할 수 있는 일이었다. 일종의 번역이라고 할까. 나는 티베리우스 황제의 통치를 묘사한 타키투스의 글을 읽고 있었다. 나는 드 사드에게 똑같다고 말했는데, 확인을 해보니 정말 똑같았다. 지금 우리의 삶은 타키투스가 묘사한 그대로다. 사형 집행인에게 가족을 몰살당한 사람. 잡범처럼 거리로 질질 끌려가지 않으려고 자살을 하는 사람. 자기 목숨을 건지려고 친구를 고발하는 사람. 모든 인간 감정의 타락. 범죄로 전락한 연민. 아주 오래전 그 글을 처음 읽었을 때가 기억난다. 로베스피에르도 그 글을 처음 읽었을 때를 기억하리라.
덧붙일 것이 많지 않아 보였다. 그 글이 대중의 관심을 끄는 것으로 충분했다. 이 로마인들의 이름을 들어내고 그 자리에다 당신 머릿속에 떠오르는 프랑스인 남녀의 이름을, 당신이 아는 사람들, 당신과 같은 동네에 사는 사람들, 당신이 그 운명을 지켜보았고 조만간 당신도 그 운명을 공유할지 모를 사람들의 이름을 집어넣어보라.
물론 에베르 말마따나 시간을 허송하며 글을 좀 손보긴 해야 했다. 로베스피에르한테는 보여주지 않았다. 그래, 당연히 놀라겠지.

하지만 유익한 충격이 아닐까. 이런 사태를 인식한다면 사태를 만드는 데 일조한 자신의 역할도 곱씹어보아야 할 거란 소리다. 로베스피에르가 티베리우스라고 말하는 것은 얼토당토않아 보이고 내가 말하는 것도 당연히 그건 아니다. 하지만 주변에 있는 어떤 부류의 사람을 생각하면 —그래 생쥐스트를 말하는 거다.— 로베스피에르가 어떻게 되는지 잘 모르겠다.

타키투스가 황제를 이렇게 묘사한 대목이 있다. "연민도 없이, 노여움도 없이, 밀려들어 오는 감정을 단호히 차단하고서."

익숙해 보였다.

〈원조 코르들리에〉 3호:

말들이 반국가 범죄가 되자마자 눈짓, 서러움, 연민, 한숨, 심지어 침묵까지도 범법 행위가 될 위기에 몰렸다…….

스크리보니우스 드루수스가 부자가 되겠느냐고 예언가에게 물은 것은 반국가 범죄였다……. 카시우스의 후손 하나가 자기 집에 선조의 초상을 둔 것은 반국가 범죄였다. 마메르쿠스 스카우루스는 이중적으로 해석될 여지가 있는 구절이 담긴 비극을 씀으로써 범죄를 저질렀다. 집정관 푸피우스 게미누스의 어머니가 아들의 죽음을 슬퍼한 것은 반국가 범죄였다……. 자기가 죽지 않으려면 친구나 친척의 죽음을 기뻐해야 했다.

인기 있는 시민인가? 그는 분파를 만들 수도 있다. 혐의자.

그보다는 공직 생활에서 물러나려고 하는가? 혐의자.

부자인가? 혐의자.

겉보기에 가난한가? 뭔가 틀림없이 숨기고 있다. 혐의자.

울적한가? 나라 사정으로 심란함에 틀림없다. 혐의자.

즐거운가? 나라에 재앙이 닥쳤는데 싱글벙글. 혐의자.

철학자 아니면 웅변가 아니면 시인인가? 혐의자.

"나한테 보여주지 않았군." 로베스피에르가 말했다. 무미건조한 목소리였다. 그해의 마지막 낙엽이 미풍에 실려 그의 얼굴을 스쳐 날아갔다. 로베스피에르는 낙엽 하나를 잡아 높이 들어 오후의 햇빛에다 그 잎맥을 훤히 드러냈다. 하루 종일 맑았다. 석양은 투명한 진홍색이었다. 풍경화보다 더 불길하게 마지막 햇살이 강을 어루만졌다.

"그게 암시하는 건 피처럼 명백해. 자네한테 숨긴 건 하나도 없어. 자네 서가에도 타키투스가 있을 텐데." 데물랭이 말했다.

"자넨 솔직하지 못해."

"이게 아주 적절하다는 건 자네도 인정해야지. 시의적절하지 않았으면 대중의 마음을 사로잡지 못했을 테니까. 우리가 지금 살아가는 모습을 그대로 그린 거라고."

"그리고 그걸 유럽에 대고 번쩍 쳐든다? 그렇게 자제가 안 되던가? 황제의 총애라도 받고 싶은가? 피트 총리한테서 축하 메시지라도 날아올 성싶은가? 모스크바에서 축포가 울리고 라인 강 너머 망명자 진영에서 자네의 건강을 기원하면서 술잔이 오가기를 바라는가?" 로베스피에르는 마치 이성적인 질문이라도 던지는 사람처럼 지극히 차분하게 말했다. "말 좀 해보게." 그러고는 다리의 석조물에다 두 손을 얹고 데물랭의 얼굴을 돌아보았다. 그리고 기다렸다.

"여기서 뭐 하려는 건데?" 데물랭이 말했다. "추워지는데."

"밖에서 얘기하는 게 좋겠다 싶어서. 안에서는 비밀을 지킬 수가 없어."

"거 봐, 인정하네. 음모론에 완전히 잡아먹혔어. 벽돌 담하고 문설주도 단두대에 올릴 텐가?"

"난 뭐에 잡아먹히거나 그런 게 아니야. 전혀 그렇지 않아. 나라를 위해서 최선을 다하겠다는 열망은 있을지 몰라도."

"그럼 공포 정치를 끝내." 데물랭이 살짝 몸을 떨었다. "자넨 도덕적 지도력이 있어. 그 일을 할 수 있는 건 자네야."

"그래서 정부를 무너뜨리자? 위원회를 주저앉히자?" 로베스피에르의 목소리는 이제 급하고 다급한 속삭임이었다. "난 못 해. 난 그런 위험을 감수할 수 없어."

"좀 걸을까." 그들은 걸었다. "위원회를 바꿔." 데물랭이 말했다. "내가 요구하는 건 그게 다야. 콜로하고 비요바렌은 자네가 어울릴 만한 자들이 아니야."

"왜 그 사람들이 거기 있는지 자네도 알잖아. 그 사람들은 좌파한테 우리가 주는 미끼잖아."

"우린 좌파가 아니란 걸 자꾸 까먹네, 내가."

"우리 쪽에서 반란이 일어났으면 좋겠나?"

데물랭은 다시 멈춰 서서 강 건너편을 바라보았다. "그래야지. 필요하다면 그래야지." 데물랭은 안에서 끓어오르는 공포를 잠재우고 벌렁거리는 가슴을 진정하려고 애썼다. 로베스피에르는 이제 반대에 익숙하지 않았고 데물랭은 로베스피에르한테 반대하는 데에 익숙하지 않았다. "한판 붙어서 깨끗이 정리하자고."

"그게 당통이 바라는 건가? 더 많은 폭력?"

"막시밀리앙, 혁명 광장에서 매일 무슨 일이 벌어진다고 생각해?"

"서로 싸우느니 난 차라리 귀족들을 희생시키겠어. 난 혁명에 충성하고 혁명을 만든 이들에게 충성한다. 그런데 자넨 온 유럽이 지켜보는 앞에서 혁명에 먹칠을 하고 있어."

"이성과 정의가 지배하는 척하면서 덮어버리면 그게 충성인가?"
빛은 강 속으로 스러졌고 이제는 밤바람이 일어나고 있었다. 밤바람은 차갑고 집요한 손으로 그들의 옷을 잡아당겼다.

"무엇을 위해 혁명을 했을까? 난 억압에 맞서 발언하기 위해서였다고 생각해. 폭정에서 해방되기 위해서였다고 생각해. 이건 폭정이야. 세계사에서 이보다 더 지독한 폭정이 있으면 나한테 보여줘. 사람들은 권력과 탐욕에 눈이 멀고 피비린내가 좋아서 살인을 저지르고 있잖아. 덕에 도취해서 이렇게 효율적으로 사람을 죽이고 공허한 이념을 뻥 뚫린 무덤들에다 여봐란듯이 뿌려대는 독재가 또 있으면 보여줘. 우린 우리가 하는 모든 일이 혁명을 지키기 위해서라고 말하지만 혁명은 이제 산송장에 불과해."

로베스피에르는 데물랭을 보려고 하지 않았다. 하지만 보지 않으면서도 데물랭의 팔을 잡았다. "자네가 하는 말 다 맞아." 그는 중얼거렸다. "하지만 어떻게 앞으로 나아갈지 모르겠다." 침묵. "자, 집에 가자."

"안에서는 얘기를 못 한다며."

"얘기 안 해도 되잖아. 자네가 다 말했잖아."

에베르, 〈뒤센 영감〉:

여기, 용감한 상퀼로트 여러분. 여기 여러분이 잊고 있던 용감한 사람이 있습니다. 자기가 아니었으면 혁명이 절대로 일어나지 않았을 거라고 선언하는 사람을 여러분이 모른 척하면 참으로 배은망덕한 일입니다. 전에는 이 사람을 지엄하신 가로등 검사라고 불렀습니다. 귀족들을 달아나게 만들었던 그 유명한 살인자를 말한다고 생각하십니까? 아닙니다. 우리가 말하는 사람은 가장 평화를 애호하는 사람이라고 주장하는 사람입니다. 이 사람이 하는 말을 믿자면 이 사람의 쓸개는 비둘기의 쓸개보다 크지 않으며 이 사람은 어찌나 섬세한지 '단두대'란 말만 들어도 뼛속까지 부르르 떨린답니다. 이 사람이 웅변가가 아니란 사실이 유감스럽습니다. 안 그러면 공안위원회에 나가서 공안위원회가 제대로 하는 일이 없음을 증언할 테니까요. 하지만 말은 못 하더라도 데물랭 씨는 글로 부족한 점을 채울 수 있습니다. 온건파와 귀족과 왕정주의자들에게 크나큰 만족을 안기면서요.

자코뱅 클럽 의사록:
시민 니콜라: (끼어들면서) 데물랭, 당신은 단두대에 오르기 일보 직전이오!
시민 데물랭: 니콜라, 당신은 벼락부자가 되기 일보 직전이오! 일 년 전에 당신은 구운 사과를 저녁으로 먹었는데 지금은 정부의 인쇄기가 되었소.
(웃음)

12월 중순, 에로 드 세셸이 알자스에서 돌아왔다. 임무는 완수했다. 오스트리아군은 물러났고 국경은 안전했다. 생쥐스트도 한두 주일 뒤에 금의환향할 것이다.

에로는 당통을 찾아갔지만 당통은 집에 없었다. 쪽지로 약속을 남겼지만 당통은 오지 않았다. 로베스피에르의 집에도 갔지만 뒤플레 식구들한테 문전박대를 당했다.

에로는 튈르리 궁전 창 앞에 서서 죽음의 수레들이 가는 길을 지켜보았다. 때로는 수레를 끝까지 따라가서 군중 속에 섞이기도 했다. 남편을 혁명재판소에 고발한 아내들의 이야기도 들었다. 그런 아내가 수백 명 있었다. 아들을 국가 정의의 심판대에 세운 어머니들과 부모를 배반한 자식들도 있었다. 그는 끌려 나온 산모가 호송차가 도착할 때까지 아기한테 젖을 물리는 모습을 보았다. 미끄러지는 바람에 친구들이 흘린 피 위로 엎어진 남녀도 보았고 결박된 팔들을 거칠게 잡아당기는 모습도 보았다. 군중이 보고 함성을 지르도록 높이 들어올린 피가 뚝뚝 흐르는 머리들도 보았다. "왜 이런 것들을 굳이 보려는 겁니까?" 누군가가 그에게 물었다.

"죽는 법을 배우는 중입니다."

프리메르 29일(12월 19일), 툴롱이 공화국 군대에 함락되었다. 이날의 영웅은 나폴레옹 보나파르트라는 젊은 포병 장교였다. "장교들한테 벌어지는 일을 보건대 보나파르트도 석 달 안에 목이 잘릴 거다." 파브르가 말했다.

사흘 뒤인 니보즈 2일(12월 22일) 정부군은 방데 반란군의 잔여 세력을 분쇄했다. 무기를 소지하고 있다 붙잡힌 농민들은 즉결 처분되어야 할 무법자들이었다. 들판과 숲과 습지에서 벌어지는 피비린

내 나는 수색전을 빼놓고는 아무것도 남지 않았다.

은색 거울이 있는 녹색 방에서 공안위원회의 이질적이고 분파적인 위원들이 서로 다른 의견을 조정하고 있었다. 그들은 전쟁에서 이기고 있었고 파리 거리에서 불안한 평화를 유지하고 있었다. "공안위원회 밑에서 혁명은 전진하고 있다." 인민이 말했다.

어느새 날이 어두웠다. 엘레오노르는 방이 비었다고 생각했다. 로베스피에르가 고개를 돌리자 엘레오노르는 깜짝 놀랐다. 그의 얼굴은 그늘 속에서 하얬다. "위원회에 안 가세요?" 엘레오노르가 가만히 물었다. 로베스피에르는 고개를 돌려 다시 벽을 응시했다. "등불을 켤까요? 제발 저한테 말 좀 하세요. 너무하시네요."

엘레오노르는 의자 뒤에 서서 한 손을 로베스피에르의 어깨 위에 가만히 놓았다. 그가 굳어지는 것이 느껴졌다. "손대지 마."

엘레오노르는 손을 치웠다. "제가 뭐 잘못했나요?" 그녀는 대답을 기다렸다. "어린애같이 구시네요. 춥고 어두운데 여기 앉아만 있으면 안 되죠."

대답이 없다. 엘레오노르는 방에서 서둘러 걸어나오면서 문을 약간 열어 두었다. 그리고 가느다란 양초를 들고 돌아와서 나무에 대고 화덕 안에다 불쏘시개를 마련했다. 벽난로 옆에 꿇어앉아서 까만 머리카락을 어깨 뒤로 넘기고 여린 불씨를 살폈다.

"불 안 피워도 돼."

엘레오노르는 몸을 앞으로 숙이더니 나무 한 조각을 더 집어넣고 부채질로 불길을 살렸다. "제가 지키지 않으면 그냥 꺼지게 둘 거잖아요. 항상 그러잖아요. 강의 듣고 막 오는 길이에요. 시민 다비드가 오늘 제 작품을 칭찬했어요. 한번 보실래요? 내려가서 바로 가지고 올라올 수 있는데." 엘레오노르는 여전히 꿇어앉아서 허벅지에 두 손을 펼친 채 로베스피에르를 올려다보았다.

"그러지 말고 일어나. 당신은 하녀가 아니잖아."

"아니라고요?" 엘레오노르의 목소리는 차가웠다. "그럼 뭐예요? 저한테 말하는 것처럼 하녀한테 말하면 그건 당신 원칙에 위배되는 걸 텐데요."

"닷새 전에 내가 국민공회에 혁명재판소의 판결을 검토하고 혐의 자로 투옥된 사람들의 실태를 조사하기 위해 정의위원회를 신설하 자고 제안했어. 그게 필요해 보였지. 그런데 아닌 거 같아. 방금 〈원 조 코르들리에〉 4호를 읽었어. 여기." 로베스피에르는 책상 위에 있 던 소책자를 밀었다. "읽어봐."

"어두워서 읽을 수가 없어요." 엘레오노르는 촛불을 켜서 하나를 높이 들어 로베스피에르의 얼굴을 들여다보았다. "눈이 벌겋네요. 울고 있었군요. 언론에서 비판한다고 우는 사람은 아닌 줄 알았는 데요. 그 정도는 아니라고 생각했는데요."

"비판이 아니야." 로베스피에르가 말했다. "비판이 아니라는 게 문제야. 이것은 주장이야, 나한테 가해진 주장이야. 내 이름을 거론 했어. 봐." 그러면서 신문의 한 대목을 가리켰다. "엘레오노르, 나보 다 더 자비로운 사람이 누가 있어? 브리소의 지지자 일흔다섯 명이 감옥에 있어. 이 사람들의 목숨을 지키느라 위원회와 국민공회와 싸 운 게 나야. 그런데 카미유한테는 이게 충분하지 않아, 턱없이 모자 라. 카미유는 나를 밀어 넣고 싶어 해, 투우장 같은 데로. 읽어봐."

엘레오노르는 소책자를 집어 들고 불빛을 받으려고 의자를 책상 쪽으로 끌어당겨졌다. "로베스피에르, 당신은 나의 오랜 동창이고 역사와 철학이 우리에게 가르친 교훈을 기억하오. 사랑은 두려움보다 강하고 오래간다는 사실을 기억하오." 사랑은 두려움보다 강하고 오래간다. 엘레오노르는 로베스피에르를 힐끔 올려다보았다가 다시 신문을 내려다보았다. "프리메르 30일에 회의를 하는 동안 당신이 발의하여 통과된 조치에서 당신은 이런 생각에 아주 근접했소. 제안된 것은 정의위원회였소. 하지만 공화국에서 왜 자비가 범죄로 여겨져야 하는 것이오?"

엘레오노르가 고개를 들었다. "이 글은 아주 깔끔하고 자만도 허세도 익살도 없어. 단어 하나하나가 곧이곧대로야. 전에는 단어 하나하나가 전부 다른 걸 뜻했거든. 그게 그 친구 스타일이었어." 로베스피에르가 말했다.

"당신이 '혐의자'라고 부르는 이십만 명의 시민을 감옥에서 석방하시오. 인권선언에는 의심만으로 사람을 투옥한다는 조항은 없소. 당신은 단두대를 써서 반대를 일소하려고 작정한 모양인데 이건 정신 나간 일이오. 단두대에서 반대파 하나를 제거할 때마다 당신은 그 사람의 가족과 친구 중에서 열 배가 넘는 적을 만들어내는 거요. 당신이 감방에 가둔 사람이 어떤 사람들인지 보시오. 여자들, 노인들, 격분한 이기주의자들, 혁명의 어중이떠중이들. 그 사람들이 정말로 위험하다고 믿소? 당신들 중에 남아 있는 적은 싸우기에는 너무 병들었거나 겁이 많은 사람 말고는 없소. 용감하고 힘 있는 사람은 모두 외국으로 달아났거나 리옹 아니면 방데에서 죽었소. 남은 사람들은 당신이 신경 꺼도 좋은 사람들이오. 내 말을 믿으시오, 당신이 관용위원회를 세우면 자유는 더 굳건히 자리잡고 유럽은 당신에게 무릎 꿇을 것이오."

"웬만큼 읽었어?"

"네. 압박하는군요. 당통이 배후에 있는 거죠?"

로베스피에르는 처음에는 가만히 있었다. 그리고 입을 열었을 때는 핵심을 찌르지 않고 중얼거렸다. "우리가 아직 어렸을 때 내가 이렇게 말했어. '카미유, 이제 괜찮아. 내가 널 보살펴줄게.' 그때 우릴 봤어야 하는 건데, 아마 우릴 아주 가엾게 여겼을 거야. 내가 없었다면 카미유가 어떻게 되었을지 상상이 안 가." 로베스피에르는 얼굴을 두 손에 묻었다. "나도 카미유가 없었으면 어떻게 되었을지 상상이 안 가고."

"하지만 이젠 아이들이 아니잖아요." 엘레오노르가 살며시 말했다. "그리고 당신이 말하는 애정은 이제 없어요. 그 사람은 당통한테 넘어갔어요."

로베스피에르가 고개를 들었다. 그의 얼굴이 투명하다고 엘레오노르는 생각했다. 로베스피에르도 투명한 세상을 바랄 것이다. "당통은 나의 적이 아니야. 당통은 애국자고 나도 그쪽에 내 이름을 걸었어. 하지만 지난 사 주 동안 당통이 뭘 했지? 연설 몇 번 했어. 굉장하게 들리는 웅변술로 대중의 관심을 받지만 알맹이는 없어. 당통은 자기가 원로 정치인인 줄 알아. 위험을 무릅쓰는 법이 없어. 불쌍한 카미유를 용광로에 던져 넣고 당통과 친구들은 서서 손을 녹이고 있어."

"속상해하지 마세요. 그래 봤자 도움이 안 되잖아요." 엘레오노르가 얼굴을 돌렸다. 그러고는 소책자를 다시 찬찬히 읽었다. "위원회가 권력을 남용했다는 식으로 말하네요. 당통하고 친구들이 자신들을 대안 정부로 여기는 게 분명해 보여요."

"그래." 로베스피에르는 웃는 듯 마는 듯하면서 고개를 들었다. "당통이 전에 나한테 자리를 제안했거든. 틀림없이 다시 그럴 거야. 내가 자기네하고 같이 움직이기를 바라거든."

"같이 움직인다고요? 그 사기꾼 패거리들하고? 그 사람들하고 같이 움직인다는 건 당신을 인질로 붙잡은 도적들하고 같이 움직인다는 소리하고 똑같아요. 그 사람들이 원하는 건 당신의 이름을 이용하고 정직한 사람이라는 당신의 신용을 이용하는 거예요."

"내가 바라는 게 뭔지 알아? 마라가 살아 있었으면 좋았겠다는 거야. 내가 그런 걸 다 바라다니 나도 험한 꼴 어지간히 봤네. 카미유가 마라 말은 들었을 테니."

"이건 이단이에요." 엘레오노르가 말했다. 그리고 소책자로 고개를 파묻었다. 그러더니 고통스러울 만큼 천천히 읽어 나가는 것처럼 보였다. 엘레오노르는 단어 하나하나의 무게를 달아보는 듯했다. "자코뱅이 그 사람을 내몰 거예요."

"내가 막을 거야."

"뭐라고요?"

"내가 막을 거라고 했어."

엘레오노르는 로베스피에르한테 소책자를 흔들었다. "이 글 때문에 당신한테 비난을 퍼부을 텐데요. 당신이 그 사람을 지킬 수 있다고요?"

"지킨다? 아무튼 지금까지는 카미유를 위해서 죽었을 거야. 하지만 지금은 살아 있어야 할 책임 같은 게 느껴져."

"책임이라면 누구한테?"

"인민에게. 더 안 좋은 일이 생기면 안 되니까."

"동감이에요. 당신은 살아 있어야 할 책임이 있어요. 살아서 권력을 쥐어야 해요."

로베스피에르는 고개를 돌렸다. "말이 잘도 나오는군. 이제 어른이 다 됐다는 거지. 콜로가 리옹에서 돌아오는 거 알았나? 콜로는 작업을 완수했다고 말하지. 콜로가 생각하는 의로움의 길은 아주 명쾌하고 곧고 넓어. 훌륭한 자코뱅이 된다는 건 참 쉬워. 콜로는 머릿속에서 한 번도 의심하거나 가책을 느낀 적이 없지. 그 친구 머릿속에 양심 같은 건 별로 없지 않나 싶어. 공포 정치를 끝내라? 콜로는 아직 시작도 안 했다고 생각하는데."

"생쥐스트가 다음 주에 돌아올 거예요. 그 사람은 당신의 학창 시절에 대해서는 알고 싶어 하지 않을 거예요. 변명도 안 통할걸요."

로베스피에르는 주변을 의식하지 않고 대신 자부심을 느끼기라도 하듯 턱을 쳐들었다. "생쥐스트한테 변명 같은 거 하지 않을 거야. 난 카미유를 알아. 카미유는 엘레오노르가 생각하는 것보다 강한 사람이야, 물론 눈에 확 드러나는 건 아니지만. 나는 잘 알아. 철갑을 두른 허영심이라고나 할까. 그러면 좀 어때서? 그 모든 게 바스티유가 무너지기 며칠 전 7월 12일에 생긴 거야. 카미유는 자기가 정확히 뭘 했고 자기가 정확히 어떤 위험을 감수했는지 알아. 나 같으면 위험을 감수했을까? 당연히 아니지. 무의미했을 테니까, 아무도 날 거들떠보지 않았을 테니까. 당통 같으면 감수했을까? 당연히 아니지. 번듯한 사람이었으니까. 변호사에다 가장이었으니까. 자, 사 년이 지났는데도 그때 순간의 선택으로 일어난 일을 생각하면 아직도 오싹해."

"그는 어리석었어요." 엘레오노르가 말했다.

"꼭 그렇지는 않지. 중요한 건 다 찰나에 결정되지 않나? 카미유는 수천 군중 앞에서 일어섰고 그때 카미유의 인생은 완전히 달라졌어. 그 다음부터는 물론 하나같이 실망스러운 일만 있었지만."

엘레오노르는 일어나서 로베스피에르에게서 떨어져 섰다. "만나러 갈 거예요?"

"지금? 아니. 당통이 거기 와 있겠지. 아마 파티를 열고 있을 거야."

"그래도 가시지 그래요. 미신의 지배가 끝났다는 건 알지만 그래도 크리스마스잖아요."

"대단해." 당통이 말했다. 그는 머리를 뒤로 젖히더니 한 잔을 또 목구멍으로 부어 넣었다. 원로 정치인처럼 보이지 않았다. "시위대가 국민공회 앞에서 관용위원회를 외치고 있어. 드셴의 책방 앞에서는 시위대가 여섯 겹으로 늘어서서 어서 새 판을 내놓으라며 성화고. 정가는 2수인데 지금은 20프랑에 거래되고 있어. 카미유, 자네 때문에 물가가 폭등했으니 책임져."

"그렇지만 로베스피에르한테 미리 경고하지 않은 게 후회스러워. 내용에 대해서 말이야."

"세상에." 당통은 거대하고 요란하고 호탕했다. 새로운 정치 세력의 인기 많은 지도자였다. "누가 가서 로베스피에르 좀 데리고 와. 누가 가서 그 친구 좀 끌고 와. 술 좀 먹여야지." 당통은 팔을 뻗어서 데물랭의 어깨에 손을 척 얹었다. "이 혁명이 숨 좀 돌릴 때도 되었잖아. 사람들도 살육에 질렸고. 자네 글에 대한 반응이 그걸 증명하지."

"그렇지만 우리는 이번 달에 위원회를 바꿨어야 했어. 이제 자네가 그걸 해야지."

그들 주변에서 시끌벅적 대화가 재개되었다. "서두르지 말자." 그것은 당통의 가장 신명 나는 선언의 하나로 받아들여졌다. 당통이 말했다. "다음 달이면 될 거야. 우리가 변화의 분위기를 만들어 가고 있어. 우리가 직접 이 문제를 밀어붙이지는 말자고, 사람들이 알아서 우리 쪽 생각으로 넘어오게 하자고." 데물랭이 파브르를 힐끔 보았다. "파브르는 얼굴이 왜 그래?" 당통이 캐물었다. "방금 그는 자기 삶에서 가장 큰 성공을 거두었어. 내가 명하노니 공화국의 이름으로 행복하라."

조금 있다가 아네트와 클로드 뒤플레시가 왔다. 아네트는 조심스러웠고 말을 삼가는 것처럼 보였지만 클로드는 한바탕 연설이라도 하려는 사람처럼 보였다. "좋아." 클로드는 그렇게 말하면서 사위의 머리 위로 한 자 높이의 허공을 바라보며 열변을 토했다. "지금까지는 내가 칭찬에 후한 편이 아니었지? 하지만 이제는 진심으로 자네를 치하하네. 대단히 용기 있는 행동이야."

"왜 그런 말씀을 하십니까? 사람들이 제 머리라도 자를까 봐서요?"

갑작스럽고 완전하고 길게 끄는 침묵. 아무도 말을 안 하고 아무도 움직이지 않았다. 몇 년 만에 처음으로 클로드는 자기 시선을 고정시킬 수 있었다. "아, 이 사람아. 누가 자네를 해치고 싶어 하겠나."

"많죠." 데물랭이 남 말하듯이 말했다. "비요바렌, 제가 항상 비웃었으니까요. 생쥐스트, 대장 노릇을 하고 싶어 죽겠는데 제가 안 따르니까요. 제가 디용을 변호한 이후로 모든 자코뱅 회원들도 제 피를 노리죠. 열흘 전 그 사람들은 브리소 재판 이야기를 들고 나왔습니다. 그런데 제가 무슨 권리로 클럽에 알리지도 않고 기절을 한답니까, 글쎄. 그리고 바르나브. 그 사람들은 제가 어떻게 감히 나서서 형장에서 반역자한테 말을 거는지 알고 싶어 합니다."

"하지만 로베스피에르가 자네를 두둔했잖아." 클로드가 말했다.

"그랬죠, 아주 친절했죠. 감정이 북받쳐서 그러는 거라고 사람들한테 말해주었죠. 열 살 때부터 나를 알았는데 언제나 똑같다고 그랬죠. 연단에서 내려오면서 나를 보고 고개를 끄덕이면서 웃더라고요. 그의 눈은 아주 날카로웠죠. 금 세공인이 품질 표시를 하듯이 평가 가치를 나한테 새겨놓은 거지요."

"아니, 그 이상이었어요. 당신을 정말로 추어올렸어요." 뤼실이 말했다.

"물론이지. 클럽은 감동과 뿌듯함으로 가득 찼지. 막시밀리앙은 사람들한테 개인적인 삶을 살짝 보여줘서 가슴 찡한 인간미를 드러낸 거야."

"무슨 소리를 하려는 건가?" 클로드가 물었다.

"전에 품었던 확신으로 되돌아가는 겁니다. 그 친구는 그야말로 예수 그리스도예요. 더군다나 황송하게도 목수의 집을 거처로 삼아주시기까지 했다니까요. 다음번 회의에서 나를 축출하라고 사람들이 요구할 때 그 친구가 어떻게 나올지 궁금하네요."

"로베스피에르한테 권력이 있는 한 자네는 무사해." 클로드가 말했다. "있을 수 없는 일이야. 자, 자. 있을 수가 없는 일이라고."

"제가 보호받는다는 말씀이신데요. 보호받는 것도 짜증납니다."

"이제 그만 마셔야겠어." 당통이 말했다. 그는 앞으로 숙이더니 잔을 내려놓았다. 당통은 방금 전까지도 거나해 보이더니 이제는 아주 말짱했다. "자넨 내 정책을 알고 내가 하려는 일을 알잖아. 이제 시론들이 기대했던 목적을 달성했으니 자네 일은 로베스피에르를 계속 기분 좋게 만드는 거야. 그거 말고는 입을 다물라고. 위험을 무릅쓸 필요가 없어. 두 달 안에 반대 세력 중에서 온건파가 모두 나를 중심으로 해서 모일 거야. 난 그저 존재하기만 하면 돼."

"난 좀 껄끄러운데." 데물랭이 중얼거렸다.

"내가 내 사람들을 보호하지 못할까 봐?"

"보호받는 게 역겹다고." 데물랭이 당통한테 소리를 질렀다. "자네 비위를 맞추고 로베스피에르를 달래고 둘 사이를 왔다 갔다 하면서 문제를 무마하고 뭐든지 집어삼키는 자네들의 아집과 터무니없이 오만한 자만심을 보살피는 데 이젠 지쳤어. 나도 할 만큼 했다고."

"그렇다면 앞으로 자네는 별로 쓸모가 없어, 정말 쓰일 데가 제한적이라고." 당통이 말했다.

로베스피에르가 제안한 정의위원회는 다음 날 비요바렌의 혁명가적 철저함에 희생되고 말았다. 그는 로베스피에르가 있는 자리에서 자코뱅 사람들에게 처음부터 그 제안은 말도 안 되는 발상이었다고 아주 직설적으로 말했다.

그날 밤 로베스피에르는 잠을 안 잤다. 그가 골똘히 생각한 것은 패배가 아니라 모욕이었다. 자기가 뚜렷이 밝힌 소망이 무시당한 게 언제였는지 기억할 수 없었다. 있었다 하더라도 그것은 전생의 기억처럼 희미했다. 아라스의 촛불은 다른 세계를 환하게 밝혔다.

로베스피에르는 집 꼭대기에서 창가에 홀로 앉아 옥상의 검은 모서리들과 그 사이의 별들을 바라보았다. 그는 기도라도 하고 싶었을 것이다. 그러나 그가 지어낼 수 있었던 그 어떤 단어도 그의 목숨을 손안에 쥔 맹목적이고 결연한 신성을 움직이게 할 수 없어 보였고 그 신성에 도달할 가능성도 없어 보였다. 그는 문이 잠겨 있는지, 빗장이 단단히 걸려 있는지, 자물쇠를 제대로 채웠는지 확인하려고 세 번 일어났다. 어둠이 움직이면서 약해졌다. 저 아래 거리는 그림자들로 채워진 듯했다. 티베리우스 황제의 통치기…… 떠나간 영혼들의 유령이 진흙으로 된 얼굴을 하고 들여보내 달라고 애걸했다. 그들은 은밀한 야생의 냄새를, 서커스 짐승의 긴 그림자를 질질 끌고 갔다.

다음 날 데물랭은 뒤플레 집에 갔다. 그리고 엘레오노르의 건강과 일에 대해서 물었다. "뤼실이 당신을 보러 한번 놀러 오겠다고 하는데 언제가 좋을지 모르겠다고 하네요, 수업이 있잖아요. 한번 우리 집에 놀러 오지 그래요."

"그럴게요." 엘레오노르는 별 생각 없이 말했다. "아기는 어때요?"

"잘 있어요. 끝내주죠."

"아빠를 닮았어요. 아빠 모습이 있어요."

"고맙습니다. 십팔 개월 동안 그렇게 말하는 사람은 코르넬리아가 처음이네요. 올라가도 돼요?"

"집에 없어요."

"왜 이러실까, 집에 있는 거 알잖아요."

"바빠요."

"사람들을 들여보내지 말라는 건가요, 아니면 나만 들여보내지 말라는 건가요?"

"마음속으로 정리할 시간이 필요해요. 어젯밤 한숨도 안 잤어요. 걱정이 돼요."

"나한테 화가 많이 났나요?"

"아뇨, 화는 안 났어요. 제 생각으로는 충격을 받은 거 같아요. 당신한테 폭력의 책임자로 지목된 데, 사람들 앞에서 비난을 받은 데 말이에요."

"나라가 폭정으로 흐르면 그걸 말할 권리를 양보하지 않겠다고 그 친구한테 말했습니다. 우리의 양심은 공공의 재산인데 내가 그 친구한테 어떻게 달리 말할 수 있겠어요?"

"당신이 그렇게 나쁜 입장을 취했다는 데 충격을 받은 거지요."

"가서 내가 왔다고 전해줘요."

"안 보려고 할 거예요."

"가서 전해요."

엘레오노르는 주춤했다. "알았어요."

엘레오노르는 개운치 않은 심정으로 데물랭을 세워 둔 채 위로 올라갔다. 계단을 절반쯤 올라가다가 멈추고 생각했다. 그리고 다시 올라갔다. 문을 두드렸다. "카미유가 왔어요."

엘레오노르는 의자가 바닥을 긁는 소리를 들었다. 대답이 없었다.

"계세요? 카미유가 아래 있어요. 꼭 만나야겠대요."

로베스피에르는 문을 당겨서 열었다. 그가 아까부터 문 바로 뒤에 서 있었음을 엘레오노르는 알고 있었다. 말도 안 된다고 그녀는 생각했다. 로베스피에르는 땀을 흘리고 있었다.

"올라오게 하면 안 돼. 말했잖아. 왜 내 말을 귀담아 안 듣는 거지?" 로베스피에르는 침착하게 말하려고 노력했다.

엘레오노르는 어깨를 으쓱했다. "알았어요."

로베스피에르는 한 손을 문 손잡이에 얹고 반질반질한 표면을 따라 움직여서 한 뼘 간격으로 문을 당겼다 밀었다 했다.

"전할게요." 엘레오노르가 말했다. 그녀는 고개를 돌려서 계단 밑을 내려다보았다. 마치 데물랭이 달려 올라와서 자기를 밀쳐내기라도 할 듯이. "카미유가 받아들일지는 또 다른 문제지만."

"나 참. 카미유가 무슨 생각을 한다는 거야? 뭘 기대한다는 거야?"

"왜 그 사람을 안 들여보내는지 이해가 안 돼요. 카미유가 당신 처지를 아주 곤란하게 만들었다는 건 두 사람 다 알잖아요. 당신은 카미유를 변호할 생각이고 카미유도 그걸 안다고 생각해요. 이건 이견을 좁히고 말고의 문제가 아니죠. 당연히 당신은 변호하죠. 카미유를 두둔하기 위해서라면 당신은 자기 명성도 개의치 않을 거예요. 당신은 카미유 앞에만 서면 모든 원칙이 창밖으로 날아가버려요."

"그렇지 않아, 엘레오노르." 로베스피에르가 부드럽게 말했다. "그건 사실이 아니고 엘레오노르가 그렇게 말하는 건 비뚤어진 질투심 때문이야. 카미유도 그게 사실이 아니라는 걸 깨달을 수밖에 없을 거야. 깨닫게 만들어야지. 그런데 ─" 동요하는 기색이 다시 목소리로 스며들었다. "카미유 얼굴은 어때?"

엘레오노르의 눈에서 눈물이 솟았다. "평소 같아요."

"속상해 보이나? 아프진 않나?"

"아니요, 평소 같아요."

"휴." 로베스피에르는 지친 듯이 땀방울이 밴 손을 살며시 손잡이에서 떼어서 다른 팔 소매에 대고 닦았다. "손 좀 씻어야겠어."

문이 살며시 닫혔다. 엘레오노르는 주먹으로 눈가를 훔치면서 아래층으로 내려갔다. "저기요. 말했잖아요. 만나고 싶지 않다는군요."

"그게 날 위하는 거라고 생각하나 보군." 데물랭이 신경질적으로 웃었다.

"그분 심정을 이해할 수 있을 텐데요. 그분이 당신한테 품은 애정을 이용해서 그분이 동의하지 않는 정책을 들고나와 당신을 지지하도록 덫을 놓은 거잖아요."

"동의하지 않는다고? 언제부터?"

"아마 어제 패배한 다음부터요. 뭐, 그건 당신이 알아낼 문제고요. 그분은 나한테 털어놓지도 않고 난 정치를 몰라요."

데물랭의 멍한 눈에서 참담함이 보였다. "잘 알겠어요. 그 친구 허락 없어도 난 생존할 수 있어요." 그는 문으로 뚜벅뚜벅 걸어나갔다. "잘 있어요. 앞으로는 많이 못 보겠네요."

"왜요? 어디 가세요?"

데물랭은 현관으로 나가다가 휙 돌아서서 그녀를 자기 쪽으로 끌어당기더니 가슴 밑으로 손을 집어넣고 입술에 입을 맞추었다. 일꾼 두 사람이 서서 그들을 지켜보았다. "가엾어라." 데물랭이 말했다. 그러고는 가만히 그녀를 벽 쪽으로 놓아주었다. 데물랭이 가는 것을 보면서 그녀는 손등을 입술에 댔다. 그 다음 몇 시간 동안 엘레오노르는 가슴 밑으로 그의 오므린 손이 가했던 압박을 느낄 수 있였다. 그리고 자기는 지금까지 한 번도 진정한 애인이 있었던 적이 없다는 죄스러운 생각 속에다 그 일을 넣어 두었다.

    카미유 데물랭에게 온 편지, 혁명력 2년 니보즈 11일:
    나는 광신도도 아니고 열성분자도 아니고 칭찬을 늘어놓는 사람도 아니지만 내가 당신보다 오래 산다면 당신의 기념상을 세우고 거기에 이렇게 새겨 넣을 작정이오. "사악한 사람들은 진흙과 피로 빚은 자유를 우리더러 받아들이라고 했다. 카미유는 대리석에 새겨지고 꽃으로 덮인 자유를 우리가 사랑하도록 만들었다."

    "이건 당연히 사실과 다르지만 내 서류들 속에다 잘 챙겨 둬야겠어." 데물랭이 뤼실에게 말했다.

    "나한테 와서 말을 건네는 게 보통 큰일이 아니었을 텐데." 에로가 말했다. "등 돌리고 다른 길로 가버릴 수도 있었는데. 바르나브한테 보여주었던 자비심을 나한테까지 베풀어주는 징조라고 해석해야겠네. 그건 그렇고 생쥐스트가 돌아오는 거 알았나?"
    "음."
    "에베르를 너무 적으로 몰아세우지 않는 방법도 있을 것 같은데."
    "〈원조 코르들리에〉 5호를 준비 중인데 난 눈 뜨고 봐줄 수 없는 그 가식과 어리석음을 인민에게서 제거할 참이야, 그게 내 마지막 글이라면." 데물랭이 말했다.
    "그렇게 될 거 같은데." 에로는 웃었지만 즐거운 표정은 아니었다. "자네가 특권적 지위를 즐기는 건 알겠는데 로베스피에르는 패배를 좋아하지 않아."

"그 친구는 관대한 처분을 선호해. 그래, 후퇴가 한 번 있었지. 우리는 다른 길을 찾아내야지."

"어떻게? 로베스피에르한테는 그게 한 번의 후퇴 이상으로 보일 걸. 그 친구는 권력 기반이 없어, 애국적 여론 말고는. 친구도 몇 없고. 오랜 충복 몇을 혁명재판소에 심어 두기는 했지만 그 친구가 마음대로 지배하는 장관도 없고 장군도 없어, 그런 걸 다 스스로 무시했으니까. 로베스피에르의 권력은 어디까지나 우리 마음속에 있고 그 친구도 분명히 그걸 알 거야. 한 번 진 사람이 두 번 지지 말란 법 없고 계속 지지 않으리란 법도 없지."

"왜 나한테 겁을 주는 거야?"

"그냥 재미있으니까." 에로가 싸늘하게 말했다. "난 자네가 왜 그러는지 정말 모르겠어, 진짜. 자넨 그 친구가 자네한테 품고 있는 애정을 이용하는데 그 친구는 우린 사사로운 정은 치워 두어야 한다고 항상 말하거든."

"그렇게 말 안 하는 사람이 어디 있어. 할 말이 그거밖에 없는데. 하지만 우리는 절대로 실천에 못 옮겨."

"카미유, 왜 그랬나?"

"몰라서 물어?"

"정말 모르겠어. 다시 한 번 앞장서서 여론을 주도하고 싶은 마음이 있어선가 싶기도 하고."

"그래? 그렇게 생각해? 사람들이 그건 예술이라고, 내가 지금까지 쓴 글 중에 최고라고 말하지. 많이 팔려서 내가 뿌듯할 거 같아?"

"나 같으면 그러겠는데."

"〈원조 코르들리에〉가 크게 성공한 건 맞아. 그런데 이제 와서 나한테 성공이 중요할까? 난 그동안 쌓일 대로 쌓인 불의와 배신과 악행을 지켜보는 데 신물이 나."

묘비에 새겨 넣기에 좋은 문구라고 에로는 생각했다. 나중에 필요하다면. "당통한테 말해줘, 나도 관용 운동을 공감하고 지지한다고. 그냥 내 생각일 뿐이고 내가 이러는 게 그쪽에 부담이 될지도 모른다는 거 알지만."

"당통하고 사이가 좋지 않아."

에로가 얼굴을 찡그렸다. "어떻게 사이가 별로야? 카미유, 자네 어쩌려고 그러는 거야?"

"뭐가……." 데물랭은 그러면서 머리카락을 뒤로 넘겼다.

"자네가 당통 부인한테 또 무례하게 굴었어?"

"전혀 아니야. 있잖아, 우린 사사로운 감정은 언제나 젖혀놓거든."

"그럼 왜 부딪치는 거야? 시시한 문젠가?"

"내가 하는 건 다 시시하지." 데물랭이 돌연 사나운 적개심을 드러내면서 말했다. "내가 유약하고 시시한 사람이란 거 이제 알았어? 전할 말 더 있나?"

"너무 뜸을 들이는 거 같다는 말도 전해주게."

"관용 정책이 자네한테는 너무 늦게 도착할까 봐 걱정이 돼서?"

"누군가한테는 하루하루가 다 너무 늦은 거지."

"피치 못할 사정이 있겠지. 막후에서 벌어지는 합종연횡……. 파브르는 내가 당통에 관해 모든 걸 안다고 생각하지만 아니야. 어떻게 내가 다 알겠어. 그럴 사람은 사실 아무도 없지."

"어떨 때 보면 꼭 로베스피에르처럼 말해."

"워낙 오래된 사이니까. 나도 그걸 믿는 거고."

"오늘 아침에 편지를 한 통 받았어." 에로가 말했다. "위원회 동료들한테서. 내가 회의 기밀을 오스트리아에 빼돌리고 있다는 거야." 에로의 입이 일그러졌다. "문서화된 증거를 좀 더 보충한 다음에 재판에 회부하겠지만 생쥐스트한테 그건 아무 일도 아니겠지. 생쥐스트는 알자스에서 날 뭉개려고 했어. 난 바보가 아니지만 한발 앞서 빠져나가기가 쉽지 않더군. 그래 봐야 무슨 소용 있었을까 싶지만."

"태어난 게 죄지."

"그렇다니까. 위원회에 사직서를 제출하러 가는 길이야. 조르주한테 말하려면 말하든가. 아, 그리고 새해 복 많이 받으라고 하고."

생쥐스트: 누구 돈을 받고 데물랭이 이걸 쓰는 건가요?

로베스피에르: 아니야, 잘못 알았어. 데물랭은 지금 돌아가는 상황 때문에 심하게 흔들리고 —

생쥐스트: 그 사람은 뛰어난 배우잖아요, 그거 하난 인정해야죠. 데물랭한테 어지간히 넘어가셨군요.

로베스피에르: 데물랭이 하는 일은 왜 죄다 나쁜 의도가 있다고 보는 건가?

생쥐스트: 직시하시겠습니까, 로베스피에르? 데물랭은 나쁜 의도가 있어서 반혁명분자거나, 정치적으로 나약해서 반혁명분자거나 둘 중 하나라는 사실을요.

로베스피에르: 참 깔끔하군. 자넨 1789년에 여기 없었어.

생쥐스트: 우린 이제 새 달력을 씁니다. 1789년은 존재하지 않아요.

로베스피에르: 자넨 데물랭을 판단할 수 없어. 그 친구를 전혀 모르니까.

생쥐스트: 그 사람의 행동이 말하지요. 어쨌든 나도 데물랭을 하루 이틀 안 게 아닙니다. 허랑방탕하게 살다가 글을 팔아먹는 매춘업자로 틈새 시장을 찾아낸 겁니다. 데물랭은 최고 입찰자에게 몸을 팔아요. 당통과 그 점에서 잘 통하지요.

로베스피에르: 관용을 요청하는 걸 어떻게 매춘으로 부를 수 있는지 모르겠네.

생쥐스트: 모른다고요? 그럼 왜 귀족들이 지난달 저녁 식탁에서 데물랭에게 축배를 들었는지 설명할 수 있겠습니까? 그럼 왜 귀부인들이 그 사람한테 감사와 칭송의 편지를 보내는지 설명할 수 있습니까? 왜 시민 소요가 일어나는지 설명할 수 있습니까?

로베스피에르: 시민 소요가 아니지. 국민공회에 보내는 적법한 청원이지.

생쥐스트: 다들 데물랭을 입에 담으면서요. 그자는 지금 영웅입니다.

로베스피에르: 그야, 전에도 그런 적이 있었지.

생쥐스트: 사람들은 그런 자기 중심주의를 아주 고약한 목적에 써먹을 수 있어요.

로베스피에르: 가령?

생쥐스트: 가령 공화국을 상대로 꾸미는 음모라든가.

로베스피에르: 누가 음모를 꾸며? 데물랭은 누구하고도 음모를

꾸미지 않아.

생쥐스트: 당통이 꾸미죠. 오를레앙, 미라보, 브리소, 뒤무리에, 궁정, 잉글랜드, 우리의 모든 외적과 꾸미죠.

로베스피에르: 어떻게 감히 그런 말을?

생쥐스트: 감히 그 사람하고 갈라설 수 있겠냐고요? 혁명재판소 앞으로 끌고 와서 이런 혐의들을 해명하게 하세요.

로베스피에르: 한 가지 예를 들지. 당통은 미라보하고 어울렸어. 그걸 말하나 본데. 미라보는 망신스러운 짓을 했지. 하지만 당통이 처음 미라보를 알았을 때는 미라보는 애국파로 여겨졌어. 미라보와 거래하는 건 범죄가 아니었어. 그런데 이제 와서 그걸 범죄시할 수는 없는 거라고.

생쥐스트: 나중에는 미라보에 대해서 다른 사람들처럼 눈감고 계시지 않으셨겠죠.

로베스피에르: 물론이지.

생쥐스트: 그럼 당통한테 분명히 경고했겠네요?

로베스피에르: 무시하더군. 그것도 범죄는 아니지.

생쥐스트: 아니라고요? 혁명의 적들을 — 뭐라고 하면 좋을까 — 증오하지 못하는 사람을 난 정말 의심합니다. 그게 범죄가 아니라면 부주의보다는 훨씬 심각한 사안이죠. 돈이 얽혀 있어요. 당통이 손대는 일은 늘 그래요. 처음부터 끝까지 당통의 애국주의는 현찰이란 걸 받아들이세요. 왕관은 어디 있습니까?

로베스피에르: 그건 롤랑이 책임질 일이지.

생쥐스트: 롤랑은 죽었습니다. 당신은 눈앞의 현실을 직시하는 걸 자꾸 거부하고 있습니다. 음모가 있습니다. 이 관용 사업은 애국

파 속에 불화의 씨앗을 뿌리고 값싼 호의를 챙기려는 도구에 불과합니다. 위원회를 공격하는 피에르 필리포도 이 음모의 일부분이고 그 꼭대기에는 당통이 있어요. 두고 보세요. 〈원조 코르들리에〉 다음 호는 에베르를 마구 공격할 테니까요. 에베르를 몰아내야 권력을 잡을 수 있거든요. 위원회도 공격할 겁니다. 전 저들이 군사 쿠데타를 계획하고 있다고 믿어요. 베스테르만도 디용도 저들 편입니다.

로베스피에르: 디용은 다시 체포됐어. 왕세자를 구하는 작전에 관여했다나. 별로 설득력이 없어 보이지만.

생쥐스트: 이번에는 데물랭도 디용을 빼내지 못할 겁니다. 감옥이 안전하단 소린 아니지만.

로베스피에르: 감옥이라! 고기 공급이 늘지 않으면 감옥을 부수고 들어가서 죄수들을 구워 먹겠다는 소리가 사람들 사이에서 나오던데.

생쥐스트: 워낙 배울 기회가 없었으니 그런 소리가 나오는 거 아니겠습니까.

로베스피에르: 그러게 말이야. 고기 공급을 걱정해야 하는데 까맣게 잊어버렸네.

생쥐스트: 다른 얘기를 하시네요.

로베스피에르: 당통은 애국자야. 그렇지 않다는 증거를 나한테 가져오게.

생쥐스트: 고집이 정말 세시군요. 어떤 증거를 원하십니까?

로베스피에르: 그런데 데물랭이 받았다는 편지를 자네가 어떻게 아는 건가?

생쥐스트: 아, 당통이 같이 음모를 꾸민 사람들 명단에서 라파예

트를 빼먹었네요.

로베스피에르: 그럼 아닌 사람이 없잖아.

생쥐스트: 네, 아닌 사람이 없죠.

1794년 새해 첫 주에 몇 가지 서류들이 로베스피에르 앞에 제시되었는데, 그것들은 파브르가 동인도회사 사기 사건에 연루되었음을 여지없이 입증했다. 파브르 자신이 경찰위원회와 손잡고 두 달 넘게 조사를 벌인 사건이었다. 로베스피에르는 모욕감과 분노에 치를 떨면서 30분 동안 서류들을 앞에 놓고 앉아 감정을 자제하려 애썼다. 생쥐스트의 목소리가 들렸을 때 그는 밖으로 나가고 싶었지만 출구는 하나뿐이었다.

생쥐스트: 이제 뭐라고 하시렵니까? 데물랭도 틀림없이 그 일에 대해서 뭔가 알았을 겁니다.

로베스피에르: 친구를 지키려던 거지. 아, 그런 짓은 말았어야 하는데. 나한테 말했어야 했는데.

생쥐스트: 파브르한테 낚이신 겁니다.

로베스피에르: 파브르가 말한 음모들은 사실이었어.

생쥐스트: 그렇죠. 파브르가 지목한 사람들 전부가 그가 예측한 대로 움직였죠. 배신의 심장부에 바짝 붙어 있었던 사람에 대해서는 어떻게 생각해야겠습니까?

로베스피에르: 이젠 어떻게 생각해야 할지 아는 거지.

생쥐스트: 파브르는 당통 옆에 줄곧 붙어 있었습니다.

로베스피에르: 그래서?

생쥐스트: 더는 어수룩해 보이시면 안 됩니다.

로베스피에르: 다음 모임 때 파브르를 자코뱅에서 몰아내야지. 난 그 사람을 믿었는데 그자는 날 바보로 만들었어.

생쥐스트: 당신을 바보로 만들려고 모두가 작당을 한 거죠.

로베스피에르: 지금부터 다시 생각을 해야겠어. 내가 사람들을 너무 호의적으로 대했어.

생쥐스트: 제가 가진 증거도 보여드릴 수 있습니다.

로베스피에르: 사람들이 요즘 증거라고 부르는 게 뭔진 나도 알아. 소문과 고발과 공허한 미사여구.

생쥐스트: 실수를 계속 고집할 작정입니까?

로베스피에르: 자네 말하는 게 꼭 사제 같군. 고해를 하면 그런 식으로 말하거든, 기억나나? 내가 행동하는 과정에 잘못이 있었다는 거 나도 인정해. 난 사람들이 하는 행동을 봤고 사람들이 하는 말을 들었지만 사람들 마음을 들여다봤어야 했어. 이제 음모가들을 모조리 찾아내야겠어.

생쥐스트: 사람을 가리면 안 되죠. 아무리 혁명에 큰 공을 세웠더라도 이제는 조사해야 돼요. 혁명이 얼어붙었어요. 온건하게 나가자는 말로 혁명이 얼어붙게 만들었어요. 혁명에서 가만히 서 있는 건 뒤로 밀려나는 겁니다.

로베스피에르: 비유가 뒤죽박죽이군.

생쥐스트: 전 작가가 아니니까요. 전 말로 그치지 않습니다.

로베스피에르: 데물랭 얘기로 돌아가지.

생쥐스트: 그러죠.

로베스피에르: 데물랭은 잘못 이끌렸어.

생쥐스트: 전 그렇게 보지 않아요. 위원회도 대체로 그렇게 보지 않습니다. 우린 그 사람 행동은 자신이 책임져야 한다고 봅니다. 그리고 당신이 품고 있는 개인적 감정 때문에 당연히 받아야 할 처벌을 모면해서도 안 된다고 보고요.

로베스피에르: 내 잘못은 뭐지?

생쥐스트: 유약함.

로베스피에르: 유약하면 여기까지 못 왔지.

생쥐스트: 다시 한 번 보여주세요.

로베스피에르: 그 친구 활동을 조사하겠어. 다른 사람이라 여기고. 그 친구도 한낱 개인일 뿐이야……. 세상에, 이건 정말 피하고 싶었는데.

〈원조 코르들리에〉 5호가 1794년 1월 5일, 니보즈 16일에 나왔다. 이번 호는 에베르와 에베르파를 공격했는데, 에베르의 글을 열린 하수구에 비유했고 에베르는 부패했고 적과 공모했다고 비난했다. 그리고 공안위원회의 위원들인 바레르와 콜로도 공격했다.

자코뱅 클럽 회의록 (1):

시민 콜로: (연단에서) 필리포와 카미유 데물랭 ―

시민 에베르: 정의! 발언 기회를 요구합니다!

의장: 질서! 회의에서 5호를 낭독하라고 말씀드립니다.

자코뱅: 다 읽었소.

자코뱅: 귀족의 글을 읽었다는 사실을 인정하기가 부끄럽다.

자코뱅: 에베르가 낭독에 반대하는 건 진실이 더 퍼지는 게 싫어

서지.

시민 에베르: 안 돼, 절대로 낭독해서는 안 됩니다! 데물랭은 전부 다 복잡하게 만들려고 합니다. 자기가 아닌 다른 쪽으로 관심을 돌리려고 합니다. 나더러 공금을 훔쳤다고 비난하는데 다 거짓말입니다.

시민 데물랭: 여기 내 손안에 증거가 있습니다.

시민 에베르: 맙소사! 저자가 날 암살하려고 합니다!

자코뱅 클럽 회의록 (2):

의장: 카미유 데물랭에게 나와서 소명할 것을 요청합니다.

자코뱅: 여기 없다.

자코뱅: 로베스피에르는 걱정 안 해도 되겠네.

의장: 앞으로 나와서 회원들 앞에서 소명할 기회를 얻도록 지금부터 이름을 세 번 부르겠습니다.

자코뱅: 안됐네, 닭이 있어서 대신 꼬끼오 하고 대답해줄 수 있는 것도 아니고. 당통이 뭘 하려는지 궁금하네.

의장: 카미유 데물랭 ─

자코뱅: 여기 없다니까. 바보가 아닌 다음에야 오겠어.

자코뱅: 사람도 없는데 이름을 자꾸 부르면 뭐 해.

시민 로베스피에르: 이것 말고도 우리가 논의할 문제가 ─

시민 데물랭: 여기 왔습니다.

시민 로베스피에르: (큰 소리로) 이것 말고도 우리가 논의할 주제가 더 있으니 영국 정부의 범죄를 논하자고 말씀드렸습니다.

자코뱅: 언제나 안전한 주제니까.

자코뱅: 로베스피에르는 벌써 일어섰네.

시민 로베스피에르: 발언하고 싶습니다.

시민 데물랭: 로베스피에르, 자네 말고 내가 ―

시민 로베스피에르: 조용히 하게, 데물랭. 내가 말하고 싶어.

자코뱅: 앉아라, 데물랭. 당신이 얘기하면 일이 더 꼬이기만 할 테니까.

자코뱅: 그렇지, 양보해. 로베스피에르가 구출하러 나서게 해. 좋다.

시민 로베스피에르: (연단에서) 시민 여러분, 데물랭은 자신의 오류를 철회하고 이 소책자를 가득 채운 모든 정치적 이설들을 내버리겠노라고 제게 약속했습니다. 데물랭은 굉장히 많은 부수를 팔았고 귀족들은 비뚤어진 반역의 심리로 데물랭에게 칭찬을 쏟아부어 그를 이 지경으로 몰아넣었습니다.

자코뱅: 말할 때 중간중간 뜸을 오래 들이던 버릇이 오늘은 안 보이네.

시민 로베스피에르: 이 글들은 위험합니다. 공공 질서를 어지럽히고 적들을 희망으로 채우기 때문입니다. 하지만 우린 작자와 작품을 구별해야 합니다. 데물랭은, 그래요, 버릇없는 아이입니다. 바탕은 선한데 못된 사람들한테 빠져서 몹시 잘못된 길로 이끌렸습니다. 브리소조차도 감히 동조하지 못할 이 글은 거부해야 마땅하지만 데물랭은 우리 안에 남겨 두어야 합니다. 그런 뜻에서 기분 나쁜 〈원조 코르들리에〉 호들을 이 모임 앞에서 태울 것을 제안합니다.

시민 데물랭: 태우는 건 답이 아닙니다.

자코뱅: 누가 아니래. 루소가 한 말이다!

자코뱅: 이런 날을 보게 될 줄이야!

자코뱅: 신으로 받들던 장자크 루소 때문에 로베스피에르가 어쩔 줄 모르네! 얼굴이 새파래졌어.

자코뱅: 사람이 너무 똑똑해도 살면서 뒷일을 감당 못 하는 법이지.

자코뱅: 꼭 살 필요가 있나, 어디.

시민 로베스피에르: 아, 데물랭. 귀족들에게 기쁨을 주는 이런 글들을 자네가 어떻게 변호할 수 있나? 데물랭, 자네 아닌 다른 사람이었다면 자네의 이런 응석을 우리가 받아주었을 거라고 생각하나?

시민 데물랭: 난 이해가 안 가, 로베스피에르. 자네가 지적하는 내 글 중에는 자네가 교정을 본 것도 있잖아. 어떻게 귀족들만 내 글을 읽었다는 식으로 말할 수 있는 거지? 국민공회와 이 모임 전부가 읽었어. 그 사람들이 모두 귀족인가?

시민 당통: 두 시민께서는 좀 조용히 협의해주시겠소? 그리고 기억해 두시오, 데물랭을 건드리는 건 언론의 자유를 건드리는 셈이란 걸.

시민 로베스피에르: 좋아. 그럼 불태우지는 않겠어. 이런 잘못을 고집스럽게 우기는 사람은 단순히 잘못 이끌린 게 아닌 것 같아. 조만간 우린 저 오만한 겉모습 뒤에 숨어서 원고를 불러주는 사람들을 보게 될 것 같군.

(파브르 데글랑틴이 나가려고 일어선다.)

시민 로베스피에르: 파브르! 남아 있으시오.

자코뱅: 로베스피에르가 할 말이 있다잖아.

시민 파브르 데글랑틴: 난 떳떳하거 —

자코뱅 일동: 저놈을 참하라! 저놈을 참하라!

뤼실 데물랭이 스타니슬라스 프레롱에게:

혁명력 2년 니보즈 23일

…… 돌아와요. 빨리 돌아와요. 지체할 시간이 없어요. 원조 코르들리에들을 있는 대로 찾아서 모두 데리고 와요. 그 사람들이 너무너무 필요해요. (로베스피에르도) 특정한 사람들의 생각에 부합되지 않게 생각하고 말하면 전능하지 않다는 걸 봤어요. (당통은) 점점 약해지고 평정을 잃고 있어요. 파브르는 체포되어서 뤽상부르에 갇혀 있어요. 아주 심각한 죄목에 걸려들었어요…….

난 더는 웃음이 안 나와요. 밀고 당기는 놀이도 하지 않아요. 피아노에는 손도 안 대고 꿈도 안 꿔요. 난 이제 그냥 목석이에요.

12장

죄 없는 자는 누구인가
(1794)

이것이 지금 우리가 처한 상황이다. 당통은 파브르에게 해명할 기회를 달라고 국민공회에 요청했지만 국민공회는 거절했다. 그래? 당통은 말한다. 지금은 자신이 국민공회의 우두머리가 아니라는 사실을, 에베르가 코르들리에 구를 좌지우지하고 있다는 사실을 인정하려 들지 않는다. "그래? 난 한번 졌다고 해서 두 손을 비벼대며 마음을 졸이는 로베스피에르하고는 달라. 난 이겼다가 졌다가 다시 이기는 그 모든 과정을 거쳐 온 사람이거든. 전에 그 친구는 계속 지기만 했어." 당통이 뤼실에게 말했다.

"그래서 로베스피에르에게 한번 패하면 끝이라는 선입견이 있는 거로군요."

"선입견이 있는 건 그 친구 사정이고 그 썩을 놈의 위원회가 지금 내 눈치를 슬금슬금 보고 있어. 실수 한 번이면 그자들은 퇴출이고 내가 복귀하는 거지." 당통이 말했다.

투쟁적 말투. 하지만 이건 뤼실이 아는 남자가 아니다. 당통이 건강을 완전히 회복하지 못했다고 말하는 사람도 있지만 뤼실의 눈에는 그만하면 괜찮아 보인다. 누가 봐도 알 수 있는 행복한 재혼 생활이 당통을 무르게 만들었다고 말하는 사람도 있지만 그런 낭만적 헛소리의 가치를 뤼실은 안다. 뤼실이 볼 때 당통에게 영향을 끼치는 것은 첫 번째 결혼이다. 가브리엘이 죽은 뒤로 당통한테서는 뭔가가 빠져나갔는데 그것은 바로 물러설 줄 모르는 무자비함이었다. 그걸 말로 표현하기는 쉽지 않고 뤼실도 당연히 자기가 틀리기를 바란다. 뤼실은 무자비함이 필요할 거라고 믿는다.

우리 앞에 놓인 고비는 또 있다. 로베스피에르는 데물랭을 자코뱅 클럽으로 복귀시켰다. 그리고 대가를 치러야 했다. 연단에서 무너지며, 어안이 벙벙한 사람들 앞에서 로베스피에르는 거의 울먹여야 했다. 에베르는 사적이고 불가해한 이유에서 데물랭을 싸고도는 '길 잃은 한 남자'를 자기 신문에서 성토한다. 사적인 자리에서는 키득거리며 돌아다닌다.

코르들리에 클럽은 데물랭이 시론에서 클럽의 이름을 내세우지 못하도록 막는 처분을 고려 중이다. 물론 그런 처분은 별 의미가 없다. 드센은 추가 호의 인쇄를 거부하고 있으며 판매 부수가 아무리 탐나도 감히 거기에 손을 대려는 인쇄업자가 없기 때문이다.

"나하고 같이 가서 로베스피에르를 만나봅시다." 당통이 뤼실에게 말한다. "어서. 아기를 안고 가서 감격적인 장면을 한번 만들어 봐요. 화해 말입니다. 카미유도 데리고 가서 정중히 사과시키고 당신이 우리 모두 공화주의자 가족이라는 포즈를 취하면 막시밀리앙도 깨닫는 바가 있겠지. 이제부터 난 철저히 실속을 챙기면서 우호

적으로 나갈 것이고. 그 친구가 질색을 하니까 남자 대 남자로 화통하게 등짝을 후려치는 짓도 안 하려고 노력할 겁니다."

뤼실은 고개를 흔들었다. "카미유는 안 갈 거예요. 글 쓰느라고 바빠요."

"뭘 써요?"

"혁명의 진실한 역사래요. 비밀스런 '비사'."

"그걸로 뭘 할 셈이랍니까?"

"아마 태우겠지요. 그거 말고 어디에다 써먹겠어요?"

"불행하게도 내가 말을 하면 번번이 일이 더 안 좋아지는 거 같아."

"당통 자네가 왜 그런 말을 하는지 모르겠네." 로베스피에르는 불행하게도 아까부터 루소를 읽고 있었는데 이제 안경을 벗었다. "이제 와서 자네가 무슨 말을 한들……." 버릇대로 말꼬리를 흐렸다. 순간 그의 얼굴은 발가벗겨진 듯했고 견디기 힘들 정도로 고통스러워 보였다. 다시 안경을 쓰자 로베스피에르의 표정은 다시 불분명하고 흐릿해졌다. "사실 자네한테 할 말은 딱 한 가지, 파브르와 접촉을 끊고 버리라는 거야. 안 그러면 나도 자네와 더는 할 수 있는 일이 없어. 그렇지만 자네가 그러겠다면 그땐 이야기를 시작할 수 있겠지. 모든 사안에서 자네가 위원회의 지침을 받아들이면 나도 개인적으로 자네의 안전을 보장하겠네."

"어이구, 내 안전? 자네가 날 협박하는 건가?" 당통이 말했다.

로베스피에르는 당통을 빤히 쳐다보았다. "바디에, 콜로, 에베르, 생쥐스트."

"나의 안전은 내 방식으로 보장하고 싶다, 로베스피에르."

"자네 방식에 자네가 다친다니까." 로베스피에르는 책을 덮었다. "그들이 카미유만 해치지 않게 해줘."

당통은 갑자기 화가 났다. "조심하라고, 카미유한테 다치지 말고." 당통이 말했다.

"무슨 뜻이야?"

"에베르가 킬킬거리면서 카미유 얘기를 하면서 돌아다니고 있어. 이건 절대로 평범한 우정이 아니다, 이러면서."

"당연히 평범한 우정이 아니지."

이해를 못 하는 건가, 아니면 이해하기를 거부하는 건가? 이 수준 높고 세련된 둔감함은 로베스피에르의 무기 중 하나였다. "에베르가 카미유의 사생활을 더 파고들고 있다고."

로베스피에르는 나더러 어쩌란 소리냐는 듯이 손바닥을 펴서 당통 쪽으로 내밀었다. 파브르한테 지도라도 받았는지 연극배우 같은 몸짓이었다.

"기념상을 만들면 되겠네, 그 자세로. 이러지 마, 내가 무슨 말을 하는지 알면서. 아네트 때는 자네가 없었다는 거 나도 알지만 이거 하나는 말할 수 있어. 카미유가 오후에는 아네트의 응접실에서 과히 아름답지 않은 모습으로 죽치고 지내고 밤이면 변호사들 틈바구니에서 부적절한 행동을 하면서 우리한테 오락거리를 제공하던 시절이 있었다는 거, 자네 친구가 말이야. 자넨 페랭 변호사는 한 번도 만난 적이 없지? 물론 다른 사람들도 있었지." 당통은 웃었다. "그런 표정 짓지 마, 자네가 카미유 취향이라고 생각할 사람은 아무도 없으니까. 카미유는 아주 크고 못생기고 여자한테 헌신적인 남자들을 좋아하거든. 자기가 누릴 수 없는 걸 원하지. 뭐, 내가 보기엔 그렇다는 얘기야." 당통이 말했다.

로베스피에르는 펜으로 손을 뻗었다. 그러더니 생각이 바뀐 모양이었다. 그냥 두었다. "자네 술 마셨나?" 로베스피에르가 물었다.

"아니. 보통 이맘때 마시는 양 이상으로는 안 마셨는데. 왜?"

"술을 마셨나 싶어서. 자네를 위해서 변명거리를 찾고 있었는데." 파르스름한 색이 들어간 안경알이 가렸지만 당통의 얼굴을 바라보는 로베스피에르의 눈에서 노여움이 나타났다가 사라졌다. 갑자기 감정이 사라지면서 그의 얼굴은 속속들이 맨살을 드러낸 것처럼 보였다. 로베스피에르의 이목구비는 워낙 얇아서 공기에 새겨진 것처럼 보였다. "자네가 논점에서 벗어난 거 같은데." 로베스피에르가 말했다. "파브르 얘기를 하던 중 아니었나." 다시 그의 손이 펜으로 기어갔다. 본인의 의지와 상관없이 그렇게 되는 것 같았다.

(로베스피에르, 개인 수첩: "당통은 카미유 데물랭을 멸시하듯이 말하면서 사람들이 모르는 망신스러운 비행의 장본인으로 몰았다.")

"자, 마음을 정했나?" 로베스피에르의 목소리는 바윗덩어리 안에서 말하는 신처럼 억양이 없었다.

"내가 무슨 말을 해야 하는데? 내가 뭘 하기를 기대하는 건데? 나는 파브르를 버릴 수 없어. 말도 안 되는 소리."

"파브르가 자네 측근이었던 건 사실이지. 거리를 두기가 쉽진 않겠지."

"그는 나의 친구야."

"아, 친구." 로베스피에르는 살짝 웃었다. "자네가 친구들을 얼마나 귀하게 여기는지 나도 알지. 물론 파브르한테는 카미유 같은 결함은 없을 테고. 나라의 안전이 걸린 문제야, 당통. 애국자는 아내나

자식, 친구보다 나라의 안전을 먼저 생각해야 돼. 이젠 사적인 감정이 깃들 자리는 없어."

당통은 숨이 턱 막히고 눈물이 솟았다. 얼굴을 문지르고 젖은 손가락을 폈다. 말을 하려 했지만 쉽지가 않았다.

(로베스피에르, 개인 수첩: "당통은 연극배우처럼 눈물을 짜내면서 우스꽝스럽게 굴었다……. 로베스피에르의 집에서.")

"불필요한 행동이야." 로베스피에르가 말했다. "소용도 없고."

"자넨 불구자야." 드디어 당통이 말했다. 그의 목소리는 지쳐 있었고 단조로웠다. "불구자는 쿠통이 아니라 자네야. 자네한테 문제가 있다는 걸 모르는가, 로베스피에르? 모르는가? 자네를 만들면서 신이 뭘 빠뜨렸는지 한 번이라도 자문해본 적이 있나? 난 자네의 씀씀이를 두고 농담을 했고 자네가 발기가 안 되는 인간이라고 말하곤 했지만 자네한테 없는 건 불알 이상이야. 난 자네가 실재하는지 궁금해. 걷고 말하는 건 알겠는데 도대체 자네 안에 생명이 어디 있나?"

"그냥 사는 거야." 로베스피에르는 시선을 내리깔았다. 불안한 증인처럼 손가락 끝을 비벼댔다. "그냥 사는 거야. 내 방식대로."

"무슨 일 있었어요?"

"아무 일 없었어. 파브르에 대해서 의견이 갈려. 면담은—" 당통은 주먹 하나를 다른 손바닥 안에 놓으며 생각에 잠겼다. "소득이 없었어."

오전 5시 30분, 콩데 거리. 밑에서 문 두드리는 소리가 났지만 아네트는 이불을 당겨서 머리를 덮었다. 알고 싶지 않았다. 다음 순간에 정신이 번쩍 들면서 일어나 앉았다. 그리고 침대 밖으로 뛰쳐나왔다. 무슨 일이야, 웬일이야?

누군가가 길거리에서 소리를 지르고 있었다. 아네트는 숄을 찾아냈다. 클로드의 목소리가 들렸고 하녀 엘리즈의 놀란 목소리도 들렸다. 얼굴이 투실투실한 브르타뉴 처녀인 엘리즈는 미신을 믿었고 허물없이 굴었고 눈치가 좀 없는 편이었다. 프랑스어도 어설펐다. 엘리즈는 어느새 문틈으로 머리를 들이밀고 말했다. "구(區)에서 온 사람들인데요. 사모님 애인이 안에 있는지 알고 싶어 하는데요. 저기, 저 사람들한테 거짓말하지 마세요. 어제 막 태어난 사람들도 아니니까."

"내 애인? 카미유를 찾는다는 거야?"

"그래 맞아요, 사모님." 엘리즈가 히죽거렸다.

엘리즈는 헐렁한 속치마 바람이었다. 한 손에는 동물 굳기름으로 만든 연기 나는 양초 동강이를 들고 있었다. 아네트가 밀고 지나가면서 그녀를 치는 바람에 양초가 손에서 미끄러지면서 바닥에 떨어져 꺼졌다. 엘리즈가 뒤에서 툴툴거렸다. "이 집 양초가 아니라 내 양초 자투리란 말이에요."

칠흑 같은 어둠 속에서 아네트는 누군가와 부딪쳤다. 손 하나가 쑥 나오더니 아네트의 손목을 잡았다. 사내의 숨에서 간밤에 마신 포도주 냄새가 났다. "이게 누구야?" 사내가 말했다. 아네트가 빠져나오려고 하자 사내는 손아귀에 더 힘을 주었다. "주인 마나님이 여기 계시네, 거의 알몸으로."

"그만해, 제노." 또 다른 목소리가 말했다. "서둘러, 불이 좀 필요해."

누가 덧문을 열었다. 거리의 횃불이 벽들을 움켜쥐었다. 엘리즈가 양초를 더 내왔다. 제노는 물러서서 음흉한 눈길을 보냈다. 상퀼로 트 행동대원의 조악하고 헐렁한 옷차림이었다. 삼색기 장식을 짜 넣 은 빨간 모자를 눈썹까지 푹 내려쓰고 있었다. 워낙 얼뜨기처럼 보 여서 다른 상황 같았으면 아마 웃음이 터졌으리라. 이제는 대여섯 명쯤 되는 사내들이 방으로 들어와서 주변을 살피면서 언 손을 문 지르며 욕을 했다. 아네트는 생각했다. 인민이구나, 로베스피에르가 사랑하는 인민.

제노를 제지했던 남자가 앞으로 걸어 나왔다. 꾀죄죄한 검정 외 투를 입고 얼굴이 쥐처럼 생긴 앳된 젊은이였다. 손에는 서류 뭉치 를 들고 있었다.

"건강과 우애를 기원합니다, 시민. 우린 무키우스 스카이볼라 구 대표들입니다." 남자는 맨 위에 있던 종이를 아네트에게 내밀었다. '뢰상부르 구'에다 줄을 죽죽 긋고 그 옆에 무키우스 스카이볼라 구 라고 새 이름을 적어놓았다. "여기 있습니다." 그는 서류들을 손으 로 뒤적였다. "이 주소에 거주하는 퇴직 공무원 클로드 뒤플레시의 체포 영장입니다."

"돌았군." 아네트가 말했다. "착오가 있어. 무슨 혐의로 체포하는 거죠?"

"음모입니다. 가택을 수색해서 의심스러운 서류를 압수하라는 지 시를 받았습니다."

"어떻게 감히 여기에 와, 이런 시각에 —"

"뒤센 영감은 한번 뿔이 단단히 나면 해 뜰 때까지 기다릴 수가 없거든." 사내 중 하나가 말했다.

"뒤셴 영감? 그렇구나. 에베르가 감히 카미유는 못 치겠고 그래서 당신네 패거리를 보내서 가족한테 겁을 주겠다 이 소린가. 그 서류들 좀 봐요, 영장 좀 봅시다."

아네트는 서류들을 낚아챘다. 사무원은 수세에 몰려 뒷걸음질쳤다. 상퀼로트 중 하나가 아네트의 뻗은 손을 잡더니 다른 손으로 숄을 당겨서 아네트의 가슴을 반쯤 드러냈다. 아네트는 온 힘을 다해서 사내의 손에서 빠져나왔다. 그리고 숄로 다시 목을 에워쌌다. 아네트는 부들부들 떨었지만 무서워서라기보다는 노여움이 훨씬 더 큰 이유였고 저들도 그걸 알았으면 좋겠다고 생각했다. "당신이 뒤플레시오?" 사무원이 아네트의 어깨 너머를 바라보면서 말했다.

클로드는 옷을 간신히 갖춰 입은 상태였다. 넋이 나간 얼굴이었지만 방 안에서 타는 냄새가 약하게 새어 나왔다. "나한테 묻는 거요?" 클로드의 목소리가 약간 떨렸다.

사무원은 영장을 흔들었다. "서두르시오. 여기 서서 꾸물거릴 때가 아닙니다. 여기 있는 시민들도 수색을 한 다음 집에 가서 아침을 들고 싶어 하니까."

"아침 밥값은 한 셈이군, 신속하게. 평화로운 가정을 깨우고 아내와 하녀들한테 겁을 주면서 난리를 피웠으니까 말이야. 날 어디로 끌고 가려는 거요?" 클로드가 말했다.

"가방을 꾸리시오." 사무원이 말했다. "어서요."

클로드는 지그시 고개를 끄덕였다. 그리고 돌아섰다.

"클로드!" 아네트가 남편의 뒤에 대고 소리를 질렀다. "클로드, 내가 당신 사랑한다는 거 잊지 말아요."

클로드는 어깨 너머로 힐끔 돌아보고는 쓸쓸하게 고개를 끄덕였다. 클로드가 방까지 가는 동안 음란한 농지거리가 뒤에서 일제히 따라갔다. 그러나 그 덕을 보았다. 그들이 희희덕거리는 동안 클로드가 재빨리 문을 닫았다. 아네트는 열쇠 돌아가는 소리를 들었다. 그리고 그들이 용을 쓰며 어깨로 문을 미는 소리도 들었다.

아네트는 사무원에게 돌아섰다. "이름이 뭐예요?"

"이름이 뭐가 중요하다고."

"중요하진 않지만 알아내고 말 거예요. 고생 좀 할 거요. 어서 뒤져요. 뒤지나 마나겠지만."

"어떤 사람들이야, 이 사람들?" 사내 하나가 엘리즈에게 묻는 소리가 들렸다.

"하느님도 안 믿고, 잘난 척은 더럽게 해요."

"데물랭하고는 정말인 거야?"

"모르는 사람이 없어요." 엘리즈가 말했다. "방문 닫아걸고 몇 시간씩 있어요. 신문을 읽는다나."

"저 노인네가 가만있어?"

"엄청 쫄아요." 엘리즈가 말했다.

남자들이 웃었다. "넌 우리 구에 가면 좋겠다." 한 사내가 말했다. "질문을 좀 하면 대답이 아주 예쁘게 나올 거 같아서 말이야." 사내는 손을 뻗더니 엘리즈의 옷을 더듬어 한쪽 젖꼭지를 꼬집었다. 엘리즈는 약간 비명을 질렀다. 무서운 척, 아픈 척했다.

누구한테는 무서움과 아픔이 현실로 닥쳤는데 저기는 태평스럽구나. 아네트는 생각했다. 아네트는 사무원의 팔을 붙들었다. "이 사람들 관리 좀 똑바로 해요. 우리 집에서 일하는 사람들 괴롭히라는 영장도 있나요?"

"말하는 게 꼭 카페 왕실 여자의 언니 같네." 제노가 말했다.

"이건 불법 행위야. 앞으로 몇 시간 안에 국민공회에서 이 문제가 논의될 거라고 확신해도 좋을 거요."

제노는 난로에다가 침을 뱉었지만 정확도가 한심할 정도로 떨어졌다. "변호사 나부랭이들. 혁명? 이게? 그놈들이 다 뒈지기 전까진 어림도 없다."

"이대로 가면 얼마 안 걸릴 거야." 사무원이 말했다.

상퀼로트 두 명을 꽁무니에 달고 클로드가 돌아왔다. 두툼한 긴 외투를 걸치고 있었다. 클로드는 새 장갑을 아주 공들여서 부드럽게 손에 끼었다. "말이 안 돼." 클로드가 말했다. "내가 서류들을 태웠다고 몰아세우는 거야. 더 웃긴 건 나하고 창문 사이를 막아서더라고. 밑에서는 시민 하나가 창을 들고 있고. 내가 이 나이에 이층 창으로 뛰어내려서 이 사람들하고 함께 하는 즐거움을 내던지기라도 할 것처럼 말이야." 한 사내가 클로드의 팔을 잡았다. 클로드는 뿌리쳤다. "나 혼자 걸어갈 거요. 이제 아내한테 작별 인사 좀 하게 해주시오."

클로드는 장갑 낀 손으로 아내의 손을 잡고 아내의 손가락 끝을 자기 입술로 끌어올렸다. "울지 마." 클로드가 말했다. "울지 마오, 아네트. 카미유한테 알리고."

길 맞은편에 반질반질한 새 마차가 섰다. 눈 두 개가 밖을 내다보았다. 차양이 조심스럽게 내려졌다.

"이렇게 실망스러울 데가." 뒤셴 영감이 말했다. "우리가 밤을 잘못 고른 건가 아니면 소문을 잘못 들은 건가? 일찍 일어난 보람이 있으려면 카미유를 근친상간의 편안한 침대에서 끌어내서 그자가 열 받으면 폭력을 휘두르는지 한번 지켜봤어야 하는 건데. 평화를 깨뜨린 죄로 체포할 수 있으면 싶었는데. 그래도 이 정도면 겁을 먹었겠지. 그런데 이 시각에 과연 어디에 숨어 있는 걸까?"

아네트는 한 시간 뒤 초주검이 되어 마라 거리에 와 있었다. "그리고 집을 쑥밭으로 만들어놨어." 아네트가 말을 끝냈다. "그리고 엘리즈. 엘리즈가 꼭 잘했다는 건 아니지만 거리의 불한당들이 내 하인들에게 집적거리는 건 참을 수가 없어. 뤼실, 가서 브랜디 한 잔만 갖다 줄래? 좀 마셔야겠다." 딸이 방을 나가자 아네트가 속삭였다. "아, 카미유, 카미유. 클로드가 서류들을 정신 없이 태웠어. 나한테 보냈던 편지들이 다 연기로 날아갔어. 내 생각에는. 불에 탔든지 아니면 구 위원회에서 가져갔든지 둘 중 하나야."

"그랬군요." 데물랭이 말했다. "그 사람들은 아주 정숙한가 보네."

"난 그 편지들 없으면 안 돼." 눈물이 눈가에 고였다. "편지들 없으면 난 못 견뎌."

데물랭이 손가락 끝으로 아네트의 뺨을 내리그었다. "제가 더 써 드릴게요."

"있어야 하는데, 있어야 하는데. 편지를 태워버렸냐고 내가 어떻게 클로드한테 물어보겠어. 편지들을 태워버렸다면 내가 둔 곳을 그전부터 알았고 그게 뭔지도 알았다는 소리잖아. 클로드가 편지들을 읽었다고 생각해?"

"아니요. 점잖은 분이니까요. 우리 둘하고는 달라요." 데물랭이 웃었다. "제가 물어볼게요. 집에 돌아오시는 대로요."

"우리 남편이 아주 즐거워 보이네." 뤼실이 브랜디를 들고 왔다.

아네트는 데물랭을 슬쩍 올려다보았다. 아네트는 생각했다. 정말 즐거워 보이네, 이 사람은 정말 파괴할 수 없는 사람인가? 아네트는 브랜디를 꿀꺽 마셨다.

데물랭의 국민공회 연설은 짧았고 잘 들렸고 놀라웠다. 정치인들의 가족도 다른 사람들과 다를 바 없이 혐의자가 될 수 있구나 하고 수군거리는 소리가 들렸다. 그러나 청중 대다수는 뒤플레시 집안이 어떻게 습격당했는지를 데물랭이 묘사할 때 그가 하는 말이 무슨 뜻인지를 정확히 아는 것처럼 보였다. 데물랭은 말했다. "여러분한테 그런 일이 생기지 않은 건 운이 좋아서입니다. 하지만 어쩌면 조만간 그런 일이 생길 겁니다."

절반쯤 빈 의석을 보면서 대의원들은 데물랭 말이 맞다는 것을 알았다. 전에 극장 매표소에서 일했던 사람, 에베르의 고삐 풀린 난동을 언급할 때 박수가 터졌다. 그런 역겨운 인간이 판을 치도록 허용하는 제도를 개탄했을 때에도 수군거리며 공감했다. 데물랭이 떠나자 당통이 일어나서 체포 중단을 요구했다.

튈르리에서 데물랭이 말했다. "시민 바디에에게 찬사를 보낸다고 하고 여기 가로등 검사가 왔다고 전하시오." 바디에는 경찰위원회 회의에 참석했다가 직원들에게 불려 나왔다. "내 서류는 덮어 두고 나 좀 개인적으로 봅시다." 데물랭은 다정하게 웃으면서 바디에를 벽으로 밀어붙였다.

"가로등 검사!" 바디에가 말했다. "다 후회하는 걸로 알았는데?"

"향수라고 합시다." 데물랭이 말했다. "습관이라고 해도 좋고. 부르고 싶은 대로 부르시오. 하지만 내가 당신한테서 어떤 답을 얻기 전까지는 날 제거하지 못한다는 걸 깨닫는 게 좋을 거요."

바디에는 언짢은 표정으로 자신의 긴 코를 당겼다. 그는 최고 존재의 팔다리에 대고 맹세하건대 자기는 이 일에 관해서 아무것도 모른다고 밝혔다. 그렇지요, 구의 관리들이 통제에서 벗어난 것일 수도 있지요, 바디에는 인정했다. 그래요, 에베르가 개인적 원한 때문에 일을 벌이는 것일 수도 있겠습니다. 아니요, 퇴직 공무원인 클로드 뒤플레시에게 불리한 증거가 나왔는지에 대해서는 전혀 아는 바가 없습니다. 바디에는 정말 질렸다는 듯한 솔직한 눈빛으로 상당히 놀라워하면서 데물랭을 쳐다보았다. "에베르는 바보야." 자리를 서둘러 뜨면서 바디에는 뇌까렸다. "당통의 폭도들에게 자기들 힘을 시험할 기회를 주다니."

로베스피에르는 공안위원회에 있다가 긴급 연락을 받고 눈을 깜박이면서 골똘히 생각에 잠긴 얼굴로 나타났다. 그리고 뚜벅뚜벅 걸어가서 데물랭의 손을 잡고 비서에게 잇따라 속사포처럼 지시들을 내리고 뒤셴 영감을 지옥으로 보내겠다는 의지를 표명했다. 지켜보던 사람들은 그의 어투와 신속함과 악수에 특히 주목했다. 그들은 고민을 하고 다시 해석을 할 때 로베스피에르의 얼굴에 나타나는 표정을 서둘러 기억했고 곧이어 올라가는 눈썹과 보통보다 1초쯤 더 긴 흘끗 보는 시선과 정치적 풍향을 냄새 맡는 콧구멍의, 질문을 던지는 듯한 실룩거림도 얼른 기억했다. 곧이어 암암리에 판세가 움직이기 시작했다. 정오 무렵이 되자 에베르의 얼굴 표정에서 자기만족의 빛이 줄어들었다. 그는 사실 쫓기고 있었고 그의 마음속에서는 클로드 뒤플레시가 풀려난 다음에도 한참 동안 그랬다. 몇 주일 뒤 이른 아침에 순찰대가 그에게 들이닥쳤을 때까지 그랬다. 그에게는 친구가 하나도 없었다.

새 달력은 들어맞지 않았다. 니보즈(눈의 달)인데 눈이 안 왔고 제르미날(씨앗의 달)이 되기도 전에 봄이 찾아들곤 했다. 봄은 턱없이 일찍 오곤 했다. 결혼식에서 신부 앞에서 꽃을 들고 가는 어린 화동들이 길 모퉁이에 모여 있는데 재봉사들은 1794년 여름에 입을 수수한 애국 드레스를 만드느라 바빴다.

뤽상부르 정원에서는 나무들이 계절에 어울리지 않는 녹색 가지를 대포 주조소 사이에 늘어뜨렸다. 파브르 데글랑틴은 전에는 뤽상부르 궁이었다가 지금은 국가 건물이 된 곳에 있는 감방에서 계절이 바뀌는 것을 지켜보았다. 살을 에듯 춥고 맑고 바람이 심하게 부는 날은 가슴 통증이 더 심해졌다. 아침마다 파브르는 집에서 가져오게 한 고급 거울로 스스로를 살폈다. 그리고 얼굴이 갈수록 가늘어지고 눈은 이상할 정도로 반짝반짝 빛나고 있음을 알아차렸다. 그러나 그 반짝거림은 그의 앞날과는 무관했다.

당통의 계획이 먹혀들지 않았고 당통이 로베스피에르를 만나지 않는다는 소리를 들었다. 당통, 제발 로베스피에르를 만나라. 파브르는 감방 벽에 대고 요구했다. 가끔은 당통을 지지하는 군중이 떠들면서 거리를 쓸고 가는 소리가 들리지 않나 가만히 누워서 눈을 말똥말똥 뜨고 귀를 기울였지만 돌아오는 대답은 침묵이었다. 데물랭은 다시 로베스피에르하고 친구라고 간수가 말해주었다. 그는 데물랭이 귀족이라는 말은 자기도 아내도 믿지 않는다는 말도, 시민 로베스피에르는 노동자의 진정한 벗이며 로베스피에르가 계속 건강을 유지해야만 가게에서 설탕이 떨어지지 않고 장작도 적당한 가격에 살 수 있다는 말도 덧붙였다.

파브르는 자기가 지금까지 데물랭한테 해준 일들을 되짚어보았지만 많지가 않았다. 《백과전서》 전집과 작은 상아 망원경을 보내달라고 해서 그것들을 동무 삼아 자연스러운 죽음 또는 부자연스러운 죽음을 기다렸다.

플뤼비오즈(비의 달) 17일(2월 5일)이었지만 비는 오지 않았고 로베스피에르는 국민공회에서 앞으로 펼칠 정책의 기본 골격과 덕의 공화국을 세우겠다는 계획을 밝혔다. 로베스피에르가 회의장을 떠날 때 사람들은 놀라서 술렁거렸다. 연단에서 몇 시간 동안 연설을 했다는 점을 감안하더라도 그는 너무도 피곤해 보였다. 입술은 핏기가 없었고 눈은 진이 빠져서 검고 퀭했다. 그 시절 이후로 아직까지 살아남은 사람들은 미라보가 갑자기 망가진 사실을 거론하기도 했다. 그러나 로베스피에르는 위원회의 다음번 회의에도 칼같이 나타났다. 그의 눈길이 실망한 사람이 누구인지를 보려고 이 얼굴 저 얼굴을 오갔다.

플뤼비오즈 22일(2월 10일), 로베스피에르는 숨을 쉬려고 악전고투하다가 밤에 깨어났다. 간간이 숨을 쉬면서 그는 겨우 책상 앞까지 몸을 끌고 왔다. 하지만 무엇을 쓰려고 했는지 까먹었다. 속이 메슥거리면서 그는 두 손을 바닥에 대고 무릎을 꿇었다. 죽지 않는다, 폐 안에 갇힌 공기를 몰아내려고 싸우면서 그는 말했다. 죽지, 한 번 숨을 몰아쉴 때마다 그는 말했다, 않는다. 전에도 이런 적이 있었지만 살아남았다.

발작이 지나가자 그는 바닥에서 일어나라고 스스로 명령했다. 못해, 그의 몸이 말했다. 넌 날 끝장냈고 죽였어, 그런 주인을 난 못모신다.

로베스피에르의 머리가 꺾였다. 그는 생각했다. 여기 있으면 팔다리 쭉 뻗고 바닥에서 지금 이대로 잠이 들 거고, 오한이 들어서 끝장날 거다.

몸이 말했다. 그러니까 날 종처럼 다루지 말았어야지, 단식과 금욕과 수면 부족으로 날 괴롭히지 말았어야지. 이제 어쩌려고? 네 지성에게 바닥에서 널 일으켜보라고 해, 네 정신한테 내일 두 발로 널서 있게 하라고 해.

로베스피에르는 의자 다리를 붙들고 이어서 의자 등을 붙들었다. 자기 손이 나무를 따라 기어가는 모습을 지켜보았다. 그는 잠들고 있었다. 그의 손은 아득히 멀어져 갔다. 외할아버지 집이 꿈에 나왔다. 이번 주에 술 빚을 통이 없네, 누군가가 말했다. 나무란 나무는 죄다 단죄되었으니. 단죄돼? 단두대? 불안해서 그는 주머니 속에서 벤저민 프랭클린한테 온 편지를 손으로 찾았다. 편지는 그에게 말했다. "당신은 전기 기기요."

동이 트자마자 엘레오노르가 로베스피에르를 발견했다. 엘레오노르와 아버지는 문 앞을 지키고 섰다. 8시에 수베르비엘 박사가 왔다. 의사는 귀가 먼 사람한테라도 말하듯이 아주 천천히 또박또박 말했다. 의사는 말했다. 결과는 책임 못 집니다, 결과는 책임 못 져요. 로베스피에르는 알아들은 표시로 고개를 끄덕였다. 수베르비엘은 그의 속삭임을 들으려고 허리를 숙였다. "유언을 남길까요?"

"뭐 그럴 필요까지야." 의사는 명랑하게 말했다. "그런데 물려줄 유산은 많으신가?"

로베스피에르는 고개를 저었다. 그리고 눈이 저절로 감기게 두고 살짝 웃었다.

"그것들하고는 전혀 무관합니다." 수베르비엘이 말했다. "이 병이다, 저 병이다, 이런 게 아니란 말씀입니다. 지난 9월에 우린 당통을 잃었다고 생각했죠. 그렇게 몇 년 동안 과로를 하고 피 말리는 세월을 보내다 보면 그런 강골도 만신창이가 되는 겁니다. 시민 로베스피에르는 강골도 아니거든요. 물론 죽진 않습니다. 맞지 않는 일을 한다고 해서 죽는 사람은 없지요, 다만 사는 게 더 고달파져서 그렇지. 언제쯤 좋아지냐고요? 쉬어야 합니다, 그게 전부예요. 만사 깨끗이 잊고 푹 쉬어야 합니다. 한 달은 쉬어야겠지요. 환자가 더 일찍 방을 나서면 난 책임 못 집니다."

위원회 사람들이 왔다. 얼굴을 일일이 알아보는 데에는 시간이 좀 걸렸지만 위원회 사람들이라는 사실은 한눈에 알았다. "생쥐스트는 어디 있죠?" 로베스피에르가 속삭였다. 이제는 속삭이는 게 버릇이 되었다. 숨을 쉬려고 애쓰지 마세요, 의사는 그렇게 당부했다. 위원들은 눈짓을 주고받았다.

"잊어버렸구나." 위원회 사람들은 말했다. "잊어버렸군요." 그들이 로베스피에르에게 다시 알려주었다. "전선으로 갔어요. 열흘 뒤에 돌아올 겁니다."

"쿠통은? 계단 때문에 못 올라온 건가요?"

"아픕니다." 그들이 말했다. "쿠통도 아파요."

"죽어 가나요?"

"아닙니다. 그런데 마비가 더 심해졌어요."

"내일은 올까요?"

"아뇨, 내일은 안 됩니다."

그럼 누가 나라를 다스리나? 그는 자문했다. 생쥐스트. "당통—"로베스피에르가 말했다. 숨 쉬려고 애쓰지 마세요. 숨 쉬려고 애쓰지 않으면 저절로 숨이 찾아올 겁니다, 의사는 말했다. 먹먹한 상태에서 그는 가슴에 손을 얹었다. 의사의 조언을 받아들일 수가 없었다. 그가 자기 인생에서 경험한 것은 그것과 달랐다.

"당통이 내 자리를 대신하게 할 건가요?"

그들은 다시 눈짓을 주고받았다. 로베르 랭데가 몸을 앞으로 숙였다. "그러길 바라나?"

로베스피에르가 고개를 격렬히 흔들었다. 당통의 늘어지는 목소리가 들린다. "변호사들 틈바구니에서 부적절한 행동을 하면서…… 자네를 만들면서 신이 뭘 빠뜨렸는지 한 번이라도 자문해 본 적이 있나?" 로베스피에르의 눈은, 사람들은 그런 줄 까맣게 모르지만, 이론도 없고 가식도 모르는 이 억센 지방 출신 변호사의 눈을 찾았다. "그러지 않기를 바랍니다." 마침내 입을 열었다. "다스리면 안 돼요. 그는 덕이 없어요."

랭데의 얼굴은 무표정했다.

"한동안은 당신들과 같이 못 있겠지만 곧 다시 함께하겠습니다." 로베스피에르가 말했다.

"많이 듣던 말인데." 콜로 데르부아가 말했다. "어디서 들었는지도 기억을 못 하나 보네. 걱정 마시오, 우린 아직 당신을 신격화할 때는 아니라고 생각했으니까."

랭데가 가만히 말했다. "그래, 그래, 그래."

로베스피에르는 콜로를 올려다보았다. '이 사람은 나의 약점을 이용하려고 드는구나.' 하고 생각했다. "종이 좀 주세요." 그는 속삭였다. 메모를 하고 싶었다. 몸이 좋아지는 대로 콜로의 지위를 낮춰야겠다고 적고 싶었다.

위원회 사람들은 엘레오노르한테 아주 공손하게 말했다. 한 달 있으면 좋아질 거라고 한 수베르비엘 박사의 말을 그들은 꼭 믿지 않았다. 만에 하나 로베스피에르가 죽으면 자기가 로베스피에르의 미망인으로 대접받으리라는 생각이 들었다. 시몬 에브라르가 마라의 미망인인 것처럼.

여러 날이 지나갔다. 수베르비엘은 로베스피에르에게 더 많은 방문객을 맞고 읽고 쓰는 것을 허락했다. 그러나 쓰는 것은 개인 편지에 국한되었다. 어지러운 소식만 아니라면 뉴스도 접할 수 있었지만 어지럽지 않은 뉴스는 없었다.

생쥐스트가 돌아왔다. "위원회는 썩 잘해 나가고 있습니다, 분파들을 박살낼 겁니다." 생쥐스트가 말했다. "당통은 아직도 평화 교섭 이야기를 하나?" 로베스피에르가 물었다. "네, 하지만 아무도 동조하지 않습니다. 훌륭한 공화주의자는 승리를 말합니다." 생쥐스트가 대답했다.

생쥐스트는 이제 스물여섯 살이었다. 생쥐스트는 아주 준수한 청년이었고 아주 단호했다. 그는 짧은 문장으로 말했다. "앞날에 대해서 말해보게." 로베스피에르가 말했다. 그러자 생쥐스트는 자신이 구상하는 스파르타 공화국에 대해서 말했다. "새로운 인간형을 키워내려면 아이가 다섯 살이 되면 부모 슬하에서 떼어내서 농부로,

군인으로, 입법가로 길러야 합니다." "여자애들은?" 로베스피에르
가 물었다. "아, 여자애들은 중요하지 않습니다. 그냥 엄마하고 집
에 있으면 됩니다."

　로베스피에르의 두 손이 침대보를 불안하게 이리저리 쓸었다. 그
는 데물랭이 손바닥으로 머리를 받쳤던, 막 태어난 자신의 대자를
떠올렸다. 몇 주 전에 자신의 외투 깃을 움켜잡고 종알거리던 자신
의 대자를 떠올렸다. 하지만 논쟁을 하기에 로베스피에르는 너무 힘
이 없었다. 사람들은 이제 생쥐스트가 바베트의 남편 필리프 르바의
누이 앙리에트 르바와 붙어 다닌다고 말했다. 하지만 로베스피에르
는 믿지 않았다. 생쥐스트는 누구하고도 붙어 다닐 사람이 아니었
다. 절대로 그럴 사람이 아니었다.

　로베스피에르는 엘레오노르가 방에서 나갈 때까지 기다렸다. 이
제는 기운이 좀 생겨서 목소리도 들릴 만큼 크게 냈다. 그는 모리스
뒤플레를 손짓으로 불렀다. "카미유를 봤으면 합니다."

　"그래도 괜찮을까?"

　뒤플레는 기별을 보냈다. 묘하게도 엘레오노르는 좋아하지도 언
짢아하지도 않았다.

　데물랭이 왔다. 데물랭은 정치 이야기도 하지 않았고 요 몇 년 동
안 있었던 일도 이야기하지 않았다. 한 번인가 데물랭은 당통을 언
급했다. 로베스피에르는 특유의 꼬장꼬장한 완고함을 보이며 고개
를 돌렸다. 그들은 집 안에 망자의 주검이 있을 때 사람들이 보통
그러듯이 억지로 명랑한 척하면서 과거에 대해서, 그들이 공유하는
과거에 대해서 이야기했다.

　홀로 남자, 로베스피에르는 누워서 덕의 공화국을 꿈꾸었다. 몸

저눕기 닷새 전 그는 용어들을 정의해 두었다. 그가 생각한 덕의 공화국은 정의와 공동체와 자기 희생의 공화국이었다. 그는 친절하고 목가적이고 학식 있는 자유로운 인민을 보았다. 인민의 삶에서 빠져나간 미신의 어둠. 땅속으로 사라지는 소금기를 머금은 물. 그 자리에 최고 존재에 대한 이성적이고 유쾌한 숭배가 나래를 폈다. 덕의 공화국 사람들은 행복했다. 해답 없는 문제와 출구 없는 욕망으로 가슴이 부서지고 육신이 고통당하는 사람들이 아니었다. 덕의 공화국 사람들은 엄숙함과 슬기로움으로 국정에 임했고 자식을 이끌었고 자기 땅에서 소박한 양식을 넉넉히 거두어들였다. 들에서는 개와 고양이, 뭇짐승이 노닐었다. 모두 자신의 본성대로 존중받았다. 하늘하늘 보드라운 리넨으로 만든 옷에 화환을 두른 소녀들이 하얀 대리석 기둥 사이로 사뿐사뿐 움직였다. 로베스피에르는 올리브 숲의 짙고 어두운 반짝임을 보았고 에나멜처럼 반짝이는 파란 하늘을 보았다.

"이걸 보게." 로베르 랭데가 말했다. 그러더니 신문을 펼치고 그 속에서 빵 조각을 털어냈다. "느껴보게." 랭데가 말했다. "어서, 맛을 봐."

빵은 손가락 사이에서 쉽게 부스러졌다. 시큼한 곰팡내가 났다. "혹시 모르나 싶어서, 평소처럼 오렌지를 먹고 살면. 지금 물자는 있지만 보다시피 품질이 이래. 이걸로 살아가라고 말할 순 없어. 우유도 없어. 가난한 사람들은 우유를 많이 쓰는데 말이야. 고기로 말할 것 같으면 뼈에 붙은 살점 하나라도 수프에 넣을 수 있으면 운이 좋은 거지. 여자들은 새벽 3시부터 정육점 앞에서 진을 치고 있어. 이번 주에는 싸움질하는 걸 국민방위대가 뜯어말려야 했지." 랭데가 말했다.

"이대로 가면 — 모르겠네." 로베스피에르는 손을 얼굴로 가져갔다. "구체제에서 사람들은 해마다 굶었어요. 그런데 어디에, 먹을 게 도대체 어디에 있는 건가요? 땅에서는 계속 나고 있잖아요."

"당통 말로는 우리가 취한 규제 조치 때문에 상거래가 얼어붙었다는 거야. 규제를 어기고 폭리를 취한다고 린치를 당할까 봐 농민들이 무서워서 도시로 농산물을 내놓지 않는다는 건데 꽤 일리가 있는 말이야. 우리도 할 수 있으면 징발을 하는데 차라리 썩게 내버려두지 농민들이 숨기고 내놓지를 않아요. 당통 쪽 말로는 우리가 통제를 풀면 공급이 재개되기 시작할 거라는군."

"어떻게 생각하세요?"

"구의 선동가들은 통제를 지지해. 그거 말고는 길이 없다고 사람들에게 말하면서. 진퇴양난이야."

"그래서……."

"자네의 지침을 기다리는 거지."

"에베르는 뭐라고 합니까?"

"잠깐만. 그 신문 좀 주게." 그가 신문을 털자 부스러기가 바닥에 우수수 쏟아졌다. "자."

"'상퀼로트를 개처럼 취급하면서 이거나 뜯어먹으라면서 뼈다귀만 던져주는 정육업자는 일반 인민의 적들과 똑같이 단두대로 보내야 한다.'"

로베스피에르의 입술이 일그러졌다. "아주 건설적이군요."

"불행하게도 인민 대다수는 1789년 이후로 별로 똑똑해지지 않았어. 이런 식의 제안이 그 사람들한테는 해결책으로 보이지."

"많이 시끄러운가요?"

"그런 편이지. 사람들이 요구하는 건 자유가 아니야. 자기들 권리에는 이제 관심이 없어 보여. 크리스마스 무렵만 하더라도 혐의자 석방과 데물랭이 아주 인기였지. 그런데 지금은 식량 공급만 생각해!"

"에베르가 악용하겠네요." 로베스피에르가 말했다.

"무기 공장이 굉장히 시끄러워. 파업할 여유가 없는데 말이야. 군수 물자가 모자라거든."

로베스피에르가 고개를 들었다. "선동꾼들은 거리에서든 공장에서든 어디에서든 잡아들여야 합니다. 사람들의 고충은 알지만 그렇다고 해서 이대로 내버려 둘 수는 없습니다. 나라를 위해서 희생할 줄 알아야죠. 결국 해결될 겁니다."

"생쥐스트하고 바디에가 경찰위원회에서 꽉 쥐고 있지. 불행하게도—" 랭데가 머뭇거렸다. "최상부 수준에서 이루어지는 정치적 결정 없이는 우리는 진짜 말썽꾼들하고 맞설 수가 없어."

"에베르."

"필요하다면 폭동이라도 일으킬 인간이야. 정부는 무너질 거고. 신문을 보라고. 지금 코르들리에서 벌어지는 움직임이—"

"말 안 해도 됩니다." 로베스피에르가 말했다. "잘 알고 있어요. 용기를 부추기는 겉만 번지르르한 호언장담과 밀실 회의. 당통의 영향력에 필적하는 건 에베르뿐입니다. 난 이렇게 무력하게 있고 모든 것이 무너지고 있습니다. 우리가 침략에서 구해주고 힘닿는 데까지 먹이려고 그렇게 애를 썼는데 인민이 위원회에 충성을 안 할까요?"

"이건 보여주지 않으려고 했는데." 랭데가 말했다. 그리고 주머니에서 딱딱한 종잇조각을 꺼내더니 펼쳤다. 정부가 운영하는 작업장의 노동 시간과 임금을 밝힌 공고문이었다. 벽에 붙었던 것을 떼어내는 바람에 종이의 네 귀퉁이가 너덜너덜했다.

로베스피에르는 손을 뻗어서 그것을 집었다. 공고문에는 여섯 명의 공안위원회 위원들 서명이 적혀 있었다. 그리고 그 밑에는 붉은 글씨로 이런 단어들이 휘갈겨져 있었다.

식인종. 날강도. 살인마.

로베스피에르는 침대에다 종이를 떨구었다. "카페 일가도 이렇게 괴롭힘을 당한 건가요?" 그리고 베개에다 머리를 묻었다. "이 가난한 사람들을 오도하고 배신하고 그 사람들 머리에 이 고약한 생각을 집어넣은 자들을 색출하는 게 내 임무입니다. 이제부터 혁명이 내 손을 떠나는 일이 없도록 하겠다고 분명히 말씀드립니다."

랭데가 가고 나서 로베스피에르는 베개에 기댄 채로 오랫동안 앉아서 오후 햇살이 바뀌면서 천장을 스치고 지나가는 모습을 지켜보았다. 땅거미가 떨어졌다. 엘레오노르가 불을 들고 살며시 들어왔다. 그녀는 통나무 하나를 화덕에 넣고 방 여기저기에 널린 종이들을 주섬주섬 챙겼다. 책들을 쌓아서 서가에 꽂고 주전자에 물을 다시 채우고 커튼을 쳤다. 그리고 앞에 서서 그의 얼굴을 가만히 어루만졌다. 로베스피에르가 미소를 지었다.

"좀 괜찮아졌어요?"

"아주 많이."

기운이 몽땅 빠져나가기라도 한 것처럼 갑자기 엘레오노르가 침대 발치에 털썩 주저앉았다. 어깨가 축 쳐지면서 머리를 두 손에 파묻었다. "처음엔 죽을 줄 알았어요. 바닥에 쓰러진 채로 발견되었을 때는 시체처럼 보였어요. 당신이 죽으면 어떻게 될까요? 우린 아무것도 할 수가 없었어요."

"난 죽지 않아." 그의 말투는 쾌활했고 결연했다. "무슨 일을 해야 하는지도 이제 더 분명해졌어. 내일 국민공회에 갈 생각이야."

방토즈 21일, 옛날 식으로는 3월 11일이었다. 공식 석상에서 물러난 지 30일째였다. 로베스피에르는 지금까지 살아온 모든 세월이 그저 빛과 소리만 조금 통하는 고치 안에서 갇혀서 지내다가 병에 걸린 덕분에 겨우 고치가 열리면서 순결하고 깨끗한 그를 신의 손이 밖으로 잡아끌어낸 듯한 그런 느낌이 들었다.

3월 12일: "위원회의 명령은 국민공회로부터 한 달 더 연장되었습니다." 로베르 랭데가 말했다. "반대는 없었습니다." 그는 마치 말하는 관보라도 되는 듯이 아주 공식적으로 말했다.

"음." 당통이 말했다.

"있을 리가 있나." 데물랭이 벌떡 일어나더니 방 안을 이리저리 서성거렸다. "어떤 반대도 있을 리 없지. 국민공회 사람들은 방청석 박수 소리에 따라서 일어섰다 앉았다 하는데. 방청석은 위원회에서 채워놓았을 테고."

랭데가 한숨을 쉬었다. "그 말이 맞소. 우연에 맡겨 두는 법이 없지." 그의 눈은 데물랭을 좇았다. "에베르가 죽기를 바라시오? 내가 보기엔 그런 거 같은데."

"결론은 정해진 겁니까?" 당통이 물었다.

"코르들리에 클럽에서 하루 동안 봉기를 요구하고 있소. 에베르도 신문에서 요구하고. 지난 오 년 동안 봉기를 버텨낸 정부는 없소이다."

"그렇지만 로베스피에르는 정부였던 적이 한 번도 없었죠." 데물랭이 말했다.

"맞아요. 봉기가 시작되기 전에 덮어서 꺼버리든가 아니면 무력으로 뭉개버리든가 둘 중 하나지요."

"행동파네." 당통은 말하고 나서 웃었다.

"당신도 한때는 그랬소." 랭데가 말했다.

당통은 한 팔을 휘저었다. "난 반대파지요."

"로베스피에르가 콜로를 위협했소. 콜로가 조금이라도 에베르의 책략으로 기우는 모습을 보였으면 지금쯤 감옥에 있겠지요."

"그게 나하고 무슨 상관입니까?"

"생쥐스트가 일 주일 내내 로베스피에르와 함께 있었소. 로베스피에르가 생쥐스트를 존중한다는 걸 알아야 하오. 생쥐스트는 한 번도 발을 잘못 놓은 적이 없거든. 장기적으로는 두 사람 사이에 이견이 좀 있을 수도 있다고 생각하지만 지금은 이론을 따질 단계가 아니오. 생쥐스트의 입장은 에베르가 가면 당통도 가야 한다는 것이오. 그는 분파들의 세력 균형에 대해서 말합니다."

"어디라고 감히. 난 분파가 아닙니다, 난 혁명의 핵심이라고요."

"보시오, 당통. 생쥐스트는 당신이 반역자라고 믿소. 당신이 적과 내통한 증거를 열심히 찾고 있소. 몇 번 말해야 알아듣겠소? 아무리 말 같지 않아 보여도 생쥐스트가 그렇게 믿는다고. 국민공회 앞에서 그렇게 말하고 있소이다. 콜로하고 비요바렌도 뒤에서 밀어주고."

"그렇지만 중요한 건 로베스피에르죠." 데물랭이 조용히 말했다.

"지난번에 마지막으로 만났을 때 두 사람이 다툰 모양이구려, 당통. 아무래도 마음을 정하려고 애쓰는 사람의 분위기가 로베스피에르한테 풍겨서 좀 그렇소. 얼마나 걸릴지는 모르겠지만 작은 계기로도 결심을 하게 될 듯한데. 그는 당신한테 좋지 않은 소리는 안 하지만 예전처럼 당신을 변호하지도 않소. 오늘 회의에서도 거의 말이 없었지. 다른 사람들은 아직 병이 안 나아서 그렇다고 하지만 단순히 그 때문만은 아니오. 말하는 것을 다 적고, 내내 지켜봅디다. 에베르가 무너지면 당신은 가야 하오."

"가요?"

"나가야 하오."

"친구한테 고작 그런 조언밖에는 못 해주는 겁니까?"

"당신을 살리고 싶어서 이러는 거요. 로베스피에르는 예언자고 몽상가요. 하나 물어봅시다, 정부의 수장으로서 예언자들이 어떤 기록을 남겼지요? 로베스피에르가 가면 누가 공화국을 떠맡겠소, 당신이 안 떠맡으면?"

"몽상가? 예언자? 말은 아주 그럴듯하게 하시는데요, 만약 그 샌님 같은 고자 녀석이 날 노린다면 그 모가지를 내 손으로 분지를 겁니다." 당통이 말했다.

랭데는 몸을 뒤로 젖혔다. "에이, 나도 모르겠다. 카미유, 당신이 좀 알아듣게 해보시오."

"그게…… 제 입장은 좀…… 모호해서요."

"기가 막히게 자네한테 맞아떨어지는 말이군." 당통이 말했다.

"생쥐스트가 오늘 위원회에서 당신을 비판했소, 카미유. 콜로와 바레르도 함께. 로베스피에르는 그 사람들이 말을 끝내도록 내버려 두더군. 그러고 나서는 당신이 성격이 드센 사람들 때문에 길을 잘못 든 거라고 말했소. 그랬더니 바레르가 그런 소리는 이제 신물이 난다면서 경찰위원회에서 나온 증거를 바디에한테서 받았다며 제시했소. 로베스피에르는 그 서류들을 받아서 책상 위 자기 서류들 밑에다 두고 그 위에 팔꿈치를 얹고는 화제를 돌렸소."

"그런 행동을 자주 하나요?"

"굉장히 자주 하지요."

"인민에게 호소해야지요." 당통이 말했다. "원하는 정부가 어떤 것인지 사람들한테 뭔가 생각이 있겠지요."

"에베르가 인민에게 호소하고 있소." 랭데가 말했다. "위원회는 그걸 기획된 봉기라고 부르고."

"에베르가 혁명에서 내 지위에 범접하진 못합니다. 턱도 없죠."

"인민은 그런 데 신경도 쓰지 않소." 랭데가 말했다. "누가 가라앉건 헤엄치건, 당신이건 에베르건 로베스피에르건 신경 안 쓴다오. 인민은 지쳤소. 재판은 심심풀이 삼아 보러 오는 거지. 극장보다는 나으니까. 피가 진짜니까."

"체념하신 모양이군요." 데물랭이 말했다.

"하, 체념을 담을 수레도 나한텐 없소. 위원회가 시킨 일이니까 그저 식량 공급에만 신경을 쓰는 거지."

"위원회에 충성하시는 거로군요."

"맞소. 그래서 다신 안 올 거요."

"이 고비만 넘기고 나면 당신의 도움은 잊지 않겠습니다."

로베르 랭데는 끄덕였다. 사실은 허리를 숙였는데 장난 같기도 하고 절반은 당혹스러운 것 같기도 했다. 그는 다른 세대였다. 혁명이 그를 만들지 않았다. 끈질기고 명석하게 그는 혁명이 하루하루 생존할 수 있도록 만들었다. 월요일에서 화요일로 무사히 넘어가는 것이 그가 바라는 전부였다.

각 구에서 나온 격한 연설. 시청 앞에서 벌어진 작은 시위. 방토즈 23일(3월 13일), 생쥐스트는 국민공회에서 보고서를 읽었다. 외세의 사주를 받아 대의 정부를 파괴하고 파리를 굶겨 죽이려는 음모가 잘 알려진 분파들 사이에서 일어나고 있다는 내용이었다. 방토즈 24일 이른 새벽 에베르와 동료들은 집에 있다가 경찰에 체포되었다.

로베스피에르: 이 면담이 무슨 목적에 도움이 된다고 우리 친구들이 생각한 것인지 당혹스럽네.

당통: 재판은 어떻게 되어 가나?

로베스피에르: 아무 문제 없지. 내일 끝났으면 싶은데. 아, 에베르 재판을 말하는 게 아니었나 보지? 파브르하고 에로는 며칠 안에 법정에 설 거야. 정확한 날짜는 나도 모르지만 푸키에탱빌은 알 거야.

당통: 혹시 나한테 겁주려는 건가? 이 얘기 저 얘기 핵심에서 벗어난 얘길 하는 게.

로베스피에르: 내가 자네한테 악감정을 품었다고 생각하는 모양이군. 내가 자네한테 부탁하는 건 딱 하나야. 파브르하고 갈라서라는 거야. 불행하게도 파브르가 재판을 받으면 자네도 재판을 받아야 한다고 생각하는 사람이 많아.

당통: 그럼 자넨 뭐라고 하나?

로베스피에르: 벨기에에서 자네가 한 행동은 추궁할 거리가 없는

게 아니야. 그렇지만 난 주로 라크루아를 비판하지.

당통: 카미유―

로베스피에르: 나한테 카미유 얘기는 두 번 다시 하지 말게.

당통: 왜?

로베스피에르: 지난번에 마지막으로 봤을 때 자넨 카미유를 헐뜯었어. 비웃으면서.

당통: 좋을 대로. 12월만 하더라도 자넨 공포 정치를 누그러뜨려야 한다는 사실을 인정했다는 게 핵심이지, 무고한 사람들이 ―

로베스피에르: 그런 감상적 표현은 마음에 안 드는군. 자네가 말하는 '무고한' 사람은 '이런저런 이유로 내가 인정하는 사람'이란 소리지. 기준은 그게 아니야. 법정에서 밝혀내는 게 기준이지. 그런 의미에서 무고한 사람은 곤욕을 치르지 않았어.

당통: 허! 내 귀로 들은 것을 믿을 수가 없군. 무고한 사람은 곤욕을 치르지 않았다니.

로베스피에르: 또 눈물은 짜내지 않기를 바라네. 그건 파브르 같은 배우들에게나 있는 재주지 자네한텐 안 어울려.

당통: 마지막으로 호소한다. 이 나라를 꾸려 갈 수 있는 사람은 자네하고 나 말곤 없어. 좋아, 마지막으로 인정하자, 우린 서로를 안 좋아하지. 하지만 자넨 진심으로 날 의심하지 않고 나도 진심으로 자넬 의심하지 않아. 우리 주변에는 우리가 서로를 망가뜨리기를 바라는 사람들이 있어. 그 사람들을 힘들게 만들자. 공동의 대의를 만들자고.

로베스피에르: 나야 그러면 좋지. 난 분파가 개탄스러워. 폭력도 개탄스럽고. 그렇지만 혁명이 잘못된 손에 들어가 변질되는 걸 보느

니 폭력으로 분파를 무너뜨리는 게 낫다는 게 내 생각이야.

　당통: 날 지목하는 건가?

　로베스피에르: 무고하다는 소릴 자넨 참 많이 하는데. 그 사람들이 어디 있나, 무고한 사람들이 어디 있지? 난 한 번도 못 본 거 같은데.

　당통: 결백한 사람을 바라보면서 죄를 찾아내니까 그렇지.

　로베스피에르: 내가 자네의 윤리와 자네의 원칙을 지녔다면 세상은 다른 곳으로 보일 거야. 그러면 난 누구도 처벌할 필요성을 못 느낄 거야. 범죄자도 없을 거야. 범죄도 없을 거고.

　당통: 허, 자네라는 사람과 자네가 있는 이 도시를 더는 한순간도 견딜 수가 없군. 난 아이들과 아내를 데리고 세브르로 가네. 내가 있는 곳 연락처는 알리라 믿고.

　세브르, 3월 22일: 제르미날 2일. "왔구나." 앙젤리크가 말했다. "날씨도 좋고 얼마나 좋아." 그녀는 손자들에게 입을 맞추고 나서 루이즈를 보고는 꼭 끌어안았다. 루이즈는 의무적으로 앙젤리크의 볼에 입을 맞추었다. "왜 다 같이 오지 않았어?" 앙젤리크가 물었다. "카미유네 식구 말이야. 노인들도 같이 오셨으면 좋았을 것을, 공간도 넉넉한데."

　루이즈는 아네트 뒤플레시도 노인들로 통용된다는 사실이 신기했다. "저희끼리 시간을 좀 보내고 싶어서요." 루이즈가 말했다.

　"아, 그랬어?" 앙젤리크는 어깨를 으쓱 올렸다 내렸다. 그것은 앙젤리크가 파악하기 어려운 욕망이었다.

　"우리 친구 뒤플레시는 시련을 이겨냈나?" 샤르팡티에 씨가 물었다.

"괜찮습니다." 당통이 말했다. "요즘 부쩍 늙긴 하셨지만요. 카미유가 사위니 오죽하시겠어요."

"자네도 머리가 희끗희끗하군."

"세월 한번 빠르다." 앙젤리크가 말했다. "클로드는 준수한 남자로 기억하는데. 좀 둔했어도 준수했는데." 앙젤리크는 한숨을 쉬었다. "지난 십 년을 다시 살았으면 얼마나 좋을까, 우리 따님은 그렇게 생각 안 하시나?"

"네." 루이즈가 말했다.

"그러면 루이즈는 여섯 살인데." 당통이 말했다. "그래도 정말 그러고 싶네! 지금하고 많이 다를 겁니다, 세상이."

"그걸 꼭 뒤로 다시 돌아가봐야 알 수 있는 건가요." 루이즈가 말했다.

"그날 오후가 떠오르는군." 샤르팡티에가 말했다. "1786년 아니면 1787년이던가? 뒤플레시가 카페에 왔길래 내가 저녁이나 같이 하자고 했지. 그랬더니 재무성 일로 눈코 뜰 새 없이 바쁘다는 거야. 그렇지만 지금의 위기를 넘기는 대로 날짜를 한번 잡아보자고 하더라고."

"그런데요?" 루이즈가 물었다.

샤르팡티에는 고개를 흔들며 웃었다. "아직도 날짜를 못 잡았어."

이틀 뒤 좋은 날씨가 막을 내렸다. 날이 흐리고 눅눅하고 쌀쌀했다. 외풍이 있었고 불을 피우면 연기가 매캐했다. 파리에서 오는 손님들의 발길이 끊이지 않았다. 서둘러 수인사를 나누었다. 대의원 아무개입니다, 코뮌의 시민 아무개입니다. 그들은 당통과 함께 문을 닫아걸고 틀어박혔다. 대화는 짧았지만 집 안에서는 짜증이 섞여 높아진 목소리들이 들렸다. 손님들은 파리로 돌아가야 한다고, 도저히 자고 갈 수 없다고 이구동성으로 말했다. 그들에게서는 심각한 우유부단과 수상쩍은 허세의 분위기가 묻어났다. 앙젤리크의 눈에는 그것이 위기의 전주곡으로 보였다.

그래서 앙젤리크는 필요한 질문을 던졌다. 사위는 한동안 말없이 앉아 있었다. 어깨는 축 처졌고 흉터 난 얼굴은 침울했다.

"저 사람들이 나한테 바라는 건—" 마침내 당통이 입을 열었다. "돌아가서 위세를 보이라는 겁니다. 그 소리는……. 국민공회에서 내 쪽으로 세력을 모을 복안이 있다는 뜻이고 베스테르만도 나한테 편지를 보내왔어요. 제 친구 베스테르만 장군 기억하시죠?"

"쿠데타로구나." 앙젤리크의 늙어 가는 얼굴이 어둡게 처졌다. "누가 다치는 거야? 이번엔 누가 다치는 건데?"

"그거죠. 바로 그거예요. 피를 보지 않고 이 상황을 바로잡지 못한다면 이 일을 다른 사람한테 넘겨야 할 겁니다. 요즘은 그런 생각이 듭니다. 내 문 앞에서 더는 살상극이 벌어지는 걸 보고 싶지 않습니다. 그것 때문에 양심의 가책을 받기도 싫고요. 이제는 단 한 명의 목숨이라도 이것 때문에 희생할 가치가 있다는 확신이 안 들어요. 이게 그렇게 이해하기 힘든가요?" 앙젤리크는 고개를 저었다. "파리에 있는 제 친구들은 이해를 못 합니다. 허무맹랑한 양심이라고, 제 변덕이나 게으름이라고 생각하고 의지가 마비된 거라고 생각합니다. 하지만 결국 난 그 길을 지금껏 걸어왔고 이제 종착점에 도달한 셈이죠."

"하느님은 자넬 용서할 거야." 앙젤리크가 속삭였다. "자네한테 신앙이 없는 건 알지만 난 자네와 카미유를 위해서 매일 기도하네."

"어떻게 해 달라고 기도하시는데요?" 당통이 올려다보았다. "우리가 정치적으로 성공하게 해 달라고?"

"아니, 자네를 너그럽게 심판해 달라고 하느님께 청하지."

"그러시군요. 그런데 난 아직 심판받을 준비가 안 되어 있거든요. 전능하신 하느님께 청원을 할 때는 로베스피에르도 집어넣으시나요? 하기야 우리가 아는 것보다 그 둘은 더 자주 밀담을 나눈다고 난 확신하지만요."

오후가 중반으로 접어들었을 무렵, 퍼붓는 빗속에 진창이 된 저택 안마당으로 덜컹덜컹 삐걱삐걱 들어서는 또 한 대의 마차. 이층 방에서는 아이들이 목이 터져라 소리를 지른다. 앙젤리크는 파김치가 되었고 그녀의 사위는 앉아서 발치의 축축한 개에게 말을 건넨다.

루이즈가 창유리를 닦고 밖을 내다보더니 "어머." 하고 속삭였다. 그리고 도도하게 치마를 젖히며 완벽한 자세로 방을 나섰다.

정육업자 르장드르의 여행복에서 쏟아져 내리는 물이 도랑을 이루고 운하가 되고 분수가 되고 바다가 된다. "이놈의 날씨 좀 보게." 그가 투덜거린다. "여섯 발짝 내디뎠는데 익사하겠네." 듣던 중 반가운 소리네, 뒤에서 홀딱 젖은 형상이 말했다. 르장드르는 벌게져서 뒤를 돌아보며 숨이 넘어갈 듯이 캑캑거리며 쉰 목소리로 동행자를 칭송했다. "물에 빠진 생쥐 같으십니다."

앙젤리크는 두 손을 뻗어 데물랭의 얼굴에 대고 자기 뺨을 데물랭의 흠뻑 젖은 곱슬머리에 갖다 댄다. 이탈리아어인지 뭐라고 알아듣지 못할 말을 속삭이고 젖은 양모의 냄새를 들이쉰다. "그 친구한테 뭐라고 말해야 좋을지 모르겠습니다." 데물랭도 겁에 질린 목소리로 속삭였다. 앙젤리크는 두 팔로 데물랭의 어깨를 감쌌다. 그리고 돌연 너무도 생생하게 작은 대리석 식탁들을 비스듬히 비추는 햇빛을 보고 재잘거리는 수다와 잔들이 쨍그랑 부딪치는 소리를 듣고 상큼한 커피 향과 강물과 분 바른 머리의 은은한 향기를 맡았다. 그렇게 서로 바짝 붙어서 약간 흔들거리며 두려움에 찔리고 못박힌 채로 그들이 서로의 얼굴을 망연자실 쳐다보는 동안 납빛 구름이 몰려왔다. 이윽고 자욱한 안개 속에 뿌려대는 음울한 폭우가 망토처럼 두 사람을 감쌌다.

르장드르가 무겁게 자리를 잡았다. "괜히 하는 말이 아니라 카미유하고 내가 할 일이 없어서 시골로 나들이를 올 사람들은 아니오. 그래서 무슨 말을 하려고 왔느냐, 지금부터 그걸 말하려고 하는데 말이지. 내가 워낙 배운 사람이 아니라서ㅡ" 그가 말했다.

"그 소리 지겹지도 않나." 데물랭이 말했다. "그런 소리 듣고 아직도 감동받으라는 건가."

"이건 정면으로 부딪쳐야 하는 일이야. 로마 황제들한테 일어났던 일인 척하면서 꽁꽁 싸맬 것이 아니라."

"사설 한번 길다." 당통이 말했다. "로마 황제들 여행 이야기를 하려는 거야 뭐야."

"로베스피에르가 자네 피를 원하네."

당통은 벽난로 앞에 뒷짐을 지고 서 있었다. 당통은 씩 웃었다.

데물랭은 이름들이 적힌 명단을 꺼내서 당통에게 건넸다. "제르미날 4일 분. 모두 열세 명 처형. 코르들리에 지도부, 에로의 친구 프롤리, 은행가 두어 명하고 당연히 뒤셴 영감도. 뒤셴 영감의 화덕을 앞세웠으면 좋았을 텐데. 사육제 행진처럼 만들 수도 있었을 텐데. 뒤셴은 죽을 때는 격노하지 않았어. 비명을 지르더군." 데뮬랭이 말했다.

"내 생각에는 자네도 그럴 거 같은데." 르장드르가 말했다.

"그건 당연한 소리고." 데뮬랭이 차갑게 말했다. "그렇지만 내 머리는 잘리지 않을 거야."

"같이 저녁을 먹었어." 르장드르가 의미심장하게 말했다.

"로베스피에르하고 저녁을 먹었다?" 데뮬랭이 끄덕였다. "잘했어." 당통이 말했다. "나야, 그 인간 있는 자리에서는 음식이 안 들어가지만 말이야. 토할 거야."

"아, 그건 그렇고 샤보가 음독을 시도했다는 거 알았나? 우리가 알기로는 그래." 카미유가 말했다.

"지하실에 약병이 하나 있었거든." 르장드르가 말했다. "'외용약'이라고 적혀 있었는데 그걸 마셨어."

"샤보는 뭐든지 꿀꺽할 인간이니까." 데뮬랭이 말했다.

"그런데 살아남았다? 좋다 말았다?"

"저기, 여기서 한가하게 웃고 빈정거릴 때가 아니야. 시간이 없어. 생쥐스트가 밤낮없이 로베스피에르를 볶고 있어." 르장드르가 말했다.

"뭘 가지고 날 걸고 넘어지겠다는 거지?"

"있는 거 없는 거 다. 오를레앙을 지지한 것부터 브리소하고 왕비를 구하려고 한 것부터 다."

"맨날 그 소리." 당통이 말했다. "그래서 자네의 조언은?"

"지난주 같았으면 맞서 싸우라고 했겠지. 하지만 지금은 자네부터 살라고 하겠네. 시간이 있을 때 떠나."

"이 사람아."

데믈랭은 마음이 편치 않아 보였다. "우린 좋게 만났어. 아주 사근사근하더라고. 사실은 그 친구가 술을 약간 과하게 마셨지. 좀 이상하게 들릴지 모르지만 내면의 목소리를 차단하고 싶을 때 말고는 그 친구가 그러는 법이 없거든. 내가 물었어, 왜 당통하고 말을 안 하려는 거냐고. 그랬더니 이마를 짚으면서 아직 재판 심리 중인 사건이라서 그렇다는 거야." 데믈랭이 고개를 돌렸다. "외국으로 가는 것도 생각해보라고."

"외국으로? 허. 1791년 여름에 내가 잉글랜드에 갔지. 샹드마르스에서 그 끔찍한 일이 있은 직후에. 기억나나? 그때 자네가 퐁트네의 정원에 서서 나를 꾸짖었지." 당통은 고개를 흔들었다. "여긴 내 나라야. 난 여기 남는다. 조국은 신발 밑창처럼 뺐다 넣었다 할 수 있는 게 아니야."

바람이 울부짖는 바람에 굴뚝이 덜거덕거렸다. 이 농장 저 농장에서 개들이 컹컹 짖어댔다. "후세에 대해서 말하는 사람은 위선자요 바보라고 하더니 지금은 자네가 후손에게 말하는 거 같네." 데믈랭이 중얼거렸다. 빗발이 가늘어지면서 잿빛의 젖어 드는 이슬비로 바뀌더니 집과 들판으로 스며들었다.

파리에서는 거리마다 흔들리는 가로등에 불이 밝혀졌다. 빗물 속에서 불빛은 부옇게 퍼졌다. 생쥐스트는 시원치 않은 난로 옆에 부실한 조명 아래 앉아 있었다. 하기야 그는 스파르타주의자다. 스파르타주의자에게 생활의 편익은 불필요하다. 생쥐스트는 보고서 작성에 들어갔다. 고발자 명단이다. 지금 이걸 보면 로베스피에르는 찢어버리겠지만 며칠 뒤면 바로 이것이 로베스피에르한테 필요할 것이다.

이따금 그는 쓰기를 중단하고 어깨 뒤를 엉거주춤 돌아보다가 만다. 누군가가 방으로 들어와서 뒤에 서 있는 것만 같다. 하지만 마음먹고 뒤를 돌아보면 아무것도 보이지 않는다. 방의 그늘 속에서 만들어지는 것은 나의 운명이라고 그는 느낀다. 그것은 오래전 어릴 때 나의 수호천사다. 내 어깨 너머에서 내 문법을 보고 웃는 것은 카미유 데물랭이다. 생쥐스트는 잠시 멈춘다. 살아 있는 유령은 없다고 그는 생각한다. 그는 자신을 추스른다. 그리고 다시 작업에 몰두한다.

생쥐스트의 펜이 서걱거린다. 그의 낯선 글꼴들이 종이에 새겨진다. 그의 글씨는 깨알 같다. 그는 많은 단어로 지면을 채운다.

13장

당통의 죽음

(1794)

3월 30일, 제르미날 10일, 상가: "마라?" 검은 형상이 살짝 움직였다. "죄송합니다." 당통이 멋쩍은 듯이 손을 머리에 가져갔다. "바보 같은 소릴 했네요."

당통은 의자 쪽으로 움직였지만 한때는 시민 알베르틴이었던 사람의 체취가 거의 느껴지지 않는 형상으로부터 눈을 뗄 수가 없었다. 그녀의 옷차림은 수의를 겹겹이 껴입은 것 같았다. 저런 건 통 본 적이 없었고 앞으로도 볼 일이 없겠다 싶을 만큼 스타일이나 유행하고는 동떨어진, 숄과 망토를 겹쳐 두른 차림이었다. 그녀는 외국 억양으로 말했지만 지도에서 찾아낼 수 있는 나라의 억양은 아니었다.

"어떻게 보면 틀린 말은 아니지요." 알베르틴이 말했다. 그녀는 해골 같은 손을 들어 둘둘 에워싼 천 어딘가에 놓았다. 심장이 뛰고 있겠다 싶은 곳이었다. "오빠를 여기에 안고 있으니까요. 우린 이제 절대로 떨어지지 않아요."

당통은 잠시 입을 열지 못했다. "제가 어떻게 도와드리면 될까요?"

"우린 도와 달라고 온 게 아니에요." 뼈와 뼈가 맞부딪치듯 건조하기 이를 데 없는 목소리였다. 알베르틴은 마치 대답이라도 들으려는 듯 잠시 말을 멈추었다. "지금 쳐요." 그녀가 말했다.

"외람되지만—"

"지금 국민공회에 있어요. 로베스피에르가."

"안 그래도 눈앞에 어른거리는 유령들 때문에 충분히 힘듭니다." 당통은 일어나서 더듬더듬 방을 가로질렀다. 미신에 가까운 두려움이 당통을 건드렸다. "내 손으로 그 사람을 죽게 할 수는 없습니다."

"저쪽을 안 죽이면 이쪽이 죽는다니까. 지금 당장 국민공회로 가야 해요, 당통. 그 애국자가 걷고 말하는 걸 봐야 한다니까. 그의 기분을 파악하고 싸울 준비를 해야 한다니까요."

"알겠습니다, 가지요. 그래야 마음이 편하시다면. 하지만 시민께서 잘못 생각하시는 겁니다. 로베스피에르도 위원회의 어느 누구도 감히 나를 몰아세우지는 못할 겁니다."

"감히 몰아세우지는 못할 거라고 믿는다고요." 비웃음. 알베르틴은 당통에게 다가가서 입매가 위로 올라간 얼굴을 바짝 들이밀었다. "날 아시는가?" 그녀가 물었다. "한번 말해보시지, 시민. 우리가 한 번이라도 틀린 적이 있었는지."

생토노레 거리: "지금 내 시간만 빼앗고 있네." 로베스피에르가

말했다. "국민공회가 모이기 전에 내 의도를 말했잖아. 에로 드 세셸과 파브르 서류는 검사가 맡는다. 대의원 필리포와 대의원 라크루아의 영장은 자네가 작성해도 좋아. 하지만 다른 사람은 건드리지 말게."

생쥐스트의 목소리가 작은 거실을 흔들었다. 생쥐스트가 주먹으로 책상을 내리쳤다. "당통이 활보하도록 내버려 두면 당신부터 내일 당장 감옥에 갇힐 겁니다. 이번 주가 가기 전에 당신 머리가 잘릴 겁니다."

"이럴 필요 없어. 진정하라고. 내가 당통을 알아. 당통은 언제나 신중하고 상황을 헤아리는 사람이야. 궁지에 몰리지만 않으면 절대로 움직이지 않을 사람이야. 자기한테 불리한 증거를 자네가 모으고 있다는 건 틀림없이 알겠지. 그리고 틀림없이 그걸 논파할 준비를 하고 있을 테고."

"그렇죠, 무력으로 논파하자. 그게 그 사람 생각일 겁니다. 자, 필리프 르바를 불러들이세요. 경찰위원회를 불러들이세요. 자코뱅 클럽의 모든 애국파를 불러들이세요. 그럼 제가 지금 하는 말을 그대로 해줄 겁니다." 생쥐스트의 완벽하게 하얀 피부가 발그스름하게 달아올랐고 검은 눈이 빛났다. '혼자 신이 났구나.' 로베스피에르는 역겹다는 생각이 들었다. "당통은 공화국의 배신자요 살인마입니다. 살면서 한 번도 타협이란 걸 해본 적이 없는 사람입니다. 오늘 우리가 나서지 않으면 자기한테 맞서지 못하도록 우리 모두를 살려두지 않을 겁니다."

"자네 말에 모순이 있어. 앞에서는 그 사람이 한 번도 공화주의자인 적이 없었고 라파예트부터 브리소까지 모든 반혁명분자를 받아들였다고 말했지. 그리고 나중에는 한 번도 타협한 적이 없다고 말하고 있잖나."

"괜한 트집을 잡는군요. 당통이 공화국 안에서 활보하도록 내버려 두어도 좋을 사람이라고 생각하는 겁니까?"

로베스피에르는 눈을 내리깔고 생각에 잠겼다. 그는 사안의 본질을, 생쥐스트가 말하는 공화국의 본질을 이해했다. 그것은 피레네 산맥과 라인 강이라는 테두리에 갇힌 공화국이 아니라 정신의 공화국이었다. 살과 돌로 이루어진 도시가 아니라 덕의 보루요 정의의 아성이었다. "확신이 안 서네. 마음을 못 정하겠어." 벽에서 그의 얼굴이 자신을 감정하듯이 마주보고 있었다. 그는 고개를 돌렸다. "필리프?"

필리프 르바는 작은 응접실과 뒤플레 부부의 좀 더 큰 거실 사이 문간에 서 있었다. "마음을 정하는 데 도움이 될 만한 게 있습니다."

"바디에한테서 나온 거겠지." 로베스피에르는 회의적으로 말했다. "경찰위원회에서 나온 거겠지."

"아닙니다, 바베트한테서 나온 겁니다."

"바베트? 여기 있나? 무슨 뜻인지 모르겠군."

"잠깐 이리 와보시죠. 오래 걸리지 않습니다." 로베스피에르는 망설였다. "제발요." 르바는 완강했다. "당통이 살아도 좋은 인간인지 알고 싶어 하셨잖아요. 생쥐스트, 자네도 와서 들어보지."

"좋아." 로베스피에르가 말했다. "하지만 다음부터는 이런 논쟁은 내가 사는 집에서 하지 말아주게."

거실에는 뒤플레 식구들이 모두 있었다. 로베스피에르는 그들을 둘러보았다. 방에는 긴장이 감돌았다. 소름이 돋았다. "이게 뭐죠?"

그는 조용히 물었다. "이해가 안 되네요."

아무도 말하지 않았다. 바베트는 마치 무슨 위원회에 불려 나오기라도 한 것처럼 큰 탁자에 혼자 앉아 있었다. 로베스피에르는 허리를 숙여 바베트의 이마에 입을 맞추었다. "여기 있는 줄 알았으면 이 바보 같은 논쟁을 짧게 끝냈을 텐데. 자."

여전히 아무도 말하지 않았다. 달리 할 일이 없자 로베스피에르는 의자를 탁자 쪽으로 당겨서 바베트 옆에 앉았다. 바베트는 보드라운 작은 손을 내밀었다. 바베트는 임신한 지 오륙 개월이라서 몸매가 둥그스름했고 얼굴이 상기되었고 예뻤다. 당통의 어린 신부보다 겨우 몇 달 더 나이를 먹었을 뿐이라서 로베스피에르는 볼 때마다 두려움이 엄습했다.

모리스 뒤플레가 고개를 숙인 채 벽난로 옆 의자에 앉아 있었다. 마치 낯 부끄러운 소리라도 들은 사람 같았다. 하지만 이제 헛기침을 하고 고개를 들었다. "우린 자네를 아들로 생각하네." 그가 말했다.

"자, 자." 로베스피에르가 웃으면서 바베트의 손을 꼭 쥐었다. "이거 점점 무서운 연극의 3막 같은 기분이 드는데."

"여자애한테 가혹한 일이지." 뒤플레가 말했다.

"괜찮아요." 바베트는 그렇게 말하고 고개를 숙였다. 얼굴이 빨개졌다. 중국 도자기 인형처럼 파란 눈이 눈썹에 반쯤 가렸다. 생쥐스트도 눈을 반쯤 감고 벽에 기댔다.

필리프 르바는 바베트의 의자 뒤에 자리를 잡았다. 그리고 의자 등을 손가락으로 꽉 움켜쥐었다. 로베스피에르는 그를 흘끗 보았다. "시민, 무슨 일인가?"

"시민 당통의 성격에 대해서 이야기들 하고 계셨잖아요." 바베트가 나지막이 말했다. "전 정치는 하나도 몰라요. 여자의 세계가 아니니까요."

"말하고 싶은 게 있으면 얼마든지 말해도 돼. 내가 보기엔 여자도 남자만큼이나 사리에 밝거든." 그렇게 말하고 로베스피에르는 어서 반박해보라는 듯이 생쥐스트를 무섭게 쏘아보았다. 생쥐스트는 나른하게 미소를 지었다.

"저한테 일어난 일을 알고 싶어 하실지도 모른다는 생각이 들었어요."

"언제?"

"그 아이가 알아서 말하게 두게." 뒤플레가 말했다.

바베트는 로베스피에르한테서 살며시 손을 뺐다. 그리고 반질반질한 식탁 위에 손가락들을 모았다. 말을 시작하는 바베트의 얼굴이 식탁 위에 어렴풋이 비쳤다.

"지난 가을 제가 세브르로 갔을 때 기억하세요? 엄마가 너 바람 좀 쐬고 와야겠다고 해서 시민 파니스 집에 가서 지냈어요."

시민 파니스. 파리 대의원 에티엔 파니스의 존경받는 아내를 말하는 것이었다. 에티엔 파니스는 군주를 타도한 8월 10일에 혁혁한 공을 세운 훌륭한 산악파였다.

"기억하지." 로베스피에르가 말했다. "날짜는 모르겠고. 10월이나 11월이었지."

"그래요. 그런데 그때 시민 당통이 루이즈하고 세브르에 있었어요. 루이즈를 한번 찾아가는 게 좋겠다고 생각했어요. 나이도 저하고 엇비슷하고 루이즈가 외롭고 말동무를 원할지도 모른다고 생각했거든요. 얼마나 견디기 힘들까 그런 생각을 내내 했어요."

"뭐가?"

"루이즈 남편이 루이즈를 사랑해서 결혼했다고 말하는 사람도 있지만 자기가 시민 뤼실 데물랭한테 빠져 있는 동안 자기 아이들을 흔쾌히 보살펴주고 살림도 해주니까 결혼했다고 말하는 사람도 있거든요. 물론 시민 뤼실 데물랭이 제일 좋아하는 사람은 디용 장군이라고 말하는 사람이 대부분이지만."

"바베트, 핵심에서 벗어나지 말고." 르바가 말했다.

"그래서 루이즈를 찾아갔는데 집에 없더라고요. 시민 당통은 있었어요. 그 사람은 아주 상냥하고 상당히 매력적일 때도 있어요. 조금 안됐다는 생각이 들더라고요. 정작 말동무가 필요한 건 이 사람인가 싶기도 하고. 루이즈는 별로 똑똑하지 않다는 생각도 들었어요. 같이 얘기나 하자고 당통이 그러더군요."

"집에 둘밖에 없다는 걸 바베트는 몰랐습니다." 르바가 말했다.

"몰랐어요. 알 길이 없었지요. 우린 이런저런 얘기를 했어요. 물론 나중에 닥칠 일은 꿈에도 몰랐고요."

"무슨 일이 닥쳤길래?" 로베스피에르의 목소리에서 조바심이 살짝 묻어 나왔다. 바베트는 로베스피에르를 올려다보았다. "저한테 화내지 마세요."

"내가 왜 화를 내. 아니야. 화난 것처럼 들렸나? 미안해. 그러니까, 대화를 나누다가 당통이 무슨 말을 했는데 그걸 알려야겠다고 생각한 거네. 훌륭해, 책임을 다하려는 모습이 보기 좋아. 아무도 뭐라고 할 사람 없어. 당통이 무슨 말을 했는지 나한테 말해봐, 그래야 사안의 경중을 따질 수 있지."

"그게 아니에요." 뒤플레 부인이 나지막이 말했다. "너무 사람이 좋다 보니까 이 세상에서 벌어지는 일을 절반밖에 몰라."

로베스피에르는 방해꾼을 노려보았다. "자, 바베트." 로베스피에르는 다시 바베트의 손을 잡으려다 그저 바베트의 손등에 자기 손가락 끝을 살짝 댔다.

"어서." 남편 르바가 말했다. 마음과는 달리 말이 더 거칠게 나왔다. "무슨 일이 있었는지 말해봐, 바베트."

"저한테 팔을 둘렀어요. 이제 애도 아니겠다 전 쓸데없이 소란을 피우기 싫었어요. 그러더니 제 옷 속으로 손을 넣더라고요. 하지만 전 생각했어요, 당통은 가장 존경받는 사람들 중 하나라고. 그런데 또 시민 뤼실 데물랭한테 그가 했던 일도 떠올랐어요. 사람들 보는 앞에서 그 사람이 뤼실한테 달려들었다는 얘기를 들었거든요. 물론 그건 중요하지 않았어요. 왜냐하면 그가 정말로 갈 데까지 가진 않을 테니까요. 그러면서도 몸을 빼내려고 정말 노력했어요. 그렇지만 워낙 힘이 센 사람이잖아요, 그리고 하는 말도, 차마 입에 담을 수가—"

"그래도 말해야지." 로베스피에르가 얼어붙은 목소리로 말했다.

"로베스피에르처럼 고상한 숫총각보다 여자 경험이 많은 남자가 얼마나 더 나은지 보여주고 싶다고 했어요. 그러고는 덤볐어요." 바베트는 두 손을 얼굴 앞에 모으고 깍지를 꼈다. 얼굴을 가린 손 때문에 목소리가 거의 들리지 않았다. "당연히 전 몸부림을 쳤어요. 그 사람은 언니 엘레오노르가 별로 도덕적이지 않다고 했어요. 우리 공화주의자들이 뭘 원하는지만 아는 여자라고 했어요. 그러고는 제가 정신을 잃었나 봐요."

"계속할 필요가 있을까요?" 르바가 말했다. 그는 몸을 움직여서 로베스피에르의 의자 등을 손으로 짚고 서서 로베스피에르의 목덜미를 내려다보았다.

"그런 식으로 내려다보지 마." 로베스피에르가 매섭게 말했다. 하지만 르바는 움직이지 않았다. 로베스피에르는 자기 얼굴을 돌려서 감정을 가다듬을 구석을, 모서리를, 자리를 찾아서 방 안을 둘러보았다. 하지만 어디를 보아도 뒤플레 가족의 눈이 그를 쏘아보았다.

"그래서, 언제 정신이 들었지? 어디에서 깨어났지?"

"방 안에 있었어요." 바베트의 입이 떨렸다. "옷이 흐트러지고 치마가—"

"됐어." 로베스피에르가 말했다. "자세히 말 안 해도 돼."

"방 안에 다른 사람은 없었어요. 정신을 차리고 일어나서 사방을 둘러봤어요. 아무도 없어서 앞문으로 뛰쳐나왔어요."

"그러니까 지금, 분명히 하고 싶어서 그러는 건데, 당통한테 강간을 당했다고 말하는 건가?"

"할 수 있는 데까지 몸부림쳤어요." 바베트는 울기 시작했다.

"그러고 나서는 어떻게 됐지?"

"그러고 나서는?"

"아마 집에 왔겠지. 파니스 부인은 뭐라고 하던가?"

바베트는 얼굴을 들었다. 눈물이 한 방울 뺨을 타고 흘러내렸다. "이 일을 아무한테도 말하면 안 된다고 했어요. 엄청난 소란이 일어날 거라면서."

"그래서 말하지 않았다."

"지금까지는요. 그래야 한다고 생각했어요." 바베트는 다시 울음을 터뜨렸다. 뜻밖에도 벽에 기대고 있던 생쥐스트가 앞으로 나와서 허리를 숙이고 바베트의 어깨를 토닥거렸다.

"바베트, 이제 눈물을 그치고 내 말을 들어봐. 그 일이 벌어졌을 때 당통네 하인들은 어디 있었지? 하인 없이 지낼 사람이 아니거든. 집 안에 누군가가 분명히 있었을 텐데." 로베스피에르가 말했다.

"몰라요. 소리를 지르고 비명을 질렀지만 아무도 안 왔어요."

뒤플레 부인은 그렇게나 오래도록 침묵을 지키면서 놀라운 참을성을 보여주었지만 망설이다가 마침내 입을 열었다. "막시밀리앙, 이미 일어난 일도 힘든데 더 힘든 건—"

"그 사람도 수를 셀 줄 안답니다." 생쥐스트가 말했다.

로베스피에르는 처음에는 무슨 말인지 못 알아들었다.

"그러니까 바베트, 그때는 몰랐다는—"

"몰랐죠." 바베트는 다시 고개를 떨구었다. "제가 어떻게 알겠어요? 어쩌면 벌써 애를 가진 상태였는지도 모르고, 확실히 모르겠어요. 정말 그랬으면 좋겠는데. 그 사람 애를 낳긴 싫어요."

바베트가 큰 소리로 말했다. 모두 전부터 거기까지 생각이 미치긴 했지만 입 밖에 내어 말해진 것은 처음이었고 모두들 충격에서 헤어나지 못했다.

로베스피에르만이 자제심을 발휘했다. 지금 중요한 일은 유혹에 맞서는 것이었다. 환하게 불 켜진 감정의 창을 거지처럼 들여다보고 싶은 유혹에 맞서야 했다. "잘 들어, 바베트. 이건 아주 중요해. 오늘 이 이야길 나한테 말하라고 귀띔한 사람이 있었니?"

"아뇨. 누가 그러겠어요? 오늘까지는 아무도 몰랐는데."

"여기가 법정이라면 말이지, 아마 내가 이것저것 많이 물어볼 거야."

"여긴 법정이 아닐세." 뒤플레가 말했다. "자네 가족 일이야. 난 삼 년 전에 거리에서 자네 목숨을 구했고 그 뒤로 우린 자네를 친자식처럼 보살폈네. 자네하고 자네 누이, 자네 동생 오귀스탱은 서로를 제외하곤 아무도 기댈 데가 없는 고아였고 우린 자네가 부족함을 느끼지 않도록 최선을 다했네."

"그러셨죠."

로베스피에르는 풀이 죽어서 식탁 끝에 바베트를 마주보고 앉아 있었다. 뒤플레 부인은 로베스피에르를 살짝 스치며 몸을 움직여서 딸을 끌어안았다. 바베트는 흐느끼기 시작했다. 그 소리가 바늘처럼 그를 파고들었다.

생쥐스트가 헛기침을 했다. "미안하지만 이제 저하고 같이 가셔야겠습니다. 한 시간 뒤에 우리 위원회하고 경찰위원회가 만납니다. 당통에 관한 예비 보고서를 제가 작성했습니다. 아직은 보완이 필요하지만요."

"이 문제는 법정으로 끌고 갈 문제가 아님을 이해하시겠죠, 뒤플레. 그럴 필요가 없지요, 다른 혐의들에 견주면 죄송하지만 사소한 문제니까요. 당통 재판에서 뒤플레 씨가 배심원으로 앉을 일도 없을 겁니다. 배심원을 면제받도록 푸키에탱빌한테 말하겠습니다. 공정하지 않을 테니까요." 로베스피에르는 고개를 흔들었다. "아니, 공평하지 않을 테니까요."

"출발하기 전에 이층에 올라가서 수첩들을 가져오시겠습니까?" 생쥐스트가 말했다.

튈르리 오후 8시: "정말 솔직히 말하겠소, 시민." '이단 심문관'이 말했다. 로베스피에르는 누렇게 뜬 바디에의 긴 얼굴에서 그의 손으로, 녹색 천에 덮인 타원형 회의 탁자 위에서 문서들을 들었다 놓았다 하는 그의 특이한 손가락들로 시선을 돌렸다. "당신 동료들을 위해서, 그리고 경찰위원회의 내 동료들을 위해서 당신에게 툭 터놓고 말하겠소."

"알았으니까 어서 계속하시지요." 로베스피에르는 입이 굳고 가슴이 욱신거렸다. 입안에 피가 고였다. 로베스피에르는 그들이 원하는 바를 알았다.

"나하고 생각이 같을 테지요. 당통은 권력자에 수완도 좋다는 데에." 바디에가 말했다.

"그렇죠."

"그리고 반역자라는 것도요."

"왜 저한테 묻습니까? 재판소에서 판단할 일을."

"그렇지만 재판 그 자체도 위험한 사안이오."

"그렇죠."

"따라서 아무리 조심해도 지나치지 않소."

"그렇죠."

"그리고 재판의 추이에 부정적인 영향을 끼칠지 모르는 상황은 미리미리 신경을 써야 하오."

바디에는 로베스피에르의 침묵을 동의로 받아들였다. 원생동물처럼 느릿느릿 심문관의 손가락들이 동그랗게 말렸다. 그것들은 주먹을 이루었다. 그리고 책상을 쳤다. "그런데 어떻게 당신은 우리가 이 귀족 언론인이 활보하도록 내버려 두기를 기대하는 거요? 1789년 이후로 당통의 행보가 반역으로 흘렀다면 어떻게 당신은 당통의 최측

근을 무혐의로 풀어주려는 거요? 혁명 이전까지 그 사람은 반역자 브리소, 반역자 파브르와 어울렸소. 아니, 말을 끊지 마시오. 미라보 하고 생면부지였던 사람이 갑자기 베르사유에서 미라보하고 붙어 다녔지. 몇 달 동안, 미라보가 반역을 획책하던 몇 달 동안 한시도 옆에서 떨어지지 않았소. 그자는 무일푼에다 무명인이었는데 느닷없이 오를레앙의 만찬석에 밤마다 나타났소. 당통이 법무장관으로서 반역을 자행하던 시절에 그자는 당통의 비서였소. 그자는 부자, 아니면 부자처럼 살았소. 그리고 그자의 사생활은 입방아에 오르내리지."

"그렇죠." 로베스피에르가 말했다. "그리고 1789년 7월 12일에는 인민을 이끌었죠. 봉기를 일으켰고 이어서 바스티유를 무너뜨렸죠."

"어떻게 그자를 용서할 수 있소?" 바디에가 악을 썼다. "인민이 그자에게 어떤 애착을 느낀다면 그건 뭘 잘못 알고 그러는 건데?" 그는 대놓고 경멸을 드러냈다. "그자의 친구 당통이 재판을 받는 동안 그자를 자유롭게 내버려 둬도 된다고 생각하는 거요? 오 년 전에 돈을 먹고 군중 앞에서 발언을 한 적이 있다는 이유로?"

"그래서가 아니죠." 생쥐스트가 부드럽게 말했다. "그 자신이 그에게 애착을 느껴서 그러는 거죠. 공화국의 안녕보다 사사로운 감정을 앞세우는 것처럼 보이는군요."

"데물랭이 당신을 너무 오랫동안 바보로 만들었군요." 비요바렌이 말했다.

로베스피에르가 고개를 들었다. "날 중상하는군, 생쥐스트. 난 공화국의 안녕을 가장 중시해 온 사람이야. 내 사전에 그런 일은 있을수 없어."

"이 말만 하겠소." 바디에의 누런 손가락들이 다시 풀려 나왔다. "아무도, 심지어 당신처럼 고매한 애국심을 품은 사람도 인민의 의지를 거슬러서는 안 되오. 우린 모두 당신 반대편에 있소. 당신은 혼자요. 당신은 다수에게 고개를 숙여야 하오, 안 그러면 지금 이 자리에서, 오늘 이 방에서, 당신은 끝장이오."

"시민 바디에, 체포령에 서명해서 그걸 이 자리에서 돌리시지요." 생쥐스트가 말했다.

바디에가 펜으로 손을 뻗었다. 하지만 비요바렌의 손이 구멍에 숨어 있던 뱀처럼 튀어 올라 문서를 낚아채고 여봐란듯이 자기 이름을 썼다.

"제일 먼저 서명하고 싶은 겁니다." 비요바렌의 친구 콜로 데르부아가 설명했다.

"당통 밑에서 일하면서 맺힌 게 많았나 보지?" 로베르 랭데가 물었다.

바디에는 문서를 돌려받아서 자기도 서명한 다음 탁자에다 툭 던졌다. "뤼?"

경찰위원회의 뤼은 고개를 저었다.

"노망든 사람이에요." 콜로 데르부아가 한마디 던졌다. "공직에서 물러날 때가 됐는데 말이죠."

"귀가 먼 척하는 건지도 몰라." 비요바렌이 집게손가락으로 문서를 짚었다. "노인 양반, 서명하시오."

"자네 말대로 난 늙은이라서 경력을 끝장내겠다는 위협이 먹히지 않는다네. 난 당통이 반역자라고 생각하지 않아. 그러니까 서명하지 않겠네."

"그럼 생각보다 빨리 물러나셔야겠군요."

"상관없지." 뢰이 말했다.

"그럼 나한테 문서를 넘기세요." 르바가 사납게 말했다. "공화국 시간을 낭비하지 말고."

라자르 카르노가 문서를 집었다. 그리고 골똘히 바라보았다. "난 위원회들의 화합을 위해서 서명합니다. 다른 이유는 없습니다." 카르노는 서명을 하고 르바 앞에 문서를 놓았다. "여러분, 앞으로 몇 주에서 길어야 석 달이 지나면 여러분은 당통이 여러분을 위해서 파리를 규합해주면 얼마나 좋을까 하고 생각할 겁니다. 만일 여러분이 당통을 고발한다면 여러분은 역사의 새로운 단계로 들어서게 될 겁니다. 저는 여러분이 새로운 단계에 별로 준비가 안 되어 있다고 생각합니다. 분명히 말씀드리지만 여러분은 당통의 영혼이라도 불러내 달라고 주술사에게 매달릴 겁니다."

"사설이 길군." 콜로 데르부아가 말했다. 그리고 경찰위원회의 한 위원한테서 문서를 낚아채더니 자기 이름을 휘갈겼다. "자, 생쥐스트. 어서, 어서."

로베르 랭데가 영장을 받았다. 그는 한번 쓱 보더니 옆 사람에게 넘겼다. 생쥐스트의 눈이 휘둥그레졌다. "싫어." 랭데가 짧게 말했다.

"왜요?"

"자네한테 이유를 밝힐 필요는 없지."

"그럼 우린 최악의 해석을 할 수밖에 없지요."

"그럴 수밖에 없다면 유감이군. 여러분은 나를 물자 공급 책임자로 앉혔습니다. 난 애국자들을 먹이려고 여기 있는 거지 죽이려고 있는 게 아닙니다."

"만장일치일 필요는 없지요." 생쥐스트가 말했다. "그랬으면 더 바람직했겠지만 내버려 두자고요. 거부한 사람 말고 이제 두 명만 남은 건가요. 시민 라코스트 차례입니다. 다음에 영장을 시민 로베스피에르 앞에 놓고 잉크를 좀 더 가까이 옮겨주시면 고맙겠습니다."

이에 공안위원회와 보안위원회는 모두 국민공회 대의원인 당통, (외르에루아르 도의) 라크루아, 카미유 데물랭, 필리포를 체포하여 뤽상부르로 데려간 뒤 비밀 장소에 따로 투옥할 것을 명령한다. 그리고 파리 시장은 수령 즉시 본 명령을 집행할 것을 지시한다.

상가, 밤 9시: "잠깐." 당통이 말했다. "소개."

"당통—"

"소개 먼저 하고. 이 사람은 나하고 안 지 오래된 친구인데 파리스라고 혁명재판소 서기로 있지. 파브리시우스라고도 부르지."

"만나서 반갑습니다." 파리스가 서둘러 말했다. "당통이 제 일자리를 주선해주었지요."

"그래서 자네가 여기 온 거지. 봐, 루이즈. 난 충성심을 불러일으키는 사람이거든. 용건이 뭔가?"

파리스는 안절부절못했다. "자네도 알다시피 난 매일 저녁 위원회에 가지. 다음 날 처리할 지시 사항들을 취합해야 하거든." 그는 루이즈를 돌아보았다. "혁명재판소에 내릴 명령들이지요. 그걸 푸키에탕빌한테 가져갑니다." 루이즈가 끄덕였다.

"도착하니까 문이 잠겼더군. 그런 적은 지금까지 한 번도 없었는데. 그래서 애국자라면 안에서 무슨 일이 벌어지는지 알아 둘 만하다고 생각했지. 내가 그 건물을 잘 알잖아. 뒷문으로 들어가서 열쇠 구멍을 찾아냈지, 용서하게나. 열쇠 구멍을一"

"용서하네." 당통이 말했다. "열쇠 구멍에 눈을 대고 다시 귀를 대고서 날 성토하는 생쥐스트를 보고 들은 게로군."

"어떻게 아나?"

"논리적인 생각이지."

"사람들이 가만히 앉아서 그자가 지껄이는 거짓말을 귀담아 듣고 있더군."

"도대체 그놈은 무슨 생각을 하는 거야? 자넨 아나? 영장도 있었나?"

"눈으로 보진 못했어. 당통이 있는 자리에서 국민공회에서 당통을 성토하자는 얘기는 들었네."

"나야 좋지." 당통이 말했다. "나하고 연설로 맞서겠다 이거지? 그런데 경험이 있나? 혁명에서 이름을 날렸나?" 당통은 아내 쪽으로 돌아섰다. "완벽해. 내가 딱 원하던 바야. 그 머저리가 내 텃밭에서 나하고 붙기로 했군. 파리스, 난 너무 좋아."

파리스는 기가 찬 모양이었다. "일이 이렇게까지 되기를 바란 건가?"

"그 거들먹거리는 녀석을 십자가에 못 박을 거야. 못을 박아 넣으면서 얼마나 기분이 좋을까."

"밤새도록 연설 원고를 쓰겠네요." 루이즈가 말했다.

당통은 웃었다. "이 사람은 아직 내 방법을 몰라. 파리스 자넨 알지? 이봐요, 난 원고가 필요 없답니다. 내 머리에서 다 흘러나오거든."

"그래도 신문에 기사가 나오도록 손은 써야죠. '박수갈채가 쏟아졌다' 뭐 이런 표현도 빼놓지 말고."

"많이 늘었는데. 파리스, 생쥐스트가 카미유 얘기도 하던가?"

"기다리지 않고 말을 듣자마자 바로 여기로 달려왔다네. 카미유가 위험한 것 같진 않은데."

"오늘 오후에 내가 국민공회에 갔거든. 오래 있진 않았고. 카미유하고 로베스피에르가 밀담을 나누고 있더라고."

"그랬다면서. 아주 다정해 보이더라고 하던데. 그렇다면 혹시라도⋯⋯?" 파리스는 머뭇거렸다. 죽마고우가 네게 등을 돌리겠느냐고 그에게 어떻게 물어본단 말인가.

"내일 국민공회에서 카미유를 부추겨서 생쥐스트와 대적하게 할 거야. 볼만하겠지. 풀 먹인 듯 빳빳한 강직함의 대명사처럼 굴면서 얼굴은 방금 스테이크를 게걸스럽게 먹어치운 사람처럼 보이는 그 친구 말이야. 카미유가 그 친구의 씀씀이를 두고 한두 마디 농담을 던지고 이어서 1789년 이야기를 하는 거지. 싸구려 수법이지만 방청석은 환호할 거야. 그럼 생쥐스트는 핏대를 올리겠지. 물론 쉽지는 않지, 그리스 조각상 같은 냉정함을 갈고닦은 녀석이니까. 그래도 장담하지만 카미유가 해낼 거야. 그 친구가 악을 쓰고 으르렁거리면 카미유는 밀려나서 가엾어 보이겠지. 그럼 로베스피에르가 벌떡 일어날 거고 우리 앞에는 엄청 감동적인 장면이 연출되는 거야. 한 번도 틀린 적이 없어. 슬슬 움직여볼까나. 아니, 계획은 내일 아침에 짜야겠다. 카미유를 혼자 있게 둬야지. 실은 집에서 안 좋은 소식이 왔어. 카미유 가족 중 누가 돌아가셔서."

"소중한 아버님 말고?"

"어머니."

"저런." 파리스가 말했다. "타이밍이 안 좋네. 카미유가 장난을 칠 기분이 아니겠는데. 그나저나 좀 덜 위험한 쪽으로 행동할 생각은 없나 보군."

마라 거리, 밤 9시 30분: "내가 집에 갈 수도 있었다고." 데물랭이 말했다. "아버진 왜 어머니가 아프다고 나한테 말을 안 한 거야? 여기 있었으면서. 당신이 지금 앉아 있는 그 의자에 앉아 있었다고. 한마디도 안 했어."

"당신이 쓸데없이 걱정할까 봐 그러신 거죠. 가족들도 좋아질 거라고 생각했는지 모르고."

작년 말 어느 날 문 앞에 훌쩍 나타난 사람이 있었다. 호리호리하고 무심해 보이고 은발이 인상적인 예순 남짓 되어 보이는 기품 있는 신사였다. 뤼실은 그가 누구인지를 알아보는 데 제법 시간이 걸렸다.

"우리 아버진 내가 걱정할까 봐 걱정한 적이 한 번도 없는 사람이야. 남의 감정을 헤아린다는 개념을 이해 못 하는 사람이야. 아니, 감정이라는 개념 자체를 통 이해하지 못하는 사람이지."

하루나 이틀, 짧은 방문이었다. 장니콜라 데물랭이 온 것은 〈원조 코르들리에〉를 보고 나서였다. 그는 자기가 얼마나 이걸 좋아하는지, 아들이 드디어 옳은 일을 했다는 느낌을 얼마나 강하게 받았는지 아들에게 말하고 싶었다. 아마도 그는 자신이 아들을 얼마나 그리워하는지, 가끔씩 집에 와주기를 얼마나 바라는지 말하고 싶었으리라.

하지만 막상 그 말을 하려고 하면 숫기가 없어 얼굴이 벌게지는 열세 살 소녀처럼 쑥스러워서 어쩔 줄을 몰랐다. 아버지는 목소리가 목구멍에서 걸려 말없이 아들을 대면했고 아들도 대개는 말을 안 하는 쪽을 선호했다.

뤼실은 살면서 그렇게 괴로운 30분은 처음이었다. 파브르도 평소처럼 신세 한탄을 하러 와 있었는데 곤란한 상황에 처한 늙은 데물랭을 본 파브르의 눈에 눈물이 고였다. 뤼실은 파브르가 눈물을 훔치는 모습을 보았고 젊은 데물랭도 그 모습을 보았다. 아버지하고 자기가 운 것이 더 낫지 않았냐고, 두 사람 다 울 일이 많지 않냐고 파브르는 훗날 말했다. 장니콜라가 말하려는 노력을 포기했을 때 아버지와 아들은 쌀쌀맞게 최소한으로 껴안았다. 그분은 좀 결함이 있다고, 자기가 보기엔 가슴에 문제가 있다고 파브르는 나중에 말했다.

물론 그 방문에는 또 다른 측면도 있었다. 파브르조차도 그것을 입 밖에 내지 않았다. 그것은 '네가 이번에 살아남겠니?' 하는 물음이었다. 그들도 오늘 밤 그걸 입 밖에 낼 수 없었다. 데물랭이 입을 열었다. "조르주자크하고 그 어머니를 보면 묘해. 지겨운 할망구일지 모르지만 모자가 언제나 웬만큼 죽이 맞고 언제나 통하거든. 당신하고 당신 어머니도 그렇고."

"한사람이나 다를 게 없죠." 뤼실은 쏘아붙였다.

"그래, 그런데 날 봐. 난 어머니하고 연결되었다고 생각하기가 힘들어. 장니콜라가 다리 밑에서 날 주워 온 게 아닌가 싶기도 하고. 난 일평생 그 사람을 기쁘게 하려고 했지만 한 번도 성공한 적이 없고 한 번도 포기한 적이 없어. 저 여기 있어요, 아버지. 전 열한 살이고요, 누이들이 동요를 부르듯이 아리스토파네스를 읽을 수 있어요. 그래, 그런데 왜 하느님은 우리한테 왜 언어 장애가 있는 아이를 주셨지? 보세요, 아버지. 전 시험이란 시험은 다 붙었어요, 기쁘세요? 그래, 그런데 너는 언제쯤 돈을 벌겠냐? 자요, 아버지. 아버지가 이십 년 전부터 노래하던 혁명이에요. 제가 막 그걸 일으켰어요. 그래, 장하다. 그런데 우리가 너한테 기대했던 길과는 많이 다르네, 그리고 이웃들이 뭐라고 할까?" 데물랭은 고개를 흔들었다. "내가 그동안 그 남자한테 편지를 쓰느라고 들인 시간을 모두 더하면 그 시간에 아랍어도 배울 수 있었을 거야. 뭐라도 쓸모 있는 일을 했을 거야. 마라하고 머리를 맞대고 룰렛 장치라도 궁리했을 거야."

"마라가 고안한 게 있잖아요."

"그렇다고 본인이 말했지. 그런데 문제는 사람이 너무 추레하다 보니 도박장에서 들여보내지 않았다는 거지."

그들은 한 일이 분 동안 말없이 앉아 있었다. 데물랭의 어머니라는 화제는 바닥이 났다. 데물랭은 어머니를 몰랐고 어머니도 데물랭을 몰랐다. 어머니가 죽었다는 소식을 더 비참하게 만든 것은 바로 그런 무지였다. 다시 기회가 올 거라고 내심 기대했는데 기대가 물거품이 되었을 때의 느낌이었다. "승부사들이에요." 뤼실이 말했다. "에로 드 세셸 생각을 계속 하게 돼요. 이제 감옥에 갇힌 지 보름 됐나. 그런데 에로는 그 사람들이 잡으러 올 줄 알았는데 왜 안 달아났을까요?"

"자존심이 너무 세."

"파브르도 그렇죠. 라크루아가 체포될 거라는 게 맞을까요?"

"그렇게 말하더군. 필리포도 마찬가지고. 위원회에 맞서면 살아

날 수가 없어."

"하지만 카미유, 당신은 맞섰잖아요. 지난 다섯 달 동안 위원회만 공격했잖아요."

"그래. 하지만 난 막시밀리앙이 있잖아. 그래서 날 못 건드려. 건드리고 싶어도 막시밀리앙이 동의하지 않는 한 그럴 수 없어."

뤼실은 난로 앞에 무릎을 꿇었다. 그리고 부르르 떨었다. "내일은 농장으로 사람을 보내서 나무를 좀 더 들여놓아야겠어요."

상가: "파니스 대의원이 왔어요." 루이즈는 문 앞에 서 있던 남자에게서 바로 공포를 읽어냈다.

제르미날 11일 새벽 1시 15분 전이었다. 당통은 잠옷 바람이었다. "용서하시오, 시민. 하인들은 잠자리에 들었고 우리도 막 자려던 참이라서. 난로로 오시오, 밖이 춥소."

당통은 불씨가 남은 난로 앞에 꿇어앉았다. "그냥 두세요." 파니스가 말했다. "체포하러 오고 있습니다."

"뭐?" 당통이 돌아보았다. "잘못 알았겠지. 파리스가 먼저 여기 다녀갔는데."

"그 사람이 무슨 말을 했는지는 몰라도 그 사람은 두 위원회가 모인 자리에는 없었습니다. 랭데는 있었지요. 랭데가 날 보냈습니다. 영장이 발부되었습니다. 국민공회 앞에서 소명할 기회도 안 주려는 겁니다. 바로 감옥으로 가고 거기서 혁명재판소로 가게 됩니다."

당통은 한동안 가만히 있었다. 충격으로 얼굴이 하얘졌다. "하지만 파리스 말로는 생쥐스트가 국민공회에서 나하고 한판 붙고 싶고 했다던데."

"그렇게 말했지요. 어땠을 거 같습니까? 다른 사람들한테 제압당했지요. 위험 부담이 크다는 걸 알기에 생쥐스트를 뜯어말려야 했던 겁니다. 그 사람들은 초짜가 아니거든요. 당통이라는 사람이 방청석을 뒤집어놓을 수 있다는 걸 알지요. 생쥐스트가 펄펄 뛰었다고 랭데가 그러더군요. 방문을 박차고 나갔고 또 —" 파니스는 시선을 피했다.

"또 뭐?"

파니스는 손으로 입을 막았다. "모자를 난로에다 팽개쳤답니다."

"뭐요?" 대의원의 눈과 당통의 눈이 마주쳤다. 그들은 때에 어울리지 않게 유쾌하게 소리 죽여 웃기 시작했다.

"그 친구 모자. 랭데 말로는, 그게 신나게 훨훨 타더랍니다. 그 친구 수첩도 모자 뒤를 따를 뻔했지만 불길에다 휙 던지려는 것을 무지몽매한 이른바 애국자 한 사람이 우격다짐으로 빼앗았다네요. 영광의 순간을 빼앗기는 것이 못마땅했던 게지요. 암요."

"그 모자를! 아, 카미유가 그 자리에 있어야 했는데!"

"그러게요." 대의원이 동의했다. "카미유라면 그 행동의 진가를 누구보다도 잘 파악했을 텐데요."

그러고 나서 당통은 자기 처지를 떠올렸다. 시시덕거릴 때가 아니었다. "영장에 서명을 했다는 겁니까? 로베스피에르도?"

"네. 랭데 말로는 마지막 기회를 놓치지 말라고 하더군요. 적어도 집을 떠나기라도 하라고요, 언제 들이닥칠지 모르니. 난 이만 갑니다, 가서 카미유한테도 알려야 하거든요."

당통은 고개를 흔들었다. "냅두시오. 자게 둬요, 아침에 알게 내버려 두라고요. 카미유는 이제 큰일을 치러야 할 테니까. 로베스피에르에 맞서야 하는데 뭐라고 말할지 모를 테니까."

파니스는 당통을 빤히 보았다. "허, 아직도 상황 파악이 안 되십니까? 카미유는 로베스피에르한테 아무 말 못 한다니까요. 당신들 두 사람 다 갇힌다니까요."

루이즈는 당통의 몸이 축 처지는 것을 보았다. 당통은 의자 속으로 구겨져 들어가 손을 이마에 대고 앉았다.

새벽 2시. "이제는 피했겠지 하는 마음에서 와봤는데, 허. 당통 여기서 뭐 하는 거요? 그 사람들이 당신을 박살 내는 걸 거들 참이오?" 랭데가 말했다.

"실감이 안 나서요." 당통이 죽어 가는 불씨를 바라보면서 말했다. "그 친구가 카미유를 체포한다는 게요. 지난 오후만 하더라도 둘이서 대화에 깊이 빠져 있었거든요. 다정하게 웃어 가면서. 아, 위선의 극치로군!"

루이즈는 어느새 옷을 차려입고 있었다. 그녀는 조금 떨어져서 두 손에 얼굴을 파묻었다. 루이즈는 당통의 얼굴을 보았다. 당통에게서 의지와 힘이 빠져나가는 것을 보았다. 눈물이 그녀의 손가락 사이로 스며 나왔다. 하지만 마음 한구석에서는 끊임없이 작은 속삭임이 들려왔다. 넌 자유를 얻을 거야, 넌 자유를 얻을 거야.

"국민공회 앞에 날 세울 거라고 생각했습니다. 국민공회가 우리 체포에 동의해야 한다는 사실, 국민공회가 우리의 면책 특권을 박탈해야 한다는 사실을 아무도 일깨우지 않던가요?"

"일깨웠소, 당연히. 로베스피에르가 일깨웠소. 그랬더니 비요바렌이 당신이 안전하게 감금되면 그때 동의를 얻어내겠노라고 했소. 그 사람들은 겁에 질려 있습디다. 문을 꽁꽁 닫아걸고도 꼭 당신이 언제 들이닥칠지 모른다고 생각하는 것처럼 굴었소."

"그 친구는 뭐라고 하던가요? 카미유에 대해서?"

"그 사람이 가엾다는 생각이 들었소." 랭데가 불쑥 말했다. "사정없이 그 사람을 몰아댔소. 양자택일을 요구하면서. 그리고 딱하기도 하지, 그 사람은 공화국을 위해서 자기가 살아남아야 한다고 생각합디다. 이후로는 인생이 많이 새롭게 보이겠지."

"마라도 혁명재판소에 기소당했었지요." 당통이 말했다. "지롱드파가 마라를 체포해서 법정에 세웠지만 산통이 깨졌지요. 재판소는 풀어주었습니다. 사람들이 마라를 둘러메고 의기양양하게 거리를 누볐습니다. 마라는 더 강해져서 돌아왔지요."

"그랬지." 랭데가 말했다. '하지만 그 시절에는 재판소가 독립성을 지켰지.' 랭데는 생각했다. '마라는 재판을 받았지만 당신도 재판을 받을 거라고 생각하오?'

하지만 랭데는 말하지 않았다. 그저 당통이 마음을 다잡고 기운을 차리는 모습을 지켜보았다. "그 사람들이 내 입을 막을 수 있을 거 같습니까? 날 체포할 순 있어도 내 입을 막진 못하지요. 좋습니다. 한판 붙지요." 랭데는 일어섰다. 당통은 랭데의 어깨를 툭 쳤다. "내 손에 작살나는 날 그놈들이 어떻게 구는지 한번 보자고요."

마라 거리, 새벽 3시. 중얼거림보다 나을 바가 없었지만 데물랭은 마음 한구석이 홀가분해진 듯이 막힘 없이 술술 말을 하기 시작했다. 뤼실은 어느새 울음을 그쳤다. 그리고 극단적인 감정에 뒤이어 나타나는 약에 취한 듯한 몽롱한 상태에서 이제는 가만히 앉아서 데물랭을 지켜보았다. 옆방에서는 그들의 아이가 자고 있었다. 바깥 거리에서는 아무 소리도 들리지 않았다. 방에서도 이 낮은 웅얼거림 말고는 아무 소리가 안 났다. 양초 한 자루에서 나오는 불빛 말고는 빛도 없었다. 우주에서 떨어져 나온 미아들 같다고 뤼실은 생각했다.

"1789년에는 말이죠, 귀족한테 칼을 맞을 거라고 생각했지요. 자유의 순교자가 되겠구나, 그거 괜찮겠네, 신문에도 다 나고 말이야. 그러고 나서 1792년에는 오스트리아군이 오면 총을 맞겠구나, 뭐 금세 끝날 테고 난 국가 영웅이 되겠구나 싶었어요." 데물랭은 목에다 손을 댔다. "당통은 우리 다음에 오는 사람들이 자기를 어떻게 생각하건 개의치 않는다고 말하죠. 하지만 난 좋게 평가받고 싶어요. 그런데 그럴 거 같지가 않죠?"

"잘 모르겠네." 랭데가 말했다.

"그렇지만 이제 와서 애국파의 반대편에서 죽는다는 거, 반혁명으로 비난을 받는다는 거, 이게 견디기 어렵네요. 제가 달아나도록 도와주시렵니까?"

랭데는 머뭇거렸다. "이제 시간이 없네."

"시간이 없는 건 알지만 도와주시렵니까?"

"아니, 힘들겠네." 랭데가 차분히 말했다. "우리 둘 다 희생되고 말 거야. 정말 미안하네, 카미유."

문가에서 랭데는 뤼실에게 팔을 둘렀다. "부모님한테 가요. 아침이면 이곳에서 못 지낼 겁니다." 그러더니 갑자기 돌아섰다. "카미유, 진담인가? 정말 도망칠 마음이 있는 건가? 보채지 않고 내가 하라는 대로 하겠나?"

데물랭은 고개를 들었다. "아니요. 사실은 그러고 싶지 않습니다.

그냥 시험해본 겁니다."

"뭘?"

"신경 쓰지 마세요. 합격했으니까." 데물랭은 다시 고개를 숙였다.

로베르 랭데는 쉰 살이었다. 그의 나이는 행정가의 무미건조한 얼굴에 나타났다. 뤼실은 어떻게 사람이 저 나이까지 살아남을 수 있는지 궁금했다.

"거의 동틀 무렵이에요." 뤼실이 말했다. "아직까지 아무도 안 왔어요."

뤼실은 희망에 부풀었다. 목을 졸라대는 손길처럼 희망은 심장을 고동치게 만든다. 로베스피에르가 어찌어찌 결정을 뒤집을 수 있었을까? 용기를 내서 좌중을 언변으로 제압할 수 있었을까?

"토끼 씨한테 편지를 썼어요." 뤼실이 말했다. "당신한텐 얘기 안 했지만. 돌아와서 우리를 지지해 달라고 부탁했어."

"답장이 없었겠지."

"그래요."

"내가 죽으면 당신하고 결혼할 생각이니까."

"그거야 루이즈가 하는 말이고."

"루이즈가 그 일에 대해서 뭘 아나?"

"하나도 몰라요. 카미유, 당신은 왜 그 사람을 토끼라고 불렀어요?"

"내가 왜 그 친구를 토끼라고 부르는지 알아내려는 사람들이 아직도 있나?"

"그럼요."

"아무 이유 없어."

뤼실은 저 밑에서 군화가 돌바닥을 저벅거리는 소리를 들었다. 순찰대가 걸음을 멈추는 소리를 들었다. 저건 그냥 매일 오가는 순찰일지도 모른다고 뤼실은 생각했다. 어차피 시간도 비슷하다. 마음은 잘도 속인다.

"자." 데물랭이 일어섰다. "오늘 밤은 자네트가 없어서 다행이군. 이제 대문이구나."

뤼실은 방 한복판에 서 있었다. 팔다리가 꼭두각시 인형처럼 뻣뻣한 게 느껴졌다. 말이 안 나왔다.

"날 찾으시나?" 데물랭이 말했다. 뤼실은 그를 보았다. 그리고 8월 10일을 떠올렸다. 쉴로가 죽고 나서 데물랭이 옷을 갈아입고 비명이 난무하는 거리로 돌아간 그날을 떠올렸다. "내 신원을 확인해야 할 텐데." 데물랭이 장교에게 말했다. "직업은 언론인이고 국민공회 대의원인 카미유 데물랭입니까 하고 물어야 할 거 아니오. 마치 아주 닮은 사람이라도 있는 것처럼 말이오."

"너무 앞질러 가는군요." 남자가 말했다. "당신이 누구라는 것도 당신을 닮은 사람이 없다는 것도 아주 잘 압니다. 여기 영장 있습니다, 관심이 있는지는 몰라도."

"아들한테 작별 인사를 해도 됩니까?"

"우리도 같이 가야 합니다."

"깨우기 싫어서 말이오. 잠깐만 나 혼자 있으면 안 되겠소?"

남자들은 이리저리 움직여서 문들과 창문들을 막아 섰다. "지난주에 한 남자가 딸한테 인사를 하러 가서 자기 머리를 날렸거든요. 강 건너에서는 사층 창밖으로 몸을 던져 목뼈가 부러진 남자도 있고." 장교가 말했다.

"그래, 당신은 그들이 왜 그랬는지 이해가 잘 안 가겠군요." 데물랭이 말했다. "나라에서 어련히 알아서 목을 부러뜨려줄 텐데 말이지."

"우릴 힘들게 하지 마시오."

"힘들게 안 하리다." 데물랭이 약속했다.

"책 몇 권 챙겨요." 뤼실은 자기 목소리가 나오는 걸 보고 소스라쳤다. 목소리는 허세에 차 있었다. "따분할 거예요."

"맞아, 그래야겠다."

"그럼 서두르시오." 장교가 데물랭의 팔을 잡았다.

"안 돼." 갑자기 뤼실이 소리쳤다. 그녀는 데물랭한테 달려들어 그의 목을 끌어안았다. 그들은 입을 맞추었다. "자, 그만." 장교가 말했다. "놔주세요." 하지만 뤼실은 더 바짝 매달리면서 자기 팔을 붙잡은 손을 뿌리쳤다. 잠시 후 장교가 다시 몸을 떼어내려고 하자 뤼실은 주먹으로 장교의 턱을 보기 좋게 갈겼다. 타격의 충격이 자기 몸으로도 전해지는 것을 느꼈지만 넘어져 머리를 바닥에 부딪치면서도 아무것도 느끼지 못했다. '난 꼭 파리 아니면 작은 새 같구나.' 뤼실은 생각했다. '난 털려 나가고 짓이겨진다.'

뤼실은 혼자였다. 그들은 데물랭을 방에서 끌고 나갔고 계단을 내려가 집 밖으로 나갔다. 뤼실은 바닥에 앉았다. 다친 데는 없었다. 소파에서 쿠션을 집어 들고 꼭 끌어안은 채 멍한 눈으로 이리저리 몸을 약간씩 흔들었다. 내지르려고 했던 비명도 전하려고 했던 사랑의 말도 목구멍 안에 갇혀 쇳덩이처럼 박혀 있었다. 뤼실은 정신을 차렸다. 이제 어떻게 하지? 옷을 입어야 한다. 편지를 써서 전해야 한다. 대의원과 위원을 모조리 만나야 한다. 이쪽에서 나서서 움직여야 한다는 것을 뤼실은 알았다. 뤼실은 정신을 차렸다. 세상이 있고 그림자극의 세상이 있다. 자유와 환상의 세상이 있고 진짜 세상이 있다. 그리고 그 진짜 세상에서 우리는 세월이 흐르면서 우리가 사랑하는 사람들이 자신들의 쇠사슬에다 망치를 내리치는 것을 지켜본다. 바닥에서 일어서면서 뤼실은 차꼬가 살을 파고든다고 느꼈다. 난 카미유한테 묶여 있다고 뤼실은 생각했다. 난 묶여 있어요, 당신한테.

상가에서 모퉁이를 돈 곳에서 당통이 영장을 넘기면서 관심 있게 읽어 나갔다. 당통은 서둘렀다. 아이들한테 작별 인사를 해도 되느냐는 말도 하지 않았고 그저 아내의 이마에다가 아무렇지도 않은 듯이 입을 맞추었다. "빨리 갈수록 빨리 돌아올 거야." 당통이 말했다. "하루 이틀 안에 봅시다." 그리고 감시를 받으며 씩씩하게 거리로 걸어 나갔다.

튈르리 오전 8시: "우릴 보자고 했다고." 푸키에탱빌이 말했다.
"아, 예." 생쥐스트가 고개를 들면서 웃었다.
"우린 로베스피에르를 보는 줄 알았는데." 혁명재판소장 에르망이 말했다.
"아닙니다, 소장님. 접니다. 이의 있으십니까?" 생쥐스트는 앉으라는 소리도 안 했다. "오늘 아침 일찍 당통, 데물랭, 라크루아, 필리포 네 사람을 체포했습니다. 이 사건에 대해서 제가 작성한 보고서는 오늘 늦게 국민공회에서 발표하겠습니다. 여러분도 재판 준비를 해주세요. 다른 건 다 미루고 이 사안을 우선 처리해주세요."

"가만 가만." 에르망이 말했다. "절차가 이게 뭐요? 국민공회는 아직 체포안에 동의하지 않았소."

"그건 요식 행위로 봐야겠지요." 생쥐스트는 눈을 치켜떴다. "저하고 이 문제로 싸우자는 건 아니겠지요?"

"싸워? 우리가 서 있는 자리를 일깨워주려는 거요. 당통이 뇌물을 받았다는 건 모두가 알지만 아무도 증명할 수가 없어. 또 하나 모두가 알고 사방에 증거가 널린 건 당통이 카페 왕가를 무너뜨리고 공화국을 세우고 우리를 침공에서 구해냈다는 사실이지. 뭘로 기소를 할 텐가? 열성 부족?"

"당통의 혐의에 알맹이가 없다고 생각한다면 이 서류들을 보셔도 좋습니다." 생쥐스트는 서류들을 책상 위로 밀었다. "일부는 로베스피에르가 썼고 일부는 제가 썼습니다. 카미유 데물랭과 관련해서 시민 로베스피에르가 쓴 대목은 무시해도 됩니다. 변명뿐이니까. 여러분이 다 읽고 나면 그 대목은 쳐낼 생각입니다."

"거짓말투성이로군." 에르망이 서류를 읽으면서 말했다. "말도 안 돼. 완전히 날조야."

"음, 새로운 게 없네. 미라보하고 음모를 꾸몄다, 오를레앙하고도, 루이 카페하고도, 브리소하고도. 전에 우리도 이 문제를 다뤘지. 사실 우리한테 요령을 가르쳐준 건 데물랭이거든. 다음 주에 신속하게 평결이 나오면 '당통과 공모'도 덧붙일 수 있겠네. 한 사람이 죽는 순간 그 사람을 알았다는 것으로도 사형감이 되는 거야." 푸키에 탱빌이 말했다.

"당통이 방청석을 상대로 선동을 벌이면 우린 어떻게 하지?" 에르망이 물었다.

"재갈을 물릴 필요가 있다면 우리가 방도를 제공하겠습니다."

"하, 참 극적이군!" 푸키에탱빌이 말했다. "피고인 넷이 모두 변호사란 말이지?"

"자, 시민, 기운 내세요." 생쥐스트가 말했다. "항상 능력을 보여주셨지 않습니까. 위원회에 항상 충성해 오지 않으셨냐 이 말입니다."

"그랬지. 당신이 정부니까." 푸키에탱빌이 말했다.

"카미유 데물랭하고 친척이시죠?"

"그렇소. 당신하고 카미유도 보통 사이가 아닌 걸로 아는데."

생쥐스트는 찡그렸다. "그럴 리가요. 친척 관계가 영향을 끼칠지도 모른다고 생각하니 좀 불안하군요."

"난 내 일을 할 뿐이오." 푸키에탱빌이 말했다.

"그럼 됐고요."

"그래. 그리고 그 사실을 자꾸 읊어대지 않으면 고맙겠소."

"카미유를 좋아하나요?" 생쥐스트가 물었다.

"왜? 그건 아무 관계가 없다는 데 합의한 줄로 알았는데."

"아니, 그냥 궁금해서요. 대답 안 해도 됩니다. 서둘러 달라고 말씀드린 거 기억하시죠?"

"알았소." 에르망이 말했다. "이 목들이 떨어질 때까지 위원회가 진땀깨나 흘리겠군."

"재판은 내일이나 모레 시작해야 합니다. 가급적이면 내일."

"뭐?" 푸키에탱빌이 말했다. "당신 미쳤어?"

"저한테 그런 질문을 하면 곤란하지요." 생쥐스트가 말했다.

"아니, 증거하며 공소장하며—"

생쥐스트는 손가락 끝으로 보고서를 톡톡 쳤다.

"증인들하며." 에르망이 말했다.

"증인들도 필요해요?" 생쥐스트가 한숨을 쉬었다. "그래, 아무래도 필요하겠네. 그럼 구하세요."

"그 사람들이 누구를 증인으로 부를지도 모르는데 어떻게 증인을 소환해?"

"제가 방법을 알려드리지요." 생쥐스트가 에르망을 돌아보았다. "피고의 증인은 부르지 마세요."

"하나만 묻지." 에르망이 말했다. "암살자를 보내서 감옥에서 죽이는 게 낫지 않소? 이건 뭐, 맹세코 난 당통주의자가 아니지만 이건 살인이라고."

"참나." 생쥐스트는 짜증스러워했다. "여러분은 시간이 없다면서 하나 마나 한 질문으로 시간을 허비하고 있습니다. 난 잡담하려고 여기 있는 게 아닙니다. 사람들이 지켜보는 앞에서 재판을 하는 게 얼마나 중요한지 잘 아시잖습니까. 제가 이미 거명한 사람들과 함께 다음 사람들도 기소되어야 합니다. 에로 드 세셸, 필리프 파브르―됐습니까?"

"서류들은 준비됐소." 에르망이 불쾌하다는 듯 말했다.

"사기꾼 샤보, 샤보의 측근인 바지르하고 들로네, 둘 다 대의원이고―"

"그들에게 망신을 주자는 얘기군." 에르망이 시큰둥하게 말했다.

"그렇지." 푸키에탱빌이 말했다. "정치인들을 사기꾼, 도둑놈하고 섞는 거야. 한 사람이 사기죄로 재판을 받으면 나머지도 그래서 그러는 거구나 이렇게들 생각하거든."

"계속할까요? 여기에다가 외국인도 좀 집어넣어야지요. 프라이 형제, 에스파냐 출신의 은행가 구스만, 덴마크 사업가 디드리크센.
아, 그리고 투기꾼 성직자 데스파냐크, 혐의는 음모, 사기, 사재기,
통화 투기, 외세와 결탁 같은 거고 이건 여러분한테 맡기겠습니다.
이 사람들 증거는 넘쳐납니다."

"당통은 아니지."

"그건 알아서 하시고요. 그런데 말입니다, 시민들. 이게 뭔지 아십
니까?"

푸키에탱빌이 고개를 숙였다. "알다마다. 위원회가 서명한 백지
영장이지. 이렇게 말해도 될지 모르겠지만 그건 위험한 처사야."

"그렇죠, 위험하죠?" 생쥐스트는 종이들을 펼치더니 이름을 하나
하나 적어 넣었다. "지금 보고 싶으세요?" 생쥐스트는 종이들을 손
가락으로 집고 잉크가 마르도록 흔들었다. "여기 이건 당신 겁니다,
에르망이라고 적혀 있지요. 그리고 여긴 시민 검사 겁니다." 생쥐스
트는 다시 웃으면서 서류들을 외투 주머니 안에 집어넣었다. "재판
이 혹시라도 잘못될 가능성에 대비해서요."

국민공회: 회의는 어수선하게 시작됐다. 먼저 나선 사람은 르장
드르였다. 얼굴이 초췌했다. 거리가 소란스러워서 잠을 설친 탓일
까?

"어젯밤 본 의회 일부 성원들이 체포당했습니다. 다른 사람들은
모르겠고 당통도 체포당했습니다. 나는 구금된 국민공회 성원들을
의회로 데려와서 우리 손으로 기소하거나 사면할 것을 요구합니다.
당통의 손은 나의 손과 마찬가지로 깨끗하다고 확신합니다."

장내가 술렁거렸다. 발언자에게 쏠렸던 눈들이 다른 곳으로 돌

아갔다. 공안위원회 위원들이 입장하자 탈리앵 의장이 고개를 들었다. 콜로 데르부아의 얼굴은 축 처졌다. 그는 그날의 공연이 시작되기 전까지는 색깔을 드러내지 않는다. 생쥐스트는 금색 단추가 달린 청색 외투를 입었고 서류를 잔뜩 들었다. 장내는 슬그머니 불안에 휩싸인다. 경찰위원회가 등장했다. 눈꺼풀이 처지고 낯빛이 변한 긴 얼굴의 바디에, 입을 꽉 다문 르바. 그리고 그들이 연출하는 가벼운 침묵 속에서 매수불능자인 시민 로베스피에르는 위대한 비극 배우처럼 천천히 등장한다. 그가 층층이 배열된 의석들 사이로 난 통로에서 머뭇거리자 동료 하나가 그의 등허리를 살짝 찔렀다.

로베스피에르는 단상에 올라서 한동안 말이 없었다. 쪽지들 위에다 두 손을 포갰다. 몇 초가 흘렀다. 그는 장내를 훑어보았다. 자신이 불신하는 사람들 쪽으로는 맥박이 두어 번 뛸 동안 시선이 머물렀다고 사람들은 전했다.

로베스피에르는 아주 차분하고 담담하게 연설을 시작했다. 약간의 특권이라도 부여된 것처럼 당통의 이름이 거명되었다. 그러나 앞으로는 특권은 없을 것이고 썩은 우상들은 박살 날 것이다. 로베스피에르가 연설을 멈추었다. 그리고 안경을 바짝 끌어올렸다. 그의 눈이, 얼음장 같은 근시의 눈초리가 르장드르에게 박혔다. 르장드르는 거대한 도살자의 두 손을, 목을 따고 소를 자빠뜨리는 두 손을 손가락 관절이 하얘지도록 꽉 움켜쥐었다. 이윽고 르장드르가 일어나서 주절거렸다. 내 의도를 오해한 겁니다, 내 의도를 오해한 거예요. "지금 이 순간 누구든지 두려움을 보이는 사람은 유죄입니다. 무고한 사람은 결코 공공의 감시를 두려워하지 않기 때문입니다." 로베스피에르는 발언을 마치고 단상에서 내려왔다. 얇고 창백한 입술에서 미소 같기도 하고 냉소 같기도 한 것이 슬쩍 비쳤다.

생쥐스트가 그 다음 두 시간 동안 당통 일파의 모략에 대해서 보고했다. 보고서를 쓸 당시에는 피고가 앞에 있다고 가정했지만 그는 보고서를 수정하지 않았다. 당통이 정말로 앞에 있다면 생쥐스트의 낭독은 방청석에서 터지는 당통 지지자들의 아우성과 당통 자신의 자신만만한 고함으로 중간중간 끊겼으리라. 그러나 생쥐스트는 허공에 대고 발언하기에 침묵만 있을 뿐이고 침묵은 침묵을 더욱 깊게 만들었다. 그는 왼손에 든 문서에 눈을 두고 열정 없이, 거의 억양 없이 보고서를 읽었다. 이따금 오른팔을 들었다가는 스르르 떨구었다. 고리타분하고 기계적인 그 몸짓이 그가 보인 유일한 동작이었다. 생쥐스트는 막판에 가서야 한번 앳된 얼굴을 청중을 향해 들고서 대놓고 말했다. "이후로는," 생쥐스트는 장담했다. "애국자들만 남을 것입니다."

마라 거리: "자, 아가야." 뤼실이 아이한테 말했다. "엄마하고 같이 대부님을 보러 갈까? 아니다, 안 되겠다. 어머니한테 데리고 가." 뤼실이 자네트에게 말했다.

"나가기 전에 얼굴을 씻어야겠어요. 퉁퉁 부었어요."

"내가 울 거라고 기대하겠지. 그렇게 예상할 거야. 내 모습이 어떻게 달라졌는지도 못 알아차릴 거야. 원래 그런 사람이니까."

"이럴 수도 있군요." 루이즈 당통이 말했다. "여긴 우리 집보다 상태가 더 안 좋네요."

그들은 엉망진창이 된 뤼실의 응접실에 서 있었다. 그들이 소유한 모든 책이 책등이 찢겨 나간 채 양탄자 위에 쌓여 있었다. 서랍들과 옷장들도 활짝 열어젖히고 샅샅이 뒤진 모양이었다. 난로 안의 재들도 꼼꼼히 뒤진 흔적이 있었다. 뤼실은 메리 스튜어트의 판화 끝부분을 잘 펼쳤다. "카미유의 서류들을 다 가져갔어. 편지들도 전부. 교부들 원고까지 가져갔어."

"로베스피에르가 우릴 만나준다면 무슨 말을 하죠? 도대체 무슨 말을 할 수 있는 거죠?"

"루이즈는 아무 말 안 해도 돼. 내가 할 거야."

"국민공회가 항의 한마디 없이 그분들을 넘겨줄 거라고 누가 생각이라도 했겠어요."

"난 생각했어. 자기 남편을 제외하고는 아무도 로베스피에르한테 맞서지 못해. 여기 편지들." 뤼실이 자네트에게 말했다. "공안위원회 위원들 전원에게 보내는 거야. 생쥐스트만 빼고. 그 사람한테는 써봐야 소용없으니까. 여긴 경찰위원회에 보내는 편지들이고. 이건 푸키에탱빌한테 보내는 거고 이것들은 이런저런 대의원들한테 보내는 거야. 주소들이 다 적혔는지 보고. 제대로 전달되게 잘 살펴줘. 아무런 답장이 없고 막시밀리앙도 날 안 보려고 하면 다른 방도를 생각해봐야지."

뤽상부르에서 에로 드 세셸은 너그러운 주인 역을 맡았다. 어쨌든 그곳은 궁전이었지 감옥으로 설계된 곳은 아니었다. "음침하고 외로운 곳이 아니올시다." 에로 드 세셸이 말했다. "이따금 우리를 가둘 때도 있지만 보통은 정말 즐겁게 어울리면서 지내거든요. 솔직히 베르사유 이후로 이런 데는 처음 봅니다. 재치 넘치는 이야기에다 매너는 최상이지 숙녀들은 머리도 하고 하루에 세 번 옷을 갈아

입어요. 저녁에는 파티도 하고. 무기 말고는 아무거나 들여올 수 있어요. 말하는 것만 조심하면 돼. 여기 있는 사람 중에 절반은 밀고 자거든요."

에로가 '우리 살롱'이라고 묘사한 곳에서 재소자들은 신참들을 심사했다. 왕년에 귀족이었던 사람 하나가 라크루아의 건장한 체격을 멀리서 바라보았다. "저 친구 마부 하면 잘하겠군."

디용 장군은 술을 마시고 있었다. 그는 그것에 좀 미안해하는 표정이었다. "당신은 누구요?" 디용이 필리포에게 물었다. "내가 모르는 사람 맞지? 당신은 뭘 했소?"

"위원회를 비판했습니다."

"아."

"오." 필리포는 디용을 알아보았다. "당신은 뤼실의— 아이고, 죄송합니다, 장군님."

"괜찮소. 뭐라고 생각해도 난 개의치 않소이다." 장군은 비틀비틀 방을 가로질렀다. 그러고는 데물랭을 두 팔로 안았다. "이제 자네가 여기 왔으니 난 안 마시겠어, 약속하지. 그렇게 경고했거늘. 내가 자네한테 경고했지? 가엾은 카미유."

"그거 아세요?" 에로 드 세셸이 물었다. "날강도 같은 예술위원회가 내가 수집한 초판본들을 다 쓸어 갔다는 거."

"저 친구는—" 장군이 에로를 가리키면서 말했다. "혐의 사실을 부인하려고 자신을 변호하는 것 자체가 일고의 가치도 없는 일이라고 말하는 거야. 저런 태도는 도대체 뭐란 말이야. 자기는 귀족이니까 그래야 한다는 거야. 나도 그래야 한다는 거고. 이봐, 난 군인이기도 하거든. 걱정 마, 걱정 마." 장군은 데물랭한테 말했다. "우린 여기서 나갈 거야."

생토노레 거리. "아시잖아요." 바베트가 말했다. "그 사람 옆에 애국자들이 워낙 많아서 끼어들 여지가 없어요."

뤼실은 책상 위에 편지를 내려놓았다. "사람 마음은 한가지니까 엘리자베트, 이게 그 사람 손에 들어가게 해줬으면 좋겠어."

"그래 봐야 소용 없어요." 바베트는 웃었다. "그분은 결심을 했거든요."

집 꼭대기에서 로베스피에르는 혼자 앉아서 여자들이 가기를 기다렸다. 여자들이 거리로 들어서자 구름 뒤에서 태양이 불쑥 튀어나왔다. 여자들은 마음을 사로잡은 봄 공기 속에서 강 쪽으로 걸어 내려갔다.

뤽상부르 감옥에서 카미유 데물랭이 뤼실 데물랭에게:

내 방 벽에서 틈을 찾아냈어. 귀를 갖다 대니까 누가 끙끙거리더군. 위험을 무릅쓰고 몇 마디 건네니까 병자의 고통스러운 음성이 들리는 거야. 남자가 내 이름을 묻길래 이름을 말하니까 소리를 지르는 거야. "이런 이런." 그러더니 그 사람이 겨우 침대에서 몸을 일으켰다가 뒤로 나동그라지는 것 같았어. 파브르 데글랑틴 목소리란 걸 알겠더라고. "그래, 나 파브르야. 그런데 자넨 여기서 뭐 하는 건가? 반혁명이 일어난 건가?"

뤽상부르에서 열린 예비 심문:

L. 카미유 데물랭, 변호사, 언론인, 국민공회 대의원, 나이 서른

넷, 마라 거리 거주. 혁명재판소 F. J. 드니소 배석판사, 혁명재판소
F. 지라르 부기록관, A. 푸키에탱빌, G. 리앵동 부검사 입회.

심문 내용:

질문. 군주정의 회복을 염원함으로써, 국민 대의제와 공화 정부를
파괴함으로써 프랑스 국민에 반기를 드는 음모를 꾸민 적이 있습니
까?

대답. 아니요.

질문. 변호인이 있습니까?

대답. 아니요.

그럼 라가르드를 국선 변호인으로 임명합니다.

뤼실과 아네트는 뤽상부르 정원으로 갔다. 그들은 고개를 높이
들고 서서 가망 없이 여기저기를 살폈다. 엄마 팔에 안긴 아이가 운
다. 아이는 집에 가고 싶다. 창문 한 곳 어딘가에 데물랭이 서 있었
다. 어둠침침한 방에서 그는 하루 중 대부분의 시간을 책상 앞에 앉
아서 아직 통보받지 못한 혐의에 맞서 변론문을 썼다. 4월의 차가운
바람이 뤼실의 머리카락을 휘저어 물에 빠진 여자의 머리처럼 헝클
어뜨렸다. 뤼실은 고개를 돌렸다. 눈은 아직도 데물랭을 찾고 있었
다. 그는 그녀를 볼 수 있지만 그녀는 그를 볼 수 없다.

카미유 데물랭이 뤼실 데물랭에게:

어제 내 편지를 당신한테 들고 갔던 시민이 돌아왔을 때 "얼굴을
직접 봤나요?" 하고 내가 물었지. 예전에 로드레빌 신부님한테 당신
한테 몰래 편지를 전해 달라고 부탁하고 나서 물어봤을 때처럼. 당신

의 흔적이 혹시라도 남아 있을까 싶어서 나도 모르게 뚫어져라 그 시민을, 그 시민의 몸과 옷을 바라보았다오……

감방 문이 닫혔다. "내가 올 줄 알고 있었다는군요." 로베스피에르가 벽에 기대어 섰다. 그리고 눈을 감았다. 분을 바르지 않은 머리가 횃불 속에서 붉게 빛났다. "여기 있는 게 아닌데. 오지 말았어야 했는데. 그렇지만 오고 싶었어요……. 어쩔 수 없더라고요."

"얘기가 잘 안 됐군." 푸키에탱빌이 말했다. 그의 얼굴에 초조함과 약간의 비웃음이 떠올랐는데 그것이 누구를 겨냥한 것인지 알아낼 수는 없었다.

"안 됐어요. 당통이 우리한테 석 달을 주마 말했다네요." 어둠 속에서 그의 청록색 눈이 푸키에탱빌의 눈을 캐묻듯이 보았다.

"그냥 하는 말이지."

"재판 전에 달아날 기회를 주겠다는 말을 하러 내가 왔다고, 잠깐이지만 그 친구가 그렇게 생각한다는 느낌을 받았습니다."

"정말?" 푸키에탱빌이 말했다. "당신은 그런 부류가 아닌데. 알 만한 사람이."

"그래요, 그렇죠?" 로베스피에르는 허리를 반듯이 펴고 벽에서 떨어져 나와 손을 뻗더니 손가락으로 회벽을 쓸었다. "안녕히." 나지막이 속삭였다. 그들은 말없이 걸어 나갔다. 돌연 로베스피에르가 멈추었다. "가만." 그들은 닫힌 문 저편에서 두런거리는 말소리를 들었고 그 위로 자연스럽고 요란한 너털웃음 소리를 들었다. "당통." 로베스피에르가 뇌까렸다. 기가 막힌 듯한 얼굴이었다.

"갑시다." 푸키에탱빌이 말했지만 로베스피에르는 가만히 서서 들었다.

"어떻게 저럴 수가. 어떻게 웃을 수가 있지."

"거기 밤새도록 서 있을 거요?" 푸키에탱빌이 다그쳤다. 매수불능자에 대해서 그는 언제나 조심했고 그것은 옳은 판단이었다. 하지만 지금 매수불능자는 어디에 있단 말인가? 거래와 제안과 약속을 하며 이 감옥 저 감옥을 몰래 돌아다니고 있다. 황갈색 속눈썹은 물기에 젖었고 넋이 나간 얼굴로 비참하게 떠는 아직 철이 덜 든 젊은 이를 그는 보았다. "당통 무리를 재판소로 옮기시오." 푸키에탱빌이 어깨 너머로 말했다. "그리고," 푸키에탱빌은 뒤를 돌아보았다. "당신은 그자를 이겨낼 거요."

푸키에탱빌은 '아라스의 촛불'의 팔을 잡고 밤 속으로 끌고 나갔다.

혁명재판소 제르미날 13일(4월 2일) 오전 8시: "바로 본론으로 들어갑시다." 푸키에탱빌은 두 명의 부검사들에게 말했다. "오늘 피고석에는 위조범, 야바위꾼, 사기꾼에다가 저명한 정치인 대여섯 명이 앉을 거요. 창밖을 보면 군중이 보일 텐데. 하기야 보지 않아도 소리만으로도 알 수 있지. 이 사람들을 잘못 다루면 일이 엉뚱한 방향으로 흘러가서 수도의 치안이 위협받을 수도 있소."

"사람들을 안 들여보낼 수 있는 길이 없다는 게 유감이네요." 시민 플뢰리오가 말했다.

"공화국은 비공개 재판을 허용하는 조항이 없소." 푸키에탱빌이 말했다. "사람들이 보는 앞에서 이 일을 처리하는 게 얼마나 중요한지는 다들 잘 알 거요. 그렇지만 언론에는 아무것도 나가면 안 됩니다. 이제, 우리 사건으로 말할 거 같으면, 이 사건은 존재하지 않는 거요. 생쥐스트가 우리한테 건넨 보고서는 말하자면 정치적 문건입니다."

"거짓말이라는 소리군요." 리앵동이 말했다.

"그런 셈이지. 개인적으로 난 당통이 지은 죄는 참수형을 몇 번이라도 당할 만하다고 확신하지만 그렇다고 해서 우리가 기소하는 죄를 당통이 지었다는 뜻은 아니오. 우린 이 사람들을 논리정연하게 기소할 만한 시간이 없었소. 증인을 내세우고 싶어도 위원회를 매우 곤란하게 만들 말을 불쑥 내뱉지 않는다는 보장이 없어서 그러지도 못하고."

"패배주의적인 태도로군요." 플뢰리오가 말했다.

"플뢰리오, 자네가 시민 로베스피에르가 여기 동태를 파악하려고 심어놓은 사람이란 걸 우린 다 알아. 하지만 우리가 할 일은 구호를 입에 담거나 상투어를 읊어대는 게 아니라 고약한 법정 속임수를 쓰는 거요. 제발 반대편을 생각하시오."

"'반대편'이라고 하시면 피고의 변호사로 선임된 불행한 사람들을 말하는 건 아니시겠죠." 리앵동이 말했다.

"그자들이 감히 피고들하고 말을 섞지는 않을 거라고 봅니다만. 당통은 물론 인민 사이에서 지명도가 높고 파리에서 가장 강력한 웅변가에다가 당신들보다도 실력이 출중한 변호사지. 파브르는 걱정할 필요 없고. 그 사람 건은 워낙 많이 알려졌고 사방에서 손가락질을 받고 있으니까. 그리고 중병에 걸린 터라 우리 골치를 썩이지 않을 거요. 에로 드 세셸은 문제가 달라요. 그가 논쟁을 하겠다고 나서면 아주 위험하거든. 그자를 옭아맬 거리가 우리한테 거의 없소."

"카페가의 여자에 관한 문서가 있는 걸로 아는데요."

"있지만 여기저기 손을 봐야 하기 때문에 그걸 앞세워 들고 나올 생각은 별로 없소. 필리포 대의원은 과소평가하면 곤란하오. 다른 사람들보다는 덜 알려졌지만 굉장히 비타협적이고 우리가 무슨 짓을 해도 전혀 겁내지 않는 거 같거든. 라크루아 대의원은 도박사 기질이 있는 냉철한 사람이고. 정보원에 따르면 그자는 아직까지 모든 일을 농담으로 받아들인다고 하더군요."

"정보원이 누굽니까?"

"감옥 안? 라플로트라는 남자요."

"저는 당신 사촌인 데믈랭이 무섭습니다." 플뢰리오가 말했다.

"역시 정보원이 꽤 쓸모 있는 걸 봤소. 데믈랭이 히스테리를 보이고 동요하는 듯했다는 거요. 시민 로베스피에르가 뤽상부르로 몰래 자기를 찾아와서 기소 내용을 받아들이면 살려주겠노라고 제안했다고 주장하는 모양인데. 당연히 말도 안 되는 소리지."

"제정신이 아니로군요." 리앵동이 말했다.

"그러게." 푸키에탱빌이 말했다. "제정신이 아닌 거 같소. 우리는 재판이 시작되는 순간부터 그의 기를 꺾고 을러대고 공포를 불어넣는 데 주안점을 두어야 하오. 이건 특별히 어려울 게 없지만 중요한 건 데믈랭한테 조금이라도 변호할 기회를 주어서는 안 된다는 거요. 1789년을 기억하는 사람들은 데믈랭에게 애착이 좀 있거든. 그렇지만 플뢰리오, 우리의 자산이 뭐냐고 묻는다면?"

"시간이지요."

"맞소. 시간은 우리 편이오. 브리소 재판 이후로 사흘 뒤에 배심원이 이 정도면 됐다고 선언하면 재판이 종결되도록 절차가 바뀌었지. 그게 뭘 의미한다고 생각하시오, 리앵동?"

"배심원 선정에 신경을 써야겠죠."

"두 사람 다 나날이 좋아지고 있단 말씀이야. 그럼 한번 해볼까?" 푸키에탱빌은 혁명재판소의 단골 배심원 명단을 꺼냈다. "소목 트랭샤르, 구두 수선공 데부아소는 서민의 확고한 대변자고."

"믿을 만하죠." 플뢰리오가 말했다.

"모리스 뒤플레, 이보다 더 건실한 사람은 없지."

"안 됩니다. 시민 로베스피에르가 배심원에 넣어서는 안 된다고 했습니다."

푸키에탱빌은 입술을 깨물었다. "정말 이해할 수 없는 사람이군. 자, 그럼 가발업자 가네는 언제나 협조적이니까. 요즘은 가발 수요도 많지 않을 테니 일이 필요할 거야. 그리고 뤼미에르." 그는 이름 하나를 더 체크했다. "좀 길잡이가 필요하지만 한번 맡겨보자고."

리앵동이 검사의 어깨 너머에서 내려다보았다.

"8월 10일에 활약했던 르루아는 어떤가요?"

"훌륭하지." 푸키에탱빌이 말했다. 그리고 한때 프랑스의 르루아 드 몽플로베르 후작이었던 사람의 이름에 표시를 했다. "그리고?"

"수베르비엘을 넣어야 합니다."

"그 사람은 당통하고도 로베스피에르하고도 친구 사이인데."

"그렇지만 원칙이 뭔지를 아는 사람이고 또 모르면 깨닫도록 도울 수 있는 사람이지요." 플뢰리오가 말했다.

"그 사람하고 균형을 맞추려면 바이올린 만드는 르노댕도 넣어야겠군." 푸키에탱빌이 말했다.

플뢰리오가 웃었다. "아주 좋네요. 그날 밤 그 사람이 카미유를 때려눕혔을 때 저도 자코뱅 클럽에 있었습니다. 그런데 싸운 이유가 뭔가요? 그걸 통 모르겠더라고요."

"누가 알겠나." 푸키에탱빌이 말했다. "르노댕은 누가 봐도 제정신이 아니야. 법정에서 내 사촌에게 말을 걸 때 세례명으로 부르지 않기로 한 거 기억하지?" 그는 명단을 보며 얼굴을 찌푸렸다. "틀림없는 사람이 또 누가 있을지 모르겠네."

"이 사람은요?" 리앵동이 손가락으로 가리키면서 물었다.

"아니, 안 돼. 그 사람은 논리를 앞세우거든. 논리를 앞세우는 사람은 곤란하지. 그래, 아무래도 배심원 일곱으로 해 나가야겠소. 피고들은 논쟁을 할 입장은 아니지. 무슨 공방 같은 게 있는 것처럼 내가 말은 했지만 말이야. 우린 여기서 질 수도 있는 시합을 해서는 안 되는 겁니다. 그럼 7시에 법정에서 봅시다."

"내 이름은 당통입니다. 공화국에서 그럭저럭 알려진 이름이지요. 직업은 변호사고 아르시쉬르오브에서 태어났습니다. 며칠 있으면 내 주소지는 잊혀지겠지만 내가 산 집은 역사가 될 것입니다."

첫날.

"되게 비관적으로 들리는군요." 라크루아가 필리포에게 말했다. "이분들은 누구신지요?"

"파브르는 물론 알 테고. 여긴 샤보, 얼굴이 좋아 보이니 기분이 좋습니다. 시민 디드리크센. 난 필리포라고 합니다. 이쪽은 에마누엘 프라이, 유니우스 프라이, 이분들하고 귀하가 공모한 것으로 되어 있습니다."

"만나서 반갑소이다, 필리포 대의원." 프라이 형제 중 한 사람이 말했다. "뭘 하셨소?"

"위원회를 비판했습니다."

"아."

필리포는 머릿수를 세고 있었다. "열네 명이네요. 동인도회사 사기 사건 전체를 재판하려는 겁니다. 정의가 조금이라도 살아 있다면 재판하는 데 석 달은 걸려야죠. 우린 사흘입니다."

카미유 데물랭이 일어섰다. "기피합니다." 그는 배심원들을 가리키면서 말했다. 말을 더듬으면 안 된다는 생각에 될수록 짧게 말했다.

"변호인을 통하시오." 에르망이 짧게 답했다.

"내가 직접 나를 변호할 것입니다." 데물랭이 쏘아붙였다. "르노댕을 거부합니다."

"무슨 이유로?"

"내 생명을 위협한 사람입니다. 증인을 수백 명은 부를 수 있습니다."

"말도 안 되는 반대로군."

동인도회사 사건과 관련하여 경찰위원회 보고서가 낭독된다. 두 시간. 공소장이 낭독된다. 또 한 시간. 법정 뒤편, 허리까지 올라오는 통제선 뒤로 방청객들이 문까지 빼곡히 들어찼다. 문 바깥에도 거리를 따라 대거 모여들었다. "사람들 줄이 조폐국까지 뻗었다네." 파브르가 속삭였다.

라크루아가 위조범들 쪽으로 고개를 돌리며 "이래저래 돈하고 인연이 많으시구먼." 하고 중얼거렸다.

파브르는 손으로 얼굴을 가렸다. 그는 보통 가장 중요한 피고에게 할당되는 팔걸이 의자에 축 늘어져 있었다. 어젯밤 재판소 부속 감옥으로 죄수들을 이송할 때 파브르는 몸을 못 가누어서 교도관 둘의 부축을 받고서야 마차에 오를 수 있었다. 간혹 파브르가 쿨럭거리며 기침을 하는 바람에 법원 서기 파리스의 목소리가 묻혔다. 법원 서기는 그 틈을 타서 잠시 숨을 가다듬었다. 그의 눈은 자신의 후견인인 당통의 무표정한 얼굴로 거듭 돌아가곤 했다. 파브르는 손수건을 꺼내 입에다 댔다. 그의 피부는 축축하고 핏기가 없었다. 가끔 당통은 고개를 돌려 서기의 얼굴을 바라보고 다시 몇 분 뒤에는 데물랭 쪽으로 고개를 돌려 바라보았다. 배심원들 머리 위로부터 내리쬔 살을 파고들 듯한 빛줄기가 흑백의 대리석을 휘젓고 있었다. 오후가 저물어 가고 8월 10일의 르루아 머리 위에는 분에 넘치는 후광이 자리잡고 있었다. 팔레루아얄에는 라일락 꽃이 활짝 피었다.

당통이 말했다. "이 재판은 중단되어야 합니다. 나는 이제 발언 기회를 요구합니다. 나는 국민공회 앞으로 편지를 쓰게 해 달라고 요구합니다. 나는 조사위원회의 구성을 요구합니다. 카미유 데물랭과 나는 공안위원회의 독재적 처사를 규탄하고 싶습니다."

갈채와 환호가 그를 집어삼킨다. 사람들은 당통의 이름을 부르고 박수를 치고 발을 쿵쿵 굴러대며 〈라 마르세예즈〉를 불렀다. 소란은 거리 뒤쪽까지 퍼져 나가고 아우성이 너무 커져서 재판장의 종소리가 묻혔다. 재판장은 피고들에게 바보처럼 미친 듯이 종을 흔들어댔고 라크루아는 재판장에게 똑같이 주먹을 흔들어댔다. 당황하지 마, 당황하지 마, 푸키에탱빌이 지껄인다. 에르망의 목소리가 겨우 들리고 휴정이 선언되었다. 죄수들은 감방으로 돌아간다. "개자식들."
당통은 간단히 내뱉는다. "내일 저놈들을 깔아 뭉개버려야지."

"팔려? 내가, 팔렸다고? 누가 나처럼 비싼 사람을 살 수 있단 말
인가?"

둘째 날.

"이게 누구야?"

"이건 또 뭐야." 필리포가 말한다. "이 사람은 누구야?"

당통은 어깨 너머로 돌아보았다. "시민 륄리에로군. 검찰총장인
데. 지금은 아닌가. 시민, 여기서 뭐 하는 거요?"

륄리에는 피고석에 자리를 잡았다. 말이 없었다. 기가 막힌 표정
이었다.

"푸키에탱빌, 이 사람은 또 무슨 짓을 했다고 말하려는가?"

푸키에탱빌은 고개를 들어 피고석을 노려보다가 다시 손에 들고
있던 명단으로 눈을 돌렸다. 그리고 부검사들과 성난 목소리로 숙덕
거렸다. "그렇게 말씀하셨잖아요 —" 플뢰리오는 물러나지 않았다.

"소환하라고 했지 체포하라곤 하지 않았어. 아주 멋대로군!"

"자기가 뭘 했는지도 몰라." 필리포가 말한다. "그렇지만 곧 뭔가
생각해내겠지."

"카미유, 자네 사촌은 정말 무능하구먼. 법관들의 수치야." 에로
드 세셀이 말했다.

"푸키에탱빌, 도대체 그 자리에는 어떻게 앉게 된 거지?" 사촌이
묻는다.

검사는 서류들을 이리저리 뒤적거렸다. "우라질." 그는 투덜거리

더니 판사석으로 다가가 에르망에게 말했다. "엉망이오. 하지만 저들 모르게 처리하시오. 우릴 바보로 만들 테니까."

에르망은 한숨을 내쉬었다. "우린 모두 엄청난 압박을 받고 있습니다. 말을 좀 순화해서 썼으면 좋겠네요. 저 사람은 그냥 두세요, 마지막 날 제가 배심원단에게 증거가 부족하니 풀어주어야 한다고 말할 테니까요."

뒤마 부소장에게선 술 냄새가 났다. 법정 뒤편의 군중은 재판이 지체되자 지루해했고 가만있지 못하고 동요했고 위험해졌다. 또 한 죄수가 불려 나왔다. "세상에." 라크루아가 말한다. "베스테르만이 잖아."

방데의 승리자 베스테르만 장군은 거구를 이끌고 전투적으로 피고석에 앉았다. "이 사람들은 도대체 다 뭐야?" 장군은 샤보와 그의 친구들을 엄지로 가리키며 물었다.

"다양한 범죄 요소들이죠." 에로 드 세셸이 말했다. "장군은 이 사람들하고 공모하셨고요."

"내가?" 베스테르만의 언성이 높아졌다. "이거 봐, 푸키에탱빌. 날 그저 돌대가리 군인으로 아는 모양인데. 혁명이 일어나기 전에 난 스트라스부르에서 변호사였다고. 일이 어떻게 돌아가야 한다는 건 다 알아. 난 변호사를 배정받지도 못했어. 예비 조사도 받지 않았고. 기소도 당하지 않았어."

에르망이 고개를 들었다. "그건 요식 행위입니다."

"우리도 여기 다 요식 행위로 와 있는 거지 뭐." 당통이 천연덕스럽게 말했다.

피고석에서 회한이 섞인 웃음이 터져 나왔다. 당통의 발언은 재판정 뒤쪽으로 전달되었다. 군중은 박수를 쳤고 상퀼로트 애국자 한 무리가 빨간 모자를 벗어서 흔들면서 〈가자, 가자〉를 부르고 (착각으로) '가로등 검사'를 연호했다.

"질서를 지켜주시오." 에르망이 당통에게 소리쳤다.

"질서를 지켜 달라고?" 당통은 벌떡 일어섰다. "나야말로 당신에게 품위를 지켜 달라고 요청해야 할 판이오. 난 발언할 권리가 있소. 우린 소명할 권리가 있단 말이오. 이 혁명재판소를 세운 게 나란 말이야, 이 개새끼야. 이게 어떻게 굴러가야 하는지는 내가 잘 안다고."

"이 종소리가 안 들리시오?"

"자기 목숨이 걸린 재판을 받는 사람에게 종소리가 들리겠소."

방청석에서 노랫소리가 점점 커졌다. 푸키에탱빌이 뭔가 입을 움직였지만 아무 소리도 들리지 않았다. 에르망은 눈을 감았다. 공안위원회의 모든 서명들이 그의 눈썹 밑에서 춤을 췄다. 15분 만에야 질서가 회복되었다.

동인도회사 사건이 재개되었다. 검사들은 이 사건에 자신이 있기에 물고 늘어졌다. 파브르는 가슴까지 떨구었던 턱을 잠시 치켜들었다가 몇 분 뒤 다시 떨구었다. "의사를 봐야 하는데." 필리포가 속삭였다.

"파브르의 담당 의사가 다른 일에 묶여 있네. 배심원 자리에 있지."

"이봐요, 파브르, 우리 눈앞에서 죽진 않겠죠?"

파브르는 힘들게 웃으려고 해보았다. 당통은 자신과 라크루아 사이에서 뻣뻣하게 굳어 있는 데물랭의 공포를 피부로 느꼈다. 데물랭은 지난밤을 글을 쓰면서 새웠다. 언제까지 저들이 자기 입을 막을 수는 없다고 믿어서다. 지금까지 재판관들은 데물랭이 입을 열기만 하면 사정없이 내리눌렀다.

정부의 재정 전문가인 캉봉이 출두해서 이익, 주식 증서, 금융 절차, 외환 규제에 대해서 증거를 제시했다. 그는 이 재판 과정에 불려 나오는 유일한 증인이 될 것이었다. 당통이 끼어든다.

"캉봉, 보시오. 당신은 내가 왕정주의자라고 생각하시오?"

캉봉은 당통을 건너다보고 웃었다.

"봐, 웃었지. 법정 서기는 저 사람이 웃었다고 똑똑히 기록하시오."

에르망: 당통, 국민공회는 당신이 뒤무리에에게 과도한 호의를 보였고 뒤무리에의 본성과 의도를 드러내는 데 실패했고 무장 병력을 거느리고 파리로 진군하여 공화 정부를 무너뜨리고 군주정을 복원하는 등 자유를 파괴하는 계획을 방조한 혐의가 있다고 보고 있소.

당통: 지금 답변해도 될까요?

에르망: 안 되오. 시민 파리스, 시민 생쥐스트의 보고서를 낭독하시오. 국민공회와 자코뱅 클럽에서 그 시민이 보고한 것 말이오.

두 시간. 피고들은 이제 두 진영으로 갈렸다. 베스테르만 장군과 여섯 명의 정치인은 도둑들과 거리를 두려고 했지만 쉽지 않았다. 필리포는 집중해서 듣고 메모를 했다. 에로 드 세셸은 자기만의 생각에 파묻힌 듯했다. 남이 보기엔 그가 재판을 듣고 있는지 도통 알수가 없었다. 이따금 장군은 견디기 힘들어하면서 라크루아의 귀에다 대고 이해가 안 가는 점을 늘어놓았지만 라크루아는 영 도움이 못 되었다.

　서기가 보고서 앞부분을 읽는 동안 군중은 산만하게 들썩였다. 그러나 보고서에 담긴 함의가 분명해지자 깊은 침묵이 법정을 휘감았다. 몰래 자기 굴로 찾아 들어온 동물처럼 정적이 점점 어두워지는 법정 안으로 슬그머니 퍼져 나갔다. 시계들이 보고서의 전반부가 끝났음을 알리자 에르망은 헛기침을 했고 피고들을 등진 채로 푸키에탱빌은 책상 뒤에서 다리를 쭉 뻗었다. 갑자기 데물랭이 자제력을 잃었다. 데물랭은 한 손을 얼굴에 대고 여기서 뭔 짓을 하는 건가 고개를 갸웃하면서 자꾸 머리를 뒤로 쓸어 넘겼다. 그리고 자기 오른쪽과 왼쪽에 있는 얼굴들을 휙휙 쳐다보았다. 한 주먹을 다른 손바닥에 놓고 손등을 입으로 꽉 눌렀다. 그러더니 두 손을 얼굴에서 떼어내고 몸 양옆으로 손톱이 하얘지도록 의자를 내리눌렀다. 시민 로베스피에르의 언명은 형사 사건에는 요긴하다. 누구든지 공포를 내보이는 사람은 유죄. 당통과 라크루아는 데물랭의 손을 잡고 양쪽에서 그의 손을 몰래 눌렀다.

　파리스의 보고가 끝났다. 마지막 대목에서는 그의 목소리가 갈라졌다. 문서를 책상 위에 내려놓자 종이들이 펄럭거렸다. 그는 지쳤다. 더 읽을 게 있었다면 아마 그는 견디지 못하고 엉엉 울었을 것이다.

　"당통." 에르망이 말했다. "이제 말해도 좋소."

　자리에서 일어서면서 당통은 필리포가 메모지에 무엇을 적었는지 궁금해졌다. 왜냐하면 그가 호통을 쳐서 박살을 낼 만한 혐의가 하나도 없었기 때문이다. 그가 손으로 붙든 다음 때려눕히고 짓뭉갤 만한 기소 내용이 하나도 없었기 때문이다. 구체적 혐의점이 하나만 있었던들……. 조르주자크 당통이 1792년 8월 10일에 반역을 획책

했노라고 말하기만 했던들……. 하지만 당통이 정당화해야 하는 것은 그가 살아온 인생 전부다. 이 거짓과 암시로 점철된 기소에, 이 진실의 곡해에 맞서려면 당통의 온 인생이, 혁명 속의 삶이 동원되어야 한다. 생쥐스트는 데물랭이 브리소를 공격한 글을 면밀히 연구했음에 틀림없다. 데물랭의 수법은 나무랄 데가 없었다. 그리고 당통은 데물랭이 생쥐스트의 활동에 대해서 했을 수도 있는 깔끔하고 악의에 찬 작업을 언뜻 생각했다.

15분 뒤 당통은 자기 목소리를 법정 안에 펼쳐놓는 일의 기쁨과 힘을 발견했다. 긴 침묵은 끝났다. 군중은 다시 박수를 치기 시작했다. 가끔 당통은 멈추고 소음에 몸을 맡겼다. 그러고는 다시 숨을 들이쉬고 더욱 강하게 돌아왔다. 파브르한테 제대로 배우긴 배웠다. 당통은 자신의 목소리를 대대 병력만큼 위력을 지닌 공격 무기로 상상하기 시작했다. 고갈되지 않는 화산의 아가리에서 솟아오르는 용암처럼 당통의 목소리는 그들을 불태우고 끓이고 산 채로 묻어버린다. 산 채로 묻어버린다.

배심원 한 명이 끼어들었다. "발미에서 우리 군대가 왜 후퇴하는 프로이센 군대를 뒤쫓지 않았는지 우리를 이해시켜주시겠습니까?"

"당신을 이해시켜 줄 수 없어 유감스럽구려. 난 변호사요. 군사 문제에는 문외한이오."

의자 팔걸이를 움켜쥐고 있던 파브르의 손이 펴졌다.

이따금 에르망이 고비의 순간에 끼어들려고 했지만 당통은 그를 비웃듯이 제압했다. 재판부가 패배할 때마다 군중은 환호하고 휘파람을 불고 소리 높여 조롱했다. 극장들이 텅텅 비었다. 이것이 시내에서 벌어지는 유일한 공연이다. 그렇다. 공연이다. 당통은 그걸 잘 알았다. 군중은 이제 그를 응원했다. 하지만 로베스피에르가 걸어 들어오면 군중은 떠나갈 듯 환호하지 않을까. 뒤셴 영감은 군중의 영웅이었지만 뒤셴 영감을 만든 사람이 호송차에서 자비를 구걸했을 때 군중은 웃고 야유했다.

한 시간이 지나도록 당통의 목소리는 여전히 강력했다. 이 단계에서 육체적 노력을 할 필요는 없다. 육상 선수의 폐처럼 당통의 폐는 훈련받은 대로 움직였다. 하지만 지금 당통은 논쟁에 쐐기를 박거나 논점을 들이대지 않는다. 그저 자기 목숨을 건지려고 말하고 있다. 당통이 계획하고 지켜보고 희망한 것은 이 최후의 대결이었지만 날이 저물어 갈수록 그는 '저들이 이 대결을 허용하는 까닭은 사안이 이미 결정되었기 때문이며 너는 이미 죽은 사람'이라고 말하는 내면의 목소리를 애써 누르며 말하는 자신을 발견했다. 푸키에탱빌이 던진 질문에 당통은 격앙했다. "내 고발자들을 나한테 데리고 오시오." 당통은 외쳤다. "증거를 가져오시오, 증거의 일부분이라도, 증거의 아주 얄팍한 그림자라도 가져오시오. 내 고발자들이 내 앞에 와서 나와 얼굴을 맞대고 만날 것을 요구하오. 그자들을 내놓으시오, 내 그자들이 다시는 낯짝을 들고 다니지 못하도록 암흑 속에 처박을 테니. 더러운 날조자들은 어서 나서시오, 내 그 가면을 벗겨내서 인민에게 복수의 기회를 줄 터이니."

그리고 한 시간이 더 지나갔다. 당통은 물 한 잔이 아쉬웠지만 차마 물을 달라고 할 수가 없었다. 에르망은 법률서를 앞에 놓고 등을 구부린 채 앉아서 입을 약간 벌리고 당통을 지켜보았다. 당통은 아르시 너머로 먼지가 풀썩거리는 누런 황토가 펼쳐진 자기 고향의 흙먼지란 흙먼지는 모두 목으로 들이마신 듯한 느낌이 들었다.

에르망이 푸키에탱빌에게 쪽지를 건넸다. "반 시간 후에 당통의 변호를 중단하겠습니다."

부인할 수 있는 동안은 부인했지만 마침내 당통은 자기 목소리가 힘을 잃었음을 알았다. 아직은 내일의 싸움이 남아 있었다. 목이 쉬어서는 곤란하다. 당통은 손수건을 꺼내 이마를 닦았다. 에르망이 벌떡 일어섰다.

"증인이 지쳤습니다. 내일까지 휴정합니다."

당통은 침을 꿀꺽 삼키고 마지막 기운을 모아 목소리를 높였다. "그때 변호를 재개하겠소."

에르망은 알겠다는 듯이 고개를 끄덕였다.

"그리고 내일 우리 증인이 있소."

"내일."

"우리가 부르고 싶어 하는 사람들 명단을 갖고 있을 텐데."

"갖고 있습니다."

군중이 보내는 박수 갈채에는 빈틈이 없었다. 당통은 군중을 보면서 화답했다. 그는 파브르의 입술이 움직이는 것을 보고 알아들으려고 앞으로 몸을 숙였다. "계속 발언해, 조르주. 여기서 중단하면 다시는 발언 기회를 주지 않을 거야. 계속해, 지금. 우리한테 유일한 기회야."

"그럴 수가 없어요. 목소리가 회복되려면 시간이 필요합니다." 당통은 앉아서 앞을 물끄러미 바라보았다. 그리고 크라바트를 당겨서 끌렀다. "오늘은 끝났습니다."

제르미날 14일(4월 3일) 저녁, 튈르리: "여러분도 아마 동의하겠지요." 로베스피에르가 말했다. "여러분이 별로 얻은 게 없다는 데에."

"자꾸 귀에 들리는 소리가 있으면 나중에는 그걸 믿고 폭동이 일어나지요." 푸키에탱빌이 방 안을 서성거리며 말했다. "군중이 우리 손에서 그 사람들을 빼앗을까 봐 걱정입니다."

"그 점은 염려 안 해도 될 거 같은데요. 아직 그런 일은 일어나지 않았으니까요. 그리고 인민은 당통에게 특별한 애정이 없습니다."

"대단히 죄송하지만 시민 로베스피에르, 그건 잘못—"

"그건 내가 알아요, 요즘은 사람들이 누구한테도 특별히 애정을 안 느낀다니까요. 나도 경험이 있습니다. 이런 문제를 어떻게 판단해야 하는지 알아요. 사람들은 볼거리를 좋아합니다. 그게 다예요."

"진전을 이루기가 불가능합니다. 변호를 하면서 당통이 계속 군중에게 호소합니다."

"실수였습니다. 반대 심문을 해야 했습니다. 에르망이 그 연설을 허용하는 게 아니었습니다."

"두 번 다시 연설을 계속하지 못하게 합시다." 콜로 데르부아가 말했다.

푸키에탱빌은 머리를 숙였다. 당통이 한 말이 기억났다. 로베스피에르를 망치는 서너 명의 범죄자. "그럼, 당연히 그래야지." 푸키에탱빌이 그들에게 말했다.

"내일 상황이 호전되지 않으면 우리한테 쪽지를 보내세요. 도울 수 있는 방안을 강구할 테니." 로베스피에르가 말했다.

"어떻게 도울 수 있다는 건가요?"

"브리소 재판 이후로 우린 사흘 규정을 도입했습니다. 그렇지만 너무 늦어서 별로 도움이 안 됐지요. 필요하다면 새로운 절차를 도입하지 말란 법이 없지요. 우린 더 질질 끌기를 바라지 않습니다."

망가지고 더럽혀진 구세주는 피가 말라붙었다고 푸키에탱빌은 생각했다. 사람들이 그의 심장을 갈랐다. "알겠습니다, 시민 로베스피에르. 고맙습니다, 시민 로베스피에르."

"데물랭의 여자가 분란을 일으키고 있습니다." 생쥐스트가 불쑥 말했다.

푸키에탱빌이 고개를 들었다. "그 가냘픈 여자가, 뤼실이 무슨 분란을 일으킬 수 있다는 거요?"

"그 여잔 돈이 있거든요. 인맥도 넓고. 체포 이후로 그 여자가 발벗고 나섰습니다. 필사적인 거 같아요."

"내일은 8시에 시작합니다." 로베스피에르가 말했다. "군중의 허를 찌르는 것도 좋겠지요."

카미유 데물랭이 뤼실 데물랭에게:

지난 오 년 동안 혁명의 벼랑을 따라 걸으면서 난 한 번도 쓰러지지 않았고 지금도 여전히 살아 있소. 난 온 세상이 우러러볼 공화국을 꿈꾸었지만 인간이 그토록 포악하고 저열할 수 있으리라곤 상상도 못 했소.

"일 년 전 바로 이런 날에 나는 혁명재판소를 세웠습니다. 나는 하느님과 인간의 용서를 구합니다."

셋째 날.

"에마누엘 프라이의 심문으로 넘어가겠습니다." 푸키에탱빌이 말했다.

"내 증인은 어디 있소?"

푸키에탱빌은 놀란 척했다. "증인 문제는 위원회 소관이오, 당통."

"위원회 소관? 위원회가 이 문제와 무슨 상관이오? 이건 나의 법적 권리요. 당신이 내 증인들을 준비하지 않았다면 나는 내 변호를 재개하겠소."

"그렇지만 다른 피고들의 진술도 들어야 합니다."

"다른 피고들?" 당통은 다른 피고들을 본다. 파브르는 죽어 가고 있다고 당통은 생각했다. 단두대가 그의 목을 자르기 전에 그의 가슴 안에서 무언가가 터져서 제 피에 숨이 막혀 죽을지도 모른다. 필리포는 간밤에 잠을 못 이루었다. 그리고 세 살 난 아들에 대해서 여러 시간 말했다. 아이 생각을 하면 필리포는 온몸이 얼어붙었다. 에로 드 세셸의 표정은 그가 전투력을 상실한 것으로 여겨져야 함을 분명히 보여주었다. 그는 이 법정과는 무관하게 굴 것이다. 데물랭은 감정이 무너진 상태였다. 로베스피에르가 자기 감방을 찾아와서 진술을 잘해주면 목숨을 구해주겠다고, 생명과 자유와 정치적 복권을 제공하겠노라 약속했다고 데물랭은 주장했다. 아무도 데물랭의 말을 믿지 않았지만, 당통은 그럴 수도 있겠다고 믿을 용의가 있다.

"좋아, 그럼." 당통이 라크루아를 보며 말했다. "말씀해보세요."

라크루아가 곧장 일어섰다. 위험한 경기에 참가한 사람의 짜릿한 긴장이 느껴진다. "사흘 전에 나는 증인 명단을 제출했습니다. 그런데 한 명도 출두하지 않았습니다. 나는 오명을 씻으려는 나의 노력을 지켜보는 이 사람들 앞에서 왜 나의 합법적 요청이 거부되었는지

검사가 설명하기를 요구하는 바입니다."

푸키에탱빌은 혼잣말을 하듯 차분하고 냉정하게 말했다. "이건 나하고 아무 상관이 없는 일입니다." 영문을 모르겠다는 듯이 덧붙였다. "증인들을 소환하는 데 나는 반대하지 않습니다."

"그럼 증인들을 부르도록 지시하시오. 당신이 소환에 반대하지 않는다는 걸 내가 아는 것만으론 충분치 않소."

갑자기 폭력의 분위기가 감돌았다. 데물랭이 라크루아 옆에 서서 지지한다는 뜻으로 한 손을 라크루아의 어깨에 얹고 바람에 맞서듯이 서서 결의를 다졌다. "나는 로베스피에르를 나의 증인 명단에 올렸습니다." 데물랭의 목소리가 흔들렸다. "그 사람을 불러주시겠습니까? 그 사람을 불러주시겠습니까, 푸키에탱빌?"

말을 하거나 자리에서 움직이지도 않으면서 푸키에탱빌은 당장이라도 법정을 가로질러서 자기 사촌을 때려눕힐 듯한 인상을 주었다. 그렇게 하더라도 놀랄 사람은 없었다. 데물랭은 숨을 꿀꺽 삼키고 다시 자리로 돌아갔다. 그러나 에르망은 다시 허둥거리기 시작했다. 푸키에탱빌은 에르망이 쓰레기 변호사라고 생각했다. 아르투아 변호사회에서 내놓는 인재가 고작 저 수준이라면 자기가, 이 푸키에탱빌이 꼭대기에 오를 수도 있었다고 생각했다. 그런데 가만히 보니, 지금 꼭대기에 있는 사람은 자신이었다.

푸키에탱빌은 참지 못하고 재판관들에게 갔다.

"군중이 어제보다 안 좋아졌습니다." 에르망이 말했다. "죄수들도 어제보다 안 좋아졌습니다. 속행할 수가 없습니다."

푸키에탱빌이 피고들에게 말했다. "이 갑론을박을 중단할 때입니다. 이건 혁명재판소에도 국민에게도 치욕입니다. 이 재판을 어떻게 처리하면 좋을지 국민공회에 지침을 내려 달라고 요청하고 지침이 내려오면 그대로 따르겠습니다."

당통이 라크루아 쪽으로 몸을 기울였다. "이게 전환점일 수도 있습니다. 이 어처구니없는 소식이 알려지면 국민공회도 정신을 차리고 우리한테 발언 기회를 줄지 모릅니다. 국민공회에는 제 친구들이 많습니다."

"그렇게 생각합니까?" 필리포가 말한다. "당신한테 빚을 진 사람이 많다는 소리로군요. 그런데 앞으로 몇 시간만 지나면 그 사람들은 빚을 안 갚아도 돼요. 그리고 푸키에탱빌이 국민공회에 진실을 말할지 우리가 어떻게 압니까? 생쥐스트가 국민공회에 무슨 협박을 할지 어떻게 압니까?"

앙투안 푸키에탱빌이 국민공회에 보내는 서한:

우리는 개정 순간부터 극심한 분란에 휩싸였습니다. 피고들은 더없이 폭력적인 방식으로 변호를 위해 증인들을 신문해야 한다고 고집합니다. 그들은 자신들의 정당한 주장이 이른바 거부당하는 모습을 똑똑히 지켜보라고 국민에게 요청합니다. 재판소장 이하 재판소 전원의 확고한 입장에도 불구하고 그들의 거듭되는 요구 때문에 사건이 지연되고 있습니다. 더욱이 그들은 자기네 증인들을 불러올 때까지 그런 소란을 계속 벌이겠다고 공공연히 선언합니다. 그래서 우리는 피고들의 증인 요구에 우리가 어떤 반응을 보여야 할지 권위 있는 판정을 내려주십사 부탁드립니다. 법은 우리가 그들의 요구를 거부할 합법적 이유를 허용하지 않기 때문입니다.

튈르리: 로베스피에르의 불안한 손가락들이 책상을 두드렸다. 그는 상황이 달갑지 않았다. "나가보게." 정보원 라플로트에게 말했다.

문이 닫히자마자 생쥐스트가 말했다. "전 제대로 될 거라고 봅니다." 로베스피에르는 푸키에탱빌의 편지를 내려다보았지만 내용이 눈에 들어오지 않았다. 다시 말을 하는 생쥐스트의 목소리에 밴 열망에 로베스피에르는 그를 날카롭게 쳐다보았다.

"제가 국민공회에 가서 위험한 음모를 분쇄했다고 말하겠습니다."

"그걸 믿나?" 로베스피에르가 말한다.

"뭘요?"

"위험한 음모. 난 뤼실을 이해하지 못하겠거든. 그게 감옥에서 이야기되는 건가? 그게 사실인가? 라플로트가 계단을 올라오면서 생각해낸 거 아닌가? 아니면…… 자네가 듣고 싶어 하는 소리를 자네가 그 친구 입에다 집어넣은 건가?"

"정보원들은 언제나 이쪽에서 듣고 싶어 하는 소리를 합니다. 보세요." 생쥐스트가 조바심을 내면서 말했다. "먹혀들 거라고요. 우리한테 필요한 게 바로 이겁니다."

"사실이긴 하냐고?" 로베스피에르는 물러서지 않았다.

"그 여자를 법정에 세우면 알겠지요. 지금은 그쪽으로 몰아가야 하는 상황입니다. 전부 다 설득력이 있게 들리는데요, 저한텐. 체포가 이루어진 날 아침 이후로 그 여자는 뭔가 손에 쥔 것처럼 사방을 헤집고 다니고 있습니다. 그 여자는 바보가 아니잖아요. 그리고 어차피 디용이 그 여자 애인이고."

"아니야."

"아니라고요?"

"그 여자는 애인이 없어."

생쥐스트는 웃었다. "악명이 자자한 여잔데요."

"근거 없는 뜬소문이야."

"다들 하는 말이거든요." 목소리에 마찬가지로 생기가 감돌았다. "피크 광장에 있을 때는 뻔뻔하게도 당통의 정부로 살았다고요. 그리고 에로 드 세셸하고도 얽혔고. 다들 안다니까요."

"자기들이 안다고 생각하는 거지."

"로베스피에르, 당신이야말로 보고 싶은 것만 보는 겁니다."

"그 여잔 애인이 없어."

"그럼 디용은 어떻게 설명할 겁니까?"

"카미유와 가까운 친구지."

"좋습니다, 그럼 디용이 카미유의 애인이네요. 저한텐 그게 그거니까."

"허, 자넨 지금 스스로 제 꾀에 넘어가고 있네."

"공화국을 받들어야죠." 생쥐스트가 열정적으로 말했다. "이 추잡한 사생활에 난 아무 관심도 없습니다. 다만 저들을 끝장낼 수 있는 수단을 재판소에 주고 싶을 뿐이죠."

"내 말 듣게." 로베스피에르가 말한다. "이 일을 시작한 이상 돌아설 수는 없어. 우리가 머뭇거리면 저들이 우릴 치고 기회를 노려서 우릴 지금 자기네 자리로 몰아넣을 테니까. 그래, 자네의 고상한 표현대로 저들을 끝장내야지. 자네가 그걸 하도록 해주겠지만 내가 그걸 꼭 좋아해야 한단 법은 없어." 로베스피에르는 생쥐스트의 차가운 눈을 쏘아보았다. "좋아, 국민공회로 가게. 가서 정보원 라플로트를 통해서 감옥 안의 음모를 적발했다고 말하게. 적국의 자금 지원으로 뤼실 데물랭이 디용 장군과 손잡고 뢱상부르에서 죄수들을 빼내고 국민공회 밖에서 무장 봉기를 일으켜서 위원회를 암살하려는 음모를 꾸몄다고 말해. 그리고 죄수들 입을 막고 오늘 아니면 내일 아침에 재판을 종결짓는 방안을 통과시켜 달라고 국민공회에 요청하게."

"여기 뤼실 데물랭의 체포 영장이 있습니다. 서명을 하시면 이 사안에 혐의가 추가될 겁니다."

로베스피에르는 펜을 집어 종이를 보지도 않고 서명했다. "거의 의미가 없지. 본인도 살고 싶어 하지 않을 테니까." 젊은 생쥐스트는 두 손을 깍지 낀 채 속내를 드러내지 않고 헬쑥한 얼굴로 책상 앞에 담담히 앉아 있는 사람을 빤히 쳐다보았다. "이 일이 끝나고 카미유가 죽으면 더는 자네 입에서 카미유가 이렇다 저렇다 하는 말을 듣지 않도록 해주게. 누구도 두 번 다시 카미유 얘기를 해선 안 돼. 무슨 일이 있어도 그건 금지야. 카미유가 죽으면 나도 혼자서만 그 친구 생각을 하고 싶어질 거야."

혁명재판소 서기 '파브리시우스' 파리스가 1795년 앙투안 푸키에탱빌에 대한 재판에서 한 증언:

푸키에탱빌과 그의 훌륭한 조력자 플뢰리오조차도 비록 잔혹하기는 했을지언정 그 사람들한테 기가 질린 것처럼 보였고 증인은 그 사람들을 희생시킬 만한 용기가 두 사람에게 없을 것이라고 생각했습니다. 증인은 이런 목적에 동원된 더러운 수단을 몰랐고…… 국민공회의 양심을 농락해서 무도한 법령을 쟁취할 작정으로 뢱상부르에서 음모가 날조되고 있었다는 사실도 몰랐습니다. 운명의 법령은 [경찰위원회의] 아마르와 불랑이 가지고 왔습니다. 증인은 그들이 도착했을 때 증인실에 있었습니다. 그들의 얼굴에는 노여움과 두려움이 쓰여 있었습니다. 피고들이 죽음을 모면할까 봐 떠는 듯했습니다. 그들은 증인에게 인사했습니다. 불랑이 증인에게 말했습니다. "악당들이 걸려들었습니다. 뤽상부르에서 음모를 꾸미고 있었습니다." 그들은 푸키에탱빌을 부르러 보냈습니다. 푸키에탱빌은 법정에 있었는데 바로 나타났습니다. 아마르가 그에게 말했습니다. "이게 있으니 좀 편해지시겠습니다." 푸키에탱빌은 웃으며 답변했습니다. "정말로 고대하던 바였소." 푸키에탱빌은 득의양양해서 법정으로 다시 들어갔습니다.

"저들이 내 아내를 죽일 작정이야."

데물랭의 공포에 질린 비명이 법정의 소음을 죄다 누르고 울려 퍼졌다. 데물랭은 푸키에탱빌한테 덤벼들려고 했지만 당통과 라크루아가 말렸다. 데물랭은 몸부림치면서 에르망에게 뭐라고 소리를 지르더니 쓰러지며 흐느꼈다. 경찰위원회의 바디에와 다비드가 배심원들에게 소근거렸다. 피고들의 눈길을 피하면서 푸키에탱빌은 국민공회의 법령을 읽어 나갔다.

재판소장은 법이 허용하는 모든 수단을 동원하여 재판소장의 권위와 혁명재판소의 권위를 수호하고 공공 질서를 어지럽히고 사법 절차를 방해하려는 피고들의 어떠한 시도도 제지하도록 한다. 음모 혐의를 받은 사람으로서 국가 정의를 저해하거나 모독하는 사람은 단죄하도록 하고 이제는 형식상 절차 없이 형을 선고하도록 한다.

"도대체 무슨 뜻입니까?" 파브르가 속삭였다.

"앞으로 재판 형식은 무조건 자기들이 정하겠다는 겁니다. 우리가 증인을 불러 달라고 하고 대질 심문을 요구하고 말할 기회를 달라고 하면 바로 재판을 종결짓겠다는 거죠. 좀 더 실감 나게 표현하자면 국민공회가 우릴 암살했다고 할까요." 라크루아가 냉정하게 말했다.

낭독을 마치고 검사는 고개를 들어 조심스럽게 당통을 쳐다보았다. 파브르는 의자에 앉은 채 앞으로 몸을 숙였다. 갈빗대가 들썩거리더니 선혈이 뿜어 나오면서 입에 대고 있던 수건을 적셨다. 뒤에서 에로 드 세셸이 파브르의 어깨에 손을 얹고 그를 뒤로 당겨서 적절히 몸을 세워주었다. 그 귀족의 얼굴은 경멸에 차 있었다. 그는 아직 동지를 고르지 않았지만 가능한 한 다른 피고들을 자기 수준으로 끌어올릴 셈이다.

"저 죄수를 부축해야겠는데." 푸키에탱빌이 법원 정리에게 말했다. "데물랭도 주저앉을 것처럼 보이고."

"정회하겠습니다." 에르망이 말했다.

"배심원들이 있어. 아직은 희망이 있지." 라크루아가 말하자 곧장 당통이 입을 열었다.

"아니요. 이제 희망은 없습니다." 당통이 일어섰다. 그날 마지막으로 당통의 목소리가 쩌렁쩌렁 울리기 시작했다. 지금도 여전히 당통을 죽인다는 것은 불가능해 보였다. "나는 죽을 때까지 당통일 것입니다. 내일 나는 영광스럽게 잠들 것입니다."

마라 거리: 뤼실은 로베스피에르에게 다시 편지를 썼다. 밖에서 나는 순찰대 소리를 듣고 뤼실은 편지를 두 손으로 갈기갈기 찢었다. 그리고 창가로 갔다. 남자들이 마차에서 내리고 있었다. 뤼실은 찰그랑 하는 쇳소리를 들었다. '내가 여기에 군대라도 준비해 두었다고 생각하는 건가.' 뤼실은 생각했다.

순찰대가 문에 당도했을 무렵 뤼실은 필요할지도 모를 몇 가지 물건을 챙겨서 어느새 가방을 들고 있었다. 작은 수첩들은 없애버렸다. 뤼실의 삶을 쓴 진짜 기록은 말소되었다. 고양이가 뤼실의 발목에 몸을 부벼댔다. 뤼실은 허리를 숙여서 손가락 하나로 고양이의 등을 쓰다듬었다. "얌전해야지." 뤼실이 말했다. "말썽 부리지 말고."

남자들이 영장을 들고 나타나자 자네트는 울음을 터뜨렸다. 뤼실은 자네트를 보며 도리질을 했다. "나 대신 아기한테 작별 인사 해줘요. 부모님께도. 아델한테도. 당통 부인한테도 안부 전하고 여태까지 누렸던 것보다 더 큰 행운이 따르기를 빈다고 전해줘요. 뒤져봐야 소용 없을 텐데요." 뤼실은 남자들에게 말했다. "위원회가 조금이라도 관심을 보일 만한 건 벌써 다 가져갔거든요. 관심을 안 보일 만한 것까지도 많이." 뤼실은 가방을 집었다. "갑시다."

"부인." 자네트가 장교의 팔에 매달렸다. "하나만 얘기할 게 있어요, 데려가기 전에."

"그럼 빨리 하시오."

"젊은 여자가 여기 다녀갔어요. 기즈에서. 보세요." 자네트는 명함을 가져왔다. "이걸 남겼어요, 자기가 투숙하는 데를 알려주려고. 부인을 보러 왔는데, 이젠 너무 늦었네요."

뤼실은 명함을 받았다. 각이 진 시원시원한 글씨로 '시민 타양'이라고 적혀 있었다. 밑에는 급히 괄호를 치고 그 안에 '로즈플뢰르 고다르'라고 적어놓았다.

"처량해 보였어요. 노인네는 앓아누웠고 기즈에서부터 혼자서 왔대요. 체포 소식을 얼마 전에야 알았대요."

"그 여자가 왔구나." 뤼실은 부드럽게 말했다. "로즈플뢰르. 너무 늦었네."

뤼실은 망토를 팔에 걸쳤다. 따뜻한 밤이었고 밤공기를 막아줄 마차가 대기하고 있었지만 감옥은 추울 것이다. 감옥이라는 데가 원래 추운 곳 아닌가. "잘 있어요, 자네트." 뤼실이 말했다. "잘 지내고. 우린 잊어줘."

앙투안 푸키에탱빌에게 온 편지:

레위니옹쉬르우아즈, 옛 기즈
혁명력 2년 제르미날 15일

시민 동포 귀하

나의 아들 카미유 데물랭은 마음속으로도 그렇고 원칙에서도 그렇고 말하자면 타고난 공화주의자입니다. 아들은 1789년 7월 14일 이전까지는 마음속으로 공화주의자였고 선택을 해야 할 때는 공화주의자로서 했습니다. 그 이후로는 현실에서 행동으로 공화주의자로 살았습니다.

시민에게 한 가지만 부탁합니다. 조사하세요, 수사를 맡은 배심원들이 내 아들의 처신을 조사하게 하세요.

가장 먼저 가장 용감하게 나섰던 공화주의자의 아버지임을 자랑스럽게 생각하는 동포이자 같은 시민으로부터 건강과 우애를 기원하며.

데물랭

"라크루아, 내가 내 다리를 쿠통에게 남기고 내 불알을 로베스피에르에게 남기면 위원회도 새 생명을 얻을 겁니다."

나흘째.

프라이 형제의 신문이 진행되었다. 10시, 11시. 에르망은 국민공회의 법령을 손에 쥐고 있었다. 그는 수감자들을 지켜보고 수감자들도 그를 지켜본다. 그들이 보낸 밤의 흔적이 그들의 얼굴에 적혀 있었다. 에르망은 국민공회가 국민방위대 사령관에게 보낸 편지를 읽고서 가슴이 훈훈해졌다.

"분명히 밝히건대, 다시 한 번 강조하지만 분명히 밝히건대, 검사도 재판소장도 절대로 체포해서는 안 됩니다."

정오가 가까워지자 푸키에탱빌은 당통과 라크루아에게 말했다. "나는 두 사람에게 반대 증언을 할 수 있는 증인을 수없이 세울 수 있습니다. 하지만 그 사람들을 부르지는 않겠습니다. 두 사람은 서류상의 증거만으로 재판받을 것입니다."

"도대체 그게 무슨 말이오?" 라크루아가 캐물었다. "무슨 서류? 그게 어디 있는데?"

그는 아무런 답도 못 들었다. 당통이 일어섰다.

"어제 이후로 우리는 적절한 법적 형식의 준수를 더는 기대하기 어려운 듯하오. 하지만 당신은 내가 변호를 재개할 수 있을 것이라고 약속했소. 그건 나의 권리요."

"당통 당신의 권리는 정지되었습니다." 에르망은 배심원들을 돌아본다. "충분히 들으셨습니까?"

"예, 충분히 들었습니다."

"그럼 재판을 종결합니다."

"종결? 종결이라니 그게 무슨 소리야? 당신은 우리 공소장도 읽지 않았는데. 우리가 요청한 증인을 단 한 명도 부르지 않았는데. 재판은 이제부터 시작이야."

데물랭이 옆에서 일어섰다. 에로 드 세셸이 팔을 앞으로 뻗어 그를 붙들려고 했지만 데물랭은 옆으로 움직여서 그의 손을 피했다. 그리고 재판관들 쪽으로 앞으로 두 발짝 다가섰다. 손에 종이들을 들고 있었다.

"발언을 요구합니다. 재판 내내 당신들은 나의 발언권을 부정했습니다. 변호할 기회도 주지 않고 유죄 판결을 내릴 수는 없습니다. 내 진술을 낭독하게 해주시오."

"읽어서는 안 됩니다."

데물랭이 두 손으로 구겨서 던진 종이 뭉치가 재판소장의 머리를 향해 귀신처럼 정확히 날아갔다. 에르망은 굴욕적이게도 머리를 숙여 피했다. 푸키에탱빌이 벌떡 일어섰다. "죄수들이 국가 정의를 모독했습니다. 법령에 따라 이제 죄수들을 법정에서 내보내도록 하겠습니다. 배심원들은 평결을 위해 퇴정할 것입니다."

차단선 너머에 있던 군중은 형장으로 가는 연도와 사형대 옆자리를 차지하려고 이미 뿔뿔이 흩어지고 있었다. 간밤에 푸키에탱빌은 호송차를 세 대 불러 두었다. 호송차 세 대가 오후가 가기 전에 도착할 것이다.

법원 직원 둘이 파브르를 부축하러 급히 왔다.

"배심원이 자리를 비운 동안 여러분을 밑으로 데려가야 합니다."

"제발 그 손 좀 치우시오." 에로 드 세셀이 위험할 만큼 정중하게 말했다. "가세, 당통. 여기 서 있어봐야 의미가 없어. 가세, 데물랭. 말썽 피우지 않았으면 좋겠네."

데물랭은 최대한 말썽을 피울 작정이었다. 법원 직원 하나가 데물랭 앞에 서 있었다. 사형 언도를 받은 사람은 저항하지 않는다는 사실을 직원은 알았다. 이것은 그의 신조였다. "같이 가시지요." 그가 말한다. "조용히 가시지요. 아무도 당신을 다치게 하고 싶어 하지 않지만 조용히 따르지 않으면 다치실 수도 있습니다."

당통과 라크루아는 데물랭에게 사정하기 시작했다. 데물랭은 의자에 죽기 살기로 매달렸다. "다치게 하고 싶지 않습니다." 법원 직원은 몸 둘 바를 몰라 하며 말했다. 군중 일부가 무리에서 떨어져 나와서 그 장면을 지켜보려고 되돌아왔다. 데물랭은 직원을 비웃었다. 경비원은 그를 당겨보지만 소용이 없었다. 증원군이 도착한다. 푸키에탱빌의 눈이 멍하니 사촌에게 머물렀다. "답답하구먼, 힘으로 제압해서 끌어내." 에르망이 소리친다. 그리고 짜증스럽다는 듯이 책을 탕 내리친다. "여기서 모두 끌고 나가!"

직원 하나가 데물랭의 긴 머리채로 손을 넣더니 머리를 거칠게 잡아당겼다. 뼈에서 뚝 소리가 나더니 데물랭이 아파서 억 하는 소리를 냈다. 잠시 후 그들은 데물랭을 바닥에 때려눕혔다. 라크루아는 혐오스러워서 얼굴을 돌렸다. "로베스피에르가 알았으면 좋겠다." 데물랭이 대리석 바닥에서 질질 끌려가면서 말했다. "로베스피에르가 이걸 기억했으면 좋겠다."

"자, 경찰위원회 절반이 배심원실에 있으니 우리도 합류하는 게 좋겠습니다. 더 망설이면 영국 외무성에서 입수한 문서도 보여주고요." 에르망이 푸키에탱빌에게 말했다.

법정에서 나오자마자 파브르의 기운은 거의 바닥이 났다. "멈춰." 파브르는 헐떡거렸다. 부축하던 두 직원이 파브르의 겨드랑이로 팔을 밀어 넣어서 그를 벽에 기대 세워주었다. 파브르는 숨 쉬기도 힘들어했다. 데물랭의 축 늘어진 몸을 끌면서 세 남자가 지나갔다. 데물랭의 눈은 감겼고 입에서는 피가 흘러나왔다. 데물랭을 본 파브르의 얼굴이 구겨지더니 돌연 울기 시작한다. "이 개새끼들, 이 개새끼들." 파브르가 말한다. "흐, 이 개새끼들, 이 개새끼들, 이 개새끼들."

푸키에탱빌은 배심원들을 둘러보았다. 수베르비엘은 눈길을 피했다. "얼추 된 거 같은데." 푸키에탱빌은 에르망에게 말하고는 바디에에게 고개를 끄덕였다. "만족하시오?"

"저자들 머리가 떨어져 나가면 만족하겠습니다."

"군중은 숫자는 많지만 소극적이라는 보고입니다." 푸키에탱빌이 말했다. "시민 로베스피에르 말대로 결국 그들은 충성과는 거리가 멀지요. 끝입니다."

"법정으로 피고들을 다시 불러서 그걸 다 처음부터 다시 거쳐야 합니까?"

"아니, 그럴 필요 없지요." 푸키에탱빌이 말했다. 그리고 종이 한 장을 법원 직원에게 건넸다. "야외 사무소로 죄수들을 끌어내도록.

이건 사형선고문일세. 상송 사람들이 죄수들의 머리카락을 자르는 동안 죄수들에게 읽어주게." 그러더니 시계를 꺼냈다. "4시다. 준비 됐겠지."

"선고문이라니 웃기고 있네. 들을 마음 없어. 평결에는 관심 없어. 나 당통은 당신이 아니라 인민의 평가를 받을 거다."

당통이 관리의 목소리를 누르면서 계속 떠들었으므로 당통과 같이 있던 사람들은 낭독되는 선고문을 아무도 듣지 못했다. 감옥 야외 사무소 너머 마당에서는 상송의 조수들이 서로 농지거리와 욕설을 주고받고 있었다.

라크루아가 나무 걸상에 앉아 있었다. 사형 집행인이 셔츠의 목 언저리를 죽 찢어서 목 뒤로 내려온 라크루아의 머리를 싹둑싹둑 잘랐다. "혼수 상태 하나." 한 교도관이 외친다. "혼수 상태 하나."

죄수들과 마당을 갈라놓은 나무 창살 너머에서 수석 사형 집행인이 한 손을 들어 알았다는 표시를 했다. 샤보가 담요에 덮여 있었다. 얼굴이 파랗다. 의식을 잃어 가고 있었다. 입술만 움직였다.

"비소를 자기가 주문했습니다." 교도관이 말한다. "죄수의 물품이 반입되는 걸 막기가 어렵습니다."

"좋아." 에로 드 세셸이 당통에게 말했다. "생각해봤는데. 결국 이런 상황에서 자살한다는 것은 죄가 있음을 자인하는 것이고, 그래도 시신의 머리를 잘라야 한다고 저들처럼 우기는 것은 비열한 짓이지. 이 인간 쓰레기한테 귀감을 보여야 하지 않겠나? 좌우지간 더 좋은 건 팔목을 긋는 거지." 에로 드 세셸은 지독한 몸싸움이 벌어지는 맞은편 벽으로 눈길을 돌렸다. "아이고, 카미유 이 친구야. 그래 봤자 무슨 소용 있어?" 에로가 물었다.

"정말 어지간히 사람 애를 먹이는구먼." 교도관 하나가 말한다. 그들은 마침내 데물랭을 꽁꽁 묶었다. 실수로 그런 것처럼 구타해서 혼수 상태로 만들까도 의논했지만 그렇게 했다간 상송이 그 따위로 밖에 일을 못 하느냐면서 성질을 부릴 것이다. 머리카락을 자르려고 몸을 꽉 붙들면서 데물랭의 셔츠 등을 찢었는데 찢겨진 셔츠 조각이 앙상한 어깨에 매달려 있었다. 왼쪽 광대뼈 밑으로는 시퍼런 멍이 확연히 퍼져 있었다. 당통은 데물랭 옆에 쭈그리고 앉아 있었다.

"당신 손을 묶어야 합니다, 시민 당통."

"잠시만."

당통은 손을 밑으로 뻗어 데물랭의 목에 매달린 뤼실의 머리카락이 든 금합을 잡아서 데물랭의 묶인 두 손에 쥐어주었다. 당통은 그 위로 데물랭의 손가락을 느꼈다.

"이제 됐소."

라크루아가 당통의 갈빗대를 쿡 찔렀다. "그 벨기에 아가씨들 말일세, 그럴 만한 가치가 있던가?"

"가치 있었지요. 벨기에 아가씨들 때문이 아니라."

에로 드 세셸이 약간 창백하게 첫 번째 호송차에 올랐다. 그것 말고는 그의 얼굴에서 눈에 띄는 변화는 없었다. "도둑놈들하고 같이 안 가도 되니까 좋군."

"이 호송차에는 일 등급 혁명가들만 있지." 당통이 말한다. "버틸 수 있겠어요, 파브르? 아님 가는 길에 우리가 묻어주리까?"

파브르는 겨우 고개를 들었다. "당통. 저놈들이 내 원고를 가져갔어."

"새삼스럽기는."

"정말이지 〈몰타의 오렌지〉는 끝내고 싶었거든, 그래서 그러는 거야. 주옥 같은 대사가 있었어. 이제 원고가 위원회에 넘어가면 콜로 그 개자식이 원작자 행세를 할 거야." 당통은 머리를 젖히고 웃기 시작했다. 파브르가 계속 말했다. "이탈리앵 극단에서 상연하겠지. 그 망할 놈의 표절자 이름을 달고."

퐁뇌프 다리, 루브르 부두. 수레는 흔들리고 덜컹거린다. 당통은 데물랭의 늘어진 몸을 지탱하려고 두 발을 벌리고 꼿꼿이 서 있었다. 데물랭의 셔츠 자락으로 눈물이 스며들었다. 데물랭은 자기 때문에 우는 것이 아니라 뤼실 때문에 울었다. 어쩌면 하나가 된 그들의 자아 때문에, 그들이 끝없이 주고받았던 편지와 지금은 모두 잃고 없어진 몸짓과 버릇과 농담 때문에, 그들의 아이 때문에 울었다. "자넨 에로의 기준에 못 미치고 있어." 당통이 부드럽게 말했다.

당통은 군중의 얼굴을 훑어보았다. 말없이, 무심하게, 군중은 수레의 속도를 떨어뜨린다. "위엄 있게 죽도록 노력합시다." 에로가 제안했다.

데물랭이 슬픔의 혼수 상태에서 살짝 깨어나 고개를 들었다. "꺼져. 잘난 귀족 행세 집어치우라고."

레콜 부두. 당통은 눈을 들어 건물들의 정면을 보았다. "가브리엘." 당통이 중얼거렸다. 그리고 거기서 누군가 보기를 기대하는 듯 고개를 들었다. 커튼 뒤로 사라지는 얼굴, 작별 인사를 하려고 들어 올린 손.

생토노레 거리. 끝이 없는 길. 길이 끝나는 곳에서 그들은 덧문이 내려진 뒤플레 집에 대고 저주를 퍼부었다. 그렇지만 데물랭은 군중하고 말을 하려고 했다. 앙리 상송은 불안해하면서 힐끔힐끔 뒤돌아보았다. 당통은 고개를 숙이고 데물랭에게 말했다. "이제 가만있어. 저 비열한 무리는 내버려 두라고."

해가 진다. 곧 어두워질 테고 그때쯤이면 우린 모두 죽는다. 당통은 생각했다. 수레 꽁무니에서 상퀼로트 복장을 차려 입은 케라베낭 신부가 죽어 가는 이들을 위해 침묵의 기도를 낭송했다. 수레가 혁명 광장으로 접어들 때 신부는 한 손을 들어 조건부 사면을 내렸다.

관행도 그렇게 말하고 상상력도 그렇게 말한 바, 더는 넘어가서는 안 될 지점이 있다. 지금은 살아서 숨을 쉬는 살덩이지만 곧 죽은 고기가 될 짐짝들을 수레들이 처형대에다 부릴 지금이 아마 그 지점이 아닌가 싶다. 가장 거물 사형수인 만큼 당통은 데물랭과 함께 가장 마지막까지 남을 것이라고 상상한다. 당통이 지금 생각하는 것은 영접이 아니라 기요틴이 두 사람을 갈라놓을 때까지 마지막 십오 분 동안 친구의 육체와 영혼을 어떻게 지킬 수 있을 것인가다.

하지만 당연히 일은 그렇게 되지 않는다. 상상하는 대로란 법이 어디 있단 말인가. 그들은 먼저 에로를 끌어냈다. 아니, 에로의 팔꿈치를 살짝 건드려 목적지로 안내했다. "안녕, 친구들." 에로는 그렇게만 말했다. 그리고 그들은 바로 데물랭을 찍었다. 일리가 있다. 군중을 동요시킬지 모르는 사람은 누구든 먼저 처치한다.

데물랭은 이제 갑자기 차분했다. 자신이 얼마나 귀감이 되었는지를 에로가 보기에는 너무 늦었다. 그러나 데물랭은 앙리 상송에게 머리를 끄덕였다. "로베스피에르가 나에게 웃어야 한다고 말하던

대로 웃어야겠지. 이 사람의 아버지가 나를 명예 훼손으로 고소했지. 당신은 내가 지금도 불평불만이 많다고 생각하진 않겠지?"

데물랭이 정말로 웃는다. 당통은 속이 울렁거린다. 숨 쉬는 살덩이, 죽은 고기. 당통은 데물랭이 상송에게 말하는 것을 본다. 데물랭의 묶인 손에서 상송이 그의 금합을 집어 드는 것을 본다. 금합은 아네트에게 전해질 것이다. 상송은 잊지 않고 전할 것이다. 마지막 소원은 신성한 것이고 상송은 직업에 긍지를 지닌 사람이다. 십 초 동안 당통은 고개를 돌린다. 그러고 나서 모든 것을 지켜본다. 생명의 피가 눈부시게 만개하는 순간순간을 지켜본다. 당통은 모든 죽음을 지켜보고 나서 자신의 죽음으로 불려나간다.

"어이, 상송."

"시민 당통."

"내 머리를 사람들에게 보여주게. 수고할 만한 가치가 있으니까."

생토노레 거리: 오래전 어느 날 그의 어머니는 창가에 앉아서 수를 놓았다. 넉넉한 아침 햇살이 흘러 들어와 모자를 비추었다. 그는 중요한 것은 틈새임을, 무늬를 만드는 것은 실 자체가 아니라 실들 사이의 공간임을 보았다. "어떻게 하는 건지 보여줘." 그는 말했다. "배우고 싶어."

"남자애들은 안 하는 거야." 어머니는 말했다. 어머니의 얼굴은 평온했고 작업은 계속되었다. 안 된다고 하자 그는 목이 멨다.

눈이 안 좋은데도 이제는 수를 볼 때면 실 하나하나가 보이는 듯하다. 위원회 탁자 앞에서 그의 마음 깊숙한 곳에서 그 이미지가 떠올라 그를 어린 시절로 아득히 멀리 멀리 데려간다. 그는 창가에 자

리 잡은 처녀를, 죽음을 잉태하여 볼록한 처녀의 몸을 본다. 그녀의
숙인 머리에 비친 빛을 보고 그녀의 손가락 밑으로 어디에도 가 닿
지 않고 날아가버리는 허공의 무늬를 본다.

　　영국 〈타임스〉 1794년 4월 8일자:
　　지난번에 로베스피에르와 당통이 화해했을 때 우리는 이 화해가
이름난 두 혁명가가 서로 느끼는 애정 때문이라기보다는 이들이 서
로에게 품었던 두려움에서 기인한 것이라고 지적했다. 그리고 화해
는 둘 중에서 더 날쌘 사람이 상대를 격퇴할 기회를 찾아낼 때까지만
이어지리라고 덧붙였다. 당통에게 치명적인 그 시기가 드디어 도래했
다. …… 우리는 로베스피에르한테 공공연히 보호를 받았던 카미유
데물랭이 왜 이 독재자의 성공으로 무너졌는지 이유를 알지 못한다.

남은 이야기

뤼실 데물랭과 디용 장군은 음모 혐의로 재판을 받고 제르미날 24일(4월 13일)에 처형당했다. 막시밀리앙 로베스피에르는 테르미도르 10일, 구력으로 1794년 7월 28일에 재판 없이 처형당했다. 그의 동생 오귀스탱도, 앙투안 생쥐스트도, 쿠통도 처형당했다. 필리프 르바는 총으로 자결했다.

루이즈 당통은 클로드 뒤팽과 결혼하고 제국 시기에 남작 부인이 되었다.

안 테루아뉴는 1817년 라살페트리에르 정신병원 수용소에서 죽었다.

샤를로트 로베스피에르는 독신으로 지냈고 나폴레옹한테서 소액의 연금을 받았다. 엘레오노르는 '로베스피에르 미망인'으로 남았다. 막시밀리앙의 아버지는 1777년 뮌헨에서 죽은 것으로 밝혀졌다.

르장드르는 1795년에 죽었다. 로베르 랭데는 살아남아서 영화를 누렸다. 당통의 아들들은 아버지의 고향으로 돌아가서 농사를 지었다.

스타니슬라스 프레롱은 대의를 저버렸다. 로베스피에르가 무너진 뒤 그는 거리에서 한량들과 깡패들로 이루어진 폭력단을 이끌면서 자코뱅을 탄압했다. 그는 1802년 아이티에서 죽었다.

장니콜라 데물랭도 클로드 뒤플레시도 로베스피에르가 무너지고 몇 달 뒤에 모두 죽었다. 데물랭의 아들 오라스 카미유는 아네트와 아델 뒤플레시가 키웠다. 데물랭의 아들은 왕년의 루이르그랑 콜레주에 다녔고 파리 변호사회에 들어갔다. 그도 아이티에서 아버지와 같은 나이에 죽었다. 아델 뒤플레시는 1854년 피카르디의 베르뱅에서 죽었다.

프랑스 혁명 정부가 1793년 10월부터 그레고리우스력을 폐지하고 새롭게 도입한 역법. 1805년 9월에 나폴레옹이 폐지할 때까지 12년 동안 쓰였다. '프랑스 공화력'이라고도 부른다. 공화정 탄생을 선포한 1792년 9월 22일을 혁명력 제1년 1월 1일로 정했으며, 특이하게 각 달의 이름을 계절 특성에 맞춰 새로 지었다. 아래는 공화국 제2년 1월 1일부터 1년간(1793년 9월 22일~1794년 9월 16일)의 혁명력이다.

계절		혁명력		그레고리우스력 기준
가을	1월	방데미에르(Vendémiaire)	포도의 달	1793. 9. 22. ~ 10. 21.
	2월	브뤼메르(Brumaire)	안개의 달	10. 22. ~ 11. 20.
	3월	프리메르(Frimaire)	서리의 달	11. 21. ~ 12. 20.
겨울	4월	니보즈(Nivôse)	눈(雪)의 달	12. 21. ~ 1794. 1. 19.
	5월	플뤼비오즈(Pluviôse)	비의 달	1. 20. ~ 2. 18.
	6월	방토즈(Ventôse)	바람의 달	2. 19. ~ 3. 20.
봄	7월	제르미날(Germinal)	씨앗의 달	3. 21. ~ 4. 19.
	8월	플로레알(Floréal)	꽃의 달	4. 20. ~ 5. 19.
	9월	프레리알(Prairial)	목장의 달	5. 20. ~ 6. 18.
여름	10월	메시도르(Messidor)	수확의 달	6. 19. ~ 7. 18.
	11월	테르미도르(Thermidor)	열(熱)의 달	7. 19. ~ 8. 17.
	12월	프뤽티도르(Fructidor)	열매의 달	8. 18. ~ 9. 16.

혁명력은 한 달을 30일로 하고 12개월로 구성되었는데, 한 달은 10일마다 1순(旬, décadi)으로 하여 3개의 순, 즉 초순(primidi), 중순(doudi), 하순(tridi)로 나뉘었다. 열두 달(360일) 후에 남는 5~6일은 상퀼로티드(인민 축제 기간, Sans-culottides)라 하여 12번째 달인 프뤽티도르의 뒤에 붙였다.

1792년 8월 '8월 봉기' 직후 입법의회는 국왕의 권한 정지를 선언했다. 이는 곧 입헌군주제를 내세운 1791년 헌법의 정지를 선언한 것이었다. 나아가 의회는 보통선거에 의한 국민공회 소집을 결정했다. 왕권이 정지된 상황에서 임시 행정 내각이 구성되었다. 당통이 새 내각의 법무장관으로 입각했고(1792년 10월 9일까지 재임) 데물랭은 그의 비서로 일했다.

8월 19일 '8월 봉기' 소식을 듣고 14일에 공개적으로 반란을 일으킨 라파예트가 자기 병사들에게 위협당해 진군에 실패하고 국외로 도주. 오스트리아군의 포로가 됨.

8월 23일 오스트리아군, 롱위를 점령.

8월 30일 오스트리아군, 베르됭을 포위.

9월 1일 베르됭 함락.

9월 2~6일 '9월 학살'. 외국 군대의 프랑스 공격에 분노한 파리 인민들이 감옥을 습격해 투옥되어 있던 귀족과 선서 거부파 성직자 등 반혁명 혐의자 다수를 살해했다. 약 1천 명에서 1,400명이 희생된 것으로 알려졌다.

9월 20일 발미 전투에서 혁명군이 프로이센군에 승리. 혁명 전쟁의 첫 번째 승리.

9월 20일 국민공회 소집. 로베스피에르, 당통, 데물랭 모두 9월 초에 치러진 선거에서 국민공회 파리 대표로 선출되었다. 1차 선거에서 경쟁자 케르생과 동수의 표를 얻은 데물랭은 로베스피에르의 지원에 힘입어 여유 있게 선출되었다. 로베스피에르는 장폴 마라의 당선을 위해서도 지원 연설을 했다.

9월 21일 국민공회, 왕정 폐지를 의결.

9월 22일 국민공회, '프랑스 공화국' 선포.

9월 25일 국민공회 우파인 지롱드파(브리소, 페티옹, 바르바루 등)가 좌파인 산악파(로베스피에르, 당통, 마라 등)에 대한 공격 개시.

10월 10일 지롱드파, 당통을 수뢰 혐의로 비난.

10월 29일 지롱드파, 로베스피에르 독재 비난. 논쟁은 지롱드파의 패배로 끝남.

11월 6일 제마프 전투 승리. 혁명군, 벨기에에 진입.

11월 29일 튈르리 궁의 금고에서 국왕과 미라보의 내통, 그리고 국왕과 외국 사절의 내통을 증명하는 서류 발견.

12월 11일 루이 16세의 재판 개시.

1793년 1월 14~15일 국민공회, 국왕 루이 16세에 유죄 가결.

1월 16~17일 국민공회, 국왕의 사형 결정.

1월 21일 루이 16세 단두대에서 처형.

2월 국민공회, 반혁명 동맹을 결성한 잉글랜드, 네덜란드, 에스파냐에 선전포고.

3월 10일 혁명재판소 창설.

3월 10일 방데 반혁명 반란. 2월에 국민공회가 가결한 30만 명의 징집법 시행과 함께 본격적인 반란이 시작되었다. 4일 숄레에서 폭동이 시작되어 13일에는 방데 지방 전체가 반란 상태에 들어갔으며 농민 반란 세력과 왕당파 귀족들이 손을 잡았다. 혁명 정부는 안팎으로 반혁명의 위협에 놓이게 되었다.

3월 18일 네르빈덴 전투. 뒤무리에 장군이 오스트리아군에 패배.

4월 1일 지롱드파, 당통을 고발.

4월 2일 뒤무리에, 국경에서 오스트리아군 진영으로 도주.

4월 6일 국민공회, 당통과 로베스피에르가 요구해 온 공안위원회 창설. 당통이 초대 의장을 맡았음.

4월 10일 로베스피에르, 지롱드파를 공격.

4월 13일 지롱드파, 마라를 고발함.

4월 24일 혁명재판소, 마라에 무죄 판결.

5월 4일 곡물과 밀가루의 최고가격 결정.

5월 18일 지롱드파, 파리 코뮌의 활동을 고발하고, 조사를 위한 '12인 위원회' 구성.

5월 20일 부유시민에게 10억 리브르의 국채를 강매.

5월 24일 12인 위원회, 코뮌 지도자들을 공격하고 에베르를 체포.

5월 26일 로베스피에르, 자코뱅 클럽에서 타락한 지롱드파 의원들에 맞설 봉기를 호소.

5월 29일 파리 33구의 대표, 비밀리에 봉기위원회 조직.

5월 31일 '5월 31일~6월 2일의 봉기' 시작. 무장한 상퀼로트들이 의회가 자리잡은 튈르리 궁으로 침입. 공회에 지롱드파 의원 추방, 12인 위원회 해산, 곡물 가격 인하, 군대에서 귀족 추방, 노인과 병자의 구제 따위를 요구.

6월 2일 봉기군, 회의장을 포위. 공회는 지롱드파 의원 29명의 체포를 결정. 지롱드파 몰락.

6월 3일 망명귀족의 재산 매각법 성립.

6월 24일 국민공회, 공화국 제1년의 헌법(1793년의 헌법)을 채택. 1793년 헌법은 입헌공화정과 보통선거 등을 규정하였으며, 국민의 반란권을 인정하는 등 급진적인 내용을 담고 있었다. 그러나 1793년 헌법은 공포 정치 시행으로 평화 시기까지 적용이 보류되었다가 로베스피에르의 실각으로 인해 결국 시행되지 못하고 폐지되었다.

7월 전국적으로 심각한 식량 위기

7월 13일 지롱드파 지지자인 샤를로트 코르데가 장폴 마라 암살.

7월 26일 국민공회, 매점 단속법 가결.

7월 25일 당통, 국민공회 의장이 됨(1793년 8월 8일까지).

7월 27일 로베스피에르, 공안위원회 의장이 됨(1794년 7월 27일까지).

8월 됭케르크와 란다우가 포위됨.

8월 1일 미터법 제정.

8월 9일 반란 도시 리옹에 공격 개시.

8월 23일 국민공회, 국민 총동원령 결의.

9월 5일 파리에서 에베르파와 상퀼로트들이 국민공회를 향해 시위. 혐의 자들 체포, 혁명 위원회들의 정화와 그 구성원들에 대한 보상, 식량 위기 에 관한 조치를 요구. 상퀼로트의 압력으로 공회는 요구 사항을 법에 반영하기로 동의하고, 이후 며칠 동안 그에 준하는 여러 법령을 공포한다. 이로써 법률적 공포 정치가 출현한다.

9월 17일 국민공회, 반혁명 혐의자 단속에 관한 법('혐의자 법') 결정.

10월 2일 리옹 진압 완료.

10월 5일 국민공회, 1792년 9월 22일을 공화국의 기원으로 하는 혁명력(공화력) 선포.

10월 10일 국민공회, "프랑스 임시 정부는 평화가 도래할 때까지 혁명적이다."라고 선언하고 공안위원회에 전시(戰時)의 비상 조치권을 부여. 공포 정치의 체제가 완성되다.

10월 12일경 파브르 데글랑틴이 로베스피에르와 보안위원회에 '외국인의 음모' 고발. 오스트리아 출신의 사업가 프라이 형제, 에로 드 세셸과 가까운 관계였던 은행가 프롤리, 산악파 의원인 샤보와 바지르가 음모가들로 지목되었다. 이들이 공화국을 무너뜨리려는 외국 세력의 부추김을 받아 과격한 혁명적 조치를 취하도록 의회를 움직여 혼란을 일으키려 했고 그 틈에 자신들의 이익을 취하려 했다는 것이 고발 내용이었다.

10월 15~16일 와티니 전투에서 혁명군이 오스트리아군을 격파.

10월 16일 마리 앙투아네트 처형.

10월 17일 혁명군, 방데 반란군을 평정.

10월 22일 공안위원회가 국민공회로 하여금 식량위원회를 창설하게 함.

11월 10일 '이성의 축제'(노트르담 사원)

11월 14~17일 동인도회사 사건 폭로. '외국인의 음모' 사건에 연루되어 비난을 받던 산악파 의원 샤보가 자신과 파브르 데글랑틴, 쥘리앵 드 툴루즈, 들로네 당제, 바지르 등이 가격이 하락하는 주식으로 투기를 하기 위해 동인도회사의 폐지를 요구하여 얻어냈고, 동인도회사로부터 막대한 뇌물을 받고 회사에 매우 유리한 청산 법령을 제출했음을 폭로했다. 파브르 데글랑틴은 문서를 변조하는 범죄를 저지른 것으로 드러났다. '외국인의 음모' 사건과 '동인도회사 사건'으로 국민공회와 산악파는 심각한 분열에 빠져들었다.

11월 말 파리의 모든 기독교 교회 폐쇄. 로베스피에르는 예배의 자유를 주장.

12월 산악파 안에서 온건파인 당통파와 급진파인 에베르파의 투쟁 개시.

12월 4일 프리메르 법('혁명 정부에 관한 법령') 성립. 공안위원회 권한 강화.

12월 5일 데물랭, 〈원조 코르들리에(Le Vieux Cordelier)〉 1호 발간.

12월 6일 국민공회, 예배의 자유를 승인.

12월 15~19일 혁명군, 툴롱의 반혁명 봉기를 공격. 포병 중위 나폴레옹 보나파르트 참가.

12월 15일 데물랭, 〈원조 코르들리에〉 3호에서 공포 정치 체제와 혁명 정부를 규탄함. 이 글이 크게 반향을 일으키면서 공포 정치에 불안을 느끼던 많은 사람들이 당통파 관용파 쪽으로 돌아섰다. 뒤이어 20일에 〈원조 코르들리에〉 4호에서 '혐의자 법'을 비판하면서 '반혁명 혐의자 20만 명의 석방'과 관용위원회 설치를 요구했다. 당통파와 에베르파의 충돌이 더욱 격렬해졌고, 로베스피에르는 극단적인 두 분파를 모두 비판했다.

12월 23일 방데 반란군 궤멸.

1794년 2월 26일, 3월 3일 국민공회, 반혁명 혐의자의 재산 몰수와 무상 분배를 내용으로 하는 방토즈 법령 가결(실시되지 못하고 테르미도르 9일의 쿠데타 이후 폐기됨).

3월 13~14일 에베르파 체포.

3월 24일 에베르와 코르들리에 클럽의 주요 지도자들 처형.

3월 30일 당통과 데물랭 등 관용파 체포.

4월 5일 당통, 데물랭 처형.

7월 26일 로베스피에르, 국민공회에서 정적을 공격하는 연설을 함.

7월 27일 테르미도르 9일, 국민공회가 로베스피에르, 생쥐스트, 쿠통의 체포를 결의.

7월 28일 로베스피에르와 그 일파 22명 체포, 처형.

막시밀리앙 로베스피에르(Maximilien François de Robespierre, 1758~1794)

 여섯 살 때 어머니를 잃고 조부 슬하에서 자랐다. 1769년, 파리의 명문 루이르그랑 콜레주에 장학생으로 입학했다. 루이르그랑에서 지도교사인 신부들의 총애를 받는 모범 학생이지만 고독한 어린 시절을 보냈다. 그곳에서 카미유 데물랭을 만나 우정을 쌓았다. 졸업 후 고향으로 돌아와 변호사로 일하며 주교재판소의 판사 자리에 오르지만 사형 판결을 내리는 것을 극도로 꺼려 판사직을 사임했다.

삼부회에 아르투아 제3신분 대표로 선출되었으며, 바스티유 함락을 지지하는 연설을 하여 파리 시민들의 칭송을 받았다. 금욕주의자이며 이상주의자로서 파리 시민들에게 '부패할 수 없는 인물'로 불렸던 그는 초지일관 특권층의 특권을 폐지하고 인민의 권리를 증진하는 공화국의 이상을 설파하였다. 1791년 7월, 루이 16세의 바렌 탈주 뒤 푀양파와 대립이 심각해지자 "나는 혁명이 아직 끝나지 않았다고 생각한다."라고 말해 혁명의 급진화를 요구했다. 1792년 12월, 국왕 처형을 요구하면서 지롱드파와 결별했다. 1793년 7월, 국민공회의 공안위원회에 참여한 뒤에는 공포 정치를 주도했으며 같은 해 12월, '혁명 정부의 원리'를 의회에서 밝히고 공포 정치를 비판하는 당통의 관용파와 에베르가 이끄는 극좌파를 함께 공격했다. 국민공회의 분파 갈등이 혁명 공화국을 무너뜨리고 말 것이란 위기 의식 속에서 그는 에베르파에 이어 당통파까지 단두대로 보낸다. 1794년 7월 27일(테르미도르 쿠데타), 국민공회에서 '폭군 타도'의 고함에 압도되어 발언을 하지 못한 채 체포되었고, 다음 날 혁명재판소에서 인정 신문만으로 사형을 선고받고 저녁 6시에 단두대에서 처형됐다.

조르주자크 당통(Georges-Jacques Danton, 1759~1794)

왕정을 무너뜨리고 프랑스 제1공화정을 세우는 데 핵심적인 역할을 한 혁명가. 야심가이며 뛰어난 정치적 수완을 지닌 유연한 현실주의자. 랭스 대학에서 법학을 공부한 후, 1787년부터 1791년까지 국왕참사회 위원으로 일했다. 1790년 마라, 데물랭, 에베르를 비롯한 이들과 코르들리에 클럽을 결성하고 우렁찬 목소리와 열정적인 웅변으로 청중을 사로잡았다. 그의 대중적 인기는 특히 바렌 탈주 뒤 루이 16세의 폐위를 주장함으로써 절정에 달했다. 1792년 8월 10일의 봉기(루이 16세의 권한 정지와 왕정 폐지를 가져온 봉기) 후 법무장관에 취임하였다. 그러나 파리 군중들이 감옥에 수감되어 있는 반혁명 혐의자들을 재판 없이 사형에 처한 '9월 학살'을 묵인하여 이후 지롱드파로부터 공격을 받았다. 대단한 웅변가이면서도 낭비벽이 심하여 항상 독직(瀆職) 소문이 무성하였다. 국민공회에서는 산악파에 속하였으며, 산악파 중에서도 우파인 관용파로서 좌파인 에베르파와 대립하였다. 독재와 공포 정치의 완화를 요구하고 통제 경제에도 반대하여 로베스피에르와 대립하다가, 결국 1794년 4월 공안위원회에 체포되어 처형되었다.

카미유 데물랭(Camille Desmoulins, 1760~1794)

열렬한 공화주의자로서 프랑스 혁명에서 가장 영향력 있는 언론인이자 국민공회 의원이었다. 어린 시절 파리의 루이르그랑에 입학한 후 그곳에서 만난 로베스피에르와 평생 우정을 이어갔으며, 파리에서 초보 변호사 시절 만난 당통과는 죽음까지 함께한 관계를 맺었다. 바스티유 함락을 전후해 〈자유 프랑스〉, 〈파리 시민에게 드리는 가로등 연설〉 등등의 소책자를 발간하여 국민의회 개혁안을 지지하고 공화주의 이념을 제시했다. 1791년 6월 루이 16세의 바렌 탈주 사건 후 국왕 폐위와 공화국 수립 운동을 더욱 강하게 벌여 나갔다. 자코뱅 클럽과 코르들리에 클럽에서 당통과 긴밀한 협력 관계를 맺고 1792년 8월 10일 봉기에 참여하였다. 법무장관에 임명된 당통 밑에서 비서로 일하기도 하였다. 국민공회에서는 산악파로 지롱드파 비판에 앞장섰으나 곧 당통과 함께 관용파를 형성했다. 데물랭은 〈원조 코르들리에(Le Vieux Cordelier)〉를 통해 극좌파인 에베르파의 비기독교화 운동을 비판하고 공안위원회의 통제 경제 정책과 공포 정치를 비난했다. 이로써 그는 로베스피에르와 대립하게 되었고, 1794년 4월 당통 일파와 함께 처형되었다.

당통, 가브리엘(Antoinette Gabrielle Danton, 1760~1793)

조르주자크 당통의 첫 번째 아내. 퐁뇌프 근처에서 카페를 운영했던 제롬 프랑수아 샤르팡티에의 딸이다. 1787년 생제르맹 교회에서 당통과 결혼했다. 1793년 남편 당통이 벨기에로 임무 수행을 떠났을 때 아이를 낳다가 죽었다.

데물랭, 뤼실(Anne Lucile Desmoulins, 1770~1794)

카미유 데물랭의 아내. 1790년 10살 연상의 가난한 변호사 데물랭과 결혼했다. 1792년에 아들 오라스 카미유를 낳았다. 오라스의 대부(代父)는 로베스피에르였다. 남편 데물랭에게 영향을 받아 공화주의 이념과 자코뱅파의 사상을 받아들였다. 1794년에 데물랭이 당통파와 함께 체포되자 남편 구명 활동을 하다 반혁명 혐의로 체포되었다. 남편이 처형된 지 일 주일 뒤에 처형되었다.

뒤무리에(Charles-François du Périer Dumouriez, 1739~1823)

군인. 1789년 혁명이 발발한 뒤 자코뱅 클럽에 가입했고, 1792년 외무장관에 임명되었다. 같은 해 4월 발미 전투에서 프로이센군을 무찔렀고 뒤이어 제마프 전투에서 오스트리아군을 격파하고 벨기에를 정복했다. 1793년 3월, 네르빈덴 전투에서 패한 뒤 쿠데타를 기도했으나 실패하고 4월에 오스트리아로 망명했다.

디용(Arthur Dillon, 1750~1794)

프랑스로 귀화한 영국 귀족 출신의 장군. 1777년 미국 독립전쟁에 참여하여 공을 세웠고, 1786년 토바고 총독으로 임명되었다. 1789년 파리로 돌아와 민주주의와 개혁을 지지하는 왕정주의자가 되었다. 발미 전투에 참전해 전투를 승리로 이끌었다. 프랑스의 군사 기밀을 적군에게 넘긴 혐의를 받고 1793년 체포되어 이듬해 처형당했다.

라클로(Pierre Choderlos de Laclos, 1741~1803)

군인이자 작가. 1782년 공병장교 시절 발표한 첫 번째 장편소설 《위험한 관계(Les Liaisons dangereuses)》로 명성을 얻었으며 1788 년부터 오를레앙 공작(필리프 오를레앙)의 비서로 일했다. 초기 자코뱅 클럽 회원이었고, 국왕 부부의 바렌 탈주 사건 이후 공화주의자가 되었다. 1793년 3월 오를레앙파라는 이유로 체포되기도 했으나 테르미도르 쿠데타 후 풀려나 나폴레옹 시대에 장군으로 진급하여 이탈리아 원정에 참여했다.

라파예트(Marie-Joseph Lafayette, 1757~1834)

귀족 출신이며 미국 독립전쟁에 참전했다. 1789년 삼부회에 귀족 대표로 참여했고, 파리 국민방위대 사령관으로 선출되었다. 1789년 10월 5일 성난 군중이 베르사유 궁전을 습격했을 때 루이 16세와 마리 앙투아네트를 호위했다. 1791년 7월 17일 군중들이 샹드마르스에 모여 왕의 폐위를 요구하자 국민방위대에 발포를 명령하여 50여 명의 사상자를 냈다. 1792년 '8월 10일 봉기'로 왕정이 무너진 후 오스트리아로 도피해 1797년까지 그곳에 포로로 억류되어 있었다. 1799년 나폴레옹 보나파르트가 권력을 잡자 프랑스로 돌아왔다. 루이 18세 때는 하원의원을 지냈으며, 1830년 7월 국민방위대를 지휘하여 샤를 10세를 타도하고 오를레앙 공작의 아들 루이필리프를 왕으로 추대하는 데 큰 역할을 했다.

랭데(Jean Baptiste Robert Lindet, 1746~1825)

변호사 출신의 국민공회 의원, 공안위원회 위원. 프랑스 군대의 보급 체계를 조직했고, 공안위원회가 시행한 통제 경제를 관장했다. 하지만 통제 경제 정책에 공감하지 못했고 반혁명 혐의자에 대한 탄압을 비판했다. 자코뱅파에 속했지만 온건주의자에 가까웠다. 공안위원회에서 로베스피에르와 자주 대립하였으나 테르미도르 쿠데타에는 참여하지 않았다. 1799년 6월 총재정부의 재무장관으로 임명되었으나, 11월 나폴레옹이 권력을 잡자 정계에서 은퇴했다.

로베르(François Joseph Robert, 1763~1826)

변호사이자 곡물·잡화상인. 혁명 초기에 아내 루이즈 로베르와 함께 급진적 정치 성향을 띤 신문 〈국민의 전령(Le Mercure National)〉을 발행하여 공화주의 확산에 힘썼다. 당통의 측근이었으며 1793년에 국민공회 의원으로 선출되었다. 왕정 복고 후 브뤼셀로 추방당했다.

롤랑, 마농(Manon Roland, 1754~1793)

'지롱드파의 여왕'이란 별명으로 불렸던 프랑스 혁명의 지도자. 20살 연상인 장마리 롤랑과 결혼한 후 혁명 정치에 뛰어들었다. 왕정 폐지를 주장한 공화주의자로서 자신의 집에 살롱을 열어 지롱드파의 정신적 지주 역할을 했다. 1792년 남편 롤랑이 내무장관이 된 후 배후에서 정치를 한다는 공격을 받았다. 9월 입헌의회 성립 후 산악파와 대립하기 시작했다. 1793년 5월 봉기한 상퀼로트들에게 체포되어 같은 해 11월 8일 처형당했다.

롤랑, 장마리(Jean-Marie Roland, 1734~1793)

리옹 코뮌 의회 의원으로 정치 생활을 시작했고 이 도시에서 자코뱅 클럽을 창설했다. 1791년 파리에서 브리소를 비롯한 혁명가들과 친분을 맺었다. 1792년 지롱드파 내각의 내무장관으로 임명되었다. 왕정 폐지 후 국민공회에서 자코뱅파의 급진주의자들이 주장하는 통제 경제 정책에 반대했다. 1793년 지롱드파가 국민공회에서 쫓겨났을 때 파리를 탈출했지만 아내가 처형되었다는 소식을 듣고 자살했다.

루(Jacques Roux, 1752~1794)

성직자 출신의 혁명가로 급진파의 지도자였다. 1789년 혁명이 일어나자 파리교구의 부주교로서 상퀼로트에게 민주주의의 이상을 설교했다. 1791년에 파리 코뮌 위원으로 선출되었다. 1793년 2월 파리에서 일어난 식량 폭동에서 주도적인 역할을 했다. 1793년 8월 외국 첩자이며 반혁명분자라는 혐의로 체포되었으며, 6개월 뒤 감옥에서 자살했다.

루베(Jean-Baptiste Louvet, 1760~1797)

언론인이자 국민공회 의원. 1789년 혁명이 시작된 후 신문 〈파수꾼(La Sentinelle)〉을 발행하여 지롱드파를 지지했다. 1792년 국민공회 의원으로 선출되었으며 의회에서 로베스피에르를 비판하는 연설을 하기도 했다. 1793년 6월 지롱드파가 몰락한 후 지방으로 피신했다가 1795년 3월 국민공회에 복귀했다.

루이 16세(Louis XVI, 1754~1793)

구체제 시기 마지막 왕. 국가의 재정 위기를 해결하기 위해 여러 차례 개혁을 시도했으나 성공을 거두지 못하고 왕비인 마리 앙투아네트와 대신들 사이에서 동요했다. 1789년 '10월 5일 봉기'로 베르사유에서 파리로 끌려온 뒤 마지못해 국민의회의 개혁안들을 재가했다. 1791년 바렌 탈주 사건으로 권위에 결정적인 타격을 입었고 1792년 '8월 봉기'가 일어나면서 왕의 권한을 잃었다. 그해 겨울 국민공회에서 재판을 받고 이듬해 1월 21일 처형되었다.

르장드르(Louis Legendre, 1752~1797)

정육업자 출신 국민공회 의원. 1789년 바스티유 습격 사건에 참여했으며, 코르들리에 클럽의 창설 멤버였다. 정규 교육을 많이 받지 못했지만 혁명기에 연설가로 큰 활약을 했으며, 당통과 가깝게 지냈다. 테르미도르 봉기 후에는 보수화되어 1795년에 두 차례에 걸쳐 일어난 인민 봉기를 탄압하는 데 가담했다.

마라(Jean-Paul Marat, 1743~1793)

의사 출신 언론인이자 혁명가. 스위스 출신이며, 1770년대 영국 런던에서 의사로 활동하며 과학과 철학을 주제로 한 여러 권의 책을 출판했다. 프랑스 혁명이 발발하자 〈인민의 벗〉을 창간해 공화주의를 지지하고, 상퀼로트의 봉기와 폭동을 선동해서 한때 투옥되기도 하였다. 1792년 8월 봉기 후 코뮌의 지도자가 되었으며, 9월 학살을 선동했다. 1793년 지롱드파 지지자 샤를로트 코르데에게 암살당하였다.

마리 앙투아네트(Marie Antoinette, 1755~1793)

루이 16세의 왕비. 오스트리아 여제 마리아 테레지아의 딸이다. 1770년 미래의 루이 16세가 될 프랑스 왕세자와 결혼하였으나 스웨덴 귀족과의 연애설, 낭비벽, 경솔한 언행이 입에 오르내리며 국민의 인기를 잃었다. 국왕에게 큰 영향을 끼쳐 왕정과 혁명 사이에 타협을 불가능하게 만들었으며, 힘을 잃어 가는 왕정을 회복하는 데 외세에 의지하는 방법을 택했다. 1792년 '8월 봉기' 후 수감되었다가 1793년 10월 처형되었다.

미라보 백작(Honoré-Gabriel Riqueti Mirabeau, 1749~1791)

프랑스의 정치가, 사상가. 미라보 후작의 아들로서 방탕하게 젊은 시절을 보냈다. 계몽주의에 감화되어 사상가, 문필가로서 명성을 쌓았다. 프랑스 혁명이 일어나자 제3신분 대표로 선출되어 능란한 웅변과 뛰어난 정치적 감각으로 국민의회의 지도적 인물로 활약했다. 1791년 국민의회 의장이 되어 입헌군주제를 토대로 한 개혁을 추진하려 하였으나 갑자기 사망했다. 1792년 10월 봉기 때 튈르리 궁 철제 금고에서 미라보가 왕실에 매수되었음을 밝히는 문서들이 발견되어 반역자로 낙인찍혔다.

생쥐스트(Louis Antoine de Saint-Just, 1767~1794)

국민공회 의원, 공안위원회 위원. 프랑스 혁명 이념의 신봉자였으며, 공포 정치를 열렬히 옹호하여 로베스피에르의 오른팔로 불렸다. 국민공회에서는 루이 16세의 재판에 대한 연설로 주목받았으며, 지롱드파의 정책에 강력히 반대하였다. 1793년 외국에 맞선 혁명 방위 전쟁 중에 공안위원회 위원으로서 라인 강 전선에 파견되어 승리에 크게 기여했다. 국민공회로 복귀한 뒤에는 반혁명 혐의자의 재산을 몰수하여 빈민들에게 분배하는 것을 골자로 한 방토즈 법령을 통과시켰다. 에베르파, 당통파의 숙청에서 핵심적 역할을 맡았으며 테르미도르 쿠데타로 로베스피에르, 쿠통, 르바와 함께 처형되었다.

바레르(Bertrand Barére, 1755~1841)

변호사 출신의 혁명가. 국민의회에서는 온건한 입헌군주제 지지자였으나 국민공회에서는 산악파에 합류했다. 국민공회 의장으로서 루이 16세의 재판을 주도했다. 1794년 공안위원회 위원이 되어 공포 정치를 적극적으로 추진하였다. 로베스피에르와 대립하여 테르미도르 쿠데타에 참여했으며, 후에 공포 정치가로 기소되었다. 1799년 나폴레옹의 브뤼메르 쿠데타 이후 사면되었다.

바르나브(Antoine Barnave, 1761~1793)

변호사 출신의 국민의회 의원. 자유주의적 부르주아지의 대변인이었으며, 탁월한 웅변술을 자랑했다. 1790년에 국민의회 의장이 되었으며 뒤포르, 라메트와 함께 삼두파를 이루어 왕권을 옹호하는 라파예트, 미라보와 대립하였다. 혁명 초기에는 자코뱅 클럽을 지지했으나 샹드마르스 학살 사건 이후 푀양파의 입헌군주정 지지자들에 합류하였다. 뒤포르와 함께 푀양파를 이끌었고, 궁정의 비밀 고문 역할을 했다. 1792년 8월에 체포되어 1793년에 처형당했다.

바르바루(Charles Jean Marie Barbaroux, 1767~1794)

마르세유 변호사 출신의 국민공회 의원. 마르세유 연맹군을 이끌고 1792년 '8월 10일 봉기'에 참여하였으며 국민공회 의원으로 선출되었다. 국민공회에서는 지롱드파에 속했으며, 1793년 '5월 31일~6월 2일 봉기' 후 노르망디에서 뷔조, 페티옹과 반란을 조직하였으나 실패하고 체포되어 처형당했다.

바이(Jean-Sylvain Bailly, 1736~1793)

천문학자란 명성에 힘입어 1789년 삼부회 파리 대표로 선출되었고 곧 제3신분회 의장으로 선출되었다. '테니스코트의 선서'에서 첫 번째로 선서했다. 1789년 7월 바스티유 습격 다음 날 파리 시민들에 의해 파리 시장으로 선출되었으나 1791년 샹드마르스 학살을 명령했다는 사실이 밝혀져 시장직을 사임했다. 1793년 체포되어 파리 혁명재판소에서 사형 판결을 받고 처형당했다.

브리소(Jacques-Pierre Brissot, 1754~1793)

언론인이자 입법의회 · 국민공회 의원. 혁명 전 영국과 미국을 여행하며 흑인 인종 차별 문제에 관심을 두게 되었다. 귀국하여 〈프랑스 애국자〉를 발간하고, '흑인의 벗 협회'를 창설했다. 혁명 초부터 자코뱅 클럽 회원이었고 국왕의 바렌 탈주 사건 후 공화국의 선포를 주장했다. 베르니오, 롤랑과 함께 지롱드파의 핵심이 되었고, 외세와의 전쟁을 주장했다. 국민공회에서는 자코뱅파, 특히 로베스피에르를 격렬히 비판했고 1793년 6월에 지롱드파가 몰락한 뒤 체포되어 혁명재판소에서 재판을 받고 처형되었다.

비요바렌(Jean-Nicolas Billaud-Varenne, 1756~1819)

법률가 · 정치 평론가이자 국민공회 의원. 자코뱅 클럽과 코르들리에 클럽 회원이었다. 국민공회의 극좌파였고, 1793년 공안위원회 위원이 되어 공포 정치의 핵심 주역이 되었다. 1794년 급진적 혁명 세력인 에베르파를 숙청하는 과정에서 로베스피에르를 비판했다. 테르미도르 쿠데타를 모의하여 로베스피에르파를 몰락시키는 데 주도적 역할을 하였다. 1795년 콜로 데르부아, 바디에, 바레르와 함께 '공포 정치가'로 체포되어 프랑스령 기아나로 추방당했다.

에베르(Jacques-René Hébert, 1757~1794)

파리 하층민을 대변하는 신문 발행인이자 상퀼로트 지도자. 1790년부터 '페르 뒤셴(뒤셴 영감)'이라는 필명으로 정치 풍자 평론을 쓰기 시작해 이듬해부터 같은 이름의 급진적 신문을 발행했다. 1793년 5월 24일 지롱드파가 결성한 12인 위원회에 의해 체포되었으나 곧 상퀼로트의 환호를 받으며 석방되었는데, 이 사건은 지롱드파 몰락의 서막이 되었다. 극좌파였던 에베르파가 1793년 9월 5일 상퀼로트와 함께 일으킨 봉기는 공포 정치의 직접적 계기가 되었다. 온건 성향의 당통파를 공격하고 비기독교회 운동에 적극적으로 참여했다. 1794년 로베스피에르파에 맞선 봉기를 호소했지만 실패하고 체포되어 처형당했다.

에로 드 세셸(Marie-Jean Hérault de Séchelles, 1759~1794)

명문 귀족 출신의 법률가, 입법의회·국민공회 의원. 귀족 출신의 고등 법관이었으나 1789년 혁명이 터지자 바스티유 감옥을 공격하는 군중에 가세했다. 국민공회에서는 산악파였으며, 1793년 공안위원회 위원으로 선출되었다. 1793년 지롱드파의 몰락을 가져온 봉기 때 국민공회 의장이었으며 지롱드파 의원들의 체포를 명령했다. 당통과 가까웠으며 에베르파와 함께 비기독교화 운동에 참여하기도 했다. '외국인의 음모' 사건에 연루되어 체포된 후 1794년 4월 당통파와 함께 처형되었다.

오를레앙 공작(Philippe de Orleans, 1747~1793)

부르봉가의 왕손이자 국민공회 의원. 루이 16세의 사촌이었지만 혁명이 시작되기 전부터 왕정 체제와 궁정에 대한 반감을 드러냈다. 혁명 직전에 소집된 삼부회에 귀족 대표로 뽑혔으나 성직자와 귀족에 대항해 제3신분을 지지했다. 1792년 8월 군주제가 무너지자 공작 작위를 버리고 평등공(平等公)이라는 이름을 받았다. 1792년 9월에 열린 국민공회 의원으로 선출되었으며 국왕 처형에 찬성 투표했다. 1793년에 아들 루이필리프가 뒤무리에 장군과 함께 적국 오스트리아에 투항하자, 뒤무리에의 공범이라는 혐의로 체포되어 처형당했다.

콜로 데르부아(Jean-Marie Collot d'Herbois, 1749~1796)

극작가이자 공안위원회 위원. 귀금속 세공업자의 아들로서 극단에서 활동하다가 혁명이 발발하자 거리에서 선동적 연설을 하며 유명해졌다. 국민공회에서는 산악파에 속했다. 1793년 공안위원회 위원이 되어 비요바렌과 함께 급진파를 형성했다. 같은 해에 반혁명 세력의 반란을 진압하기 위해 조제프 푸셰와 함께 리옹으로 파견되어 대학살을 자행했다. 학살 책임을 면하기 위해 테르미도르 쿠데타에 참여했고, 로베스피에르파를 숙청하는 데 일조했다. 하지만 공포정치의 책임을 추궁당하여 비요바렌과 함께 프랑스령 기아나로 추방되어 그곳에서 죽었다.

쿠통(Georges Couthon, 1755~1794)

변호사 출신의 입법의회·국민공회 의원. 1793년 공안위원회 위원이 되어 에베르파와 당통파를 숙청하는 데 큰 역할을 했다. 뒤이어 1794년 혁명재판소의 업무를 신속히 진행하고 공포 정치의 개시를 알리는 프레리알 22일(6월 10일)의 법이 통과하는 데 큰 역할을 했다. 테르미도르 쿠데타가 일어나자 로베스피에르, 생쥐스트와 함께 체포되어 처형당했다.

테루아뉴(Théroigne de Méricourt, 1762~1817)

벨기에 출신 여성 혁명가로서 '혁명의 아마존'으로 불렸다. 인민 봉기 때 파리의 거리에서 박력 넘치는 연설을 하여 두각을 나타냈고 정치 살롱을 열어 데물랭, 바르나브, 페티옹 같은 혁명가들과 교류했다. 정치적으로 점차 지롱드파 성향에 가까워졌다. 1793년 자코뱅파 사람들에게 모욕적인 매질을 당한 후 큰 충격을 받았고, 이후 정신분열증에 시달리며 병원에서 여생을 보냈다.

파브르 데글랑틴(Philippe Fabre d'Églantine, 1750~1794)

극작가이자 국민공회 의원. 코르들리에 클럽 회원으로서 당통, 마라와 함께 활동했다. 1771년 문예 대회에서 학술원이 수여하는 들장미 화환을 상으로 받았다고 주장하며 자신의 성(姓) 뒤에다 들장미라는 뜻의 '에글랑틴'을 붙였다. 1793년 10월에 채택된 혁명력에서 각 달(月)의 시적인 이름을 고안했다. 외국인의 음모 사건과 동인도회사 사건에 연루되어 단두대에서 처형당했다.

페티옹(Jérôme Pétion de Villeneuve, 1756~1794)

변호사 출신의 혁명가. 1789년 제3신분 대표로 삼부회에 진출했다. 자코뱅 클럽에 속했으며, 상퀼로트들에게 인기가 높아 1791년 11월 파리 시장이 되었다. 1792년 국민공회 개최시의 의장이었는데, 이 시기부터 지롱드파 쪽으로 기울어 로베스피에르와 입장이 대립하였다. 1793년 6월 지롱드파가 몰락한 후 자살했다.

푸키에탱빌(Antoine-Quentin Fouquier-Tinville, 1746~1795)

프랑스 혁명기의 법률가. 카미유 데물랭의 친척이었으며 일찍부터 혁명을 지지했다. 1793년 3월 혁명재판소 검사가 되었으며, 절대적인 권한을 지닌 탄압의 집행자가 되어 사소한 범죄에도 사형 판결을 내려 시민들로부터 두려움의 대상이 되었다. 왕당파, 지롱드파, 에베르파, 당통파, 친척 카미유 데물랭에게까지 무차별적으로 사형 판결을 내린 그는 테르미도르 반동 후 쿠데타 주모자들에 의해 재판을 받고 처형되었다.

프레롱(Louis-Marie Stanislas Fréron, 1754~1802)

언론인이자 국민공회 의원. 국민공회에서는 자코뱅파에 속했다. 1793년 3월 방데에서 일어난 반혁명 활동을 진압하라는 명령을 받고 수백 명의 반란자들을 학살한 후 공안위원회에 소환되었다. 신변의 위험을 느껴 테르미도르 쿠데타에 적극적으로 가담했다. 〈인민의 대변자〉를 통해 자코뱅을 성토하는 한편, 반혁명 테러단인 '귀공자단'을 조직해 길거리에서 자코뱅 활동가들을 습격했다.

2013년 구글에서 개발한 여론 분석 소프트웨어가 인터넷 여론을 조사했더니 세계에서 가장 영향력이 큰 역사적 인물은 예수였고 다음이 프랑스의 나폴레옹이었다. 나폴레옹은 프랑스 안에서도 인기가 높아서 프랑스인이 가장 존경하는 인물 1순위로 거의 매번 지목된다. 2위는 샤를 드골이다.

나폴레옹과 드골의 공통점은 프랑스를 국난에서 살려낸 지도자라는 점이다. 두 사람에게는 또 하나의 공통점이 있다. 둘 다 프랑스 공화정을 등에 업었다는 점이다.

나폴레옹은 프랑스 혁명으로 들어선 신생 프랑스 공화국이 유럽을 상대로 벌인 전쟁에서 뛰어난 전과를 올려 발탁되었다가 혁명 정부가 무너진 뒤에도 우여곡절 끝에 스스로 권좌에 올랐다. 프랑스에 공화정이 들어서지 않았다면 식민지 코르시카 출신의 하급 장교 나폴레옹은 프랑스 군대에서 평생 성골 출신의 귀족 장군을 받들며 살아야 했을 것이다. 나폴레옹은 나를 황제로 뽑아 달라고 프랑스 국민에게 호소하면서 자신만이 프랑스 공화정을 지킬 수 있다고 역설했다.

드골은 독일에게 굴복한 프랑스 비시 정부에 반발하여 해외에서 망명 정부를 세우고 프랑스 공화정을 지켜냈다. 그러나 루이 16세가 프랑스 혁명으로 목이 잘리지 않아 프랑스가 아직 왕정이었다면 독일의 침공에서 나라를 지킨 공로는 해외 망명 정부를 세웠을지도 모르는 루이 16세의 후손에게 돌아갔을 것이다.

대다수 프랑스인이 프랑스 혁명을 자랑스럽게 여기는 이유도 법 앞에서 모든 국민이 동등하게 대접받는 오늘의 프랑스 공화국을 낳은 것이 프랑스 혁명이어서다. 그래서인지 프랑스 혁명과 관련된 사람의 이름은 지금도 파리를 비롯하여 프랑스 곳곳에 혹은 거리명으로 혹은 건물명으로 남아 있다. 공화정이 아니라 입헌 군주제를 추구한 라파예트도, 탁월한 언변으로 민중을 휘어잡았지만 더없이 부패했던 미라보도, 한때 공포 정치를 주도했던 당통조차도 거리에 자신의 이름을 남겼다. 그러나 거물이면서도 거리에 이름을 남기지 못한 혁명가가 두 사람 있다. 마라와 로베스피에르다. 마라는 혁명 정부가 건재하던 시절 암살당했기에 장례식도 성대히 치렀고 무덤도 남아 있다. 그러나 로베스피에르는 반혁명 세력에게 처참한 죽음을 당했기에 무덤조차 안 남았다.

프랑스에서는 오래전부터 로베스피에르를 재평가하는 분위기가 자리 잡았지만 영미권에서 로베스피에르는 숭고한 혁명을 무익한 살인극으로 전락시킨 주범으로 아직도 그려진다. 《혁명 극장》은 한 영국 소설가가 고독했던 혁명가에게 바치는 진혼곡이자 허구의 차원에서 이루어지는 명예 회복 의식이다.

《혁명 극장》의 주인공은 로베스피에르만은 아니다. 어릴 때부터 명문학교를 같이 다니며 우정을 쌓았고 출중한 글솜씨로 혁명의 열기를 북돋운 언론인 카미유 데물랭, 우락부락한 외모와 카리스마로 단단한 혁명 조직을 일궈낸 당통이 로베스피에르와 함께 소설을 이끌어가는 3인방이다. 세 사람은 모두 변호사 출신이다.

소설은 프랑스 혁명의 역정은 물론이고 혁명이 일어나기 전까지 이 세 사람이 어떤 가정환경에서 자랐고 어떤 방식으로 일했고 누구와 어울렸고 누구를 만났고 누구를 사랑했는지도 꼼꼼히 그려낸다. 그래서 조실부모한 로베스피에르 남매를 키워준 고모들, 파리에서 로베스피에르를 친아들처럼 보살펴준 뒤플레 일가, 섬세한 카미유가 아버지와 벌이는 갈등, 동안의 카미유에게 똑같이 끌리는 고위 공무원의 아내와 딸, 당통의 여성 편력, 남편이 왕을 버리고 공화주의자로 변모하는 과정을 조마조마하게 지켜보는 당통 아내의 이야기가 다채롭게 펼쳐진다. 물론 정육업자부터 극장 매표소 판매원까지 수많은 혁명의 조연도 곳곳에서 등장한다. 가히 '혁명 극장'이다.

인생이라는 극장에서는 누구나 주인공이다. 잘났건 못났건 잘살건 못살건 우리 모두는 인생의 주인공이다. 누가 내 삶을 대신 살아줄 수 없다. 나만의 애환이 있고 나만의 꿈이 있고 나만의 좌절이 있고 나만의 희열이 있다. 가끔은 거창하게 사회와 나라, 인류를 놓고 고민하기도 하지만 대부분의 사람이 갖는 관심사는 가족을 비롯하여 나와 가까운 사람들, 내가 하는 일의 울타리를 크게 벗어나지 않는다.

혁명이 벌어지는 상황이라고 해서 크게 다를 것은 없다. 내일을 기약하지 못하는 상황에서도 사람들은 어제와 다를 바 없이 연애를 하고 술을 마시고 책을 읽고 질투를 한다. 혁명이 벌어지는 와중에도 인생의 주인공은 나라고 하는 평범한 사람의 마음가짐은 크게 달라지지 않는다. 작가가 프랑스 혁명을 그린 이 소설에 언뜻 혁명과는 무관해 보이는 수많은 사람을 등장시킨 이유도 아마 그런 현실을 짚어내고 싶어서였는지도 모른다.

그러나 혁명이 꺾이지 않으려면 모두가 그렇게 살아서는 곤란하다. 대부분의 사람이 쓰는 일기의 주어는 '나'지만 혁명 극장에서는 '우리'가 주어로 나오는 일기를 묵묵히 써 가는 사람이 있어야 한다. 거의 모두가 나 하나를 챙기기에도 급급한 '사적 논리'에 따라 살아가더라도 혁명이 이어지려면 다수가 중심에 오는 '공적 논리'를 한 순간도 소홀히 여기지 않는 누군가가 있어야 한다.

프랑스 혁명에서도 대의와 정의를 논하는 자칭 타칭 혁명가는 많았다. 그러나 그들 대부분의 머릿속에서는 사적 논리와 공적 논리가 뒤섞여 있었다. 그리고 기회만 주어지면 공적 논리를 슬그머니 접고 사적 논리에 따라 살아갔다. 프랑스 혁명을 무너뜨리려고 프랑스 안에서는 왕과 귀족들이, 프랑스 밖에서는 영국, 오스트리아, 러시아, 프로이센 같은 열강이 혁명 세력에게 끝없이 매수 공작을 벌였고 대부분의 혁명가는 거기에 넘어갔다.

먹고사는 데에 큰 어려움이 없었지만 대의를 위해 본업을 접고 나섰던 의사 마라와 변호사 로베스피에르만이 금권 세력의 매수에 넘어가지 않았다. 프랑스 어느 거리에도 마라와 로베스피에르의 이름이 남지 않은 것은 그래서일까. 로베스피에르를 어디에 묻었는지 흔적조차 남기지 않은 것은 그래서일까. 금권 세력이 가장 두려워하는 것은 로베스피에르처럼 사심을 접어두고 공적 논리에 따라 끝까지 다수를 위해 살아간 '매수불능자'가 추앙받고 기억되는 것이다.

그래서 금권 세력에게 매수된 과격파가 부추기고 일으킨 잔혹한 폭력극까지도 모두 로베스피에르 한 사람이 뒤집어쓰게 되었다. 로베스피에르는 지방에서 필요 이상으로 무자비한 학살을 자행하던 극단 세력(그중 일부는 금권 세력의 돈을 받고 혼란을 부추기는 데에 앞장섰다.)을 비판한 뒤 극단 세력이 반혁명 세력과 손잡고 일으킨 쿠데타로 비명에 갔다. 로베스피에르는 공포 정치의 주범이 아니라 좌우의 혁명 와해 공작에서 혁명을 지키려던 거의 유일한 혁명가였다.

픽션과 논픽션의 차이는 무엇일까. 번역자의 입장에서 픽션을 옮긴다는 것은 작가가 창조한 허구적 인물의 사적 논리를 따라가는 작업이고 논픽션을 옮긴다는 것은 작가가 규명하는 현실적 사건의 공적 논리를 따라가는 작업이라고 생각한다. 개인적으로는 공적 논리를 따라가는 작업이 체질에 맞는다. 공적 논리는 시간은 걸려도 자료를 뒤지면 웬만큼 추적할 수 있지만 사적 논리는 말 그대로 어디에도 기록되지 않는 개인적 사연이므로 남다른 통찰력과 직관력이 없으면 따라가기가 쉽지 않다. 그 인물이 비범할수록 더욱 그렇다.

그럼에도 《혁명 극장》이라는 픽션을 번역하기로 마음먹은 이유는 로베스피에르라는 인물의 공공성에 매력을 느껴서였다. 그러나 후회스럽기도 한 작업이었다. 공적 논리와 사적 논리가 뒤섞인 무수히 많은 등장인물이 엮어내는 애증과 대립의 복잡한 관계망을 좇으면서 여러 번 좌절했다. 그러나 다른 인물들의 동기와 사유가 복잡해 보이면 복잡해 보일수록 로베스피에르의 생각과 행동은 더욱 선명해지는 느낌이었다. 그리고 그런 대비를 통해 인생 극장이 아닌 혁명 극장의 주인공은 로베스피에르임을 다시금 깨달았다. '나'와 '우리'가 뒤섞인 여타 등장인물의 사유 동선과 '우리'가 늘 주어로 오는 로베스피에르의 사유 동선이 보이는 대비에서 프랑스 혁명이라는 혁명 극장의 주인공은 결혼조차 피하면서 자신의 인생 극장에서 주인공이기를 거부한 로베스피에르였음이 역설적으로 드러난다는 생각을 하게 되었다.

번역자는 로베스피에르의 말과 생각을 따라가기가 가장 쉬웠다. 모순과 사심과 복선이 없어서였다. 로베스피에르는 모순과 사심과 복선이 없는 삶을 살았기에 모순과 사심과 복선을 안고 살아가는 대부분의 주변 사람을 불편하게 만들었다. 그러나 로베스피에르가 버티지 않았다면 혁명 주도 세력이 진작에 왕과 귀족에게 매수되어 프랑스는 기껏해야 입헌 군주정으로 남았을지 모른다. 아니면 외세에 매수되어 다른 유럽 열강의 식민지로 전락했을지 모른다. 프랑스 공화정은 로베스피에르의 선물이다. 나폴레옹과 드골은 로베스피에르의 아이들이다.

힐러리 맨틀은 단편소설, 회상록도 썼지만 장편소설을 주로 썼고 특히 역사 소설로 높이 평가받는 작가다. 《혁명 극장》은 힐러리 맨틀이 스물두 살 때 처음 집필에 착수하여 마흔 살 때 완성한 소설이다. 18년이란 세월 동안 이 작품에만 매달린 것은 아니겠지만 작가가 프랑스 혁명과 로베스피에르에게 품었던 관심이 얼마나 컸는지를 짐작할 수 있다. 맨틀은 헨리 8세의 오른팔이었던 토머스 크롬웰의 일대기를 다룬 3부작 중에서 1부 《울프홀》과 2부 《죄인을 불러들이라》로 영국에서 가장 권위 있는 문학상 맨부커상을 2009년과 2012년에 두 번에 걸쳐 받기도 했다. 여성 작가로는 처음이다.

토머스 크롬웰은 재혼을 위해 로마 교황청과 결별하여 영국 국교회를 세우고 가톨릭을 탄압한 헨리 8세의 하수인으로 알려진 정치인이다. 그러나 맨틀은 대장장이의 아들로 태어난 크롬웰이 어떻게 왕 다음으로 높은 자리에 오를 수 있었는지를 크롬웰 자신의 독특한 성격과 이력, 그리고 그런 인물을 요구했던 시대상을 생생히 되살려 호평을 받았다. 맨틀은 주인공 크롬웰이 가령 런던에 있는 동안 다른 인물들은 어디에서 무얼 하고 있는지를 카드에다 꼼꼼히 적어서 입체적 동선을 추적하면서 웬만한 역사가도 따라가기 힘든 철저한 고증 정신을 보여주지만 소설가 맨틀이 여느 역사가와 다른 점은 자신이 다루는 역사적 인물들이 느꼈던 고민과 갈등을 최대한 추체험하고 그것을 독자에게 생생히 전하려고 노력한다는 점이다.

힐러리 맨틀 역시 어릴 때 부모가 이혼하여 평범하지 않은 삶을 살았다. 집안 형편도 넉넉하지 않았다. 어릴 때부터 책을 좋아했고 특히 역사 이야기를 좋아했지만 작가가 되겠다는 생각은 감히 해보지 못했다. 맨틀이 글을 써야겠다고 진지하게 생각한 계기는 병고였다. 대학을 졸업하고 사회복지사, 백화점 판매원으로 일하던 맨틀은 극심한 통증을 느꼈지만 병원에서는 원인을 찾지 못했다. 맨틀은 건강하지 못한 몸으로 남들과 같은 일을 하기는 어렵겠다고 판단하고 돈은 많이 못 벌고 시간이 걸리더라도 작가가 되기로 마음먹고 주말을 이용하여 글을 썼다. 그리고 1985년 서른세 살 때 사회복지사의 체험을 그린 《매일이 어머니 날》이라는 작품을 발표하며 소설가가 되었다. 맨틀은 지질학자였던 남편을 따라 아프리카 보츠와나에서 지내다가 의학서를 뒤져서 자신의 병이 자궁내막증임을 알게 되었다. 자궁내막증 치료를 위한 스테로이드 과다 복용으로 몸이 붓는 부작용으로 고생하고 있지만 크롬웰 3부작 완성에 열정을 쏟아붓고 있다.

《혁명 극장》의 원제는 '더 안전한 곳'(A Place of Greater Safety)이다. 18세기의 프랑스 사회는 왕과 귀족, 어느 정도 재산이 있는 사람에게만 안전한 세상이었다. 변호사 같은 자격증도 돈으로 거래되었고 왕이 거액을 받고 서명해준 체포장이 있으면 마음에 안 드는 사람을 쉽게 감옥에 집어넣을 수 있는 세상이었다. 무전유죄 유전무죄였다. 전쟁으로 식민지를 넓혔지만 그 수혜는 왕을 비롯하여 소수에게만 돌아갔고 다수 서민은 늘어난 전쟁 빚을 갚느라 허리띠를 더욱 졸라매야 했다. 18세기 말의 프랑스는 소수만 안전한 사회였다. 로베스피에르가 혁명을 통해 이루려고 했던 것은 다수가 안전한 사회였다. 그 꿈은 오늘날 프랑스에서 이루어졌을까.

프랑스 국민의 절대 다수가 가장 중요한 역사적 사건으로 프랑스 혁명을 꼽는 것을 보면 다수가 안전한 사회는 프랑스에서는 웬만큼 이루어진 것 같기도 하다. 리비아, 시리아 등 아프리카와 중동에서 난민이 프랑스를 포함한 유럽으로 몰려드는 것은 아마 안전한 선진국에서 살고 싶다는 욕망의 발로이리라. 법치와 인권이라는 프랑스 혁명의 정신은 유럽 전역으로 퍼져 나갔다. 유럽이 오늘날 안전해진 것은 크게 보면 프랑스 혁명 덕분이라고 해도 과언이 아니다.

그러나 유럽 밖으로 눈길을 던지면 세상은 아직도 안전하지 않다. 그런데 유럽 바깥의 세상을 자꾸만 위험한 것으로 만드는 장본인이 바로 유럽의 금권 세력이고 나토라는 유럽 금권 세력의 전쟁 수행 조직임을 아는 사람은 많지 않다. 이슬람 극렬 세력과 싸우는 리비아와 시리아의 세속 정부가 인권을 탄압한다는 이유로 개입하여 나라를 쑥밭으로 만드는 데에 앞장선 것이 유럽의 금권 세력이다.

유럽의 금권 세력은 왜 자꾸만 아프리카와 중동에서 전쟁을 일으키는 것일까. 다수의 안전을 중시하고 다수가 자원을 공유하려는 정부를 무너뜨려 자원을 독차지하기 위해서다. 전쟁으로 무기를 팔아서 돈을 벌기 위해서다. 그러나 유럽의 선량한 시민들은 그렇지 않아도 긴축으로 힘든 판에 늘어난 전쟁 빚을 갚느라 더욱 허리가 휘어진다. 쑥밭이 된 나라로부터 난민이 쏟아지면 유럽 서민의 삶은 더욱 고달파진다. 반면에 금권 세력은 더욱 안전해진다. 한정된 일자리를 놓고 다수가 경쟁을 벌여야 하는 상황에서는 자본가의 갑질이 더욱 손쉬워진다. 전쟁 빚을 갚아야 한다는 이유로 벌이는 긴축 재정을 통해 나라 재산을 민영화/사유화하여 더욱 재산을 불린다.

힐러리 맨틀은 크롬웰 3부를 집필하면서 틈틈이 스타니스와바 슈브셉스카(1901~1935)라는 폴란드 여성 극작가에 관한 논픽션을 준비하고 있다고 한다. 슈브셉스카는 프랑스 혁명과 로베스피에르에 꽂혀 그 주제로만 작품을 쓰다가 요절했다. 맨틀의 마음속에서 아직도 로베스피에르가 얼마나 비중 있게 자리 잡고 있는지를 알 수 있다.

그러나 개인적으로는 힐러리 맨틀 같은 대작가가 지금 이 순간에도 유럽 바깥의 어느 곳에서 다수가 안전한 세상을 만들려고 애쓰다가 금권 세력에게 장악당한 유럽 언론에게 악마로 매도당하는 이 시대의 로베스피에르들을 찾아내 그 억울함을 풀어주는 데에 관심을 기울여주었으면 하는 바람이다. 그것은 번역자 스스로의 각오이기도 하고 우리 바깥의 세상에 더 관심을 가져주십사고 이 소설을 읽는 독자 여러분에게 드리는 당부이기도 하다.

프랑스 혁명의 지지 기반이었던 'people'의 번역어 '민중'을 '인민'으로 바꾸는 것이 어떻겠느냐는 편집자의 조언을 번역자는 처음에는 받아들이지 않았다. 번역자의 머리에는 '민중'이 혁명을 통해 주인 의식을 가진 '국민'으로 바뀌고 이것이 다시 자국 우선주의가 아니라 국경을 넘어선 연대를 추구하는 '인민'으로 바뀌었다는 고정관념이 있었다. 그러나 '인민'을 협소한 맥락에서 쓰는 것 못지않게 폭넓은 맥락에서 더 큰 긍정성을 지닌 표현으로 받아들이는 것도 의미가 있겠다는 생각에서 편집자의 조언을 받아들였다. 여러모로 부족했던 원고를 꼼꼼히 살펴서 독자가 조금이라도 쉽게 다가갈 수 있는 내용으로 다듬고 독자를 위해 프랑스 혁명 연표까지 작성한 교양인 편집부의 노고에 깊이 감사드린다. 그러나 이 책에 있을지 모르는 번역상의 오류는 물론 번역자의 책임이다.

옮긴이 _ 이희재

1961년 서울에서 태어났다. 서울대 심리학과를 졸업하고 성균관대 독문학과 대학원에서 공부했다. 현재 영국 런던대 SOAS(아시아아프리카대학)에서 번역을 가르치고 있다. 지은 책으로 《번역의 탄생》이 있으며 옮긴 책으로는 《히틀러》 《마음의 진보》 《위험한 정치인》 《세상에서 가장 재미있는 세계사》 《산티아고 가는 길》 《새벽에서 황혼까지》 《진보의 착각》 《리오리엔트》 《예고된 붕괴》 《번역사 산책》 《反자본 발전사전》 《몰입의 즐거움》 《소유의 종말》 등이 있다.

혁명 극장2 - 로베스피에르와 친구들

2015년 10월 30일 초판 1쇄 발행

- ■ 지은이 ─────── 힐러리 맨틀
- ■ 옮긴이 ─────── 이희재
- ■ 펴낸이 ─────── 한예원
- ■ 편집 ─────── 이승희, 조은영, 윤슬기
- ■ 펴낸곳 교양인
  우 121-888 서울 마포구 포은로 29 신성빌딩 202호
  전화 : 02)2266-2776 팩스 : 02)2266-2771
  e-mail : gyoyangin@naver.com
  출판등록 : 2003년 10월 13일 제2003-0060

ⓒ 교양인, 2015
ISBN 978-89-91799-09-7 04840
ISBN 978-89-91799-16-5 (세트)

이 도서의 국립중앙도서관 출판예정도서목록(CIP)은 서지정보유통지원시스템 홈페이지(http://seoji.nl.go.kr)와 국가자료공동목록시스템(http://www.nl.go.kr/kolisnet)에서 이용하실 수 있습니다.(CIP제어번호: CIP2015027668)